SV

György Konrád
Steinuhr

Roman

Aus dem Ungarischen von
Hans-Henning Paetzke

Suhrkamp Verlag

Erste Auflage 1996

Druck: Allgäuer Zeitungsverlag, Kempten
Printed in Germany

Steinuhr

Der Durchreisende

Langer Hotelflur, viel Messing und Marmor, Musik rieselt aus der Decke. Im Klubsessel meines Zimmers war ich eingeschlafen, das Hüpfen eines unbekannten schwarzen Vogels auf dem Fenstersims schreckt mich auf. Draußen ist es noch hell, ansprechen kann mich niemand mehr, die Tür ist geschlossen, kein Anruf in dieser glücklichen Stunde. Der Koffer ist ausgepackt, die Brille, die Pfeife, der Füllfederhalter und das Foto gehören mir. Ich mag die neutrale Sauberkeit eines solchen Zimmers, dem meine vertrauten Erinnerungen fremd sind. Gestern noch hielt sich hier jemand anderer auf, jetzt nehme ich das Zimmer in Beschlag, nach einer Weile wird es wieder ein anderer sein. Eine Biene summt um die Obstschale herum, ich gehe in den Räumen umher, bleibe vor dem Spiegel stehen, dieses Gesicht habe ich schon gesehen, mal auf der Flucht, mal anderswo. Ungeöffnete Briefe, auf einem Regal abgelegt, abstrakte Wünsche, alle von höchster Wichtigkeit, entbehrlich. In einer Zimmerecke steht der Schreibtisch, mein Blick fällt auf das mächtige Baldachinbett und den fünftürigen geschnitzten Schrankriesen, dessen Türen jeweils aus acht Kassetten bestehen, auch die zwei Lampenkränze des gläsernen Kronleuchters streuen unter der hohen Decke ihr Licht aus jeweils acht Glühbirnen. Auf dem Schreibtisch ein Anzeigentext, ich erfahre, daß Kandors Weine und Braten selbst verwöhntesten Fachleuten der Gastronomie zu empfehlen seien. Eine Kathedrale gibt es, eine Bastei und eine Seeuferpromenade, die zum Krematorium führt, einem Prachtbau der Sezession. Auf einem Gemälde im Dom steht auf dem Kutschbock der Tod, mit der Peitsche in der Hand treibt er die beiden Stiere an, entblößte Menschengestalten legen sich vor ihm nieder. *Ubi gloriosa victoria.*

Ich trete auf die Dachterrasse hinaus, vor mir ausgebreitet der See, hinter mir der Platz der Auferstehung. Der Sandstrand vor dem Hotel, der allnächtlich von Scheinwerfern beleuchtet wird, verändert seine Farbe. Im Südwind stauen sich die Wellen, laufen aus und kriechen zurück. Ein Wachboot will aus dem Blickfeld nicht verschwinden. Die Strömung kämmt und zaust die Algen auf den Steinen am Strand. Ein blondes Mädchen auf einem Brett, ausgeschnittener Badeanzug, gebräunter Körper, rasierte Schamhaare. Das Plätschern des Wassers, sagt man, lindert die Verkrampfungen. Ich ziehe mich von der Brüstung zurück, wie die Zugluft, die den Vorhang wehen läßt. Im Garten am Bassin leuchten die Birkenbaumstümpfe, und die vom Wind bewegte Hollywoodschaukel quietscht. Dunkle Vögel mit weißem Bauch flattern über die Korbsessel hin. Im blauen Becken schwimmt eine Gestalt, Blätter fallen ins Wasser, ein alter Mann fischt sie mit einer langstieligen Harke heraus. In den Sesseln einsame Leser, üppige, grünschillernde Pflanzen lugen zwischen den Säulen des Wandelgangs hervor, die Kellnerin in weißer Bluse und dunklem Rock preßt das Tablett an die Hüfte.

In Kandor bin ich Gast, bin auf der Durchreise, eine Weile werde ich bleiben und versuchen, mich nicht in lokale Angelegenheiten hereinziehen zu lassen, der Standort bietet mir die nötige Distanz zur Szenerie. Gegenüber der zweifelhaft gotische Dom, auf einer authentisch romanischen Unterkirche erbaut, die von außen nicht zu sehen ist. In noch größerer Tiefe kann sich der Gast, der sich mit der Relativität der Zeitschichten anfreundet, an den Ruinen eines Bades aus der Römerzeit berauschen.

Auf diesem Platz wurden Könige gekrönt, Anführer, Verschwörer und Freidenker hingerichtet. Dort ist der Sitz des Gerichts und der Geheimpolizei von Kandor. An diesem Ort sind vor fünfhundert Jahren schon Reisende abgestiegen, ein Krankenhaus befand sich hier, eine Herberge und ein Kloster für Pilger, die zu Pferd oder zu Fuß zur Kathedrale kamen. In der Taverne schenkten Benediktiner Wein aus, auch Beginen standen zu Diensten, Gymnasiasten spielten ein Lehrstück, aus einem Pokal tranken vornehme Herren mit leichten Mädchen, die sie auf ihren Knien hüpfen ließen.

»Sagen Sie, was für eine Stadt ist dieses Kandor?« fragte ich gestern den ernst dreinblickenden Kellner.

»Der wahre Himmel. Wäre dem nicht so, würde ich hier nicht wohnen. Himmlisch ist es allerdings nicht immer. Heute war die Hölle los«, sagte der Kellner abgehackt. Vor nicht ganz einem Jahr war ihm die Frau weggestorben. Im Schlaf an seiner Seite war sie ihm entschwunden, er kann es einfach nicht begreifen, bis auf den heutigen Tag nicht. Seither erzieht er die gemeinsame Tochter allein.

An den Hängen der Talmulde windet sich die Stadt hinauf, und schon kippt sie über auf die andere Seite der Gebirgskette, um hinabzuströmen und sich auszubreiten, umarmt den schlanken vulkanischen Gipfel, wo zwölf Basaltsäulen Raum und Zeit teilen, eine Botschaft, die nicht von jedermann bemerkt wird. Aus tiefster Tiefe der Erde steigt eine dünne Rauchfahne auf. Steinuhr wird dieser Gipfel genannt. Die Kandorianer wagten nicht, dort eine Bank aufzustellen. Die Zeitrechnung der Steinuhr, dieses träge Rauchzeichen, entläßt jene, die sich hierherbegeben, nicht aus ihrem Zauberkreis.

Der Grundriß des Platzes der Auferstehung ist rechteckig, die Ecken sind abgerundet. Die an den beiden kürzeren Seiten ankommenden Straßen sind breiter als die, die auf die Längsfront treffen. Vor einigen Jahren leitete der Chefarchitekt der Stadt den Autoverkehr derart um, daß der Platz, der nach dem Zweiten Weltkrieg Platz der Befreiung hieß, dem nun aber wieder sein alter Name zurückgegeben worden ist, zur Fußgängerzone erklärt werden konnte. Die Anwohner des Platzes machten ein ziemlich ratloses Gesicht, als sie von einem Lokalreporter gefragt wurden, woran sie eher glaubten: an die Befreiung oder an die Auferstehung.

An der Ostseite des Platzes erstreckt sich der längliche Bau des Hotels zur Krone, der von vier weitläufigen Gärten umschlossen wird; nach hinten hinaus gehen die Fenster zum Alten Marktplatz, wo den Besucher zahlreiche Gaststätten erwarten. Tagsüber findet hier der Blumenmarkt statt, seit neuestem wird er von Obdachlosen heimgesucht, die sich hinter abgestelltes Gerümpel hocken. Und entsprechend örtlicher Tradition war die Prostitution auf dem Alten Marktplatz nie ganz verschwunden.

János Dragoman, der Wanderphilosoph, tauchte wieder in der Stadt Kandor auf, traf die alten Freunde, den ehemaligen Lehrer und die frühere Liebste, es stellte sich heraus, daß er eine Tochter und ein Enkelkind hat, unwillentlich tötete er seinen Lehrer, von dem ihm ein Geheimnis bekannt war, und schließlich büßte er dafür. Dragoman sprach davon, daß er allein phantastisch zurechtkomme, die Progression seines Lebensalters begrüße, sich in der Stadt Kandor niederlassen wolle, um Verwicklungen zu vermeiden, wie die, die ihm im Verlaufe seiner Wanderschaften widerfahren seien. So nachdrücklich sagte er das, daß in Kobra, dem Klassenkameraden von einst, böse Vorahnungen aufstiegen. Schließlich blieb Dragoman nicht allzu lange in Kandor, doch selbst in dieser kurzen Zeit gelang es ihm, den ihm Nahestehenden die Ruhe zu rauben.

Als Dragoman in die Stadt kam, entfesselten sich gerade die Energien seines anderen Klassenkameraden, Antal Tombor, Bürgermeister von Kandor. Entsprechend seiner Gewohnheit schenkte Tombor auch jetzt den Geschehnissen keine sonderliche Beachtung. Ihn interessierte, wie man gleichzeitig Geschichte machen und diese auch filmen könnte. Wir wollen uns konservieren, diese unsere paar Jahre. Kobra verstand nicht ganz, was Tombor mit der großen Kirmes auf dem Platz der Auferstehung zu krönen beabsichtigte. Wollte er die Befreiung feiern und die Glückseligkeiten um ihn her? Im renovierten Rathaus veranstaltete er prachtvolle Feste, und es war nicht mehr als natürlich, daß zu beiden Seiten der Treppe rotgekleidete Fanfarenbläser Lärm machten und sich auch einige Affen sowie Feuerschlucker einfanden, während die Obdachlosen eines üppigen Mittagessens kostenlos teilhaftig wurden.

Auf dem Tisch eine Briefkarte: *Nothing is finer, than a dinner in the Diner.* Am New Yorker Hafen sieht Dragoman unweit einer Gaststätte der Diner-Kette Riesenlastzüge mit silbernen Auspuffrohren und feuerroten Motorhauben sowie Männer mit derart breiten Schultern, daß ein Klavier darauf Platz fände. Des weiteren sieht er auch ein Püppchen hüpfen: »*Ma morale est celle d'un papillon. Ce qui te convient, j'espère.*« Derlei gibt jenes umherflatternde Persönchen zu Füßen der dunklen Ziegelmauer von sich, zwischen Containern, erleuchteten Bars und Stahlblöcken, an denen die Schiffe festmachen. In jener Hafenkneipe mit gehörigen Portionen auf dem Teller, einem Rinderbraten beispielsweise, so groß wie die Hand eines Lastwagenfahrers, fühlt sich Dragoman phantastisch.

Er hört das Pfeifen einer Lokomotive, versetzt sich in schneidend kaltem Wind auf eine Eisenbahnbrücke. Ende Oktober 1956. Unter ihm Schienenstränge, Scheinwerferlicht von Zügen, eine Maschinenpistole über die Schulter gehängt, drei Männer kommen ihm entgegen, ebenfalls mit umgehängten Maschinenpistolen. »Wer seid ihr?« »Und wer bist du?« »Seid so nett und sagt mir, wer ihr seid: Freund oder Feind?« »Das hängt davon ab, wer du bist.«

»Ich weiß nur eines, nämlich daß wir schön friedlich aneinander vorbeigehen könnten.« »In Ordnung, aber du sollst auf die andere Seite gehen, und wir bleiben auf dieser Seite.« »Habt ihr nicht zufällig eine Zigarette? Und macht ihr mich nicht nieder, wenn ich euch um Feuer bitte?« Dragoman trottet über die Brücke, die kein Ende nehmen will, darunter rattert ein Zug vorüber, auch der will kein Ende nehmen, und selbst dieses tiefe Einatmen will ein Ende nicht haben. Von der Brücke kehrt er ins Zimmer zurück, der Wind läßt den Vorhang zum Fenster hinausfliegen.

Die Maschinenpistole hat es den Jungs wieder mal angetan, jetzt oder nie, so sagen sie. Jetzt gehört in einen Panzerspähwagen ein Volltreffer hinein, jetzt müssen die Alten im Bett, die sich schlotternd vor Angst unter der Decke verkriechen, mit einer MP-Salve weggemäht werden, jetzt muß das Haus angezündet und der Korrespondent vom Balkon des Hotels geholt werden. Nicht weit von hier Freischärler, Mündungsfeuer und brennende Kinderzimmerbetten. Wer wüßte zu sagen, was zuerst gewesen ist: der Schuß oder die Bereitschaft dazu? Die Fahne oder das Greifen zur Waffe? Jäger gibt es und Fahnenflüchtige, Dragoman gehört eher zu den letzteren. In seiner Kindheit begab es sich, daß im Schaufenster des Spielzeugladens in der Nachbarschaft vor Weihnachten eine Burg auftauchte, mit Basteien und einem Bläser im Turm. Eine wahre Lichtflut herrschte darin, fortwährend wurden Feste veranstaltet. In jener Burg wollte Dragoman aber ein mit einem Schwert bewaffneter Wachtposten auf der Bastei nicht sein, sondern lieber ein vergnügt umherspringender Hofnarr in buntem Kostüm.

Ein Anruf, jemand kann morgen leider nicht kommen, auch mir tut es schrecklich leid, ich beende das Gespräch und atme auf. Nachrichten werden unter der Ritze der

Wohnungstür durchgeschoben, alle wollen etwas, meine Hand ist gefühllos und prickelt, ich huste, zittere, der Schweiß bricht mir aus. Sollen sie doch handeln, die Aktivisten, ich bin zuständig für Unterlassungen und Grippe. Handeln, das bedeutet Gerenne und einen vollen Terminkalender. Von Orten, an denen etwas Wichtiges passiert, rate ich mir ab. Ich bin ins Stocken geraten und verharre darin, nur haben es die anderen noch nicht bemerkt. Ein Lächeln zum Abschied, ich unterrichte, bin geschäftig, betreibe meine Künste, *check in, check out*, bis eines Tages das *check in* ausbleibt. Spannungen im Kopf, das Gehirn schrumpft, mehrere Ärzte müßte ich aufsuchen, keinen einzigen suche ich auf, geboren wird die Krankheit, wenn sie benannt wird. Schon zum dritten Mal wird mir ein Kuvert zugestellt, in dem sich ein anderes befindet, in diesem ein noch kleineres drittes, worin auf einer Karte, mit goldener Tinte gezeichnet, ein Totenkopf zu sehen ist.

Meine Damen und Herren, aus der Loge des Inkognitos blicken Sie hinab auf einen hinfälligen Menschen, der sich nicht zufriedengibt damit, hinfällig zu sein. Stellen Sie sich einen Schulmeister um die sechzig vor: graues Tweedsakko, weißes Baumwollhemd, schwarze Schuhe. Seit seiner Gymnasiastenzeit hat sich an dieser Ausstattung nichts geändert. Nach dem Frühstückskaffee zieht er den Mantel an, schlendert ein paar Straßen weiter in ein anderes Gebäude, geht hinauf in sein Büro, schließt die Tür hinter sich, blättert in Büchern, vollführt wiegende Bewegungen auf dem Stuhl, schreibt einige Worte auf einen Zettel, steckt ihn in die Hosentasche, aus dem Eckschrank holt er eine Flasche hervor, schenkt sich ein, kippt das Glas hinunter, denkt an nichts, hat keine Ahnung, wo er beginnen wird, nur den Titel seines Vortrags kennt er, die Zeit drängt, er wäscht sich Gesicht und Hände, hastet in den Vorlesungssaal, allgemeines Grüßen, auf dem Tisch ein Glas Wasser, an dem er sich festhält, prüfend betrachtet er die Studenten, und dann sagt er etwas, was zum Thema der heutigen Stunde wird, was er entwickeln und auf den Punkt bringen wird. Von Zeit zu Zeit sieht er zum Fenster hinaus; auf dem mit roten Ziegeln gepflasterten Platz pickende Tauben und armeschwingend einherschreitende junge Mütter mit ihren Kindern.

Diese Woche hat Dragoman in Kandor mit Dingen zugebracht, die er gar nicht mochte, er lungerte auf Empfängen herum, war abgespannt, täglich mehrere Male hielt er sich in überheizten Räumen auf, in denen viele Menschen mit einem Glas in der Hand herumstanden, Menschen, die aus persönlicher Sympathie nicht zusammenkommen würden. Mit gequältem Lächeln belebt er, der Professor, die Spielwiese, stellt Fragen, läßt agieren, Mitternacht ist vorüber, im Raum herrscht reges Hin und Her, es wird gelacht. Wie ein Soldat auf Wacht, so steht er irgendwo, ein jeder kann an ihn herantreten und ihn ansprechen, er steht da, es prasselt auf ihn herab, bei jeder Frage zuckt er zusammen und reagiert mit einem Lächeln. Ängstlich geht er hinüber ins Foyer, er hat Durst, tritt aber nicht an den Getränkestand, versucht zu verschwinden, doch vergeblich. Eine charmante Dame mit kleinem Tonbandgerät pflanzt sich vor ihm auf, fragt, was er dazu sage, ob es nicht phantastisch sei, daß so viele zusammengekommen seien. Wunderbar, in der Tat, raunt Dragoman und erläutert die Vorteile, die ihn dazu bewegen, die Flucht zu ergreifen.

Im Café Krone Autoren und Redakteure, Wissenschaftler und Aktivisten – Stunde um Stunde auf demselben Sofa, Wein, Kaffee, Telefonanrufe, Händeschütteln, Ausflüchte, Schwachwerden, Versprechungen, Geldarbeiten, Aufbruchsstimmung. Vormittags im Hotelzimmer hat er ein Beruhigungsmittel genommen, sich mit Schlips und

Kragen auf dem Bett ausgestreckt, doch schon klingelte das Telefon, und der Portier teilte mit, daß man ihn in der Halle erwarte.

Unterwegs zum Kaffeehaus, während ich über den Flur gehe, wird eine Tür geöffnet, im Zimmer schminkt sich eine nur notdürftig bekleidete Frau die Lippen. Ein großer Ostasiate in einem bis zum Boden reichenden Gewand und einem breitkrempigen Kaninhut kommt mir entgegen, er verneigt sich, auch seine vier an einer Leine geführten Zwergpinscher lassen sich auf die Knie nieder, mit einem tiefen Diener erwidere ich ihre Höflichkeit. Auf den Fahrstuhl im Hotelflur mußte man länger warten, weil eine alte Dame im Rollstuhl eine ihrer Töchter dreimal nach einem bestimmten Parfüm zurückschickte, während die andere Tochter die Fahrstuhlkabine besetzt hielt. »Wissen Sie, die aggressiven Gerüche müssen durch Gegendüfte neutralisiert werden. Ohne gründliche Studien würde man nicht an den Gestank der Charakterfehler glauben. Wir Behinderte sind besonders sensibel und entwickeln ein Gespür dafür, selbst blind können wir jemandem ins Herz sehen.« Abwärts im Fahrstuhl blicke ich in den Spiegel und bringe meinen Schlips in Ordnung, im Spiegel sich türmende Eisschollen und auf einem schmalen Bootssteg ein kleiner Junge, der in einen eingefrorenen Kahn steigt.

In zahlreichen Städten aller Kontinente habe ich mich herumgetrieben, in allen Gaststätten erreichte ich den erforderlichen Alkoholspiegel, so daß ich mich inmitten lärmenden Treibens an einen unsichtbaren, jedoch strahlenden Fluchtort zurückziehen konnte. Einer der Portiers und der Klavierspieler kommen mir bekannt vor, auch sie reisen um die Welt, wie internationale Berichterstatter, wie auch ich in den Ferien einer bin, oder wie die Diplomaten, die jeweils die unbekannten Seiten eines Landes aufspüren, ihre Gesellschaft langweilt mich nicht, ein hartgesottenes

Kommando, sie haben schon etliche Helden und zahlreiche Mörder zu Gesicht bekommen.

Ich denke an meinen Onkel Imre, der im Hotel zur Krone Croupier gewesen ist, doch auch die Geige vom Primas übernahm, ohne daß dadurch dem Publikum ein Schaden entstanden wäre. Jener verrückte Imre tanzte im Ersten Weltkrieg an der russischen Front vor dem Schützengraben in Offiziersstiefeln und mit einer Rumflasche in der Hand. Die Flasche wurde ihm aus der Hand geschossen, die Zigarette aus dem Mund, ihn aber erschossen die Russen neunzehnhundertsechzehn nicht. Richtig ist allerdings auch, daß Imres Truppe gelegentlich des russischen Weihnachtsfests der feindlichen Front auf einem Hundeschlitten Würfelzucker und Rum zum Tee geschickt hatte; verfügt hatte dies Onkel Imre. Neunzehnhundertvierundvierzig, das Haar lichtete sich rapid, der Schnurrbart war parfümiert, er befand sich in Begleitung seiner Freundin, und obwohl er als Jude mit der weißen Armbinde und der Medaille für heldenhaften Kampfeinsatz im Ersten Weltkrieg einen Sonderstatus genoß, wurde er ohne viel Aufhebens niedergeschossen. Was veranlaßte Imre damals zu einem Spaziergang? Er kümmerte sich einfach nicht um den Schlamassel, er beobachtete nur das Feuer im Kanonenofen, auf dem die Erbsensuppe nicht kochen wollte. Darin bestand seine Tätigkeit am letzten Tag. Die Frau, die eine Weile an seiner Seite gewesen war, hatte das Gefühl, Imre habe mit den Dingen abgeschlossen, seit Tagen hatte er nicht mehr getrunken, er wollte einen Spaziergang unternehmen, seine Freundin aber wußte, daß er Schnaps brauchte, und sie wußte auch, wohin sie gehen würden. Sie kehrten bei einem Fuhrmann ein, der es selbst während der Belagerung schaffte, Rauchfleisch und selbstgebrannten Schnaps in die Stadt zu bringen, wofür Imre zum Jahresende seine Persianermütze geopfert hatte; allerdings blieb ihm keine Zeit mehr, den Schnaps zu trinken. Das Dokument, das ihn von der Geltung der Judengesetze befreite, wurde zerrissen und Onkel Imre in den Kopf geschossen. Erst wollten sie die Frau in die Zentrale der Pfeilkreuzler bringen, um sie ein bißchen zu foltern, zu vergewaltigen und dann lebend oder tot hinauszuwerfen, doch sie kniete auf der Erde, lehnte sich an Onkel Imres Schulter und betrachtete seinen Kopf. Und sie sagten, jetzt sei es aber genug, sie solle sich davonscheren.

Nur ein Bild

In der Früh las Dragoman im Dom vor dem Altargitter einen lateinischen Text, neben ihm im Querschiff pendelte ein enorm großer Weihrauchkessel, gehalten von einem zehn Meter langen, armdicken Seil, das am anderen Ende der Winde von sechs Kirchendienern in Pilgerkutte im Takt gezogen wurde, wodurch sich das Kultgefäß in die Höhe schwang, fast bis zum Deckenfresko hinauf. Mit einem großen Weihrauchlöffel fütterte der Bischof die Glut, Rauchschwaden entstiegen dem mit einem Glasfenster versehenen Silbergerät, verschüchtert standen die Gläubigen. Vor Dragoman auf dem Tisch lag ein kleines, flaches tönendes Mikrophon, das sphärenhaft die erhabene Leere erfüllte, ihn erschaudern ließ, und im geeigneten Augenblick tauchte Alphons an seiner Seite auf, der treue und zynische Freund. Alles war vorbereitet, im rechten Moment veranlaßte er Dragoman, aufzustehen und niederzuknien, der Bischof schenkte ihm ein verschämtes Lächeln und legte die Hostie auf die Zunge der Gläubigen.

Sie waren gekommen, metropolitane Magier, um etwas bislang nie Dagewesenes zu vollbringen. Ihre Ankunft an einem so frühherbstlichen Wochenende ist ein Ereignis, das viele Erwartungen erfüllt. Läßt sich der Mensch von den Vergnügungen der Weinlese nicht fortschwemmen, bleibt er unbefriedigt und empfindet eine fast schmerzliche Sehnsucht nach etwas Unbestimmtem. Am ersten Tag stellten sie sich im Prunksaal des Rathauses vor und zogen dann hinüber in die Synagoge, die heute als Theater genutzt wird. Rahmenveranstaltungen boten dem Kandorer Publikum all das, was zu Kirmes und Rummel gehört, Affen, die auf einem Einrad durch die Gegend strampeln, Kartoffelpuffer mit Pflaumenmus unter dunklen Schnurrbärten. Zur Zeit des Trubels und der Magierparade sind auch Taschendiebe zur Stelle; und in Kandor kann man Augenzeuge von Verfolgungsjagden auf dem Motorrad werden, doch ausschließen läßt sich auch nicht, mit einem Stein erschlagen und in den See geworfen zu werden.

Der internationale Schamane ist Dragoman, die Aufrechterhaltung des Geschäftsgangs aber lastet auf Alphons, der mit Milliardärinnen und Fast-Diktatoren ebenso gut auskommt wie mit lesbischen Teekosterinnen oder Einsiedlern, die Papageien dressieren. Alphons kennt jede venezianische Principessa oder jeden bogotanischen Drugkingpin, wenigstens vorgestellt worden ist er ihnen. Hinter einer großen Nase hochfliegende, unterwürfige Arroganz. Spielerische, sonore Komplimente eines Oxforder Baritons mit russisch-jüdisch-französischem Akzent. Geborener Komplize einer jeden ästhetischen Bizarrerie, das Kavalierstuch hat seinen Platz über dem Herzen, die rosa Nelke im Knopfloch des Revers. Mag sie flattern, die graue Mähne, in Harmonie mit der mediterranen Gesichtsfarbe und dem bläulichen Kinn. Er nötigt Dragoman zu bleiben, wissen doch beide, daß es Abschied nehmen heißt, sie werden einander fehlen.

Tagelang, von morgens bis abends, konferierten die Delegationen, fortwährend brannte vor Dragomans Nase die kleine bunte Signalleuchte, kein einziges Mal schaltete er sie aus. Er baute Brücken zu den anderen Gesprächsteilnehmern, erteilte das Wort, gab Kommentare ab, ließ einen Witz los, beobachtete, wer von den zweihundert vor ihm sitzenden Leuten die Hand zur Wortmeldung hob und was sie oftmals in ziemlich komischer Aussprache von sich gaben. Nach Ländernamen rief er die Delegierten auf und gab acht, daß die Geschlechter, Rassen, Erdteile und Religionen alle zur Geltung kamen. Er wußte, auf wen er bauen konnte, wenn er zwischen den zerstrittenen Parteien vermitteln wollte. Die verschiedenen Punkte der Agenda hätte er möglichst schnell abhaken mögen, viele Abstimmungen hatte er noch hinter sich zu bringen, die Beschlüsse würden gefaßt, die Empfehlungen angenommen werden, und schließlich würden sie sich anderen Dingen zuwenden können. Mehrere Regierungsoberhäupter verurteilte er streng, aber maßvoll. Nicht minder Guerilleros, gleich ob an der Macht oder im illegalen Widerstand. Besessene gibt es, die eine Sache für wichtig genug halten, um dafür Menschen zu töten. Vom letzten Kongreß unterzeichnet er ein Protokoll und schiebt es beiseite, festgehalten wird darin, was der internationale Präsident zu den verschiedenen Weisheiten und Eseleien, wovon auch seine Zunge nicht frei gewesen ist, zu sagen gehabt hat. Jemand fragt etwas, jemand gibt ihm ein Buch, jemand bittet ihn um seine Unterschrift unter eine Petition, jemand freut sich, über seine Arbeit berichten zu können.

Jeden dritten Tag wird irgendwo ein Schriftsteller ermordet, weil er die Nase in Dinge gesteckt hat, die seine Leser nichts angehen, weil er eigenartige Verflechtungen beleuchtet hat, Netzwerke, Gesellschaftsspiele halboffizieller Todesschwadronen und Mafiosi, weil er nicht daran interessiert war, mit dem Minister und den Generälen in einem Klub zu Abend zu speisen, weil er den Milliardär nicht höher schätzte als den unter Lumpen Schlafenden oder den hageren, barfüßigen Liegestuhlbesitzer, der seine aufgestellten, jedoch nicht in Anspruch genommenen Liegestühle bei Sonnenuntergang auf eine Schubkarre lädt, sie zu einem hohen schwankenden Gebilde auftürmt, festbindet und sein Unternehmen nach Hause transportiert.

Am Morgen kommen die Fernsehleute, sie richten sich im Arbeitszimmer ein, der internationale Präsident ist eine beachtliche Trophäe, am liebsten erkundigen sie sich danach, womit Kandor die Welt befruchtet habe. Das Telefon klingelt, er zuckt zusammen wie ein elektrisierter Frosch und geht zur Pressekonferenz, zu einem Empfang, zu einem Mittag-, zu einem Abendessen, gibt ein Interview, liest seinen Text vor Publikum, reist weiter, verabredet sich, zwischendurch wird er vielleicht zehn Minuten haben, sich auszustrecken, springt auf, schließt auch den obersten Knopf seiner Uniform, salutiert, ist bereit, hält einen Vortrag, improvisiert, eröffnet, läßt abstimmen, beendet die Veranstaltung, mit einem Glas in der Hand bedankt er sich im Namen der anderen geistreich für die Einladung, mischt proportional ein wenig Persönliches mit viel Unpersönlichem, zwischen dunklen Anzügen und Abendkleidern wechselt er die Sprachen, gehorcht dem Helden unserer Zeit, dem Konferenzmanager, der ein Meister darin ist, Namen zu einem Strauß zu binden und ins Telefon zu schmeicheln, in Gesellschaft zahlreicher fernöstlicher Delegierter läßt er sich fotografieren, gemeinsam lächeln sie in die Kamera, er verneigt sich, seine Verbeugung fällt tiefer aus als die des überaus höflichen Professors, der sich vormittags wie nachmittags vorstellt und bei keiner Gelegenheit zu erwähnen versäumt, aus welchem Land er gekommen sei. Vielleicht noch einen Kaffee, vielleicht noch einen Cognac, vielleicht muß Dragoman an der Universität sprechen, vielleicht im Rathaus. Wenn er doch schon jenen heutigen Vortrag hinter sich hätte, und den morgigen und den übermorgigen. Hoffentlich wird ihn seine Redemaschine auch heute nicht im Stich lassen, ein Wort zieht das andere nach sich. Es wird geklopft, man holt ihn ab, er bekommt irgendeine Epaulette. Derjenige, dessen Gesicht auf den Bildschirm gelangt, ist ein Ausstellungsobjekt geworden. Äußerungen zu dem und jenem, ohne daß er eine Ahnung davon hätte.

Viele Autofahrten, Begegnungen, Termine, ständiger Zeitdruck. Es tobt das Pflichtbewußtsein, andauernd muß er die Gesellschaft anderer genießen. Allmählich sieht er nur noch das Gedränge, die Aufdringlichkeiten, die Rivalität des einzelnen um einen Platz in der Hierarchie der Wichtigkeiten. Das edle Salbadern okkupiert sein Gehirn. Nicht einmal die Hälfte der Versprechungen löst er ein, er vergißt sie einfach.

Im vergangenen Jahr hat Dragoman so manches in die Wege geleitet, gern entwickelt er Ideen, ausführen allerdings weniger. Es versetzt ihn in Unruhe, wenn er irgendwo pünktlich erscheinen soll. An so manchen Orten hat er sich aufgehalten, wo es an Beschuldigungen und Forderungen nicht mangelte und man vor Selbstmitleid überquoll. Das Flugticket ist gebucht, in einer anderen Stadt erwartet ihn ein Hotelzimmer, übermorgen hat er das Eingangsreferat zu halten, anschließend gibt es eine Podiumsdiskussion. In zahllosen Vorlesungs- und Vortragssälen sowie auf Bühnen hat er gesprochen. Blitzgewitter, er merkt auf, immer mehr Mikrophone werden ihm vor den Mund gehalten, Applaus wird ihm gespendet. Er spricht zwischen Hauptgericht und Nachtisch, er spricht auf dem Hauptplatz vor hunderttausend Menschen, er spricht mit Berufskollegen, oppositionellen Wortführern und Staatsmännern. Gedankenaustausch auf einer Bergfestung und in einer Abtei, die Weisen werden unsicher, die Führer ratlos. Dessenungeachtet haben sie der Entwicklung gemeinsam einen Anstoß gegeben und darüber verhandelt, daß sie später wieder zusammenkommen werden, um über die Frage zu vehandeln, worüber sie als nächstes und danach verhandeln werden. Was Ecken und Kanten hatte, wurde abgerundet, beleidigte niemanden, hatte keine Bedeutung mehr, Eintracht wurde gestiftet, sie waren aneinandergeraten und hatten sich aus der feindlichen Umklammerung gelöst.

Dann Flugreisen, Abwesenheit, Stille. Auch heute gelobt er, sein Leben zu ändern, auch morgen gelobt er, alle öffentlichen Auftritte abzusagen und seinen Mund zu halten, jawohl. Nur diese eine Runde noch, die er begonnen hat, die er zu Ende bringen möchte, nur diese dreizehn Veranstaltungen noch, deren Teilnahme er zugesagt hat.

Er hat abgedankt, von nun an wird es der Nachfolger sein, dem er die aufdringlichen Reporter hinterherschickt, dem Minister verzückt Dankbarkeit zum Ausdruck zu bringen. Das letzte Wort nutzte er, um seine ureigensten Auffassungen darzulegen, im Auditorium applaudierte man seinen Ermahnungen. Nach Abschluß der ernsten Rede kann er die Person des öffentlichen Lebens in den Schrank hängen. Er holt den Privatmann hervor, dem es nicht in den Sinn kommt, im Dom und in der Aula vor Mikrophonen den Ritus zu zelebrieren, dem der Altar, das Podium und die Musik Feierlichkeit verleihen. Berauschend, in eine andere Haut zu schlüpfen.

Viel zu reden mag ein ebensolcher Makel sein, wie viel zu essen. Der Herr hat den Menschen mit der Gabe der Rede gesegnet und ihn zugleich auch geschlagen mit dem Hang zur Geschwätzigkeit. Manch einer ist schon so verworfen, schon so eitel, daß er nicht mehr schweigen kann. Nur wenn er redet, fühlt er sich wohl. Doch auch vor jenen hütet er sich, die zwar schweigen, deren Worte aber unbedingt herauswollen, deren lautbildende Organe es nach wollüstiger Erfüllung drängt. Sollte es besser sein, für eine Weile zu verstummen, weil nichts verdrießlicher ist als ein redseliger alter Mann?

Wenn er die alten Zeiten erwähnt, wiederholt er sich oftmals. Die Erinnerung verfällt in Erstarrung, speist sich nicht mehr aus den tiefen Schichten neuer Strömungen. Allmählich sieht er die Geschichte schon ebenso, wie er sie immer und immer wieder dargestellt hat. Auch unter den

Husaren von achtzehnhundertachtundvierzig wurden nicht demjenigen die meisten Ehrungen zuteil, der den größten Heldenmut bewies, sondern der am längsten lebte. Im Alter schrumpft der Mensch entweder zusammen, oder sein Gesicht geht auseinander, eingeschrieben hat sich der Lebenslauf in die Furchen oder in das Aufgeschwemmtsein. Ähnlich wie der Risse aufweisende Bürgersteig, so sind manche Gesichter, während sie jenseits des Fensters an ihm vorüberziehen, Bestandteile der Umgebung.

Der Bach, der sich durch den Hotelpark schlängelt, mündet in den See, hier haben sie zum Kriegsende Löcher in das dicke Eis geschlagen, eingefangene Zivilisten, Juden, Fahnenflüchtige und verdächtige Subjekte einzeln hineingeschossen. Jemand protestierte, die vielen Leichen würden das Wasser vergiften, aber der Offizier des Hinrichtungskommandos beruhigte, bis zum Frühjahr würden die Fische die Weichteile, eben was für den Zerfall bestimmt sei, vertilgt haben.

Dragoman erwartet nun niemanden mehr, er tritt auf die Terrasse seines Zimmers hinaus. Er befindet sich im Fadenkreuz der den Berg erklimmenden Lore, und so könnten sie sich gegenseitig ins Visier nehmen. Im Radio ist Mozarts *Requiem* zu hören. *Dies irae, dies illa*, jener Tag ist der Tag des Zorns. Ein Agonieforscher behauptet, wir schieden im Zorn von dieser Erde und nicht in heiterer Demut.

Eine Katze, gestreift wie ein Tiger, vollführte Luftsprünge hinter Dragomans Rücken, er solle sich mit ihr beschäftigen, sie kratzte und neckte ihn, zerstückelte Hasenleber hatte er ihr gebracht, die sie bis auf den letzten Blutstropfen verzehrte; dann war sie auf der Kamelhaardecke für Stunden in sanften Schlummer versunken, bis sie schließlich von Dragomans Husten aufwachte und auf seinen Schoß sprang, laut schnurrte und das Zimmer allzusehr ausfüllte. Dragoman verbannte sie auf die Terrasse, hinter einem Zitronenbaum blinzelte sie sanftmütig hervor, bis Dragoman sich ihrer erbarmte und sie wieder hereinließ, und in der Pose siegreicher Häme nahm sie ihren Platz auf dem mongolischen Lager erneut ein.

Wenn Dragoman etwas will oder Angst vor etwas hat, gerät er in eine schlechte Verfassung. Viele sehen Ufos, andere befürchten die Existenz schleichender Waffen und überwinterter Terroristen. Wer Angst haben will, der findet Gründe. Auch im Café Krone wird von den Hingeschiedenen gesprochen, die Körper sind ungeeignet, früher oder später begibt es sich, daß der Mensch entweder zugrunde geht oder aber getötet wird. Leider.

Die diesige Düsterkeit im Hotelpark bewirkt, daß sich unsere Augen vollsaugen mit dem Grün des Rasens und dem Gelb der Narzissen. In sternenklaren sommerlichen Nächten sehen wir am Himmel die vorüberziehenden Aufklärungssatelliten. Da oben in jenem Flugzeug würde ich keineswegs lieber sitzen als hier im Garten, aus dem mich fortzubewegen ich jetzt absolut keine Lust habe. Ich habe in verschiedensten Berufen gearbeitet, viele Menschen verloren, viel Glück und viel Unangenehmes überlebt, länger als einige Stunden noch nie an Selbstmord gedacht. Was mir widerfahren ist, gehört mir. Ich besitze mein eigenes Königreich, lebe nicht in der Verbannung.

Jeder Abend ein Abschiedsabend, ich bin ein Teil des Schattenspiels, enthalte mich nach Möglichkeit des Urteils, der Geschmack aber sickert durch die Objektivität hindurch wie das Blut durch den Verband. Ich stehe geschrieben. Wie ich ein Buch lese, so lebe ich mein Leben, allerdings ohne das Ende zu kennen. Vielleicht ist es gerade hier.

Ob ereignisreich oder eintönig, das bleibt sich gleich, die Wiederholung auf dem Lande und die Wanderschaft des

Ritters sind ebenbürtig. In mir lebten der Reisende und der Bürger, der Abenteurer und der Philister, der Seemann und der Einsiedler, Don Juan und Oblomow. Der eine segelt unter Tausenden von Gefahren in die Ferne, für den anderen birgt auch das Leben daheim Tausende von Gefahren in sich, doch es kommt vor, daß sich all das lediglich in jemandes Phantasie ereignet, während er sich auf dem braunen Plüschsofa des Kaffeehauses gemütlich zurücklehnt.

Der eine wird weise, obwohl er sein Dorf nie verlassen hat, der andere wird weise, obwohl er mehrmals um die ganze Erde gereist ist. Die meisten Menschen aber, ob sie nun in ihrem Dorf sitzen oder ständig unterwegs sind, bleiben ohne Weisheit.

Vielleicht komme ich schon in zehn Minuten zu dem Entschluß, von hier wegzugehen. Vielleicht nehme ich Reißaus vor der Wiederholung. Warum war ich nicht überall da, wo ich hätte gewesen sein können? Werden müssen hätte ich der, der ich zu sein mir eingebildet habe. Mich in einer weniger bekannten Stadt auf Erkundungstour zu begeben, das liebe ich. Die Fremde verstehe ich nicht, weil ich ein Außenstehender bin, und wer hier wohnt, versteht sie deshalb nicht, weil er ein Insider ist. Die Einheimischen sind auf sich selbst neugierig: »Wie sind wir?« fragen sie mich, den Reisenden. Hinterlistig mache ich ihnen das eine und andere Kompliment.

Dieses Kandor ist eine Stadt, nach der Träumer in der Ferne immer wieder Sehnsucht verspüren. Ein erfahrener Mensch weiß viel von den lokalen Eigenheiten und geheimen Zeichen, sogar ein Blick verrät ihm vieles. Gern sehe ich dem zum Fenster hinausfliegenden Vogel hinterher. Mögen sich die verschiedensten Fahrzeuge mit mir fortbewegen, am liebsten halte ich mich in meinem Körper auf, in meinem engeren Revier. Bei der Ankunft im Hotelzimmer erwartet mich ein Bett, umgeben mich einige vertraute Sachen. Von Ort zu Ort begleiten mich meine körperlichen Gewohnheiten.

Das Angenehme am Hotel zur Krone besteht darin, daß es über alles verfügt, was man braucht: Restaurant, Kaffeehaus, Bar, Schwimmbad, Tanzsaal und auf der Dachterrasse ein Garten, in dem von Zeit zu Zeit eigenartige Gestalten spazierengehen. Jetzt gerade jener Mann, den ich schon getroffen habe, mit breitkrempigem schwarzen Hut. Das Gesicht mädchenhaft schön, auf allen vieren stolziert vor ihm her sein Hündchen, das er an einer Leine führt. Sich aufrichtend fragt er mich, ob ich ihm eine dezente Entrückung bewirkende Zigarette spendieren wolle. Die Augen gen Himmel gerichtet, an die Brüstung gelehnt, inhalieren wir den Rauch.

»Tief unter den Dingen und hoch über ihnen. Das ist das Gute an jenem Wolkenkratzer, den wir einnebeln. Nicht wahr?« fragt der Unbekannte. Meine Zustimmung erkennend, erklärt er, gewiß brauchten wir uns einander nicht vorzustellen.

Dieses reine Provisorium einer Nacht im Hotel könnte auch der Ausgangspunkt einer Grenzbetrachtung sein. Auf meinem Tisch tagtägliche Prosa, Agenda, Anweisungen für mich selbst, Ansichten eines Zeitgenossen. Co-Autor dieser Aufzeichnungen ist die unbekannte Zukunft. Was habe ich geleistet? Ich bin nicht verschwunden. Keine große Sache das, mancher überlebt. Aufklären will ich, was denn nun im Chaos der Zufälle geschehen ist.

Früher oder später, so vermute ich, bekommen diese Aufzeichnungen andere zu sehen: Namen, Daten, Rauschzustände. Jahrelang schlief ich in Gedanken daran ein, daß sie im Morgengrauen kommen und meine Hefte in ihre Papiersäcke stopfen könnten. Namen aufzuschreiben vermied ich, um niemanden in Schwierigkeiten zu bringen.

Später dachte ich dann, Spuren meiner Dummheiten hinterlassen zu sollen, weil nicht existierte, was ich nicht schriftlich festhielt.

Die Vergangenheit ist wie ein Toter auf dem Straßenpflaster, mit einer Plastikplane abgedeckt. Fiktion mischt sich nur in dem Umfang zwischen die unfaßlichen Geschehnisse und niedergeschriebenen Worte, wie sie die Willkür des Verstands und das Umherirren der Erinnerung unausweichlich nach sich ziehen. Immer häufiger kommt es vor, daß ich nach einer Geschichte befragt werde, weil von deren Akteuren nur mehr ich am Leben bin. Wenn die mir Nahestehenden meist schon heimgegangen sind, dann bin ich hier sozusagen Geschichte.

Wo ist das Gestern geblieben? Gestohlen worden. Das ursprüngliche Geschehen vermag ich von jenem Bild, das ich davon heraufbeschwöre, nicht zu unterscheiden. Es gibt keine Tatsachen, nur Bilder. Kann ich meiner Erinnerung befehlen, mit einer schwachen Laterne in das dunkle Lager eines längst versunkenen Abends einzudringen? Viele unbearbeitete Bilder habe ich gesammelt und schließlich ungeordnet und gestapelt liegengelassen.

Die Wirklichkeit ist nur gewesen. Sobald sie geschieht, verwandelt sie sich auch schon in ein Bild. Wie beispielsweise dieses Schiff in der Bucht, das vor meinen Augen davonschwimmt, oder der Regentropfen, der sich vom Geländer des Balkons löst und sich anschickt zu fallen, oder jener Mann mit dem Regenschirm, der auf dem Platz um die Ecke biegt. Die gemeinsame Anwesenheit von allen dreien ist nur mehr eine vergangene und ist in einem nie mehr wiederkehrenden Augenblick wirklich gewesen. Und auch dann lediglich für mich. Für das Schiff aber, den Regentropfen und den Herrn mit dem Regenschirm keineswegs. Was ich vergessen habe, ist mir das tatsächlich widerfahren? Das Bewußtsein fängt ein Bild ein, gibt sich mit ihm ab, übersetzt es in die Sphäre des Unmöglichen und macht es möglich. Die Erinnerung ist eine ebensolche Ausnahme wie das Aufflackern eines Streichholzes in der Nacht.

Es klingelt

Es klingelt, ein tritt Melinda, langer schwarzer Mantel und schmaler werdende schwarze Hose, was, berücksichtigt man den schlanken Wuchs und die zierlichen Fesseln der Dame, geschmückt von spitz zulaufenden, schwarzen, halbhohen Schuhen, vorteilhaft genannt werden kann. Weder Ring noch sonstiger Schmuck, lediglich ein schwarzweißer Seidenschal über einer weißen Seidenbluse. Hinzuzufügen wäre noch der im Laufe der Jahre um nichts geminderte Glanz der dunklen Augen, den die sich mehrenden Fältchen nicht zu entzaubern vermögen, und vertikal zu den Lippen, die sich dereinst zusammenziehen werden wie die Krause eines Leinenbeutels, haben es jene kaum wahrnehmbaren Veränderungen, in denen sich die Vergänglichkeit einer Jugend ankündigt, jetzt jedenfalls noch nicht geschafft, dem Mund die Sinnlichkeit zu nehmen.

Melinda Kadron mein Name. Diesem Hallodri bin ich in einem anderen Roman schon begegnet, den uns derselbe Autor beschert hat, unsere Geschichte aber, die des Herrn János Dragoman und meine, war noch nicht abgeschlossen. János, du hast dich von mir in eine Irrenanstalt zurückgezogen und dort ein Mädchen herausgeholt, mit dem du dann drei Jahre lang in der weiten Welt umhergezogen bist. An mich gedacht hast du nur nebenbei, Briefe, vom schlechten Gewissen diktiert, selten geschrieben, wie das so die Angewohnheit treuloser Männer ist. Jetzt aber bist du hier in meiner Stadt, in Kandor, und das wirst du so bald nicht vergessen, wenn dir dafür überhaupt Zeit bleibt. Es wundert mich, daß du diese Frau nicht mitgebracht hast, zumal sie in der Gesellschaft zusammen mit dir aufgetaucht ist, herumgeblödelt hat sie, Skandale verursacht, allgemeine Konsternation hat auch dir den Zugang zu den besseren Kreisen versperrt, dessenungeachtet zeigtest du dich mit ihr überall da, wo viele zusammenkommen und man sich anständig benehmen muß. Mich, so glaube ich, wolltest du auf die Weise verärgern. Auf deine alten Tage versuchst du, mir zu beweisen, daß dir Vorschriften gleichgültig sind, solange ich mich daran halte. Jawohl, an der Seite meines Mannes diene ich der Öffentlichkeit, leiste all das, was von der Ehefrau des Bürgermeisters erwartet wird, bin auf den Empfängen zugegen, nehme Haltung an, lächle vor den Kameras und habe keine Affären. Solltest du bleiben, kannst du mich auf meinen Wegen zum Kinderschutzverein und zum Markt begleiten, zwischendurch können wir Ausstellungen besuchen. Darauf zu verzichten, das kann ich mir nicht erlauben. Ich habe sehr auf dich gewartet. Warum hast du dich so verspätet? Stündlich habe ich den Portier angerufen, mich lächerlich gemacht. Eine Wohnung in Kandor hast du nicht, lediglich diese beiden ineinander übergehenden Hotelzimmer, die du behalten kannst, wenn du dich zu uns bekennst. Wenn du auch auf den Flughäfen ein Kandorianer sein wirst. Was du auch sein magst, Buddhist, Katholik oder Jude, über vierzig solltest du deine Aufgabe gefunden haben, solltest daran denken, was du tun könntest. Irgend etwas kann man immer geben.

Melinda Kadron geht einkaufen, kümmert sich um die Steuererklärung, beantwortet die Briefe ihres Mannes, erledigt die Wege zur Post und zur Apotheke, bereitet das Abendessen zu und wäscht ab, mit den Kindern spricht sie in der gemeinsamen Sprache, beglückend schmaust sie zu zweit mit dem einen oder anderen Käsenudeln, vom Reifenhändler holt sie das Reserverad ab, und für die Terrasse besorgt sie Korbstühle. Jeden Morgen trinkt sie Kakao, ißt Toastbrot mit Butter dazu, Kaffee trinkt sie selten, Alkohol fast nie, Zigarettenrauch stört sie, Kräutertee mag sie, und auf dem Blumenmarkt ist sie in ihrem Element. In Melindas Hand ein Korb, sie sagt kein einziges Wort, auch Dragoman nicht, die Hausfrau deckt den Tisch und packt aus: Brot, Schafskäse, Paprikaschoten, selbstgebrannten Erdbeerschnaps und rauchigen Weißwein aus der Umgebung. Sie schenkt zwei Gläschen Schnaps ein, tritt an Dragoman heran, der sich auf den Flügel in seinem Appartement stützt, den er Tombors Aufmerksamkeit zu verdanken hat, und erhebt das Glas, sieht Dragoman tief in die Augen, um schließlich die Faust aus der Hosentasche herauszunehmen und einen Zwergpapagei zu präsentieren, der gleich auf das Klavier fliegt, wo er sich vernehmen läßt: »Hure! Hure!«

»Mein Mann hat ein Mädchen für alles – Sekretärin, Haushälterin, Protokollchefin, Chauffeuse –, Sandra, nebenbei bemerkt die Frau des Rektors und Vizebürgermeisters, schrecklich nett auch zu mir, allerdings glaube ich, daß sie mich der Königinnenkrone berauben will. Sie will viel, die Raffgier liegt ihr im Blut. Ich behaupte nicht, daß sie plump und schnöde sei, und ich sage auch nicht, daß sie dumm sei, aber irgend etwas Ufoartiges hat sie an sich, sie ist furchtbar effizient, Antal hat sie derart eingewickelt, daß der Idiot nicht mal einen Mucks ohne sie macht. Jede Minute seines Tagesablaufs teilt sie ein, ganz gleich wo er sich gerade befindet, sie schiebt ihn weiter und sagt ihm, was er zu sagen hat. Die entscheidenden Sätze schreibt sie ihm auf, sie verhandelt mit den Fachleuten, liest und beantwortet die an ihn gerichteten Briefe, und im Büro behandelt sie meinen Mann mit kühler Sachlichkeit. Antal schläft wenig, seine Verpflichtungen nehmen unaufhörlich zu, sein Pflichtbewußtsein grenzt manchmal schon an Wahnsinn, er schont sich überhaupt nicht, als würde er das nahende Verhängnis ahnen. Wäre ich eher besorgt als fatalistisch, würde ich mir um Antal Sorgen machen. Unlängst hat er sein

Testament gemacht und ein Exemplar davon mir übergeben, er ist bemüht, künftige Konflikte mit den Kindern auszuschließen. Dieses ganze Bürgermeisteramt ist ein einzigartiger großer Abgesang, er büßt für seinen Erfolg, daß es niemanden gibt, der es schafft, ihn zu verachten, höchstens zu hassen, daß ihm alle aus der Hand fressen. Er erreicht einfach alles, wenn auch nicht im Prunksaal, dafür aber im Bierkeller des Rathauses, wo er sich mit den Wortführern der Opposition einigt. Gelingt das einmal nicht, tauschen sie sich trotzdem in ihrem Anglerlatein aus und genießen die Geschichten, denn seit neuestem nimmt Tombor seine Tischgenossen mit unbeweglicher Miene ins Visier, läßt seinen Geist sprühen und landet die Pointen mit hoher Treffsicherheit im gegnerischen Feld, um sofort eine weitere folgen zu lassen. Zu Hause hält er sich kaum auf, es kommt vor, daß er die Kinder tagelang nicht sieht.

In der Zwischenzeit habe ich begriffen, daß nicht ich es gewesen bin, die dir durch jenes Zuspielen des Balls, durch meine dezente Methode, zum Verlassen der Irrenanstalt verholfen hat, sondern Schwester Brigitta, die dich in ihr Zimmer im Schwesternheim mitgenommen und dich im Bett so lange gestreichelt hat, bis du wie ein jammernder Säugling in ein wohliges Winseln verfallen bist. Deine Untreue nehme ich zur Kenntnis, dennoch weiß ich, daß du ein Kater bist, der sich danach sehnt, am Kachelofen zu sitzen, und der verblüffend lange in unserer Nähe schlummern kann, es liebt, sich zu recken und zu strecken, ohne uns bei der Lektüre und bei intellektueller Geschäftigkeit zu stören. Und daß dich deine Neigung, Geschichten zu erzählen und zu hören, an mich kettet, weiß ich ebenfalls. Hier sind deine Freunde, ich bitte dich, das Alter ego des Bürgermeisters zu sein. Und du mußt die Arbeit an den Fragmenten meines Vaters zum Abschluß bringen. Du hast Pflichten. Du hast dich bei mir verkrochen, bist mir immer näher und näher getreten, hast mir den Hof gemacht, ein

Schuft bist du. Und dann, wie aus dem Katapult geschossen, hast du dir den Stehkragen umgewürgt und dich, den Zylinder auf dem Kopf, aus dem Staub gemacht. Hat niemand unseren Liebsten gesehen? Doch, doch, mit dem verrückten alten Jaguar ist er in Richtung Grenze gefahren, wie er sich auch vor uns in die Irrenanstalt verzogen und sich, wie vom Schlag getroffen, ein halbes Jahr lang in Schweigen gehüllt hat. Bleib, mein Einziger, und wenn du noch kannst, wenn dich Qualm und Alkoholdunst nicht völlig benebelt haben, dann solltest du ein neues Stück anfangen. Komm, ich nehme dich mit, wohin, will ich nicht verraten, unten steht mein märchenhafter Lada.

Dragoman (faul): Sitzt du bequem? Betrachte dieses Zimmer als einen angenehmen Ort, von dem man sich nicht fortrühren muß und wo wir sitzen bleiben können, wenn wir uns nun schon getroffen haben. Du bist hier, das ist die Realität, diese beiden Zimmer, der Korridor und die Nebenräume. Und vor meinem Zimmer die große Terrasse auf dem Dach des Hotels am Seeufer. Zu unseren Füßen der Platz der Auferstehung. Luxusort und Augenblick des Luxus, keine Pflichten, ich gehöre niemandem, und niemandem schulde ich etwas. Jeden Augenblick kann ich, wenn mir danach ist, weggehen.

Gekommen bin ich, um einen Vortrag zu halten und nebenbei an der Universität einen Ehrendoktortitel entgegenzunehmen. Da dies nicht der erste in der Reihe derartiger Eitelkeiten sein wird, vermag mich ein weiterer akademischer roter Punkt nicht aus der Fassung zu bringen, muß ich doch ständig an das letzte Geleit der Kollegen denken. Heute findet die Beerdigung von dem, morgen von jenem statt. Heute der, morgen jener in der häßlichen Leichenhalle, die Namen werden aus der Adressenliste eliminiert. Jede Auszeichnung ein Schritt auf den Sarg zu.

Der Vortragsredner bereitet sich auf seine Rolle vor,

bringt die Requisiten mit und transportiert sie ab, die Affen und Zauberstäbe, stellt sich auf die Bühne, empfiehlt sich der Gnade Gottes und tut, sagt, was er kann. Er antwortet auf Fragen, kreist ein Thema ein, betreibt etwas, was den Saal füllt und das Publikum befriedigt nach Hause gehen läßt. Nach dem Abendessen bleibt der Vortragsredner allein im Hotel, anderntags zieht er weiter, begibt sich zur nächsten Station seiner Rundreise, dorthin, wo er sein Erscheinen zugesagt hat, wo ihn Verpflichtungen binden.

In N. wird mein Vortrag auf Plakaten angekündigt, spätestens am kommenden Dienstag muß ich dort sein, doch bis dahin dauert es noch eine Weile, und wir haben einen Nachmittag vor uns, wenn du nicht allzu müde bist, könntest du deine Kostümjacke ausziehen, dies um so mehr, als dann ein Hindernis weniger zwischen uns wäre. Ich bitte Sie, mir die Hand zu reichen.

Vier Jahre Abwesenheit stehen darin geschrieben.

Nach den Klagen einer verlassenen Frau steht uns nicht der sinn. An deiner Seite geblieben sind deine Familie und der Mann des Jahres. Selbst wenn ich die Augen schließe, sehe ich dich. Das genügt, um dir die Hand zu drücken und in die Falle zu gehen. Neulich bestrafte mich der HERR, indem er mich den Verstand verlieren ließ. ER bestrafte mich, weil ich das Gebot weiterzuziehen übertreten hatte. Ich muß gehen, auch wenn es keinen Sinn haben sollte! Einem jeden wird vom HERRN ein Anderes auferlegt. Mir hat er befohlen, als Vortragsredner und Magier von einem Ort zum anderen zu pilgern. Ich muß meine Wanderung fortsetzen, um dort zu sein, wo ich noch nicht gewesen bin. Ein anderer braucht sich nicht einmal aus dem Sessel zu erheben und gelangt dennoch dorthin. Sie bedeuten eine Gefahr für mich. An Ihrer Seite werde ich Vergnügen daran finden, jeden Samstag zum Markt zu gehen. Ich gewöhne mich daran, alles gemeinsam zu unternehmen. In der Konzerthalle oder im Theater fühle ich mich ermutigt, den Kopf vornübersinken zu lassen, kann ich doch darauf vertrauen, daß Sie mich anstoßen werden. Ich freilich lege meine Hand bei passender Gelegenheit auf Ihren Schenkel und beobachte Ihr Gesicht, was sich dort, während die Musik spielt, ereignet, ob sich irgendwann ein inneres Lächeln zeigt. Das macht mich neugierig, ebenso wie mich Ihre Kochkünste interessieren oder wie ich wissen will, was Sie von meinen Freunden halten, wie alles, was ich tue, auf Sie wirkt. Sollte ich Ihren Geschmack als meinen obersten Richter anerkennen, sollte ich mich Ihrem Regiment anvertrauen, könnten daraus große Probleme für mich entstehen. Denn dann wäre es in Ordnung, nachts meine Hand zwischen Ihren Schenkeln zu haben, solange wir nicht einschlafen, solange ich mich nicht auf den Bauch drehe, denn viel Platz neben Ihnen im Bett bleibt mir nicht, Sie besitzen ein ziemlich einnehmendes Wesen, spreizen Ihre langen Glieder, und im Schlaf lassen Sie jenes kleine Murmeln vernehmen, was etwa heißen mag, daß nun alles seine Richtigkeit habe, daß Sie nicht gestört werden wollen. Und so wird schon alles verloren sein, ich sehe zu, wenn Sie sich die Haare waschen und trocknen, ich sehe zu, wenn Sie sich eincremen oder die Lippen schminken, aufmerksam verfolge ich Ihr Grübeln, wenn Sie zwischen den Strümpfen auswählen. Mit zunehmendem Alter, so nehme ich wahr, wird Ihre Eleganz immer makelloser, im strenggenommen melindaischen Sinn des Wortes, alles an Ihnen erweist sich als zusehends melindaisch, an den Beinen die Strümpfe, die spitze Form der Schuhe und das Geistreiche an den Sätzen. Am Ende werde ich in Ihrem Haus am Hang in der Oleanderstraße sitzen, während draußen alles weiß ist, mich hier drinnen aber die Kolatsche anlacht. Kurz gesagt, Sie haben recht, was Sie sagen, ist anziehend, und am anziehendsten sind Sie selbst. Langen Sie zu, essen Sie Obst, und blättern Sie getrost im Fotoalbum, lassen Sie sich durch mein Geschwätz nicht stören.

Ein Zimmer auf dem Land

In diesem Zimmer auf dem Land, wo sich schon in der Mitte des vergangenen Jahrhunderts der Ausschank einer Kneipe befand, stand ein Jude, der das Haus hatte erbauen lassen, an der Grenze zwischen Nacht und Tag, die Ellenbogen auf die Theke gestützt, und hegte ähnliche Erwartungen wie ich. An den Tischen saßen keine Gäste, Mondenschein strich über taufrisches Gras am Grabenrand, dies war die Stunde, in der sich der Wirt dem HERRN zuwandte.

»Das Verlangen nach Vergnügen hast du, o HERR, den jungen Hunden und betagten Männern gleichermaßen gegeben. Auch hierher, zu mir in die Kneipe, kommen die Dorfbewohner und Reisenden, damit ihnen ein bis zwei Gläser die Zunge lösen und die anderen sich über ihre Worte amüsieren. Sie wetteifern, wer vom einen Tisch zum anderen Witzigeres zum besten zu geben hat. König ist hier, wer das letzte Wort hat. Wenn er spricht, schweigen die anderen. Als König muß man geboren werden, selbst in einem so kleinen Dorf. In gewöhnlichen Nächten warteten wir auf den König.«

Aus einem Mietwagen steigt ein Herr aus, gefütterter Raglanmantel, hochgeschlagener Kragen, die dichte Mähne weiß nichts von einem Hut, selbst bei Wind und Wetter nicht, verwitterte Nase, auf der Stirn verschiedene Beulen, streng das rechte Auge, nachsichtig das linke. Hausherr und Gast umarmen und mustern sich, grinsen, als hätten sie sich wechselseitig entlarvt.

Der Gast atmet tief durch, die Luft an einem Herbstmorgen ist nicht minder berauschend als Trester, den ihm der Wirt anbietet. Dragoman hört gellende Töne. »Kamerad Schwein, empfiehl Gott deine Seele. Bald wird man dir das Blut abzapfen.« Es bemerkt, daß der Morgenstern, die Keule, genau auf die Mitte seiner Stirn zielt.

Dragomans Insignien: allmählich grau werdendes Haar, Edenschnurrbart, Spazierstock mit Silberknauf, aus dem auf entsprechenden Knopfdruck hin ein Dolch mit dünner Klinge herausschnellt. Allerdings enthält der Stock auch eine Kammer, in der sich eine winzige Schnapsflasche verbirgt.

In seiner Hand taucht ein kleiner schwarzer Ebenholzelefant auf, der, wenn du auf eine bestimmte Stelle drückst, einen Deckel aufspringen läßt, und Professor Dragoman, unser ehemaliger Klassenkamerad und seitheriger Freund, stopft seine kurze Pfeife mit einem Harzklümpchen, so groß wie ein Reiskorn. Der Stoff wechselt vermutlich zwischen afghanischem Schwarz und libanesischem Rot.

An einem solchen Morgen befindet sich Dragoman auf dem absteigenden Ast, die Tagesration hat er bereits zu sich genommen, sich lange genug wichtig gemacht, Ideen in Bewegung gesetzt, internationale Aktivitäten initiiert, die Koalitionen des guten Willens zusammengeschmiedet. Dann macht er sich Hals über Kopf aus dem Staub, und alles bleibt beim alten.

In der Nähe der Kneipe hält ein anderes Auto an, doch niemand stigt aus. »Siehst du?« sagt Dragoman vorwurfsvoll. An ihm liegt es nicht, er kann nichts dafür, daß ein Wagen hinter ihm stoppt und niemand das Fahrzeug verläßt.

Er verhilft den Situationen höchstens zur Entstehung, damit sie offensichtlicher werden, trägt dazu bei, die Krallen zu zeigen und die Standfesten auf die Knie zu zwingen.

Voll phantastischer Orte, Betten und Frauen steckt das Erdenrund. Eine Frau, die zuviel redet, intensiv und atemlos, macht ihn körperlich nervös, er hat das Gefühl, als könnte er einen Wecker nicht abstellen. Jung ist Dragoman nicht mehr, seine einzige Frau ist gestorben, Kinder hatten sie keine. Lieber hat er auf das Verwöhntwerden verzichtet als auf die einsame Lebensweise.

Gelegentlich trifft er Melinda, sie nehmen sich in acht voreinander: Ein Freund aus der Kindheit wird die Frau des Bürgermeisters nicht in Verruf bringen. Natürlich bringt er sie in Verruf, auch wenn sie nirgendwo miteinander schlafen, oft aber wandeln sie an der Burgmauer umher, setzen sich am Seeufer zu Füßen des Felsens nieder, verirren sich in den abschüssigen Gassen in kleine Fischgaststätten und Hammelschenken. Hand in Hand kann man sie sehen, wenn Dragoman Melinda über einen Graben hilft, sehen kann man sie, wie sie Seite an Seite Fahrrad fahren, wie sie in der Kneipe sich in eine Ecke zurückziehen oder im Kino sich flüsternd unterhalten, wie sie in Ausstellungsräumen entgegengesetzte Richtungen einschlagen und erfreut lächelnd einander wieder begegnen. Als Erkennungszeichen pfeifen sie kurze musikalische Zitate, die können nur vom anderen kommen, wem sonst sollte es einfallen, triumphierend die Toccata und Fuge in D-Dur mit gespitzten Lippen hervorzubringen. Zu einem derart altmodischen Lärm kann sich nur Dragoman hinreißen lassen.

Morgen vormittag wird er Melinda zum Markt begleiten, prächtige Eisradieschen und Porree auswählen, große Blumenkohlköpfe, Quark, lauter Wunder in weißer Trauer. Hinter der Freundin hält er Maulaffen feil, sie weiß, was nötig ist. Dragomans Ideen sind verdreht, er tut besser daran, die schwarze Umhängetasche zu schleppen und nicht in etwas hineinzureden, wovon er keine Ahnung hat. Die Hühnersuppe wird Melinda mit Quitten und Porree zubereiten, auch saure Sahne gehört dazu. Beim Einkaufen ist Melinda ein bißchen unaufmerksam, tausend anderen Dingen schenkt sie ihre Aufmerksamkeit, Dragoman weniger. »Was sagst du, mein Lieber?«

Alles ist großartig, Kobra dagegen weiß, daß es nicht so bleiben wird, jetzt ist an der Oberfläche des Sees alles spiegelglatt, Dragoman aber flattert hierhin, dorthin, und schon hat er aus der Tiefe des ruhigen Sees einen solchen Sturm hervorgezaubert, daß haushohe Wellen entstehen werden. In Dragomans Nähe explodieren Minen, er indes ist weitergeschwebt, als würde er auf dem Minenfeld Tango tanzen. Wie dem auch sei, mit ihm verbindet sich die Vorstellung von Sprengstoff, auf leisen Sohlen geht er umher, mit Getöse explodiert er, nicht einmal er selbst weiß, was er anrichten wird. Unschuldsvoll schreitet er von Drama zu Drama. Wo er sich als Tourist aufhält, dort bricht zufällig eine Revolution aus. Das Hotel, in dem er absteigt, wird noch am selben Tag von einem grandiosen Attentat heimgesucht, so daß er seinem Wochenblatt, dessen zahlreiche Leser mit Interesse verfolgen, was Dragoman widerfährt, aus erster Hand berichten kann.

Wenn beispielsweise von einem gemütlichen Schiffsausflug die Rede ist, spitzt der Leser schon die Ohren, hält Ausschau, stellt sich auf die Zehenspitzen, weil er gespannt ist, was nun passieren wird. Und tatsächlich: Eine lärmende, betrunkene Gesellschaft bekommt Streit mit einem Matrosen, der einen der Krakeelenden ohrfeigt, mit vereinter Kraft werfen die Betrunkenen den Matrosen ins Wasser, es kommt ein Trupp Matrosen, wirft die Betrunkenen ins Wasser, sie helfen sich gegenseitig aus dem Wasser heraus, auf der Strickleiter überschlagen sich Matrosen und Betrunkene vor lauter Höflichkeit, nachdem aber alle oben angekommen sind, auch jener feiste Kerl, fängt alles von vorn an, mächtige Kinnhaken lassen die Opfer über die Reling gehen, und im Wasser dann wieder der Höflichkeitsreigen.

Dragoman treibt sich nur deshalb so viel herum, weil er den Schlaf nicht bevorzugt. Nachts hat er im Lokalsender über eigenartige Kandorer Größen gesprochen, die in die Fremde gegangen sind. In den unwahrscheinlichsten Kneipen der Erdkugel hat er mit ihnen bei einem Glas Wein gesessen und Erinnerungen an Kandor ausgetauscht. In die weite Welt hat es sie verschlagen, bei ihren Begegnungen umarmen sie einander, dann stoßen sie den anderen von sich, verteidigen ihr Territorium. Der Durchreisende ist ein gerngesehener Gast, von den Ortsansässigen wird er eingeladen, und sie brüsten sich mit den Vorzügen, die ihnen nur die heimische Existenz zu bieten vermag.

Schon einen Monat ist es her, daß sich Dragoman in der Stadt Kandor, im Hotel zur Krone, niedergelassen hat. Mit dem Hoteldirektor hat er sich preislich geeinigt, eintausendzweihundert Dollar kostet die Wohnung, inklusive aller Dienstleistungen. Per Fax schickt er den Redaktionen seine Texte zu. Auf der Dachterrasse, wo gebräunte Frauen in spärlicher Bekleidung auf den Sonnenpritschen liegen, kann er ziemlich gut arbeiten.

Kobra besucht Dragoman während seines Aufenthalts in Kandor mehrfach. Zu den verschiedensten Zeitpunkten und mit der strahlenden Gewißheit, daß man sich nichts Besseres vorstellen könne, als morgens um acht bei seinem Freund aufzutauchen, wenn sich Kobra gerade an den Schreibtisch setzt, ebenso wie ein Schüler, um sich an die Formulierung des aufgegebenen Hausaufsatzes zu machen, nachdem er seine Vorbereitungen getroffen und all die Übungen hinter sich gebracht hat, die sein Gehirn in Gang setzen. Kaum daß er seinen Gedanken freien Lauf gelassen hat, als irgendeine hoch aufgeschossene und hämische Figur an Kobras Fenster klopft, das er nicht einmal im Sommer gern öffnet. Ihn auf solche Weise zu stören, würde sich jemand aus dem Dorf nicht erdreisten.

Noch dazu gibt es niemanden, der eine derart unmögliche Visage hätte. Nicht krumm ist seine Nase, vielmehr setzt sie erst abschüssig an, um schließlich steil abwärts zu stürzen, die Augen aber, diese beiden riesigen blauen Augen, schielen stets aufwärts, als flehten sie um höheren Segen für irgendwelche Absonderlichkeiten.

Es freut mich, Professor Dragoman, Sie unter den Stammgästen meiner Kneipe begrüßen zu dürfen, ein bißchen Bohnensuppe mit Sauerkraut und Schweinshaxe ist immer übrig, und am frühen Morgen, wenn Sie vielleicht ein wenig beschwipst sind, tut das ausgesprochen gut. Doch wenn Sie wollen, mache ich die Kneipe zu, wir gehen hinaus auf die Wiese in das große Nichts, und wir unternehmen einen Spaziergang. In festen hohen Schnürschuhen stiefeln wir über die feuchten kleinen Hügel, stampfen den Torf, auch diesen Tag haben wir erlebt, es ist Sonnabend.

Sie, mein Sohn Kobra, scheine ich nicht loszuwerden! Ich stelle das Radio an, zu hören ist die brummige Stimme des braven Banknachbarn, ich stelle den Fernseher an, und auch da grinst und predigt er, zwischen dem öffentlichen und dem Privatleben sei ein Gleichgewicht zu schaffen. Der Ochse vom Olymp. Der Common sense kommt ihm aus dem Bauch. Nun gut, er ist ein verheirateter Mann. Das erklärt vieles.

Eines ist gewiß, ich könnte das nicht. Gleichgewicht? Wie ein Blitz, so saust die Seele in meinem Haus von einer Ecke zur anderen. Nicht einmal das Geld für eine Scheibe trockenes Brot werde ich verdienen, weil ich meiner Zeitung nichts schicke. Es hat sich ergeben, daß mich zufälligerweise nicht interessiert, was ich eigentlich beobachten müßte. Vielleicht *ist Melinda der Grund* dafür. Auch für sich genommen ist der hiesige Wandel vermutlich keine große Nummer. Eine neue Sprache, neue Tricksereien, wer seine Gier mit welchen Phrasen bemäntelt. Wechsel der Philosophie, Wiedertaufe, umorientierte Speichelleckerei des Satelliten, ein schwach entwickeltes Land wechselt seine Illusionen und meint, es könnte die Spitzenreiter einholen. Weit gefehlt. Billiger Import, Lechzen, Angst, draußen vor der Tür zu bleiben. Gerade erst sind sie umgestiegen. Sollten sie schon wieder umsteigen müssen?

Provinzielles Lamentieren und Schmierenkomödie. In diesen Zeiten interessiert mich Melinda, und wenn ich mich in ihre Nähe wage, beschleicht mich ein dumpfes Gefühl. Auf dem Kopfkissen des Kronenhotels weine ich die Tränen eines fallengelassenen Liebhabers.

Mein Gott, wie angenehm, in einer bequemen Hose auf dem breiten Hotelbett sich auszustrecken und zu rekeln oder sich auf das Fahrrad zu schwingen, auf Straßen und Waldwegen in die Pedalen zu treten, zu rollen und zu schieben, bis du endlich wohlig keuchend im Gras auf dem Rücken liegen kannst!

Galant macht er Regina seine Aufwartung. Bei den Freunden ergreift Dragoman im allgemeinen für die Ehefrauen Partei, wenn es eine Frau im Haus gibt, soll sie das Sagen haben. Den Familienhaushalt im Griff haben, ebenso wie der Staatshaushalt die Aufgabe eines Ministerpräsidenten ist. Auch dieser hilflose Kobra fährt besser, wenn er sich Reginas Entscheidungen unterwirft, wenn er von vornherein loyal ist. Reginas Tun mußt du nicht verstehen wollen; sei überzeugt davon, daß sie ohnehin alles richtig macht. Sobald ein Kind da ist, stehst du in der Schuld der Mutter. Im übrigen ist ein verheirateter Mann nicht erwachsen, er ist der Sohn seiner Frau, für ein bißchen Wärme hat er die Abhängigkeit gewählt.

Dragoman kann es nicht leiden, wenn er jemandem darüber Rechenschaft ablegen soll, wohin er geht und wann er nach Hause kommt. Höchstens den Hotelportier informiert er. Jederzeit hat er die Möglichkeit, sein Bündel zu schnüren und abzureisen. All sein Hab und Gut hat Platz in zwei Umhängetaschen, wenn er eine neue Hose kauft, wirft er eine alte weg. Seine Baumwollhemden müssen nicht gebügelt werden, abends wäscht er sie in der Badewanne des Hotels, bis zum nächsten Morgen sind sie trokken. Wenn er einen Tee oder etwas zu essen haben möchte, braucht er sich bloß an den Zimmerservice zu wenden.

Kauft er ein Buch, verschenkt er es nach der Lektüre. Seit er keine eigene Bibliothek mehr besitzt, liest er aufmerksamer. Im Gefängnis hat er jenes Buch schätzengelernt, das er der Willkür des Schließers zu verdanken hatte.

Es zeigt sich, daß die meisten Dinge nicht wirklich nötig sind. Ausrüstungen, Einrichtungen, Immobilien besitzt er nicht, er will sich an keinerlei Überfluß gewöhnen. Zwischen seinen Pfeifen und dem, was zum Kiffen gehört, hält er Ordnung. Zweimal ist er aufgeflogen, doch die bei ihm entdeckte Menge wies darauf hin, daß er Verbraucher und nicht Händler ist. In zahlreichen Städten weiß er genau, an wen er sich wenden muß, um an guten Stoff zu kommen. Gern sitzt er in zugewachsenen Gärten, auf einer schattigen Veranda, gibt sich süßem Nichtstun hin und raucht eine Pfeife. Dann geht er weg und verstrickt sich in die Widersprüche des Lebens.

Wäre ich ein echter Kosmopolit, sagte Dragoman, würde ich mich überall phantastisch zurechtfinden. Ich aber fühle mich überall eher unwohl. Widerliche Menschen empfinde ich als widerlich, häßliche Häuser als häßlich, langweilige Bücher als langweilig, manierierte als manieriert, ganz im Gegensatz zu meinem Freund Kobra, der für alles irgendeine unausstehliche, mystisch-verzeihende Formal parat hat. Auf allen vieren kriechend, klammert er sich an das Elementare, an das Geschehene, sogar aus der Gegenwart stiehlt er sich davon, nur damit ihn der Zwang, die Zukunft, das Versprechen nicht niederdrücken, was notwendigerweise verlogen ist, weil es sich nicht einhalten läßt, oder umgekehrt, gedankenloses Durchhecheln von all dem, was ist: zwei gegensätzliche Grimassen wirklichkeitsfremden, verständnislosen Denkens. Hier das Jenseits und die Utopie, dort das Jammertal und die Skandale. Langweilig. Dieser Schuft von Kobra weiß, daß es mehr nicht gibt: Haus, Ehefrau, Kinder, Werkstatt, Nachbarn, Gäste, frühes

Zubettgehen, Sternenhimmel, Sonnenaufgang, dicke Mauern, kühle Zimmer, im Winter gut zu heizen, er weiß, daß sich der Mensch irgendwo in ein Gefängnis sperrt.

Daran dachte ich auf dem Schiff, auf dem ich bleiben mußte, obwohl ich nicht dort sein wollte, wo mir die beste Kajüte zugewiesen worden war, ich dennoch nicht verstand, weshalb ich hier liegen mußte, in diesem Rauschen, einen Ortswechsel nur das Deck bot, wo es wünschenswert ist, daß du eine üble Illusion teilst, die dir zu teilen absolut nicht einfällt. Überraschend, wie lautstark und sentimental gebildete Leute sich vernehmen lassen, wenn du deine Gegenargumente still, fast fragend artikulierst. Gern hätte ich auf diesem Schiff mit Kobra, dem Kamel, getauscht. Kamel, Büffel, Bär, das war er schon in der Schule, natürlich in schlankerer Ausführung. Das wäre mir viel angenehmer gewesen, auf seiner Gartenbank zu sitzen und, mit Genehmigung der bezaubernden Regina, in seinem Ehebett zu liegen.

Abends allerdings, zwischen anderen Häusern umherziehend, durch die sich schlängelnden, steilen und abschüssigen engen Straßen einer Insel von Kneipe zu Kneipe, dann sitzend auf einem Platz, von wo ich im grellen Mondenschein in drei Richtungen einen Blick auf das Meer hatte, Schiffe waren jetzt nicht zu sehen, hinter mir eine Aufschrift, die sich ungünstig über die Juden äußert, griff ich nach meinem Stock, schraubte ihn auf und kippte aus dem Silberrohr einen Schluck Jamaicarum. Schadenfreude, dann Mitleid, daß die Schurken und die Idioten ein Leben lang das Kreuz ihrer eigenen Dummheit und Boshaftigkeit tragen müssen, brachten mich fast zum Lachen und zum Weinen. Und alle sind sie unter einem Dach zusammengesperrt.

Ich lief ans Meer hinunter, beobachtete das zurückflutende Wasser am Sandstrand, verfolgte die Bewegungen des gedämpften blauen Scheinwerferlichts der Patrouillenboote, unterhielt mich am Dock mit einem feinen Menschen, spielte mit einem Einbeinigen Mühle auf einer Bank, auf dem Balkon legte ich die Füße auf das Geländer, meine Augen tasteten die Häuser auf der bewaldeten Anhöhe des gegenüberliegenden Hügels ab, inventarisierten sie, ja, all das gehörte mir, ich versuchte, mich in die Träume der unbekannten Schlafenden einzuschleichen, und nun wollte ich nicht mehr tauschen mit Kobra, dennoch freue ich mich, daß ich Grund habe, diesen feixenden Holzkopf zu beneiden.

Jene Sanftmut, von der Hunde, Katzen, Nachbarn, Menschenmassen, einfach alle, bezaubert sind und die, woran ich eher glaube, eine Möglichkeit ist, den Anderen auf Distanz zu halten und ihm auszuweichen, ist an meinem Freund Kobra die unsympathischste Eigenschaft. Seine Sanftmut ist Ökonomie, schlaue Gleichgültigkeit, sie beruhigt, will keine Konflikte und Verflechtungen. Sanftmut, das ist der Trick des Alleinseins. Ich bleibe immer allein, indem ich die Flucht ergreife. Kobra dagegen hüllt sich in die gläserne Festung der Sanftmut.

Du kannst ihn sehen, er sitzt am Schreibtisch, du kannst ihn sehen, er hängt sich die Einkaufstasche über die Schulter, alles, was gebraucht wird, bringt er aus dem Laden mit, er wird abgeholt, leutselig sagt er, was gesagt werden muß, dann zieht er sich in die Höhle zurück und läßt seine Schemen tanzen. Kobra ist der, den man überall als Präsidenten haben will, mich eher als bissigen Spaßmacher. Ich soll provozieren, er Probleme lösen. Wenn du Kobra suchst, wirst du ihn finden, er macht an Ort und Stelle herum, mich aber findest du nicht, weil ich schon über alle Berge bin.

Bis auf den heutigen Tag hat Kobra keinen Führerschein, ich habe Autofahren schon nach dem Abitur gelernt, nach der Emigration verdiente ich mir mein Toastbrot mit Kaviar eine Zeitlang als Chauffeur einsamer älterer Frauen, die sich auf den Urlaub vorbereiteten. Nachdem mir die

Lust dazu vergangen war, und das geschah alsbald, begann ich für die Presse zu berichten.

Meist hielt ich mich dort auf, wo mir die Kugeln um die Ohren pfiffen, wo es geraten schien, den Streifen der Uniformierten auszuweichen, wo sich auf der Straße eine bis an die Zähne bewaffnete militärische Präsenz zeigte. Ich war neugierig auf jenen Wahnsinn, der die Männer in irgendeinem als wesentlich begriffenen Dienst eine Liaison mit der Maschinenpistole eingehen läßt.

Dragoman ist imstande, mit anrüchigen Subjekten zu lachen, so schnell nimmt er nicht Anstoß an etwas, überall hat er einige Freunde, von jedem Land macht er sich seine eigene Meinung. Das hier ist ein unsicheres Land, das nach einer Vaterfigur sucht, hier wirst du entweder ein Kollektivvater sein und als solcher ein Scharlatan oder verkrampft angesichts des Versteckspiels. Auf jeden Fall mischt sich eine Übertreibung in deine Existenz. Auch du, mein lieber David Kobra, durftest ein erstklassiger Kollektivvater sein. Dein Verbundensein mit der populistisch-staatlichen Sphäre, wozu auch Heidegger schon ermuntert hat, billige ich, zweifellos gibt es dazu eine lokale Variante, deine hast du für dich entdeckt.

In der Krone

Hinter der Fensterscheibe der Krone kannst du sowohl die Geschehnisse auf dem Platz als auch die im Kaffeehaus in Augenschein nehmen. Ich fordere den Leser auf, Platz zu nehmen an einem Tisch für zwei Personen, möglichst allein, und die Anwesenden zu beobachten. Du kannst ein kurzes, vor neugierigen Blicken verborgenes Richtmikrophon benutzen, auch eine geheime Minikamera, in einem Siegelring versteckt, wenn dir solche Mittel zur Verfügung stehen sollten. Allerdings schlage ich dem Leser nicht vor, mich am Ecktisch des Kronencafés zu suchen, das würde auf Schwierigkeiten stoßen. Kandor wird er nur auf ganz speziellen Landkarten finden, und die Besonderheit der Karten besteht darin, daß sie nur in dieser Stadt erhältlich sind.

In der Krone an einer massiven Messingstange ein Samtvorhang, ein Mann, Haut und Knochen, und eine ungewöhnlich rundliche Frau, die fortwährend kichert. Arthur, der alte Kabbalist, erhebt sich, still hat er seine Frau betrachtet, das aus selbstvergessener Traurigkeit aufschrekkende Lächeln, ihr eine Haarsträhne aus der Stirn gewischt, sie mit zwei Fingern berührt. »Ja, Arthur, wir leben noch«, breites Lächeln, beiläufige Umarmung. »Somnambuler Dämon«, nannte mich Arthur, obwohl ich zur rechten Zeit, wenn auch verträumt, überall hinfinde. Die rechte Zeit ist der Moment meiner Ankunft. Und auch meine Leute finde ich gewöhnlich. »Was machst du?« fragt Arthur. »Ich lebe so vor mich hin«, sage ich. »Ich sterbe so vor mich hin«, sagt Arthur. »Was du nicht sagst!« Die Dummheit meiner Antwort erheitert seine Frau, und sie lädt mich zum Abendessen ein, gegrillter Fisch, Salzkartoffeln, Gemüse.

Wir rufen noch an. In einer kleinen Gaststätte am Seeufer habe ich vorgestern hausgemachte Pastete gegessen und Rinderbraten mit Roquefort, dem Rotwein liefen die Tränen. Die langhaarige, melancholische Kellnerin erzählte mir, daß sie ihn bei einem ungehobelten Winzer erstehe, einem Menschen, in dem man sich nicht auskenne, der niemanden eines Wortes würdige, es sei eine Gnade, wenn er ein paar Flaschen verkaufe, auf dem Hof türme sich kreuz und quer Gerümpel, das alles verunstalte, die Türklinke sei sehr hoch, das Tor immer verschlossen, er habe den besten Wein in der Umgebung.

Ich lade dich ein, mein lieber Freund, auf den Platz der Auferstehung, ins Hotel zur Krone, an den rötlichen Marmortisch des Kaffeehauses, auf das braune Plüschsofa hinter dem großen Fenster. Das ist das Anderswosein an sich, was eine geschmackvollere Variante des Zuhauseseins ist. Zwischen 1918 und 1919 beherbergte das Hotel nicht ganz freiwillig den Generalstab zweier aufeinanderfolgender Revolutionen, um schließlich zu Beginn der Konterrevolution Zentrale der Vergeltungsaktionen zu werden. Zum Ende des Zweiten Weltkriegs richtete auch die nationalsozialistische Bewegung Ungarns ihre Folterkammern in den dortigen Räumen ein. Der Besitzer, Arnold Kobra, Großmeister der Gastronomie und des Vergnügungsgewerbes, zu der Zeit unter dem Schutz der schweizerischen Botschaft, inspizierte am hellichten Vormittag von der Dachterrasse aus das Fallen der Spreng- und Brandbomben, merkte an, wenn sich im Hotel keine Gefangenen befänden, wünschte er sich eine Bombe auf das Gebäude. Das Hotel wurde von keiner Bombe getroffen, kurz darauf fiel Arnold Kobra, sie verpaßten ihm einen Kopfschuß.

In den Jahren nach dem Regimewechsel von 1945 gab das Hotel den körperlichen Schmerzen auch weiterhin eine Heimstatt, diesmal unter der Hoheit des kommunistischen

Staatssicherheitsdienstes, hinzugekommen waren beachtliche technische Ausrüstungen. In den Jahren der Beruhigung dann, Anfang der sechziger Jahre, als die Revolutionäre aus den Gefängnissen kamen, erlangte der Bau seine ursprüngliche Bestimmung zurück und genoß wieder den Ruf des besten, wenn auch nicht teuersten Hotels der Stadt, in dessen geräumigen Sälen herausragende kulturelle Veranstaltungen stattfanden.

Der Hoteldirektor, der gern mit seinen Gästen philosophiert, beruft sich auf die Verschmitztheit intellektueller Inzucht: »Nein – ein solches Wort kennen wir nicht, doch Ja ebensowenig.« Ich halte dagegen, dieser Relativimus führe in die Nähe von Hochstapelei. Wie kommt es, daß ich mich in Gesellschaft jener Redlichkeit, für die es nur ein Entweder-Oder gibt, dennoch ein bißchen langweile? Wenn sich jedoch ein Einheimischer zu mir an den Tisch setzt, spüre ich vermutlich eine leichte Differenz zwischen dem Menschen und seinen Worten, als würde er nicht ganz das sagen, was er sagt, und es ist möglich, daß er mir zu nahe rückt.

Petra ruft mich ans Telefon, eine Stimme verheißt mir: »Noch diese Woche wirst du verrecken!« Stoßen wir an, bevor uns die gute Laune vergeht, und es wäre nicht höflich, wenn ein sauertöpfischer Hausherr Gäste einlüde. Viele Menschen habe ich eingeladen, nicht von einem jeden weiß ich, ob er noch lebt oder nicht, den Toten gratuliere ich zum Geburtstag, den Ehefrauen der Lebenden spreche ich mein Beileid aus.

Eingeschrieben sein soll dein Name in das Buch des neuen Jahres. Das fünftausendsiebenhundertsiebenundsiebzigste ist nicht schlechter als das eintausendneunhundertdreiundneunzigste. Was zu Papier gebracht wird, trennt sich ebenso von mir wie ein abgelegter Mantel. Schon gut, meine liebe Frau, wenn Sie es wünschen, gebe ich meine sämtlichen bisherigen Wohnorte an der Garderobe ab. Kein einziger von ihnen gehört zu mir, wenn ich nicht mehr dort wohne.

Sagen Sie bitte, wohin wollen Sie? Was haben Sie in dieser Dämmerung vor? Von hier gehe ich nirgendwohin. Die Pflichten sollen warten, ich schulde dir nichts, es läßt mich kalt, was du von mir denkst. Meinetwegen kannst du dich zu mir an den Tisch setzen, iß und trink, was du möchtest, frage, was auch immer, doch ich sage dir gleich, keine zehn Pferde werden mich von hier wegbringen.

Früher, so vor dreißig Jahren, habe ich ebenfalls hier gesessen, um mich herum lauter Beobachter. Schon früh um sechs ließ ich mich an einem Ecktisch nieder, holte aus meiner Tasche Federkiel und Tintenfaß hervor, suchte mit großen Buchstaben in Schulheften nach einer Lösung für Unlösbares. Im Kaffeehaus grüßen mich zwei Mädchen, Petra und Debora, eine Kleine und eine Große, eine Geschickte und eine Schußlige, wenn sie gerade nicht arbeiten, plaudern sie pausenlos. Auch damals gab es hier eine Kleine und eine Große, ausgeschnitten die Spitze der hohen Schnürschuhe, und auch damals übernahm die Direktion für Gegenstände, die am Kleiderständer deponiert worden waren, keine Haftung. Einst betrieb Debora Diskuswerfen, verdiente dann leidlich als Masseuse, war aber der Leiber überdrüssig geworden. Sie trägt eine glänzende, schwarze Bluse, die beim Gehen luftig aufgebläht wird. Sie vermittelt Nachrichten, beschwichtigt, animiert zu Geschäften, für vertrauliche Informationen erhält sie ein angemessenes Honorar.

Durch die Drehtür tritt eine Frau im Pelzmantel ein, der Duft, der sie einhüllt, macht sie wissend und unverschämt. Mit klopfenden Absätzen naht sie, geschminkt, wogende rosa Konturen schimmern, typisch ihr hastiges Zigarettenrauchen, nervöses Frösteln, lebhaftes Heben und Senken des Busens, schwere Ohrringe, die sensiblen Hände spielen an der vergoldeten Gürtelschnalle. Sie setzt sich an meinen Tisch und behauptet, die Kandorianer seien unsicher, befangen und nicht ganz zivilisiert, neigten abwechselnd zu Mangel an Selbstvertrauen und zu Selbstüberschätzung.

Neben mir steht ein Mann, langes Haar, Bart: »Wissen Sie, zu Hause habe ich immer das letzte Wort: Ich trete ein, grüße, niemand antwortet. Sie haben doch noch jemanden, nicht wahr?« Letztes Jahr ist die Frau des immer leicht beschwipsten Gastes gestorben, während des Zähneputzens erlag sie einem Herzanfall. Als auch er sich die Zähne putzen ging, lag seine Frau unterm Waschbecken, in der Hand den Becher und die Zahnbürste, die Augen starr auf ihn gerichtet. Seither fröstelt es ihn ständig. Kaffee trinken kann man auch allein, doch er hat dies achtunddreißig Jahre lang jeden Morgen mit seiner Frau getan. Er war Metallgießer, dann gab er den Beruf auf, zwei seiner Freunde waren an Silikose gestorben, einfach ausgetrocknet. Hätte es eine Absauganlage gegeben, würden sie noch leben.

Eine alte Freundin setzt sich für einen Moment zu mir an den Tisch, ich betrachte ihr müdes Gesicht, höre das ein bißchen selbstzufriedene und leicht angestrengte Lachen, darum bemüht, sich in Szene zu setzen. Ich vernehme diese Stimme, die ich auch früher schon oft gehört habe.

Mit zitternden Händen versucht ein kleiner Junge, dessen Kopf seitlich verdreht ist, sich aus dem Rollstuhl zu lösen. Eine gertenschlanke junge Frau in Reithosen neigt sich zu ihm herab, der Junge will sich an ihren Hals hängen, doch das gelingt ihm nur für kurze Zeit.

Am Nebentisch füttern zwei Verliebte einander, mit der freien Hand erforschen sie den Körper des anderen, und vom Kuchen der eigenen Konditorei des Kronenhotels können sie einfach nicht genug bekommen. Sie unterhalten sich, ohne eine gemeinsame Sprache zu finden, beide sagen sie, was sie zu sagen haben, sie scheinen sich zu verstehen. Vor einem ausgebreiteten Stadtplan erklärt das Mädchen den Weg, der aus der Stadt führt, doch sie können sich nicht trennen.

Zu mir an den Tisch setzt sich Kuno Aba, mein ehemaliger Geschichtslehrer, heute Rektor der Universität und Vizebürgermeister der Stadt, von draußen hat er mich zufällig entdeckt, interessant, daß ich ihn von drinnen nicht gesehen habe. Er lädt mich zum Segeln ein, auf dem Wasser ist er zu Hause; das Wetter sei stürmisch, sage ich; er besteht auf seinem Vorschlag, wir sollten uns lieber mit den Elementen duellieren als miteinander. Mit einem Wort, Sieger ist, wer überlebt? Seit Kuno Rektor geworden ist, ist seine Sprache esoterischer und zweifelsohne auch gütiger; man sagt, neuerdings könne man ihn jeden Sonntag in der ersten Bankreihe des Doms sehen. »Draußen auf dem Wasser, auf dem Schiff, hätten wir etwas zu besprechen.« »Sprechen wir«, sage ich, »fang an!« »Jetzt? Hier?« fragt er verwundert. Auf engem Raum möchte ich nicht mit einem anderen Mann zusammengesperrt sein.

Mit einer goldumrandeten Brille auf der Nase huscht eine Katze vorüber, ihr auf den Fersen der ewig abstrakte Maler mit offensichtlich gefärbtem assyrischem Bart. Auf dem Platz narzißtische Rollschuhfahrer; der schreiende Prophet ist zur Stelle, Zuhörer finden sich immer, auch jemand, der sein ins Haar geflochtenes Hasenleder inspiziert. Fräulein Imola, gelbe Stiefel und rote Strumpfhosen, stützt sich vertrauensvoll an den Laternenpfahl, nach vorn gebeugt wackelt sie mit dem Hintern, in der Hand einen Stab, den schlägt sie rhythmisch auf den Stiefelschaft und läßt die rollende Zunge sehen. Jenseits vom Fenster ins Gespräch vertieft der farbenprächtige Clown und der in eine stahlblaue Rüstung gekleidete Hellebardier. Da draußen wimmelt es von Karikaturisten, Schattenrißkünstlern, nachahmenden Affen, indianischen und indischen Musikgruppen; vor dem Café übt ein hageres Mädchen auf dem Cello, in den vor ihm liegenden Instrumentenkasten fallen die Münzen. Zwei kleine Jungen, den Arm um die Schultern des anderen gelegt, gehen auf dem Bürgersteig, essen einen Apfel, spucken die Kerne aus, ich glaube, sie sind überzeugt davon, daß sie rechte Kerle sind. Ein dritter Junge, nicht minder ein rechter Kerl, saust in Windeseile auf dem Fahrrad an ihnen vorbei. Wenn gerade niemand auf dem Bürgersteig ist, kann ich den Obsthändler auf der Straße sehen, über den Weintrauben kreisen summend die Bienen, er senkt die Augen, auch Zeitungen sind am Stand zu haben, Sexblätter, mächtige, ausladende, gelbe Melonenbrüste. Eine Frau zischt: »Sex? Sex?« Ein junger Mann: »Seni? Seni?« Eine alte Frau mit dicken Beinen geht am Schaufenster des Kaffeehauses vorüber, starrt in die Leere, als würde sie jemanden glücklich erkennen, die Augen glänzen.

Eine ziemlich dünne ältere Dame im Kostüm schlägt den Schleier vor dem Gesicht zurück und setzt sich, ohne zu fragen, auf einen Stuhl an der gegenüberliegenden Seite meines Tisches. »Nicht wahr, Sie wußten, daß ich kommen werde? Sie wußten von mir, nicht wahr? Ich beschäftige mich tatsächlich mit Vermittlung, mit allen möglichen Tauschgeschäften, ich tausche himmlische und irdische Informationen. Ja, auch Porzellan und Schmuck gehören zu meinem Profil. Ihnen, mein Sohn, sehe ich in die Seele, von mir bekommen Sie die richtige Braut. Ich bringe Ihnen die Auserwählte Ihres Herzens. Gezahlt wird im voraus, mein Junge. Zeigen Sie mir Ihre Hand! Du großer Gott! Mehr, mein Herr, kann ich Ihnen nicht sagen. Sie sollten sich in acht nehmen!«

Auf dem Platz eine sich aufbäumende Reiterstatue. Aus der Musiktruhe frohlockt ein Saxophon, ringt um die hohen Töne. Wenn nicht so, dann eben so. Es wird etwas anderes passieren. Zum Beispiel fährt mir die Straßenbahn ein Bein ab. Oder bei einem morgendlichen Gähnen fliegt mir eine Wespe in den Mund, sticht mich, der Rachen schwillt an, aus und vorbei. Auszuschließen ist auch nicht, daß ich mich ins Gras setze, eine Zecke sich in meinen Hoden verkrallt, eine Hirnhautentzündung verursacht; ich verblöde, knabbere den ganzen Tag an einem Riemen und warte auf Besuch. Wenn ein Mensch das ganze Jahr über allmorgendlich aufsteht, ein sauberes Hemd anzieht und sich an die Arbeit macht, das ist doch auch schon was.

Eine andere Stunde statt dieser gibt es nicht. So starkes Sonnenlicht bekommen die Gäste der Krone nur in außergewöhnlichen Augenblicken zu sehen. Fast liegend schon schießt die Sonne aus der Hüfte ein Strahlenbündel auf uns ab. Während die Zugluft den Vorhang flattern läßt, tanzt ein Lichtstreifen auf dem gelben Parkett wie verrückt. Um den Hals einen Schal, spiele ich mit der Kaffeetasse und dem Füllfederhalter; Leute gibt es, die Zeit haben herumzusitzen. In diesem trunken machenden, irren Licht drängt es die Musen des Goldmosaiks, von der Wand herabzusteigen. Wenn ich mich irgendwo wohl fühle, kommt dem Ort keine allzu große Bedeutung zu. Es hat den Anschein, als befände ich mich hier nahe bei einem angenehmen Ort, dann verlasse ich ihn dennoch im Zug oder im Auto. Unter allen Oropaxsorten ist eine amerikanische die beste; Herr ist, wer die anderen nicht hört. Der einzige sichere Ort ist das Nichtsein. Ich muß mich nicht rühren, die Vorladung habe ich erhalten; irgendwie fehlt es mir auch hier an einem der vielleicht letzten Tage in der Krone an nichts.

Meine Faulheit bewahrt mich davor, daß mich dieses Provisorium zu fahrigen Aktivitäten reizen könnte. Die meisten Affären und Emotionen, denen ich tagtäglich ausgesetzt bin, sind künstlich, angestrengt, beklemmend und streitsüchtig. Ein besorgter Kollege bleibt neben mir stehen und sagt: »Eine Welle hin, eine Welle her. Erst Erleichterung, dann wieder Bedrohung. Alles ist durcheinandergeraten, jeder bespitzelt jeden, aus der Erde sprießt eine widerwärtige Stimmung hervor und breitet sich aus wie eine Seuche. Als ergraute Männer spucken wir uns gegenseitig in den Bart. Wie kommt es, daß du so ruhig bist? Natürlich, weil sie dich noch nicht erledigt haben. Einen guten Ort, den gibt es nicht, vergebens sehnst du dich danach, Wurzeln zu schlagen, sie werden dich aus dem Haus ekeln.«

Seit neuestem sendet sein Körper Signale aus, Schweiß tritt auf die Stirn, und obwohl er lauter freundliche Worte zu hören bekommt, zieht sich Dragoman ins Zimmer zurück. Gestern nachmittag, als er einen Mitarbeiter zu verabschieden hatte, verspürte er, ein Glas Rotwein in der Hand, nach ein paar Sätzen eine leichte Schwäche. Er stahl sich davon, setzte sich an den Schreibtisch, fand nicht seinen Platz, stand auf und setzte sich auf das breite Bett, von wo aus er feststellen konnte, daß nicht enden wollender Regen gegen das Fenster schlug.

Von draußen drangen aggressive Motorengeräusche herein, sinnvoll-sinnlose Hektik, Produktion von Dingen, die hernach verkauft werden müssen, gleich ob sie nötig sind oder nicht. Menschen eilten von einem Ort zum anderen, Tauben flogen von einem Dach zum anderen. Wilder Wein färbte sich rot, Arme streckten sich aus und holten das trockene Laken von der Leine herein. Beamte klimperten auf den Tasten der Datenverarbeitungsmaschine, schickten sich Worte zu, nahmen die Zeit ihrer Mitmenschen in Anspruch.

Günstigenfalls habe ich drei Viertel meiner Zeit hinter mir, einen Durchschnittswert zugrunde gelegt schon vier Fünftel. Der Rest verkürzt sich zusehends, dabei beginnt der Tanz erst jetzt. Nicht sechzig Jahre alt bin ich, sondern sechs, ein Erstkläßler, am Anfang des Lernens, einen Blick hinter den dunklen Vorhang werfend. Überall brauche ich einen Keller, einen Turm oder nur eine Nacht, wohin ich mich verkriechen kann. In meiner Kindheit suchte ich in Laubhütten, Holzhaufen und unter dem Klavier einen geschützten Winkel, wo ich für Hände von außen nicht erreichbar war, von wo man mich nicht wie eine Katze oder einen Hasen am Fell packen konnte. Mag sein, daß Zugänglichkeit eine Tugend ist, ich indes schaffe es immer seltener, mich zu dieser Tugend zu bekennen. Millionen Dinge gibt es zu tun, allen kann ich ohnehin nicht Genüge tun, in welche ich verwickelt werde, bleibt dem Zufall überlassen. Es klingelt, und plötzlich ist etwas da. Die Worte sind dazu da, die Dinge von sich zu schieben, mit den Taten verhält es sich gerade umgekehrt.

Gestern traf er auf der Straße einen Priester, der wissen wollte, für wen er schreibe. Für Gott, antwortete Dragoman. Als ihn der Geistliche fragte, was er meine, ob eine Chance bestehe, daß Gott lese, was Professor Dragoman verfasse, reagierte er mit einem unsicheren Lächeln. Zwar macht er sich Hoffnungen, ist sich aber natürlich der Unendlichkeit der täglich ausgedruckten Buchstaben bewußt. Und wenn er noch dazu bedenkt, daß der Herr über jede einzelne Fliege Bescheid weiß und sich in die im einzelnen grenzenlose Biographie der betreffenden Fliegenpersönlichkeit vertieft, dann beneidet Dragoman Gott in der Tat nicht um dessen Posten. In dieser Sekunde findet eine unendliche Anzahl von Ereignissen statt, alle im Auge zu behalten und dies auch in der folgenden Sekunde zu tun, ohne etwas zu übersehen, das ist eine schier übergöttliche

Anstrengung. Dessenungeachtet schreibt Dragoman für diesen überlasteten Herrn, berichtet ihm, ist bemüht, ihm Unterhaltung zu verschaffen, und hetzt ihn auf, den schrecklich geschwätzigen Dummen kein Gehör zu schenken, eindösen solle er zwischendurch, jene sollten getrost brabbeln und krakeelen. »Soll ich zulassen, daß sie sich gegenseitig totschlagen?« fragt der HERR. »Es ist geschehen, mein VATER, Kain ist nicht die Ausnahme. Der Fall dürfte DIR nicht unbekannt sein. Seit ich mit mir selbst rede, richte ich das Wort an DICH. Beobachtungen lassen sich auch beim Fußtennis oder Knobeln anstellen.« Schon mit elf Jahren hatte Dragoman dem HERRN aus dem Ghetto detaillierte Berichte geschickt, die Beschleunigung der Ereignisse indes zwang ihn zum Telegrammstil: »Hält Pistole an meine Stirn, wartet, läßt Waffe sinken, geht zur Tür hinaus.«

Tombor

Antal Tombor ist geradezu zum Bürgermeister geboren, er redet wenig, wetzt den Schnabel nicht vergebens, doch oft ist in seiner Runde Lachen zu hören, weil unter komischen Mützen und Kalpaks ein Kinn zu finden ist, das nicht vielen Lust zu Feindseligkeiten macht. Mit breitem Lächeln gesellt er sich zu seinen Mitarbeitern. Mit dem und jenem wechselt er ein Wort und hält alle, die zu seiner Mannschaft gehören, zur Arbeit an, und selbst dem ungeschicktesten Jungen, der sich beim Betätigen der Filmklappe immer wieder die Finger einklemmt, auch der fahrigsten Maskenbildnerin, die den hysterischen Schauspielerinnen Rouge auf die Nase legt, weiß er ein paar Freundlichkeiten zu sagen. Jeder Kameramann, Assistent und Produktionsleiter möchte mit ihm arbeiten. Weshalb also sollte Antal Tombor nicht zum Bürgermeister von Kandor taugen?

Auch jenes Kunststück geht auf ihn zurück, jene pseudorevolutionäre Kampagne, die ihn zum Ersten Bürger der Stadt gemacht hat. Weshalb er in der Stadt an erster Stelle rangieren muß, das ist eine andere Frage. Antal Tombor weiß sehr wohl, daß sich ein Film nicht mit demokratischen Mitteln in Szene setzen läßt. Kommt es vor, daß sich ihm ein Mitarbeiter widersetzt, vielleicht sogar der Kameramann, so bekommt er auf der Stelle die Entlassungspapiere. Die Befehle erteilt der Regisseur, die anderen tun, was zu tun ist, ganz nach ihren Fähigkeiten. Wenn er sich konzentrieren muß, kann er ein Tohuwabohu nicht gebrauchen. Eine Wahlkampagne? Für ihn eine Kleinigkeit, ein großer Humbug, eine Kunstgattung des Showgeschäfts. Wesentlich ist die Wirkung.

Im Wettbeweb mit den anderen Bürgermeisterkandidaten standen Antals Chancen nicht schlecht: Seine brummige Stimme kommt gut an, noch sind die Haare nicht grau, er zeigt Haltung und ein gesundes Gebiß. Frauen erkennen an einem Mann, ob die anderen an ihm interessiert sind oder nicht. Wenn er gerade von einer Freundin kam, blieben auch andere Frauen nachdenklich in seinen Anblick versunken. Im Hotel zur Krone stand ihm ein Zimmer zur Verfügung, und der Portier deutete weder durch Augenzwinkern noch durch verhaltenes Kichern an, daß er die Rückkehr in erneuerter Gesellschaft wahrgenommen hatte. Die Wahl hatte Tombor gewonnen, weil er Bürgermeister nicht um jeden Preis sein wollte, weil eine plötzliche Idee eine gute Idee ist, weil jeder, der von solchen Plänen hörte, lachen mußte und das vergnügte Überraschtsein anstekkend war. Mit Unterstützung der liberalen Parteien trat er als unabhängiger Kandidat auf. Keiner seiner Widersacher konnte lächeln wie er.

Dem Kommunismus hatte Tombor nicht viel gegeben. Er hatte ihn neunzehnhundertsechsundfünfzig in sich zusammenbrechen sehen, eine Wiederholung schien ihm nicht mehr als logisch zu sein, in so ein Geschäft zu investieren lohnte sich nicht, die Firma war nicht solide. Auf ihr Wörterbuch wollte er sich nicht einlassen. Er schuf sich sprachliche Hintertüren, einen Deckmantel, der ihm Abwehrmöglichkeiten bot, einen Jargon voller Würze, von biblischen Redewendungen bis hin zum Zigeunerargot. Mit den Parteifunktionären sprach er über alles mögliche, was nicht eigentlich zur Sache gehörte, über Astrologie, Pferde und Kochkunst, ein wenig führte er sie an der Nase herum. Selbst wenn sie merkten, daß er sie vielleicht verspottete, waren sie keineswegs beleidigt, spürten sie doch, daß er sie nicht verachtete. Er legte ihnen die Hand auf die Schulter, einfach von allem hatte er ein bißchen Ahnung, von Kfz-Reparaturen, vom Fußball und vom Bauen. Die vom Staat gebotene Sicherheit umgab ihn, manchmal stattete er den politischen Größen einen kurzen Besuch ab, behandelte sie von oben herab, baute eventuellen Verboten vor. Im Westen dressieren die Regisseure die Produzenten, hierzulande mußten die Parteiführer domestiziert werden. »Sie haben geglaubt, ich spiele eine Rolle in ihrem Stück, ich dagegen bin überzeugt gewesen, daß sie in meinem auftreten.« Er nahm sich mehr als alle anderen heraus, dennoch überschüttete man ihn mit Preisen, sowohl im Osten wie im Westen; anläßlich der Festivals erwarteten die Journalisten auf den Pressekonferenzen seine knappen auf französisch gegebenen Antworten, sie hatten sich daran gewöhnt, daß er sich auf inhaltliche Fragen über die Form ausließ.

Die Namensliste von Tombors Gästen, die sich für seine Freunde halten, beackert das gesamte politische und kulturelle Feld. Avantgardisten und Akademiemitglieder, Rechte und Linke, Konservative und Liberale, quer durch alle Kreise, Parteien und Strömungen, bei ihm tauchen die interessantesten Leute auf, die auch als Figuren kein schlechter Anblick sind, struppige Bärte und Haare, beleibt oder verkrüppelt, Hauptsache, sie stellen etwas dar, fallen auf und tragen etwas zum Wochenendfilm bei. Tombor setzt sich der Gefahr aus, attackiert zu werden, er weiß, daß er ins Fadenkreuz zahlreicher Neider gerät. Wer auf der Pferderennbahn nicht verlieren will, der sollte erst gar nicht hingehen. Er aber hält sich gern dort auf, wo etwas los ist. Das Amt des Bürgermeisters ist jetzt weniger langweilig, städtische Demokratie läßt sich inszenieren, als wäre sie ein Theater. In der Kommunalversammlung wird Tombor am nächsten Tag sein Fett abbekommen, nachdem die Müllabfuhr gegen ein dreifaches Trinkgeld der Gaststättenbesitzer die Innenstadt gereinigt hat. Die tonangebende Öffentlichkeit der Stadt fühlt sich ernüchtert, als Radaubrüder nach kurzer Festnahme wieder entlassen werden und die Geisteskranken in die Anstalt zurückkehren. Wie soll es denn weitergehen? Was für ein Stilett wird Cili, die Wortführerin der jungen Liberalen, in sein Gesäß rammen?

Und überhaupt, seit neuestem will jeder gegen Tombor putschen. Zuerst himmelten sie ihn an, jetzt zerreißen sie sich das Maul wegen seiner Frauengeschichten und deshalb, weil er im Casino achtzehntausend Mark gewonnen hat. Sie sind überzeugt, daß da etwas nicht mit rechten Dingen zugegangen ist, daß seine Position eine Rolle gespielt hat; in Wahrheit ist nichts anderes passiert, als daß er dreizehnmal erfolgreich auf Schwarz gesetzt hat. Er nahm seinen Hut und suchte ein neues Bordell auf dem Hügel auf, klopfte zweitausend Mark auf den Kopf, zwei süßen Mädchen gab er je einen Tausender. Den Rest lieferte er anderntags dem Sozialamt ab zur Finanzierung der Schulspeisung für bedürftige Kinder. Neulich, auch das darf nicht verschwiegen werden, verlor der Herr Bürgermeister beim Anhören einer Rede die Kontrolle über sich, sprang auf, schlug mit der Faust auf den Tisch und schrie: »Komm nach draußen, du Scheißer!« Der Redner war nicht willig, was auch Bürgermeister Antal Tombor im nachhinein nicht bedauerte. Es reichte, daß er unlängst einen Grundstücksmakler, der sich nicht entblödet hatte, seine prall gefüllte Brieftasche auf dem Tisch zurückzulassen, noch im Vorzimmer am Kragen packte, ihn durch das verblüffte Sekretariat schleifte und zum Fenster hinaushängen ließ; den Spekulanten, dem der Geschmack abhanden gekommen war, versetzte er in Todesangst, und von den pfiffigen Vorübergehenden, die gerade zum Rathaus des Auferstehungsplatzes hinaufsahen, erntete er zustimmendes Nicken. Aha, der Herr Bürgermeister läßt jemanden zum Fenster hinaushängen, der Herr Bürgermeister ist ein bißchen rabiat.

Die Bevölkerung war dennoch nicht verärgert, denn Tombor tauchte überall dort auf, wo es von ihm erwartet wurde, nach einer Gasexplosion oder dem Einsturz eines Kellers war er sogleich am Schauplatz des Geschehens; die durch eine Schlagwetterexplosion verletzten Bergleute besuchte er im Krankenhaus, die Ladenmieten hob er nicht drastisch an, die städtischen Einrichtungen funktionierten, und es strömte, wenn auch schleppend, Geld in die Stadt hinein. Er hatte überraschend Kontakte zu schwedischen und pakistanischen Bankiers geknüpft, das Asylantenheim suchte er mit Schauspielern, gefüllten Paprikaschoten und Wein auf. In seinen Amtsräumen ging er den Besuchern auf eine Weise entgegen, daß diese sich daraufhin von ihrer angenehmsten Seite zeigten.

Den Versuchungen der Eitelkeit fühlte sich Tombor nicht sonderlich ausgesetzt, Bürgermeister von Kandor zu sein war für ihn nichts anderes, als seinen ungefähr zwanzigsten Film zu drehen. Arbeitsam wie er war, hatte er jetzt diese Aufgabe übernommen, sollte er aber aus irgendeinem Grund genug davon haben, dann würde er eben Bauunternehmer werden oder überhaupt nichts mehr tun. Die Kinder sind schon erwachsen, er würde von seiner Pension leben, am Seeufer angeln, in Scharen würden sich die Hechte und Störe auf seine Köder stürzen. Für Tombor ist fast alles nur ein Spiel, und er kann sich den Luxus erlauben, Bürgermeister zu sein oder auch nicht. Nichts wird er tun, was gegen seinen Geschmack verstößt, doch wenn ihm die Nasenflügel beben, gibt er nicht nach, er fordert geradezu heraus. Das Erstrahlen der Straßen in ungewohntem Glanz, die neuen Portale, jedes Schild und alles, was dem Grau Farbe verleiht, registriert Tombor wie irgendwelche Objekte einer Sammlung, dabei ist er schier verrückt nach dem Grau, liebt es, das Aschgrau, das Betongrau, das Leichengrau zu übertünchen oder mit irgendwelchem Trödel zu behängen.

Tombor hat ein Hotel am Seeufer gemietet, Nachsaison, günstigere Preise, das Personal ist weniger strapaziert und wieder freundlicher. Im Hotel wimmelt es von Tombors

Gästen, alle kennen sich, in den Räumen ein einziges Kommen und Gehen. Bella, die neue Besitzerin, hat jedem Raum eine persönliche Note gegeben. Sie nahm darin Platz und sah sich um, ein altes Gebäude, dazu bedurfte es alter und restaurierter Möbel, nichts sollte einander gleichen, sie warf einen Blick zum Fenster hinaus, hielt einen Schlummer, und das tat sie mehrere Male, bis es ihr schließlich gelang, der Seele des Zimmers zu begegnen. Ein jedes sei mit äußerster Sorgfalt hergerichtet worden, erklärte sie Tombor einigermaßen selbstbewußt. Der Polizeichef von Balatonófalu sorgt aus der Ferne für Ordnung, auch er wird für dieses Wochenende ein Honorar erhalten und im Film vorkommen.

In Kandor macht die Nachricht die Runde, daß Tombor wieder ein großes Fest veranstaltet, ein Wochenende mit buntem Programm, wie einst vor zwanzig Jahren in der Hubertuskapelle von Ófalu, die er damals für lächerliche zehntausend Forint von einer Jagdgesellschaft, die nicht mehr zur Jagd gehen wollte, erstanden hatte. Die Felsspitze war ziemlich steil, und den Jägern, die inzwischen Bauch angesetzt hatten, wäre es nicht sehr angenehm gewesen, sich zu Fuß hinaufzuquälen, die Jagdgesellschaft wiederum hätte es als unangemessen empfunden, auf Staatskosten einen Aufzug bauen zu lassen. Im übrigen hörten sie des öfteren verdächtiges Klirren, dessen Ursache zu entdecken ihnen nicht gelang. Die wirkliche Ursache war freilich die, daß Tombor mit Hilfe durchsichtiger Angelschnur an verschiedenen Ketten und Kuhglocken zupfte, um die Jäger zu verschrecken!

Freuen würde es den Hausherrn, wenn sich die Gäste gegenseitig vorstellten, mit Hilfe einer Kamera oder lediglich eines Mikrophons, das von einem Ast herabhinge und mit einem Lämpchen ausgestattet wäre. Geld für dieses kostspielige Vergnügen hat er vor allem vom Staat und zum kleineren Teil von privaten Stiftungen erhalten. Bei der

Auswahl, wer von den vielen Freunden und Bekannten eine Einladung erhielt, kam sein sprunghaftes Wesen zutage; unter ihnen fanden sich sowohl Neider als auch Böswillige, ein Hotel voller komischer Typen. Die Kunde verbreitete sich, die Anwärter nahmen Witterung auf und streiften wie die Wölfe in der Gegend umher. Zur Weinlese brachte Tombor das Septemberspektakel in aller Leute Munde. Die Wassertemperatur des Sees beträgt zwanzig Grad, die Angler können nicht klagen, das Karussell ist bereits abgebaut, das Zirkusplakat, das ein fünfundsechzig Zentimeter großes Menschlein verspricht, verjährt.

Die geladenen Gäste wissen auch heute abend, daß die Kamera auf sie gerichtet ist, die Blicke der anderen an ihnen hängen. Auf der Einladung steht zu lesen, wer hier eintrete, der werde beobachtet und abgehört. Verlockend leuchten an den Ästen die Mikrophone, du betätigst den Knopf und sprichst. Diese Nacht ist die Nacht der Geständnisse und der Abrechnung. Ein Betrunkener umarmt einen Baum und schleudert dem Mond die Wahrheit ins Gesicht. Die Permutationen des gesamten Materials können unendlich sein. Über Jahre hinweg fügt Tombor aus der Prozession eine Bildfolge zusammen. Huldigung der Aleatorik, sie bekommt eine große Menge von Zufällen zu packen. Stellt sich die erforderliche Sogwirkung ein, verdichtet sich der Raum, entgleitet jedoch der Macht des Regisseurs noch nicht. Kollektive Arbeit, wem danach ist, der greift ein und schneidet seinen eigenen Film heraus. So war uns zu Anfang der neunziger Jahre zumute, Künstler, deren Nervosität zum Urlaubsende wieder zunahm, Intellektuelle, die sich in die Politik verirrt hatten; während wir nach der Zukunft schnappten, glitt uns die Gegenwart durch die Finger.

Für Tombor ist die komprimierte Zeit wertbeständiger als die sich lange hinziehende. Wer ihn umgibt, der ist selbst dann Schauspieler, wenn er es nicht ist, und jeder verhält sich so, als spielte er in seinem Film eine Rolle. In jeder Situation signalisiert Tombor, daß die ganze Sache natürlich ein Scherz sei, wir aber dennoch nicht vergessen sollten, daß das Werk hier und jetzt stattfindet, dieses das Werk sei. »Der Herr Regisseur sollte sich entscheiden, ob er in unserer Stadt Bürgermeister oder Zeremonienmeister sein will«, schrieb ein pikierter Autor in der Lokalzeitung.

Dies ist die Zeit des Festes, der Kontraktion, des sakralen Opfers. Es ertönen die Trommeln, das Opfer erschaudert. Was sonst wäre Antal Tombor als ein verschlagener weltlicher Herr, der mit den Priestern politisiert? Opfere dich! Wähle einen Platz auf der Opfertribüne! Auch du kannst ein Opferstier sein. Die Hellebarde bricht dir das Genick. »He, baby, übertreibst du die Sache nicht?« fragt Dragoman. Irgendwie ist dieser Tombor von einer düsteren Besessenheit befallen. Und plötzlich wird der Blitz in die große Eiche einschlagen. Ein Bajonett verpaßt dem zottigen Bären einen Stich in die Flanke.

Dragoman und Tombor sitzen in einer Gartenlaube. Ein Chef bist du geworden, baby, ein hoheitliches Urrind. Im Vergleich zu dir bin ich ein verzückter Papierdrachen. Wenn du sagst, die Sonne scheint, dann überkommt jeden die wohlige Gewißheit, jawohl, die Sonne scheint. Dazu muß man geboren werden. Dazu muß man aus einer Höhe von einhundertsechsundneunzig Zentimetern sein Wohlwollen über die anderen ergießen. Du hast eine présence, baby, die Menschen verlieren ihre Sicherheit und werden Wandelsterne, die dich umkreisen.

Du bist der Erste Bürger der Stadt Kandor. Gesiegt hat der Bourgeois, Besitz wird zu eurem Götzen, ihr sehnt euch nach Fünf-Sterne-Dienstleistungen. In geschlossenem Kreis werden sich die anspruchsvollen Konsumenten versammeln. Dein Bürgermeisteramt willst du nutzen, um ein großes urbanes Spektakel zu veranstalten.

Eine Weile wirst du es noch schaffen, die frischgebackenen Radikalen mit der niedrigen Stirn zu neutralisieren, doch nicht lange. Es fällt mir auf, daß in ihnen jener ideologische Haß vorhanden ist, zu allem entschlossen und auf ein einziges Ziel zusteuernd, der es auf jeden absehen kann, den Bourgeois, den Grafen, den Juden, den Proleten, den Tölpel, einfach auf jeden, der gerade hassenswert erscheint. Das Böllern hat begonnen, wer schreit am lautesten, das aggressive Verpuffen hält an, solange es ein Publikum gibt. Noch finden sich Schaulustige, bis sie schließlich die Böllernden satt haben. Dann werden auch diese stiller.

Verabschiedet haben sich die Herren von jenen vierzig Jahren, die, das ist nicht zu leugnen, die längste Periode ihres Lebens gewesen sind. Zum Fenster hinausgeworfen? Purer Irrtum wären sie gewesen, diese vierzig Jahre, Ausschuß, Gerümpel? Sollten sie nichts Erwähnenswertes gelesen, nichts Gutes geschrieben, keine Handbewegung ihrer Liebsten als phantastisch empfunden, kein anständiges Wiener Schnitzel gegessen, keinen leidlichen Wein getrunken, ihre Kinder nicht zur Eiskunstbahn oder Ballettstunde gebracht, nicht die Sterne und die Säuglinge betrachtet haben?

Im September findet im Dorf eine berühmte, eigenartige und atmosphärisch zweideutige Kirchweih statt. In der Talmulde begegnen sich ältere Frauen, die in Bussen eintreffen und mit Kirchenfahnen unter Leitung ihres Pfarrers zur Kapelle ziehen. In langen Reihen stehen sie vor den vier Beichtstühlen, die vorübergehend neben der Kirche aufgestellt worden sind, sie wollen das Abendmahl empfangen. Die ganze Nacht hindurch werden sie den Priestern zuhören, die ihre Stimme im Amphitheater erschallen lassen, das über eine unglaublich reine Akustik verfügt und im Tal der Gnade, in der Bucht der Kiesgrube, in dieser großen ausgebreiteten Hand, errichtet worden ist. Die Priester lösen sich ab, alle halbe Stunde spricht ein anderer, ihr angestrahltes Gesicht leuchtet. Weiter hinten, unter einem Schuppendach, haben sich diejenigen, die müde geworden sind, auf ausgebreitetem Stroh zur Ruhe begeben. Bis in die frühen Morgenstunden wach zu bleiben und die Heilsbotschaft der heiligen Mutter Kirche zu vernehmen ist ehrenhaft. Manche alte Frauen beißen sich in den Finger, um nicht vom Schlaf übermannt zu werden. Oben auf dem Hügel, zwischen den Zelten der Schausteller und Händler, tobt die Zigeunerkirmes, hier kannst du ein Auto kaufen, ein Pferd, eine Ehefrau, hier kannst du für eine Nacht nur im Wald den Bund der Ehe eingehen.

Tombor bereitet sich auf einen großen Rummel vor. Schon immer neigte er zu quantitativen Übertreibungen. Es ist zu befürchten, daß die geladenen Gäste an diesem Wochenende nicht viel schlafen werden, obwohl die Hotelbetten bequem sind. Im Hinterhaus bastelt er gerade an einem Beleuchtungseffekt. Plötzlich werden die Lichter ineinander verschwimmen, die weißen Leinwände bläulich phosphoreszieren. Chaos für ein Wochenende nur. Danach kehrt wieder ländliche Stille ein, von den Bäumen werden die Geräte herabgeholt, voranschreiten kann die Zeit in ihrer Vergänglichkeit, festgehalten wird sie nicht mehr, jetzt aber, Anfang September, schneidet sie sich ein Wochenende aus der Zeitlichkeit heraus.

Tauziehen

Die Massenanziehung ist stärker als Melindas Widerstand und zeitweilig verkündete Unabhängigkeitserklärung. Sonnabends verläßt Antal noch im Morgengrauen behutsam das Bett, um Melinda nicht zu wecken, und geht in seine Werkstatt am anderen Ende des Gartens. Zwei bis drei Stunden hat er schon gearbeitet, bevor er sich die Leinentasche umhängt und sich aufs Fahrrad schwingt; zum Frühstück bringt er frische Milch, Hörnchen, dies und das, trifft Kobra; ohne einen kleinen Gedankenaustausch wäre der Sonnabendmorgen kein Sonnabendmorgen, die Einkaufskörbe füllen sich, die beiden Männer überschlagen sich vor Höflichkeit, um die Gunst der Verkäuferinnen zu gewinnen, und kaufen etliche Zeitungen.

Antal breitet den Blätterwald vor Melinda aus, sie ist die Leserin, die Freunde geben Interviews, die Kandorer Großfamilie ist in die Geschichte verstrickt worden. Selbstverständlich drückt Melinda auf der entsprechenden Seite ihren Leuten die Daumen und ist ein wenig betrübt, daß die Mehrheit ihren Geschmack nicht teilt. Sie freut sich, daß aus denen, die bisher an den Rand der Gesellschaft gedrängt waren, Stars geworden sind, und bedauert nur, daß sie nun so ernst sind, öffentliche Ämter werden erwähnt, was noch vor einigen Jahren ein Hirngespinst gewesen wäre. Sie haben sich gewandelt, sind männlicher geworden und natürlich auch unpersönlicher. Auch wenn sie das Gefühl vermitteln, daß sie nach wie vor Freunde sein können, ist doch die Anstrengung zu spüren. Vielleicht sind sie schon nervös, die Pflicht ruft, vielleicht hätten sie sich mit Melinda nicht eine halbe Stunde lang einer rein apolitischen Unterhaltung hingeben dürfen. An runden oder rechteckigen Tischen ist ihr Platz, in Versammlungssälen, Verhandlungsräumen, Pressekonferenzen. Für nichts anderes mehr haben sie Zeit, Melinda nimmt in ihrem Blick die Anzeichen von Buße und zunehmender Kälte wahr.

Wenn Antal in ihr Zimmer kommt, weist Melinda ihm gern einen Platz im gegenüberliegenden Sessel. Eine Übersetzung läßt sich jederzeit unterbrechen. Mittwoch ist der Tag, an dem sich Melindas Freundeskreis nachmittags im Wohnzimmer oder auf der Terrasse zusammenfindet. Ihr Mann gesellt sich dazu oder nicht, er darf sich auch zurückziehen, doch das tut er meist nicht, am liebsten sitzt er in einer Ecke.

Der Bürgermeister schlug seiner Frau eine zweite Heirat vor, obschon sie keineswegs geschieden waren. Über sie beide dachte er viel nach, gab zu, sich wie ein Holzkopf benommen zu haben, seine Aufmerksamkeit machte ihn zappelig, inzwischen weiß er, daß Neugier zappelig macht.

Jetzt muß sich etwas aufklären. Was? Die Ordnung. Kommen muß die Stunde der Wahrheit, da klar wird, wer zu wem gehört, wer der Stärkere ist. Aus nicht geklärten Besitzverhältnissen entsteht ein großes Durcheinander. Sowohl der Sieg als auch die Niederlage sollten korrekt sein. Antal Tombor will sich dessen gewiß sein, daß ihm seine Frau und die Stadt gehören; daß seine Macht erschüttert wird, läßt er nicht zu. In diesem Haus hat jeder seinen Platz. Auch Melinda.

Im Verlauf seines bisherigen Lebens hat Tombor den Nacken vieler Frauen berührt, Melinda faßt er ganz anders an, seine Finger verlängern sich förmlich. Wenn Tombor mit Melinda Hand in Hand geht, hat er das Empfinden, etwas zu tun, was angebrachter nicht sein könnte. Übrigens ist er müde geworden, er wird alt, ist nervös; wenn er filmt, dreht er zwanzigmal mehr, als schließlich zu sehen sein wird. Das sichere Gespür ist ihm abhanden gekommen, er wiederholt sich bereits, vielleicht aber könnte aus dem vielen jenes Eine zustande kommen, obwohl jenes Eine nur von jenem Einen stammen kann.

Gern verschafft sich Antal Tombor einen Überblick über die Kreise, in denen Melinda verkehrt. Hierbei interessieren ihn sowohl die flüchtigen als auch die intensiven Kontakte. Den plötzlichen Gefühlsanwandlungen und unvergleichlichen Reflexionen seiner Frau folgen zu können, darauf hatte er lange schon verzichtet. Rätsel müssen nicht immer gelöst werden, dennoch hat er für die Beziehungen der Frau einen wachsamen Blick. Melinda dagegen denkt: So ein Tor, er hält mich für kompliziert, dabei bin ich einfacher als er. »Tatsache ist«, erklärt ihm Ninon, die Tochter, »wenn Mama manchmal, nicht immer, genial ist, dann bist du an ihrer Seite nur ein ungeschlachter Kerl.«

Tombor: »Selbst wenn du mit mir schimpfst, selbst wenn du mich von oben herab behandelst, mir deine Bemerkungen kurz angebunden und eigenartig an den Kopf wirfst, selbst wenn du nicht aufwachst, solange ich dir nicht einen Kaffee bringe, selbst wenn du nicht meinen Namen brabbelst, nachdem du aus deinen Träumen geweckt worden bist, will ich dennoch, daß du hier an meiner Seite schläfst, denn zusammen gehört, wer gemeinsam einschläft und aufwacht. Ich stehle mich morgens um sechs davon, doch zuvor betrachte ich dein schlafendes Gesicht. Als Jeremias, dein Vater, uns Dragoman vor die Nase gesetzt hat, habe ich die Augen niedergeschlagen. Bestrafen wollte er uns, auf die Probe stellen, seine Entscheidung habe ich nicht kommentiert. Ich könnte nicht einmal behaupten, daß János ein Eindringling wäre, denn er ist in seiner eigenen Wohnung geblieben, und wenn im obersten Fenster des Hauses Licht zu sehen war, wußte ich, er ordnet Jeremias' Manuskripte, hoch oben leuchtet sozusagen der Geist des alten Herrn. Der Redakteur Dragoman schlief nicht dort, wenn er nachts fertig war, bestellte er sich ein Taxi und fuhr nach Hause. Die Trennung der Orte zeugte von gutem

Geschmack, der Sensibilität einer vergangenen Generation. Es gab nichts, was mich hätte stutzig machen können.«

Manchmal sitzt Tombor gern mit Dragoman im Atelier, weil der im Gegensatz zu Kobra, der in Sachen Film ein Ignorant ist, fachlich alles versteht. Ein andermal würde Toni jenen prächtigen Freund im Korbsessel gern am Schlafittchen packen und wachrütteln. Ohne seine Frau ist Antal Tombor ein halber Mensch, so daß er sich aus tiefster Seele danach sehnt, von Melinda schikaniert zu werden.

Antal umzingelt seine Frau und baut sie in das eigene Leben ein. »Und was wäre, wenn ich niemanden hätte? Wenn mich nur kalter Staub umgäbe? Andere ertragen das Alleinsein nicht und weinen.« Melinda wußte, daß ihr Mann nicht allein ihr gehörte, doch ihr Anteil genügte ihr. Meist schloß sie die Augen, nur manchmal brach ein Gewitter aus. Tombor wartete schon auf den Donner. Sollte die Hexe doch auftrumpfen! Sollte sie doch zum Eiszapfen werden! Sollte sie doch das Brotmesser gegen ihn erheben! Sie macht alles gut. Zitternd und neugierig harrte Tombor der Dinge, die da kommen würden. Melindas Tagebucheintragung: »Wenn ich ihn in Grund und Boden gestampft und gepeinigt habe, keucht er zufrieden, als hätte ich ihn geschröpft.«

Melinda ist ein bißchen unaufmerksam, sieht an Tombor vorbei, sucht nicht dessen Blick, der jedoch behält seine Frau im Auge. Wenn Melinda die Augen schließt, sieht sie Dragoman sich nähern. Will Tombor ihn etwa umbringen, hat er ihn deshalb eingeladen? Oder will er mit ihm einen Film drehen? Will er ihn vielleicht zu seiner rechten Hand, zu seinem Berater, Sprecher, Emissär machen? Oder will er ihn neutralisieren? Oder will er leiden? Teilen? Was will er?

In den Straßen von Kandor wird Dragoman wahrgenommen, so wie eine unbekannte Automarke wahrgenommen wird. Gott behüte dich, János, vielleicht wird dich dieses schlaue Monster heute abend noch erschlagen. Oder erst morgen? Nie? Spürst du die Gefahr nicht, oder willst letztlich auch du, daß er zuschlägt? Weil du ihn zur Strecke bringen willst? Denn deine Schläge haben es in sich. Willst du meinen Mann auf dem Boden liegen sehen? Weil ihm Hören und Sehen vergangen ist? Vielleicht aber wird alles viel friedlicher sein. In einer Ecke des Gartens setzen wir uns auf eine Bank, beobachten die Enten und das jenseitige Ufer. Wir radeln zum Bagóhügel, spazieren zum Friedhof hinauf, und wenn die Basaltfelsen die tagsüber gespeicherte Wärme ausstrahlen, begeben wir uns in irgendeinen bekannten Weinkeller. Im grellen Mondlicht schlendern wir zur Mole, an die Spitze, schleichen uns immer näher an die ein wenig angst machenden Elemente heran. Von den Freuden des Genusses will ich jetzt nicht reden. Allerdings erwähne ich den in der Fischgaststätte sich kringelnden Schwanz des Zanders. Du Ärmster hattest schon immer den Verdacht, ich sei nur so eine Art Lockvogel und Halbweltdame.

Geflecht

Unten, beim Verlassen des Fahrstuhls, empfängt Dragoman Applaus, Bürgermeister Antal Tombor faßt ihn am Arm, und der Vizebürgermeister, einer der führenden Köpfe der Stadt, Rektor, vielfach preisgekrönt, moralische Stütze, ein Gesicht, das nicht fehlen darf, Kuno Aba, ein Name, der verpflichtet, küßt ihn, genauer gesagt, kratzt ihn mit seinem Bart. Sie gehen über den Platz, durch ein von Seilen abgesperrtes Spalier, Polizisten, entgegengestreckte Hände, Strahlen, das Dragoman beschämt zu erwidern versucht, vom Turm sind Blasinstrumente zu hören, als Belohnung für seine bescheidenen Aufzeichnungen betritt der Ehrendoktor der Universität zu Kandor die Aula der Alma mater.

Hier ist die Säule, an der – wann eigentlich, vor vierzig Jahren oder noch früher? – ein Holzkasten hing, Schandtafel genannt, und als er, zwei Stufen auf einmal nehmend, die Treppe hinaufeilte, prangte dort eines Tages sein Abiturbild, das er in der Studienabteilung abgegeben hatte, eine unangenehme, törichte, Visage, und daneben ein Text, daß er von der Universität ausgeschlossen sei; der Grund dafür: falsche Abstammung, falsche Anschauungen, falsches Benehmen; für Dragoman, den Müll der Geschichte, gab es in der Hochburg des Wissens keinen Platz. Daran glaubte er ebensowenig wie an die Laudatio.

Die wollen was von ihm. Kuno Aba hielt die Laudatio, Dragoman nickte für einen Moment ein, doch soviel hatte er mitbekommen, in der Huldigung waren subtile Schmähungen versteckt. Vermutlich hatte Tombor Kuno Aba darum gebeten, das Schaffen des Geehrten zu würdigen. In Ordnung, Aba war zu Gesten bereit. Dragomans Qualitäten erkennt er an. Vor vierzig Jahren schon und auch vor dreißig Jahren noch haben sie beide, zum Neid der anderen, am Stammtisch in der Krone den Ton angegeben, und sie hielten sich an jene unausgesprochene Regel, einander nicht zu beschimpfen, lediglich ein dezentes Lächeln deutete an, daß sie sich nicht im selben Kreis der Hölle befanden.

Was die Geschehnisse im Tal der Gnade angeht, so hat Dragoman darüber nie jemanden aufgeklärt. Zwar hat er Kuno nicht versprochen zu schweigen, der aber wußte, daß nichts nach außen dringen würde. Auch das Sonderkommando war an Geschwätzigkeit nicht interessiert. Und Tote reden bekanntlich nicht. Dragoman war der einzige lebende Zeuge, dem an der Wahrung des Geheimnisses nichts lag; er schwieg lediglich deshalb, weil ihm dies der gute Geschmack diktierte. Natürlich aus Rücksicht auf Kuno Aba und das Regime; letzteres war gefallen. Kunos Lage hielt er für tragisch: gute Absichten, Naivität, Mitschuld. Damals prahlte Kuno noch nicht und schrieb nicht die Geschichte um. Auch er schwieg.

Im Saal erschallten die Fanfaren, die Wände waren von Fahnen verhüllt, auf der Fahne der Stadt das Hirschgeweih und das Wappen der Krone auf der Nationalflagge. Auch ein Mädchen mit einem Blumenstrauß war da, Dragoman küßte es nicht auf die Wange, ein Handschlag mußte genügen. Auf dem Podium eine Togaparade, seitlich irgendwelche Leibwachen oder Husaren in den prunkvollsten Gewändern des Kontinents. Tombor hatte einen großen Kostümball organisiert, diese jungen Leute mit langen Blashörnern auf die Galerie gestellt, in allen seinen Inszenierungen liebte er den majestätischen Einzug als szenischen Auftakt über alles. Dragoman entdeckt bei Toni einen Hang, phantastische Mode in die Politik einzuführen, Sand in die Augen zu streuen, auf bürgerlicher Grundlage. Die Kopfbedeckung auf Dragomans Haupt wackelte komisch, als er nach der Pergamentrolle und einer Schachtel griff, selbst das größte Exemplar hatte sich für seinen Kopf als zu klein erwiesen. Wenn von seinem Kopfumfang die Rede war, tröstete er seine Freunde immer damit, daß sie sich zwischen den Polen der makrokephalen und der mikrokephalen Idiotie des eigenen mittelmäßigen Kopfes freuen könnten.

Er warf einen Blick in den Saal: Bänke, in denen er geschlafen, gegessen, gelesen und sich mit einer anderen Hand oder vielleicht einem Schenkel vergnügt hatte. Die Kollegin beobachten, wie sich ihr Gesichtsausdruck verändert, das verdrießliche Lächeln, wenn ihr unter den Rock gegriffen und das Streicheln so fortgesetzt wird, während die heulenden Verlogenen auf dem Katheder heulen und lügen, das zu Ahnende ahnen lassen und sich all die in Einzelheiten verlieren, die darum bemüht sind, vor den beobachtenden Blicken zu verschwinden.

Die Universitas litterarum und das Rathaus haben ihn jetzt in ihr Herz geschlossen, Professoren und Studenten lesen Dragomans Arbeiten; wenn sie ihn schmähen, schläft er ein. Kuno meint, man dürfe auch so wie Dragoman sein, der aber repräsentiere nicht die Hauptströmung. Richtig. Gott bewahre ihn davor, für eine solche zu stehen. Fürwahr, der arme Kuno ist eine Hauptströmung geworden, das geschieht ihm recht. Dragoman ist noch immer mit seiner Kopfbedeckung beschäftigt, die ihm vom Schädel rutschen will, und hantiert mit den Auszeichnungsutensilien herum. Als Zwanzigjähriger ist er ein dekadenter Bürger gewesen, deshalb haben sie ihn hinausgeworfen. Du großer Gott, und nun, was ist nun? Als Doctor Kandoris hat ihn

Tombor, sein Klassenkammerad und geistiger Mitstreiter, in den Prunksaal des Rathauses geführt, um ihn zugleich zum *Conditor urbis* zu machen. Der große Regisseur, der Klotz, der jetzt als Bürgermeister an mehreren Schauplätzen zugleich einen Film dreht. Nebenbei der Ehemann jener Frau, vor der Dragoman bis auf den heutigen Tag Angst hat, an der er hängt und die er fürchtet wie den HERRN, denn er fürchtet die Knechtschaft.

Was ist los? Will Tombor ihm erlauben, sich Melinda erneut zu nähern? Er ermutigt Dragoman, sich als Kandors Autor zu betrachten, Stadtschreiber soll er sein, und nicht zuletzt wäre der Herr Bürgermeister daran interessiert, Dragomans Klugheit in New Yorker Kreisen, zu denen auch Bankiers gehören, zum Ruhm der Stadt Kandor einzusetzen. Als Geschenk könnte der Ehrendoktor in Form von Geheimtips Investitionsideen vermitteln, und überhaupt, überall, wo er auftaucht, könnte er die Stadt ins Gespräch bringen, heften sich doch zunächst Neugierige und dann schließlich ansehnliche Gruppen an die Fersen des Besonderen.

Vor fünf oder sechs Jahren hatte er sich bei einem Aufenthalt hier in Madame Tombor, geborene Melinda Kadron, verliebt. Dreiundvierzig Jahre alt ist die Frau des Bürgermeisters, das Haar ist noch immer schwarz, durchwirkt mit einigen Silbersträhnen, noch immer arbeitet sie in der Erziehungsberatung und übersetzt Romane; von der Systemwende war nur ihr Mann betroffen.

Dann mit einem Mal – auch für ihn selbst mit rätselhafter Plötzlichkeit – machte sich Dragoman aus dem Staub, außer Landes. Seither war er nicht zurückgekehrt. Von seinen Vorahnungen spricht er nicht.

Beim Aufbau des Memorial-Kreises solle er helfen, schlägt Kuno Aba vor, sie sammelten die Erinnerungen und hielten das Gedächtnis an die Vergangenheit wach, zur Natur der Sache gehöre es, daß jede Epoche die Dinge nach ihrem Geschmack ein wenig anders gewichte.

Dragoman hatte Angst hierherzukommen, mit Melinda zusammen in einer Stadt wollte er nicht sein, sich selbst treu ist er, wenn er sich auf und davon macht. Vorausgesetzt, daß keine Unfälle dazwischenkommen, die ihn aufhalten und fesseln.

Für seinen modernen Paternalismus, für seine kandorianische Monarchie braucht Tombor Kuno Aba als führenden Kopf. Ohne eine mehr oder weniger klare autoritäre Hierarchie irren die Bürger richtungslos umher. Sie müssen lernen, den jeweiligen Bürgermeister zu grüßen. Auf die Akademiemitglieder in seiner Umgebung und die Ästhetiker, die pro Minute drei Unverschämtheiten von sich geben, kann er nicht verzichten. Ebensowenig auf die Techniker, die imstande sind, die Rede ihrer Kollegen in bare Münze und Sparmaßnahmen zu verwandeln, und ihr Wissen so dezent zuverlässig zur Verfügung stellen, daß man während der gemeinsamen Stadtbesichtigung vor Langeweile nicht umkommt.

Tombor hat das Arbeitsamt zu besuchen und zu jedem Spiel der städtischen Fußballmanschaft zu gehen, bei den Theaterpremieren und den Konzerten der Städtischen Philharmonie wird seine Anwesenheit erwartet, für Kunststiftungen und Wohltätigkeitsvereine muß er auf Betteltour gehen, Arbeitsessen, persönliche Gespräche und Werben um Sympathien gehören zum Tagesgeschäft, und von Kuno Aba erhofft er sich Entlastung. Und auch den anderen Geist braucht er im Rathaus, den Gegenguru mit seiner weltbürgerlichen und metropolitanen Arroganz, es könnte nicht schaden, wenn sich die städtische Beamtenschaft zwischen zwei Polen riebe. Dragoman braucht er, damit über geopolitischem Konservativismus, regionaler politischer Folklore und selbstbeweihräuchernden Chorgesängen ein geistiger

Verführer schwebt. Es genügt, dann und wann auf sich aufmerksam zu machen, die Mitarbeiter müssen nicht durch allzu intensive Präsenz in Unruhe versetzt werden.

Karrierestreben, fachliche Tüchtigkeit und berufliches Interesse, das ist es, was Tombor bei ihnen ebenso voraussetzt, wie seine großen Vorgänger im Bürgermeisteramt dies getan haben, deren Porträts im Flur des Rathauses hängen. In ihrem politischen Verhalten kann er einen Grund dafür, auf ihre Anwesenheit zu verzichten, nicht erkennen.

Dragoman, so will es der stupide Tombor, soll des Bürgermeisters reisender Botschafter sein, bereiten ihm doch die protokollarischen Reisen Verdruß, Freude bereiten diesem die Dreharbeiten zu einem Film, und auch in Cannes interessieren ihn lediglich die Vorführungen für ein Fachpublikum, Pomp und Gewühl sind ihm verhaßt. Wenn er einen Film abgedreht hat, was mit unruhiger Betriebsamkeit einhergeht, unternimmt er am liebsten allein einen Spaziergang über Felder und Wiesen, Achtung zollend den Fußpfaden, die rhythmischen Marschschritte gewähren ihm Erholung, und glücklich ist er, wenn ihm absolut nichts in den Sinn kommt. Tombor improvisiert nicht gern, grammatische Fehler in seinen Ausführungen machen ihn nervös, der breit lächelnde Freund, der es sich erlauben kann, die Zuhörerschaft einen ganzen Abend lang mit Geschichten zu unterhalten, soll ihn vertreten. Und wenn nun schon Tombors Anwesenheit ebenfalls gefragt ist, dann darf Dragoman nicht fehlen, er hat für das Amüsement zu sorgen, das Wort zu führen, wenn Tombor die Trägheit überkommt und er bei einem offiziellen Abendessen den Ball gern jemandem aus der eigenen Mannschaft zuspielen möchte, allerdings einem zuverlässigen Fußballer; soll er, Dragoman, mit seinen Zitaten und Anspielungen getrost glänzen und dem Bürgermeister eine Vorlage geben, bei der es unmöglich ist, kein Tor zu schießen. Kuno Aba ist Tombors konservative rechte Hand geworden, Dragoman könnte die anarcholiberale linke Hand sein, der Bürgermeister wird sowohl von hier als auch von da akzeptieren, was ihm genehm ist.

Antal, was Herzog, Fürst bedeutet, synthetisiert und hält zwischen den schwärmerischen Extremen in präsidialer Manier Gleichgewicht, erkennt die zu verfechtende Substanz. Tombor ist ein gewichtiges Zünglein an der Waage. Als er einmal danach gefragt wurde, welches Buch er auf eine unbewohnte Insel mitnehmen würde, nannte er, eines Bürgermeisters würdig, die Bibel, denn darin gebe es reichlich zu lesen, und dann nannte er János Dragoman, der ihm als Gesprächspartner wichtig sei. Schon als Kapitän der Fußballmannschaft in der Schule – natürlich war Toni der Kapitän – hatte er stets Dragoman als ersten gewählt; Tombor war der große Mittelstürmer, und Dragoman ließ er links außen laufen. Kuno braucht er, der wird heucheln, Tombor und seine Freunde mit abgedroschenen Phrasen in die ewige Tradition einordnen, und dadurch wird der Vorwurf, für Tombor sei die Stadt nur ein Theater, weniger heftig rumoren. Und tatsächlich amüsiert er sich köstlich auf der Bürgermeistertribüne gegenüber dem Stadtparlament, er bittet um streitbare Argumente, faßt den Sachverhalt zusammen, den zur Entscheidung anstehenden Tagesordnungspunkt, die Opposition macht er auf die Schwachstellen seines Vorschlags aufmerksam, der Meister Specht soll sie abklopfen, damit eventuelle Fehler nicht später offenkundig werden, dann empfiehlt er, die Sache zu überschlafen, in der Hoffnung, daß uns im Traum die beste Lösung einfalle.

Sandra, Kuno Abas junge Frau, wurde die Sekretärin des Bürgermeisters; es heißt, alle Macht gehe langsam in ihre Hände über. Den Kabinettschef hat sie ausgebootet, sie selbst wurde Protokollsekretär sowie englisch und französisch parlierende Verantwortliche für auswärtige Angelegenheiten. Manchmal springt sie als Pressesprecherin ein, sie unterhält den Kontakt zur Polizei, teilt Tombors Zeit ein, schreibt Reden für ihn, liefert Aspekte, souffliert ihm Informationen. In ihrer Arbeit beweist sie feines Gespür und Leichtigkeit, klüger als die anderen hat sie Tombor zu ihrem Medium gemacht, ihn studiert, und wenn der Bürgermeister unsystematisch und störrisch das eine oder andere aus der für ihn geschriebenen Rede streicht, behauptend, es sei nicht sein Stil, ist sie keineswegs beleidigt, statt der beanstandeten Passage schreibt Sandra eine andere, in der sich Tombor wiederzuerkennen glaubt.

Noch in ihrer Gymnasialzeit spielte Sandra in einem von Tombors Filmen mit, bei ihm studierte sie Filmregie, nebenher aber absolvierte sie auch – ihrem Adoptivvater und der Sicherheit zuliebe – ein Jurastudium. Sie hat sich für Tombor entschieden, ist in seinen Dienst getreten, um Drehbücher zu schreiben. Laut Tombor besitzt Sandra den Durchblick, sie kann schweigen und erst dann das Wort ergreifen, wenn sie etwas Wesentliches zu sagen hat. Tombors Wahlkampagne wurde von ihr gemanagt, sie begleitet ihn überallhin, sie schirmt den Herrn Bürgermeister vor überflüssigen Telefonaten ab.

Oftmals schläft Tombor im Rathaus, schon im Morgengrauen macht er sich an die Arbeit, und abends um acht, wenn er versucht, einen Kollegen telefonisch zu erreichen, ist er überrascht, daß niemand den Hörer abnimmt, das ganze Gebäude bereits dunkel ist und nur sein Fenster noch leuchtet. Überall da, wo etwas passiert, ist Tombor zugegen, und an seiner Seite Sandra, die alles notiert. Die Entscheidungen trifft Tombor, doch zusammen mit dem Herrn Notar und vielen anderen Herren. Sandra verleiht den manchmal merkwürdigen Entschlüssen des Alten, deren Redlichkeit sich mitunter später herausstellt, den letzten Schliff. Die Mitarbeiter freuen sich, wenn sie etwas nicht verstehen, gespannt warten sie auf eine aus tiefster Tiefe auftauchende Erklärung.

Die Stadt hat sich bereits daran gewöhnt, daß Tombor tagtäglich während der Bürozeiten spazierengeht, über den Markt schlendert, einen Blick in die Schulen wirft, zu den Theaterproben erscheint, Einweihungen vornimmt, Ausstellungen eröffnet, nach Bedarf begrüßt und verabschiedet; zu jedwedem Thema improvisiert er verschiedene akzeptable Selbstgespräche, manchmal vergißt er, wo er sich gerade befindet und warum. In Sälen, in denen viele versammelt sind und nur einer redet, werden die Augenlider des Bürgermeisters schwer, es bemächtigt sich seiner eine bleierne Müdigkeit. Zu seiner Ehre sei gesagt, daß er auch auf dem Bürgermeisterpodium einschläft, wenn irgendwelche Gefolgsleute seinen Vorschlag loben, doch auch oppositionelle Rhetorik wiegt ihn in den Schlaf, sobald es aber interessant zu werden verspricht, gehen die Lider auf, und er schnappt nach dem Gedanken, wird munter wie der Angler, wenn sich der Schwimmer bewegt. Während des Spaziergangs schläft er nicht ein; würde er nicht umherwandern, so entschuldigt sich Tombor, wüßte er wesentlich weniger von der Stadt, von Kandor; von Zeit zu Zeit freilich ist er gezwungen, etwas zu sich zu nehmen, zu konsumieren, woraus die Uneingeweihten schließen, daß es sich der Herr Bürgermeister während der Arbeitszeit in Gesellschaft einer hübschen jungen Dame in Kneipen gut sein läßt.

Wenn es sein muß, besinnt sich Dragoman seiner Fähigkeiten, ergreift auf Konferenzen in Krakau, Prag und Budapest das Wort, und er nimmt wahr, wie der Begriff Mitteleuropa seinen Geist aushaucht. Aus dem Reich vermochten sie sich nur mit gemeinsamer Kraftanstrengung zu lösen, jetzt meinen die neuen Größen, nicht mehr aufeinander angewiesen zu sein, dezent versichern sie sich gegenseitiger Geringschätzung, wetteifern um die Gunst des Westens, um eine möglichst schnelle Assimilation, biedern sich an, sind nicht allzu begehrt.

Gezwungen lächelnd belebt Dragoman das Feld, stellt Fragen, verteilt Rollen, Mitternacht ist vergangen, der Raum ist bis auf den letzten Platz besetzt. Die neuen Klugen und die neuen Überheblichen sind zugegen. Die Alten und die Neuen bringen die Sache unter sich in Ordnung. Sagen kann man alles mögliche, aber nichts wird so heiß gegessen, wie es gekocht wird. Ein Satellit wechselt leicht den Patron, und er weiß, was hinter den Worten steckt. Gleich welche Mode aktuell ist, das Gesicht, das sich allem anzupassen versteht, bleibt.

Das habt ihr gewollt, stimmts? Diesen Erdrutsch. So genießt denn die Schlüpfrigkeit des zum Gleiten derart geeigneten menschlichen Materials. Berauscht sich die ästhetische Betrachtung des Menschen nicht an dessen gallertartigem Aggregatzustand? Gewiß ist das Kristall schöner, allerdings auch starr und zerbrechlich, das Gallert dagegen kann jedwede Gestalt annehmen. Mein Herr Gallert ist stolz auf seine der Vergangenheit angehörende halsstarrige und widerborstige Prinzipientreue.

Der eigensinnige Geist ist zu suspendieren, am besten ist es, wenn nichts geschieht, die Höhle nicht einstürzt, die Wand keine Risse bekommt, niemand zu dir in die Wohnung eindringt, dein Genick mit der Spitzhacke bearbeitet, dich mit einer Stricknadel in den Hals sticht, deinen Kopf an den Haaren packt und niederhält, dein Gesicht, aber auch nicht die Stirn mit Füßen traktiert, wenn du bereits am Boden liegst. Menschen gibt es, die es nicht ertragen können, geschlagen worden zu sein, die daran sterben. Sie haben jemanden schikaniert, von der Schikane hatte er genug, und er ist zum Fenster hinausgesprungen. Dragoman ist schon einige Male gründlich zugerichtet, auch sein Kopf mit Stiefeln bearbeitet worden, er hat es ausgehalten.

Gemeinsam am Tisch sitzen sie, der Knopf des Tonbandgeräts wird betätigt, da befragt ihn einer seiner Schüler: »Weshalb meinen Sie, daß das, worüber viele sprechen, wichtig sei? Versuchen Sie, der Schlammschlacht zu entkommen, der heimtückischen Rivalität des Sprachgebrauchs.« Ein jeder schafft sich an der Universität eine Terminologie, die mit ihm anschwillt und vergeht, und wenn einer unserer Lieblingsstudenten, der Papagei für Fachausdrücke, einige Termini technici am Leben erhält, so ist dies das ewige Sein an sich. Was mich betrifft, wenn ich meinen Papagei höre, verlasse ich fluchtartig das Gebäude.

Den Schulalltag ertrug ich nur schwer, in den ersten Tagen weinte ich und ließ mich in Schlägereien verwickeln, ich litt darunter, dort sein zu müssen und nicht weggehen zu können. Wo sich viele Menschen aufhalten und wo meine Anwesenheit gewünscht wird, von dort mache ich mich gern aus dem Staub. Hinaus auf den Platz, dort beruhige ich mich. Bedeutende Persönlichkeiten überqueren den Platz der Auferstehung mit energischen Schritten, und schläfrig schlendern die Nullen umher, die Nichtsnutze. Sie wiegen den Kopf, führen Selbstgespräche, spielen auf einer Bank Schach, strecken die Beine aus und zupfen die Gitarre, oder sie legen sich auf eine Tischtennisplatte und dekken das Gesicht mit der Mütze zu.

Wollen Sie, daß es Ihnen gelingt, meine Damen und Herren? frage ich die Studenten. Mit ganzem Einsatz für einen Schein kämpfen? Ab einem gewissen Alter gewöhnt sich der Mensch daran, anderen höflich zu begegnen, doch es interessiert ihn nicht, wie er gesehen wird.

Bedenken Sie, daß unser Wesen Unwissenheit ist, noch dazu eine schmerzliche Form davon im fortgeschrittenen Stadium. Was wir für kollektive Weisheit halten, das scheint nach kurzer Zeit kollektiver Unsinn zu sein. Sie müssen wissen, daß die lokale und die zeitgemäße Dummheit Ihr Gehirn erobern. Denken Sie über den Nullpunkt der Unwissenheit ohne jede Rücksichtnahme nach. Auf die wichtigsten an uns gerichteten Fragen haben wir keine Antwort. Es genügt die Ahnung, daß wir winzig sind und zusammengehören. Schuldner unserer Ahnen sind wir und unserer Nachkommen, sofern uns die Vorsehung mit solchen gesegnet hat.

Die Belohnung, meine Damen und Herren, ist die Sache selbst, nicht die Perspektive, sondern der Ausgangspunkt. Der Fundort, an dem Sie sich gerade befinden. Jetzt ziehen Sie eine gute Karte oder eine schlechte, hier, am Tatort. Alles hat eine Bedeutung, und immer werden Sie gesehen.

Wenn Sie mich fragen, mein Freund, ich würde Ihnen eher raten, ruhig zu bleiben. Des weiteren Selbstbeherrschung und irgendeine realistische Heiterkeit zu bewahren. Dankbar bin ich, daß ich noch lebe, dankbar bin ich, daß ich noch atmen kann. Ich verneige mich vor weiser Lebenstüchtigkeit.

Wovon halte ich am meisten? Vom Schäumen des Menschenlebens, von der Jugend, vom herausfordernden Übersprudeln der Kräfte. Vom Lagerflüchtling, vom Deserteur, vom Mann, der das Moor überquert und auf einer Bohle über die Schlucht balanciert, um sich mit Hilfe einer Strickleiter auf einem sicheren Ast niederzulassen und dort eine Friedenspfeife zu rauchen, wodurch alles, was aufwärts strebt und zu Boden sinkt, für einen Moment in der Reglosigkeit der ewigen Zeit innehält.

Good feeling

Zum Schuljahresbeginn 1947, als Obertertianer, hörten wir, auf dem teils asphaltierten Hof in Reih und Glied stehend, die ängstliche und erhabene Rede eines hageren Lateinlehrers, des damaligen Direktors, die, ähnlich wie ein Baiser, nichts enthielt, nur Luft. Damals war mir noch jeder Mitschüler interessant, einfach nur so für sich. Sie waren mir nicht wildfremd, von irgendwoher erinnerte ich mich an sie. Irgendwo hatte ich sie alle schon mal gesehen, eine Vorstellung verkörpert sich. Zuerst nehme ich in der Klasse vier bis fünf Gruppen von Gesichern wahr, nach einigen Tagen aber werden sie dann zu Personen. Meine Mitschüler, so fällt mir auf, bestehen ebensowenig wie ich darauf, hier zu sein. Daß ich mich blamieren und dümmlich dastehen könnte, wenn mich die Lehrer zur Leistungskontrolle aufriefen, davor hatte ich keine Angst, doch irgendein unheimliches Gefühl beschlich mich dennoch. Vielleicht befürchtete ich, entlarvt zu werden, daß etwas herauskommen könnte, vielleicht gerade meine Einstellung, die Schule als eine Art ehrwürdigen kollektiven Arrest zu empfinden. Die Hälfte des Tages ist der Schüler ein Gefangener, er kann nicht hingehen, wohin er möchte, kann nicht zu Hause bleiben, um zu basteln, zu lesen oder zu schreiben. In den frühen Morgenstunden, wenn mein Verstand am wachsten ist, umgebe ich mich nicht gerne mit so vielen Menschen, es behagt mir gar nicht, lauten und verschrobenen Herren zuhören zu müssen, ich hätte meine Zeit durchaus angenehmer verbringen können.

Mit den Banknachbarn besprachen wir gerade, abends in die Musikhalle zu gehen, unter der Bank zirkulierten Romane, und plötzlich traf mich der Bannstrahl des Lehrers, er hatte auf der Lauer gelegen, ihm lag daran, mich zu erwischen, er würde mir schon beweisen, daß ich nichts wußte. Wenn ich etwas richtig sage, unterbricht er mich, in ihm nistet der Verdacht, ich könnte ihn täuschen und lediglich das eine wissen, doch mehr nicht, denn ein Schüler vernebelt seine Faulheit durch Schlauheit. Grips besitzt der Halunke, aber er träumt und liest, Grips besitzt der Gauner, aber für die Arbeit in der Schule setzt er ihn nicht ein. Der Chemielehrer bleibt neben mir stehen, sieht, daß ich lese, brüllt mich an, was ich mir dächte, für diese Unverschämtheit werde er nicht bezahlt, während er sich die Seele aus dem Leibe rede, läse ich.

Privatschüler, Transportarbeiter, Lkw-Fahrer wäre ich gern gewesen oder einsamer berenteter Spaziergänger, was auch immer, Hauptsache, ich müßte meine Zeit nicht in der Schule vertrödeln, auch wenn ich neben einem guten Freund saß. Ich nahm an, daß die Schule auch für meine Lehrer ein Gefängnis war, Tag für Tag mußten sie dort erscheinen, um uns, scheußliche, dreiste Rotzjungen, zu sehen. Der Chemielehrer präsentierte seine zerschlissenen Manschetten: »Schauen Sie her, für ein neues Hemd habe ich kein Geld. Drei Kinder sind zu versorgen. Ich bin schon froh, wenn sie nicht hungern müssen. Sie bekommen keinen Schinken zu essen, keine Ölsardinen, wie einige von Ihnen. Wozu gehen Sie eigentlich zur Schule? Um Ihren Lehrer zu demütigen? Ich war Soldat, ich war in Gefangenschaft. Meinen Sie, es macht mir Spaß, Sie zu unterrichten?«

Nein, das meinten wir nicht. Das Leben bedeutete ihm absolut keine Freude mehr, das Gefühl hatten wir, und jeden Morgen in derselben Körperhülle aufzuwachen mochte auch nicht wunderbar sein. Diese rote Nase, mein lieber Freund, wirst du nicht mehr los. Jeden Morgen derselbe Wanst und derselbe Jackenknopf, der bald abspringen wird, dieselben gestopften Strümpfe. So sehr kann man ein Unterrichtsfach nicht mögen, um jeden Morgen seinen

Feind damit zu traktieren; junge Leute, in deren Augen zu sehen ist, daß sie nur gezwungenermaßen hinhören. Der eine produziert serienweise obszöne Zeichnungen, der andere schnitzt an der Bank herum und sieht zum Fenster hinaus, der dritte liest eine Partitur und dirigiert, der vierte preßt einen Tennisball, um die Hände zu kräftigen. Lyrische Blicke tasten die gegenüberliegende graue Hauswand ab, doch wer vom Lehrer aufgerufen wird, in dessen Augen flackert ein störrisches Licht, als wäre er vergewaltigt worden. »Sagen Sie mir, wovon habe ich gerade gesprochen? Fassen Sie den Stoff der heutigen Stunde zusammen. Waren Sie etwa nicht anwesend? Ist die Seele davongeschwebt, wie ein Frühlingsfurz in der Abenddämmerung? Nur Ihr Kadaver lümmelt sich in der ersten Bank?«

Wenn es mittags zum Schulschluß läutete, war der rosige Teil der Welt an der Reihe. Mit schrillem Lärm stürmten wir hinaus, und die Ermahnungen zu Mäßigung verhallten ungehört; im Gänsemarsch, einzeln, wenigstens im Schulgebäude sollten wir uns anständig benehmen, wenn wir zur Schwingtür hinausgetreten seien, könnten wir – nach Möglichkeit einige Straßen weiter – unserem Wesen, dem wilden Tier, freien Lauf lassen. Ich selbst rutschte zwar nicht auf dem glattgewetzten Treppengeländer abwärts, dessen Marmoroberfläche ursprünglich aufgerauht, von den vielen Schülerhintern jedoch spiegelglatt geworden war, im Erdgeschoß aber, nachdem ich mich durch die große braune Tür gezwängt hatte, atmete ich auf. Endlich draußen! Da draußen war einfach alles gut, die Spatzen auf dem Dung der Pferde, von denen die Selterswasserwagen gezogen wurden, oder das Tango Espresso, in das ich mich mit einem besonders klugen Klassenkameraden setzte, der von Frauen, vom Jazz oder von der Atombombe sprach.

Vor den Schaufenstern der Revue und des Kabaretts Babel zu stehen war herrlich, ebenso Lisawetta zu betrachten, die Künstlerin, nicht nur ihre Schenkel waren unverhüllt, sondern gewissermaßen auch ihr Hintern. Das glänzende, orangefarbene Seidenkostüm und Joshua Strongmans Saxophon, wie es sich aus dem Orchestergraben heraus in der Atmosphäre des Flitters gegen den Unterleib Lisawettas aufbäumt, diese Übertreibung, daß der Mensch etwas anderes aus sich macht, als er üblicherweise ist, war tatsächlich herrlich. Weniger, wenn sie den Künstlereingang verließen, das war etwas anderes; mit Hilfe ihrer Fotos identifizierte ich sie, und die Überschuhe oder die Galoschen, der zur Seite gerutschte Turban oder das zerknitterte Gesicht weckten in mir keine Enttäuschung, sondern mitfühlende Bewunderung, wie sie sich da drinnen auf der Bühne über die Hinfälligkeit erhoben. Ein Mann in einer hohen Pelzmütze führte einen Bären aus, als wäre der ein Hund, sagen wir ein Neufundländer, gemächlich trottete er seinem Herrn hinterher, die Krallen verursachten auf dem Asphalt klopfende Geräusche. Und die baumlange, rothaarige Babette, die an einem Tag einem Buick entstieg und vornehm ertrug, von einem gertenschlanken Mann in schwarzem Mantel bis zur Tür begleitet zu werden, der sich dort in Verbindung mit einem Handkuß für das Rendezvous bedankte; am nächsten Tag traf sie auf einem Motorrad ein, hinter einem Zuhältertypen hockend, wie man damals zu sagen pflegte, auf der Puppenhitsche; der Motorradfahrer, Pepitamütze und Fliegerjacke, machte, die Beine gespreizt und die Füße auf dem Boden, keine Anstalten, von der Maschine zu steigen, und Babette, die Künstlerin, küßte ihm heiß den Hals.

Ich war destruktiv und zynisch, nicht ohne eine gewisse Selbstzufriedenheit, gemessen an den Umständen, der Überschwenglichkeit eines positiven Gemüts, unterschwellig schon, belastet jedoch von dem Verlangen nach einem großen meckernd-grunzenden Gelächter. Einen Sarg malten wir an die Tafel und steckten unseren lieben Lehrer hinein, sogar Kerzen klebten wir an die vier Ekken, versenkten ihn ins Grab, weil seine Stunde folgte, ihm gehörte die sechste Stunde, er verspätete sich, und vielleicht war auch er schon dort, wohin wir gern schon gegangen wären.

Wir strömten hinaus auf den Bürgersteig, von hinten traten wir gegen die Aktentasche des Vordermanns, so daß sie zu Boden fiel, wir kicherten, nicht zuletzt deshalb, weil wir ihm zuvor den Mantelkragen mit Knoblauch eingerieben hatten, er sollte still vor sich hin stinken, wußten wir doch, daß er zu einer Verabredung ging. Wir begrüßten seine Liebste und lenkten unsere Schritte in die Straße der Freudenhäuser, auf einer langen Bank saßen dort die Tanten, einige standen schon draußen in der Haustür. Das war damals ebenso natürlich, wie Brot oder Koteletts zu verkaufen. Viel Fleisch gab es auch hier, denn die Mädchen waren meist ziemlich dick.

Auf einem Waschgestell in winzigen Zimmern eine weiße Schüssel, in die sie aus Kannen kaltes Wasser eingossen und aus einer Flasche lilafarbenes Hypermangan. Zuerst mußten wir unser Geschlechtsorgan hervorholen, und sie wuschen es wie eine Socke, mütterlich, selbstverständlich, nahmen es in ihre fleischige Hand, trockneten es ab und warfen einen prüfenden Blick darauf, ob wir auch nichts einschleppten. Auf dem Schrank stand Quittenkomptt. Mit ihrem massigen Körper lagen sie auf dem Rükken und ließen geschehen, daß wir studierten, was sich zwischen ihren gespreizten Beinen verbarg. Sie nahmen sich Zeit, freundlich und mit tiefer Stimme gaben sie stöhnende Laute von sich. Danach erlaubten sie uns, an sie geschmiegt ein wenig zu schlafen, deckten uns sogar zu und sagten erst später, daß wir dafür ein bißchen mehr zahlen könnten, was durchaus in Ordnung war. Wir stiegen auf einen Lumpenteppich neben dem Bett, erneut die Waschschüssel, noch schien die Sonne auf das unebene Straßenpflaster und in die Hauseingänge, wo andere Frauen standen: zischend, die Lippen spitzend, die Zunge zeigend, und mit dem Zeigefinger führten sie Lockbewegungen aus.

Nachmittags die Straßenbahn besteigen und auf einer unbekannten Strecke in ein unbekanntes Vorstadtviertel fahren. Jedes einzelne Haus habe ich mir angesehen, alle besaßen sie eine besondere Individualität, ebenso wie die Lehrer und meine Klassenkameraden oder wie die Fahrgäste; alles hat, aus der Nähe betrachtet, etwas Besonderes an sich. Triumphieren, wenn eine Jammergestalt zusteigt; Kröpfe, Geschwülste, Flechten finden herzliche Aufnahme. Als ich in der Straßenbahn einen Mann entdeckte, dessen Handgelenk mit dem des ihm gegenübersitzenden Polizisten durch Handschellen verbunden war, freute ich mich. Die Straße war interessanter als das Kino. Der Regisseur lenkt meine Aufmerksamkeit gewaltsam in irgendeine Richtung, auf der Straße mache ich mir selbst meinen Film, ebenso wie ich von den Regalen der Handbibliothek ganz nach Belieben ein Buch herunternehme oder wie ich einmal diesem, ein andermal jenem Mädchen nachsteige. Ich folge ihm, wage allerdings nicht, es anzureden, warte auf ein ermutigendes Signal, fixiere seinen Nacken, seine Bewegungen, seine Beine, es entschwindet in einem Hauseingang, und ich irre verträumt weiter, starre in die Höhe, auf vollbusige Musen, Karyatiden, Blitzableiter, Engel mit Blashörnern und die Sirenen auf den Hausdächern.

Verstohlen sehe ich in die Höfe hinein, entdecke Gärten mit Teppichstangen, klapprige Dreiräder, lange Unterhosen auf der Wäscheleine, gärende saure Gurken in großen Gläsern, eingedellte Gummibälle und Bänke ohne Lehne. Der Verfall, das Unbrauchbarwerden und der Tod, mit dem sich die Gegenstände vollgesaugt hatten, besaßen bereits einen eigenen Reiz. Warum auch sollten die Dinge vollkommen sein?

Wenn ich mich auf Entdeckungsreise in die Sphäre meiner Jugend begebe, muß ich einige Adressen abklappern, um jenen engen Raum, in dem ich meine Kreise zog, inspizieren zu können. In schmale Straßen in der Innenstadt führe ich den Leser, von hier aus ging ich ins Gymnasium, zur Universität, mit einigen Unterbrechungen habe ich in einem Haus mitten in der Innenstadt fast ein Vierteljahrhundert gelebt.

Auf der gegenüberliegenden Seite sah ich das Rathaus, ein rußig-gelbes klassizistisches Gebäude vom Anfang des vergangenen Jahrhunderts, das Dach mit alten, braunen Ziegeln gedeckt, und da wir im fünften Stock wohnten, breitete sich vor meinen Augen ein nach rechts und links weit reichendes Schindelfeld aus, auf dem die Verfärbungen der Zeit einen ebensolchen wahrnehmbaren Fleckenwald bildeten, wie uns auch das Geflecht der Risse in einer Zimmerwand zur visuellen Freude gereicht.

Hinter dem Rathaus, weiter weg, höhere Komplexe und Türme; meine Besucher, wenn sie ans Fenster traten, gelangten unweigerlich zu jenem Gemeinplatz, die Gegend wirke so pariserisch. Das sagten selbst diejenigen, die Paris nur vom Kino her kannten. Über dem Labyrinth von Schornsteinen und Dachleitern zerschnitten nur Vogelschwingen die Lüfte und einige Antennen, wer weiß, wessen.

Etwa dreißig Wohnungen gab es im Haus, im allgemeinen zwei Zimmer plus Diele. Posteklektizistische prämoderne Fassade, dezente Gliederung, selbst die Balkone heben sich von der Wandfläche kaum ab. Die im Erdgeschoß des Hauses zur Straße gelegenen kleinen Ladenräume mieteten ein Krämer, ein Herrenschneider und ein Uhrmacher. Mit dem Einzug des Sozialismus konnte sich der Krämerladen nicht halten. Dabei ging Herr Daróczi schon morgens um vier mit dem Handwagen zur Großhandelsniederlassung, um frische Ware zu holen, und allen

Hausbewohnern verkündete er derart erfreut die Lieferung von frischem Schafskäse oder Erdbeeren, daß ein jeder an dieser Freude teilhaben wollte.

Auch die Uhrmacherwerkstatt verschwand nach dem Tod des glatzköpfigen und rätselhaften Meisters, der schallend lachen konnte, wenn die hoch aufgeschossene Schauspielerin mit den gefärbten Haaren ihren Papagei lockte, der aus dem Vogelkäfig geflattert war, zum offenen Fenster hinaus, sich dann in der schmalen Straßenschlucht auf dem Bürgersteig vor dem großen schwarzen Kater des Uhrmachers niedergelassen hatte, so etwas hatte er noch nie gesehen, und so wartete und wartete er, bis die Tatze zuschlug.

Über uns wohnte ein Geigenbauer, dessen ansehnliche, reife Frau vom sechsten Stock die Treppen hinabschwebte, in eine Duftwolke gehüllt, Eleganz ausstrahlte, doch da unser WC und ihre Küche zum gemeinsamen Lichtschacht gingen, war ich ungewollt Ohrenzeuge der Unterhaltungen des Ehepaars während der üblichen Mahlzeiten. »Sie haben sich schon wieder das größte Stück Fleisch geangelt!« zischte der Ehemann. »Alter Dreckfresser. Sie sind neidisch auf jeden Bissen!« ließ sich als Antwort die tragisch-enttäuschte Altstimme vernehmen. Sie siezten sich, nie gelang es, das Fleisch in zwei gleiche Teile zu schneiden, einer kam immer besser weg, und das beanstandete der andere. »Schon gut, bitteschön, nehmen Sie es, wenn Sie unbedingt wollen, pfui, Sie scheußlicher Egoist!« sagte die Frau verächtlich, und das ging auf die vertraute Weise so weiter, bis der Geigenbauer, der die Instrumente des städtischen Orchesters betreute, mit seiner herrlichen schlohweißen Mähne tot umfiel. Von der Zeit an schwebte die Ehefrau in Schwarz, nach wie vor in eine Duftwolke gehüllt, die Treppen hinab, und oftmals zitierte sie ihren teuren Verstorbenen, der zu allem etwas Geistreiches zu sagen gewußt habe und im allgemeinen ein außerordentlich nobler Mensch gewesen sei.

Jünger und schöner als die Witwe war die rothaarige Schauspielerin, die in elegantem englischem Kostüm, das sich der schlanken Taille anschmiegte, vom dritten Stock abwärts wanderte, sie, so könnte ich sagen, zog eine herbe Duftschleppe hinter sich her, eine Schauspielerin, sagte ein Hausbewohner im Fahrstuhl, eine Telefonschauspielerin, ein anderer. Manchmal wurde sie von einem Chauffeur in einem großen Hudson abgeholt, ein andermal wurden ihr von einem Auto mit einer Diplomatennummer fünfunddreißig blutrote Rosen gebracht. Auch sie war hochgewachsen, und auch ihr Gruß kam von oben herab.

Im Sommer 1951, am selben Tag, als die Schauspielerin zwangsumgesiedelt wurde, traf es noch zwei weitere Hausbewohner, einen böhmendeutschen Baron und eine jüdische Baronin. Auch wir warteten auf den Umsiedlungsbeschluß, wie auf eine in der Gegend grassierende Seuche, auf ein abgestempeltes Schriftstück, das am frühen Morgen von einem Polizisten zugestellt wird und den Adressaten auffordert, bis zur Nacht das Nötigste zu packen, einige Koffer mit Sachen, nicht ohne die oberste Gewichtsgrenze pro Person zu nennen. Sie würden uns abholen und an den zwangsweise zugewiesenen neuen Wohnort transportieren, den zu verlassen nur mit einer Genehmigung der lokalen Polizeibehörde möglich sei.

Die uns bekannten Zwangsumgesiedelten gelangten in Häuser verschiedener Bauern, in die Sommerküche, und die geräumten Wohnungen wurden bald darauf Volkskadern, Beamten des Innenministeriums oder der Parteileitung, führenden Funktionären der Stadtverwaltung zugewiesen, Leuten, die in höhere Positionen geraten waren, für die es sich in der neuen gesellschaftlichen Stellung nicht mehr gehörte, ihr Leben in Einzimmerwohnungen ohne Badezimmer zu fristen, für die in den Villenvierteln und in der Innenstadt, wo bisher »klassenfremde Elemente« beziehungsweise »Klassenfeinde« zu Hause gewesen waren,

Platz geschaffen wurde. Alles mußte zurückgelassen und ein für allemal dem neuen Mieter übereignet werden, der sich ins gemachte Bett legte, die Hemden und Röcke trug, wenn sie denn paßten, und die wertlosen familiären Erinnerungsstücke in die Mülltonne warf.

Das Nachbarhaus fungierte bis 1949 als Bordell, in dieser stillen Straße waren die Freudenmädchen in den Jahren um 1820 vor den kaum bestechlichen Blicken der romantischen Dichter mit Blumen aufmarschiert. Hier an der Ecke befand sich die Gaststätte, in der die Dichter während der revolutionären Zeit von 1848 süßes Gebäck statt Bier und Grammelpogatschen verzehrten, was sogar zu einem Prozeß führte. Der Vermieter und Brauereibesitzer hatte dem Gastwirt, ausgehend von jener Tatsache, daß Bier nach dem Genuß von honigsüßen Torten und Blätterteig nicht schmecken könne, den Verkauf derartiger Waren verboten, womit er die Freiheitsrechte sowohl des Unternehmers als auch des Verbrauchers verletzt hatte. Als seinen ersten Fall übernahm es ein junger Advokat, der sich auch als Erzähler hervortat, die Süßmäuler gegen den Brauereibesitzer zu verteidigen.

In einem schwarzen Kittel pflanzte sich der in unserem Haus tätige Uhrmacher vor dem Eintretenden auf, der durch das Öffnen der Tür eine kleine Kuhglocke und eine Katze in Bewegung versetzt hatte. Im hinteren Winkel der engen Werkstatt befanden sich Bett und Waschbecken. Edel klingende Wanduhren bedeckten die dunkle Wand. Dieser grobschlächtige Mensch, an dem sich die Lupe vor einem zusammengekniffenen Auge und die feine Pinzette zwischen den Fingern komisch ausnahmen, starb unerwartet, noch zu Anfang der kommunistischen Ära, und ein olivgrüner Vorhang gelangte von innen an das Schaufenster.

Leute mit wenig Vertrauen einflößenden Gesichtern sah ich dort hineinhuschen. Offiziere der Staatsschutzbehörde, so hieß es, trafen sich dort von Zeit zu Zeit mit Spitzeln. Einmal hatte ich den Eindruck, beobachtet zu werden, irgendwie war ich darauf aufmerksam geworden, es hatte den Anschein, daß mich ein Auge durch die weggekratzte Farblücke fixierte, eindringlich, ohen den Blick zu senken, sich von dem Schlitz nicht fortbewegte, sich nicht versteckte. Einen Moment war ich versucht, hinzugehen und ans Fenster zu klopfen, doch dazu fehlte mir der Mut. Hinter der von innen mit weißer Ölfarbe gestrichenen Glasscheibe der Uhrmacherwerkstatt hockte auch Jahre später ein bedauernswerter Mensch, der nichts anderes zu tun hatte, als mich und meine Besucher zu registrieren. Die geheime Information, daß drinnen jemand kauerte, plapperte die Hausmeistersfrau aus. Gegenüber meinem zur Straße gelegenen Fenster hatte das Innenministerium eine leere Wohnung nur zu dem Zweck beschlagnahmt, von dort aus zu mir herübergucken zu können, später kam heraus, daß sich in der Wohnung nichts außer zwei am Fenster stehenden Stühlen befand.

Wenn sie mir vielleicht mit dieser ständigen Präsenz, mit den Lauschangriffen und dem Spionieren angst machen wollten, so waren sie damit einigermaßen erfolgreich, allerdings nicht allzusehr. Nicht etwa, weil ich über eine unerhört große Charakterfestigkeit verfügte, vielmehr, weil ich leicht zerstreut und in Gedanken versunken war und auf diese Weise oft nicht den typischen schwarzen Wagen mit der hohen Antenne oder einen kleineren an der Ecke bemerkte, wo gerade der eine Straßennachbar, ein bekannter Tennisstar, parken wollte und fluchte, daß sein Platz von einem Auto des Staatssicherheitsdienstes besetzt war, drinnen ein Kleiner und ein Großer, ein Dicker und ein Dünner, ein Giftzwerg und ein gutmütiger Riese, ein Sensibler und ein Brutaler, mit einem Wort, ein ideales Paar. Sie langweilten sich, rauchten, frühstückten, aßen zu Mittag, hielten die Notdurft zurück, beobachteten mich, folgten mir und hörten mich ab, ausgestattet mit zahllosen Wanzen und Kameras.

Eigentlich, so dachte ich manchmal, sei dies eine nützliche Tätigkeit, sammelten sie doch schön brav über mich und meinen Freundeskreis alle Daten, die sonst für keine Historiographie zugänglich wären, die durch das schwache Erinnerungsvermögen der Beteiligten verlorengehen würden. Getrost sollten sie möglichst emsig sein, die Ermittler, Aufzeichnungen darüber machen, wen wir treffen und was wir während des Abendessens quatschen, dem im verborgenen agierenden großen Spieler dienen, dem geheimnisvollen Archivar, der das Spitzelsystem nur als Hilfswissenschaft der Geschichtsschreibung unterhält, für die Quellenforscher und die Philologen wird das Archiv des Innenministeriums bei der Aufarbeitung der großen Zeitgeschichte eine Goldgrube sein. So ist es nicht gekommen, erschrocken haben die professionellen Kundschafter im Verlauf der neueren Wende angeblich den größten Teil des Materials verbrannt. Als wir zwischen die Mühlräder geraten waren, vermochten wir uns ihre Schreckhaftigkeit nicht vorzustellen.

Neunzehnhundertsechsundfünfzig legte ich das Staatsexamen ab, beendete mein Studium, absolvierte das obligatorische Unterrichtspraktikum, zum Militär allerdings wurde ich nicht eingezogen, denn ich galt als Klassenfeind. Ein Hauptmann versuchte sich in der Definition des Klassenfeindes, ebenso wie in der einer Hose (auch deren Bestimmung hatten wir zu erlernen: ein bei der Volksarmee eingeführtes, in zwei Röhren endendes Kleidungsstück), doch bei der Beschreibung des Klassenfeindes verhedderte er sich. Es kam ihm wie gerufen, daß ich feixte. Der Hauptmann ging zum Anschauungsunterricht über: »Stehen Sie auf! Ja, Sie da! Sehen Sie? So sieht ein Klassenfeind aus. So frech lacht er uns ins Gesicht, so zynisch.« Er verwies mich des Saales und sagte mir, zur Wehrkunde solle ich in Zukunft nicht mehr erscheinen. Dieser Hauptmann war mein Schutzengel; seither hatte ich mit dem Militär nichts zu tun, er hatte mich zum hoffnungslosen Zivilisten erklärt. Die anderen, die nicht gefeixt hatten, erhielten in jenem interessanten Sommer neunzehnhundertsechsundfünfzig in einer nahe gelegenen Kaserne eine verkürzte Offiziersausbildung, und als dann in der Stadt die Revolution ausbrach, entwaffneten sie die Garnison, ihre Offiziere, und begaben sich auf Lastwagen in die Stadt, um sich ihren Anteil an der Revolution zu sichern.

In einer entlegenen Grundschule bekam ich eine Lehrerstelle, ich erzählte den Kindern Geschichten, es hätte mir dort gefallen, doch dann erschien ein Knirps von einem Menschen vor mir, ein Glatzkopf mit einer schneidenden Stimme, der mir mitteilte, am nächsten Morgen solle ich ihm meine Unterrichtsvorbereitungen vorlegen. Wer dieser Winzling sei, fragte ich die in der Nähe stehenden Kolleginnen. Der Direktor, sagten sie. Unterrichtsvorbereitung, was hatte das zu bedeuten? Irgendein längeres Geschreibsel, das mich den ganzen Nachmittag kosten würde. In der staubigen Vorstadt bestieg ich den Schnellzug, um nach Hause zu fahren. Als ich mit der Straßenbahn die Bibliothek erreichte, nahm ich nach schwachem Ringen, ob ich nach Hause gehen und die verflixte Unterrichtsvorbereitung schreiben oder zuvor die gestern schon bestellten Bücher lesen sollte, meinen gewohnten Platz im Forschungszimmer der Bibliothek ein, an dem mit weinrotem Filz bezogenen großen Schreibtisch durfte ich sogar meine Schreibmaschine benutzen, ich saß am Fenster, von wo ich einen Blick auf den See hatte.

Ich schrieb wohl gerade mein Tagebuch, irgendeine reflektierende Gedankenfolge. Ich las zehn Seiten, schrieb zwei, es entstand ein unentwirrbares Geflecht: Zitate, komprimierte Ideen, Kommentare, Erinnerungen, Entdeckungen. Die Schreibmappe wurde dicker und dicker, obwohl ich einzeilig tippte. Über meine in vielerlei Richtungen sich schlängelnden Fragmente verlor ich allmählich den Überblick, jeden Tag streckte mein Verstand seine Fühler nach etwas anderem aus. Von der Höhe meiner Ignoranz aus hielt ich Ausschau in der Welt, und es boten sich mir in allen vier Himmelsrichtungen verlockende Dinge an, die es zu verstehen galt. In den Stunden, da ich etwas kleinmütiger geworden war, erdrückte mich die rätselhafte Unendlichkeit des Wissens, entweder kapitulierte ich, oder aber ich versuchte, mich unter dem auf mir lastenden geistigen Trümmerhaufen ans Licht emporzuarbeiten. Eine Unterrichtsvorbereitung auf Papier zu kritzeln, jede Stunde vorauszuplanen, das mit dem Fach verbundene Erziehungsziel zu umreißen, dazu verspürte ich absolut keine Lust. Ich hatte das Gefühl, daß eine so nutzlose Plackerei meinem noch halbwachen, jedoch arbeitsfähigen Gehirn schadete. Stets gab ich darauf acht – reiner Hochmut, Selbstschutz mochte das gewesen sein –, daß ich meinen Kopf nicht mit Sägespänen vollstopfte und mich nicht durch pseudosinnvolle Aufgaben demütigte. Als Gymnasiast nistete ich mich in dicken Romanen ein, nach der Schule, am frühen Nachmittag, legte ich mich schlafen und stand abends um zehn auf, weil ich das Empfinden hatte, die Schule mache mich müde und dumm und raube mir die Kraft für die eigentliche Arbeit. Ähnlich wie wir an der Universität damals die wichtigsten Zeilen unterstrichen, wenn der Autor aphoristisch das Herzstück seines Anliegens zu fassen bekam oder zumindest etwas zu sagen hat, sah ich vor meinem inneren Auge, was die Menschen mitzuteilen hatten: Es gibt nichts zu unterstreichen, die Seiten eilen vorüber, und mit lautstarker Stimme ist noch immer nichts Wesentliches mitgeteilt worden, ein wählerischer Speicher in meinem

Gehirn hat mir zu verstehen gegeben, daß es nichts gibt, was es festzuhalten gilt, wir können uns von hier entfernen, aus dem Staub machen, das Bergwerk der Langeweile verlassen!

Verdummen kann sich der Mensch auf tausendfache Weise, der Student muß seinen Verstand schützen! Er darf sich nicht selbst betrügen, muß sich darüber im klaren sein, daß die verkrüppelten Erwachsenen auch ihn verkrüppeln, ihrem Bild anpassen wollen. Der Dumme verdummt, und mit großer Intensität verteilt er erhabene Dummheit. Die meisten der gedruckten Worte sind Ausschuß. Einmal vergnügt, ein andermal düster hegte ich den Verdacht, nicht wachsam genug zu sein und allein schon durch das Wörterbuch der Zeit übers Ohr gehauen zu werden.

Beim Festhalten umherschweifender Tagebuchmeditationen geriet meine Denkmaschine in einen höchsten Rauschzustand; selbst auf meine Schultern und Arme übertrug sich die Erregung. Mit den beiden Mittelfingern über die Tastatur der Schreibmaschine zu jagen oder Hinweise mit dem Stift zu Papier zu bringen war lustvoller, als Konversation zu betreiben. Wenn jemand anders zugegen ist, kann er dir hineinreden, die Entwicklung deines Gedankengangs ablenken. Ein höflicher Mensch aber ist rücksichtsvoll, tritt ein in die Sinnenwohnung des anderen und fühlt sich meist beklommen, nicht zu Hause; in einigen engen, schummrigen, bizarren Räumen hat er sich schon aufgehalten. Die verruchte Gehirnhure bricht aus dem muffigen Verlies aus. Soll doch der Wind den Papierflieger tanzen lassen! Soll doch das betrunken schaukelnde Schiff durch die zuckenden Wellen pflügen!

Gehirnhure? In einem Espresso, dessen Tische durch Bretterwände voneinander getrennt waren und das der Atmosphäre der Zeit gemäß Vorwärts hieß, tätschelte der junge Dragoman die strammen Schenkel einer Opernsängerin.

Begabt war die Künstlerin, schön aber nicht. Sie trällerte und schmetterte Arien, während sie an Dragomans Seite einherschritt, im Bett allerdings röchelte sie. Um halb neun in der Frühe schlich sich Dragoman in den vierten Stock des in der Innenstadt gelegenen Mietshauses, wo die Künstlerin in der rechten Ecke des Flurs zwei zur Straße gehende Zimmer bewohnte. Überall Diwane, tiefe Sessel, hängender Goldbrokat, viele Kissen, Puffe und Liegen. Massiges festes Fleisch, auffällige Nase, großer Mund und wulstige Schamlippen, im Gegensatz dazu nicht allzu dichte blonde Behaarung oder besser gesagt Flaum. Jeder neue Körper hält Überraschungen bereit. In jungen Jahren fühlte sich Dragoman zu vergleichenden Forschungen weiblicher Körper berufen. Seine Erfahrungen waren bescheiden, sein Interesse flatterhaft. Anna, den göttlichen Alt, mußte er in das Korsett hineinzwängen. Zwei Stufen auf einmal nehmend, sprang er beschwingt die Treppe hinunter, Dragoman verspürte eine angenehme Müdigkeit, von etwas hatte er sich befreit, und der Tag lag noch vor ihm.

Im September 1956, aus der staubigen Vorstadt auf dem Weg nach Hause, beschloß er auf den Stufen der Bibliothek, die Schule aufzugeben, von Gefangenschaft hatte er genug. Sollte er jetzt Kerkermeister spielen? Am Schreibtisch über den Tasten der Maschine, wollte er heute nachmittag lieber über das Verhältnis von Intelligenz und Geschichte nachdenken. Ein phantastisches Thema für einen frischgebackenen Dipl.-Phil.

Geld ließ sich auch anders beschaffen. Zum Beispiel könnte er seinen dereinstigen Leichnam der Anatomie verkaufen, und das Geld würde reichen, um davon samt Familie zwei Wochen lang vergnügt zu leben. Kobra brachte die Nachricht, wonach das Krematorium Freiwilligen bei der Leichenverbrennung vier- bis fünffachen Lohn zahle. Eine morbide Maloche zweifellos, begreiflich, daß andere keine

Lust dazu hatten, Dragoman und Kobra aber überwanden ihren Widerwillen. Moralisch gab es daran nichts auszusetzen. Verbrennungen fanden wöchentlich nur an zwei Tagen statt, die zweite Hälfte der Woche würde dem ungestörten Studium gehören. Sie verfaßten ein edel formuliertes Bewerbungsschreiben, zutiefst seien sie an diesem Handwerk interessiert, nebenbei bemerkt hätten sie gehört, daß der Posten hoch dotiert sei, sie bäten um genauere Informationen zu den Bedingungen, wenn die günstig seien, würden Dragoman und Kobra das Stellenangebot des Krematoriums in Erwägung ziehen. Auch das Antwortschreiben des Krematoriums war wohlformuliert: Fast alles treffe zu, man suche Leute und freue sich über das von seelischer Ernsthaftigkeit zeugende Interesse der beiden jungen Kandidaten, das Gehalt allerdings sei niedriger, als sie dächten, es übersteige nicht das Durchschnittseinkommen eines Fabrikarbeiters. Zudem fand Dragomans Leichnam keinen Absatz. »Junger Mann, Sie sind sehr zynisch«, sagte der Anatomieprofessor, zu dem das telefonische Angebot irgendwie geschaltet worden war. »Werden Sie erst einmal ein bißchen ernster, mein Lieber, und verdienen Sie Ihr Geld im Schweiße Ihres Angesichts.« Nachdem er auf dem Güterbahnhof Waggons be- und entladen hatte, fielen ihm in der Bibliothek die Augen zu. Er übersetzte, redigierte und half schwachen Schülern bei den Hausaufgaben. Laura unterrichtete, Dragoman erhielt vom Schriftstellerverband ein kleines Stipendium, wenn das Geld für Brot, Milch und Äpfel reichte, waren sie schon zufrieden.

Mit leerem Magen schrieb und las er bis abends neun in der Bibliothek. Im Waschraum konnte er etwas Wasser trinken. Er forschte nach der sich offensichtlich verbergenden Wahrheit. Was umgab ihn hier? Dragoman kam vom Berg herab in die Bibliothek, Kobra sah ihn durchs Fenster über die Brücke kommen, in seinem im Wind flatternden schwarzen Regenmantel, pulsierend, schillernd, herumfuchtelnd, kichernd, tänzelnd, denn damals amüsierte sich Dragoman auch allein wunderbar.

Sie gingen in die Milchbar, die Kellnerin, von der sich Dragoman zum Milchreis mit Kakao mehrere Extraportionen Puderzucker bringen ließ, lauschte gebannt der politisch-philosophischen Konversation, sehr schnell befriedigte er seinen Bedarf an Kohlehydraten; mager, so die Lage, sei er nicht, weil er nicht esse, sondern weil er einen erhöhten Wärmehaushalt habe, er könne mehrere in Eiswasser getauchte Handtücher trocknen, wenn er sie sich um die Brust wickele, so prahlte Dragoman vor dem jungen Mädchen. Das schüttelte zweifelnd den Kopf. »Ich werde Sie einmal in so ein nasses Laken einwickeln!« drohte es ihm, und an den anderen Tischen klopften die Gäste mit der Messerschneide bereits an ihre Gläser, die schöne Kellnerin sollte auch zu ihnen kommen und sich von dem langhaarigen Gecken nicht aufhalten lassen.

Von der Milchbar aus gingen sie in das Club-Café hinüber, wo in einer Ecke der Etage Tombor saß und über einen Film nachdachte. Dieses Dämmerlicht beflügelt die Phantasie. In seinem Notizbuch reihten sich unverständliche Textpassagen und Zeichnungen aneinander. Kleinstbuchstaben, Chiffren, großes Schweigen. Antal wies zu einem anderen Tisch: Setzt euch dorthin, ich muß noch nachdenken. Eine halbe Stunde noch hing er seinen Gedanken nach, tat absolut nichts, dann trug er zwei, höchstens drei Wörter in sein Notizbuch ein und setzte sich erleichtert zu seinen Freunden, als hätte er sein Tagwerk vollbracht.

Sie unternahmen einen Spaziergang, doch zuvor gingen sie in den Fleischerladen in der Nachbarschaft, dessen Wände gelb gekachelt waren. Hier holte Antal jeden Tag einen zappelnden Karpfen aus dem Aquarium, versteckte ihn unter dem Mantel, transportierte ihn zur Mole, um ihn in den See zu werfen. »Irgendwann einmal wirst du auffliegen.« »Niemals!« sagte Antal. Wenn sie zusammen in der Straßenbahn fuhren und der Kontrolleur kam, verlangte der von Dragoman und Kobra sofort die Fahrkarten, Antal sah durch ihn hindurch, er brauchte nichts vorzuzeigen. Um den Diebstahl wiedergutzumachen, kaufte er jeden Tag eine Konserve: ungarische Kutteln. Die waren am billigsten. Er genierte sich zuzugeben, daß er die Kutteln mit Nora aß, mit seiner Freundin, lieber sagte er, die bringe er seinem Hund. Der von seinem Vater geerbte Wintermantel sah zu gut aus. Auch der Fleischer hatte einen Hund, nach und nach mußte Tombor mit Geschichten über seinen Hund herausrücken. Mit unglaublichen Lügen traktierte er den staunenden Fleischer, sein Hund, so Toni, habe Wildschweine überwältigt, Walderdbeeren seien seine bevorzugte Delikatesse, auf einen Baum sei er geklettert, um Wachteleier zu räubern, mit Eichhörnchen habe er sich angefreundet, und er könne giftige von eßbaren Pilzen unterscheiden. Einmal passierte es doch, daß ein zappelnder Karpfen unter dem Mantel hervorrutschte. Der Fleischer sah das und glaubte nun, manches zu verstehen. »Ich gebe Ihnen Packpapier.« »Danke, Meister«, sagte Tombor unerschütterlich.

Bei einem Glas Tee unterhielten wir uns in Lauras Gesellschaft darüber, daß die Intelligenz sich als Bolschewik aufgespielt habe, als Antibolschewik, wieder als Bolschewik und wieder als Antibolschewik; wir sehen die Denker hin und her schwanken in den sich wandelnden Strömungen. Wetterhähne krähen Heilslehren. Nichts sei uns fremder, stellten wir fest, als diejenigen zu bedauern, die gläubig gewesen und enttäuscht worden seien. Ein Idiot, wer sich hat betrügen lassen. Auch enttäuschte Kommunisten bleiben Kommunisten, denn der Kommunismus ist das Objekt ihres Beharrens auf einer Vision, den interpretieren sie, davon sind sie berückt, den schmähen sie, von dem können sie sich nicht befreien, mit etwas anderem können sie sich selbst dann nicht beschäftigen, wenn sie, unter einem Waggon versteckt, im Kugelhagel über ein Schneefeld hastend, im Westen eingetroffen sind, und selbst wenn dieses Etwas für alle Zeiten entlarvt wird, dieses Stück, in dem auch sie Bühnenfiguren sein können, dafür und dagegen, Helden und Verräter, wenn in diesem Stück der Humorist aufgehängt wird oder eben er der Henker ist, sind sie im ästhetischen Sinne die edlen Enttäuschten, von denen wir anno dazumal viele kannten, und auch weiterhin bleiben sie die Gefangenen des Kommunismus.

Bei einem Liter scheußlichem Tischwein und zahlreichen mit Paprika und Salz bestreuten Schmalzbroten kamen wir überein – wir dämpfen unsere Stimmen, um auf Lauras sanften Schlummer Rücksicht zu nehmen –, daß der radikale nationalistische und sozialistische Etatismus das größte Abenteuer der Intelligenz des zwanzigsten Jahrhunderts gewesen sei, das unschwer mit dem Tod enden könne. Anders aber als durch den Staat sei eine Beteiligung an der Macht nicht möglich gewesen. Wer die Macht nicht will, der wird zum Formalisten, entfernt die ethisch-politischen Verblendungen aus seinem Kopf, es bleiben Beschreibung, Phänomenologie, Methode und Professionalismus, es bleiben jedoch nicht Flaubert, Mallarmé und Cézanne, Lukács und Sartre, und der Mensch geht in der Stadt umher wie eine alte Jungfer, grau geworden bleibt ihm das eine: die unversehrte Jungfernhaut. Wer es hier geschafft habe, sich in den letzten zwanzig Jahren seine Unbefangenheit und ethische Neutralität zu bewahren, der müsse ein ziemlich großer Scheißer gewesen sein, sagte einer von uns. Nach dem rechten ist auch das linke Abenteuer vorbei, geblieben ist die Bibliothek. Die Kunststücke der Hybris haben ausgespielt, studieren wir die ewigen Dinge, beispielsweise unsere Stadt.

Sie sitzen in zahllosen Espressos; Kaffee, Rum, Geschichten von der verstaubten Wirklichkeit, die ihre Intelligenz übersteigt. Mit großem Sachverstand wollten sie in Kandor Erhebungen vornehmen, Familien besuchen, denn die Biographie der einen Wohnung läßt die nächste keineswegs langweilig werden. Dragoman hat einigermaßen umfangreiche Romane übersetzt. »Damit verdiene ich nicht einmal ein Glas kaltes Wasser«, fluchte er und bezahlte die Rumrunden. Sie befragten die Älteren, denen Gefängniserfahrungen nicht erspart geblieben waren; über den Terror, sagten sie, könne man nur wie Kafka schreiben, und im Espresso herrschte angesichts der Intimitäten des Widerstands während des Krieges, der illegalen Bewegung und der Geheimpolizei explosive Stimmung, die Verhörmethoden ließen sie erschaudern, die Gefängnismythologie in Träumerei versinken.

Auf die richtige Gehirnfunktion sollten wir mehr achten als auf die richtige Darmfunktion, meinte Kobra. Wer noch keinen Scharlach gehabt habe, könne ihn noch bekommen. Viel Papier, viele Notizen, wenig abgeschlossene, kopierte und zur Veröffentlichung abgegebene Arbeiten. Was wir gestern geschrieben haben, könnte ja Unsinn gewesen sein.

Kandor ist ein Leckerbissen, jeden Tag ein neues Thema, eine Idee ersetzt die andere, wir sind mit der Stadt verschmolzen. Angenehm war es im Winter, bei glitzerndem Jagdwetter von hoch oben, von der Kapelle auf dem Alten Berg, hinabzublicken. Laura trug einen leichten, weichen, stahlblauen Wintermantel; am Seeufer kam sie uns entgegen, sie wiegte den Kopf hin und her, besser gesagt, sie neigte ihn zu rechten Seite, dem Wasser zu, denn aus dieser Sicht wirkte die Stadt schwindelerregender, und die Brükken bäumten sich wie Pferde.

Wir faßten die Sache zusammen: Das Ganze ist ein Lotteriespiel. Entweder wirst du erwischt oder nicht. Hier verstellt dir das Schicksal der Geschichte den Weg und fordert dich auf, das Auto zu besteigen. Klar, daß sie versuchen, dich zu ertappen. Sei argwöhnisch, und genieße den letzten Tag, wenn du noch auf freiem Fuß bist, vielleicht wirst du es morgen nicht mehr sein.

Wer schlägt wo sein Zelt auf, wer hat wo seinen Stammplatz, sein Jagdgebiet, mit wem können wir wo rechnen? Angenommen, daß es uns nun schon in die Reihen der jungen Intelligenz verschlagen hat, die damals, so um 1956, noch einfältig zu den Älteren aufgeblickt hat, eine Situation war das wie die eines Sextaners gegenüber einem Unterprimaner. Damals galt die Achtung vor einem Stammeshäuptling noch etwas, vor den großen Lebensläufen, den langen Bücherlisten, sogar die Träger berühmter Namen zu Gesicht zu bekommen war ein Ereignis.

Im Frühjahr neunzehnhundertsechsundfünfzig gab der Name Imre Nagys Anlaß zu glühendster Verehrung. Wenn der alte Herr durch die Stadt ging, konnte er sich dessen gewiß sein, von den Entgegenkommenden bemerkt zu werden, sie senkten den Blick, in ihnen spielte sich der Vorgang des Erkennens ab, und sie standen vor dem Dilemma, nicht zu wissen, was sie tun sollten. Dragoman grüßte, Imre Nagy zog ein wenig den Hut, und unter seinem Schnurrbart war irgendeine herzliche Zuneigung zu verspüren, wenn auch kein Lächeln. Sie hätten sich unterhalten können, wenn Dragoman mutig genug gewesen wäre, auf ihn zuzugehen und sich vorzustellen, zu mehr als einem Gruß allerdings verstieg er sich nicht.

Dragoman war von Natur aus nicht vertraulich, nach der Vorlesung ging er nicht zum Katheder, um den Professor noch in ein Gespräch zu verwickeln, ihm private Fragen zu stellen und seinen Sachverstand zu demonstrieren. Wer war Dragoman, wie hätte er es wagen können, den sechzigjährigen Imre Nagy anzusprechen, den Ministerpräsidenten von gestern und von morgen hoffentlich wieder?

Über alle Maßen bewunderte Kobra Zoltán, der in der Krone zwanglos erzählte, daß er zu dem »Alten« gegangen sei, geklingelt und ihm einen Brief von Attila Szigethy, seinem Chef, übergeben habe, worin der transdanubische Bauernführer, Direktor eines Staatsguts und Abgeordneter, vorschlug, im Parlament eine Rede zu halten, die eine Anklageschrift gegen Rákosis Wirtschaftspolitik sein könnte; er würde den Bankrott der ungarischen Wirtschaft nachweisen, wodurch der Tyrann vielleicht gestürzt werden könnte. Bisher hatte es niemand gewagt, vor einem politischen Forum den Parteiführer öffentlich anzuprangern. Zoltán saß auf der Terrasse des Hauses in der Orsó utca, Imre Nagy gab sich anfangs kühl und zurückhaltend, es war vorstellbar, daß er den Verdacht hegte, der junge Mann könnte ein Spion oder ein Provokateur sein, er ging hinüber in das andere Zimmer, telefonierte, nach einer Viertelstunde klingelte das Telefon, wieder ging er ins andere Zimmer hinüber, und als er zurückkam, lächelte er freundlich, und zum Vorschein kam der Universitätslehrer, der sinnierende bejahrte Herr, und er erläuterte seinem jungen Besucher die Strategie des Abwartens.

»Demnach verfolgen Sie die Strategie des in *Krieg und Frieden* charakterisierten Kutusow? Zurückweichen, zurückweichen, und wenn der Gegner von der großen Eroberung müde geworden ist, angreifen?« »Ja«, sagte Imre Nagy nach kurzem Zögern. Durch Zoltáns Vermittlung riet er Attila Szigethy von »putschistischen« Erwägungen ab. »Es wird die Zeit kommen, da Rákosi im Politbüro auf mich zukommen wird, und sie werden mir den Posten des Generalsekretärs der Partei in den Schoß legen.«

Zoltán war an ernsthafteren und bedeutenderen Dingen interessiert als Dragoman und Kobra, um ihn herum ergab sich immer irgendeine symbolische Situation. Dragoman gab sich damit zufrieden, des öfteren in der Gegend unterwegs gewesen zu sein, in der Imre Nagy bei seinem Spaziergang anzutreffen war. Jahrzehnte später ertappte er sich dabei, daß auch er Spazierrouten festlegte und wiederholte. Seit Jahren verschränkt er die Hände auf dem Rücken, auch sein Vater ging so, in Gedanken versunken, spazieren. Beständigkeit der gezogenen Kreise – Sklerose und Selbstschutz älterer Männer, den Weg kennen wir bereits, auf einem anderen können wir uns den Hals brechen, einen falschen Schritt tun. Wir haben Angst um uns, die Schritte werden kürzer, labil sind wir geworden, erwarten, daß uns herunter- und hinaufgeholfen wird.

Der Alte war damals bereits »der Alte«, vielleicht sogar jünger als Dragoman, ein rundlicher, herzlicher und würdevoller Mann. Sein Blick ließ spüren, daß dieser Mensch zu der Zeit seine Rolle gefunden und gelernt hatte, daß sie bereits seine eigene war. Er beharrte auf seiner Meinung, war mit sich selbst identisch geworden, das entsprach bisher nicht der üblichen Haltung. Wegen Prinzipien verstoßen zu sein, das war etwas Besonderes. Wie ein vom Thron vertriebener gerechter König, der jetzt spazierengeht, jedoch zurückkehren wird, so wandelte er durch die Straßen.

Sein Auftreten hatte drei Jahre zuvor auch Dragomans Wiederaufnahme zum Studium ermöglicht. Er ordnete Erleichterungen an, bewirkte die Freilassung der Internierten und der meisten politischen Gefangenen und hob die mit den Zwangsaussiedlungen verbundenen Maßnahmen auf. In einem Moment der Besinnung ernannte Moskau Imre Nagy zum Ministerpräsidenten; daß sich dieser Mensch schließlich statt der Reichstreue für eine andere, eine lokale Loyalität entschied und davon nicht abließ, obwohl er wußte, daß er für diese Halsstarrigkeit aufgehängt werden würde, ist bereits als dramatische Triebfeder in seinem Charakter zu betrachten.

Im Frühjahr sechsundfünfzig konnte Dragoman das

noch nicht wissen, auch er sah sich als Außenseiter, zum dritten Mal war er von der Universität suspendiert worden, doch jetzt hielt er das keineswegs für so logisch und naheliegend wie nach seinem ersten Ausschluß. »Wir sind nicht eins, aber wir können koexistieren. Wenn es Imre Nagy gelingt.« Zwei Jahre später war es ihm gelungen, ohne seine Würde zu verlieren, aufrecht unter dem Galgen zu stehen.

Mit einem Fangnetz befördert Dragoman jene Zeit vom Grund des Sees an die Oberfläche, ineinander verfangen treiben die Tatsachen aufwärts. Ein kaum entwirrbares Knäuel der dahingleitenden Jahre, und Dragoman verspürt keine Lust, in ihrer Reihenfolge herumzustöbern. Gern eilte er das gelb gekachelte Treppenhaus hinunter, um sich irgendwohin zu begeben, vielleicht zur Insel, wo er den Tag beginnen lassen könnte, oder ins Bad, morgens halb sieben ins große Schwimmbecken, wo sich zu der Zeit nur wenige tummelten. Nach einem Sonnenbad war es gegen halb neun an warmen Sommertagen wohltuend, sich in eine schattige Bucht der Insel zurückzuziehen, in die Nähe der Ruinen, hier und da stand zwischen den bis zur Hüfte reichenden Mauerresten der Klosterräume eine Bank, er konnte sich an einen der Steintische setzen, die vom Gartenbauamt dort hingestellt worden waren, und manchmal konnte er es sich leisten, auf der Terrasse eines Espressos Kaffee zu trinken, wo er auf den mit weißer Ölfarbe angestrichenen Gußeisentisch alles auspackte, was sich in seiner Tasche befand, Papier, Füllfederhalter, Aktenmappe und ein französisches Buch, das er zu lesen hatte, um ein Gutachten zu schreiben und ein bißchen Geld zu verdienen. Hinaus aus dem Gartenlokal auf eine unberechenbare Wanderung von Bank zu Bank. Die Konzeption eines gelungenen Tages beinhaltete, daß er schon am Vormittag erledigte, was zu erledigen war, um dann noch Zeit zum Flanieren zu haben, in die Bibliothek zu gehen, jemanden zu besuchen, das Kind mußte er erst nachmittags um fünf von der Krippe abholen, denn Laura hatte noch bis sechs in der Schule eine Stunde zu geben. Sie unterrichtete schon, Dragoman studierte noch.

Gelegentlich setzte er sich gern in den Bus und fuhr in die Berge, bestieg die Schmalspurbahn, die ratterte dampfend zu einer Waldgaststätte, auch dort holte er aus der schwarzen Tasche seine Utensilien hervor, unter hohen Kiefern sitzend, beobachtete er die Bewegungen der Blätter im Wind und den Flug der Käfer, Hummeln und Schmetterlinge. Er suchte nach Winkeln, von wo aus die Stadt in den Griff zu bekommen war. Die Stadt, das Empfinden hatte er, gehörte ihm, er zahlte dafür, indem er umhervagabundierte. Jeder Ort, den er aufgesucht hatte, an den er sich erinnerte, den er sich vorstellte, gehörte ihm. Die ganze Stadt war Dragomans erweitertes Zimmer. Die Bank auf dem Platz hielt er für nicht weniger vornehm als das Zimmer hinter der gepolsterten Tür. Auf dem Platz wurde er von niemandem geschulmeistert, und wenn jemand aufdringlich wurde, ging er ein paar Schritte weiter. Er bereitete sich auf eine großangelegte Arbeit vor, wovon bisher nur Bruchstücke entstanden waren.

Unter einem großen Kastanienbaum, in dem am Berghang gelegenen Gartenlokal, einige Tische von Bier trinkenden Männergesellschaften entfernt, schrieb Dragoman an einem grüngestrichenen Blechtisch; ein, zwei Seiten loser Wortverbindungen gingen in Notizblock oder Hefter ein. Auf den Steinbänken der Insel, an der holzwurmbefallenen Balustrade machte er Aufzeichnungen. In Espressos der zweiten Preiskategorie hockte er sich in eine Ecke, die miteinander vertrauten, schläfrigen Leute dort mochte er, die alten Männer stritten sich darüber, wer zu der Zeit, als die Pferdebahn eingestellt wurde, den Posten des Vizebürgermeisters bekleidet habe und in welchem Jahr vor dem Ersten Weltkrieg der Rocksaum der Frauen wenigstens eine Spanne vom Pflaster entfernt gewesen sei. Schlanke Kellnerinnen schwebten mit dem Tablett umher, auf dem sich Kaffee, Kognak und Sodawasser näherten, Dragoman träumte von ungeschriebenen Romanen, ihn beschäftigte das Verhältnis von sittlicher Haltung und Distanzierung. Du darfst dich von denen nicht über den Tisch ziehen lassen, sagte er, und trommelte mit den langen Fingern auf den Tisch, unbemerkt kannst du kein Tor landen, sie registrieren das. Alles kommt an den Tag. Unversöhnlich faßte er seine Texte ab, sonst nichts, nur das groteske Mißgeschick sollte sichtbar werden. Das beruhigte ihn, als hätte er mit einer Frau geschlafen, besänftigt begab er sich auf den Nachhauseweg. Auch das wenige genügte, auch auf dem Balkon ergab sich eine Idylle, Laura lag im Bett und las, während Dragoman hinter einer spanischen Wand Sätze formulierte, die kaum zu veröffentlichen waren.

Von seinen Ausflügen kehrte er ins Tango zurück, zu Royalisten und Sozialdemokraten, allen möglichen heruntergekommenen Existenzen, ehemaligen Abgeordneten und Spitzeln, die sich als Gegner des sozialistischen Regimes aufplusterten. Unter dem Tisch der Royalisten waren von Zeit zu Zeit zackige Geräusche zu vernehmen, sooft nämlich die vornehmen Herren den Namen Seiner Majestät, Otto von Habsburg, aussprachen, und das taten sie viele Male, schlugen sie diskret die Hacken ihrer doppelt besohlten und handgenähten Chevreauschuhe zusammen.

Auf einem zweisitzigen Kanapee gegenüber von Dragoman trafen sich jeden Morgn aufgeregt eine schöne Dame und ein eleganter Herr, die schöne Dame traf immer ein bißchen verspätet ein, wir könnten auch sagen abgehetzt, würde sich in dem Wort nicht ein Anflug von Unangemessenheit verbergen, denn ihre Erregung blieb makellos innerhalb der Grenzen der Schicklichkeit. Der Herr ergriff die Hand der Dame, und die berichtete von jenen unwürdigen Grausamkeiten, denen sie zu Hause ausgesetzt war. Um sie her spann sich das Netz des Argwohns, im soundsovielten Jahr der Ehe und dem weniger sovielten der parallelen Freundschaft dämmerte es dem Gatten allmählich, und einmal bemerkte er: »Ich weiß, es würde Ihnen nicht zur Freude gereichen, wenn ich Sie begleitete.« Wie gewöhnlich! Die Menschen kennen ihre Grenzen nicht.

Die Tür ging auf, ein Stumpf walzte herein. Mit den Händen stieß er sich ab, um vorwärts zu kommen; ohne Beine, mit Hilfe seiner muskulösen Arme schwang er den Rumpf auf einen Stuhl, stützte sich auf den Tisch, übernahm die Führung der Konversation und gab das Wort nicht mehr ab, als wolle er den Ball allein ins Tor bringen, er schoß die Tore, lieferte die Pointen, nach seiner Rede erschallte das Gelächter. Der mit Tinte und Federhalter bewaffnete Philologe, der auch hier im Tango Espresso das Gefühl hatte, am rechten Ort zu sein, hörte zu.

Noch einen ständigen Frühstücksgast gab es im Tango, einen Kunstphilosophen, Architekten, Dichter, Maler, Filmregisseur, Schauspieler, Avantgardisten und mystisch-zynischen Propheten, mit einem Wort eine zusammengesetzte, ziemlich beleibte und kahlköpfige Persönlichkeit, gern starrte er, die Augenbauen ein wenig hochgezogen, die Gäste des Kaffeehauses an, auch die Frauen, insbesondere, wenn sie sich in Gesellschaft großer und kräftiger Männer befanden. Erst erwiderte der berufene Ritter indigniert den Blick, der Kopf lief dunkelrot an, und es fehlte nicht viel, daß er den dreisten, untersetzten Hanswurst, der so grazile und lange Finger wie die Mona Lisa hatte, an den Ansätzen gepolstert, auf die Nägel zu sich verjüngend, gefragt hätte, woraufhin ein Wort dem anderen gefolgt wäre: »Warum fixieren Sie uns, mein Herr? Das geniert uns. Seien Sie so nett, und wenden Sie Ihren Blick ab, sehen Sie zum Schaufenster hinaus, oder stieren Sie an die Decke, oder zählen Sie die Fransen an der Tischdecke, aber, mein Herr, unterlassen Sie gefälligst, unsere kleine Gesellschaft so höhnisch anzustarren, sonst verpasse ich Ihnen eine Ohrfeige, daß Sie zum Fenster hinausfliegen.«

Die Zeichen standen auf Sturm, doch die alte Csöpi stellte sich in den Weg, machte witzige Bemerkungen nach beiden Seiten, so daß nichts passierte. »Lieber mich sollten Sie ansehen, ich bin deshalb nicht beleidigt. Beleidigt bin ich, wenn der Herr Ingenieur andere ansieht, vor allem die nur gelegentlich einkehrenden Gäste.« Der Prophet war im Planungsbüro des Stadtbauamts tätig und galt dort als gerade noch geduldetes, jedoch allgemein beliebtes und hoffnungsloses Genie. Später, als er sich bereits mit Dragoman angefreundet hatte, fragte ihn der zum Staunen und zur Verzweiflung gleichermaßen neigende Herr Ingenieur, wen er in der Bibel favorisiere. Salomon, kam es wie aus der Pistole geschossen, denn, so Dragoman, der werde mit dem Buch der Lieder und dem Prediger Salomonis in Verbindung gebracht. Er hatte alles und nichts, nur das vernichtende Wissen des alten Herrschers. Daraufhin setzte sich dieser merkwürdige Prophet in den Kopf, daß es besser sei, die eigene Frau vor Dragoman zu verstecken, und in Gesellschaft konnte er nicht anders, als in Tränen auszubrechen, wenn er daran dachte, daß ihn seine Frau sitzenlassen könnte, obschon von ihnen beiden gerade er keinen Grund hatte, sie der Untreue zu bezichtigen. »Du betrügst sie, und dann verdächtigst du sie, du lädst mich zu dir ein, doch zu Hause ist nur deine Frau, anschließend fragst du sie aus, worüber wir uns unterhalten haben, und leidest darunter, daß wir uns gut verstehen. Sag, bist du überhaupt normal?« »Nein«, antwortete der Ingenieur schnell, »normal bin ich nicht, normal bist du, ich bin transnormal. Du, mein Junge, solltest lernen, einen Unterschied zu machen zwischen Zusammengesetztem und Unlogischem.«

Eines Tages hatte Dragoman nicht die Tasche mit Büchern und Aufzeichnungen umgehängt, sondern eine Maschinenpistole sowjetischer Bauart mit Trommelmagazin, etwa fünfundsiebzig Schuß, und perforiertem Lauf. Dessen war er sich sicher, wenn Waffen verteilt werden, dann muß er, ohne zu zögern, eine mit nach Hause nehmen. Gegen die Übergriffe des Staates oder unserer Mitbürger nimmt man am besten ein Gewehr in die Hand, schießen allerdings muß man damit nicht unbedingt.

Abschreckung, Verhandlung aus der Position der Stärke, solche Begriffe gingen damals in seinen Wortschatz ein. Wenn die MP zwischen seinen Beinen stand, mit dem Lauf nach oben gerichtet, oder neben ihm lag, jedoch in Reichweite, dann hörten sie ihm besser zu, und man konnte sich ruhig und beherrscht unterhalten. Wenn du zu Hause eine Maschinenpistole hast, im Bettkasten (damit das Kind nicht damit spielen kann), schreckst du dennoch anders auf, wenn es nachts klingelt. Als Mitglied der Nationalgarde bewegte er sich frei in der Stadt, einen Befehlshaber über sich hatte er nicht, in ihren Diskussionen, vor allem in der Gesellschaft von Studenten, konnte sich keine Autorität durchsetzen. Auf den Fluren der Universität nicht, in den Seminarräumen, in der Institutsbibliothek und im Dekanat Umherirren bewaffneter Studenten. Wenn das Volk bewaffnet ist, gibt es keine Diktatur. Er nahm zur Kenntnis, daß eine Revolution ohne Waffen nicht funktioniert und daß sie aus den Fabriken, Magazinen, Polizeipräsidien und Kasernen beschafft werden müssen. Am vierten November hatte er das Gefühl, sich nun aufmachen und das Instrument benutzen zu müssen. Warum ihn Laura zurückhalten wollte, verstand er nicht wirklich. Gehen müsse er, sagte er, und ging. Aber weshalb, das besprach er weder mit sich noch mit ihr. Über der schiefen Schulter seiner Joppe hing die Knarre, die Leute in der Straße zischten ihn aus den Hauseingängen an: »Bist du wahnsinnig geworden?« Auf dem Bürgersteig lagen Gestalten, mit braunem Packpapier zugedeckt, Zivilisten hüpften von Tür zu Tür, auf der Ringstraße rasselte und ratterte der Panzerkonvoi. Aus den Geschütztürmen der Panzer blickten unruhige Augen nach rechts und links, aus welchem Fenster ihnen eine Benzinflasche entgegengeschleudert werden könnte, mit schrecklichem Quietschen brachte ein wildgewordener Panzerschütze den Turm in Position und feuerte eine Salve auf ein Fenster ab, hinter dem er etwas vermutete, doch vielleicht täuschten ihn nur seine Augen, und er traf ein Schlafzimmer.

Es gibt magische Tage, ein solcher ist auch der dreiundzwanzigste Oktober; in jedem Büro, in dem er zu tun hatte, herrschte in den sechziger Jahren Anfang Oktober die gleiche verlangsamte Hysterie wie überall im Lande: Zum Arbeitsschluß mußten die Schreibmaschinen in einem Schrank verstaut werden, der dann versiegelt wurde, damit nicht etwa verschlagene Konterrevolutionäre, deren Teufelshauer hinter heuchlerischem Lächeln sichtbar werden könnten, sich nachts einschlichen oder eben, indem sie besonderen Fleiß vorgaben, nach der Arbeitszeit noch blieben und, wenn die Wachsamkeit schon schlief, feindliche Flugblätter auf den alten Remingtons des sozialistischen Staats tippten. Überstunden waren nicht angesagt, ein Bleiben war nicht gestattet, im Oktober herrschte erhöhte Vorsicht, in der Stadt wimmelte es von Polizisten in Uniform und Zivil.

Jahre später, wiederum am dreiundzwanzigsten Oktober, sicher hatte man sich für den Tag nicht rein zufällig entschieden, verhafteten sie Dragoman in Lauras Wohnung, er war ihnen entwischt, er war überzeugt, sie abgeschüttelt zu haben, Zeit wollte er gewinnen, doch während er an einem fahlen Herbstvormittag, in einem Goldbrokatsessel versinkend, das Buch des Marquis de Custine über Rußland las, registrierten die auf dem gegenüberliegenden Hausdach tätigen Dachdecker, die nebenbei Mitarbeiter des Innenministeriums waren und ihre Garderobe wechselten, jeden seiner Schritte.

Dragoman lachte über sie, er hatte sie überlistet, sich von zu Hause aus dem Staub gemacht, dort konnten sie ihn nicht erwischen, dank Lauras Großherzigkeit befand er sich in der Illegalität. Sie lachten über ihn, waren doch sie es gewesen, die Dragoman überlistet hatten: Er konnte eben nicht einfach unbemerkt von zu Hause verschwinden. Zwar hatte er einige Verfolger abgeschüttelt, doch ihrer gab es mehr, als er wähnte.

Sie holten Laura vom Gymnasium ab, man hielt sich an die Vorschriften des Verfahrensrechts, wonach die Behörden gehalten waren, nur in Anwesenheit des Hauptmieters oder Eigentümers in eine Wohnung einzudringen. In einem Wagen beförderten sie Laura nach Hause, und unterwegs versuchten sie herauszufinden, ob Dragoman eine Waffe besitze und zu unberechenbaren Reaktionen neige.

Als der beleibte Oberstleutnant seiner in der Tür gewahr wurde, die rechte Hand in der Hosentasche, sagte er etwa folgendes: Er solle keine Possen reißen. Dragoman verstand nicht, worauf er anspielte, nämlich darauf, daß er sie mit der Waffe bedrohen könnte. Wenn er versucht hatte, sich ihnen durch Flucht zu entziehen, würde er vielleicht auch auf sie schießen, zu dem Schluß mochten sie gelangt sein. Weder in der Hosentasche noch auf dem Tisch befand sich eine Pistole, lediglich diese nachdenklich stimmende Reisebeschreibung über die Zusammenhänge von Größe und Dumpfheit.

Warum will der Große noch größer sein? Diese Frage

Custines beschäftigte ihn. Der Kleine ist dezenter, geschliffener, und da er gezwungen ist, sich an das Prinzip zu halten, »mehr Verstand als Kraft« einzusetzen, ist auch sein Verstand besser ausgerüstet. Die Kleinen verbrüdern sich und lachen verhalten in der Ecke, wenn sie die Plumpheit der Großen bemerken. Sei nicht größer als ein Mensch, die Russen sollen nicht größer sein als in der Realität. Wir sollten nicht meinen, unsere Werte ließen sich in Morgen, Hektar und Quadratkilometern ausdrücken. Warum wenden sie sich nicht lieber Sibirien zu, denn das gehört ihnen, was wollen sie von uns? Wenn sie ihre Soldaten hier stationieren, machen sie sich mancherlei Schwierigkeiten. Schade um die Russen, daß sie sich auf eine so dumme Rolle festgelegt haben. Wenn das Gebiet groß sei, müßte auch die Seele groß sein, so mochten sie gedacht haben, zwischen Seele und Raum aber besteht ein solcher Zusammenhang nicht, wenn die Gefilde unter strenger militärischer Bewachung brachliegen.

Davon erzählte ich 1986 auf der Via Dolorosa, in der Altstadt von Jerusalem, einem arabischen Händler, und gern hörte auch ich ihn reden. Amin breitet in dem winzigen Laden seine beiden Arme aus: »Das ist mein Palast. Nur Ruhe bewahren, trink deinen Tee, auch Minzeblätter sind darin, du mußt es nicht eilig haben, laß uns eine Hablibabli rauchen.« Darunter verstand er die Wasserpfeife, deren Schmauchen bis zu einer Stunde dauern konnte.

»Ich will dir meine Philosophie erklären. Sei sanft zu den Menschen, treibe sie nicht zur Eile an, doch laß sie spüren, daß du sie durchschaust. Auch ich durchschaue dich, du wirst diese Pfeife kaufen, einem anderen würde ich sie für zehn geben, dir für zwölf, spüre ich doch, daß du sie magst, und was einer liebgewonnen hat, das kauft er auch teurer.

Die Arbeiten an meiner Jugendherberge gehen gemächlich voran, meine Leute rauchen lieber Haschisch, statt zu arbeiten, den Lohn zahle ich ihnen trotzdem, wenn sie den einen Tag nichts tun, werden sie am anderen etwas schaffen. Wenn sie sehen, daß ich ihnen nicht übelwill, wollen auch sie mir nichts Schlechtes antun. Denn am wichtigsten ist die Freundschaft. Wichtiger als alles andere.

Auch mit den Frauen. Hier in meinem Palast empfange ich die schönen Frauen, skandinavische, deutsche, blonde, ein großes Geschenk Allahs, wenn ich den blonden Flaum an ihren langen Schenkeln, von der Sonne am Meeresstrand gebräunt, streicheln darf. Zuerst setzen sie sich nur so neben mich, ich fädle Perlen auf, biete Tee an und erkläre ihnen, am wichtigsten sei, sich wohl zu fühlen, das good feeling.

Ein Mann sollte langsam und rücksichtsvoll sein, relaxen, relaxen, nach und nach solltest du dich um Lösung und Lockerung bemühen, denn die schöne Dame ist noch verkrampft, wenn sie sich zu dir setzt. Sie müssen sich bei dir in Sicherheit fühlen, dies ist bei den Frauen am wichtigsten, wenn sie ihren Kopf an deine Schulter legen, wenn du sie mit der Hand berührst, mußt du die langsamen Bewegungen spüren, die an die Wellen der ruhigen See erinnernden Bewegungen auf ihrem Rückgrat, auf ihren Schenkeln.

Gemach, warte das Licht ab, warte ab, bis in ihren Augen jenes nachgiebige und zum Verharren auffordernde Licht erscheint, das den wohlerzogenen Mann zur nächsten dezenten Bewegung ermächtigt. Und ihre Augen wollen sagen, mir ist schon alles gleich, ich kann auch hier bei dir bleiben, obwohl ich in der Hotelhalle ein Rendezvous mit einem anständigen Menschen hätte, und eigentlich weiß ich nicht, warum ich dennoch bei dir bleibe, du arabischer Halunke mit den Zahnlücken, dem gestutzten grauen Bart und den großen Augen. Zweifellos bist du ein Geisterseher, blitzschnell hast du begriffen, an welcher Armspange und Schatulle ich interessiert bin.«

Amin lächelt sich in den Schoß der schönen großen Dame hinein. »Der blonde Mann sei nicht gierig, sagen die blonden Mädchen, also kommen sie hierher in die Altstadt, wo die Menschen seit Jahrtausenden vollblütig sind, die alten arabischen Händler und die Jeschiwaschüler im Kaftan voller Leidenschaft stecken. Ein bißchen Schuldbewußtsein brauchen sie, die schönen blonden Damen. Vielleicht, so denken sie, lebten sie gar nicht. Und dann überzeugt unsere Berührung die schöne Dame davon, daß sie lebt, dennoch lebt. Danach sinniert der weibliche Gast, ob es kalt oder warm, ob er hungrig oder durstig sei, und schließlich freut er sich, daß ich ihm die Armspange und die Schatulle geschenkt habe, schminkt sich und eilt hinunter in die Hotelhalle, die blondflaumige Schischlick verläßt mich.

Bevor wir uns verabschieden würden, führe ich sie über die hintere Wendeltreppe hinauf auf das Dach meines Hauses, damit sie sich berauschen kann am abendlichen Glast der Türme, Terrassen, Kuppeln und Palmen, und einmal, wenn auch nicht morgen, soll sie zurückkommen und in meinem Palast, der nicht viel größer als unser Körper ist, irgendwelchen teuren Kram kaufen. Mein lieber Freund, sieh nur, welch großer Raum zwischen mir und der Sonne, zwischen mir und Allah liegt. Du verstehst das, du bist verrückt, das sehe ich in deinen Augen, auch ich bin verrückt. Am wichtigsten ist das *good feeling.*«

Eine Idee

Es schaudert Dragoman vor dieser Sandra, mit ihr wird es Probleme geben, eine Sammlerin ist sie, irgendein kaltes Fieber steckt in ihr, entschlossen wie ein abgeschossener Pfeil ist sie. Diese Frau wird mir mit einer Kreissäge den Kopf vom Rumpf trennen, mich mit einem Brotmesser im Schlaf kastrieren, mir mit einem Jagdmesser die linke Herzkammer durchbohren, mir Luftbläschen in die Schlagader spritzen, farbloses Frostschutzmittel ins Glas einschenken und während ich mich mit dem Drachenflieger vom Turmfalkenfelsen unterwegs zum Tal der Gnade im Sinkflug befinde, schießt sie mir mit dem Katapult in den Bauch.

Wenn Sandra in der Bucht von Kandor badet, vermehren sich um sie her die Piranhas und verschlingen den hinter ihr schwimmenden Dragoman. Wenn sich der Unglücksrabe dann schließlich aus all diesen unangenehmen Situationen befreit und zurück ins Hotel geht, um bei einer die Zeiten überdauernden Lektüre im Sessel ein wenig zu dösen, schleicht sich Sandra von hinten an und erdrosselt ihn mit einer Seidenschnur. Gerade will sie das auf dem Tisch liegende Heft in ihrer Tasche versenken, als sie von jemandem, von Dragoman, am Handgelenk gepackt wird.

Sandra sitzt auf der Veranda, die weiße Bluse wird vom Wind gebläht, auch sie belagert Dragoman, er solle den Stadtschreiberposten annehmen und um Interesse für die Stadt werben, er könne sie getrost beschimpfen und darüber berichten, daß der blutrünstige Kabinettschef den ehrenwerten Bürgermeister in den Hals gebissen habe.

Sandra läßt Tombor nicht aus ihren Klauen, obschon sie die treue Ehefrau des Rektors Kuno Aba ist. Den ganzen Tag verbringt sie an der Seite des Bürgermeisters, findet dennoch Zeit, dessen Reden zu schreiben.

Der Chauffeur des Bürgermeisters holt sie ab, er soll sie zu schwierigen Verhandlungen in das Wirtshaus zum durstigen Jäger bringen, an das Ufer des Bergsees. Der große schwarze Wagen peilt die Mittellinie an, die er nicht verläßt, die Tachonadel zeigt beständig absurde hundertfünfzig an. Sandra genießt das Rasen, jetzt ist sie es noch, die Tombor aufsucht. Du wirst schon noch zu mir kommen. Ihr werdet euch an meine Veranda gewöhnen. Noch vergönnt sie Regina und Melinda eine kleine Atempause, der Mittelpunkt der Gesellschaft aber wird sie sein. Schlaff läßt sie die Schultern hängen und streckt die Beine aus. Ihre Improvisationsfähigkeit ist nicht zu überbieten, so daß die anderen neugierig sind, was folgen wird. Alle ihre Fußzehen sind wohlgeformt, selbst die Nägel heben sich vom Nagelbett ab. Es ist warm, doch sie schwitzt nicht, weder Trinken noch Rauchen, dies ist die Zeit der präzisen und zweckmäßigen Arbeit. Nichts ist umsonst zu haben, jedes Wort und jede Bewegung stehen im Interesse des Dramas. Bereitwillig erkennt Sandra an, daß die Anwesenheit des Bürgermeisters Ruhe ausstrahlt, sie ihrerseits macht die anderen lieber nervös.

Kuno Aba kommt, der Rektor, jener leicht zusammenzuckende, eckige und überaus höfliche Mensch, der die Stadt der ermordeten Prinzen und Prinzessinnen der himmlischen Königin wie einen Krönungsmantel weiht. An ihrer Seite lebend, jedoch ohne sich an ihr zu vergreifen, hat er seine Frau Agnes durch eifersüchtige und kalte Blicke in den Freitod getrieben. Fünf Jahre alt war Sandra, als sich Kuno Aba auf dem Spielplatz das Kind und dann Agnes, die Mutter, ausgesucht hat. Als erstes bemerkte er Sandras dünne Beine, die in weißen Lackschuhen steckten, und er konnte seinen Blick einfach nicht abwenden, was dem Mädchen auf der Schaukel nicht entging. Erst dann klärte er, welche der Frauen die Mutter des vollkommenen

Mädchens sei. Er setzte sich neben sie, unterhielt sich mit ihr, noch im selben Jahr gelang es, Agnes von ihrem Mann zu trennen und zu heiraten.

Einmal bat Agnes ihren Mann um Erlaubnis, am kommenden Wochenende ihre Freundin in Budapest besuchen und drei Tage bei ihr verbringen zu dürfen. Kuno Aba verweigerte sich dem Reisewunsch. Am Freitag tat Agnes ihrem Mann in einem kurzen Brief kund, daß sie das Verbot ablehnte, und sie hinterließ die Telefonnummer der Freundin. Am frühen Abend sollte er sie nicht zu erreichen versuchen, weil sie ins Theater und Konzert zu gehen beabsichtige, doch nach Mitternach bleibe sie nicht außer Haus. Von einem gerechten und ritterlichen Ehemann könne sie erwarten, daß er ein so grobes Verbot zurücknehme und seiner Frau viel Vergnügen wünsche.

Kuno Aba meldete sich nicht. Auch Agnes rief nicht an, verlängerte jedoch ihren Budapestaufenthalt um einen Tag. Ein Kollege erwähnte Kuno Aba gegenüber, daß er dessen Frau im Maxim gesehen habe. Kuno stellte keine Fragen. Beim Abendessen erzählte er Sandra, daß sich die Mama gestern abend im Maxim amüsiert habe. Kuno Aba schüttete der Ziehtochter gern sein Herz aus, er setzte sich auf den Bettrand, und sie hielten sich bei der Hand. Kuno Aba sah ein, daß es übertrieben gewesen war, Agnes zu sagen, er verurteile sie zu lebenslänglicher Einsamkeit, wenn sie das Verbot übertrete. Als die Frau zurückkam, gab er sich herzlich, sein Bettzeug aber hatte er schon ins Arbeitszimmer gebracht, wo er von nun an schlief.

Gelegentlich schreckte er aus dem Schlaf auf, dennoch hielt er sich zurück und ging nicht zu seiner Frau. Der Garten wird von einer hohen Steinmauer umgeben, ihn zu verlassen ist durchaus erlaubt, zurückzukommen ist umständlich. Agnes wurde von Zeit zu Zeit von Schwächeanfällen heimgesucht, auf Witterungsumschwünge reagierte sie empfindlich, der Vollmond und die Anspannung der

Tage vor der Menstruation machten ihr zu schaffen. Streitsüchtigkeit und Klagen erwiderte Kuno Aba mit Kühle, und er gab sich betont unnahbar, nachts schloß er seine Zimmertür ab. Seit neuestem hatte er Alpträume, er stöhnte, schrie, und diese nächtlichen Geräusche waren auch im Schlafgemach seiner Frau zu hören, die beim Frühstück bemerkte, Kuno Aba schlafe vermutlich unruhig.

Seit die intrigante Grippeepidemie die Stadt Kandor heimgesucht hatte, ist ein jeder abgeschlafft, vielleicht auch der Bürgermeister, bestimmt aber seine Frau, nur dem Vizebürgermeister, dem Rektor der Universität, Dr. Kuno Aba, ist nichts anzumerken, allein schon deshalb nicht, weil er Wörter, die auf Schwäche hindeuten könnten, in seinem Wörterbuch nicht duldet, und schon gar nicht, wenn man sie auf ihn anwendet. Pflanzenkost, Hanteln, Yoga, häufiges Schwimmen, Reiten im Sommer, Skilaufen im Winter, all dessen bedarf es im langfristigen Programm des Rektors, um wenigstens hundert Jahre alt zu werden; seine Hauptwerke beabsichtigt er, als Greis zwischen neunzig und hundert unter Dach und Fach zu bringen. Ein Bandscheibenvorfall verdrießt ihn, und von Zeit zu Zeit tun ihm, das läßt sich nicht leugnen, die Knie weh, doch auch das ignoriert er, und es entlockt ihm höchstens ein Zischen.

Der Weise von Kandor muß sich auch auf die Jagd verstehen, selbst mit schmerzenden Beinen kann er schießen. Der Fasan, von einer Kugel getroffen, rennt noch zwei Schritte, dann stürzt er, und Kuno Abas Oberlippe hebt sich ein wenig. Er wußte, daß er treffen würde, das war anders nicht vorstellbar. Für seine Selbstsicherheit entschuldigt er sich; um mit sicherer Hand zu zielen, dazu bedürfe es neben anderen Dingen auch der Praxis. Und die ist zumindest vorhanden, das Training gehört zu den tagtäglich zu absolvierenden Pflichten. Nach Schießübungen redigiert er die kommunale Gesetzgebung; unter Berücksichtigung aller bekannten Interessen der Stadt lassen die Gehirnlappen des Historikers und des Rechtsphilosophen dem des Verfassungsjuristen höflich den Vortritt, und auf Sendung ist er exakt so lange, bis im Städtischen Konzertsaal das nächste Programm beginnt, wo er in der Pause im Foyer die Leistung der Podiumskünstler im Vergleich zum Schwierigkeitsgrad des Werkes und zu anderen Vorträgen einzuschätzen hat. Selbst wenn es in der letzten Nacht spät geworden sein sollte, morgen früh halb sieben wird er im Schwimmbad anzutreffen sein, der Chauffeur holt ihn ab; das hat Kuno Aba auch schon getan, als er noch kein Rektor, sondern lediglich Institutsdirektor gewesen ist, als Mitglied der Akademie stand ihm allerdings ein Dienstwagen zur Verfügung; den Chauffeur nahm er überallhin mit und kümmerte sich um ihn. Kuno Aba ist gegen Wärme und Kälte unempfindlich, er beherrscht sich, befiehlt seinen Muskeln, obwohl er seit seiner Verletzung von neunzehnhundertsechsundfünfzig an schlechten Tagen das rechte Bein nicht ohne Schmerzen bewegen kann. Freundliche Worte sind ihm nicht leicht zu entlocken, doch trotz seiner Gemütsart schafft er es manchmal, sich seinen geistigen Kontrahenten wohlwollend zuzuwenden und beispielsweise Dragomans Arbeiten zu loben, obschon, wie er zu sagen pflegt, sich ihre Wertpräferenzen wesentlich unterschieden. Wichtig sei der Geltungsbereich.

Der universelle Standpunkt ist mit Bemerkungen wie der folgenden vereinbar: »So etwas tut ein Gentleman nicht. Das ist in unseren Kreisen nicht üblich.« Wenn Kuno Aba derartiges von sich gibt, hat es den Anschein, als würde er wieder den linken Oberlippenwinkel ein wenig hochziehen und zu einem Lächeln ansetzen. Nie wird Kuno müde, andere hämisch zu entlarven und Fehlleistungen zu bemerken. Irrtümer kostet er voll aus, leutselig kehrt er zur humoristischen Darstellung der Schwächen zurück, und es gehört sich, dies mit einem Lächeln zu quittieren. Zumindest eine Weile, doch sobald die Stimmung kippt, der Student seine Fassung zurückgewinnt und sich anschickt, dem Spötter eins auszuwischen, wechselt der Rektor das Thema und blendet wiederum mit seinem Sachverstand.

Als Professor, so war von ihm zu hören, gebe er sich nicht kumpelhaft, auf die Launen der jungen Leute lasse er sich nicht ein, die Wahrheit dulde keine Beliebigkeit, die Studenten brauchten einen stabilen Halt, wegweisenden Unterricht und intensivste Konzentration. Der Zweifel sei das Privileg des reifen Alters. Der Studierende müsse wissen, daß hervorragende Geister ihre Substanz im transindividuellen Dienst finden. All Ihre Kräfte, meine Damen und Herren, müssen Sie für ein zu erreichendes Ziel einsetzen, Sie haben eine lange Strecke zurückzulegen, Schwitzen und Keuchen gehört dazu, und wenn Sie sich den Knöchel verstauchen und vor Schmerzen wimmern möchten, gilt es, dezent zu bleiben. Schmerz und Leid, das sollten Sie lernen, sind zu ertragen. Für die Prüfungen des Schicksals in Ihrer Jugend werden Sie im fortgeschrittenen Alter vermutlich noch dankbar sein.

Der Fortbestand einer Stadt und einer Nation hängt von der Kohäsion der hervorragenden Geister ab. Die Aufgabe eines Menschen besteht darin zu leben, die einer schon seit tausend Jahren existierenden Nation oder Stadt darin, noch weitere tausend Jahre ihrer Existenz hinzuzufügen. Je tiefer die Erinnerung, desto frischer wird die Erneuerung sein. Sie sollten sich, meine Damen und Herren, Respektlosigkeit oder, was noch schlimmer wäre, Gleichgültigkeit vor der Tradition verbieten.

Kuno Aba fand sich dazu bereit, den Posten des Vizebürgermeisters der Stadt zu übernehmen und sowohl ideell als auch verwaltungsmäßig große Verantwortung zu tragen. Plumpheit, mit Unwissenheit gepaarte Improvisation und unbeherrschte Vertraulichkeiten kann er nicht ertragen. Die Jugend solle lernen, für die Heimat zu leben, sich unterzuordnen und zu befehlen. Jawohl, der Adjutant müsse auch zum sechsten Mal über den Witz des Generals lächeln, lachen nicht. Und der junge Mann solle einer Dame selbst dann in den Mantel helfen, wenn sowohl die Dame als auch der Mantel häßlich seien. Einschlägige feministische Anschauungen seien zu ignorieren. Das Ethos der Ritterlichkeit verliere durch keinerlei Modewellen seine Gültigkeit. Die Nation könne es sich erlauben, mit den Grundwerten zu kokettieren, sie könne es sich erlauben, sich mit internationalen Mutanten zu schmücken, wie Professor Dragoman einer sei, phantastisch, daß es solche Leute gebe, doch Gott bewahre uns davor, daß unser umherstreunender Ehrendoktor viele Anhänger haben sollte. Professor Dragoman sei das Gewürz, von dem auch wenig in unserem Leben genüge.

Kuno Aba erklärt Kobra, wie ein Birnbaum auf einen Apfelbaum gepfropft werden kann, so daß unten Birnen und oben Äpfel reifen. Statt eines elektrischen Rasenmähers empfiehlt er Kobra, es mit der Sense und der Harke zu versuchen, am besten aber seien zwei Lämmer, die ihm entgegenkämen, wenn sich das Tor öffnete, und sie würden ihm auch ins Hausinnere folgen, denn das Lamm sei klüger als sein Ruf und lasse sich besser zähmen als der Mensch. Für uns Lehrer, welch schwindelerregende Versuchung, bestünde das Wunder darin, daß jeder zu erziehen sei.

Eine Respiritualisierung des Lebens fordert Kuno Aba. Die Kirchen sollten weltliche Macht ausüben, denn die völlige Verselbständigung der weltlichen Mächte führe zu politischem Irrationalismus, neuen heidnischen Kulten, zu Extremen des Kommunismus und des Nationalismus. Im Kandorer Rathaus veranstaltet er ein Treffen der neokonservativen Denker. Herrschen sollten stabile und beruhigende Werte, Europa solle wieder die Führung übernehmen, es bedürfe einer Welthierarchie. Amerika werde von den Farbigen überfremdet, versinke in der dritten Welt,

Rußland habe der Welt nichts Neues mitzuteilen, Japan fehle es an Originalität, die Deutschen seien geistig mutlos geworden, die Franzosen Archivare. Das Europa der Nationen solle sich bewahren. Kuno sei der Mann der Kontinuität, des Fortbestands und der Wertekonservierung, die ungarische Strategie bestehe seiner Meinung nach im Hinüberretten, Ertragen, Überleben und darin, unterwürfig die Oberhand zu gewinnen. Eine analytisch-abstrakte Trennung der Wissens- und der Machtsphären betreibt der Rektor nicht. Das Universelle sei nur auf genialer Ebene gestattet. Ansonsten schlägt er ein ethnisches Bewußtsein vor und den gegenseitigen Respekt der Ethnien, deren sittliche Gemeinschaft. In den Augen Kuno Abas ist der sittliche Beweggrund ohnehin transzendent.

Das Haus seines Vaters erweiterte und befestigte Kuno Aba beharrlich mit Feldsteinen, die schießschartenartigen Fenster gaben merkwürdigen Phantasien Nahrung. Kuno Aba sorgte dafür, daß diese Einbildungen wachblieben, einen Hellseher nannten sie ihn, und es ging das Gerücht um, er könne die Gedanken anderer Menschen lesen. Hier bewachte Kuno Aba Agnes, seine vorangegangene Frau, und Sandra, seine Ziehtochter, die er rund ein Jahr, nachdem er Witwer geworden war, heiratete. In Sandra steckt ein Kuno-File, doch auch andere Files lassen sich in ihrem Gehirn abrufen, beispielsweise der des Aufruhrs gegen Kuno Aba. Sandra hat verschiedene Ichs, die Files löschen sich gegenseitig.

Kuno Aba ist konservativ und Monarchist. Wer der König sei, bleibe sich fast gleich. Ein gut erzogener Mensch müsse er sein. Im König manifestiere sich die Gemeinschaft der aus vielen Völkern bestehenden politischen Nation. Einen habsburgischen König will er haben, dahinter stehe eine lange Tradition. Wer wolle, solle sich vereinigen, mit Wien oder besser mit Budapest als Zentrum. Auf der Burg müsse ein König residieren. Den möglichen Mitgliedstaaten müsse eine Zollunion angeboten, Versailles und Trianon müßten durch eine Rekonstruktion des zerfallenen mitteleuropäischen Reichs radikal rückgängig gemacht werden. Zwischen Deutschland und Rußland sei eine Monarchie nötig gewesen. Der amtierende Habsburg-König könne seinen Sitz, ständig umgeben von einer multinationalen beratenden Kamarilla, abwechselnd in Prag, Preßburg, Wien und Buda haben. In Mitteleuropa müsse es ein einheitliches Gemeinwesen, eine Konföderation, einen Staatenbund geben. Die Zeit der Nationalstaaten sei abgelaufen, daraus sei nur Zwietracht entstanden. Wir seien keine Westeuropäer, die räumlichen Unterschiede bedeuteten Anderssein. Das Regime müsse aus den hiesigen Gegebenheiten hervorgehen und uns ähneln. Mit den faschistischen und kommunistischen Ideologien müsse abgerechnet werden. Ein mitteleuropäischer Monarchist ist Kuno Aba: Der Zusammenhalt lasse sich leichter durch ein Königshaus symbolisieren als durch republikanische Organe, zusammengesetzt aus nationalen Delegierten. Kuno Aba denkt nicht einfach an das Zusammenwachsen von Nationalstaaten, sondern an eine ausgedehntere Heimat, denn sie sei eine radikale Lösung des Minderheitenproblems. Jeder würde Staatsbürger des gesamten Gebiets sein. Grundprinzip sei die territoriale Selbstverwaltung, darauf basierten die staatlichen und die Bundesorgane. Vielsprachigkeit sei obligatorisch, man könne sich auf eine internationale Sprache verständigen. Warum nicht auf das Englische? Gemeinsame Währung, gemeinsames Zollgebiet, ohne Wirtschaftsgrenzen würde es weniger Konflikte geben. Daraus, daß die Position der Ungarn innerhalb der Mitteleuropäischen Assoziation keine schlechte wäre, macht Kuno Aba kein Geheimnis. Die Kinder würden in ein Schüleraustauschprogramm einbezogen und so in der Konföderation heimisch werden, sie sollten ein Gespür für die Idee des Zusammenhalts, der gemeinsamen Heimat und Größe bekommen. Überall würde er das Oberhaus und die autoritären Organisationen wiedereinsetzen. Traditionstreue bedeute auch die Wiederherstellung von Werten der Aristokratie. Historische Kontinuität zu garantieren liege im höchsten Interesse der Völker. Derartige Erfahrungen könne man von den Juden lernen.

Kuno Aba erhob sich in Melindas Wohnzimmer und breitete in Richtung Verandatür beide Arme aus: Wer wolle, könne sich der Mitteleuropäischen Gesellschaft anschließen, wer nicht, der verpasse den Bus und werde mit dem nächsten nachkommen. Auch die großen internationalen Unternehmen seien daran interessiert, das sei eine Gesprächsbasis. Von einem territorial, nicht aber national organisierten Staat sei die Rede, der notwendigerweise von der Aristokratie zusammengehalten werde, von einem Bündnis der Geburts-, der intellektuellen und der Geldaristokratie. Daß wir Eurasier seien, darin bestünde das grundlegende Bewußtsein dieser Mitteleuropäischen Gesellschaft. Die mittlere Zone sei gezwungen, für Asien eine besondere Sensibilität zu entwickeln. In der Nachbarschaft zum Schwarzen Meer und zu Rußland sowie unter den griechisch-kleinasiatischen Verhältnissen sei es unmöglich, Asien außer acht zu lassen. Mit seinen Freunden, den Turkologen, unterhalte er sich des öfteren darüber, und in akademisch-literarischen Kreisen würden die türkischen Beziehungen ausgebaut. Auf der Kinoleinwand der Imagination erscheine der Schatten eines mitteleuropäischen und nahöstlichen Bündnisses. Das sei die Integration des Zweifelhaften, des Eklektischen, der zweiten Linie. Er könne bezeugen, daß diese Idee vielen Libanesen, Palästinensern und Israelis ebenso gefallen habe wie zypriotischen Griechen und Türken. Sie alle seien Situationsverwandte, der Zusammenhalt der Armen sei ein akzeptables Ideal. Auch sei nicht auszuschließen, daß ein wichtiger Pfeiler der europäischen Nation, die mitteleuropäische, entstehen könnte, noch bevor die Geburtsstunde für erstere gekommen sei. Dazu würden weder die Deutschen noch die Russen gehören, doch das bunte Reich werde gut mit ihnen auskommen. Die Mitteleuropäische Assoziation werde auf ihre Vielseitigkeit und Vielfarbigkeit stolz sein, den noch nicht vollkommen determinierten Individualismus, das autonome Gebaren von Individuen und Kollektiven. So hätten auch die Menschen der kleinen Länder und Völker das beruhigende Erlebnis, zu einem großen Land zu gehören. Wie auch die anderswo unterdrückten kleinen Leute durch die USA ihre Würde gefunden hätten, so wüßten sich ein Albaner oder ein Wende durch die Mitteleuropäische Assoziation als ein natürlicher und gleichberchtigter Bestandteil eines großen Ganzen. Mittelpunkt dieses Reichs solle Kandor sein. Spuren der verschiedenen Kulturschichten gäbe es an der Universität, im Keller der Kathedrale und im Museum. Hier in Kandor seien serbische, kroatische und rumänische Zeitungen gegründet worden. Kandor wäre nicht die Hauptstadt eines Nationalstaats. Auch Türken seien in der Stadt gewesen, zurückgelassen hätten sie hier ihre Moschee mit dem Minarett. Französische und armenische, serbische und deutsche, slowakische und polnische Siedler seien einst Bürger der Stadt gewesen, und im vergangenen Jahrhundert sei das Bürgertum der Stadt in zunehmendem Maße jüdisch geprägt gewesen. Die Überlebenden und die Nachkommen, das restliche Judentum, wollten sich hier in Kandor zu Hause fühlen, vielleicht deshalb, weil die Mitteleuropäische Assoziation nicht lediglich eine Reichskonzeption sei, sondern etwas mehr, eine Lebensstrategie. Dieser Plan sei in der Stadt Kandor herangereift, um ihn zu verwirklichen, bedürfe es der Devotion, Kandorianer könne man nicht sein, ohne sich von dieser Idee verlocken zu lassen. Im Dom spreche auch ein ihm befreundeter Kanoniker davon, viele hätten das Gefühl, dies sei ein Weg des Friedens: unsere Berufung zu erkennen, uns miteinander zu versöhnen, aufeinander zu stützen, nicht zu betteln und die Transzendenz in die irdische Welt zurückzuführen. Von der Mitteleuropäischen Gemeinschaft strahle eine neue Religion aus. Die Abiturienten hätten nach der Reifeprüfung ein Gelöbnis abzulegen, daß sie bereit seien, die Freundschaft zwischen den verschiedenen Völkern des Reichs und den vielsprachigen vereinigten Staaten zu pflegen, worin als erfolgreichster Beruf der des Übersetzers und des Synchrondolmetschers gelte, denn die Vielsprachigkeit sei lediglich ein technisches Problem. In der Hand des Gebenden habe die Gesellschaft ihr Symbol gefunden, oftmals tauchten theologische Erörterungen über die Brotverteilung auf. Der Schlüsselbegriff der Metaphysik des Hierseins sei das Geben. Geben sei auch die Umarmung. Diese Vorstellung nehme auch die Juden in einen jüdisch-christlichen und dann die Muselmanen in einen monotheistischen pluralistischen Ökumenismus auf, der erkläre, ein Messias, ein Gesalbter könnte ein jeder sein, der sich einigen oder einigen Millionen Menschen hingäbe. Diese Überlegung beinhalte, fordere und achte sämtliche Völker und Traditionen des Raums. Am Anfang stehe der Verbund der Bürgermeister, ein Netzwerk der Nationalstaaten, mit Mitgliedern der verschiedenen Städte auf der gesamten Weltkarte. Worin das Ziel zu sehen sei? Daß der Erdball ein schillerndes Ganzes bilde. Die Erde sei eine göttliche Ausnahme, zumal wir von einem außerirdischen Leben nichts wüßten. Auch müßten die Religionen der Menschheit nicht miteinander verschmolzen, sondern erdbewußt gemacht und gegenseitig anerkannt werden. Eines neuen, eines regionalistischen Universalismus, der die Folklore von den Nationalismen zurückerobert, bedürfe es sehr wohl. Die Herausforderung der Jahrtausendwende sei es, auf der Erdkugel einen geistigen Konsens herzustellen. Ein großes buddhistisches Heiligtum existiere deshalb in Kandor, die frommen Juden kämen deshalb hierher, um eine Jeschiwa zu gründen, und deshalb richteten auch die Mullahs hier mit weitestgehender Unterstützung der kommunalen Selbstverwaltung ein islamisches Forschungs- und Lehrzentrum ein, weil sie etwas von dem sich hier kreuzenden Geist des Ortes gespürt hätten. Den fundamentalen Fehler im westeuropäischen Denken glaube Kuno Aba darin zu erkennen, daß man sich nicht im eurasischen Rahmen begreifen könne. Die Schranken der Westler bestünden darin, daß sie Westler seien, sie erkennten nicht die enorme Bewegungslosigkeit. Der Westen habe die Kultur der Selbstverwöhnung erfunden, dabei müsse sich die Geistwerdung im Dienst an der Welt, im Dienst an der Erde beweisen. Die Erde sei ein einziges Lebewesen, ein geistiges Ganzes, dessen Interessen sich über die der Nationen und Erdteile erhöben. Das Bündnis der Erdenbürger basiere auf der Integration der Selbstverwaltungen, auf *the universal citizen-alliance.* Überall seien wir gleichberechtigte und ebenbürtige Bürger, Mitglieder von koexistierenden Völkern, deren Interessen sich berührten, und speziell hier Bürger einer mitteleuropäischen politischen Nation. Dankbar wende sich der Mensch der Erde zu und behandle sie rücksichtsvoll. Diese verstreute, sich in der Landschaft einnistende Zivilisation, das Fluten der Netzwerke seien es, die das Erdgehirn erschüfen. Die Staaten könnten erst dann zusammengebracht werden, wenn über und unter ihnen die großen Netzwerke bereits zustande gekommen seien. Die Kultur des Wachstums, die Kultur des sich bereichernden Egoismus dürfe nicht fortgesetzt werden. Eine Sackgasse sei sie, gegen die irdische Universalität gerichtet. An welchem Punkt der Erde die Wahrheit hervorsprudele, das sei die Frage. Es nahe die große ökumenische Wallfahrt, alle kämen sie im nächsten Jahr hierher, wenn Kandor für einen Monat die Kulturhauptstadt Europas sein werde. Der Bürgermeister von Kandor verkünde auf französisch die adäquate Weltanschauung der Jahrhundertwende, den Dienst an der Erde, die Mitteleuropäische Assoziation, die prinzipielle Gleichberechtigung der Regionen, das Beziehungsgeflecht der Provinzen und Städte. Da alles, woran wir glaubten, eine Vermutung sei, ein Bild, möge man ihm gestatten, den Kandorianismus in einem Bild zu vergegenwärtigen. Die Stadt selbst in ihrer Realität sei das Supertableau, und in gebührendem Rahmen bewirte sie die Bürger der Erde. Prinzipiell betrachte die Assoziation unsere Konflikte als überwindbar und halte sie lediglich für ein Mißverständnis. Angesichts unseres Aufeinanderangewiesenseins gelte es zu lachen. Die Grenzen, in denen wir uns ausbreiteten, seien fließend und gingen ineinander über. Bekehrung heiße nur, uns mit anderen verständigen zu können. Damit die Erde die auf sie lauernden Gefahren überleben könne, müßten wir heilig werden. Heilige und Sünder gebe es; das Geheimnis bestehe darin, daß sich auch ein Sünder heilig wähnen könne. Eine Garantie dafür, tatsächlich heilig zu sein, besitze niemand. Die Erde sei Gottes Liebling, und Kandor sei darauf ein auserwählter Punkt. Das könne Kuno Aba bezeugen.

Höhle unterm Dach

Dragoman nistet sich in seinem Hotelzimmer ein, er genießt die Höhle, dreht sich auf dem Drehstuhl, stapft barfuß über den Fußboden, stützt die Ellenbogen auf die dicke, braune Schreibtischplatte und zuckt zusammen, wenn das Personal an die Tür klopft, um zu fragen, wann saubergemacht werden dürfe, und um gleichzeitig zu kontrollieren, was der Gast der Bar entnommen hat. Die Zimmertür ist gegen Geräusche von außen isoliert, alles wird von einem hellbraunen Teppichboden bedeckt, der an Milchkaffee im Kindergarten erinnert, den ganzen Tag bewegt sich Dragoman hier in einer weiten Leinenhose und einem Flanellhemd.

Er schreibt ebenso, wie er spazierengeht, den Stoff überläßt er den Windungen des Zufalls, es wird sich schon zeigen, welche Richtung er einzuschlagen gedenkt. Im nachhinein registriert er, was er eigentlich wollte. Das Manuskript schleppt er stets mit sich herum, gearbeitet hat er am Ufer von Seen und in der Umgebung von Wäldern, gearbeitet hat er auf dem Dach von Wolkenkratzern, und an das vergnügte Gewimmel um ihn her auf dem Platz der Auferstehung in Kandor hat er sich bereits gewöhnt. Das Kandorer Publikum ist überall dort anzutreffen, wo es interessant zu werden verspricht, es ist neugierig und liebt den Klatsch. In den Espressos spiegelt sich die Welt in verdichteter Form wider, die Spannung von außen und innen befindet sich im Gleichgewicht. Hier begegnete er dem meisten alltäglichen Verzaubertsein. Dragoman mag den Bürgermeister, sympathisiert auch mit den Hausbesetzern, mit denjenigen, die mit ihren Stiefeln andere traktieren, weniger.

Einen Stadtplan könnte er sich vorstellen, der dunkel

und hell wird, je nachdem, wie oft er sich an einer Stelle aufgehalten hat. Alle wichtigeren Ereignisse seiner Vergangenheit sind für ihn mit bestimmten Punkten und Wohnungen in der Stadt verbunden. Unterwegs sieht er ein Haus, und jemand kommt ihm in den Sinn, könnte er sich hier nicht umsehen, würde ihn Amnesie befallen. Jeder Spaziergang ist willkürlich, zufällig und für sich genommen vollkommen.

Dragoman ist eine späte Berühmtheit, er musterte die Monster, beschnupperte Diktatoren, um sich einen Begriff von den Tiefen des Bösen zu machen. Überall da, wo die Menschen übereinander herfielen, war er zur Stelle, er wollte Erfahrungen sammeln über die globale Absurdität. Man sagt sich Rätselhaftes von ihm und fragt sich ratlos, ob er vielleicht ein Hochstapler sei. Überall auf der Welt gibt es junge Essayisten, die ihn für einen besessenen Guru halten. Die Verflechtung der Netzwerke hat um ihn her eine humoristische und schauerliche Wirkung.

Am Ende des Jahres zweitausend bedarf es eines neuen Mythos; die Menschen mögen Dragomans Nähe, er hat sie im Schlepptau, sie beobachten den durchgeistigten Abenteurer. Auch die Firma Darnok ist der Meinung, daß sie eine sagenumwobene Figur braucht jenseits der Jugendkultur, deren Benehmen sowohl für die Medienindustrie als auch für den Herrenausstatter Ausstrahlung besitzt. Darnok ist eine Weltfirma, und in Dragoman wittert sie ein Geschäft, man wird wie er einen solchen Hut tragen und einen Flachmann in der Hosentasche haben. Swetosar notiert sich und meldet alles. Nichts anderes erwartet die Firma Darnok von Dragoman, als daß er seinem Schicksal folgt. Sie hegen den Verdacht, daß er bald an einem Ort auftauchen wird, der ihnen nicht einmal im Traum eingefallen wäre, und dann wird dort die Spielwiese sein. Der Typ mit der Narbe am Mund hält sich in seiner Umgebung auf, um ihm aus dem Schlamassel zu helfen, damit er weiterzieht und seinen gefährlichen Vergnügungen nachgeht.

Gleichgültig, was zu erledigen ist, es ist schlecht für ihn. Schlecht ist es, wenn er irgendwohin gehen muß. Er ist äußerst faul, und besonders liebt er jene Abende, an denen sich niemand von der Rezeption aus meldet, ob er heraufkommen dürfe, wenn niemand in seine Höhle eindringt, wenn es keine aggressive Nervosität gibt, wenn niemand etwas von ihm will außer dem, was vorhanden ist.

Alle suchen ihn hier in der Krone auf, im Foyer lassen sie sich in den weichen Sesseln nieder, oder nach einigen Stunden fruchtlosen Wartens schlägt ihnen das Personal vor, später wiederzukommen, dann tippeln sie draußen vor der Drehtür hin und her. Viele sind es, die etwas wollen von Dragoman, gerissene Bettler, verrückte Erfinder verfolgen ihn, gaunerische Unternehmer versuchen, ihn in ihre edel klingenden Tricks einzubeziehen.

Im Hotel gibt es eine venezianische Fürstin, sie erhofft sich von einer angesehenen Stiftung in ihrem Palazzo ein geistiges Refugium, natürlich bei Kostenübernahme für die Unterhaltung des Anwesens und Zahlung einer hübschen Mietsumme. Schon vier Ehemänner hat die Principessa zu Grabe getragen, jetzt bekundet sie Interesse an Dragoman.

Nach dem mittäglichen Glockenspiel des Turms der Kathedrale hängt er sich die Tasche um die Schulter, worin sich alles befindet, geht hinunter zur Rezeption und nimmt die Nachrichten entgegen. Im Kaffeehaus überfliegt er die Post, läßt sie ins Fach zurücklegen und übergibt die adressierten Antwortbriefe. »I am a responsive person, ganz im Gegensatz zu dir Oberfaulpelz«, sagt er manchmal zu Kobra.

Spätabends kommt er nach Hause, hat seine Runden gedreht, mit jeder einzelnen ist er an das Ende seines Wegs gelangt. Der Reisende meint nicht, den wahren Weg gefunden zu haben. Umherirren in Seitenstraßen. Möglichst wenig Wasser trüben. Der Beobachter sollte keinen Skandal verursachen. Freie Bahn denen, die die Wasser trüben! Sich in Beziehungen einzumischen ist seine Sache nicht, nicht du solltest sagen, was zu geschehen hat. Sich über die lokalen Angelegenheiten Gedanken zu machen, sich darüber zu streiten, dafür gibt es genügend Leute. Handeln ist Dekonzentration, Arbeit erfordert gesenkten Blick, Ruhe, die nicht handeln will.

Wenn er sich von diesem Stuhl erhöbe, von diesem Tisch, mit dem sie gemeinsam ein Dreieck bilden, wenn er seinen Bau verlassen wollte, dann würde er zuerst auf die Terrasse hinaustreten. Auf den einen Stuhl kann er sich so setzen, daß er nur die Baumkronen sieht: Pappeln und Birken, Tannen und Eschen. Auch ein von Laub umrahmter Garten gerät ins Blickfeld, die barocke Phantasie einer alten Frau im Gegensatz zu den quadratisch angelegten römischen Beeten eines alten Herrn. Den Nachbarn nennt die alte Frau einen alten Pedanten.

Steinnymphen findest du und Becken, bemooste Säulen und immer irgendeine Übertreibung: verdreifachte Torbögen und Türme. Auch hier könnte noch etwas stehen, auch dort sollten wir uns etwas anderes vorstellen. Was diesen Architekten an Schnickschnack eingefallen ist, das haben sie verwirklichen können, wenn auch ärmlich. Jedes Haus hat ein Gesicht, an den Fassaden Löwen, Engel, hinter den dicken Mauern der Überfluß der vergangenen Jahrhundertwende. Der Rasen ist nicht so gepflegt, daß es einen stören könnte, aber auch die Unordnung hält sich in Grenzen, hier ist ein jeder auf seine Weise unordentlich oder ordentlich.

Der Blick fällt auf den Tennisplatz, wo sich nachmittags die Kinder tummeln, geschickt turnen sie umher, servieren den Aufschlag und parieren den Ball. Die Mütter sitzen in den parkenden Autos, lesen oder plaudern an der Straßenecke. Der bekannte alte Herr benutzt den Stock, neunzig Jahre alt ist er, die Kreise seines Spaziergangs, der anderthalb Stunden dauern muß, werden von Tag zu Tag kleiner. Alles laufe bei ihm, so sagt er, nach einem genauen Zeitplan ab. Süßkirschen und Ananaserdbeeren, Pilze und Blumen bieten sich dem Auge dar. Angenehm ist ein Spaziergang, wenn man sonst nichts erledigen möchte. Vier weißbäuchige schwarze Tauben flattern in wechselnden Formationen vor ihm her.

Als Fünfzehnjähriger, vor fünfundvierzig Jahren, war Dragoman in dieses aus Feldsteinen errichtete Bauhausgebäude mit einem Blumenstrauß in der Hand zum Geburtstagsfest eines Mädchens gekommen. Ein Klassenkamerad, der mehr Schwung als er besaß, hatte ihn mitgenommen, er zwinkerte ihm zu, er solle sich mit dem neben ihm sitzenden und zum Haus gehörenden Fräulein unterhalten, Dragoman aber hatte gerade davor Angst, angesprochen zu werden, woraufhin er etwas Tiefsinniges hätte von sich geben müssen. Später mietete er in diesem Haus eine Wohnung, um sie dort insgeheim treffen zu können, in der Rendezvousklause arbeitete er auch, das Manuskript versteckte er im Bettkasten. Sein Leben war begleitet von der unerfüllten Sehnsucht nach einem geschützten Ort.

Zyklamen, zinnoberrote Rosen, Zitrusbäume. Ein schönes Mädchen, lange Beine, Tennisschläger in der Hand, stützt sich auf sein Fahrrad. Im Gartenrestaurant speist der Fahrschullehrer, neben ihm liegt ein Hund. Pärchen mittleren Alters tunken mit Brot den Teller aus, trinken Rotwein, alles verteuert sich, eine späte Liebe. Die Kirche duckt sich, verkriecht sich in sich selbst, streckt sich nicht in die Höhe, hockt, will verharren. Diese untersetzten Menschen sind hier in der Gegend geblieben. Junge Mädchen in interessanten Blusen, hellrosa und rotbraune Blumen, eine ältere Dame in weißem Leinenkostüm mit einem schneeweißen

Pudel, zwei Enkeln und einer Sandkastenausrüstung strebt dem Spielplatz zu. Zwei Kinder wirbeln ballspielend um Dragoman herum.

Vor ihm her schreitet sein ehemaliger Chef, den Hund an der Leine, auf Bitten der politischen Polizei hatte er Dragoman skrupellos hinausgeworfen, und nun erinnert jener sich daran, wie eng sie einmal befreundet gewesen seien.

Dragoman trägt den Einkaufskorb einer Großmutter: Mispeln, Tomaten, zarter Kohlrabi, Sellerie, Pilze, Knoblauch. Die Großmama bekreuzigt sich, als sie ein zur Lastwagenluke heraushängendes Schwein mit blutigem Maul erblickt. Ein großer, schlanker und bebrillter junger Mann packt sich zwei halbe Schweine auf die Kapuzenkutte und transportiert sie gleichmäßigen Schritts in den Fleischerladen.

Auf dem langen Balkon schlurft ein alter Wissenschaftler, manchmals setzt er sich vor die abkühlende Teetasse, um bald wieder aufzustehen und, den mit einem Gummipfropfen versehenen Spazierstock in der Hand, erneut auf und ab zu gehen, über neunzig ist mehr an Bewegung nicht möglich, Fremden möchte er nicht begegnen.

Die Ruhe des Hügels, die reglose Tanne, der Neufundländer, der versucht, seinen Kopf zwischen den Zaunlatten hindurchzuzwängen, die aus dem Garten ragenden, kaum gestützten, üppigen Pflanzen, sich rötender wilder Wein, Gärten, die nur halbwegs gepflegt sind, so daß ihr Vernachlässigtsein nicht ins Auge fällt, all das sind Bestandteile eines kostbaren historischen Moments.

Wind schüttelt das Laubwerk der gelben Ahornbäume, der wilde Wein peitscht die Hauswände, niemand mehr sitzt auf den Gartenstühlen. Zwischen den Sauerkirschbäumen Quietschen einer Schaukel, in der sich der Wind verfängt. Gurrend und pickend schlendert eine Taube umher, doch auch die Krähen bevölkern bereits die Bäume der

Promenade, an den von Wein berankten Wänden verbergen sich Vogelhäuschen. Von einem Balkon sickert der Duft von gekochtem Apfelkompott, unter dem Fenster leuchtet Keramikschmuck, doch der Putz ist abgeblättert. Des öfteren besucht er Kobra in seinem Haus auf dem Alten Berg. Die Klassenkameraden hat es in alle Winde verschlagen, Kobra ist geblieben. Dragoman möchte Kobras Geheimnis verstehen, die Wissenschaft frohgemuten Verzichts, der ihn zu freudig säumigem Bleiben befähigt.

Der Fluglehrer sucht ihn auf, sie ziehen sich in die an beiden Seiten offene Steinhütte zurück, auf dem Tisch Weingläser, Pfeifen, in die Ruhe ist Beunruhigendes eingekehrt. Kobra nötigt Dragoman zu bleiben, er braucht ihn, maßvoll dosiert er die melancholische Empfindlichkeit des Daheimgebliebenen, wenn er Dragomans Stimme hört, wird er sofort heiter und lacht ausgelassen ins Telefon. *Regina:* Was turtelt ihr hier? Regina vermutet, daß Dragoman noch nicht gegessen hat. Der dankt für Tee und Butterbrot, doch entweder ein Festgelage oder gerade nur das Nötigste, jetzt letzteres. Etwas immer ganz.

Neunzehnhundertsiebenundsechzig ist er von hier fortgegangen, zu der Zeit war es allmählich recht langweilig geworden. Kobra war diese Langeweile angenehm, Dragoman nicht. Amüsieren wollte er sich und in Erfahrung bringen, was in einem Menschen steckt. Die Frage, was erlaubt und was nicht erlaubt sei, hatte er abgehakt. Was er auch las, hörte und sagte, alles war eine zaghafte Tautologie. Heilige und Ungeheuer wollte er studieren, Weisen begegnen, um sie in Augenschein zu nehmen und auszufragen, worin ihre Weisheit bestand. Den Taschendieb schätzt er als Meister seines Fachs, selbst wenn es um die eigene Börse geht. Kobra soll getrost dicke Romane schreiben, er wird bei seinen Geistesblitzen bleiben; so lange am Schreibtisch zu sitzen, dazu hat er keine Lust, er benutzt lieber seine Beine, Sitzfleisch ist ihm weniger gegeben.

Nicht unbedingt aufschreiben, sondern eher verstehen muß man die Dinge. Eines jeden Wahrheit versucht er nachzuempfinden, und das selbst dann, wenn sie für den anderen vollkommen undurchdringlich ist. Sein Körper und die Erde gehören ihm. Natürlich kann nicht jeder ein Vagabund sein, wer sich aber dazu berufen fühlt, soll es sein.

Gemeinsam mit Kobra begibt er sich auf die andere Seite des Bergs, um im Winzerkeller eines Bekannten Wein zu besorgen, bis zum Morgengrauen studieren sie in der Steinhütte ihre Beute. Am nächsten Tag steckt Dragoman nicht einmal die Nase unter der Bettdecke hervor, sogar das Fenster schließt er, verdunkelt das zum Garten gehende Zimmer, und als ihn Regina zum Kaffee bittet, ist er besorgt, daß Interpol hinter der gegen ihn eingeleiteten Jagd stehen könnte. Er ist nämlich einer der geistigen Unterstützer der International Pacifists, eines geheimen Netzwerks, das gelegentlich die Sache des Friedens durch ein Bombenattentat auf einen kriegslüsternen Marschall vorantreibt, in der Hoffnung, den Nachfolgern damit eine Lektion zu erteilen und sie zur Mäßigung zu bewegen, schließlich ist es noch immer besser, wenn ein Diktator stirbt, als wenn dieses Schicksal dank einem Führer viele tausend Soldaten und Zivilisten ereilt. Wahrheit hin, Wahrheit her, die Polizei vermag diese Argumentation nicht zu überzeugen. Auch wenn sich die Staatsoberhäupter gegenseitig hassen, einer Jagd auf ihresgleichen können sie dennoch nicht zustimmen.

Dragoman ist auf verschiedenste Weise in Verdacht geraten. Eine seiner Geliebten war in eine Verschwörung gegen einen südamerikanischen Diktator verwickelt, er freundete sich mit anarchistischen Verteidigern der Menschenrechte an, und er gründete das Magazin International Dada. Durch ihn finden sich Verknüpfungspunkte von alldem zu der angesehenen Organisation der metropolitanen Magier.

Interpol beobachtet Dragoman tatsächlich aufmerksam, bei zu vielem fungiert er als Bindeglied; die Experten, die für die Synthetisierung der eingehenden Daten zuständig sind, schlagen manchmal die Hände über dem Kopf zusammen, wo überall der Professor umherschwadroniert, die Schatten behalten ihn sozusagen immer im Auge. Interpol ist sogar darüber informiert, daß die Firma Darnok in der Rubrik ihrer medienstrategischen Forschungen das gleiche tut.

»Ich stehe geschrieben«, beklagt sich Dragoman, »irgendeine Zentrale beobachtet mich, sie sagen, ich solle meine Sache nur machen, wie es mir gefalle, doch allmählich werde ich den Gedanken nicht los, ich könnte ferngesteuert werden. Du hast komische Dinge von dir gegeben.« Dragoman nimmt Kobras Hand: »Sag, bist nicht etwa du es, der mich schreibt?«

Kobra lächelt, in Dragomans Augen die düstere Helligkeit der Erkenntnis.

»Du selbst bist die Firma Darnok! Du bist die große Spinne! Ich sehe nur so aus, doch du spinnst die Fäden von hier, du machst mich, du wirst mein Ende bestimmen. Sei so nett, mir nicht vorzuschreiben, was ich zu tun habe! Ich weiß, was deiner Meinung nach meine Aufgabe wäre: Ich, dem du es zu verdanken hast, in aller Ruhe auf deinem Allerwertesten sitzen zu können, soll die romantische Absurdität sein. Ich soll die Versuchung sein, der Initiator, der mystische Vagabund, all das, wozu du zu faul und zu feige bist.«

Während des Gesprächs springt Dragoman immer wieder auf, geht schließlich zur Mühle und mietet ein Pferd, die junge Stute ist feurig, Dragoman läßt die Zügel schießen, zerzaust und in Hochstimmung kommt er abends zurück, spielt mit den Kindern, verwickelt auch Kobras Mutter in ein Gespräch, ist zu allen nett und aufmerksam.

Schulbänke, von denen aus er die Welt der Wunder erblickte, eine gelbe Mauer, worauf mit eingelassenen Buchstaben geschrieben stand: Bäckerei. Acht Jahre alt war er damals, vor der Schule grauste es ihn auch zu dieser Zeit. Später, ein Jahr vor dem Abitur, wieder eine Schulbank, sieht er hinüber zu einer jungen Frau, die einen schwarzen Unterrock und schwarze Strumpfhalter trägt, und es kommt vor, daß sie beim Umziehen nur in Strumpfbändern und Büstenhalter dasteht, darüber ein leichter Morgenrock. Hintern, Brüste, Brot, Brötchen, Halbwüchsige haben immer Hunger.

Gegen die Überlassung seines Platzes bieten die Pokerritter Dragoman Geld an, sie würden ihm die beim Glücksspiel abgenommenen Bücher zurückgeben, sogar eine Einladung in ein Bordell der gehobenen Mittelklasse sei vorstellbar, er aber läßt sich vom Fenster nicht weglotsen, nicht einmal die Unterrichtsstunde kann seine Aufmerksamkeit vom gegenüberliegenden Fenster ablenken. Sicher würde sie nach Moschus riechen, meinte Dragoman, der davon bisher nur gelesen hatte, doch er machte sich einen Spaß daraus, seine Freunde an der Nase herumzuführen.

Sie hatten den langweiligsten Erdkundelehrer, bis ins letzte Detail berichtete er nach neuesten Richtlinien in Millionen Tonnen über die Kohle- und Ölförderung sowie die Stahlproduktion sämtlicher Sowjetrepubliken, jedermann mußte einsehen, daß die Entwicklung schwungvoll verlief.

Die Frau lehnte sich zum Fenster hinaus, beobachtete den Bürgersteig vor dem Haus, vielleicht erwartete sie jemanden. Auf dem Fensterbrett quoll aus dem tief ausgeschnittenen Büstenhalter der Busen hervor. Dragoman wünschte Herrn Tóth, dem Lehrer, der seinen dezent gezwirbelten Schnurrbart edel und gekränkt erzittern ließ, das Beste. Sowohl an seinem Auftritt als Erdkunde- wie auch als Zeichenlehrer gab es nichts zu beanstanden, dennoch haftete seinem Bemühen etwas Hoffnungsloses an. Die Schüler lernen den Unterrichtsstoff, das Fach aber langweilt sie. Bei der Verteilung von Brillanz war der Herr Lehrer leider nicht zugegen, und Trockenheit ist nicht zu heilen. Beim Klatsch über das Lehrerkollegium, in der Beliebtheit bei den Schülern und anläßlich des Abiturientenballs stellten ihn die Stars unter den Lehrern stets in den Schatten.

Ob Herr Tóth erlaube, das Fenster zu öffnen, fragte Dragoman, er habe leichte Kopfschmerzen. Aus Mitgefühl für die Beleidigten machte sich der gutmütige Lehrer Sorgen um die Gesundheit seines Schutzbefohlenen. Im günstigsten Moment konnte der leidende Schüler sich mit den Händen abschirmen und durch das geöffnete Fenster die Lippen zu einem Kuß spitzen.

Noch wußte er nicht, daß jene Frau da drüben Säbelbeine hatte wie ein Husar, zwischen den Waden hätte man einen Fußball durchschießen können, und die Stirn gewann kaum an Höhe, war fliehend, ließ ahnen, daß dahinter keine Geistesschlachten tobten. Das allerdings mußte er auch im nachhinein anerkennen, der Busen war üppig, jedoch geformt. Trotz der Migräne schickte Dragoman Küsse durch die Lüfte.

Wovon ein Siebzehnjähiger nur zu phantasieren wagt, das wurde dem Dreiundzwanzigjährigen im Frühjahr sechsundfünfzig an einem unsicheren, regenverhangenen Tag mühelos zuteil. Mit Mari, die einen Hund hielt, ging er spazieren. Sie war ein erfahrenes Mädchen mit scharfem Verstand. Als Kind hatte sie bei ihrem Ziehvater gern auf dem Schoß gesessen; zuerst war sie angenehm überrascht, später dann erwartete sie gierig, was sich da unter ihrem

Hintern tat. Wenn nichts geschah, zappelte sie so lange, bis sie des untrüglichen Zeichens gewahr wurde, daß auch sie eine Frau war, der Ziehvater hingegen ein Mann, so ganz allgemein. Sie mochte die Komplizenschaft mit diesem Mann und daß er nach ihr rief, sobald die Mutter das Haus verließ.

Sie hatte ein Zimmer für sich, und an die gemeinsame Tür hatte sie Matratzen genagelt, nur durch das Badezimmer konnte man zu ihr gelangen. Mit langem Trikot und kurzer Hose bekleidet ging sie um das große ungemachte Bett herum, und wenn sich Dragoman hinsetzte, sah er in Augenhöhe, wie sich die schlanken Schenkel streckten und zusammenzogen. Im Zimmer gab es auch einen Webstuhl, mit dem Handgewebten ging es allerdings kaum voran, weil die Freunde kamen, Mari zu einem Stelldichein gehen mußte oder hinunter ins Espresso, oder der Jagdhund war auszuführen.

Dragoman mochte es nicht sonderlich, Rendezvous auszumachen, seinem Egoismus und seiner Zwingherrschaft tat es wohl, immer ein gerngesehener Gast zu sein; wenn er kam, dann wollte er gerade zur rechten Zeit gekommen sein, und wenn Mari gleich nach seiner Ankunft die Zimmertür hinter ihnen abschloß, dann war das in Ordnung. Entweder waren die Fensterläden geschlossen oder ein rotes Leinenrouleau heruntergezogen, durch das sich im grellen Frühlingslicht die Zigarettenglut grün färbte.

Maris Ziehvater klopfte unter allen möglichen Vorwänden immer wieder an. Auch Maris Halbbruder, ein fünfjähriger Junge, der mit einem Pfadfindermesser in der Hand um sie herumrannte, machte Dragoman nervös. »Wenn du mich noch ein einziges Mal mit dem Messer anrempelst, gibt's was auf den Arsch«, sagte Dragoman, was die Eltern beleidigte.

Mit Mari saß er oft im Tango, das geheime ewige Pärchen ihnen gegenüber bestätigte durch einen wohlwollenden Blick Dragomans Wahl. Auch das Personal des Espressos hatte die ein bißchen ungeschickte, als Aschenbecher die Untertasse benutzende und immer ein wenig schlafwandlerische Mari liebgewonnen, die einem Halunken, von dem sie die alte Csöpi abbringen mußte, viel Geld geben wollte, damit er zu seinen Kindern aufs Land fahren könnte. Sogar die kinderreiche Zigeunerfamilie suchte Rat bei ihr, sahen doch die Angehörigen, daß sie für ihre Sorgen ein offenes Ohr hatte, unter Einbeziehung der Öffentlichkeit diskutierten sie darüber, warum es der junge Ehemann nicht schaffte, seine Frau zu befriedigen. Auch Liba, die jahrelang im Tango ihrem Hurengeschäft nachgegangen war, war zugegen, und verbittert schlug die junge Frau vor: »Geh zu Liba, die wird es dir beibringen.« – »Ich kann's ihm auch beibringen«, ließ sich die herzensgute Mari vernehmen, und das war nichts weiter als pure Hilfsbereitschaft. »Es ist besser, wenn er zu Liba geht«, sagte Dragoman. »In Ordnung«, sagte Mari, die ihre Person nie in den Vordergrund schob, trotzdem beachtete sie jeder.

Zu jener Zeit hielt sich Dragoman viel in der Umgebung seiner ehemaligen Schule auf, an der Lona unterrichtete. Von der Redaktion, für die er freiberuflich Buchrezensionen schrieb, vom Pressebüffet, wo alle, mit denen er sprechen wollte, versammelt waren, ging er nach einem Glas Milchkaffee und einer Brioche zur Schule. Lona hatte Dragoman zu ihrem Examensunterricht eingeladen. Kunstgeschichte und Französisch hatte sie studiert. Während Lona unterrichtete, saß Dragoman in demselben Klassenzimmer und in derselben hinteren Bank wie einst, und im Fenster gegenüber tauchte die verführerische Unbekannte auf, noch immer mit schwarzem Büstenhalter und schwarzen Strumpfbändern, verwirrt sah er hinüber und formte wieder den Mund zu einem Kuß, wodurch Lonas Stunde den Schwung verlor; später, als sie den Nichtswürdigen schalt, geriet der abhanden gekommene Schwung zu einer vorbildlichen Attacke.

»Sieh mich an«, sagte Lona, und Dragoman wußte, daß jetzt eine Ohrfeige folgen würde. Und er wußte auch, daß er keine Miene verziehen und daß es ihm nicht im Traum einfallen würde zurückzuschlagen und es am besten wäre, die Sache hinter sich zu bringen. Lona würde einigermaßen erleichtert sein und zur Kenntnis nehmen, daß Dragoman ihr ein Privileg zugesteht, ihr huldigt, von anderen würde er sich keine Ohrfeigen gefallen lassen.

Zur Sprache kam das Fenster, nach sechs Jahren dieselbe Frau, die Vermutung, daß ihr Ausschnitt sommersprossig sei, infantile Phantasien und auch die Ohrfeige, mit deren Hilfe Lona Dragoman in die Schranken gewiesen hatte. »Mein Engel, du leidest an Hebephrenie, erkennbar an Kritiklosigkeit und Naschhaftigkeit.«

Maris Jagdhund beschnupperte gerade eine schmächtige Akazie, die gegenüber der Schule ausgerechnet vor jenem Haus bis zum dritten Stockwerk emporragte, und hob das Bein. Dragoman warf den Kopf in den Nacken. »Dort wohnt Kunigunde!« So nannte er sie.

»Wo? Hinter dem Fenster? Das dritte von rechts? Die kenne ich, mit der habe ich Pullover getauscht«, sagte Mari. Sie gingen hinauf und trafen sie zu Hause an, in der Wohnung gab es viele alte deutsche Bücher, was den stechenden Katzengestank nicht linderte.

»Die Katze ist absolut unfreundlich, lauter Eifersucht, neulich war meine kleine Nichte hier, ich habe mit ihr gespielt und sie geherzt, daraufhin hat sich die Bestie für zwei Wochen verzogen. Einmal erwischte ich sie auf dem Dach, ich bin hinter ihr hergeklettert, sie fauchte und zeigte die Krallen. Dann kam sie doch zurück und legte mir eine Taube vor die Füße. Das Genick hatte sie ihr durchgebissen. Manchmal hat Nelli so noble Gesten, aber glaubt ja nicht, daß sie sich streicheln läßt! Nein, von Schnurren keine Rede! Ich nähere mich ihr, sie kratzt. Sie haßt mich. So was gibt es. Aber warum lebe ich seit Jahren mit jemandem zusammen, der mich unversöhnlich haßt und sich um nichts in der Welt erweichen läßt? Andere bestraft sie nicht mit so viel Abscheulichkeit. Wollen wir wetten, wenn Nelli zum Fenster hereinkommt, zu Ihnen wird sie freundlicher sein.

Ja, natürlich erkenne ich Sie! Die Schuljungen beobachten mich manchmal, und ich habe nicht unbedingt was dagegen. Aber ich hatte so große, behaarte und finstere Freunde, daß die Pennäler nicht wagten zu klingeln. Auch Sie hatten keinen Mut, obwohl Sie dort in der Bank den großen Max markiert haben.«

Mari ging ins Zimmer nebenan und setzte sich ans Klavier. Die geheimnisvolle Kunigunde hatte ein famos ausgebautes Bett mit verschiedensten Schubladen, und wenn man im Bett beispielsweise eine Pinzette oder Büroklammern brauchte, von Parfüm oder Süßigkeiten, unter denen zusammengeklebte Himbeerbonbons einen führenden Platz einnahmen, nicht zu reden, oder alte Ansichtskarten von Venedig und Biarritz, dann mußte man nur das entsprechende Fach herausziehen. Auch Phiolen waren reichlich vorhanden, um alle möglichen Gerüche erschnuppern zu können, denn Kundigunde, die Geheimnisvolle, besaß ein sensibles Riechorgan; der Katzengestank war die Strafe für ihre Oberflächlichkeit.

»Niemandem bin ich treu, nur dieser Katze, die mich verabscheut. Ich sorge für sie und schmeichle ihr, doch sie durchschaut mich. Ich lasse sie jetzt nicht herein, vielleicht würde sie dich sogar anfallen. Ich schließe sie in den Umkleideraum ein, dort macht sie sich an meinen Kleidern zu schaffen. Wenn ich sie ins Badezimmer sperre, während du unter der Dusche stündest, würde sie dich anspringen, und sie würde sich hier auf dem Bett breitmachen, um mir jede

Freude zu verderben. Wie funktioniert das bei dir, daß dich Mari, die jetzt, wenn ich richtig höre, Rachmaninow spielt, nicht stört? Darf ich sie herbitten?

Mari, zieh doch die Schublade mit dem Messingknopf heraus, darin befindet sich meine Efeusammlung! In der großen, wenn dich das mehr interessiert, sind meine Jungs. Auf die Rückseite habe ich ihre Adressen und Telefonnummern geschrieben, sofern sie eine haben und die Nummer noch stimmt. Du kannst auswählen, teure Mari, soviel du willst, im Tausch für diesen täppischen Ritter. Mach den kleinen Schrank da auf, du mußt das Bett noch nicht verlassen, dort findest du Rum und Gläser. Für mich ist dieses Bett die Arche Noah, hier überstehe ich die schweren Zeiten.«

Dragoman ging gern auf Tour, um seine Honorare einzukassieren, er tauchte an der Kasse der Rundfunkanstalt auf, an der des Zeitungsverlags, zwischendurch traf er hier und da Leute, kaufte eine Flache Sekt und, in einer plötzlichen Anwandlung, ein Meerschweinchen, das er Mari schenkte, die sich nicht entscheiden konnte, ob sie sich denn auch wirklich darüber freuen sollte. Sie gingen auf einen Sprung zu Kunigunde, die sich gerade kämmte, ausdauernd, sie warf den Kopf von einer Seite zur anderen, daß die langen, dichten, braunen Zotteln sausten. Die Drahtbürste elektrisierte das Haar, der Nacken war besonders weiß und zart. Dragoman tat so, als wollte er ihn durchbeißen, Kunigunde kreischte, und Mari zeigte sich mit ihrem Meerschweinchen zusehends unglücklicher. Sie wäre ganz trübsinnig geworden, hätte sie nicht bemerkt, was für schöne Hände sie hatte, die Hände gefielen ihr immer besser, und das ließ ihr die Tränen in die Augen steigen. Dragoman war schon dreiundzwanzig, und wieder war ein Tag vergangen, ohne daß er etwas gearbeitet hätte.

Es gab eine Zeit, da Dragoman seinen sich über die ganze Stadt ausdehnenden Harem inspizierte. Er zog von Stadt zu Stadt, von Land zu Land, von Frau zu Frau. Stets fand er irgendeine ernst anmutende Erklärung, doch bei nüchterner Betrachtung wußte er, daß er den Frauen hinterherlief. Dragomans Beziehungen wurden durch die Aufdringlichkeit der anderen gesteuert, er überließ es dem Zufall, wer ihn anrief, ihn besuchte, darauf beharrte, ihn unbedingt sehen zu wollen; wer derart besessen war, hatte ihn sicher verdient. Keine einzige seiner Liebsten bereute er; an der Seite von Frauen erlernte er den Beruf der Präsenz.

Jede seiner Freundinnen wollte Dragoman für sich behalten und damit einen großen Teil seiner Zeit beanspruchen. Er selbst aber war nicht wirklich zu haben. Angesichts seiner Neigung zu moralischem Schuldbewußtsein und übermäßiger Höflichkeit traf er sie mitunter auch dann, wenn ihm nicht der Sinn danach stand, und häufig schrieb er Dingen eine moralische Bedeutung zu, die einen derartigen Hintergrund nicht oder doch kaum besaßen. Fast jede Einladung begriff er als eine zu tilgende Schuld, und die Hierarchie der Pflichten ließ ihn in seinem Innersten schwanken.

Mehrfach richtete er sich neben einem Körper ein, seine Biegungen und Wölbungen, Griffigkeit, Glattheit und Schmiegsamkeit, sein Gurren und Geruch waren gefälliger als alle anderen, und er verspürte keine Lust, sich von dort zu lösen. Nur du? Nur du? Nur ich? Nur ich? Es gibt ein Lebensalter, in dem die schwärmerische Beschränktheit der am meisten geschätzte Seelenzustand ist. Die kirchliche Hochzeit ist an der Ehe das Beste, ohne mystischen Vertrag verzichtet Dragoman auch auf einen bürgerlichen Kontrakt.

Ihr Komplize sei er, nicht aber ihr Verbündeter, sagte Melinda von ihm. Am liebsten studierte Dragoman die Speisekarte, verriß ein mittelmäßiges Werk, dachte sich höchste Gefahren oder eine Erlösung aus, kehrte in diese kleine eigenartige Straße ein, in das Espresso, wenn er Melinda an seiner Seite spürte. An ihrer Seite vermochte er dem Augenblick am ehesten das zu geben, was ihm zustand. Wenn er etwas Kluges zu sagen hatte, Melinda würde das am ehesten zu schätzen wissen, wenn etwas Ordinäres, würde sie als erste einen Hauch von Kühle ausstrahlen. Glanz und Glorie verbreiten sich, wenn sie beim Anblick der an diesem Tag von Dragoman augewählten Blumen lächelt. Es läßt sich nicht leugnen, wenn Melinda ihn anspricht, hört Dragoman jedes ihrer Worte. Den Worten der anderen lauscht er nicht so aufmerksam. Wenn Melinda ihn anspricht, gibt es keinen vernünftigen Egoismus, kein Abwägen, dann steht Dragoman auf und springt durch den Feuerreif.

Eintritt Olga

Kühles, regnerisches Wetter, weder Nebel noch Helligkeit, dürre Blätter wilden Weins wehen zum Fenster herein. Der Portier ruft an, eine junge Dame, die sich Olga Dragoman nenne, frage nach ihm.

Eine schlanke Frau im Übergangsmantel, vermutlich schwanger. Große schwarze Augen, forschender, mißtrauischer, ernster Blick. Dragoman spürt, daß ihn die Eintretende abschätzt, und er ist sich nicht sicher, ob er den Erwartungen entspricht.

»Herr Dragoman?« Nicken. »Was meinen Sie, wäre es vorstellbar, daß ich Ihre Tochter bin? Ich heiße Olga Dragoman. Wie Sie sehen, ich erwarte ein Kind. Wenn Sie meine Frage bejahen, bekommen Sie zusammen mit Ihrer Tochter auch einen Enkel.«

»Gestatten Sie, daß ich Sie aus der Nähe betrachte? Schon möglich. Kommen Sie herein!«

»Bella Olajos ist meine Mutter. Erinnern Sie sich? Die Kandorer Hebamme. Am Seeufer haben Sie sich kennengelernt, meine Mutter trug einen kastanienbraunen Dutt. Sie kamen aus dem Gebäude der Akademie, liefen meiner Mutter hinterher und redeten sie an: ›Verzeihen Sie, ich bin fremd in der Stadt, ich möchte in ein Restaurant, begleiten Sie mich, und machen Sie einen Vorschlag, wohin wir gehen könnten.‹ Meine Mutter war müde und hungrig, sie hatte ein Dutzend Neugeborene unter den Warmwasserhahn gehalten. Im Netz haben Sie Fisch gegessen, Sie haben einen Spaziergang gemacht, sind in die Tango Bar gegangen, und dort hat sich herausgestellt, daß meine Mutter Bekannte hatte, denen Sie nicht sympathisch waren. Die sind Ihnen beim Verlassen der Bar gefolgt und haben Sie verprügelt. Doch auch von denen haben einige leichte Verletzungen erlitten. Meine Mutter brachte Sie vom Kampfplatz aus nach Hause, und bei dieser Gelegenheit bin ich entstanden.«

»Ein erfreulicher Unfall. Wie geht es Ihrer lieben Mutter?«

»Wollen Sie sie besuchen?«

»Daran hatte ich nicht gedacht.«

»Ich kann mich nicht mehr erinnern, worüber Sie gesprochen haben, doch Sie waren dort im Fernseher zu sehen. Der eine Stammgast der Mausefalle lachte. Zufällig sah ich meine Mutter an, ihr Gesicht starr und rot: ›Olga, der da ist dein Vater!‹ Seit der Herr Professor Kandor dann auch das Land verlassen hatte, suchte meine Mutter nicht mehr nach Ihnen. Ich habe eine Freundin beim Fernsehen, die wußte, daß Sie sich hier in unserer Stadt aufhalten, ich wollte nicht telefonieren. Ich wollte, daß Sie mich sehen.«

Olga stand auf und zog Dragoman vor den Spiegel.

»Haben Sie Zweifel?« Dragoman hatte keine Zweifel. Seine Tochter machte es sich bequem und verschränkte die Hände vor dem Bauch. »Ich würde gern einen Tee trinken, ich bin durchgefroren. In der Schachtel sind Kekse?«

Dragoman gab sich entgegenkommend, und während er zum Telefon griff, betrachtete er im Wandspiegel verstohlen seine Tochter. Die Nasenwurzel, der Augenschnitt, die Lippen, die Ähnlichkeit ließ sich nicht in Abrede stellen. Er könnte seine Hand auf den Enkel legen. Der Zimmerkellner klopfte, brachte den Tee, in aller Ruhe verzehrte Olga einiges von dem Gebäck, schlürfte den Tee und nahm alle persönlichen Sachen einzeln und gründlich in Augenschein. Draußen regnete es. Dragoman goß Rum in den Tee, leicht zitterten ihm die Hände.

Olga griff in ihre Tasche und fischte ein ramponiertes Foto heraus. »Das ist Habakuk Dragoman. Dragoman, das ist ein fiktiver Vatername, die Vormundschaftsbehörde hat ihn akzeptiert, meine Mutter wollte es so. Ein blöder

Name, sagte sie, bestand aber darauf. Wenn Bella auf etwas besteht, bringt selbst ein Panzer sie nicht davon ab. Ein schöner Junge?«

»Schön«, sagte Dragoman wie versteinert.

Olga nahm das Foto alsbald wieder an sich und stopfte es in die aus weichem Leder gefertigte Tasche, die bereits ausgeblichen, von Schwarz in Rotbraun übergegangen war und worin Papiertaschentücher das Chaos verdeckten.

»Habakuk Dragoman ist drei Jahre alt. Ein fertiger Prophet. Er besitzt einen außerordentlich ausgeprägten Gerechtigkeitssinn. Er weiß, was ihm zusteht. ›Mama‹, sagt er, ›du solltest wissen, einem so schönen Menschen wie Habakuk den Hintern zu versohlen ist nicht erlaubt. Ich werde gleich traurig sein.‹ Ich kann es nicht ertragen, wenn er traurig ist. Wir schlagen uns auf die Hände, die sich erdreisteten, Habakuk ein Leid anzutun. Herr Professor, Ihrem Enkel Habakuk macht es nichts aus, sich in die Tiere des Waldes zu verwandeln, als umherirrende Seele, doch heimisch in allen Wesen. Er steigt irgendwo hinauf und springt aus großer Höhe, kennt weder Angst noch Schmerz. Singen, Malen und Tanzen, das sind Dinge, die er mit absoluter Hingabe tut, er geht vollkommen darin auf. Bleiben Sie bei uns, in der Nähe Ihrer Tochter und Ihres Enkelkindes, sofern Sie Lust dazu haben. Sie könnten auf dem Alten Berg ein Eremitendasein führen, doch Sie könnten auch in Kandors Festsälen Vorträge halten. Mein lieber Vater, pflanzen Sie Steckzwiebeln im Garten an, oder verschneiden Sie den Wein über Habakuks Sandkasten am Gerüst, das meine Mutter aus dicken Baumstämmen dort hat zimmern lassen, um eine Schaukel daran zu befestigen, weil der Junge in die Grube hinab und sich an den Himmel klammern müsse, wie meine Mutter meinte. Es existiert ein Kind, das Ihr Enkel ist, und dieses Kind ist ein König. Dann bin ich noch einmal von demselben Mann schwanger geworden, von einem Jazztrompeter, der selten zu Hause ist. Ich habe einen Film gesehen, der Embryo weicht bei der Ausschabung aus, verteidigt sich, ergreift die Flucht, damals habe ich beschlossen, wenn ich erneut schwanger werden sollte, werde ich nicht abtreiben lassen. Was den Trompeter angeht, sowohl meine Mutter als auch ich glauben nur an provisorische Lösungen. ›Denk ja nicht, daß du einen auf Dauer bekommst‹, sagte meine Mutter, ›erst nistet er sich bei dir ein, und dann verschwindet er wie aus dem Katapult geschossen‹. Er kommt immer wieder und macht uns beide glücklich, am dritten Tag aber nimmt Habakuk mich zur Seite: ›Was denkst du, ob er morgen noch da ist?‹ Und wenn er eine Woche bei uns bleibt, bin ich ihm schon dankbar. Wenn er mich fragt, ob ich einen anderen habe, ist die Antwort einfach: nein. Habakuk fehlt der Vater sehr, über einen Großvater würde er sich freuen.«

Dragoman denkt darüber nach, das Angebot der Tochter interessiert ihn, Vaterschaft, Großvaterschaft, eine klare Sache, ohne den Egoismus verworrener Liebesaffären. Ein Semester hat er hinter sich gebracht, jetzt ist er wieder frei, er befindet sich auf Forschungsreisen. Olga Dragoman spinnt den Faden ihrer verlockenden Rede weiter:

»Bald werden Sie Habakuk sehen, seine Kompaktheit und vorüberhuschenden Weisheiten erleben. Ihr Enkel nimmt es mit einem jeden Philosophen auf. Seine Füße sind ein Meisterwerk, sein Lächeln eine einzige triumphierende Herausforderung.« Auf dem Tisch lag ein Heft, Olga las darin zurückhaltend und laut: »Egomanie führt aufs Glatteis. Eine Wahrnehmung gibt es nicht, nur mich. Danach kommt das Sich-Verstecken im Fasten.«

»Vater, weisen Sie sich selbst zurecht? Wenn Sie eine Peitsche brauchen, dafür bin ich geeignet. Wetten wir, daß ich ebensowenig auf den Mund gefallen bin wie Sie? Ich habe einen heiklen Geschmack, einen ausgeprägten Sinn für das Schöne. Reich bin ich nicht, liebe aber trotzdem nur das Raffinierte. Abstoßende Gerüche kann ich nicht ausstehen. Der Apfel auf dem Heizkörper ist nicht schlecht, den Pantoffelduft aber, Papa, könnten Sie wirklich herauslüften lassen. Haben Sie keine Mandarinen oder Haselnüsse da? Ich würde es Ihnen verübeln, sollten Sie sich nach meinem Beruf erkundigen. All das, wovon ich Ahnung habe, ist überflüssig. Ich bin ein teures Stück. Mit meinem Bengel und dem großen Bauch bin ich auf Unterhalt angewiesen. Das verursacht manchmal eine kleine vorübergehende Spannung zwischen meiner Mutter und mir. Sie ist schwer von Begriff, will einfach nicht verstehen, daß es ihre Pflicht und Schuldigkeit ist, für mich zusammen mit meinen Kindern aufzukommen, solange sie lebt. Sie begreift das nicht. Dabei ist das so klar wie die Sonne. Oder? Meine Mutter ist nicht arm, eine der besten Kneipen in Kandor gehört ihr. Haben Sie noch nichts von der Mausefalle gehört? Jetzt erwirbt sie auch das Hotel zur Krone. Meine Mutter hat mir ein Atelier bauen lassen, dort zeichne ich, doch eine Zeichnung verkaufen, das hat bisher noch nicht geklappt.«

»Ich möchte mich nicht allzusehr in die Familienangelegenheiten einmischen«, sagte Dragoman abwehrend und setzte sich in die hinterste Ecke, wo ihn ein Schaukelstuhl erwartete. »Sagen Sie, sind auch Sie geschickt worden?«

»Ja. Wer ist denn noch geschickt worden?«

»Der Glatzkopf mit dem Korbsessel und dem Vogel in dem geflochtenen Vogelbauer. Auf Schritt und Tritt folgt er mir und winkt mir vergnügt von weitem. Er trägt eine Tiroler Hose, und wenn er in meine Nähe kommt, bietet er mir flüsternd seine Dienste an.«

»Ein jeder hat seine eigenen Begleiter«, merkte Olga an. »Mich hat jeden Morgen ein Mann in die Schule begleitet, hinter mir her ging er und raunte mir Schweinereien zu. Er war sehr bedacht darauf, nur dann zu säuseln, wenn es außer mir niemand hören konnte. Das, so denke ich, war sein Vergnügen auf dem Weg ins Büro. Lange Zeit habe ich es meiner Mutter verheimlicht, eines Tages aber rückte ich doch damit heraus. Auch meine Freundin belästigte er, ein sehr schüchternes kleines Mädchen, das häßliche Redensarten nicht ertragen konnte. Von einem Chauffeur vom Dorf ließ sich meine Mutter einen Eimer Schweinekot bringen und kippte den, ohne lange zu fackeln, dem wispernden Kavalier in die Visage. Meine Mutter ist nicht ein Mensch, der sich mit Beschwerden an die Behörden wendet. Über unglaubliche Kräfte verfügt sie. Eine Löwenmutter ist sie, und wenn es nach ihr ginge, wäre ich ebenso. Kommen Sie zu uns, überzeugen Sie sich, Sie brauchen keine Angst zu haben! Meine Mutter bevorzugt junge Männer in meinem Alter. Sie kann es sich erlauben, sich mit Zwanzigjährigen zu vergnügen. Dessenungeachtet, das schwöre ich, niemand kann besser kochen als Mama. Wenn Sie uns in der Mausefalle besuchen, können Sie Habakuk sehen, und noch dazu wird Ihnen ein Abendessen serviert, daß Sie sich wie im siebenten Himmel fühlen. Die Mama vermietet auch Zimmer, Sie könnten zu uns ziehen, selbst mit täglich drei Mahlzeiten wäre es billiger als in der Krone. Sie würden das schönste Zimmer bekommen. Vor dem Fenster steht eine herrliche Silbertanne.«

»So ist das mit den Begleitern«, sagte Dragoman nachdenklich. »Eine Stimme lauert uns auf, die des Begleiters, die des Versuchers. Es kann dein Impresario sein, dein Agent, dein Regisseur, es kann die Bedienung im Espresso sein, die sich eher nur feststellend als fragend vernehmen läßt, noch ein Gläschen Rum, oder wenn ich hier irgendeine krachmachende, flimmernde Maschine anstelle, dann zwingt auch die mir etwas auf: Kaufe und konsumiere dies und jenes. Doch das ist nichts gemessen an manchen unserer Besucher: Es kommt eine kleine Dame, und sie schafft es, dein ganzes Leben durcheinanderzubringen. Sie klopft an, und zehn Minuten später umgibt dich eine ganze Familie.«

Olga stellte die leere Teetasse auf ihren Bauch.

»Der Ultraschall behauptet, daß es ein Junge wird. Schwerlich kann ich mir vorstellen, daß ein anderer Junge auch nur annähernd so vollkommen sein könnte wie Habakuk. Wissen Sie, worauf ich meinen großen Sohn vorbereite? Er soll Religionsstifter werden. Ich werde seine Dolmetscherin sein. Mehr als vier Stunden am Tag Gäste bedienen, das geht dann nicht mehr. Die restliche Zeit geht für Exerzitien drauf. Die Dolmetscherin eines Religionsstifters kann nicht fortwährend in einer Kneipe herumhängen, mitten unter betrunkenen Fischern. Nicht daß sie grob wären, aber sie können ihre Blicke nicht von meinem Unterleib lösen. Unter uns gesagt, mein Verhältnis zu meinem Unterleib ließe sich als kühl bezeichnen. Ich registriere eine nicht geringe Distanz zwischen mir selbst und allem sonstigen.«

»In der Tat, Olga, die Ähnlichkeiten sind frappierend. It's nice, daß ein alter Verführer in langen Nächten, während über der nördlichen Halbkugel die Dunkelheit anbricht, vom Schicksal mit einer Tochter und Enkeln gesegnet wird, obwohl der Dienst, mit dem ich zur Existenz des Fräuleins beigetragen habe, nicht mehr als eine Nacht in Anspruch genommen hat. In familiärer Atmosphäre wird der vertrottelte Diabolos an den Festtagen Aspik und Krautrouladen bekommen. Loben wird er das Weihnachtsgebäck der lieben Mitschöpferin und behaupten, daß der Kuchen der benachbarten Rivalin nicht im entferntesten so gut schmecke. Und all dies, ohne verheiratet zu sein! Könnten Sie mir noch einmal das Foto zeigen?«

Aus der bodenlosen Tasche kramte Olga ein Lorgnon hervor, und da sie dieses in der rechten Hand hielt, dauerte das Herumwühlen mit der linken länger. Dragoman verriet mit einer fahrigen Bewegung seine Ungeduld.

»Ich verstehe Sie, mein armer Freund. So geht es den Menschen meist mit Habakuk. Im Handumdrehen verliert man sich in seinem Bannkreis. Jedem teilt er Aufgaben zu. Ich habe noch nie einen Menschen gesehen, der seiner selbst so sicher gewesen wäre. Letzte Woche war er krank, er magerte ab, kroch zu mir ins Bett, trotzdem aber war er der Stärkere. Wenn ich Kummer habe, drücke ich meinen Sohn an mich, und die Sorgen verfliegen.«

»So etwas könnte ich auch gebrauchen. Wissen Sie, Olga, bei mir drinnen schlägt ein Verrückter mit der Spitzhacke um sich, gegen die Wände. Er wiehert. Er weiß noch nicht, daß ihn das Haus unter sich begraben wird. Eigentlich ist das Leben sehr gerecht, zuerst konsumiert der Mensch, und dann zahlt er die Zeche. Mit einem Wort, Sie, meine Tochter, haben sich jetzt, sofern ich Ihren zweifelhaften Beweisen Glauben schenken darf, einen Vater besorgt, in der törichten Hoffnung, daß ein Papa immer zu geben bereit sei. Sie sollten nicht vergessen, daß auch Sie für diese Ihre einfältige Neugier bezahlen werden. Ich dachte, ich könnte ein wenig üben. Natürlich, ich übe das Nichts. Also, an einem solchen finsteren Tag, wenn ich Schmerzen in den Händen habe, in den Beinen, purzele ich plötzlich vom Himmel in die Geschichte eines Engels. Ehrlich gesagt, ich bin ein bißchen schwach geworden, ich hätte Unterstützung nötig. Auch weiß ich nicht, ob hinter diesem Besuch nicht irgendeine Finte steckt. Womöglich sehe ich nur ein Phantom. Dennoch, eine Tochter ist noch nie bei mir aufgetaucht, und bisher lebte ich in dem Glauben, daß ich nicht einmal ein Katzenjunges zurücklassen würde.«

Was wäre, wenn die Versuchung Gestalt annähme, was wäre, wenn Dragoman tatsächlich Großvater wäre? Sehen wir nur, was passiert, wenn Dragoman in jene gewiß warme Mausefalle geht.

Mausefalle

Unerwartet war Dragoman mit etwas beschenkt worden, womit, das allerdings wußte er noch nicht, Großvater war er geworden und natürlich auch Vater. Ein Mädchen war aufgetaucht, in anderen Umständen, hatte ihm das Foto eines kleinen Jungen gezeigt, das er gern noch lange betrachtet hätte, und ihm mitgeteilt, dieses Kind sei sein Enkel. Nach seiner Mutter müßte dieses Mädchen Olga Olajos heißen, doch die Vormundschaftsbehörde hatte sich dazu bereit gefunden, ihm den fiktiven Vaternamen Dragoman zu geben.

So listig verband Bella Olajos, die mit den braunen Lippen, die Hebamme – deren Tochter vierundzwanzig Jahre später, im Herbst 1992, Angst hat, wovor, das weiß sie nicht genau, jedenfalls hat sie böse Vorahnungen –, ihr Kind mit dem verschwundenen Ritter. Olga bittet um Verzeihung, aber sie sei noch jung, im Krieg und in der Zeit der Schießereien habe sie noch nicht gelebt, selbst knallende Feuerwerkskörper erschreckten sie. In einer solchen Lage brauche ein Mädchen einen Vater, der etwas Kluges sage und beruhigend wirke, es werde schon nichts passieren. Denn daran bestehe kein Zweifel, die Angst sitze Olga in den Gliedern, und jetzt, da sie wieder ein Kind erwarte, würde sie unbedingt Ruhe und Seelenkraft brauchen, doch irgendwie finde sie um sich her einen solchen Menschen, der dies ausstrahle, nicht. – Sie habe Dragoman aufgesucht, weil sie vor dem Fernseher zu der Erkenntnis gekommen sei, solche Augen könnten nur einem Verwandten gehören, jenes hagere Gesicht sei ihr vertraut vorgekommen, jener Blick, der sich von unten her neugierig und lauernd in einen anderen hineinbohre, ob dieser verstehen und folgen könne, der sei ihr seit Urzeiten bekannt.

Kobra ermutigt Dragoman, nach Balatonófalu zu Bella umzuziehen. Auf seine alten Tage könne er seßhaft werden, dort seien seine Tochter, der Enkel, und bald werde auch der andere kommen, das seien sichere Dinge, nicht Visionen des Herzens, sondern die unverwüstlichen Setzungen des Blutes. Von hier aus könne er, wenn er wolle, einer Tätigkeit an der Kandorer Universität nachgehen, ein Seminar halten, das genüge, um seinem Selbstverständnis als Professor gerecht zu werden. Sein Einkommen reiche aus, um hier selbst dann ohne Sorgen zu existieren, wenn er sich dem Nichtstun hingäbe. Wenn er Kobra nach einer halben Stunde satt habe, könne er mit den Jungen, sofern Regina sie weglasse, einen Spaziergang zu Habakuk, seinem Enkel, unternehmen.

In hohen Schuhen durch das feuchte Gras waten, das mag er, und wenn Regina den Jungen nicht erlaubt, ihn zu begleiten, dann könnte er auf Bellas Fahrrad mit Habakuk einen Ausflug unternehmen. Er montiert einen Kindersitz auf das Rad, nicht hinten auf den Gepäckträger, sondern vorne an die Stange, damit der Enkel zwischen seinen Armen sitzt, und während er zwischen Mais und Luzernen radelt, riecht er den Duft von Habakuks Haar.

Mit einem schönen dreijährigen Jungen sich irgendwohin zu begeben, das ist ein ständiges Erfolgserlebnis, ein Lächeln für den Enkel, ein Lächeln für den Großvater. Sie verstehen sich beide, Dragoman muß herausfinden, wer das Kind eigentlich ist, denn Habakuk überwindet täglich unendlich viele Stufen der Seelenwanderung. Jetzt ist er gerade eine Amsel in der Baumkrone oder ein Wurm im Schnabel der Amsel. Danach verwandelt er sich in einem einzigen Augenblick in eine bestimmte Unkrautpflanze, die seine Großmutter im Garten der am Seeufer gelegenen Mausefalle duldet.

Nun kann Dragoman schon an zwei Orten schlafen, auf den Platz der Auferstehung kann er dennoch nicht verzichten. *Enfin, je suis un citadin.* Weißt du, was du bist? Ein verwöhnter alter Geck. In Ordnung, aber auch dann ist es besser, wenn Dragoman nicht zu finden ist. Es kommt vor, daß er seinem Heimweh nachgibt und ins Hotel zurückkehrt. Auch jenen Nußholztisch hat er schon mehrere Male eingeweiht, an ihm sind auch im nachhinein für gut befundene Sätze entstanden.

Gegen Mittag holt er das Fahrrad aus der Garage und fährt nach Balatonófalu, wo Bella ein Haus mit Gästezimmern besitzt, dazu eine stark frequentierte Kneipe am Seeufer. Bellas Haus in Balatonófalu ist an der Ecke Bagolyvár utca und Kendervirág utca zu finden, davor, unter Kastanienbäumen, grüne Blechtische mit Wachstuchdecken, dahinter der von der Familie benutzte Garten mit Habakuks Schaukel und Sandkasten, unter dem Nußbaum und dem Fliederstrauch Liegestühle. Der einen mit Schindeln gedeckten Ruine, von der noch drei Mauern standen, gab Olga den Namen der Bushaltestelle. »Wenn sich mein Vater hierher an die über einem Sägebock liegende Tischplatte setzte, kämen ihm sicher einige Ideen.« Im Obergeschoß gäbe es eine Wohnung, in der er schon gelegentlich geschlafen hat, alle drei laden sie ihn ein, dort zu wohnen. Mit seinen beiden Umhängetaschen könnte er da hineinstiefeln.

Bella Olajos ist immer noch schön. Hier sitzen sich ein sechzigjähriger Mann und eine siebenundvierzigjährige Frau gegenüber, neben ihnen die schwangere Tochter und das Enkelkind. Er mietet das Obergeschoß für die ganze Saison. »Dreitausend Mark, mein Goldstück, dein Enkel wird den Nutzen davon haben.« Dragoman ißt, was Bella kocht, kein gemeinsames Bett, doch gemeinsames Abendessen.

Bella Olajos ist die Besitzerin der Mausefalle. Einer ihrer Liebhaber hat sie ausgeraubt, dann ist sie wegen irgendeiner wirtschaftlichen Unregelmäßigkeit ins Gefängnis geraten, keine große Affäre. Vom Stöhnen der Frauen hatte sie genug, sie fing klein an, pachtete eine Kneipe am Stadtrand, es dauerte Jahre, bis sie am Seeufer eine Pension aufmachen konnte.

»Geh weg von hier, wenn du dich in politische Sachen verwickeln lassen willst«, sagte sie zu ihrer Tochter. Vor der Systemwende hatte Olga auch verbotene Dinge getippt. Wenn die Tochter sie über den Vater ausfragte, schwieg Bella. »Ein flüchtiger Bekannter aus Kandor«, mehr war aus ihr nicht herauszubekommen.

Bella kaufte auch eine Diskothek, sogar Stripteasenummern hat sie im Programm und sonstige Nacktgeschichten. Geld ist das wenigste, eine einzige Plackerei, sie ist gezwungen, ihre Schuldner verprügeln zu lassen. Auch mit Immobilienangelegenheiten beschäftigt sie sich, sie makelt, besorgt Wohnungen und baut. Mehr als einmal stand sie kurz vor dem Bankrott, etwas aber ist ihr trotzdem geblieben, und auch die Mausefalle ist kein Verlustgeschäft; doch was Bella gehört, das gehört nicht der Tochter. Wenn Olga einen Anteil am Besitz haben will, muß sie zusammen mit der Mutter arbeiten. Dann, wenn jene selbst die Millionen macht, kann sie die Nase hoch tragen. Von Bellas Weinberg aus ein Blick auf den See, Silbermuschel ist der Name des Tals, daneben, wo der Wald beginnt, das andere, das Tal der Gnade.

Den himmlischen Mächten hatte Dragoman eine Tochter und einen Enkel zu verdanken, auch er könnte auf diesem Berg ein Quartier brauchen, einen Fußbreit Erde, in der Nähe der Steinuhr. Ein angenehmes Gefühl, dem buddhistischen Heiligtum, dessen Ort die gelehrten tibetanischen Mönche aufgrund sorgfältiger Berechnungen aus der Ferne ausgewählt hatten, so nahe zu sein. Mitten in der Landschaft steht der spirituelle Pilz der Versöhnung.

Die kleinen Erhebungen, die aus der grünen Ebene emporragen, wissen, daß ihnen Grazie anhaftet, und dieses stille Eingeweihtsein, dieses geheimnisvolle Berauschtsein der Freunde dringt auch in Dragomans Bewußtsein ein. Seine Selbstsucht braucht diesen Baum, jene Reihe Weinstöcke, den Strohballen, die Pappel, die spitzen Umrisse der Berge, diese grünen Kappen und Kleider, das Haus, in dem er in Ruhe gelassen wird, wo er sein Auskommen hat und in dem selbst der Tod ebenso wenig zu bemerken ist wie der eines alten Haustiers.

In ihrem Armsessel stößt Olga einen tiefen Seufzer aus. So anmutig und tiefblickend ist ihr Lächeln, daß Dragoman die Augen senkt. Seine Tochter hat ein schwieriges Buch gelesen und mit Habakuk einen Ausflug unternommen, sie kümmert sich um die Vorbereitungen zum Abendessen, für den Abend hat sie Gäste eingeladen. Auf dem Tisch liegen noch die *Zeit*, die *Débats* und die *New York Review of Books*, Olga muß sich informieren, die Ereignisse verfolgen, daß eine neue philosophische Richtung Olgas Aufmerksamkeit entgeht, kann sie sich nicht erlauben.

Habakuks Vater, der Saxophonist, der auftaucht und verschwindet, geht auf Tournee, ein Weltenbummler. Immer wieder schickt er etwas Geld, gelegentlich besucht er die Familie, um dann wieder weiterzuziehen. Olga und Habakuk schwärmen vom Papa. Er ruft an, er will bald kommen, und wenn der sehnlichst erwartete Papa mit einem Koffer voll Spielzeug tatsächlich eintrifft, hat Habakuk in glücklicher Erregung Augen nur für ihn. Vielleicht kommt er sogar noch in diesem Monat, sicher aber ist es nicht.

Zu zweit mit ihrem Sohn lebt Olga bei der Mutter, in der Mausefallenvilla, und wartet auf diesen Menschen. Sie hat eine Textverarbeitungsmaschine, vormittags schreibt sie chaotische Manuskripte ab und druckt sie aus, manche aus dem Freundeskreis diktieren ihr und enthüllen, was in ihrem Kopf steckt. Diskret korrigiert sie die orthographischen und grammatikalischen Fehler, ihr mißfallende Attribute läßt sie einfach weg.

Die Tage vergehen, es hat viel geregnet, Dragoman hat es nicht eilig. Er bleibt auf der Veranda, sie ist heute der Mittelpunkt des Sonnensystems. Allabendlich geht er in die Mausefalle. Als Dragoman zwischen flackernden Fackeln die Wirtsstube betrat, lächelte Bella, sie hatten sich erkannt, ließen aber die Geschichten von einst nicht aufleben und siezten sich. Bella hatte Dragoman schon im Fernsehen zu Gesicht bekommen und bei sich gedacht, irgendwann würde ihn sein Weg in die Mausefalle führen. Alle Kneipen von Bella heißen Mausefalle. Sie zieht kreuz und quer durch das Land, und die Mäuse folgen ihr. Bella lebt ihr eigenes Leben, am liebsten mit Fernfahrern, anschließend gähnt sie; ihre Pflichten allerdings vernachlässigt sie nie. Ohnehin ist sie durch die Kneipe, das Haus und das Kind, das zwischen dem Garten und dem Bootssteg hin und her rennt, in Anspruch genommen.

Bella kommt auf eine gewisse Györgyi zu sprechen, eine Konkurrentin, deren Bauernschenke heute luxuriös herausgeputzt und teurer ist. Das noch vor einigen Jahren angenehme Tratschen an der Theke gibt es dort nicht mehr, streng dreinblickende Kellner, wie Preisringer wirken sie, versprechen frostig, dir zu servieren, wonach dein Herz begehrt, und ein bißchen können sie sogar deutsch. Györgyi begreift nicht, was die scheußliche Bella genau weiß, daß ein guter Gast gerade die Einfachheit liebt, daß ihre Bude, wie eben die Mausefalle, zusammengeschustert ist. Heimeliges und gemütliches Flickwerk im Land der Flikken. Dem Gast gefällt es, wenn ein Kind am Rockzipfel der Besitzerin hängt. Der Gast braucht keinen Gorilla von einem Kellner, sondern die goldige Györgyi.

Alles verliert seinen Zauber, so setzt Bella ihre Betrachtungen fort, sobald etwas zu gut klappt. Ein bißchen Schäbigkeit, ein bißchen Unfertigkeit schadet nichts. Was sich bis ins letzte Detail abzeichnet, das interessiert niemanden. Dann machst du dich nicht mehr selbst, sondern andere machen dich. Es ist besser, sich in etwas nur halbwegs Gelungenem zu verkriechen, so bewahrst du dir noch Sympathien. Bella hat bescheiden einige Schildchen angebracht, fast muß man sie entdecken. Der du bist, der bist du, solange du noch nicht wirklich bist und dich auf dein Sein lediglich vorbereitest.

Bleib ruhig am Gartentisch sitzen, bis sie kommen, um dich abzuholen. Möglicherweise werden sie in diesem Leben überhaupt nicht mehr kommen. Oder vielleicht im Morgengrauen. Was zählt, ist die Bank, und nicht, daß sie dich abholen könnten. Auch Pech kann vom Himmel regnen. Dragoman ermuntert sich, unauffällig, geräuschlos, in Turnschuhen und Wollstrümpfen kaum wahrnehmbar, aus Rücksicht unsichtbar zu werden. Daß es jemandem einfallen könnte, Dragoman von dieser Bank zu stoßen, ist unwahrscheinlich.

Auf seine alten Tage ist er eher imstande, die Freude des Daseins zu kapieren, beispielsweise das Atmen. Heftiger tobt der Wind zwischen den Zweigen. Nur Vogelstimmen und Hundebellen dringen an sein Ohr, nur das ferne Surren von Fahrzeugen ist zu vernehmen, nur das verhallende Getöse der am Himmel vorüberziehenden Maschinen. Die Schwalben sind näher, ihre Stimmen sind heller, der Hahn kräht auch am späten Vormittag, selbst die Enten haben etwas mitzuteilen. Der frisch gewaschene Spitzenvorhang flattert auf der Leine.

Über welk gewordene Wiesen schlendert Dragoman zur Burgruine, ein Storch erhebt sich in die Lüfte, Kühe stehen auf der Koppel herum, ein ausgetretener Fußpfad, rechts und links davon feuchtes Gras, markiert den Weg. Nichts sonst außer den Wildenten hört er jetzt. Er wirft einen

Blick zurück zum Dorf, zwischen alten Kastanienbäumen lugt das farblos werdende Kreuz der Kirche hervor. Unter grauem Gewölk wirken die weißen Feldblumen noch weißer, Dragoman stolpert über eine tiefe Radspur, ein Fasanenschwarm stiebt auf.

Ein Mensch liegt auf der Wiese, ihm gegenüber das große Gefäß des Himmels. Stehend dich im Kreise drehend, beherrschst du die Landschaft, liegend breiten sich sowohl der Himmel als auch die Erde über dir aus. Auch auf weichem Boden kann man gehen, sogar auf Heu, doch die Elastizität ausgetretener Pisten ist den Füßen angenehmer, der schmale Streifen, auf dem die Schritte die Erde am festesten gestampft haben.

Die Fortbewegung hat keinen anderen Sinn als sich selbst, das Weiterschreiten im Raum. Von zu Hause weg nach irgendwohin und dann zurück. Es gibt noch ausgedehnte Wiesen, auf denen man niemandem begegnet, verschwiegene Bäume und neugierige Krähenschwärme, man kann noch in die Weite spucken. Gleichförmiges Zittern der Pappelallee. Seit Dragoman allmählich taub wird, hört er ein ständiges Säuseln. Mit einem Korbsessel und einer Reisetasche, die einmal leicht, ein andermal ziemlich schwer zu sein scheint, folgt ihm überallhin ein Mensch. Auch das schöne Mädchen, auf dessen Schultern eine Ratte sitzt, ist am Horizont aufgetaucht.

Nicht nur nach vorn zur Straße gibt es einen Ausgang, sondern auch durch den Garten kann Dragoman verschwinden, im Maisfeld, das ihn verdeckt. Vorn betreten Leute das Haus, er geht hinten hinaus und schleicht zwischen den ihn überragenden Maisstengeln die Gärten entlang. Gern verläßt er in allen möglichen Richtungen die Wege, zieht sich zurück, verschwindet, verharrt in Reglosigkeit. Ein sich neigendes Haarkleid der Mais, gemeinsam mit dem Wind beugt er sich, dann richtet er sich auf.

Unter dunklen Wolken begibt sich Dragoman vorsichtig zurück in den Garten, lehnt sich an der linken hinteren Ecke an den Mauerrand und mustert den zwischen Brennesseln und Apfelbäumen verfallenden Verschlag im anderen Garten, zwischen den sich lockernden Steinen den sich in Staub auflösenden Lehm und den durchgebogenen Sturzbalken.

Seine Phantasie ist schwerfällig geworden, schließlich erhebt er sich, dreht seine Runden über dem Dorf, dem See und der Stadt. Er sitzt auf der Bank, auf dem Balkentisch die Bibel, darauf das Brotmesser. Ihm gegenüber schillert die Feldsteinmauer, die Tanne wiegt sich im Wind, er stellt den kleinen Rundfunkempfänger an, die Nachrichten – gute und schlechte – vermischen sich, sacken durch eine nebulöse Materie, schließlich bleibt überhaupt keine Nachricht.

Eine durch nichts zu störende Heiterkeit beherrscht Dragomans Gesicht, ein Glückspilz ist er, sechzig Jahre alt, und noch immer darf er hier die Luft verpesten. Für die Tochter und den Enkel ist er dem Schicksal dankbar, bald wird es noch ein Enkelkind geben. Brummend kommuniziert er mit dem großen Bauch. Olga ist überzeugt davon, daß die Leibesfrucht diese großväterliche Zusprache braucht.

Auch Olga fühlt sich in der Stille ihres Zimmers über viele Stunden wohl, zwischen Büchern, Tagebuch, Aufzeichnungen, Taschenbüchern, bei Tee und Träumereien. Langsam kennt sich Dragoman in Olgas Ängsten aus, sie sind ihm vertraut, und wenn sie weniger Angst davor hätte, etwas Schlechtes gegessen zu haben, oder davor, frieren zu können, oder davor, daß der Zigarettenrauch ihren Hals reizen könnte, den sie mit Seidenschals gegen plötzliche Abkühlung schützt, dann entstünde bei Dragoman gewiß ein Mangelgefühl. Olgas rühriges Wohlwollen kennt gegenwärtig keine Grenzen, sie räumt die Wohnung um, in jedem Winkel macht sie gründlich sauber. Ein Zitronenhähnchen hat sie zubereitet, davor in Öl langsam gegarten Knoblauchpaprika, und auch an dem Riesling ist nichts auszusetzen.

Gäste versammeln sich auf der Veranda, Dragoman, der Hausherr, zeigt sich einmal übermäßig zuvorkommend, ein andermal vergeßlich, Bella und Olga sehen gelegentlich herein. Wer auf dieser Veranda stundenlang herumsitzen kann, der gibt sich gern jener auf die Augen beruhigend wirkenden Farbskala hin, die von Hellgelb über die Varianten des Grüns bis hin zu bläulichem Rot geht.

Mit dem Ort gibt es keine Probleme, der Betrieb kann ohne Störungen funktionieren. Zwischen Marktbuden sieht sich Dragoman mit einer Maschinenpistole umherlaufen. Vom vierten Stock eines Hauses läßt er sich an einem Seil auf das Dach einer mit Teerpappe gedeckten Garage herab, von dort rutscht er unbemerkt am Fallrohr zur Straße hinunter.

Im See Genezareth, auf dessen Grund die Kieselsteine das über die Wellen eintretende Sonnenlicht intensiv spiegeln, schwimmt er auf dem Rücken. An Rosmarinhecken entlang steigst du, einem Kamel folgend, in die Grube der Gehenna hinab.

In einem hellblauen und rosa Bild auf einem amerikanischen Flughafen sieht er sich; der Kaffee dort enthält reichlich Wasser, der Kuchen viel Teig. Er jagt durch jenes große Land, kann Tausende von Meilen zurücklegen, und überall befindet er sich im Netz, hat Raum vor sich, nahezu unendlich viel. Und was die menschlichen Dinge angeht, gerät er möglicherweise vom Regen in die Traufe. Wohin er auch geht, überall findet er das gleiche vor, dennoch ist er von der Vielfalt bezaubert.

Als Student war ihm vor allem jenes Bild sympathisch, auf dem jemand eine kleine Lore an einer Seilbahn befestigte, die in der Brennberggrube noch über die ungarisch-österreichische Grenze hinwegführte, wo bereits geschossen wurde; jener Mensch setzte sich hinein und rollte gemächlich hinüber. Später dann die ostdeutschen Ballongeschichten, die Berliner Tunnelbauer, diejenigen, die im Taucheranzug unter Wasser die Hindernisse überwanden. Und dann die Hängengebliebenen! Gewöhnlich sieht er sich nach dem Hinterausgang um.

Dragoman begleitet Habakuk, den Enkel, zu dessen Freunden, zu Zsiga Kobra und Döme Kobra, den Söhnen seines Freundes. Zsiga hänselt gern Döme, indem er ihn nachahmt, bei anderen Gelegenheiten erklärt der ältere Bruder gutmütig: »Weißt du, Döme, und auch du, Habakuk, ihr seid jetzt beide noch ein bißchen dumm, doch später wirst sowohl du, Döme, als auch du, Habakuk, begreifen, daß …« Auch Döme kann sich sehr gewählt ausdrücken: »Seisonettdankeschön, Zsiga …« Hand in Hand gehen sie zum Sandkasten, dann prügeln sie sich. Sie haben Spielregeln: Döme stößt gellende Schreie aus, Zsiga hält ihm den Mund zu, daraufhin verstummt Döme, Zsiga nimmt die Hand weg, Döme stößt erneut gellende Schreie aus, und so weiter.

Habakuk läuft auf einen Hügel, ein Vogel, ein Flugzeug, er surrt, wirft sich auf den Rücken und sagt seinem herbeieilenden Großvater, er habe einen Feuerwerkskörper gehört, schrille Töne mag er nicht. Die Jungen arbeiten den ganzen Nachmittag. Kastanien benutzen sie zum Kochen und Backen, sie schnaufen, sind geschäftig, bringen Regina die Kartoffeln, das Fleisch und sogar die Eierkuchen. Sie packen aus und packen ein, sie montieren, bohren, hacken, im Handumdrehen verwandeln sie sich in einen Zug oder in einen Tiger. Sie jagen die Enten, den Truthahn, streicheln die Katze, kriechen auf den großen Steinen umher.

Abenddämmerung, lila Wolken am Horizont, die Beleuchtung auf dem Bahnsteig ist eingeschaltet worden, jenseits der Gleise Pappelkronen, Nieselregen, Duft feuchter Blätter, auf dem Nachhauseweg wartet Dragoman auf seine Tochter, auf Olga mit dem Kind. Nach dem Eintritt der Dunkelheit kommt auch das Dorf zur Ruhe, und der Bahnhof ist der belebteste Punkt. Alle viertel Stunde trifft ein Zug ein, Schüler, Studenten, Berufstätige, Urlauber fahren weg, treffen ein, sind mit der Zivilisation verbunden, jederzeit können sie nach Kandor fahren, Budapest, ja sogar nach Rom.

Gefeiert wird Habakuks vierter Geburtstag. Als Dragoman eintritt, sitzt der Junge im Sessel der Mutter, Olga ist im Badezimmer, verträumt lutscht Habakuk am Daumen, läßt die schmerzlichen Rufe der Einsamkeit hören, doch in Ermangelung eines Besseren gibt er sich auch mit seinem Großvater zufrieden.

Olga erscheint im roten Seidenkleid, sie erwarten die Gäste zum Kinderfest, auf der Torte vier kleine Kerzen, aber nicht solche schummelnden amerikanischen Leuchten, die, wenn sie ausgeblasen sind, so tun, als brennten sie nicht mehr, nach kurzer Besinnung jedoch, wenn niemand mehr hinsieht, wieder aufflackern. Ernsthafte, in die Flammen blickende Kinderaugen, doch es ist nicht gut, die religiöse Stimmung zu überstrapazieren, ebenso, wie auch ein Lächeln nicht zu lange dauern und die Marmelade nicht allzu gezuckert sein sollte. Habakuk bläst den Zauber mit einem einzigen Atemzug aus.

Die Torte ist phantastisch, die Getränke sind akzeptabel, die Lage aber ziemlich stürmisch, denn Mimi hat Rosi statt Habakuk gebissen, worüber Rosis Mama sich kein bißchen freut. Mama zu sein ist eine Sklaverei, die jedoch selbstbewußt und für das Leben abgehärtet macht. Während sie da so in herrlichem chinesischen Seidenkleid steht, kann Mitleid mit Olga nicht von ihm Besitz ergreifen. Der Vater küßt der Tochter die Hand. Das vierjährige Geburtstagskind steht neben ihr: ein selbstgefertigtes, liebevoll ausgeführtes Exemplar. Gehuldigt sei dem Schöpfer.

Gestern hatte sich Habakuk vor den Großvater gestellt und folgendes gesagt: »Nicht wahr, du bist schon alt?« »Ja.« »Dann wirst du sterben. Die Alten sterben, das weiß ich. Schade.« Das war alles, was er sagte, bevor er Dragoman stehenließ. Er ging auf den Boden hinauf und verfiel in Traurigkeit. Ansonsten hat er blondes Haar, braune Haut, schwarzgraue Augen, einen felsenfesten Charakter, er ist, der er ist.

Dragoman stolpert vom Balkon im Obergeschoß in den Garten hinunter, trinkt gelben Schnaps, geht auf einen Kaffee zu Bella hinüber. »Bella-Belle-Libelle«, brabbelt er vor sich hin. Die Chefin bedient gern im Badeanzug. Gestern hat sie im Fernsehen einen langen Filmbeitrag mit Dragoman gesehen. »Papa János! Ich wußte gar nicht, daß du ein so bedeutender Mann bist! Warum hast du es nicht gesagt? Natürlich, ein kluger Mensch ist bescheiden, nur ein dummer will glänzen. Sag, mein Herzblatt, wie beurteilst du die hiesige Lage? Schon gut, du hast Urlaub und keine Lust, mit mir über Politik zu sprechen.«

Dragoman krempelt die Hosenbeine hoch, richtet den Fahrradlenker und begibt sich auf Tour. In seinem Zimmer weißgestrichene Kiefernholzmöbel, es fehlt ihm an nichts. Ein nachgeschicktes Telegramm erreicht ihn, eine Einladung zu repräsentativen Auftritten, er versenkt sie zwischen den anderen Briefen, die einer Antwort harren, jedoch ungelesen, sobald sie ihre Aktualität verloren haben, weggeworfen werden.

Kennst du die Tiefe der großen Gärten, in denen die Bäume in die Dunkelheit eintauchen? Nur im Fenster des Professors brennt noch Licht. Er steht im Garten, zwischen ihm und dem Haus kaum zu umgehende Baumstämme, betrunken. Die anderen sind weit weg! Flugs vergißt er, wozu er keine Lust hat. Die Lampe, die Schreibmaschine, der Notizblock, die Pfeife und das Glas schaffen jenen kleinsten Raum zwischen Augen und Tisch, den er an jedem Punkt der Erde, wo er seine Reisetasche auspackt, zustande bringen kann.

Könnte dieser Minimalraum die transportable Heimat sein? Nachzurechnen, wie oft er bisher umgezogen ist, wäre schwierig! In nichts will sich der Professor an den Überfluß gewöhnen. Nicht nur seine ganze Habe schleppt er überallhin mit, sondern auch *seine Rituale und Tagesordnung.* In immer wieder neuen Hotels breitet er sich aus und räumt das Zimmer schließlich. Eines Tages dann Ausbreiten ja, doch Räumen nicht mehr. Auch die Schnecke verschwindet mit einer gewissen Boshaftigkeit.

Hinaus in den Sturm zum Wellenreiten! Und nicht mehr ins Bett, sondern ins Wellengrab! Um schließlich von einem Hubschrauber herausgefischt zu werden, nachdem ich gedunsen an die Oberfläche geschwemmt worden bin? Doch lieber nicht, besser eine Nulldiät und Yoga-Atemübungen! Gut tut dann ein warmes Bad. »Es gibt mich kaum, es gibt mich kaum noch«, lispelt er in der Wanne. Mit einer Grippe war er angekommen, radgefahren, zur Mole gegangen, hatte sich gesonnt und war noch kränker geworden, er riß sich zusammen, das Gesicht ist nicht mehr so bleich, allmählich gewinnt er seine alte Form zurück.

Habakuk betritt die Veranda, mit vollkommener Hingabe glücklich und unglücklich zugleich. Kreolisch und goldblond, tiefschwarze feurige Augen, pulsierender Blick. Alles wagt er, und alles bewältigt er, sitzt auf einem riesigen sibirischen Hirtenhund.

Dragoman geht in einen Laden, und noch bevor er seine Wünsche äußern könnte, kreischt die Verkäuferin und schreit: »Hilfe! Räuber!« Er betritt eine bezaubernde Kirche auf einem Hügel, unter dem Pflaster hört er Stöhnen, menschliche Wracks eines Hospitals, entsetzlich zusammengepfercht.

In einer leeren Seitenstraße gewinnt Dragoman den Eindruck, daß man ihn überfahren will. Zu leben ist selbst dann gut, wenn es schlecht ist, weil auch das Schlechte gut ist. Das Gute aber ist noch besser. Dieses entfliehende Nichts? Dieser Anfang von etwas nur – der sollte das Leben gewesen sein?

Wo waren Sie?

»Wo waren Sie am 23. Oktober 1956, und was haben Sie am 4. November 1956 gemacht?« wurde Dragoman von einer Journalistin gefragt, die gerade ihr Abitur abgelegt hatte und mit ihren Gedichten, Reportagen, Leitartikeln und Nachrichten aus der Gesellschaft das Wochenblatt der kleinen Nachbarstadt auszufüllen scheint. Am 23. Oktober hatte er nicht zur Waffe gegriffen, am 4. November dagegen schon, doch warum, darauf wußte er so unvermittelt keine Antwort. Er erinnerte sich an einen schönen, sonnigen Vormittag. An dem Tag, am dreiundzwanzigsten, hätte die erste Nummer der literarischen und politischen Monatsschrift *Experiment* erscheinen sollen, in deren Redaktion Dragoman als Praktikant eingetreten war. Er saß im Eckzimmer, außer ihm war niemand anwesend, die anderen waren zu irgendeiner Versammlung gegangen. Zehn Uhr mochte es gewesen sein, die Manuskripte der Dilettanten in die Hand zu nehmen, schob er noch hinaus. Eine Schublade steckte voll mit den Gedichten rundköpfiger Buchhalter und mit den Leidensgeschichten schnurrbärtiger Tierärzte. Die Jugend eines jeden, das gehörte sich so, mußte schwer gewesen sein. Ein Lebenslauf, der etwas von sich hermachen wollte, begann wie folgt: Wir waren zehn Kinder zu Hause, oft mußten wir Hunger leiden.

Jeder Bewerbung für eine Anstellung oder ein Studium, einem Gesuch oder einer Berufung mußte ein Lebenslauf beigefügt werden, angefangen mit einer exakten Angabe der Klassenzugehörigkeit der Eltern. Dragoman begann in der Regel mit dem Satz: »Ich stamme aus einer bürgerlichen Familie.« Deshalb gelangte in den Namenslisten neben seinen Namen ein X: klassenfremd, unzuverlässig, gerade noch zu dulden, kann jedoch lokalen Beschlüssen gemäß auch ausgeschlossen werden. Die anderen erhielten niedliche Buchstaben, ordentliche, A, Arbeiter, das war die Elite, B, Bauer, gut auch das, aber weniger, AS, Angestellter, weder kalt noch warm, I, Intelligenz, noch abzuklären. Aber X! Schon die Buchstabenform war verdächtig. Ein anständiger ungarischer Name beginnt nicht mit X, ein kosmopolitischer Buchstabe das. Ein X war er, ein schädliches Element, keine Neuigkeit für Dragoman. Auch früher schon fanden sich Buchstaben neben seinem Namen, entweder J oder ISR, je nachdem, ob die willfährigen Namenslistenersteller, Menschen, die zur rechtschaffenen und vertrauenswürdigen Mehrheit gehörten und vielleicht sogar die Registrierung des Bösen, des Andersartigen genossen, es für erforderlich hielten, neben seinen Namen die gröbere Bezeichnung Jude oder die vornehmer tuende Benennung Israelit zu setzen.

Dann gelangte wieder eine Brandmarkung neben seinen Namen, denn als die Differenzierung der Klassenabstammung in den sechziger Jahren eingestellt wurde, gingen die Klassifizierer zum Kriterium der Loyalität über. Wer loyal, wer nicht gegen uns ist, der bekommt keinen Extra-Buchstaben verpaßt, der ist ein guter Mensch, der ist für uns, sagte János Kádár, dreiunddreißig Jahre lang Herr, Statthalter, patriarchalischer Diktator des Landes, der die Geschicke seines Volkes zuerst mit eiserner Hand lenkte, um sich dann schließlich von einer angenehmeren Seite zu zeigen. Diese Einstellung, wer uns nichts Böses tut, dem tun auch wir nichts Böses, rührte viele Menschen. Endlich durften sie zu denen gehören, die sich von den anderen nicht unterschieden. Wenn nun das X schon der Vergangenheit angehörte, dann wollten sie nicht zu jenen Verstockten gehören, die aus eigenem Entschluß unzuverlässig waren, die nicht die Geburt, sondern ihre freie Entscheidung zu Feinden machte, diese verächtlichen Individuen beschmutzten das eigene Nest. Es gab eine Zeit, da Opposition ein Synonym für Krakeelen, Streitsucht und Verrücktheit war.

Plötzlich fand er sich in der Menge, er verließ den Bürgersteig, und schon stand er mitten unter ihm ähnelnden Jugendlichen mit damals schmalen Gesichtern. Manche hakten sich bei den anderen ein, an jeder Straßenecke erwarteten sie das Erscheinen des Staatssicherheitsdienstes, der die Marschkolonne aufreiben würde. Viele lehnten in den Fenstern, neugierige, erschrockene, ermutigende Gesichter. Der Zeitungsverkäufer verließ seinen Stand, die Zeitung war auf dem Fahrdamm. Die Espressos waren geöffnet.

Mit leichtem Vorbehalt trottete er in der Masse mit, zwar gab es Gründe dafür dabeizusein, doch er war schon bei so vielen Maidemonstrationen zusammen mit Hunderttausenden aufmarschiert. Unter den Organisatoren des Zugs waren einige, die schon während seiner Gymnasialzeit den Umzug als Ordner begleitet hatten. Auch jetzt waren sie zur Stelle, von Autos aus dirigierten sie die Masse, verhielten sich wie Eingeweihte. Diesmal allerdings tauchten in jeder Reihe tonangebende Neulinge auf, die sich durch Ideen hervortaten. Wer eine Neigung dazu verspürte, Losungen zu produzieren, der wurde vom dankbaren Publikum akzeptiert, die Kreation, ein kleines Gedicht, ein Reim, verbreitete sich im Fluge.

Etwas mußte er tun, vernichten, in Brand stecken. In Posen, die Nachricht machte die Runde, hatte es auch Feuer gegeben. War ein musterhafter Bauernaufstand vorstellbar, ohne Schlösser anzuzünden? Eine relativ billige Lösung schien es zu sein, über die rot-weiß-grüne Nationalfahnen herzufallen und aus der Mitte das Wappen mit Hammer und Sichel herauszuschneiden oder herauszubrennen. Damit die runde Darstellung des Wappens herausbrannte, der andere Teil jedoch unversehrt blieb, dazu bedurfte es des Sachverstands. Jedes Handwerk hat seine geschickten Meister.

Dragoman fühlte sich in derart hitzigen Szenen nicht zu Hause, wie er auch vorher polterndes Lärmen oder Zügellosigkeit und Fußschweiß in der Turnhalle nicht ertragen konnte. Ihm widerstrebte jeder Gemeinschaftskult, jeder, der sich während irgendeiner Aktion lautstark vergißt. Der revolutionäre Optimismus des gesunden Volksempfindens schien ihm moralisch ein Angriff auf seinen Skeptizismus zu sein.

Hier im Zug gab es schöne und junge Menschen, die auch zuvor mit strahlendem Lächeln ein Lied anstimmen, sich in den Rundtanz einreihen konnten, denn sobald der Zug zum Stillstand kam, tanzten sie. Jetzt gingen sie still, weder Lied noch Tanz. Versammelt war die Erinnerung an die Demonstrationen, jene Umzüge, vor denen sich Dragoman gedrückt hatte. Jetzt drückte er sich nicht.

Manche verließen die Reihen, ein Stück des Wegs waren sie mitgekommen, doch dann gefiel ihnen die Sache nicht. Der Straßenbahnverkehr stand still. Vom Bürgersteig her winkten alte Frauen, Kinder in Kinderwagen schwenkten Fähnchen. Viele waren sie, sie zogen gegen die durch die Straßen, unter deren Tritten sie jahrelang marschiert waren, die wollten sie nun stürzen. Es strömten die Studenten, die die Geschichte der Kommunistischen Partei der Sowjetunion, das Werk Stalins, studiert hatten, worin nicht nur von Abweichungen die Rede ist, sondern auch von der Leninschen Theorie der Revolution und des Aufstands.

Es kamen die Parteimitglieder und die Parteilosen. Am lautstärksten, am begeistertsten, am aktivsten waren diejenigen, die auch neunzehnhundertneunundvierzig laut, begeistert und aktiv gewesen waren. Der Dichter macht große Gesten, mit schöner tiefer Stimme ruft er aus: »Leute, das ist eine Revolution!« Das aber hatte er auch gesagt, als die

Herrschaft der revolutionären Partei und zusammen mit ihr er gekommen war. Es kamen die Verbitterten und die Idealisten, ihre Kleider waren sehr ärmlich, die Landesgrenzen verließen sie nicht, sie waren eingezwängt in eine lokale Phraseologie.

Dragoman war allerdings eher duldsam als kämpferisch, seine Einfältigkeit aber paarte sich mit Eigensinn. Die Maschinenpistole trug er wie ein Zivilist, wie einen Regenschirm, vielleicht würde er sie noch brauchen, es konnte nicht schaden, eine zu besitzen. Ein Revolutionär war er nicht, die revolutionäre Romantik widerstrebte ihm. Die großen Veränderer, dachte er damals in der Atmosphäre der Entlarvung, seien große Dilettanten, doch gemessen am Bestehenden könne man stümperhafter nicht sein.

In der Ferne tauchen die politischen Wallfahrten auf, die Demonstrationsumzüge, an denen er teilgenommen und zusammen mit vielen anderen Menschen irgendeine Losung wiederholt hat, nicht allzu laut, mehr nur aus Höflichkeit. Auch die um ihn her voranschritten, taten dies, offensichtlich mit sich selbst zufriedener als Dragoman, der aus dem Zug alsbald ausscherte, wie er sich meist auch von Konferenzen davonstahl. In den kollektiven Aufmärschen fühlte er sich unbehaglich, und selbst die Demonstrationen, die eine Schicksalswende, einen Sturz des Regimes herbeiführen sollten, empfand er als grotesk, in seiner Erinnerung wechseln die Bilder von Unbeholfenheit mit religiös-weihevollen Elementen.

Viele Menschen geraten in solchen Zeiten in eine außergewöhnliche Hochstimmung, sie meinen, der Moment sei gekommen, sich den Gewehren mit offener Brust entgegenzustellen: Schieß doch, du Hund, wenn du den Mut dazu hast! Dragoman würde sich nicht darauf einlassen; zwar könnte dieses Auftreten auch erreichen, daß die Waffen sinken, es könnte aber auch geschehen, daß eine behandschuhte Hand den Revolver gerade auf den dargebotenen Brustkasten abdrückt. Es könnte auch sein, daß der Offizier zum General befördert wird und das Opfer, das die Revolverkugel überlebt hat, angesichts einer solchen Ungerechtigkeit derart verbittert ist, daß es nicht lange darauf Hand an sich legt. Es gibt Zeiten und Bewegungen, da die natürliche Angst um das eigene Leben in den Hintergrund tritt und die Menschen heiter-berauscht in die Gefahr hinuntersteigen, Mütter die Fahne durch den Kugelhagel tragen.

Ein Mensch, der getötet werden soll, fügt sich einer geheimen Dramaturgie, er tritt unter den Galgen, geht in die Gaskammer, stellt sich an die Mauer zur Exekution, entkleidet sich am Rand des Massengrabs, vielleicht mit gelähmter, versteinerter Willfährigkeit, auf jeden Fall im geforderten Tempo. Das Opfer ist kein passiver Part. Es spielt jetzt sein Sterben, es erhebt sich über seine Mörder, es ist schon frei, in dieser Nichtigkeit erweist es sich als gefällig, stellt sich an die gewünschte Stelle, das kann es tun: Von hier wird es in das Nichts eintreten, während die hier mit ihrem Morden zurückbleiben werden. Während der Henker sein Werkzeug zusammenpackt, ahnt er, daß der Held des Tages der zum Tode Verurteilte gewesen ist.

An den Todesritualen beteiligt sich der Hinzurichtende, das Opfer, erfüllt von Ernsthaftigkeit, ja sogar Ergriffenheit. Aus seinem eigenen Tod macht es keinen Witz. Die Selbstachtung fordert die Ehrfurcht vor der gesamten Zeremonie. Worin unterscheidet sich das Besteigen des Schemels unter der herabhängenden Schlinge von sonstigen Bewegungen: vom Aufspringen, vom Strammstehen, von den auf dem Rücken verschränkten Händen? Wenn sich der Mensch an die Formalitäten des Gefängnisses gewöhnt, an den Ablauf des Alltags in der Gefangenschaft, wenn er selbst sinnlose Befehle ausführt, wenn es ihm natürlich vorkommt, sich dem Willen des Wachpersonals zu unterwerfen, wenn er nicht redet, ohne gefragt zu werden, und schweigt, wenn er nicht gefragt wird, wenn das, was die Schließer von ihm erwarten beziehungsweise billigen, wirklich, anständig und ernst ist, wenn er sich im Interesse des Überlebens in allem, von der Zigarette bis zum Wasserlassen, an die Vorschriften hält, dann ist die Teilnahme an der eigenen Hinrichtung das Weiterfunktionieren desselben Häftlingsautomatismus, der ihn bisher am Leben gehalten hat. Wenn er sich früher nicht empört hat, wird er dies auch an der Hinrichtungsmauer nicht tun. Wenn ihr das unbedingt haben wollt, unser Leben, bitte schön, bringen wir die Sache hinter uns. Wenn dies das Ende der Häftlingsrolle ist, dann bitte, spielen wir die Rolle zu Ende.

Diese Rollenverteilung im Lager projizierte Dragoman auf die Unterdrückungsregime und auf die zwischenmenschlichen Maßstäbe der Unterdrückung. Wer unten ist, fügt sich, führt aus, erkauft sich durch Gehorsam Gnade, durch Schmeicheleien Wohlwollen, will der Obrigkeit gefallen, ist ein treuer und begeisterter Untertan, und das bleibt er, solange die staatliche Propaganda unerschütterlich ist, solange das zentrale Sprachrohr alles verurteilt, was von der genehmigten Darstellung abweicht.

Doch wenn der Autorität die Stimme versagt, wenn sich der Bürger auf den eigenen Verstand verlassen muß, wenn die klugen Köpfe da oben ihre Rolle nicht ausfüllen und ihr Denken in Vertretung des Volkes keine Resultate zeigt, wenn die Untergeordneten keine klaren Befehle erhalten, dann entstehen Verwirrung und Auflösung, dann naht die Revolution. Das ist der Moment, da der Staatsbürger in intensives Nachdenken versinkt, den Zeremonien der Selbstvernichtung keine Achtung mehr bezeigt und bereit ist, sich mit seinen Gefährten auf dem Hauptplatz zu versammeln und zur neuen Autorität überzulaufen.

Die Revolutionen sind die Feste des freiwilligen Opfers, ergo keine normalen Phänomene. Auf dem Platz kommen viele Menschen zusammen, obschon geschossen werden kann, obschon mit einer Vergeltungsaktion der bewaffneten Kräfte zu rechnen ist, extremstenfalls sogar mit Salvenfeuer. Und dann beginnt das symbolische Tauziehen, wer größere Entschlossenheit und moralische Stärke besitzt. An dem einen Ende ziehen immer mehr, am anderen immer weniger, das Gleichgewicht gerät ins Wanken.

Die einstige verschwindend kleine Opposition schwillt von einer fast nicht existierenden zu einer großen und schrecklichen Kraft an. Es bedarf kaum einer Organisation, die Menschen finden sich von selbst auf dem Platz ein, die Anwesenheit dort gebietet ihnen ihr Herz. Es kommen besonnene Familienmütter und Familienväter, Bürger, die Gewaltanwendung meiden und an Konflikten nicht interessiert sind, und jetzt stellen sie sich unbegreiflicherweise vor die Gewehrläufe. Vorsichtige Menschen beweisen auf einmal Todesverachtung und bleiben dort auf dem Platz. Wer früher die Augen niedergeschlagen hat, der hält jetzt dem Blick der Bewaffneten stand. Eher ängstliche als verwegene Bürger haben Anteil an der Heiligkeit kollektiven Erlebnisses. Sie besiegen die eigene Angst und verbreiten eine festliche Atmosphäre.

Diese Szenen der Aufwallung, die vorübergehenden Unterbrechungen der Platznutzung, sind historische Wendepunkte. Es genügt nicht, auf dem Platz stehen zu bleiben, man muß alles in Besitz nehmen, von einem Symbol zum anderen ziehen, Statuen umstürzen, Gefängnistore öffnen, die Nachrichtenzentrale besetzen, die Druckmaschinen, Rundfunk und Fernsehen. Von einem Balkon aus wird eine Fahne geschwenkt, und irgendein humanistischer Gelehrter dort wird bedrängt, eine für ihn ungewohnte feierliche Ansprache zu halten, nachdem er der explosiven Menschenmenge ansichtig geworden ist.

Wie ein Kapellmeister, so dirigiert er die Stimmung auf dem Platz, er spürt die Ausstrahlung der Masse und paßt ihr das Programm an. Der über Medienbegabung verfügende Redner bedient die Erwartungen; wer dazu nicht imstande ist, fällt in ein Loch. Zu den Volksfesten treten Propheten und Schausteller auf. Wem ein solches Erlebnis einer großen Massenbegeisterung noch nicht zuteil geworden ist, der lechzt danach.

Tagesordnung

Als der Aufstand von 1956 niedergeschlagen wurde, als es in der Stadt von sowjetischen Panzern nur so wimmelte, als sich unter so vielen Jugendlichen auch Dragomans Freunde anschickten, das Land zu verlassen, als sich die Welle in Richtung Grenze bewegte, als es offensichtlich klug zu sein schien, das Bessere zu wählen, entschied er sich nicht für eine Übersiedlung in ruhigere Gegenden; gegen alle Vernunft und einer Trägheit gehorchend, blieb er hier, wartete darauf, verhaftet zu werden, wartete auf das Unglück und die Freudennachrichten, auf die Frauen und die Einsamkeit.

Ein Passant war er, nur so, ohne Ziel, und in jedem Stadtviertel fand er etwas, und wenn ihn nichts anderes berauschte, dann irgendeine typische Scheußlichkeit. Jedes denkwürdige Ereignis ist räumlicher Natur, alles ist irgendwo geschehen, und das Geschehnis klebt am Raum wie die Schnecke an ihrem Haus, die Muschel an ihrer Schale. Dinge gibt es, die Dragoman nur hier oder da in den Sinn kommen, anderswo nicht, sie sprießen aus der Erde hervor, die Erinnerung steht an der kahlen Wand geschrieben, doch hätte es ihn nicht in jene Ecke verschlagen, wäre er nicht an jenem Tor vorbeigegangen, dann würde jene Geschichte auf ewig versunken sein, und keinerlei Reiz würde sie wie Blasen aus der Tiefe nach oben spülen.

Seit seiner Kindheit phantasiert er von menschenleeren Lichtungen; wie eine Henne, so brütet er gern, sich dabei möglichst wenig stören lassend. Er ließ nicht zu, daß die Dinge von ihm Besitz ergreifen. Wo sich der Fluß sein Bett gräbt, wird sich zeigen. Der Stoff teilt mit, was er sein möchte. Was er gewollt hat, augenblicklichen Eingebungen folgend, kann er erst im nachhinein wissen. Im nachhinein aber, bevor wir in die Grube steigen, erweisen sich die Zickzackbewegungen als lohnend.

Dragoman sitzt in seinem Zimmer, jemand klopft ans Fenster, es ist dunkel geworden, die Straßenbeleuchtung ist mangelhaft, daran vermag lediglich das von drinnen nach draußen dringende Licht etwas zu ändern. Leise Schritte: Laura. Dragoman läßt sie herein. Zu Besuch sei sie gekommen und müsse bald wieder gehen, sagt sie. Wenn sie jetzt nichts falsch machten, werde sie auch ein andermal kommen. Nein, jetzt könne sie nicht bleiben, nur eine halbe Stunde. Daran gemessen, daß sie schon seit siebzehn Jahren tot ist, mag eine halbe Stunde eine wahnsinnig lange Zeit sein. Ihre Briefe liegen im Schrank, Dragoman nimmt sie überall mit hin, doch ohne sie zu lesen. Laura hat ihn verlassen, Dragoman ist zurückgeblieben, und ein bißchen möchte er hier noch verweilen.

Wenn es gut war, dann war es eben gut! Wenn schlecht, dann eben schlecht! Die Zukunft hält weder Dank noch Strafe bereit. Wenn jemand sprechen will mit ihm, wird er ihn zu finden wissen, Dragoman breitet den Teppich des Interesses vor ihm aus, doch es gibt Dinge, die niemanden sonst etwas angehen. Mit zunehmendem Alter kann er Morast und Kränkungen weniger ertragen, bis nachmittags um vier duldet er keinen Menschengeruch um sich.

Während heftiger Tiraden anderer sinnt Dragoman darüber nach, was der wohl getrunken haben oder, überhaupt, was in ihn gefahren sein mag. Torheit will von sich selbst ergriffen sein, schrecklich gern prahlt sie, und ihr Medium ist die Übertreibung. Mit den Jahren ist auch der Intelligentere bestrebt, das Wort keinem anderen zu überlassen. Das vermittelt ihm das Erlebnis der Präsenz. Dragomans Gast spricht, also ist er. Womit hat er sich beschäftigt? Ein ganzes Leben lang hat er geredet, hat sich entfaltet, ist er übergequollen.

Zorn hegt er gegen niemanden; jemanden anzuklagen liegt ihm fern, er stellt keine Forderungen, meint nicht, daß er hätte mehr bekommen müssen, denkt nicht, zuviel gegeben zu haben, Selbstmitleid langweilt ihn, infantilem gemeinsamen Panschen entzieht er sich und beruhigt einen jeden, daß er ihm nichts schulde, wenn er sich bedanken oder rechtfertigen will, das sei überflüssig.

Was im übrigen geschehen ist, ist geschehen. Das Ereignis bleibt in der universalen Zeit, und von dort können wir es nicht herausheben. Weder Vergessen noch Verzeihen sind fähig, die Tat ungeschehen zu machen. Wenn Dragoman etwas Schlechtes begangen hat, bestand die Strafe darin, es begangen zu haben. Mit der Tat selbst muß er zusammenleben. Seine Taten umringen ihn wie Leibwächter oder Kerkermeister.

Gern brummt Dragoman auch nur zustimmend oder ablehnend, und wenn die Reihe an ihn kommt, bereitet es ihm mehr Vergnügen, statt einer bedeutenden Äußerung irgendeine lächerliche Geschichte zu erzählen, die von den leidenschaftlich Redenden nervös zur Kenntnis genommen wird. Es jedem Menschen recht zu tun ist nicht möglich.

Rücklings kippt sein Bewußtsein in ein unangenehmes Schiff: Sein Typ wird verlangt, vorn soll er aussteigen, sie wollen ihn fotografieren, die Beschämung ist auf Dragomans Seite, er schreitet die schmale Treppe hinab, unten umringen ihn Mikrophone, er sagt etwas, nicht genau das, was man hören möchte, er weicht aus, doch schon ist der Präsident zur Stelle, schon rennen die Fotografen, kniend und sich reckend bannen sie den Händedruck auf die Filmrolle, Dragoman lächelt, auch der Präsident bemüht sich, die schmalen Lippen zu entkrampfen, es gibt Sekt, ein Glas jedoch fehlt, etliche Geheimpolizisten stieben davon, um es zu besorgen.

Für ein bis zwei Tage ist die reglose Sommerhitze zurückgekehrt, die Blätter des Weidenbaums schweben, Dragoman lehnt sich gegen die Steinmauer, Kopf und Rücken suchen nach angenehmen Wölbungen und Vertiefungen, mit geschlossenen Augen führt er wippende Bewegungen aus, manchmal trinkt er etwas, manchmal streckt er sich, und zur Feder greift er erst dann, wenn er die richtige Höhe erreicht hat.

Auch das Flugzeug versetzt sich in Rage, bevor es die Erde losläßt. Auch der Gewichtheber zelebriert eigenartige Rituale, umkreist seinen Gegner, die Hantel, schließt die Augen und sammelt sich, bevor er hebt und reißt. Die Sonne versteckt sich hinter Wolken, ein Regenschauer geht im Garten nieder, ein Regenbogen verbindet das Haus des Wassermühlenbesitzers mit dem des emeritierten Professors für Augenheilkunde. Dragoman geht ins Zimmer, vor ihm ein Fenster und eine weiße Wand, auf der so manches auftauchen kann, alles ist vorstellbar. Durch das Fenster sieht er seinen Enkel, der sich zusammen mit einer Freundesschar im Regen tummelt. Nachdem die letzten Tropfen gefallen sind, treten einige alte Frauen, leicht gekrümmt und auf den Stock gestützt, des weiteren der Traktorist, der Bulldozerfahrer, der Schäfer und der Winzer, der Schlosser und der Pferdezüchter hinaus ins Freie, um den Regenbogen zu bewundern.

Ein angemessener Abstand trennt Dragoman von den anderen Schlafzimmern und den Stallungen. Vorbereitungen zum Abendessen, Dragoman spielt mit Habakuk Federball, sie wählen Weißkohlköpfe aus, Zwiebeln und grüne Bohnen. Dort im grünen Korbsessel unter dem Papagei sitzt er auch während des Abendmärchens, das Olga mit wechselvollen Wendungen allabendlich weiterspinnt, der Held aber ist und bleibt Habakuk.

Unter der Holzbrücke rinnt ein Bach, die Apfel- und Pflaumenbäume wuchern über die Gärten hinaus, ein Huhn in der Nachbarschaft ist durchgedreht, in den letzten Tagen hat es viel geregnet, davor herrschte große Trockenheit, und die Weintrauben schrumpften, die Pflanze hatte die Feuchtigkeit bereits aus den Beeren zurückgesaugt, jetzt hat die Erde ihren Durst gestillt.

Der Professor am Zaun betrachtet das Maisfeld, hinter seinem Rücken schnattert eine Ente, wenig bedrohlich ballen sich Wolken zusammen, ein sanfter Windhauch streicht über die Maisblätter und läßt sie flattern.

Dragoman lehnt den Rücken an die Steinmauer, gestern hat er viel getrunken, seine Sinne sind betäubt, er ist gleichgültig, abgestumpft, selbst Habakuk gegenüber ist er lediglich höflich. Er sitzt in der Laube, die von Steinsäulen getragen wird und die geeignet ist, sich den Bart trocknen zu lassen, in einem versteckten Winkel des Gartens, draußen nieselt wieder wohltuender Regen, die Wolken vergießen Tränen, es wird wärmer, die Landschaft liegt im Dunst, träges Piepsen der Vögel, die Holunderbeeren werden schwarz.

Wenn er für einige Tage Länder in der Nachbarschaft besucht, fragen ihn die Alten: »Sind Sie aus der Ferne zurückgekommen?« Was er gesehen hat? Wankende Häuser, viele Obstbäume, Katzen, Grabenränder, Fahrräder, Betrunkene, in sich selbst versunkene Alte in der Kneipe und vergnügte Mädchen hinter der Theke. Er begab sich über die Holzbrücke durch das unbeleuchtete Dorf in die am Flußufer gelegene Kneipe.

In Gesellschaft eines jungen Mannes, der sich auch mit Kaffee zufriedengab, trank er Schnaps. Seine Aufgabe war es, den Professor nach Hause zu bringen, interessiert hörte er ihm zu, ein wenig verlegen meinte er dann, seines Wissens sei Dragoman mit seiner Mutter befreundet gewesen. In der Tat, mit jenem kaffeebraunen Reh aus dem Antiquariat! Sie lachte Tränen, und kindisch schmiegte sie sich an Dragoman. Einmal erklärte sie, schwanger gewesen zu sein und bereits abgetrieben zu haben; sie hatte nichts sagen wollen.

Der junge Mann brachte ihn nach Hause, sein Fahrstil war beruhigend. Von Zeit zu Zeit hielten sie an. In einem anderen Dorf bot eine ältere Frau Dragoman Kirschschnaps an, sie hatte Kolatschen gebacken, sie lobte ihren Enkel, was für ein gutes Herz er habe und was für ein Spitzbube er sei. Dragoman versank in der Geschichte der Großmutter jener Frau, die nach Amerika ausgewandert, reich geworden, zurückgekehrt war und das halbe Dorf gekauft, doch wegen eines betrügerischen Liebhabers ihr gesamtes Vermögen verloren hatte. Die Frau bedauerte, ihr Enkelkind so selten zu sehen, sie saß auf einer auf schwachen Beinen ruhenden Bank und sagte, sie sei zwar sehr arm, erwarte aber vom Leben nicht viel, sie brauche nichts.

Der junge Mann merkte an, wenn sie in jedem Dorf Schnaps tränken und sich Märchen anhörten, träfen sie nie zu Hause ein. Dragoman kam dieser Ton, diese dezente Impertinenz bekannt vor, mit dem Reh aber hatte das nichts zu tun, das war sicher. Auf der noch vor ihnen liegenden Strecke schlief er, schloß zumindest die Augen.

»Ein unmöglicher Kerl!« läßt sich Bella vernehmen, die den einst vibrierenden und flammenden Vortragsredner nach fünfundzwanzig Jahren gründlich unter die Lupe nimmt. »Es kommt vor, daß er für Tage in Melancholie verfällt, dann ist er verkrampft, verschlossen und abweisend. Nur den kleinen Jungen läßt er seine Stimmung nicht spüren. Wenn ein anderer Mensch in seinen Gesichtskreis gerät, wendet er sich ab. Alles setzt er herab, nicht einmal zu sich selbst hat er Lust. ›Sagen Sie, mein Bester, wohin wollen Sie gehen? Wozu hätten Sie Lust? Wohin soll ich Sie bringen?‹ frage ich ihn. Keine Antwort. Wenn jemand zu ihm kommt, schlüpft er mit Müh und Not in die Rolle des Professors, dann wirft er sie von sich wie einen schäbigen Morgenmantel. Wenn ich zu ihm ins Zimmer gehe, was sehe ich? Eine müde lächelnde Maske. In der Veranda Zeitungen um ihn her, denen er flüchtige Aufmerksamkeit schenkt, um sie sodann auf den Boden fallen zu lassen, meinen Blikken weicht er aus, dreht sich zur Wand, über körperliche Schmerzen informiert er mich nicht, worüber man nicht spricht, das existiert nicht.«

Dragoman grüßt jeden im Dorf, steht mit den Entgegenkommenden herum, sie besprechen das Wetter, er kauft ein, bezahlt, trottet weiter, schleppt die Einkaufstasche, sieht zwischen den geöffneten oberen Knöpfen des Leinenkleids in den Ausschnitt hinein, pflanzt Oleander aus dem Blumentopf in einen Kübel um, steht im üppig wuchernden Garten, in dem sich die Vegetation den gelegentlichen gärtnerischen Einmischungen widersetzt.

Das grüne Schnitzwerk auf dem Balkon im Obergeschoß ist ihm angenehm, von der über einen Sägebock liegenden Tischplatte und der Bank ergreift er schon am ersten Abend Besitz, während er sich, mit dem Rücken an die Wand gelehnt, an der großen Platane berauscht. Von der Akazienbank aus, gegen die Steinbrüstung gelehnt, immer nur den Berg beobachten, nie endgültig, immer nur im Freien, immer im Zustand des Anfangs und der Geburt, im Säuseln des Windes, ohne eine Verantwortung der Chronik gegenüber, in der Gartenlaube pfeifend die Ankunft bezeugen, das Sonnenlicht ertragen, unter den Füßen die Erde spüren.

Dragoman besucht seine in der Gegend wohnenden Freunde, streift überall umher, Unruhe treibt ihn, kein Tal darf unentdeckt bleiben, alle Pfade erkundet er, täglich geht er hinauf zur Steinuhr, inspiziert die drei Buchten, lauscht dem Murmeln des Baches, vom Alten Berg schlängeln sich die Rinnsale zum Tal hinab. Von hier will er nicht mehr weg.

Minimalistisches Lebensprogramm, in der Kandorer Universitätsbibliothek kann er alles besorgen, was er braucht, einen Rucksack auf dem Rücken, fährt er mit dem Fahrrad in die Stadt, doch lieber treibt er sich in der Gegend herum, als sich mit den Büchern einzusperren. Er unternimmt einen Ausflug auf die andere Seite des Alten Berges, zum Steinbruch, wo sich das Internierungslager befunden hat. Steine hauten sie 1957 nicht mehr ab, doch von morgens bis abends mußte er in einer kalten Werkstatt Draht wikkeln, für welches Vergehen, das war nicht klar, denn das wichtigste, das Erschießen des sowjetischen Stadtkommandanten, war den Behörden verborgen geblieben. Hätten sie ihn dessen verdächtigt, wäre er aufgehängt worden.

Von hier aus blickte er hinab auf das große Plateau zu Füßen der Basaltorgeln und der Steinuhr, wo die Jungen im Tal der Gnade getötet worden waren. Er trägt ein Militärfernglas bei sich, von verschiedenen Standpunkten aus macht er Geländeskizzen und Fotos. In den Überresten des Steinbruchs, in der großen Felsmulde, läßt er sich auf die braune Akazienbank nieder, den sich bergan schlängelnden Pfad säumen Brombeer- und Johannisbeersträucher, auf den Lichtungen findet Dragoman sogar vierblättrige Kleeblätter.

Dieser Landstrich bot schon vor zweitausend Jahren Kriegsveteranen einen Ort der Ruhe, berentete Legionäre bearbeiteten ihren Weinberg. Hier waren die Völker nicht allzu gewalttätig, sie lebten zusammen, vermischten sich, rotteten sich nicht gegenseitig aus, die Landschaft ermahnt zur Sanftmut. Der Wein wird ein bißchen geschwefelt, das Wasser ist ein wenig sauerstoffreich, aus schmalen Höhlenschlünden weht ein kalter Wind. Die alten Leute gehen gerade nur jeden dritten Tag hinunter ins Geschäft, um einzukaufen und bepackt zurückzukehren, darüber hinaus rühren sie sich von hier nicht weg, zwischen Adlern und Hirschen betrachten sie die verbliebenen Spuren der Zeit.

Weit kommt der Mensch, wenn er sich auf seine Füße verläßt. Auf einem saftig-grünen Fußpfad schreitet er aus, das Zittern der Pappeln begleitet ihn am Bach entlang. Während er auf einen Heuhaufen sinkt, nähern sich ihm Krähenschwärme, die auseinanderstieben, wenn sie eine Bewegung wahrnehmen. Auf dem Rücken liegend, beobachtet er am eisklaren Himmel die Flugfiguren der Krähen.

Von der Burgruine aus entpuppt sich ein schwarzer Punkt in der Ferne als Drachenflieger, von dessen Sitz aus ein Wesen mit Motorradbrille und Helm ein Gewehr auf Dragoman anlegt und einem vor ihm aufspringenden Hasen einen Genickschuß verpaßt. Heute morgen hatte er im Fernsehsender CNN das Gesicht eines Kollegen gesehen, eines Philosophen, eine einzige Brandwunde, das eine Auge hinüber. Während des Frühstücks war ihm, während er die Post öffnete, eine Briefbombe explodiert.

Dragoman müßte gleichzeitig in mehreren Städten auftreten und sich für eine gute Sache einsetzen, also sitzt er hier auf der Gartenbank. Ein Veteranentreffen folgt dem anderen, Klassenkameraden, Sechsundfünfziger, Achtundsechziger, Dissidenten, aus der Mode gekommen die alte Garde und die neuen Scheusale, die gegen sie putschen wollen, altmodische und brandneue Selbstgefälligkeiten heften sich das Namensschild auf der Konferenz ans Revers, sie diskutieren über die Leiden anderer und fordern ein hartes Vorgehen, eine militärische Einmischung an Orten, wo nicht sie ihre Haut zu Markte tragen müssen. Per Fax rettet er einige Kollegen aus einer belagerten Stadt, andere aus dem Gefängnis, er schlichtet häßliche Streitigkeiten, bewirkt Kompromisse.

Ein Chauffeur holt ihn ab, bringt ihn in eine entfernte Kleinstadt, in einer Kneipe trinkt er Schnaps und Kaffee, in verschiedenen Sälen erwartet ihn ein höflicher Diskussionsleiter, sowohl hier als auch dort anderthalbstündige Selbstgespräche, zum Anfang und zum Ende Applaus, bei Fleischgerichten und Kaffee wird die Plauderei fortgesetzt, nachts noch fährt er zurück. Immer und überall fühlt er sich angespannt und hat Lampenfieber. Im zehntausend Einwohner zählenden N. ebenso wie in New York. Nichts in ihm drängt nach Auftritten und Erklärungen. Es wird ihm eine Vase überreicht und hinzugefügt, zwischen Weißen habe man einen Europäer zu sehen bekommen. Das möchte er öfter nicht hören. Wer emporgehoben wird, der wird schließlich zu Boden geschmettert, zuerst gepriesen, dann heruntergemacht. Erst wird er eingeladen und hofiert, dann zur Verantwortung gezogen, weshalb er hingefahren sei. Sicher aus Eitelkeit. Er mag die Trennwände, es muß nicht unbedingt in seiner physischen Konkretheit sein, es genügt, wenn er im Druck erscheint. Was von ihm gesagt wird, interessiert ihn nicht sonderlich, und niemandes Urteil empfindet er als maßgeblich. Während sie mit hundertzwanzig über die Landstraße jagen, damit er das Wort ergreift, gelüstet es ihn danach, sich zu verziehen, doch in N. wird er schon erwartet, der Saal ist voll, sein Kommen hat er zugesagt.

Nach dem Abendessen hört er von einer Beerdigung. In den sechziger Jahren hieß es vom Ersten Mann im Komitat, er habe sich auf der Jagd erschossen. Der Sarg war geschlossen, nicht einmal die Familie durfte den Verblichenen sehen. Die Tochter löste sich aus der Trauergemeinde und riß den Deckel hoch, der Sarg war leer, sie wurde weggezerrt und erhielt eine Beruhigungsspritze. Die Bestattung ging ohne den Leichnam mit dem von der Abteilung für Pietät vorgesehenen Pomp über die Bühne.

Der nächste Parteiführer war ein großer Jäger, und nur ihm war es erlaubt, in den eingezäunten Waldgebieten der sowjetischen Raketensilos, wo sich das Wild beträchtlich vermehrt hatte, zu schießen. In gemächlicher Laune schoß er vom Auto aus, bei anderen Gelegenheiten aus dem Hubschrauber, die Scheinwerfer scheuchten das Wild auf, aus der Höhe knatterte die Maschinenpistole. Jeden Nachmittag um fünf trottete die Wildschweinrotte zur Tränke, samt Ferkeln und Sau mähte er sie nieder.

Ein großer, kräftiger und boshafter Mensch war er, fand Gefallen daran, einen jeden zu erniedrigen, seine Wutausbrüche waren gefürchtet. »Den schnappe ich mir und knalle ihn ab!« Wenn die Audienz beendet war, wandte er sich an den Untergebenen: »Scheren Sie sich raus!« Die Innenstadt ließ er abreißen, um statt dessen eine große Parteizentrale zu errichten und einige Hochhäuser mit vielen Wohnungen für die Parteiarbeiter. Hübsche Jungkommunistinnen zeichnete er durch zuvorkommende Gesten aus, beschenkte sie mit einem Kind und einem Haus. Zu jeder Theaterpremiere saß er in der Mittelloge, in der Pause umstanden sie ihn im Halbkreis und warteten auf sein Urteil. Nach der Vorstellung begab er sich auf ein Glas Wein in den Künstlerklub, sein Gefolge marschierte im Gänsemarsch hinter ihm her.

Vier rundliche ältere Männer konnten von nichts anderem sprechen als nur von ihm, das Zimmer war erfüllt von seinem Schatten. Für jeden ihrer Mißerfolge war er die Ursache, für jedes ihrer Versäumnisse war er die Erklärung, vor ihm hatten sie ein Leben lang Angst, ihn versuchten sie für sich berechenbar zu machen, jedoch vergeblich, darüber waren sie alt geworden. Der eine von ihnen, ein Schuldirektor, war noch anno dazumal mehrere Wochen beschattet worden. »Die haben mich kastriert. Seither sitzt mir die Angst im Nacken. Grips hätte ich genug gehabt, um höher zu kommen, doch ich habe mich lieber verkrochen und in meinem Weinberg gehackt. Jetzt ist er erledigt und ich ebenfalls.«

Auf der Ansichtskarte eine zum Schlag geballte Faust, auf der Rückseite: »Memento mori!« Ein Brief beginnt wie folgt: »Du Dreckskerl!« Ein neuer Parteichef qualifiziert Dragoman als Vaterlandsverräter. In einem Lebensmittelgeschäft behauptet eine fremde Dame, Dragoman sehr zu lieben, und sie wünsche ihm für seinen Kampf Gesundheit. Kampf nennt sie die Tatsache, daß er einige Gedanken äußert. Eine Männerstimme am Telefon erkundigt sich, ob er mit Herrn Professor Dragoman spreche, nach der bejahenden Antwort versichert ihm der Unbekannte: »Diese Woche noch wirst du krepieren!«

Dragoman kauft eine Hose, bringt sie in die Änderungsschneiderei, eine alte jüdische Näherin fällt Dragoman um den Hals, weint und sagt, sie habe Angst. Der eine Hausbewohner war dereinst Gendarmerieoffizier, und noch nie hatte er zusammen mit ihr den Fahrstuhl betreten. Nun aber machte er eine Ausnahme, um ihr ohne Zeugen eine Frage zu stellen: »Sagen Sie, meine Dame, was halten Sie von einer Auswanderung? Wäre es nicht klüger, wenn auch Sie dem Beispiel der russischen Juden folgten?« Ihr Enkel fragte im Gymnasium seine Lehrerin: »Weshalb haben Sie in Ihr Vokabelheft so viele Hakenkreuze gekritzelt? Wem gilt das?« »Dir! Deinesgleichen!« brach es aus der Lehrerin hervor.

Der Jüdelnde gerät aus der Fassung: Wie kann man von ihm behaupten, daß er Antisemit sei? Jedenfalls stellt er fest, die Quelle allen Übels sei die hinterhältige, boshafte Minderheit, der gegenüber die harmlose Mehrheit ohnmächtig sei, wie in einem Alptraum. »Halten Sie sich für einen jüdischen Assimilanten?« fragte ihn ein Professor, Dragoman verneinte. Der Kollege daraufhin: Also dann für einen Dissimilanten? Auch dafür nicht. Wie sei das eigentlich? Warum löse sich das Judentum nicht in seiner Umgebung auf? Dragoman entgegnet lediglich, daß er seinerseits keine geistige Notwendigkeit für eine Auflösung sehe.

Heilig ist, was der Mensch über sich erhebt. Die Selbstverleugnung der Juden kann nur vorübergehender Natur sein. Sie lassen sich Versäumnisse zuschulden kommen, begehen Sünden, doch vom Schuldbewußtsein können sie sich nicht befreien. Die Vermittler in Menschengestalt, die Väter, Moses, Salomon, Jeremias, Jesus und Rabbi Akiba, betrachten sie als weise und fehlbare Mitbrüder. Auch Dragoman ist von der Überzeugung beseelt, daß er keinen Dolmetscher braucht, um sich dem HERRN zu nähern. Der HERR ist dort, wo Dragoman ist. Sein Selbstbewußtsein stützt sich nicht auf die Erde, sondern hängt von dem Unbenennbaren ab, der überall gegenwärtig ist.

Was hat uns der Orangenzweig angetan?

Morgen oder übermorgen werden wir dem Kandorer Friedhof unsere Ehrfurcht bezeigen, dort ruhen unsere Verwandten. Bis zu den Knien im Gras, im Unkraut, stehe ich zwischen eingefallenen Gräbern, berühre die hohen, schwarzen Granitsteine der Familie, lese die Namen der während der Deportation Ermordeten. Gemäß den Anordnungen der Gendarmen stellten sich die Tanten und Onkel, den Mantel über dem Arm, in langen Reihen auf. Der Zug lief ein, und sie bestiegen den ihnen zugewiesenen Viehwaggon, der sie endgültig von hier wegbrachte.

Von den wenigen, die zurückgekehrt waren, ging der größere Teil erneut weg. 1948, nach Eintritt der Dunkelheit, kletterten sie freiwillig und insgeheim auf einige Lastwagen, flüchteten unter abenteuerlichen Umständen über die Grenzen und ließen sich in Israel in einem Städtchen an der Küste nieder, das gelegentlich vom Südlibanon aus mit Raketen beschossen wird. Auch heute noch besuchen sie einander täglich. Der Schuster hatte seinen dreibeinigen Schemel mitgenommen, auf dem er auch hier saß und seine Späße machte.

In einem Spielsaal stand ich hinter dem Enkel des Schusters, der Junge drehte das Lenkrad des Automaten hin und her, jeden Augenblick kamen ihm die schrecklichsten Unfallmöglichkeiten entgegen, doch er wich jedem Hindernis mit äußerster Sensibilität aus. Die Maschine leuchtete, klingelte, die Punkte vervielfältigten sich, der Junge durfte noch ein Spiel machen. Den Jeton steckte er ein, kehrte dem Saal den Rücken und sprang wie ein müder Sieger von den Betonstufen auf den Sandstrand.

Wenn es ihm gelang, ein bißchen betrunken und allein herumzubummeln, einer augenblicklichen Eingebung folgend, Verkehrsmittel zu besteigen und, einer inneren Stimme gehorchend, irgendwo wieder zu verlassen, wo ihn gerade die Unruhe erfaßte, dann kam er einem sich selbst gegebenen Befehl nach. Weitergehen, Marschübung, Bewegung, bloßes Vorankommen im Raum, darin bestand das Wesen des Spiels. Der Passant kann niedergeschlagen und erschossen werden, doch solange er lebt, ist er oben, auch im Gehen fliegt er. Nicht er ist es, der die Füße steuert, sondern die Füße ihn, in Kandors Gassen, die einen in die Irre führen, wachsen ihm Flügel, und noch kann man nicht wissen, ob er sich an der nächsten Straßenecke nach rechts oder links wenden wird. Menschen tauchen an seiner Seite auf, die ihm ebenso plötzlich, wie sie gekommen sind, wieder aus dem Gesichtsfeld entschwinden, es macht ihm aber nichts aus, wenn niemand neben ihm geht. Nichts soll sein, weder Sehnsucht noch Schrecken, weder Hoffnung noch Angst, keine Ambitionen, nur Ruhe auf einem sonnenbeschienenen Platz.

Nichts von dem, was einer Todesangst ähneln würde, spürte Dragoman, als sein Flugzeug vor der Landebahn kreiste, über der Stadt und dem See gerüttelt und geschüttelt, absackend und emporgeschleudert, weil im Tal, in dem sich Kandor ausbreitet, ein Wirbelsturm tobte, und der mächtige Maschinenkörper segelte zwischen den Sturmböen, als risse der Mensch im Orkan eine Zeitungsecke ab und ließe sie los. Der Gedanke daran, daß es jetzt passieren könnte, ja, das wäre keine Übertreibung gewesen! Als er schon davon überzeugt sein konnte, daß es keinen Aufschub geben würde, empfand er nichts als Neugier. Allmählich muß er von hier Abschied nehmen, seit neuestem hält er Geringfügigkeiten für eine Botschaft.

Er freut sich, noch hiersein und die Armlehne des Stuhls

anfassen zu dürfen. Für den Korrespondenten ist selbst eine unbequeme Lage bequem, die Kälte ist nicht kalt, die Wärme nicht warm, er will nicht mehr als das, was er hat. Stets berichtet er von denen, die um ihn sind. Der Korrespondent verfolgt keine eigenen Interessen, er ist nicht eitel, nicht haßerfüllt, nicht launisch, wäre er blind, taubstumm oder gelähmt, würde ihm das Atmen Ablenkung bieten, er drängt sich niemandem auf, ist höflich wie ein Chinese.

Dein Anhänger bin ich, VATER, ein Staubkorn, ich danke DIR für den warmen Kaffee und die senkrechte Bahn der Regentropfen am Fenster. An dem gewohnten Tisch bestelle ich, wie vor vierzig Jahren, Kaffee, Kognak, Mineralwasser. Während ich auf die Getränke warte, schließe ich die Augen und tauche unter in der kandorianischen familiären Vertrautheit, im blubbernden Gelächter. Dieses dezente alte Liebespärchchen war auch vor vierzig Jahren hier, ich sehe sie an, sie wenden sich ab, der Herr ergreift die Hand der Dame.

Beliebt waren in der Krone das Gold, Nuß- und Kirschholzmobiliar, Marmorboden und mit Leder bezogene Sitzgelegenheiten. Zufälle bewahrten die Pracht des Jahrhundertbeginns vor garstigen Veränderungen, schwaches Licht fällt von schweren Kronleuchtern auf den Wandteppich, eine Mohrin mit entblößtem Busen reicht einem hellblauen Fürsten eine Tasse Kaffee.

Petra, die Bedienung, eher klein als groß, nicht mager und nicht rundlich, bewegliche Formen, die Nägel lackiert, goldene Ohrringe, Halskette, neugierig, im Rhythmus der Musik schreitend, gern sich vergnügend und über alles staunend, was amüsant oder komisch ist, einmal mit dem, ein andermal mit jenem vor meinem Tisch wedelnd, mit ihren feinen kleinen Händen sich immer durch die Haare fahrend, gern betrachte ich, wie sie sich gelegentlich strafft.

Vor bewaffneten Banditen und mit Eisenstangen fuchtelnden Amokläufern hat Petra Respekt. Was war es noch, was Petras jüngerer Schwester widerfahren ist? Als sie sich anschickte, aus dem Auto zu steigen, hoben sie zwei breitschultrige junge Männer heraus, nahmen ihr den Zündschlüssel ab, setzten sich hinein und verabschiedeten sich: »Tschüs, mein Kätzchen! Mach keinen Lärm, sonst skalpieren wir dich!« Um den Worten Nachdruck zu verleihen, zeigte der neben dem Chauffeur sitzende hübsche Jüngling einen krummen Dolch. Ihr Mann fand den Wagen zufällig auf dem Ring, da saß bereits ein spindeldürres Männchen darin. Petras Schwager, ein Gewichtheber, führte das Männchen der Polizei vor. Der Offizier sagte: »Bleiben wir bei einer Zuwiderhandlung. Sehen Sie, mein Herr, Sie haben ebenso Kinder wie ich, jemanden ins Jenseits befördern, das ist heutzutage eine Kleinigkeit!« Übrigens verdient Petras Schwager gut, als Schlosser stellt er Schutzgitter her, sein Auftragsbuch ist prall gefüllt.

Ob ich eine Pistole mit Schalldämpfer gebrauchen könne, die Tante da in der Ecke gegenüber habe eine zu verkaufen. Ob ich wüßte, daß die Kandorer Huren in der weiten Welt berühmt seien. Eine Freudin sei von ihrem Mann verlassen worden, sie habe einen ukrainischen Killer angeheuert, einen Helden aus Kabul, und ihn für fünfhundert Dollar kaltmachen lassen. Seither bereue sie, zuviel dafür bezahlt zu haben, dreihundert Dollar hätten gereicht. Der Polizeichef sitze beim Angeln neben dem Mafiaboß, auch mit wenigen Worten verstünden sie einander. Hier im Hotel zur Krone, in dem Nachbarappartement, hätten sich vier Männer aus dem Nahen Osten mit gebündelten Hundertdollarnoten in der Gesäßtasche wegen einer blonden Hure überworfen, und alle vier hätten die Pistole gezogen, zwei seien gestorben, zwei am Leben geblieben, hätten sich unverletzt entfernt, Rache geschworen, und jetzt jagte der eine dem anderen durch die halbe Welt nach. »Denken Sie nur ja nicht, Herr Professor, daß Sie in Ihrem Zimmer sicher sind, dort tritt ein, wer will, die kleine Magnetkarte, mit der Ihre Tür zu öffnen ist, kann sich jeder besorgen.« Der Typ mit der Narbe am Mund und dem Vogelbauer geht am Kaffeehaus vorüber und wirft einen Blick hinein.

Ich bestelle Grünen Veltliner. Am Nebentisch sitzen jetzt Lehrerinnen, nach ernsthaftem Grübeln überreden sie sich wechselseitig zum Verzehr eines warmen Sandwiches, sie trinken Kräutertee, diskutieren über Probleme am Arbeitsplatz und brüten Strategien gegen den Direktor aus. Eine jüngere Lehrerin streicht sich die Zotteln zur Seite, blickt darunter hervor, mißt mich von oben bis unten und flötet: »Ich beiße dir die Augen aus.«

Sehen Sie nur, flüstert mir Petra zu, der breitschultrige junge Mann da in der Tür, kraftstrotzend, aber höflich, er spricht sogar Sprachen, der Direktor des Kronenhotels mietet ihn von der Mafia. Sollte er dem Türsteher kündigen, würde morgen das Café in Flammen stehen, möglicherweise vorher zur Warnung erst einmal eine Tränengasgranate hineingeworfen werden.

Schwungvoll fliegt ein Samtvorhang auf, und aus dem Dunkel kommt der Direktor hervor, er grüßt, geht zwischen den Gästen umher, erkundigt sich, ob sie mit der Bedienung zufrieden seien, gibt Ratschläge zur Auswahl von Delikatessen, betritt den Fahrstuhl und fährt zur Bar ins Dachgeschoß.

Legere Jugendliche in teuren schäbigen Klamotten sitzen an einem Tisch, Gläser klirren, Musik rieselt durch Dragomans Gehirn. Ein größerer Bursche unterweist einen kleineren: »Bevor sie dich fertigmachen, mußt du ihm schon mit der Stirn das Nasenbein brechen, wenn du ihm die Omme gehörig ramponiert hast, kannst du ihm auch eine kleine Gehirnerschütterung beibringen. Geh gelassen an ihn heran, und zisch ihm zwischen den Zähnen zu, daß du ihm den Kopf abreißen wirst oder so was in der Art.«

Niemand kann sich sicher sein, daß sie ihm nicht das Genick brechen werden.

Eine alte Frau tritt an Dragomans Tisch, gefärbtes blondes Haar, perückenartig zu einem Turm frisiert, auf dem Gesicht reichlich weißer Puder und blutrotes Rouge. »Hast du was dabei?« fragt sie. »Was?« – »Du hast also nichts dabei. Du bist mutig, Doctor Kandoris! Aussteigen, mein Liebling, dafür ist es zu spät. Du kannst dich ruhig als internationaler Doktor maskieren, den Rummel stehen wir zusammen durch. Wir für dich, du für uns. Du kannst uns nicht einfach nur so vergessen. Doch wenn du einen Leibwächter brauchst, kannst du von mir eine ehemalige Schlägertruppe bekommen.«

Auch Swetosar mit der Narbe am Mund, dem Strohhut auf dem Kopf und dem Vogel, der nicht fehlen darf, schleicht um mich herum. Mein zufälliges Umherziehen spielt sich vor den Blicken der Späher und Schatten ab. Er bleibt neben mir stehen und sagt: »Zu Ihren Diensten, Meister«, lüftet das Sakko und streicht über eine kleinkalibrige Maschinenpistole. Einen Betrunkenen, einen lustigen Viehhändler von der Landwirtschaftsausstellung, der sich mit mir angelegt hatte, traf er mit einem Stoffball, in dessen Mitte eine Stahlkugel steckte, so treffsicher am Kopf, daß der, auf der Erde liegend, vor Verwunderung nur noch lächeln konnte. Ich biete ihm Platz an, ich weiß, daß er Bier trinkt, und Swetosar läßt sich erstmals im Leben zu einer kritischen Bemerkung hinreißen, er schlägt mir vor, abends sollte auch ich statt Wein manchmal Bier trinken, vor dem Zubettgehen sollte ich mich nicht aufputschen. Bier versöhne den Menschen mit jener unabänderlichen Tatsache, daß die Nacht komme. Erneut bietet er mir an, mich über egal welche Grenze zu schmuggeln, wenn es mir hier zu eng werden sollte. Ebenso wie Swetosar, der Mann der Firma Darnok, aufgetaucht ist, so verschwindet er auch.

Darnok ist ein internationales Großunternehmen und hat seine Hände fast überall drin, angefangen von taktischer Elektronik bis zur Programmproduktion, von der Genchirurgie bis hin zu Hotelketten. Swetosar behauptet, für die Firma lohne es, mich von einem Agenten, getarnt mit einer Videokamera und einem Klappstuhl sowie einem Vogelbauer, beobachten zu lassen. Natürlich spioniere er mich ständig aus und erstatte Bericht darüber, zugleich aber sorge er auch für meine Sicherheit. Im Frühstücksraum des Hotels gibt er sich damit zufrieden, einen Blick mit mir zu wechseln, seiner Profession kommt er mit größtem Taktgefühl nach.

»Es ist nicht zu leugnen, ich folge Ihnen wie ein Schatten. Gelegentlich würde ich auch Dienste übernehmen, die weit über das Bisherige hinausgehen. Manchmal jedoch bleibe ich weg von Ihnen und ernte, was Sie gesät haben. Mich auf Sie berufend, suche ich die hervorragende Persönlichkeit auf, mit der Sie geplaudert haben, und biete ihr etwas von dem sehr breit gefächerten Warensortiment und den Dienstleistungen unserer Firma an. Wir handeln mit allem, mit Nähnadeln, städtischen Verkehrssystemen, Satellitenkanälen für Prediger und bizarren Waffen. Auf Bestellung besprühen wir ganze Landstriche mit Lach- oder Begattungspulver. Unlängst orderten die Internationalen Anarchopazifisten bei uns von beidem eine größere Menge. Und merkwürdigerweise kam die Bestellung ausgerechnet von jener kleinen Dame, die ich zuvor in Ihrer Gesellschaft gesehen hatte, wenn ich mich richtig erinnere, reichte sie Ihnen nicht einmal bis zur Fliege, doch in die Höhe greifend, tätschelte die Person zum Zeichen der Ermutigung Ihr Gesicht, und während sie zwischen den Tischen davonschwebte, streute sie einem Herrn, der gestikulierend etwas erklärte, Salz in den Kaffee.

Ihnen ist es zu verdanken, daß mich die Firma belohnt, und mir kommt die angenehme Stimmung zugute, die Sie, mein Herr, zurücklassen. Mitunter auch die Dame, die alles interessiert, was ich von Ihnen erzähle. Ich will keine gefühlvollen Saiten anzupfen, mein Herr, aber ich habe etwas zu sagen.« Swetosar versichert mir, daß er mir auch weiterhin auf den Fersen bleiben werde, er glaube nicht, daß ich mich von den Ereignissen, die den Spuren des internationalen Schamanen nachjagten, befreien könnte.

»Ich habe die Befürchtung, mein Herr, daß Sie bald wieder in etwas verwickelt werden, was die Strateologen unserer Firma interessieren könnte.« Wenn sich der Schlamassel eingestellt habe, solle ich ihm ein Zeichen geben, ihn unter der und der Nummer anrufen, er werde in kürzester Zeit, von wo auch immer, auftauchen, aus der Tiefe des Sees oder von der Steinuhr her kommend, er werde mir zu Diensten sein. Jedenfalls solle ich, wenn ich ihm einen zaghaften Wunsch gestattete, mißtrauisch und vorsichtig sein. Und wir sollten langsam von hier weggehen, denn in Kandor könne ich nur ein Verlierer sein.

Die Firma Darnok ist eine Weltfirma, in deren Haushalt die Reisen von Professor Dragoman und Swetosar kaum zu Buche schlagen. Wer die Bilder von der Welt gestaltet, dem gehört die Welt. Der geschäftstüchtige Swetosar verkauft die auf Tonband festgehaltenen geistigen Ergüsse des Professors verschiedenen Zeitungen, wenn der Doktor in Schwung kommt, interessiert es ihn nicht, ob das rote Auge der Kamera aufleuchtet oder nicht. Nichts, bittet ihn Swetosar, solle er wegwerfen, Dragoman ist unfolgsam, doch Zimmermädchen sind überall zugänglich, und in Dragomans Abwesenheit durchforstet Swetosar den Papierkorb und rettet, was zu retten ist.

Swetosar läßt Dragoman nicht aus den Augen, immer gibt es an der Seite des Meisters irgendeinen *fun.* »Ich sehe, daß Sie mich brauchen.« Der Professor ist *crazy* genug, auf Swetosars Hilfe angewiesen zu sein, von Stadt zu Stadt reisen sie zwar nicht im selben Abteil, jedoch im selben Zug. Dragoman muß die Reisetasche nicht in die Hand nehmen, nicht den Staubmantel über die Schulter werfen, damit Swetosar die Zeichen versteht und bei der Begegnung im Frühstücksraum an der Obstsalatschüssel fragt: »Wohin geht die Reise?« »Nach Kandor, ins Hotel zur Krone«, so Dragoman ergeben. Alles weitere ist Swetosars Sache.

Der Meister sitzt auf der Terrasse des Kronencafés, schließt die Augen und taucht das Gesicht in die Sonne. »Swetosar, es wird nicht mehr lange dauern, und ich werde sagen, daß wir abreisen können. Was ist aus dieser großen Lust, nach Hause zurückzukehren, geworden?« Offensichtlich ist Dragoman betrunken, wäre er das nicht, würde er Swetosar nicht ansprechen. Er läßt den Kopf auf die Rückenlehne des Korbsessels fallen, senkt den Blick. Swetosar tritt nahe an ihn heran und fotografiert sein Gesicht. »Oder, Swetosar, mein alter Freund, bin ich dir verhaßt geworden, daß du mich jetzt in meiner Schwäche derart erdrückst?« Tränen treten Swetosar in die Augen, der Professor hat ihn ganz gewiß mißverstanden.

In jedem einzelnen Augenblick hält Dragoman sein Leben für beendet. Es genügt, vom Tisch an das Bücherregal zu treten, und schon kann er stürzen. Mit welchem Recht erhebt er Anspruch darauf zu überleben? In seinem Zimmer sorgt das Personal für Ordnung, jeden Morgen um sechs steht Dragoman auf, um sieben frühstückt er; weil er Tag für Tag aufsteht, ist er nicht krank. Was aber soll der als Regenschirm getarnte Stock in deiner Hand? Was hat der Druck unter deiner linken Schulter zu bedeuten? Was hatte es mit diesen Gleichgewichtsstörungen auf sich? Jetzt beerdigen wir den, jetzt jenen, Bekannte verlassen uns, es kommen die Unbekannten. Zeitgenossen, gemeinsam schleichen wir zur Tür hinaus. Wir erweisen unserem alten

Freund, dessen Werke wir als Studenten unter der Bank, in der Straßenbahn und in den frühen Morgenstunden im Bett gelesen haben, die letzte Ehre. Im Kaffeehaus hatte er den Kopf zur Seite gedreht und durch das Fenster in der Ferne eine Lösung ausfindig gemacht. Pünktchen schwämmen ihm vor den Augen, klagte er, und er habe Angst, plötzlich zu erblinden. Nun ist er in der Kiste, die Zeremonie nimmt ihren Lauf, Weinen, Schleier, Circumdederunt, Kaddisch, unser beliebter Bruder in Christo, unser geliebter jüdischer Bruder, auch dir ist so vieles widerfahren, was alles in allem als ein großes Nichts zu bezeichnen wäre. Die Kollegen wagen nicht zu grüßen, lächeln falsch und falten die Hände vor dem Bauch. Es kommen die Erben, durchwühlen den Schrank, werfen viele Manuskripte und Fotos in eine Truhe, die sie eine Weile im Keller oder auf dem Boden lagern, mit sich nehmen sie den Kerzenleuchter und die markigen Sprüche. Das Gesicht unseres Freundes spiegelt die Wahl der Worte und auch, wieviel Zeit er sich wofür gelassen hat. Das Schicksal dessen, wofür er sich entschieden hat, zeichnet präzise seinen Charakter nach. Erfüllt hat er sich dem Herrn aller Zeiten überantwortet. Vor einer Bäckerei hatte er auf dem Bürgersteig einen Schrei ausgestoßen und war auf den Rücken gefallen, an einer Herzruptur gestorben. An jeder Straßenecke hatte er darauf gewartet, daß der Engel des Todes plötzlich vor ihn treten würde.

Von der Dachterrasse geht Dragoman hinunter in den Garten und tut so, als hätte er etwas zu tun, als würde er jemanden suchen. Zwischen Platanen, Kiefern und Magnolienhecken knirscht der Kies unter den Schuhsohlen der Gäste. Er betritt einen theatralisch beleuchteten Platz, aus dem Zwielicht kommen Gestalten hervor, stellen eine Sondernummer vor, setzen sich in Szene, wer aus dem Dunkel auftauchen wird, weiß vorher niemand. Jemand flüstert, in den Garten hätten sich einige gerade entlassene Geisteskranke verirrt. Leise Kellner reihen sich mit Tabletts in der Hand auf, die Zuhörerschaft konsumiert belebende Getränke. Im Garten hinter dem alten Hotel schillert das Wasser des Schwimmbeckens, es leuchten die Birkenstämme, und die vom Wind bewegte Hollywoodschaukel quietscht.

Warum schießt vom See her ein Unbekannter, das mit einem Schalldämpfer ausgerüstete Gewehr im Anschlag in einem Kahn stehend, auf Dragoman? Drei Zentimeter von dessen Hals entfernt trifft er den einen Zweig des eingetopften Zwergorangenbaums. Ende September, Dragoman muß ein Sakko anziehen, er steht auf der Terrasse. Es hat geklopft, Dragoman öffnet die Tür: Vor der Schwelle steht Swetosar, der Agent der Firma Darnok, die Narbe an seinem Mund ist auch jetzt zu sehen, den Vogelbauer aber hat er nicht dabei. »Ist nichts passiert, mein Herr?« – »Jemand hat sich über den Zwergorangenbaum geärgert«, sagt Dragoman und zeigt den angeschossenen Zweig. Er stellt sich dorthin: »Hier habe ich gestanden«, und er blickt zurück. Plötzlich reißt der Agent der Firma Darnok Dragoman mit der rechten Hand auf den Steinboden der Terrasse. Noch immer schaukelt der Kahn auf dem See, und ein weiterer Zweig des Orangenbäumchens knickt um. »Der übt sich«, stellt Swetosar fest und bemüht sich, den Zillenführer durch ein Fernglas ausfindig zu machen. »Die bärtige Frau!« Etwas bitter erkundigt sich Dragoman: »Ein Profi?« Der Agent der Firma Darnok nickt elegisch. Die bärtige Frau kostet schrecklich viel Geld. Dragoman fühlt sich geschmeichelt. »Da sich die Dame schon seit Tagen mit mir beschäftigt, muß ich jemandem sehr viel wert sein.« Swetosar fischt aus der Innenwelt seines Sakkos ein kurzes, mit einem Zielfernrohr versehenes Schießinstrument hervor. »Mit dem Recht auf Selbstverteidigung könnten wir den feindlichen Zielpunkt vernichten.« Es reicht, mein Freund, wenn Sie das Schlauchboot durchlöchern. Wenn die bärtige

Frau nicht schwimmen kann, ist sie selber schuld. Was ballert sie in der Gegend herum? Sie kann sich an das Ruder klammern. Soll sie schwimmen. Dann fragen Sie doch, ob sie eine Rolle übernehmen will, für das eine Tableau auf dem Platz der Auferstehung könnte ich sie gebrauchen, wenn sie dazu nicht zu blöd und ihr Bart echt ist. Überbringen Sie ihr meine Einladung zur Teezeit ins Kronencafé!

Es wartet ein uniformierter Chauffeur, der Wagen rast durch die Platanenallee, vor dem Schloß halten wir an, sobald ich eintrete, werde ich ins Badezimmer gebracht. Ein kalter Wasserstrahl, ein mit Seife eingeschmierter Boden, mehrfach falle ich hin, ziehe mir blaue Flecken zu. Männer in Gummischürzen sperren mich in ein Gitterbett. Meine Hände sind auf dem Rücken gefesselt, nackt, auf dem Bauch liegend, picke ich mit den Lippen die vor mir hingestreuten gesalzenen und gerösteten Maiskörner auf. Ich werde allein gelassen, Wasser bekomme ich nicht. Dann scheint die Sonne auf mich, mit geschlossenen Augen sitze ich auf der Türschwelle, auf dem warmen Pflaster. Ich führe Selbstgespräche.

Nichts Neues

Auf dem Alten Berg hellt sich Dragomans Gesicht auf, und er hält es für natürlich, eines Tages der Erde zurückgegeben zu werden. Auf diesem Friedhof zu liegen, auf diesem Hügel, mag fast ein Genuß sein. Im Garten hüpft Dragoman allmorgendlich umher und spritzt sich unter intensivem Atmen mit kaltem Wasser ab; Ende September werden die Tage kühler, der nächtliche Tau bedeckt den Rasen, und die Sonne wirft ihr Licht schräg auf die Steinmauer.

Irgendeine unbestimmbare Kraft jagt ihn Tag für Tag unter der Bettdecke hervor, und statt des Drinnen wählt er das Draußen, weshalb, das weiß er schon lange nicht mehr. Zusammen mit seiner Tochter und seinem Enkel in einem Haus scheinen die Reisen so etwas wie die Stacheln der Kastanien zu sein, Wucherungen. Was mit ihm geschehen ist, kann ihm nicht genommen werden, schon mehrere tödliche Gefahren und Unbequemlichkeiten hat er überlebt, in den verschiedensten Berufen hat er gearbeitet, viele Menschen verloren, trotzdem glaubt er, noch lebensfähig zu sein. Es überrascht ihn lediglich, wie kurz das Ganze gewesen ist.

Mit der Heimat hat er sich abgemüht, sich von ihr losgerissen, sie erniedrigt, ihr widersprochen, sie in Schutz genommen, mit ihr geprahlt. Hin und wieder empfindet er die Kandorianer bereits als seine gewählte Familie, und in einem Strom von Wohlwollen akzeptiert er alle seine Ahnen, umarmt sie, betet für dieses unausstehliche Gesindel, rennt aus dem Haus, vagabundiert in der Welt umher, bleibt in der Tür stehen und legt sich wieder an. Er ist tatsächlich von hier weggegangen, als keinerlei besondere Gefahren auf ihn lauerten, als sich das Ideal des tröpfchenweisen Kapitalismus eingestellt hatte. Dann wollte er doch lieber schon den echten untersuchen. Um sich aufzurichten, um sich strecken zu können, brauchte er westliche Neugier statt des bleiernen Ballasts des Ostens.

Lobenswert, daß ihn Melinda nicht hier anketten will, es ist besser, wenn er der Oleanderstraße ausweicht. Auf dem Alten Berg hier besucht er lieber seinen Freund Kobra, mit der Möglichkeit rechnend, daß Melinda plötzlich auftauchen kann, vielleicht sogar mit Tombor. Sie sitzen um den großen Balkentisch herum und trinken den hiesigen rauchigen Riesling. Manche halten sich an den Tresterbranntwein. Auf dem Tisch Schafskäse, Tomaten und grüne Paprikaschoten, Regina bringt Kuchen, Kobra schenkt ein, Dragoman wirft einen Blick in den Kühlschrank.

Zsiga, Döme und Habakuk spielen in der Nähe des Sandkastens und der Schaukel, sie klettern auf die Steinmauer, gehen zur hinteren Gartenpforte hinaus zu den Pferden, rennen zum Bachufer, um zu angeln, laufen über die Wiese, vorbei an Klatschmohn durch die Luzernen, beobachten die Enten am Seeufer und holen mit einem Angelhaken kleine Fische als Köder ein, denn heute abend wollen sie im Kahn richtige Angler begleiten.

Die Erwachsenen verteilen sich überall im Garten, dem Ruf der Birnbäume ist nicht zu widerstehen, dort erstreckt sich der Weinkeller, in den man hineingehen und mit Hilfe des Hebers das Geheimnis der verschiedenen Fässer lüften kann. Den Gärten der Freunde und Nachbarn statten sie Besuche ab, zwischen Schilf gehen sie über die Stege hinunter zu den Booten und rudern hinaus auf den See. Zu Füßen der Steinmauer lehnen sie sich mit dem Rücken an, machen es sich in den Liegestühlen bequem, ihr Blick ruht auf dem flammend goldenen Dach des Nachbarhauses.

Soeben ist er auf der Bank eingeschlafen, hat von Lona geträumt. Sie hatte ihn angerufen: ruhige, warme Stimme, prägnante Artikulation. Lona, drang es ihm langsam ins

Bewußtsein. Die Reaktion ein tönendes Lächeln. Jahrelang stand Lonas Bild auf seinem Tisch, die Grenze trennte sie, und als sich Dragoman auf seinem Wanderweg im Exil zeitweise hundsmiserabel fühlte, stellte er sich vor, daß es mit ihr schön sein müßte. Immer wieder las er Lonas Briefe, nahm jeden einzelnen ihrer ebenmäßigen und kühnen Buchstaben in Augenschein.

Und schon sah er das markante Gesicht vor sich, die hellbraune Haut, die auch im Winter nicht die Farbe verlor. Lona bewahrte sich eine berückende Unabhängigkeit, nicht nur von ihrem Mann und von Dragoman, sondern überhaupt von den Männern. Einer Vereinnahmung entzog sie sich, ihre Liebesbeziehung vergaß sie, ihr Interesse driftete in eine andere Richtung. Ich rufe dich an, das konnte sie sagen wie ein unerbittlicher Beamter. Sie wird mich benachrichtigen, wenn es eine Hoffnung gibt, daß uns die Sonne wieder bescheint. Freundlich gab sie sich ihren Launen hin, von nachgiebiger Neugier getrieben unterhielt sie Kontakte zu wildfremden wunderlichen Käuzen, selbst Verrückte und Knastbrüder fanden sich darunter, und Lona ließ sich auch dann nicht aus der Ruhe bringen, wenn sie mit Selbstmord drohten.

Unlängst hatte er auf ein Glas Aprikosenschnaps die Zigeunerkneipe aufgesucht, in der einst die Schwaben verkehrten, jetzt lag sie am Dorfende, wo mehrheitlich Zigeuner wohnen. Er grüßte freundlich in die Runde, drückte dem Koloß von Kneipier, der im Dorf die Fußballmannschaft trainierte und unter den Zigeunern die größte Autorität besaß, die Hand, man könnte sagen, er war der Woiwode. Wenn jemand über den Durst getrunken hat, gibt er ihm an dem Tag nichts mehr, geh jetzt nach Hause, und leg dich hin.

In der Tür stand Gábor, achtundsechzig Jahre alt, Junggeselle, bei jeder Beerdigung zu sehen, er hilft beim Ausheben des Grabs. Nach einer schmerzlichen Geschichte hatte er beschlossen, ledig zu bleiben. In einer kleinen Plastikhülle trägt er Fotos bei sich, obenauf eine schöne junge Frau, fleischiges Gesicht, warmes Lächeln. Ein sehr gutes Herz habe sie gehabt, sagt Gábor. Er muß viel an sie denken, die Fotos sieht er sich oft an, sie lebt nicht mehr. Zum letzten Mal hatte er sie in der psychiatrischen Abteilung des Johannes-Krankenhauses besucht, die Frau bat ihn: »Hol mich hier raus, Gábor, ich komme zu dir.« Damals schluckte die Frau schon sehr viel. Einmal traf er sie in einer Schnellgaststätte, sie hatte an der Kasse Eintopf bezahlt und ihn an den Stahlrohrtisch gebracht, um zu essen, die Hände zitterten, sie verschüttete die Hälfte, auch damals war sie betrunken. »Gábor, erkennst du mich nicht?« Der wendete sich ab. Das Foto war noch 1953 entstanden. Geheiratet hatten sie nicht, weil der Altersunterschied zwischen ihnen sehr groß war: achtzehn Jahre. »Wenn du nur fünf Jahre jünger wärst, dann könnte es was werden mit uns.« Als sie noch gesund war, verbrachte sie oft bei ihm eine Woche im Dorf, von hier aus gingen beide zur Arbeit. Gábor kaufte Fleisch, buk und kochte, beim Militär war er Koch gewesen. »Der Kompanieschreiber, ein Jude, teilte mich für die Küche ein, ich sagte, ich bin weder Koch noch Bäcker, noch Konditor. Macht nichts, das lernst du, so machte mir der Kompanieschreiber Mut.« In einer Uniform, vierschrötig, steht Gábor auf dem Bild in der obersten Reihe. »Ein richtiger Stier war ich.« Nachdem er vom Militär entlassen worden war und in einer Fabrik arbeitete, kam die Frau immer zu ihm, sie lebten gut, pflückten das Obst von den Bäumen, tranken Wein. Sie war geschieden, hatte in der Stadt eine Wohnung und wollte nicht endgültig bei ihm einziehen. Und Gábor wollte nicht in die Stadt, denn sowohl sein Vater als auch sein Großvater hatten hier im Dorf gelebt und waren hier beerdigt. »Es gibt kein schöneres Dorf als dieses, deshalb bin ich allein geblieben, ich konnte es nicht verlassen. Dabei war diese Frau lieber als alle anderen, die ich kannte.« Vor fünfzahn Jahren hatte sich Gábor das letzte Mal um eine bemüht, dann war auch das vergangen. Seine Eltern starben, seine ältere Schwester starb, sein älterer Bruder, sein jüngerer Bruder, er hat niemanden mehr, mit der Arbeit hat er auch aufgehört, er lebt von der Rente. Dreißig Jahre lang hatte er in einer Textilfabrik geschafft, mit dem Bus brauchte er eine Dreiviertelstunde bis hin. Jetzt setzt er keinen Fuß mehr vor das Dorf auf dem Alten Berg. »Eine kleine Schweiz, sehen Sie nur, das steht in der Zeitung. Sehen Sie nur die umliegenden Berge und die inneren Rundungen des Tals. Als würde eine schöne Frau hier liegen. Sehen Sie nur, das steht in der Zeitung.« Hier bauten früher Bauern auf zwanzig Morgen Wein an, rauchten Pfeife, tranken den eigenen Wein, aßen den eigenen Schinken, brannten den eigenen Pflaumenschnaps, doch obwohl sie zu Hause tranken, konnten sieben Kneipen im Dorf, vor allem von den Bällen, gut existieren. In der Faschingszeit kam es am Sonnabend vor, daß man zwischen vier Bällen wählen konnte, dem für junge Männer, junge Mädchen, Verheiratete und Alte. »Ich wollte nicht vom dritten Stock zum Markt gehen müssen. Obst und Gemüse wachsen hier im Garten und kosten nichts. Du willst Tomaten? Du willst Aprikosen? Du brauchst nur in den Garten zu gehen.«

Viel Raum haben die Frauen um sich, sie tauschen seltene Pflanzen, lassen Fensteröffnungen stemmen, ziehen Steinmauern hoch, stellen Marmortische auf, beobachten Sternschnuppen am nächtlichen Himmel, schreiben, übersetzen täglich drei bis vier Seiten, redigieren Programme, entwerfen Häuser, bauen Gartenlauben, machen die Mühle bewohnbar, locken das Karstwasser in den Bachlauf zurück. Auf Pferden erkunden sie die Gegend, bitten den Schäfer, die Wiesen nicht abzubrennen, mähen vor dem Haus am

Grabenrand, fahren mit dem Rad zum Kuhstall, um Milch zu holen, pflücken Pfirsiche und Paprika im Garten, sammeln die Eier der Leghennen ein, in einem Kanu fahren sie im Bach zum See hinunter, sie planieren das Grundstück, trocknen den Hanf, spießen das Fleisch auf, trinken Wein, lernen andere kennen, den Kopf in den Nacken geworfen, betrachten sie die Sterne, planen Badezimmer und Weinkeller, hierher gehört Schotter, und dorthin gehören Malven, kontinuierlich entsteht Folklore.

Im sonnigen Garten hört er die Detonation der Kanone, die vor nahendem Sturm warnt, die Augen irren zum Fenster seiner Tochter, vielleicht müßte er das Schweigen brechen, ihre heftigen Reden dürften ihn nicht zum Lächeln bringen. Sie kann sich phantastisch ärgern, in ihren erhabenen Einfältigkeiten ist sie unschlagbar, es genügt, ihr den Kopf zu küssen, um sie in Tränen ausbrechen zu lassen.

Das aus dem Uferschilf mit seinen drei Jungen herausschwimmende Schwanenpärchen füttert er mit Brot, die Eltern sind schneeweiß, das Gefieder der Nachkömmlinge ist grau. Er lacht über den Hahn, wie er sich auf dem Erdhügel des Weinkellers in Positur wirft, bevor er zu krähen beginnt, eine Hühnerversammlung einberuft, einen mächtigen Rummel macht er aus dem Treten. Die Henne gibt sich ungerührt, schüttelt die Federn zurecht und pickt weiter, sie hat es hinter sich gebracht und bereits vergessen.

Schon lange ist Dragoman aufgefallen, wie viel selbst das wenige ist. Der Wind läßt die gewaschenen weißen Hemden auf der Leine flattern. Fast ist er glücklich hier, doch seine Sinne wittern Gefahr. Am Ufer des Baches geht er spazieren, von Zeit zu Zeit hört er Krähen, graue Wolken ziehen über ihn hin, täglich dreht er mehrere Stunden seine Runde, aus der Erde schöpft er Kraft, in der weiten Flur begegnet er niemandem, die Kühe legen sich nieder, der langweilige Drachenflieger kreist wieder über Dragomans Kopf. Ein Schmetterling schwirrt zwischen den großen

Kelchblättern des Dickichts umher. Dragoman hält das Umherflanieren, die morgendliche Radtour über Wiesen und Bachbrücken, vorbei am Hochsitz und Kruzifix, von wildwachsendem Hanf überwuchert, nicht für einen puren Zufall. Alle Orte sind, wenn sie Bewunderung erregen, heilig.

Von einem Winzerkeller auf dem Alten Berg, wo er verschiedene Weinsorten gekostet hat, mehr als sich mit vollkommener Nüchternheit vereinbaren ließe, schwebt er förmlich hinab in die Niederung, so daß die beiden Füße unter dem Rumpf nur so fliegen, die thermischen Bewegungen der Luft heben ihn über die Steigungen hinweg und lassen ihn die Abhänge hinabgleiten, und unerwartet findet er sich plötzlich vor der mit wildem Wein umrankten Mausefalle wieder.

Vom Laubengang aus fällt der Blick auf den Berghang und das Wasser, auf der Terrasse steht ein alter Holzsessel, der dem Körper eine außerordentliche Ruhe verleiht. Dann schlagen Wagentüren zu, eine Gästeschar steigt aus, strömt herein, eine Gesellschaft wälzt sich zum Gartentor herein, die meisten sind schon hier gewesen, sie lassen sich hinten in der Weinlaube nieder. Dragoman ist ein geübter Gastgeber, wenn es darum geht, einen größeren Kreis mit Wein zu versorgen, wenn alle ein Glas in der Hand haben, sich die Kinnladen bewegen, sie ihren Platz gefunden haben und in kluge Gespräche verwickelt sind. Für einen jeden hat er ein persönliches Wort, einmal zeigt er sich übermäßig zuvorkommend, ein andermal vergeßlich.

Die Gäste sind gegangen, was auf das Papier gelangt, das läßt er zurück wie einen abgelegten Mantel. Stets nur das eine Bett hat er, in dem er gerade liegt. Frühmorgens geht er zum See, um zu schwimmen, anschließend setzt sich der Graphomane, die Glieder streckend, an seinen Tisch. Stimmen dringen zum Fenster herein. Ein guter Mensch ist Dragoman nicht, er ist nicht pflichtbewußt, beschützt die unüberschaubar vielen Opfer nicht und steht ihnen nicht bei. Auf diese Seite mögen die treten, die sich nicht für Opfer, und auf jene, die sich dafür halten. Wie zu erwarten gewesen ist, hier sind wenige und dort viele. Herr Professor ist kein Opfer? Nein, das bin ich nicht. Vormittags unterhält er sich mit niemandem, er sucht den Pfad zurück. Es regnet, in den Aushöhlungen des Feldsteins bilden sich winzige Seen, der Oleander freut sich des nassen Segens, die Dachziegel erhalten einen Glanz. Den intelligenten Fragenden bewirtet er mit Wein und antwortet ausführlich.

Weder Macht besitzt er noch Angestellte, nicht einmal seinem Enkel erteilt er Befehle, er wartet ab, schweigt, nur was gewesen ist, ist. In den schwarzen Turnschuhen und im Pullover, auf dessen Ellenbogen Lederflecken genäht sind, geht er gern durch das dichte Gras im Garten des Alten Bergs. Mit Wohlgefallen betrachtet er die Hauswurz an den nackten Giebelwänden. Die Freude am Atmen nimmt es früher oder später mit allen anderen Wonnen auf. Nachts hat es stark geregnet, Nordwind bläst, die Baumkrone der gegenüberstehenden Tanne wankt. Der heftige Sturm hat die Blumentöpfe auf der Terrasse umgestürzt, läßt den gelben Ball die Mauer entlangrollen, verbiegt die Trauerweide und wirbelt das Laub der Akazie umher. Die kleinen Bäume genießen die regnerischen Nächte, saugen sich voll mit Feuchtigkeit, gewinnen an Biegsamkeit. Unter schwelgerisch finsterem Himmel schwelgerisch finstere Baumkronen.

Dragoman muß nirgendwohin gehen, erlaubt sich alles und erträgt es ziemlich gut, wenn niemand mit ihm einverstanden ist. Im Dorf schießt niemand auf andere. *Die Ladeninhaberin sagt*, Gott sei Dank gibt es nichts Neues. Kukucke und Milane fliegen über ihn hinweg.

Nachts im Traum ist er in eine Ausweiskontrolle geraten, und wegen irgendeines alten Vergehens, dessen er grundlos verdächtigt wird, haben sie ihm den Reisepaß abgenommen. Allein schlenderte er durch die Straßen, trank viel, hatte Angst, schließlich setzte er sich ins Auto, stieg kurz vor der Grenze aus und irrte in der Nähe des Drahtzauns umher, der durch Fotozellen abgesichert war. Die Grenzwachen nahmen ihn fest, doch während des Verhörs brachte er keinen einzigen Ton heraus, von da an schwieg er ein Jahr lang in der gestreiften Anstaltsuniform der Geisteskranken. Dragoman verwandelte sich in einen Wahnsinnigen, schmales Gesicht, Bürstenschnitt, große Augen, stundenlang hockte er wortlos in der Halle des Schlosses, der ländlichen Nervenheilanstalt, hinter der zum Park gehenden Glastür. Manchmal stand er auf, tänzelte affektiert über die Steinfliesen, trat immer nur auf die schwarzen Quadrate, dann kauerte er sich wieder hin und warf sehnsüchtige Blicke in den Park, doch zur Glastür ging er nie hinaus.

In Lauras Bannkreis

1952. Langer Saal, Geschichtsvorlesung, verbrauchte Luft, der Professor nennt uns seine verehrte Zuhörerschaft, was angenehmer ist, als liebe Genossen genannt zu werden. Gemäß meiner Gewohnheit versuche ich, in einer der hintersten Bänke zum Fenster hinauszufliegen. Ich verschanze mich hinter einigen wohlwollenden Menschen, hinter dem Bergmann Cibulka und dem Bauern *Kabarkó.* An die Universität waren sie gekommen, nachdem sie in einem internen Schnellehrgang ein Fachabitur abgelegt hatten, man hatte ihnen gesagt, daß sie lernen sollten, sie waren aus der Masse »hervorgehoben« worden, was sie als Auszeichnung begriffen, wenn nichts dazwischenkommt, werden sie Russischlehrer.

Beide sind sie wankelmütige, schüchterne, schelmische Hagestolze, in der Ukraine waren sie in Gefangenschaft geraten, die hatten sie überlebt, und das Studium werden sie auch überleben. Ein bißchen sage ich vor, helfe ihnen, sie erzählen, streiten sich, auch im Studentenwohnheim stehen ihre Betten nebeneinander. Wenn Kabarkó ein Paket von zu Hause, von seiner Frau, bekommt, ißt er das meiste allein, wenn Cibulkas Eltern etwas schicken, legt der, in Vertretung der Arbeiterklasse und deren Vorhut, der Bergarbeiter, Zeugnis von einer am höchsten entwickelten Moral ab: Noch bevor er sich um den Inhalt kümmert, legt er das Paket auf den Tisch und ruft alle zusammen. Im Donez-Becken arbeitete er als Kumpel, die Natschalniks waren alle zufrieden mit dem Towarischtsch Cibulka, er zeigte denen, was ein Komloer Bergmann kann, sein Bild wurde in der Wandzeitung veröffentlicht. Die Professoren waren weniger zufrieden, da Prüfungen nicht gerade Cibulkas starke Seite waren, in seiner Bank schrieb er zwar fleißig mit, doch pickte er lediglich einen zusammenhanglosen Wortsalat auf. Kabarkó besaß mehr Verstand, gern glänzte er durch vorbildliche Antworten, besonders vor Cibulka, dem dann nichts anderes übrigblieb, als müde seine Pfeile gegen Kabarkós häßlichen Egoismus abzufeuern.

Nie sah ich sie allein, stets traten sie zu zweit auf, bis sich ihre Wege schließlich doch trennten. Kabarkó wollte am Tag der Revolution in sein Dorf fahren, doch als er an einem Lastwagen vorbeikam, von dem aus Waffen verteilt wurden, und er die Unerfahrenheit sah, mit der die Neulinge von den jungfräulichen Maschinenpistolen das Waffenfett abwischten, konnte er das nicht auf sich beruhen lassen, und als ehemaliger Soldat gesellte er sich für eine Stunde als Ausbilder zu ihnen, doch da die Kenntnisse der Truppe auch eine Stunde später immer noch unbefriedigend waren, konnte er sich einfach nicht trennen, stellte sich an die Spitze der Kampfhandlungen, drei Panzer setzten sie in Brand, und dann, als junge Russen in ein altes, baufälliges Haus eindrangen, kämpften sie sich unter Einsatz von Handgranaten von Zimmer zu Zimmer vor, erledigten alle, und Kabarkó ärgerte sich nur darüber, daß seine Truppe, in der es auch Zigeuner gab, danach eine Korbflasche Schnaps leerte, was er mit der Leichtsinnigkeit der Zigeuner erklärte, er allein paßte auf sie auf, und erst als die Niederlage besiegelt war, fuhr er in das Dorf zu seiner Frau, von der ihn im großen Pobeda Cibulka abholte, der zu der Zeit gerade zum frischgebackenen Ermittler des Staatssicherheitsdienstes ernannt worden war.

Während des Verhörs siezte Cibulka Kabarkó, was jenen keine geringe Anstrengung kostete, noch größeres Kopfzerbrechen verursachte ihm die Schreibarbeit, mußte er doch das Protokoll in die Maschine hämmern, und verschlagen respektvoll machte ihn Kabarkó auf die Rechtschreibfehler aufmerksam. Das war ärgerlich, um so mehr, als schon wieder die Bauernschläue die Oberhand über den alles leugnenden Kabarkó gewonnen hatte. »Haben Sie denn keinen einzigen Funken Ehre im Leib?« fragte ihn Cibulka erschüttert. »Sie wären sogar fähig zu leugnen, daß wir Stubenkameraden gewesen sind!« – »Waren wir nicht«, sagte Kabarkó, was Cibulka derart aus der Fassung brachte, daß er Kabarkó eine feuerte. Schließlich wollte er die Sache an einen anderen Vernehmer abgeben, weil er beim Anblick dieses verlogenen Lumpen rot sehe, der sei sicher ein Kulakenbastard, auch wenn die Mutter eine Magd gewesen sei, müsse in seinen Adern Kulakenblut fließen, deshalb sei er so verstockt, statt ohne Umschweife ein Geständnis abzulegen, dem Menschen dabei in die Augen sehend und nicht immer das Tischbein prüfend, was er gegen den Sozialismus und die Arbeiterklasse verbrochen habe. Das mache nichts, wenn er wütend auf ihn sei, meinten die Vorgesetzten. Dann gab er den Fall doch nicht ab, und am nächsten Tag bat er den Stubenkameraden um Verzeihung, daß ihm die Hand ausgerutscht sei, und die Vernehmung schloß er mit dem Ergebnis ab, daß Kabarkó statt des Stricks drei Jahre bekam.

Nur zwei davon saß er ab, weil er auch im Haftarbeitslager vorbildlich gearbeitet hatte und auf den unendlichen Maisfeldern als Brigadier eingesetzt worden war. Als ihn Cibulka besuchte, sah er, daß dieser Kabarkó schon wieder dirigierte, die Strafgefangenen stopften die Strohsäcke und transportierten sie auf dem Rücken zur Baracke, und natürlich war es Kabarkó, der den Deppen zeigte, wie ein Sack gleichmäßig zu füllen sei. Zu beiden Seiten eines langen Kiefernholztisches saßen sie sich auf einer Bank gegenüber, maßen einander, redeten nicht viel, Cibulka neben Frau Kabarkó, auch er hatte aus seinem Dorf geräucherte Knackwurst und Blutwurst mitgebracht, denn in der Zwischenzeit arbeitete er wieder als Bergmann, die Kollegen bei der Stasi hatten ihn wegen seiner Vernehmungsprotokolle verspottet.

Nach seiner Entlassung gab auch Kabarkó den akademischen Beruf auf und verlegte sich früh schon auf den Tomatenanbau unter Kunststoffolie, er baute das Haus wieder auf, seine Frau aber raffte eine Krebserkrankung dahin und ihn auf dem Nachhauseweg vom Krankenhaus ein Herzanfall, von der Leichenhalle zur Grabstätte folgte dem Sarg unsicheren Schritts, grau geworden und ausgetrocknet, der berentete Bergmann Cibulka, den eine jüngere Frau mit aller beweglichen Habe auf einem Lastwagen als Liebchen des Chauffeurs sitzengelassen hatte.

Anfang September, zweites Studienjahr, Licht fällt ein, warum muß ich hier sitzen? Und überhaupt, wozu besuche ich die Universität, was für eine Zeitverschwendung! Gebündelte Sonnenstrahlen fielen auf Lauras Kopf, der nicht zu bändigende Haarmassen irgendwo zwischen bronzefarben und rostrot beherbergte, und als ich darauf aufmerksam wurde, weil sie vorn untern den Strebern saß, wähnte ich plötzlich, ein Flammen zu sehen. Eine gute Weile schaffte ich es nicht, meinen Blick von jenem Kopf zu lösen, von der Seite beobachtete ich seine Bewegungen, denn er wippte hin und her zwischen zwei griechischen Partisanen. Zyprioten und Bosniaken – im Studienjahr gab es verschiedenste Kämpfer –, sie hofierten die ungarischen Mädchen, sie waren Lauras treue Leibwächter, die ihnen ihrerseits Nachhilfe gab. Herrlich sei sie, wie eine Fliege, so sagten sie und verstanden nicht, weshalb das Kompliment stutzig werden ließ, sie dachten an einen Schmetterling, nur eben verwechselten sie die beiden ungarischen Wörter.

Zurückhaltendes ernstes Gesicht, phantastische Stupsnase, spöttische Mundwinkel, elfenbeinfarbenes Weiß der Augen um eine sehr braune Iris herum. Einige Tage betrachtete ich sie nur und wagte nicht, sie anzureden. Meine eindringlichen Beobachtungen dehnten sich auf die Absätze der Schuhe aus, sie hätte ein Paar neue Schuhe nötig, und wenn sie keine hatte, war das bei diesem Mädchen nicht politische Mimikry, was also bedeutete, daß sie kein Geld hatte. Gelegentlich übersetzte ich, auch ihr würde ich Arbeit besorgen, und sollte sie schlecht übersetzen, könnte ich es für sie machen. Die Beziehung zwischen Mitarbeitern würde einen Vorwand liefern, sie hin und wieder in ein Gespräch zu verwickeln.

»Sag, willst du Geld verdienen?« Ja, sie wollte. Am darauffolgenden Tag trafen wir uns bereits in einer Konditorei, und wir gingen in ein Museum, vor einem Van-Eyck-Bild sank Laura allerdings still zu Boden. Die Augen waren geschlossen, ich kniete mich neben sie hin, legte meine Hand unter ihren Kopf. Das dichte Haar machte ihren Kopf weich. Alsbald schlug sie die langen Augenwimpern auf und lächelte verschämt unsicher. Sie verstand nicht, was geschehen war, auch ich nicht.

Am nächsten Tag gingen wir ins Kino, die gemeinsame Arbeit mußte durch intensives Kennenlernen vorbereitet werden. Wie es der Zufall wollte, als wir aus dem Kino kamen – ich erläuterte gerade etwas –, entglitt mir Laura erneut, geziemlich, nicht hinstürzend, lediglich zusammenrutschend, legte sie sich auf der Fußgängerinsel an der Straßenbahnhaltestelle zu ebener Erde nieder. Ich war nicht so eingenommen von mir, dieses Phänomen mit der blitzschlagartigen Wirkung des Gesagten oder meiner Person in Verbindung zu bringen, und zaghaft fragte ich, ob sie nicht schwanger sei. Aber nein, nicht doch, das kann nicht sein, wie denn, auch wenn sie jetzt im Sommer geheiratet habe.

Diese frische, im Sommer geschlossene Ehe machte mich nicht glücklich. Aber wo war Lauras Mann? In Leningrad. Mit einem Stipendium, ein Medikus im fünften Semester, ein großartiger Mensch, Pennälerliebe, ewige Treue, reger Briefwechsel, Schwiegervater und Schwiegermutter aus der

Arbeiterklasse stammende Direktoren, schon vor dem Krieg waren sie in der Bewegung aktiv. Lali ist außerordentlich begabt und ein felsenfester Charakter. Seit sechs Jahren sind sie zuverlässige und treue Freunde, doch seit der Heirat im Sommer – Laura ist neunzehn, Lali einundzwanzig – haben sie auch körperliche Kontakte. Beide haben sie durch die Vereinigung miteinander in diesem Sommer ihre Unschuld verloren. »Er hat dir gesagt, daß er unschuldig ist? Hm.« Beide hätten sie eine außereheliche sexuelle Beziehung für unmoralisch gehalten. Im Sommer ist es zum ersten Beischlaf gekommen, Lali weiß, wann es ungefährlich ist: genau zum Mondwechsel. Ich nickte, dieser Lali ist ein großer Wissenschaftler. Selbst seinen Beischlaf organisiert er wissenschaftlich. Im Handumdrehen schwängert er Laura, dann geht er weg und ermuntert sie aus der Ferne zur Standhaftigkeit. Würde er freiwillig auf das Stipendium verzichten und das Studium in Budapest fortsetzen, käme das einer Flucht gleich, und vielleicht könnte er deshalb sogar aus der Partei ausgeschlossen werden, der Sohn von Eltern, die Direktorenposten innehaben und der Parteileitung angehören, darf sich nicht derart verantwortungslos verhalten. Die Partei hat ihn nach Leningrad geschickt, persönliche Gefühle höher anzusetzen als die Pflicht, das wäre eine Schwäche, die er sich selbst nicht verzeihen könnte. Sowohl fachlich als auch in den weltanschaulichen Fächern legt Lali so ausgezeichnete Prüfungsergebnisse vor, daß er, mit fortschrittlichem Wissen gewappnet, zu Hause in Ungarn alsbald eine führende Position einnehmen wird. Laura zuliebe hierbleiben? Nein, auch sie würde ihn deshalb verachten, so und nicht anders ist er Lauras Mann, die aufstrebende Arbeiterklasse ist ein Teil von ihm, er hat das Gefühl, eine Mission zu haben, von ganz unten gekommen, aus einer Einzimmerwohnung mit Küche vor dem Krieg, muß er nach oben. Lali pflegte zu sagen, der Mensch müsse hohe Anforderungen an sich stellen, und der Stahl des Charakters werde durch die Schwierigkeiten gehärtet.

Laura jedenfalls wunderte sich sehr, als ich meiner gegensätzlichen medizinischen Vermutung Ausdruck verlieh und ihr zuredete, einen Frauenarzt aufzusuchen. Der Sachverhalt schien nicht im entferntesten eine Geringfügigkeit zu sein, wurde doch damals ein künstlicher Schwangerschaftsabbruch streng bestraft. Wenn es herauskam, daß der Arzt eine Ausschabung durchgeführt hatte, konnte er dafür fünf bis sechs Jahre bekommen. Der pensionierte Frauenarzt aus dem Haus, der auch in der Parteiorganisation des Stadtbezirks tätig war und dessen Dackel allein spazierenging, stellte Lauras Schwangerschaft fest und teilte mit, daß er nicht bereit sei, die Frucht abzutreiben. Die neunzehnjährige Laura war arm, der Vater tot, die Mutter Rentnerin, sie gaben Englischstunden, lebten bescheiden, doch wie bekannt, wird der Charakter durch Schwierigkeiten zu Stahl gehärtet. Es dauerte nicht lange, und Laura bereute keineswegs, daß es um sie stand, wie es stand, und auch der Monat der Ohmachten verging.

Ich mochte den Rhythmus der Tage, vormittags Universität und Bibliothek, nach fünf aber, wenn die Männer zur Familie zurückgehen, klingelte auch ich in dem hellgelb gekachelten Treppenhaus bei Herrn Réthági, dem etwas buckligen Hausmeister mit der Schirmmütze. Verkrampft und stoppelig war er, die Nase rot und von Grippe gezeichnet, griesgrämig gewährte er den Hausbewohnern Einlaß. In seiner Verdrießlichkeit schien sich eine mir geltende Botschaft zu verbergen: »Betritt den Fahrstuhl, wenn du schon so schamlos bist, geh nur, wir wissen, daß du hier verkehrst, die Eltern des Ehemannes sind hohe Tiere, das weißt du ja. Sie können dir das Genick brechen.« Im Herbst 1956 mochte er mich mit einer Maschinenpistole über der Schulter gesehen haben, doch daß er mich angezeigt hätte, ist nicht wahrscheinlich. Im sechsten Stock steige ich aus, gehe nach rechts, vergesse nicht, den Lift zurückzuschicken. Diese Aktion wiederhole ich noch einige tausend Male.

Von drinnen liebenswertes und schneller werdendes Trappeln, das, wie die Wochen verstrichen, ein wenig schwerfälliger wurde. Schwungvoll öffnete sich die Tür, durch die milchige Glasscheibe hindurch war der Schatten des Ankömmlings von innen zu erkennen. In den Geruch des Korridors mischte sich der Duft eines sehr einfachen Kölnisch Wassers und Lauras sich von selbst einstellende Süße, die an Vanillecreme erinnerte, den Konditoreigeruch schwangerer Frauen empfand ich als verwandt jenem unnachahmlichen Heuduft, der um den Kopf von Säuglingen sich ausbreitet. Jede Wohnung hat ihren eigenen Geruch, der von Lauras schlägt mir schon im Korridor in die Nase, wo der Atem alter Reisetaschen einen unvergleichlichen Cocktail mit den Gerüchen der im Toilettenfenster nistenden Tauben mixt. Laura kommt mir in einem weiten roten Kleid entgegen. In der Tür reichen wir uns die Hand, nach Monaten ein dezenter Wangenkuß. Über die Diele schleichen wir uns in Lauras Zimmer. Dort bin ich erleichtert, wenn mich niemand gesehen hat und ich nicht grüßen muß. Ich bin kein erfreulicher Anblick, eher ein Eindringling. Laura tummelt sich, und alsbald steht sie im Mantel da. Der Bauch wächst und wächst, und auch der Arzt rät dazu, möglichst viel spazierenzugehen, damit sie später ihre legendäre Schlankheit zurückgewinnt.

Auf der Straße manchmal ein Händedruck, es kam vor, daß mir der Wind Lauras Haar ins Gesicht wehte und daß sie im Kino den Kopf an meine Schulter lehnte, doch dem Studienfreund war es auch vergönnt, Laura zu berühren, wenn er ihr zwischen Klosterruinen über eine niedrige

Mauer half. Wir schlenderten in verlassenen Gegenden des Kais umher, es war angenehm umherzustreifen, während es schneite, auf Lauras Haar ließ sich eine richtige Schneemütze nieder. Ich konnte mir schon vorstellen, daß sich Laura als kleines Kind auf der Straße mit Jungen geschlagen hatte und derart heftig in die Balgerei verwickelt war, daß eine Dame aus dem Haus, als sie das eine bis zum Hals pechschwarze Scheusal aus der Nähe betrachtete, aufschreien mußte: »Jessus Maria, das ist ja die Kleine von Doktor Barta!«

Den größten Teil unserer Zeit verbrachten wir mit Spaziergängen, schwangere Frauen müssen viel laufen. Es war Winter, in Bergsteigerschuhen stiegen wir den bewaldeten Hügel hinauf, zeichneten verschnörkelte Linien in den Schnee, waren durchgefroren, bekamen eine frische Gesichtsfarbe, danach verdiente ich mir eine Einladung in das Arbeitszimmer ihres Vaters, des Rechtsanwalts, in dem es gute Bücher mit Bleistiftzeichen gab, so beispielsweise: N. B. Lauras tiefe Stimme, ihre knapp, naserümpfend und kichernd vorgebrachten Urteile nahmen mich in den Kreis vornehmen Eingeweihtseins auf. In Lauras Umgebung befinde ich mich am richtigen Platz, ich sitze im bequemsten Sessel und halte das beste Buch in der Hand.

Hier am Ufer des Sees muß der Mittelpunkt der Welt sein, hier, wo ich mit Laura über den Kiesweg des Rosengartens an jenem eher bewölkten als mondbeschienenen Abend gehe. Lange Zeit gestand ich Laura nicht, daß ich außer der Freundschaft eines Bruders auch andere Gefühle für sie hegte. Allzu groß war meine Sehnsucht nach ihr nicht, dennoch wollte ich sie jeden Tag besuchen. Ich hatte das Bedürfnis, nachmittags um sechs in Lauras Zimmer zu sitzen. In einem der halb einander zugewendeten Sessel sitzend, wollte ich mit ihr plaudern, und ich empfand es als ein lukullisches Mahl, wenn ich zum Tee auch eine Scheibe Schmalzbrot bekam. Beide aßen wir in der Mensa der Universität, wir waren schlank und immer ein bißchen hungrig, doch irgendwie gehörte es sich nicht, dem Beachtung zu schenken.

Lauras Mutter wackelte jeden Vormittag zur Volksküche der jüdischen Gemeinde, wo an einem sehr bescheiden gedeckten Tisch Essen, kein sehr gutes, aber eßbares, in zerbeulte Töpfe gefüllt wurde, die sie aus einer Wachstuchtasche hervorholte. Auch darüber mußte nicht unbedingt gesprochen werden, weder die Armenküche noch die sich auf Unterstützung der amerikanischen Juden verlassende Gemeinde war sonderlich erwähnenswert. Mit Tante Erzsi unterhielten wir uns lieber über Literatur, gern rezitierte sie Gedichte von Goethe und Schiller auswendig, am liebsten las sie in gotischen Buchstaben gesetzte deutsche Bücher, im Salon ihrer Jugendzeit gehörte Endre Ady zu den Gästen. Sehr anerkennend sprach sie von ihrem Schwiegersohn, mit dem sie medizinische Themen erörtern konnte. Ihr Vater war Arzt, und auch sie hätte gern diesen Beruf ergriffen, zumal sie an Hypochondrie litt. Daß mir Tante Erzsi eine ebensolche Wertschätzung zuteil werden lassen würde wie dem legitimen Lali, damit durfte ich nicht rechnen. Die Häufigkeit meiner Besuche war verdächtig und unheilverkündend. Wenn Tante Erzsi die Tür öffnete, entging es meiner Aufmerksamkeit nicht, daß sich die Gesichtszüge der sich langsam nähernden alten Dame bei meinem Anblick keineswegs erhellten.

Angenehme Beleuchtung in Lauras Zimmer, die Blumen in der chinesischen Vase waren hübsch angeordnet, von Zeit zu Zeit reichte mein Geld für einen kleinen Strauß. Die bräunliche Färbung der Möbel und ihr seidiger Glanz wirkten heimisch. Und wenn Laura in der Küche zu tun hatte, nahm ich an dem mit einer Glasplatte abgedeckten Schreibtisch Platz, um irgendeinen der Zeit entsprechenden

Blödsinn aufzuzeichnen. Ich betrachtete Lauras im roten Kleid sich rundenden Bauch und wünschte mir, sie sollte noch Zeit haben, mit mir ins Kino zu gehen, anschließend würde ich sie zum Abendessen einladen. Auf eine Laufbahn als Philosoph und Romanschriftsteller bereitete ich mich vor, zu Hause übersetzte ich Texte aus dem Russischen über rationelle Düngung und die Silofütterung. Ich hatte immer so viel Geld in der Hosentasche, daß ich nicht in Verlegenheit kommen würde, wenn es die Rechnung zu begleichen galt. Besaß ich keinen einzigen Fillér mehr, versetzte ich im Antiquariat Bücher, im Winter brachte ich die Sommer-, im Sommer die Wintersachen ins Pfandhaus.

Dann rückte die Zeit der Entbindung heran, die Familienmacht erschien auf der Bildfläche. Mütter und Schwiegermütter, Geburtshelfer und Hebamme sowie die alte Tante Julischka, die Putzfrau, nahmen die Sache in die Hand. Die schöne Babydame kam exakt zu Lauras zwanzigstem Geburtstag an. Gern hätte ich Laura besucht, wenn die Mütter nicht anwesend waren. In einem von meinem Freund geliehenen Arztkittel schlich ich mich, nachdem ich über die Krankenhausmauer geklettert war, zur Frau meiner Wachträume. Der schöne Kopf ein wenig schlaff seitlich auf dem Kopfkissen, die Haut weißer, die Augen schillernder, triumphierender und ein wenig erwachsener als zuvor. Vorbereitet worden war der Besuch von ihrer Freundin. Mit Blumen in der Hand und dem angenehmen Gefühl der Illegalität stand ich in der Tür des Krankensaals. Lauras jenseitiges Strahlen verblüffte mich, die anderen Frauen wagte ich nicht anzusehen. Der sehr ernste Säugling auf dem Arm der Hebamme eine Botschaft von da drüben, noch steht nichts geschrieben auf der Haut seines Gesichts, die Hände lauter Zeichen.

Als wir bereits zu Hause waren, nahm ich den Säugling an die Brust und ließ ihn sein Bäuerchen machen, damit ihm das, was von der Muttermilch hochkommt, nicht in die Luftröhre gerät. Zu schamhaft waren wir, als daß ich Zeuge der Kämpfe hätte sein können, die Laura mit dem kleinen ungeschickten Babymund austrug, um ihn endlich zum Saugen zu bekommen, damit er den angeblich seinen Instinkten eingeschriebenen Befehl erfüllt, zu schmatzen, zu schnaufen und mit seinem zahnlosen kleinen Gaumen um die Brustwarze einen luftleeren Raum zu schaffen. Ich saß in der Diele, im Armsessel mit der hohen Lehne, mit dem Rücken zu Lauras Tür, und hörte die Geräusche. Das Baby war satt. Nun kam die Waage. Die Menge ist ausreichend. Fröhliches Aufstoßen, großes Licht, ich schaukle das Baby, das scheint ihm zu gefallen. Das steht dir gut, sagte Laura, ich errötete, schrecklich leicht wurde ich rot. Es nahten die Sommerferien, das Ende des Studienjahres, es nahte Lali. Und in der Zwischenzeit noch ein kleines Hindernis in einer pfeilgeraden Karriere: Ich wurde vom Studium ausgeschlossen.

Ein hinkender Mann der Parteisekretär, unversöhnlich in seinen Entlarvungen, er hatte herausgefunden, daß mein Großvater ein Weingroßhändler gewesen war und in Abweichung von meinem Lebenslauf nicht zwei bis drei, sondern sechs bis acht Angestellte für ihn gearbeitet hatten. Auch hatte ich nicht zugegeben, daß meine Cousine in Amerika lebte, obschon als Diplomatengattin, doch auf dem Fragebogen hätte ich das anführen müssen. Meinungsäußerungen von mir wurden zitiert, und der Disziplinarausschuß gelangte zu der Überzeugung, ich sei nicht würdig, die Universität des Volkes zu besuchen. Dieses Verfahren war zur rechten Zeit gekommen, ich neigte allmählich zu Überheblichkeit, leitete bereits ein Geschichtsseminar, wofür ich ein bißchen Geld bekam, mit meinem

Verstand mußte ich nicht mehr unbedingt hinterm Berg halten. Bis dahin war es nicht erwünscht zu beherrschen, was man zu lernen hatte, denn das galt als Triumphalismus über die aus der Arbeiterklasse stammenden Studenten.

Im Jahr zuvor, noch bevor ich mich in Laura verguckt hatte, suggerierte mir Irénke – zwei bis drei Monate meine Freundin –, ich solle gemeinsam mit den anderen im Studierzimmer lernen, an den fakultativen militärischen Übungen teilnehmen, am Kleinkaliberschießen, ich solle mich öfter in den Rattern genannten Rundtanz einreihen und lieber Stalin als Marx lesen, damit mich das Kollektiv als dazugehörig empfinden könne. Sie machte mich darauf aufmerksam, daß es nicht günstig sei, wenn ich mich hier und da in Espressos sehen ließe, wenn ich zum Anzug einen Schlips trüge, und auch die Art, wie ich grüßte oder wie ich die Frauen ansähe, werfe kein gutes Licht auf mich. Es stünde mir gut an, wahrhaftig zu werden, meinen bürgerlichen Individualismus abzulegen oder beispielsweise jene abstoßend besitzergreifende Frauenverachtung, die sich darin zeige, daß ich zu den schönen Mädchen netter sei als zu den weniger schönen. Irénke wollte mich um jeden Preis davon überzeugen, daß ein schönes Äußeres sich zu einer wertvollen Seele umgekehrt proportional verhalte.

Das Leben verlief in ziemlich festgefügten Bahnen, ich ging in die Bibliothek, trieb mich in unbekannten Stadtteilen umher, und um nicht ohne Geld zu sein, übersetzte ich wieder etwas über die Moskauer Wolkenkratzer und einen bunten Abend in einem Kolchosklub. Am späten Nachmittag lockte mich die Universität, wo Irénke noch anzutreffen war und zuließ, daß wir uns in dem dunklen Raum eines Lernaktivs küßten.

Übrigens war sie dreist und amüsant, sie foppte mich, besaß einen überschäumenden Verstand, eine geläufige

Zunge, flinke Füße und der Mund lachte viel. Eine große Nase und irgendein besonderer Duft zeichneten sie aus, von dem ich nicht zu entscheiden vermochte, ob er von der Seife oder ihrem Körper stammte. Auch war ich mir keineswegs sicher, ob ich sie heiraten wollte. Ständig wiederkehrend erwähnte sie die Ehe, und vergnügt bereitete sie sich darauf vor, mich von meinen bürgerlichen Relikten zu befreien.

Dabei stand ich, wenn die Reihe an mich kam, selbst eine Stunde lang Ehrenwache an der vergoldeten Stalin-Büste, ich links, Irénke rechts davon, sie sorgte für mich, ihr hatte ich diese Auszeichnung zu verdanken. Den mächtigen Stalin-Kopf hatte man in die halbrunde Mauervertiefung gestellt, stündlich einander ablösend bewachten wir ihn in Habtachtstellung. Ernst starrte ich vor mich hin, erfüllt von der Feierlichkeit meiner Position. Durch diese Gipskopie fühlte ich mich Stalin näher. Alles hier geschah in seinem Namen. Seinen Namen hörend, sprang der ganze Saal auf, applaudierte, erst stürmisch, dann im Takt und als Schlußsatz anschwellend. Für die Begeisterungsrufe bot sich eine austauschbare Reihenfolge heiliger Namen und Begriffe an. Ausschließlich deshalb zu klatschen, weil man Angst hat, ist kaum vorstellbar. Er, den wir hochleben lassen, ist in uns. Nicht zähneknirschend huldigte ich ihm. Den gelehrten Herrn des Reichs nicht zu respektieren, das schaffte ich nicht. Geheimnisvoll und schweigsam war er, der Führer der Geschichte. Einer unserer Professoren, der bald darauf inhaftiert wurde, meinte, Stalin studiere jede Nacht zwei dicke Bücher. Ein Fenster im Kreml, seines, leuchtet über dem schlafenden Moskau. Während das Volk schläft, hält der Führer Wacht. Ja, natürlich, antwortete der Professor, als ich ihn fragte, ob Stalin die Methode des Schnellesens erlernt habe, weil es anders kaum möglich sei, in einer einzigen Nacht zwei dicke Bücher zu wälzen. Dieses »Ja, natürlich« war nicht restlos überzeugend. Nun ja, warum sollte er andererseits nicht übermenschliche Fähigkeiten besitzen? Auch mein Professor, der später den stalinistischen Prozessen zum Opfer fiel, war Stalinist.

In begleitete sie bis an den Stadtrand, die Fahrt dauerte mehr als eine Stunde, Hand in Hand saßen wir in der Straßenbahn, um zu dem ebenerdigen Einfamilienhaus zu gelangen, in dem Irénke zusammen mit ihrer Mutter wohnte. Der Vater war schon tot, wenn Irénke von ihm sprach, schwang etwas Erhabenes in ihrer Stimme mit, die schönsten Tugenden der Arbeiterklasse repräsentierte er, die Mutter war eine sensible kleine Frau, sie arbeitete in der Textilfabrik, in Verbindung mit den anderen Arbeitern führte sie häufig das Wort Genosse im Mund, die zahlreichen Auszeichnungen hingen eingerahmt an der Wand. Auch Irénke hatte einen Geländelauf gewonnen und eine Bronzemedaille für die Teilnahme an der Bewegung »Bereit zur Arbeit, bereit zum Kampf« erhalten; sie hatte sich beim Kleinkaliberschießen unter den Mädchen durch besondere Leistungen hervorgetan. Sie war Parteimitglied, und wenn sie zur Mitgliederversammlung ging, strahlten ihre Augen verantwortungsbewußte Ernsthaftigkeit aus; sie gehörte zum geheimnisvollen Kreis der Eingeweihten und Entschlossenen.

Die große Gelegenheit, die Erfüllung schob ich hinaus. Irénke war noch Jungfrau, und ich hätte sie, das Mädchen, zur Frau machen müssen, und obwohl wir viel darüber verhandelten, wo die Sache stattfinden sollte, weil es weder bei ihr noch bei mir möglich war, und obwohl sie sich über jenes frühere Prinzip, daß wir zuerst heiraten müßten, bereits hinweggesetzt hatte, pries ich in einer plötzlichen Wende die biblische Ehe und sann über verschiedene Ausreden nach, wie ich begründen könnte, daß ich es vorzöge, jetzt doch nicht in jene Jugendherberge zu gehen, wo wir, entsprechend den Vorstudien, in einem Erkerzimmer körperlich und seelisch Mann und Frau sein könnten. Wenn die Mutter zufälligerweise nicht zu Hause war, wenn wir die rosa Puppe vom spitzenbesetzten Kopfkissen beiseite legten, wenn ich mich ausstreckte und Irénke sich an mich kuschelte, bedrängte ich sie nur zum Schein, und schon gab ich mich schuldbewußt, wurde zahm wie ein Lamm, kaum daß sie das zweite Mal einen Anflug von Widerstand leistete, versprach, ihr gegenüber anständig zu bleiben, und daran hielt ich mich auch.

Im Sommer, als ich nach Böhönye zum Militär einberufen wurde, vergaß ich Irénke, die mir zuvor gedroht hatte, sie werde Andor Késmárki das geben, was sie mir halbherzig verweigert hatte, und sie bedeutete mir, daß sie sich mit Késmárki ideologisch besser verstehe als mit mir, und letztlich sei nichts wichtiger als weltanschauliche Übereinstimmung zwischen Eheleuten. Welche Anstrengungen Andor Késmárki unternahm, um sich eine richtige Haltung anzueignen, das ließ sich auch an seiner Aussprache feststellen, denn obwohl er ein jüdischer Junge aus der neuen Leopoldstadt war, erlernte er einen ländlichen Dialekt, noch dazu die mundartliche Aussprache jener Gegend, aus der der Vater und Führer Ungarns stammte, seine Wortbeiträge also strotzten allein schon durch den Klang von weltanschaulicher Richtigkeit.

Ein sicheres Liebesnest hatten wir auch bei uns nicht, wir rückten zusammen, für vornehme Distanz gab es keinen Platz. Ach, diese bürgerlichen Wohnungen in Budapest! Welcher Manöver es bedurfte, zwei bis drei Zimmer zu behaupten! Was unsere Eltern für Ängste ausstanden, sie könnten die Wohnungen verlieren, daß ihnen Mieter zugewiesen werden, daß der eng gewordene Wohnraum abermals durch eine Wand geteilt werden muß, daß die bereits ausgewählten besseren Möbel, Bilder und Bücher noch mehr zusammengepfercht werden müssen. Das ehemals großbürgerliche Zuhause wurde in Kleinsteinheiten aufgeteilt, eigenartige kurze Korridore entstanden, winzige Zimmer mit hohen Decken, Schlangennester, haßerfüllte Feindschaften, mußten sich doch die gemeinschaftlichen Mieter Küche und Badezimmer teilen, und wenn ein verruchter Mitmieter das Klosett besetzt hält, wenn du gerade ein dringendes Geschäft zu verrichten hättest, kommt dir die Menschenliebe abhanden. Zerstückelt wurden die Diele, die Küche, alles, was von früher geblieben war, nur um den, der vom Wohnungsamt einquartiert worden war, außerhalb der verrückten Wände zu wissen, den Volkskader, den Mann des Regimes, der das Gefühl hatte, im Recht zu sein, daß er von der historischen Gerechtigkeit in diese Wohnung eingewiesen worden sei.

Auch uns setzte man ein zuverlässiges junges Beamtenpaar in die Wohnung, das meine Eltern höchstens eines gemessenen und knappen Grußes würdigte oder besser nur eines Kopfnickens, und natürlich hörte es, was zu hören war. Den englischen Rundfunk also, den mein Vater jeden Morgen dreiviertel sieben einschaltete. Tatatatah, hier ist London. Für meinen Vater war die BBC eine vertrauenswürdige Nachrichtenquelle, was das Budapester Radio verbreitete, erwies sich samt und sonders als unwahr. Der Beobachter hatte alle Gründe, uns zu hassen, denn irgendwie mußte er sich selbst die Rechtmäßigkeit seiner Anwesenheit beweisen, allmählich hielt er es nicht mehr für angemessen, daß der größere Teil der Wohnung noch immer vom eigentlichen Inhaber benutzt wurde.

Im anderen Zimmer, das traf tatsächlich zu, schwelgte die bürgerliche Kultur. Auf der Couch, die mit einem enggeknüpften Perserteppich abgedeckt war, las ich Proust, Mann und Huxley. Im Nachbarzimmer Aktivitäten eines jungen Paars nach dem Zubettgehen, anschwellendes und abflauendes Keuchen. Krampfhaft war ich bemüht, mich auf die Lektüre zu konzentrieren, doch diese weibliche Stimme, die sich derart von jenem knappen und leisen Gutentag unterschied, das sie mir bei unserer Begegnung zukommen ließ, dieses erstickte, jedoch schamlose Wimmern und Jammern, das die Mitmieterin im Zimmer neben mir jeden zweiten Abend zwischen halb zehn und zehn produzierte, lenkte meine Aufmerksamkeit ab. Ich hatte das Gefühl, vielleicht sollte ich das Licht ausknipsen, damit sie annehmen könnten, sie seien allein, doch dazu konnte ich mich nicht entschließen, aus Sorge darüber, sie könnten aufwachen, wenn ich das Licht wieder einschaltete, da ich bis morgens um zwei las. Ich meinerseits gebe mich dekadentem Müßiggang hin, vertiefe mich in elitäre Bücher, die nur wenigen einen Genuß bedeuten, sie dagegen gehen frühmorgens zur Arbeit in das staatliche und das Parteibüro, und selbst in ihrer Ruhepause betätigen sie sich zum Wohl der Öffentlichkeit, vermehren das Volk. Aus einem gewissen Blickwinkel gesehen besitzen sie einen Rechtsanspruch auf das Herrenzimmer unserer Wohnung und das Bett, in dem sie sich lieben. Die Geräusche dringen durch die Glastür hindurch und bringen mich aus der Ruhe, doch vorstellen will ich mir nicht, was die Nachbarsfrau, die ein Konzert der Wollust gibt, mit ihrem Mann gerade anstellt.

Das war eine andere Art von Einquartierung als während des Krieges, da das Herrenzimmer für ungarische Offiziere beschlagnahmt worden war. Höflich gingen sie durch den Salon, in dem wir uns aufhielten, durch das Eßzimmer, in dem wir aßen, ins Herrenzimmer, wo genügend Schlafgelegenheiten für sie aufgestellt worden waren. Diese Offiziere waren überzeugt davon, daß sie dank der unerreichten Qualität deutscher Waffen siegen würden. In diesem Glauben wußten sie sich eins mit den jungen, schnauzbärtigen und stechend dreinblickenden Beamten, die angesichts ihrer Deutschfreundlichkeit, erwachenden Nationalbewußtseins und eventueller Mitgliedschaft bei den nationalsozialistischen Pfeilkreuzlern meinen Vater samt Familie aus Schrifttum bezogene Antipathie spüren ließen. Dieser junge Mitmieter ähnelte jenen jungen Leuten auffallend. Es hatte den Anschein, daß viele an dem Herrenzimmer interessiert waren, worauf auch ich Anspruch erhob, zumal mein Vater den großen mit Schnitzwerk versehenen Schreibtisch nicht sonderlich nutzte. Ein Sessel ist übriggeblieben, mein Großvater hielt darin seinen Schlummer, wenn er bei uns zu Besuch weilte.

Damals stellte ich mir die Aufgabe, die andere Seite zu verstehen, verstehen wollte ich die Verstaatlicher, diejenigen, die mich für ein X erklärten, für klassenfremd, für klassenfeindlich, für einen Bourgeois, dem aus der Sicht des Sozialismus mit großem Argwohn zu begegnen war. Nach meiner Einschulung merkte ich allmählich, daß unser wohlhabendes bürgerliches Leben beim Volk wenig Sympathie fand, auch nicht seitens der armen Juden. Obschon wir uns nicht protzig gaben, fuhren wir dennoch in der Pferdedroschke zur Eisbahn und gingen in weißen Handschuhen mit unserem Kindermädchen auf der Hauptstraße spazieren. Warum stand mir so viel mehr zu als den anderen? Einfach deshalb, weil es vorhanden war? Das würde nicht immer so sein. Besitz verpflichtet, sagte mein Vater einmal. Stets ist es der Bourgeois, der von allem ein bißchen mehr hat als der Nachbar, sogar im Konzentrationslager. In diesem Entgegenkommen steckte auch ein wenig Hohn, das ist nicht zu leugnen, da habt ihr es, nehmt euch, was ihr wollt, werdet glücklich damit, wenn ihr könnt, etwas aber habe ich von den ethischen Argumenten der sozialistischen Enteignung des Bürgertums übernommen, ich billigte, daß wir denjenigen den Platz überließen, die, ähnlich wie die Kinder, sagten, jetzt komme ich dran, du hast schon lange genug auf dem Fahrrad gesessen, und der Frage, wem das Fahrrad gehörte, keine Bedeutung beimessen.

Zu den Vorlesungen am Morgen kam ich des öfteren zu spät, was nicht von Vorteil war, da am Eingang Aufpasser standen, die sich die Namen der Bummelanten notierten. Eines Tages wurden über den Köpfen der Aufpasser zwei Schaukästen angebracht, an dem einen davon stand zu lesen: »Ruhmestafel«, und an dem anderen: »Schandtafel«. Auch wegen fortgesetzter Verspätung konnte man aufgrund individuellen Abwägens auf die Schandtafel gelangen. Und so kam es, daß ich plötzlich mein Foto dort entdeckte. Auf diesem Bild gefiel ich mir nicht, ich wirkte verträumt und wie ein Junge aus besserem Haus, im ersten Moment war ich mit meiner Eitelkeit beschäftigt, daß dieses Porträt nicht vorteilhaft sei, und nur langsam drang es bis zu meinem Bewußtsein vor, daß ich als Klassenfeind vom Studium suspendiert worden war und die Alma mater anderntags schon nicht mehr betreten durfte.

Laura umgab irgendeine Geborgenheit, da war Tante Erzsi, die Mama, die einen unbeirrbaren Geschmack besaß, die Englisch- und Französischstunden gab. Mit winzigen Schritten, umständlicher und nicht in diese Welt passender trödelhafter Langsamkeit, der Bildung eines vornehmen jüdischen Mädchens aus der Batschka, der Neugier und Voreingenommenheit in Sachen Musik und Dichtung sowie gewisser medizinischer und naturwissenschaftlicher Kenntnisse bewegt sich Tante Erzsi voran. Sie hat einen Grund zur Unzufriedenheit. Auch als junge Frau lief sie langsam, manchmal stockend, machte kurze Schritte, wackelte ihrem Mann immer ein wenig hinterher, und dieser kleine Abstand mochte ihnen wechselseitig auf die Nerven gegangen sein. In der ein wenig vollgestopften Wohnung, drei Zimmer, Diele, war auch der Chor der Tanten, die entschlossen ihre Unterstützung anboten, nachmittags erschienen sie auf der Bildfläche, Manci und Magda hießen sie alle. Anfangs war es nicht leicht, sie auseinanderzuhalten, doch wenn ich meine Verlegenheit überwand und mich zu ihnen setzte, entdeckte ich in ihren sich runzelnden Gesichtern die Erfahrung und irgendeine schelmische, warmherzige Weisheit. Sie trafen sich jeden Tag, immer gab es etwas zu besprechen und zu erinnern: ihre in Lagern, im Ghetto verstorbenen Angehörigen und Ehemänner, die in den Träumen auf rätselhafte Weise anwesend blieben, im Gas und Kugelhagel zu Erinnerung geworden waren.

Eigentümliches Haupt der Tantenversammlung war Onkel Vilmos, vor dem Krieg Zeitungsverleger, Druckerei- und Verlagsbesitzer, Freund der Schriftsteller, schon ein wenig gebeugt, ein achtzigjähriger, einst liberaler Bürger, Verse schmiedend, stets zu Scherzen aufgelegt, weißhaarig, kreolische Stirn, nunmehr lediglich berentet, jedoch auch weiterhin beschäftigter Fachmann der Druckerei Roter Stern, täglich erschien er zweimal bei Tante Ilus, seiner ehemaligen Frau. Erst insgeheim, frühmorgens halb acht, immer zu Fuß, schwer atmend in den sechsten Stock hinauf. Vermutlich verzichtete er nicht auf die Benutzung des Fahrstuhls, um dreißig Fillér zu sparen, obwohl auch das ein Grund sein mochte, vielmehr wollte er sich nicht ganz des illegalen Charakters der Liaison mit seiner geschiedenen Frau berauben. Der Inhalt dieser konspirativen Treffen bestand in einer Frage und einer Tüte. Die Frage lautete wie folgt: »Was gibts Neues?« Die Antwort: »Nichts.« Die Reaktion darauf: »Gott sei Dank.« Um sich die beruhigende Gewißheit zu verschaffen, daß nichts passiert sei, lohnte es, die Stufen hinaufzustiefeln. In der Tüte gab es vielleicht ein Hörnchen, manchmal nur ein halbes oder dessen knuspriges Ende, einen Apfel, einen Zipfel Knackwurst, ein paar Scheiben Käse, Würfelzucker, Pfefferkuchenherzen, in der

Art etwa, Kleinigkeiten. Verhungern im Besitz einer solchen Tüte war ausgeschlossen. Eventuell brachte Onkel Vilmos auch ein Buch, auf das er am Tag zuvor hingewiesen hatte, hier war nun der Text von Heine oder Tocqueville. Nachmittags kam Onkel Vilmos gemeinsam mit Tante Magda, seiner zweiten Frau, legal und mit dem Fahrstuhl, die Viertelstunde des morgendlichen Besuchs vorsorglich verschweigend.

Ihren ersten Mann, der ihr eine solide bürgerliche Existenz bot, verließ Tante Erzsi Ende der zwanziger Jahre Doktor Barta zuliebe, einem romantischen und stattlichen Mann, einem jungen Rechtsanwalt mit verträumten Augen. Scheidung, Heirat und viele Umzüge, denn Doktor Barta zog leidenschaftlich gern um, jeden Vormittag flanierte er durch die Stadt, und da er an mehreren Stellen zu vermietende Wohnungen ausgeschrieben sah, inspizierte er die Angebote und kam triumphierend nach Hause, um die neue Adresse mitzuteilen, er verstand es, die Vorteile jeder Wohnung in rosigen Farben zu schildern, die Ehefrau aber, nachdem sie einige Umzüge ergeben abgewickelt hatte, versteifte sich plötzlich darauf, von nun an nicht mehr umziehen zu wollen, wenn Doktor Barta indes derartige Absichten hege, solle er sie allein in die Tat umsetzen, Frau und Kind würden ihm nicht folgen. So fanden also die Kirschholzmöbel mit der Chinoiserie in der Vitrine und die hohen Sessel, in denen man versinken konnte, eine endgültige Heimstatt in dem Mietshaus der Versicherungsgesellschaft Árkádia, dem eine große Arkade vorgelagert war, und erwarteten, in die Diele gezwängt, die Klienten, zahlungskräftige Kläger, die allerdings den Seidenbrokatbezug der mächtigen Sessel nur selten abwetzten. Doktor Barta saß hinter seinem mit Glas abgedeckten Schreibtisch, während der Sprechstunden indes zeichnete sich das Wartezimmer durch eine gähnende Leere aus.

Er trat auf den Balkon hinaus, und auf die Steinbrüstung gestützt, beobachtete er vom sechsten Stock aus die Straße, nachdem er schließlich die Hoffnung jenes Tages aufgegeben hatte, nahm er eines seiner guten Bücher in die Hand. Gern las er immer wieder dieselben Bücher, und wenn er darin einen Satz entdeckte, den er für besonders nachdenkens- oder beherzigenswert hielt, markierte er die Stelle mit einem feinen spitzen Bleistift durch eine dünne senkrechte Linie am Seitenrand. Ich kannte diesen Menschen nicht, manchmal wunderte ich mich, was seine Phantasie in einem bestimmten Absatz angeregt haben mochte, ein andermal allerdings war ich mit dem toten Schwiegervater einverstanden: Ja, es lohnte, diesen Satz stets von neuem zu lesen.

Da Doktor Barta Prozeßangelegenheiten langweilten, liefen diese ihm auch nicht hinterher. Das Einkommen war keineswegs ausreichend, die Möbel hatte seine Frau aus der vorangegangenen Ehe mitgebracht, Doktor Bartas älterer Bruder und insgeheim auch Onkel Vilmos steuerten etwas zum Haushalt bei. Dessenungeachtet verzieh der jüngere dem älteren Bruder nicht, daß der eine Christin geheiratet hatte und noch dazu zum Katholizismus übergetreten war. Obschon Doktor Barta selten in die Synagoge ging und auch zu Hause nicht an den religiösen Riten festhielt, betrachtete er die Konversion als Verrat, und auf seinem Totenbett nötigte er dem älteren Bruder das Versprechen ab, zum Judentum zurückzukehren. Dieser versprach es unter Tränen, doch weiß ich nicht, ob er sich daran gehalten hat. Ansonsten war Doktor Barta nicht religiös, auch Laura erzog er nicht orthodox, seine Bildung war weltlich geprägt, moralisch aber legte er strenge Maßstäbe an, Treulosigkeiten erlaubte er sich nicht. Auf der Straße ging der Mann voran, die Frau folgte ihm im Abstand von einem Meter. Die ältere Tochter war gestorben, Laura verfiel danach in völlige Stummheit, und wortlos verbrachte sie den größeren Teil ihrer Tage mit ein bis zwei Puppen unter dem Eßtisch.

Während des Krieges erkrankte Doktor Barta an Tuberkulose, in einem Keller der Innenstadt überstanden sie mit falschen Papieren als Flüchtlinge aus Siebenbürgen die Ära der ungarischen Faschisten und die Belagerung; die Gefahr von Bombenangriffen war nichts gemessen an dem, daß sich die Pfeilkreuzler in einer Wohnung des Hauses eingerichtet hatten, wo sie Menschen folterten, zersägten. Kurz vor dem Eintreffen der Russen verließen die Pfeilkreuzler jene Wohnung, im Kachelofen jedoch menschliche Gliedmaßen und Schädel zurücklassend und zwischen den Seiten eines Lexikonbandes viele Hundertdollarnoten, die sich alsbald ein Mann der neuen Polizei abholte, schnurstracks trat er an das Bücherregal und nahm den dreizehnten Band des Révai-Lexikons herunter.

Doktor Bartas Zustand verschlechterte sich nach dem Krieg zusehends, eine Lungenklinik löste die andere ab. Er wäre vielleicht zu retten gewesen, denn damals tauchte auf dem internationalen Markt das Streptomyzin auf, es hieß, das neue Medikament sei in der Behandlung von Lungenkranken äußerst wirkungsvoll, in Ungarn wurde es noch nicht hergestellt. Hätte sich Tante Erzsi dazu durchringen können, die Perserteppiche und die Nippes aus der Vitrine zu Geld zu machen, wäre es für einen hohen Preis aus der Schweiz zu besorgen gewesen. Der Verkauf erfolgte nicht, sie argwöhnte, jenes Medikament sei vielleicht doch nicht so effektiv, und eine Freundin von schnellen Entschlüssen war sie nicht, von Natur aus grüblerisch und ängstlich, erwog sie immer wieder von neuem, wem und für wieviel sie den Rest ihrer Mitgift veräußern könnnte.

Der Rechtsanwalt starb, bevor das Medikament gekauft wurde. Laura merkte sich diese Tatsache mit kühler Unversöhnlichkeit. Der Mutter war sie eine gute Tochter, kümmerte sich um sie, doch errichtete ihr gegenüber eine Grenzlinie, verhängte ein Urteil, von dem sich jene nicht befreien konnte. Laura, dessen konnte ich mir sicher sein, würde die Teppiche verkaufen, sollte ihr Mann krank werden.

Laura: dichtes langes Haar, bronzefarben rötlich, kleines Gesicht, auffällige Stupsnase, amüsante Grübchen, weich sich runzelnde Stirn, nach oben gewölbte Augenbrauen, fragend und gewichtig gesenkter Blick tiefbrauner Augen, eingerahmt von milchigem Weiß. Von hohem, schlankem und mädchenhaftem Wuchs, selbst von kurzem Sonnenbad braun werdend, schwingender Gang, ein wenig die Arme schlenkernd. Kaum noch machten wir ein Geheimnis aus unserer Liebe, überallhin gingen wir zusammen, ein bißchen wahrten wir zwar den Schein, allerdings nicht allzusehr. Nach einem Jahr war es fast natürlich, daß wir heirateten. Sogar einen Fotografen gab es und einen neu erstandenen weißen Hut, der Laura sehr gefiel, mir weniger, die Braut aber beharrte darauf, nur unter dem weißen Hut war sie geneigt, dem Verlobten auf dem Standesamt ihr Jawort zu geben.

Dort trafen wir auch eine ältere Frau, stämmige Beine, breitkrempiger schwarzer Hut, in eine atemberaubende Duftwolke gehüllt, irgendeinen Tatterich führte sie vom Standesamt heim. Ein gutes Vorzeichen war das nicht. Als ich meine Scheidungsurkunde abholte, geriet ich an denselben bartlosen Standesbeamten, und dieselbe schwarzbehutete Dame ehelichte ein anderes gebrechliches altes Herrchen. Den ersten hatte sie anscheinend verbraucht. Vermutlich hatte sie sich darauf spezialisiert, Erbschaften zu sammeln. Die Dame mit den kräftigen Knöcheln und ausladenden Hüften umgab sich auch jetzt mit außerordentlich üppigem und süßlichem Parfümduft, ihr Gesicht unter der breiten, schwarzen Hutkrempe und dem Puderpanzer wirkte wie eine Larve.

Vergebens spielt sich die Erinnerung auf und ist untreu, zum Mann geworden bin ich auf der vorgezogenen Hochzeitsreise nach Balatonófalu. Ich war zwanzig, Laura drei Wochen jünger. Telefonisch bestellte ich im Hotel Móló ein Zimmer. Ende August 1953, Stalin ist von uns gegangen, und ich, der hinausgeworfene Student, mache mir nach der toleranteren Rede des neuen Ministerpräsidenten Imre Nagy Hoffnungen, mich an der Universität wieder einschreiben zu können. Wenn nicht, werde ich im Oktober zum Militär eingezogen, wahrscheinlich zum Arbeitsdienst, woran gemessen ich mir durchaus einen wünschenswerteren Seinszustand vorstellen kann, wenngleich die Kaserne nicht der schlechteste Ort zum Nachdenken ist.

Nach dem Verlassen des Bahnhofs gelangt der Zug in einen dunklen Tunnel. Zu der Zeit leuchtete noch nicht alle zehn Meter eine Glühbirne, im Eisenbahnabteil herrschten Stille und Dunkelheit. Das war die Gelegenheit zum Küssen. Samtene Lippen, wohlriechender Mund, ungeschickte Zunge, flaumiger Schnurrbart. Ein langer Tunnel. Dem vorangehend war es nur zu einem einzigen Kuß am Seeufer gekommen, bis dahin waren wir nur Arm in Arm spazierengegangen, zum Rendezvous hatte es einen oder bei zügelloser Stimmung zwei Wangenküsse gegeben. Nicht so wie heutzutage, da die Damen die Lippen aus lauter Freundlichkeit zum Kuß darbieten, woraus nicht notwendigerweise auf ein Sich-Anbiedern zu schließen ist. Lali, der Ehemann und Medizinstudent, war bereits nach Leningrad zurückgegangen. Ausgestattet mit einer höchsten Ansprüchen genügenden medizinischen Ausbildung würde er erst in drei Jahren aus der Sowjetunion nach Ungarn zurückkehren, in der Zwischenzeit besuchsweise in den Sommerferien. Auch in jenem Sommer war er gekommen, für einen Monat wohnte er bei Laura, das Baby gefiel ihm, und dann faßte sie sich ein Herz und konfrontierte ihn mit der Entscheidung, Schluß machen zu wollen. Fünf Monate zuvor, Lauras Tochter war gerade an deren zwanzigstem Geburtstag zur Welt gekommen, verdingte ich mich bei dem eine Woche alten Säugling als Amme, noch hielt sich der Ehemann nicht in Budapest auf. Jetzt, Ende August, war für das bereits ansehnliche Menschenkind die Zeit des Abstillens gekommen, die Fütterung mit Babynahrung gestattete, das Kleine für ein paar Tage Tante Erzsi anzuvertrauen.

Angefangen hatte unsere Freundschaft im September des vergangenen Jahres. Von da an trafen wir uns fast jeden Tag. Im November gestanden wir uns, besondere Sympathien füreinander zu empfinden. Dies nun ist eine rebellische Bahnreise. Für diese Liebe gibt es keinen Platz! Wo auch sollte es einen geben? In Lauras Bett, das wäre das nächstliegende. Noch aber hat Tante Erzsi dort das Sagen. Bei Laura die Nacht zu verbringen, davon konnte auf gar keinen Fall die Rede sein. Weshalb nicht? Weil nicht, und damit basta! Weil die Kräfteverhältnisse von Dreistigkeit und Toleranz so waren. Selbst wir hätten uns vielleicht geschämt, den Eltern Einblick in unser Liebesleben zu gewähren. Wir brauchten ein Zimmer, das wir hinter uns verschließen konnten. Auch ich schreckte davor zurück, Laura mit zu mir zu nehmen, wo im Zimmer nebenan mein Vater war, der leicht auffuhr, oft kein Auge zutat und eher ruhte, als daß er schlief.

Das Grandhotel in Balatonófalu hätten wir als überzogen empfunden, das bescheidenere Hotel Móló aber mit seiner bezaubernden Terrasse und den zum Seeufer blickenden Fenstern schien uns gerade zu entsprechen. Die Vorstellung, mit dem Schlüssel in der Hand und leichtem Gepäck vorangehend die Zimmertür zu öffnen und mit einer huldigenden Geste Laura hereinzubitten, war ein Traum, der mir die Kehle zuschnürte. Wir betraten das Hotel durch die Drehtür, der Portier warf mir einen verheißungsvollen Blick zu und überreichte Laura einen großen Schlüssel, an dem ein schwerer Kupferanhänger befestigt war, ich dagegen erhielt einen kleinen schäbigen für das billigste Zimmer. Lauter Augenwischerei. Da wir unverheiratet waren, stand uns gemäß dem Personalausweis nicht das Recht des Beischlafs zu. Einander einen Besuch abzustatten, das war etwas anderes, der Verkehr auf dem Flur ließ sich nicht verbieten, es sei denn, man würde nach sowjetischem Muster in den Biegungen der Korridore jeweils eine Aufpasserin mit dem Äußeren eines Preisringers plazieren. Die ungarischen Verhältnisse erwiesen sich als flexibler. Der Lohndiener begleitete uns in das eigentliche Zimmer. Beide artikulierten wir unsere Begeisterung ein wenig lebhafter, als dies routinierte Hotelgäste getan hätten, und auch das Trinkgeld fiel eine Idee zu großspurig aus.

Es dämmerte, es war warm, es geschah. Als Hochzeitsnacht hatte ich bisher noch keinen einzigen Liebesakt betrachtet. Laura verehrte ich als ein höheres Wesen, und es war eine große Frage, ob es erlaubt sei, ein solches in Besitz zu nehmen. Eingehende Musterung eines schönen Körpers, Überwindung zaghafter Widerstände – lauter Inspiration und Erregung. Daß ich vor allem zu dienen hatte, wußte ich, doch der heftige und ständige Wechsel von Einzug und Rückzug beschäftigte meine Sinne und hielt mich gefangen. Nach dem Abendessen wieder das Bett, das Laken ein einziges Zerknittertsein, schweißgetränkt, Kampffeld. Bereitschaft eines Zwanzigjährigen zu stets neuem Sturmangriff nach langem Fasten des Verlobten. Nächtliches Aufschrekken und engumschlungenes Einschlummern, doch dann wieder irgendeine Lasterhaftigkeit, nichts an diesem neuen Körper sollte unentdeckt bleiben. Seufzen, Flöten, gemeinsames schweres Atmen zweier Verliebter. Es tagt, noch immer hält unser Treiben an. Laura verrät mir, daß sie schon lange nur an mich denkt. Ich gestehe ihr, daß es nun mit der Zeit sündiger Ausschweifungen vorbei sei. Als hätte es nennenswerte sündige Ausschweifungen gegeben! So sind wir denn den Bund der Ehe eingegangen, wenn es einen Gott gibt, vor ihm, wenn nicht, vor uns. Dem Leben verleihen wir eine Form, gerade jetzt, auf dem ehebrecherischen Lager, sozusagen mit der Entführten auf der Flucht. Feierliche Übertreibungen, dennoch wurde dem Gelöbnis die Treue bewahrt, wenn auch nicht ein Leben lang, so doch sieben Jahre.

Nach der Hochzeitsreise kam die Heimlichkeit. Ein Zimmer nur und ein Bett nur, man muß lernen, gerade zu liegen, erst innen, dann außen. Auch in nächtlichem Aufschrecken sind Umarmungen gestattet. Sich Morgen für Morgen davonzustehlen macht Sorgen, eine Begegnung mit Tante Erzsi gilt es zu vermeiden. Am besten ist es, wenn ich mich in aller Frühe aus dem Staub mache, nachdem der Portier die Haustür geöffnet hat, so gegen fünf. Sich ins Badezimmer zu schleichen ist nicht ratsam, besser ist es, wenn ich durch die Diele verschwinde und mir das Gesicht unter dem Wasserhahn in der Küche wasche. Zur Wahrung des Scheins gehört es, allabendlich einen offiziellen Abschied zu inszenieren: Unter unüberhörbaren akustischen Begleiterscheinungen bringt mich Laura an die Wohnungstür, dort brumme ich Abschiedsformeln, es folgt ein deutlich vernehmbares Zuschlagen der Tür, dann beginnt das Ballett, Ausziehen der Schuhe, barfuß zurückhuschen, wiegenden Schrittes, geräuschlos. – Wir achteten auf die Taktgleichheit unserer Schritte. Kein schlechtes Kunststück, auch wenn keineswegs sicher ist, ob es uns gelang, Tante Erzsi hinters Licht zu führen.

Die Stimme der kandorianischen Nacht

Hier ist die Stimme der kandorianischen Nacht, eine verruchte Stimme im Piratensender. Stellen Sie sich einen hageren, feixenden Mann mit Boxernase vor und eine Frau mit schwarzem Haar, großen Augen, dreistem Blick, kaum über zwanzig. Rebekka ihr Name, und all ihr Rotieren zwischen Platten, Tasten und Schaltern vollzieht sich wippend, gleich jenem hervorstehenden Etwas, das ich durch die Glasscheibe fixiere und das die Aufmerksamkeit aller geilen Hengste, dic mir hier gegenübersitzen, auf sich zieht. Ich plaziere sie mit dem Rücken zu Rebekka, so neigt sich die Frau am Brunnen für mich nach vorn, mir schenkt sie das Wasser aus der Kanne in einem schönen Strahl in den Deckel ein. Sie legt die Schallplatten auf und schaltet auch die Telefonanrufe zu mir herein; die bißchen blöden hält sie mir vom Hals. Einen Stau nennt sie das und entwickelt ein Gefühl dafür, wer Interessantes zu sagen hat. Zum Glück weiß niemand, von wo ich sende, denn sonst kämen auch ungerufen die verrückten Messerstecher. Eine erbarmungslose Stimme erbarmt sich auf der Welle der kandorianischen Nacht. Ihr werdet mich sowieso nicht finden. Ich werfe einen Blick hinaus auf die Stadt, ringsum überall Kandor, und wir sind hier, zu zweit, hoch oben.

»Rebekka! Einen Kaffee?« Musik! Stell das leise rieselnde Saxophon ein! Wie heißt er noch, Steve …? Der Nachname fällt mir nicht ein. An Liebe denken wir nicht, in ihrer Freizeit kann die Frau gehen, mit wem sie will, hier im Turm gehört sie mir. Was ihr durch den Kopf geht, verrät sie mit dem, was sie auflegt, und machmal unterbricht sie das Gespräch und stellt Musik an, wenn sie ein Schlußwort findet. Das ist gegen die Vorschrift, doch ich nehme es hin, und wenn ich weitermachen will, kanzelt sie mich respektlos ab: »Du leidest an Logorrhöe.« Natürlich tue ich das, warum sonst würde ich hier in die Nacht hinein kläffen? Der Morgen ist gefährlicher, unsere Wege trennen sich, jeder setzt sich ins eigene Auto. Wenn jedoch eines nicht in Ordnung ist, bietet der andere an, ihn nach Hause zu bringen, doch das anzunehmen gehört sich nicht. Besser ist es, ein Taxi zu rufen.

Über unseren privaten Hintergrund erzählen wir einander nicht viel, alles in allem nur das, was ich auf der Wellenlänge des Äthers an Lügen von mir gebe. Und machmal, wenn wir uns amüsieren, dann jagt ein Satz, ein Geistesblitz den anderen. Oder sie spielt eine Telefonstimme und teilt mir mit, sie sei schwanger, erinnere sich aber nicht, von wem, sie habe beschlossen, das Kind zu behalten, und sie wolle das Baby Eduard nennen. Ob sie schon wisse, frage ich, daß es ein Junge wird. Nein, aber trotzdem. Aha, sage ich. Sie haben keine Ahnung, wer der Vater ist? Am Ende würde er sich ja freuen, vermute ich in meiner Güte. Vielleicht sind Sie der Vater, sagt sie bescheiden. Euch, sage ich in vornehmer Zurückhaltung, habe ich nie berührt. Doch ansehen tun Sie mich!, so sie hartnäckig. Durch die Scheibe verpaßt sie sich einen Nasenstüber und schickt ihn mir hinüber ins Studio, wo ich die Stimmen kennenlerne, wo ich Fragen zu unglücklichen Geschichten stelle, die so viele Menschen einem Unbekannten in der Nacht verraten.

Es ist besser, wenn ich, die Stimme der kandorianischen Nacht, namenlos bleibe, es muß nicht sein, daß man mich in der Wohnung aufsucht, ich melde mich jedesmal unter einem anderen falschen Namen, manchmal gebe ich mir Frauennamen, meine Hörer haben sich daran schon gewöhnt, daß ich mein Habit wechsle, eine kleine Vorsichtsmaßnahme, das muß sein. Auf dem Markt kannst du alles finden, sowohl Waffen als auch Säuglinge, in jeder Farbe und Qualität. Ein Mord in Kandor ist keine Seltenheit, und auch ein Auftragsmord kostet nicht viel. Dennoch funktioniert das Leben in Kandor, Gaststätten, Schenken, Läden und Bäder gibt es genug, und auch die Menschen haben genug: von sich, voneinander, von mir. Denn solange ich nicht abgeschossen werde, spreche ich.

Unsere verehrten Hörer wissen sicher, mit wem ein anständiger Kandorianer Probleme hat, jeder Kandorer Säugling kann aufzählen, wer schlecht ist, die Dadaäer, die Vexiiten und die Dirniiten. Ihnen gilt unsere Verachtung, wir liegen auf der Lauer, zwar gibt es auch gute Dadaäer, doch am besten ist ein toter Dadaäer et cetera. Ebenso die Vexiiten und Dirniiten. Ich könnte einen Waffenschein beantragen, doch darauf verzichte ich. Ich trete oder mache mich davon, ich habe lange Beine.

Jeden Morgen jogge ich zur Steinuhr und von dort hinunter zum Höhlenbad, dessen Grund einst mit rotem Marmor ausgelegt war, schon die alten Römer (Rebekka, Griechen? Römer? Oder was? Hethiter?) waren zwischen mächtigen Säulen im Wasser, im Dampf, im Fackelschein untergetaucht, bei rätselhaftem Leuchten und Plätschern, und immer blieb jemand im durchsichtigen und spiegelglatten Wasser auf der Strecke.

Mit einem Wort, ich laufe, über Kontinente hinweg, trete auch, wie im Spiel, mein Pferd, das außer seinem Besitzer jeden tritt. Des weiteren, was die Sicherheit angeht, der Herr ist mit mir, dem Toren. Und wenn er mit mir ist, wer ist dann gegen mich? Wir sind hier, meine verehrten Hörer, hoch oben, ich weiß gar nicht, im wievielten Stock, jedenfalls oben, am Arsch der Welt, umgeben von kugelsicherem Glas.

Aber jetzt stopp! Eine Stunde ist um: Ich sehe zur Seite, vom Bildschirm lese ich die Nachrichten ab, den Wetterbericht, die nützlichen Hinweise. Wessen Auto gestohlen worden ist. Der Kopf eines tollwütigen Fuchses ist gefunden worden. Wer ihn abgeschnitten hat, soll sich zwecks

Impfung bei der Gemeindeverwaltung melden. Ich rufe aus, was eigentlich Sache des Gemeindedieners ist. Die Theatervorstellung fällt wegen einer Grippe des Hauptdarstellers aus. Ich verlese die Liste der Toten, der Verwundeten, der Verschollenen. Ich kündige die Faschingsbälle an, die Großkundgebungen und die Prozession. Wir lassen Sie auch wissen, meine verehrten Hörer, wer einen anderen mit Dreck beworfen hat.

Das ist freilich etwas anderes, wenn jemand ins Gebäude eindringt, wenn die Sicherheitsbeamten unten hinter der Drehtür nicht auf Draht sind. So können jene drei Leute ins Haus einsickern, von denen der größte mit den breitesten Schultern Pranken hat, so groß wie ein Lexikon. Eine Vielzahl Goldzähne und Armbänder schmückt ihn. Er war immer Chauffeur des Chefs. Mit seinen gepanzerten Autowundern wich er nicht von der Mittellinie, und auf die Autos vor ihm feuerte er eine derartige Lichtorgel ab, daß die flugs an den Straßenrand auswichen, selbst die begriffsstutzigen Fernfahrer machten sich aus dem Weg. Und mit hundertsechzig, hundertachtzig, ohne den Fuß vom Gaspedal zu nehmen, fuhr er seinem Ziel entgegen. Er saß aufrecht, der Kopf stieß an die Decke des Wagens. In der Regel spricht er kein einziges Wort, doch wenn er zur Pistole greift, wird die Sache erledigt.

Ein Hindernis für seinen Wagen gibt es nicht, durch die kugelsichere Scheibe blickt er hinaus auf die schwachen Kisten, er fährt ein Einzelexemplar, das für seinen Chef, für den vorherigen noch, angefertigt worden ist. Der jetzige hat es lediglich geerbt, auch dessen Schloß und das Baldachinbett. Wenn er jetzt käme, nachdem er seinen Chef und auch noch einige aus dessen Freundeskreis erledigt hätte (destruktive Bande! Die knöpfen sich jeden vor!), das könnte unangenehm werden.

Wenn die drei Männer im Fahrstuhl anrücken, wenn die drei allmählich schon grauen Schnurrbärte nach oben schweben, holt Rebekka die beiden UZI-Maschinenpistolen aus ihrem Tennisbeutel, ich liege bäuchlings hinter dem Panzerschrank und eröffne das Feuer, wie Schwarzenegger, ohne mit den Wimpern zu zucken. Wie Blasen, so zerplatzen die Belagerer. Wie von Kaulquappen, so wimmelt es von ihnen. Die sich an die Leitern klammern, überschütten Rebekka und ich mit siedendem Pech, bis sie Stinkbomben werfen, sagen wir, eine verrottete Haidelikatesse, denn dann gebe ich auf, alles hat seine Grenzen.

Wir sind, meine verehrten Hörer, auf das Schlimmste vorbereitet. Es ist nicht auszuschließen, daß wir mit ihnen verhandeln, denn Menschen sind letztlich auch sie. Wenn sie schon jemanden kaltmachen, sollte es nicht uns treffen. Lieber jemanden, dem auch wir ein solches Schicksal gönnen würden. Uns braucht jeder, ein bißchen Publicity will jeder haben. Der alte und der neue Tyrann stimmen darin überein, daß sie beide gern selbstgefällig einherstolzieren und beide gern ihren Geist sprühen lassen, auch sie möchten auf der Welle der kandorianischen Nacht vor dem breiten Publikum ein Bekenntnis ablegen.

Jawohl, hier wollen sie sein, bei uns, meine verehrten Hörer, bei Ihnen, bei den Schlaflosen. Hier spricht ein Schlafloser zu den Schlaflosen. Oder bei den manchmal Aufwachenden, die ihr Radio anlassen, schlummern, aufwachen und zuhören, während wir sprechen, verehrtes Kandorer Publikum, Anrufe gehen ein, Rebekka stellt eine Reihenfolge her, zu mir können Sie nur über Rebekka gelangen, das tut mir leid, dagegen läßt sich nichts machen, Rebekka entscheidet, Rebekka hat immer recht, die Lebenstechnik ist ihr Ressort, ich verwalte die Texttruhe, ich bin bemüht, möglichst viele zu Wort kommen zu lassen, danach kommt wieder Rebekka, Musik, Werbung.

Ich bitte Sie, meine verehrten Hörer, heute nacht die beiden Koffer, mit denen Sie sich in die Welt hinausbegeben wollen, noch nicht im Auto zu verstauen. Heute sollten Sie noch im eigenen Bett schlafen. Beruhigen Sie sich, träumen Sie nicht vom letzten Tag. Denke nicht, mein Freund, dein letztes Stündlein habe geschlagen! Noch nicht. Diese hübsche kleine selbstgebraute Öde mußt du nicht Apokalypse nennen.

Wenn du mich fragst, was tobt, sage ich dir: Es tobt eure Idiotie. Es kommt der neue logische Nonsens mit sprachlicher Fehlerhaftigkeit einher. Der eine verspricht, mir die Augen auszuquetschen, ich werde schon sehen, sie beobachten mich, schreiben, sie fackeln nicht lange und jagen mich in die Luft. Sie werden unter meinem Auto schönen und selbsthaftenden Sprengstoff anbringen. Ich setze mich hinein, und auf Wiedersehen!

Troll dich, sagen sie, wenn dir dein Leben lieb ist! Wie bekannt, teilen sich die Kandorianer in wertvolle und in unverschämte, erbärmliche. Derart, daß sich niemand sicher sein kann, zu welcher der beiden Kategorien er gehört. Wenn du ein erbärmlicher Kandorianer bist, mußt du alles hier zurücklassen, fast nichts darfst du mitnehmen, nicht einmal deine Bücher. Was bildest du dir ein, kandorianisches Gemeineigentum? Kandors geistige Schätze? Die Hauptgefahr ist der Kosmopolit, der auch außerhalb Kandors ein Leben hat. Wir durchkämmen die Stadt. Wir schätzen die Minderheiten, doch wenn der Mensch nur ein bißchen Selbstachtung besitzt, ist er in erster Linie, in zweiter Linie und in dritter Linie Kandorianer. Als viertes kann er auch etwas anderes sein.

Nun, meine verehrten Hörer, ich habe Ihnen einige Sätze aus dem Manifest der wertvollen Kandorianer vorgelesen, die per Fax angekündigt haben, daß als nächster der Moderator, Ihr treuer Begleiter durch die Nacht, daran glauben muß. Vor mir haben sie schon zwei beseitigt, jene zwei, die in der Reihe vor mir gestanden haben. Sie arbeiten nach Listen, liefern die Ware ab.

Neulich traf ich einen Kurden, dem geht es ebenso, seinem Berliner Freund haben sie schon heimgeleuchtet, jetzt steht nur noch einer vor ihm auf der Liste, dann ist er an der Reihe, und ein bißchen belustigt ihn das, weil er an Krebs leidet und es vorstellbar ist, daß er sein Leben in einem Krankenhausbett aushaucht, bevor sie ihn erwischen, ungelegen kommt es so und auch so, seine Frau ist schwanger.

Anrufe, wonach im Hotelflur unter uns eine Höllenmaschine versteckt worden sei, sind an der Tagesordnung. Natürlich muß man die Spezialisten der Polizei verständigen, alle Zimmer müssen geräumt werden, Spürhunde schnüffeln in allen Winkeln, nichts. Seit neustem schlagen wir keinen blinden Alarm mehr, es passiert ohnehin nie was. Bis dann plötzlich die Drohung doch wahr wird und wir von hier abschwirren.

Ich, meine verehrten schlaflosen Hörer, habe Sie mit Worten bei der Stange zu halten. Sie müssen keine Angst haben, kriechen Sie nicht unter das Bett, um dort nach Sprengstoff zu schnüffeln. Sie sollten lieber zur Kenntnis nehmen, daß wir noch am Leben sind. Und solange wir leben, hoffen wir. Auch wenn die Inflation und die Sterblichkeit seit neuestem um einige Prozentpunkte angewachsen sind, die Nacht ist majestätisch, der Wind weht die Rauchschwaden hinweg, die lüsterne Visage des Vollmonds leuchtet über unseren kandorianischen Wahnwitzigkeiten.

Wolkenfetzen, es rötet sich der Himmel, im Hotelgarten stehen jetzt die reichen Frauen im kalten Wind, jedoch in Pelzmänteln, um die Fleischschüsseln herum; hier zittern sie, weil jeder hier ist, und nicht hier zu sein, das können sie sich nicht erlauben. Den Schmuck haben sie sich schon wechselseitig vorgeführt, auch die körperlichen Unförmigkeiten sind sichtbar gewesen, die Blaufüchse aber und die Nerze noch nicht. Zu allem sind sie fähig. Asketische Reiche. Sie möchten etwas scheinen, aber was, das können sie nicht entscheiden.

Fleisch schmilzt dort unten in der Sauna, und unter der blaugelben Dunstglocke des Warmwasserbeckens sind die alten Glatzköpfe in Gedanken versunken. Vielleicht führt der Wind frische Luft mit sich, morgen werden wir einen großartigen Tag haben. Immer nur später, meine Lieben, doch Ihr Doktor Pangloss ist freigebig, wenn es um Versprechungen geht. Morgen werden Sie glücklich sein, daß Sie nicht blind sind, sofern Sie es nicht sind, und daß Sie nicht alle Glieder schmerzen, sofern sie nicht schmerzen, wenn aber doch, dann werden Sie auf Linderung hoffen. Wenn wir keinen besseren Ort als den Planeten namens Erde kennen, weshalb sollte auf der enormen Fläche dieses Staubkorns unser Interesse nicht gerade der Stadt Kandor gelten? Auch ein öffentlicher Galgen befand sich auf diesem Platz. Und dann war es schließlich mit dem Aufhängen vorbei. Die Zeiten ändern sich, heute späht niemand mehr, meist starren sie vor sich hin.

Der Beobachter nimmt eine düstere Stimmung wahr, herabhängende Lippen, ein praller, zum Lächeln neigender großer Mund ist keine Mode, Wildfremde auf der Straße zu grüßen ebensowenig, obwohl Ihnen Doktor Pangloss auch jetzt widerspricht, denn heute ist ihm schon das eine oder andere freundliche Lächeln geschenkt worden, als er mit Schneeglöckchen in der Hand von der Straßenbahnhaltestelle über den Platz zum Hotel schlenderte.

Und die hat er Rebekka gebracht? Wem sonst! Die sich gestern vormittag in ihren Träumen wo aufgehalten und wo mit ihren leichten Schuhen das Pflaster der Stadt berührt hat, dessen Glanz solchen Beinen zu verdanken ist, das wissen wir nicht. Klavier-, Klavier-, Klavierbeine! Nein, ach nein, Tischbeine! Nein, Erbarmen, Staubwedelstiele! Nein, das ziehe ich zurück, Streichholzbeine! O nein, auch das nicht. Opiumrauchsäulen. In ein Glas sich ergießender Rotweinstrahl. Achttausend Jahre altes hethitisches Idol! Nein, das nehme ich zurück, Rebekka weiß, daß die, die Fruchtbarkeitsgöttinnen, nun wirklich die Superbomben sind. Dieses Ungeheuer von Mitarbeiterin ist gelehrter als die Hetären in den Tempeln.

Weshalb würgt sie sich so viele Schals um den Hals? Weshalb ist Rauchen verboten, wenn sie im Raum ist? Weshalb hat sie in jeder Diskussion recht? Weshalb unterwerfe ich alle meine Krawatten ihrem Urteil? Weshalb durchschaut sie alle unsere Mitmenschen früher als ich? Weshalb ist ihr Lächeln imstande, ins Innerste der Seele einzudringen? Rebekka würde niemandem empfehlen, sich in Doktor Pangloss' Abhängigkeit zu begeben. Sie würde behaupten, nichts sei zweifelhafter als jene universelle Arglosigkeit und Neugier, mit der sich Ihr Sprecher an Sie wendet und Sie, meine verehrten Hörer, um Geduld bittet, denn jetzt habe er noch das Wort, doch schon werde jener strapazierte Typ kommen, der internationale Präsident der metropolitanen Magier, vom Recht des Greisenalters mache er Gebrauch, sechzig Jahre sei er jetzt.

Ich sitze Herrn Professor Dragoman gegenüber, mit ihm werden wir diese Nacht verbringen, doch zwischendurch erteilen wir auch Ihnen das Wort. Wir sitzen bei halbdunkler Beleuchtung, servieren Erfrischungsgetränke, gepafft wird, was jeder mitgebracht hat. Der Gast kann seinen Text der kandorianischen Nacht anvertrauen, er gibt den anderen etwas von sich.

Rebekka, du mußt den Herrn Präsidenten nicht angrinsen, nicht allzu freundlich zu ihm sein, er ist verwöhnt, überlassen wir Professor Dragoman nicht die Vorherrschaft, kam, sah und siegte, doch jetzt steht das Stadttor offen, nach draußen, lassen Sie einen Schwanengesang hören, Meister. Rebekka, du wendest ihm besser dein Hinterteil zu als dein Gesicht.

Er wohnt hier unter uns, manchmal taucht er auf der von Palmen bestandenen und efeuumrankten Dachterrasse auf, die sich in unmittelbarer Nähe des Turms erstreckt. Auch seinen Freund haben wir eingeladen, den Bürgermeister unserer Stadt, der von jedem verunglimpft und vergöttert, befummelt und geschlagen wird. Der Herr Bürgermeister gibt mehr Geld für Feste aus als für die Instandhaltung des Straßenpflasters. Auf mysteriöse Weise scheint sein Arm weit zu reichen. Die Bürgermeisterrolle hat in Antal Tombor Eigenschaften freigesetzt, die selbst seinen Freunden ein wenig unheimlich sind. Er hat bewiesen, daß er schonungslos sein, daß er Entlassungen vornehmen und sich rächen kann, freilich verspätet. Er hat bewiesen, daß er verzeihen kann, vergessen jedoch nicht.

Hochachtung vor den Veteranen! Herr Dragoman ist von ihnen noch der agilste, vorübergehend schaffen wir es, ihn vor das Mikrophon zu locken, er kommt und geht, befindet sich auf der Durchreise, es kann sein, daß er morgen schon nicht mehr hier sein wird. Seinem eigentümlichen Renomee schaden wir vielleicht nicht, wenn wir bekennen, daß Herr Dragoman, obwohl seine Ratschläge finanziell entgolten würden, weil viele ihn für einen Oberklugen halten, unaufhörlich in Skandale verwickelt wird. Sogar nachts tanzte er mit der Chefin auf den Tischen der Rausch-Bar, und mit einer altmodischen Sodaflasche bespritzte er ein Pärchen, das ihm absolut nichts getan hatte. Einfach nur so, und wer weiß schon, ob er dafür einen Grund hatte. Als er dann mit dem Herrn nach draußen gegangen war, kam er nach einer Weile zurück, brachte sein Sakko in Ordnung und bat die Dame, sich des bespritzten Herrn anzunehmen. Meist gelingt es ihm, die Gäste der Bar mit seinen spöttischen Blicken auf die Palme zu bringen.

Manchmal kann man Herrn Dragoman auf der Terrasse mit seinem Enkel sehen, und sehen kann man ihn in seinem Lieblingskorbsessel, stets in schwarzer Leinenhose und schwarzem Hemd, neben ihm auf dem Schemel Habakuk, der Enkel, das Söhnchen von Olga, Herrn Dragomans leiblicher Tochter.

Der Name der Mutter der erwähnten Dame: Bella Olajos, unsere vornehme Quartiergeberin, Direktorin des Hotels zur Krone und Besitzerin der Aktienmehrheit, eine der Großkapitalistinnen unserer Stadt, die klein angefangen hat, mit der Mausefalle, dann übernahm sie das Tango, und nun hat sie auch noch die Krone erobert, steile Treppen führen ganz nach oben. Bella Olajos kann es sich sogar schon erlauben, internationale Kunstsymposien zu beherbergen, sozusagen umsonst.

Herr Dragoman weilte auch in seinen jungen Jahren oftmals in der Krone, an der Theke der Baronin Rosamunde. Die Baronin Rosamunde war in unserer Stadt für ihren unübertrefflichen Cappuccino und eine außergewöhnliche Busenweite allgemein bekannt sowie auch dafür, daß nicht nur eine Kandorer Berühmtheit des kulturellen Lebens, nach der eine Straße benannt worden ist, zwischen diesen beiden Hügeln vergnügte Zeiten verbracht hat. Ganze Straßenzüge führten über sie hinweg, Brücken und Hügel befänden sich darauf, selbst Schiffe schwömmen auf dem Fluß, der ihren Bauch überquerte, das träumte die Baronin Rosamunde gelegentlich, verständlich, daß Dragoman eine topographische Beschreibung, der zufolge die Rippen Radialstraßen seien und der Beckenknochen einen Blick auf den Ozean böte, interessierte. Möwen kreisten über der weißen Reling, von hier aus gelte es, sich zur Platzmusik, zum Nabel, zu bemühen, wo in einem Säulenpavillon das städtische Salonorchester spiele. Solche Gedanken gingen Rosamunde durch den Kopf. Und diese Welt ließ sich nur vermitteln, mit Parvenüs jedoch nicht teilen.

Dort sitzt Dragoman, den Kopf in die Hände gestützt, und betrachtet seine Tochter, eine junge Dame, deren auffallende Schlankheit und vorangeschrittene Schwangerschaft für sich genommen kein Widerspruch sind und neben der eine Baronin Rosamunde einem Bernhardiner ähnelt. Olga Dragoman ist schutzbedürftig, denn Berci ist nicht greifbar. Er bläst auf sämtlichen möglichen Kontinenten der Welt Trompete, in Kandor allerdings seltener, seine vorübergehende Anwesenheit aber krönt er damit, daß er Olga Dragoman erneut schwängert. Natürlich bringt er Habakuk ein ganzes Auto voll von Geschenken, was den schrecklich übermütig macht, sein Selbstbewußtsein ist wenigstens so groß wie das Kronenhotel.

Neben dem Großvater auf dem Schemel ist Habakuk entweder ein Führer oder nur schweigsam melancholisch. »Ich gehe nach Hause, ziehe den Mantel aus, jage meine Familie mit einer Maschinenpistole. So was kennst du nicht, oder?« So etwas kennt der Großvater tatsächlich nicht. Dragoman erzählt vom Bauchredner, der die Fähigkeit besitzt, einen jeden komische Dinge sagen zu lassen, in dessen Gesellschaft die Menschen ganz anders reden als sonst. Habakuk hört sich die Geschichte an, dann fragt er: »Sag, Papa Jani, möchtest du die Menschen noch komischer haben, als sie ohnehin schon sind? Für mich sind sie auch so schon komisch genug.«

Hand in Hand entschweben sie, und schon sehen wir sie dort unten vor dem mobilen Eisverkäufer, der sein Eintreffen glöckchenläutend angekündigt hat. Dragoman sieht sich eingehend die Flaschen einer Getränkehandlung an, Habakuk Pelzmäntel und Schmuck. Beide verharren sie vor einem Geschäft, in dem seltene Dolche und Schußwaffen angeboten werden, dann freilich verschwinden sie in einem Bierausschank, der sich ebenfalls in Sichtweite befindet, Habakuk bekommt dort eine Pogatsche und darf einen Schluck Bier kosten.

In der Kneipe ärgert Dragoman die beiden Gildemeister des Jüdelns, mit denen er 1958 zusammen gesessen hat. Er erkundigt sich, ob sie noch in ihre Hosen paßten und was es für ein Gefühl sei, den Bauch umarmen zu müssen, wenn sie die gerissenen Schnürsenkel durch neue ersetzten. Ob es sie nicht schwindele, wenn sie sich aufrichteten. Eigentlich, so erklärt er ihnen, seien sie Juden, was im Fall des einen müttlicherseits, à la Nürenbergoise, sogar die halbe Wahrheit und unangenehm sei. Das Glied allerdings ist unverstümmelt, die Vorhaut also ist dem HERRN, stellvertretend für die Entsendung des Herzens, nicht geopfert worden, dementsprechend behauptet der Kollege besonders heftig, die Juden integrierten sich nicht so in die ungarische Gesellschaft wie die Slowaken, die Rumänen oder die Serben, sondern sie bewahrten sich irgendeine Sonderstellung, sie seien nicht mit ganzem Herzen Ungarn, da sie hochmütig das Wesen Europas, das Christentum, ablehnten.

Dragoman nahm das schweigend zur Kenntnis, dann sagte er nur, die Bibel nehme ich mit. Jüdische Literatur. Das andere ist deines. Auch die Bilder jener jüdischen Frau und ihres Sohnes gehören mir. Die nehme ich mit nach Israel, wohin du die Juden schicken willst. Und auch dich, Kamerad, alle, an denen dieser jüdische Mumpitz haftet, von deiner verehrten Mutter nicht zu reden. Der hausierende Jude trägt dich auf der Schulter. Von Osten kommend, halten wir in der Nähe des Gartens der Ölbäume an, dessen Zugang jetzt durch einen Friedhof versperrt ist, den der Messias, der nur ein Kohen sein kann, nicht betreten darf, auf einen Friedhof begeben dürfen sich Kohanim nicht. Ihr begreift nicht, daß ein jeder Jude ist, auch die Christen und auch die Mohammedaner, in ihrer tiefsten Seele glauben weder die noch jene an diese Auf- und Abfahrt, an diese blutsmäßigen Bande zwischen Gott und dem Menschen.

Am unglaubwürdigsten unter den Juden sind die Propheten, Schriftsteller sozusagen, die sich auf den Markt stellten und die Zuhörer lehrten; am Ende einer langen, auf einem Holzgestell ruhenden Tischplatte hockten sie, schoben die Mütze in den Nacken, griffen sich in den Bart, zwirbelten und zwirbelten ihn, um sich die richtige Antwort zu entringen, ließen den Kopf vornüberhängen, schlossen die Augen, ächzend und drucksend stießen sie die unterschiedlichsten Laute hervor, und dann formulierten sie zögernd eine ihrer Meinung nach mögliche Deutung des Gesetzes. Fragen wurden ihnen gestellt, und sie gaben darauf eine Antwort, die manchmal vom Hokuspokus nicht weit entfernt war.

Sie suchten die Einsamkeit, standen Qualen aus, tagelang sprachen sie nicht ein einziges Wort, in ihnen brannte das Feuer der Wahrheit, die mit ihnen einen vollkommen neuen Anfang nahm. Etwas wußten sie von der Beziehung zwischen Mensch und Gott, das war kein fauler Zauber, sie wendeten sich direkt an IHN, nahmen keinen Vermittler in Anspruch. In SEINEM Licht brannten sie ihre Augen. Stehend vollführen sie wiegende Bewegungen, knien nicht nieder, das Haupt berührt nicht die Erde, nie kehren sie sich ab vom HERRN, ständig diskutieren sie mit IHM, was sie auch tun, sie erbitten dafür SEINEN Segen, nicht einmal Wasser lassen können sie ohne IHN, in alles ziehen sie IHN hinein.

Recht hast du, mein lieber Kálmán, schreckliche Typen sind sie, diese Intimität haben sie uns beschert. Diese Mode, fortwährend mit Gott zu paktieren, haben sie eingeführt, du könntest auch sagen, daß sie es gewesen sind, die das Gewissen erfunden haben, diese widerliche Schimäre, diesen blutsaugenden Alptraum, das Gefühl, etwas schuldig zu sein, deine Schulden nie begleichen, nie in Ordnung bringen zu können. Sie verdienen allen Groll, ich verstehe dich, mein lieber Kálmán, das Problem ist nur, daß auch du ein unausstehlicher Jude bist, ein Bruder, es bleibt uns nichts anderes übrig, als gemeinsam zu trauern, daß dieses ganze Pannonien derart verjudet ist. Ich kann dich beruhigen, mein lieber Kálmán, du wirst immer mehr verjuden. An deinem Lebensende wirst du ein bißchen davon schon verstehen, jetzt ist dein Blick noch etwas getrübt, denn auch wenn das Judentum ein ebenso großer Unsinn ist wie sonstwas, was wir zu glauben und zu sagen pflegen, und das um so mehr, wenn wir uns den Unsinn geschmacklos zu Herzen nehmen, gibt es dennoch unter den weiseren Juden einige wenige, die eine Ahnung davon haben, daß sich die Völker nicht mehr voneinander unterscheiden als Kühe in der Herde oder Stuten im Gestüt. Jetzt aber, Kálmán, entschuldigst du mich, hier neben mir sitzt der Prophet Habakuk, der quengelig wird. Vielleicht nicht einmal wirklich, sondern er hat lediglich von meiner Tirade genug. Habakuks Frage war berechtigt: »Sag, Papa Jani, warum redest du so viel?« Woraufhin Dragoman erwiderte: »Weil es in mir brodelt.« »Bück dich«, forderte Habakuk seinen Großvater auf. Was geschah; Habakuk drehte an Dragomans Ohr. »Ich habe den Hahn aufgedreht«, sagte er.

Die Stimme der kandorianischen Nacht ist unmittelbar mit Habakuk verbunden, wir fragen ihn, wessen Stimme er jetzt hören will. Mamas natürlich, immer wieder ihre Stimme, Mama ist die Schönste. Die Mädchen sind dumm und stinken, wehleidig und nörglig, er, Habkuk, wird sich nie verlieben. Sie auf den Mund küssen? Sich gegenseitig die Zunge lecken? Pfui! Habakuk wischte sich die Zunge ab, so was von pfui wird er nie tun. Er wird nur eine Frau haben, die Mama, Olga, die schön ist und gut riecht. Selbst ihre wenigen weißen Haarsträhnen sind schön, und ihr Gesicht ist so glatt, als wäre sie ein Kindergartenkind. Sie hat die rötesten Schuhe und die längsten Beine. Die Mama schwimmt am schnellsten, und niemand außer ihr kann so eine Schokoladentorte auf den Tisch zaubern und so einen Blumenkohl mit Käse überbacken. Auch wenn sie beim Memory immer alt aussieht, ist sie noch lange nicht dumm, auch wenn sie beim Tischfußball immer verliert, ist sie noch lange nicht ungeschickt, und wenn sie wegen ihrer Niederlagen wütend ist, so steht ihr das wirklich gut. Habakuk tröstet sie dann und macht ihr Hoffnungen auf baldige Fortschritte. Seit neuestem nimmt auch Dragoman am Memory teil, selbstverständlich ist er der allerletzte.

Lona

Am 23. Oktober 1956 am frühen Nachmittag traf er Lona an der einen Straßenecke, ein kleines Dilemma tat sich auf, nämlich ob Dragoman den Umzug verlassen oder Lona sich lieber zu ihm gesellen sollte. Die Entscheidung fiel entsprechend dem Zeitgeist aus. Sie müsse noch nach Hause zu ihrem Mann gehen. Wo Laura abgeblieben war, wußte er nicht, vermutete aber, daß auch sie irgendwo von der marschierenden Masse aufgesaugt worden war.

Sie schritten voran, in Dragomans Hand eine andere. In Lonas schönen, dunklen Augen flammte eine zweifache Erregung: angenehm der Umzug und angenehm die Bewegung der Hand auf ihrer Taille. Von ihrer Heirat hatte sie Dragoman erst im nachhinein in Kenntnis gesetzt. Über diesen Formfehler hatten sie sich alsbald hinweggesetzt und ihn erst in einem Bootshaus, dann in einem Hotel auf dem Land und zum dritten in Lonas Alkoven korrigiert. Was haltbar ist, das hatte sich bestätigt, ist beständig.

Lona haßte die Stimme einer vertrottelten Kollegin, die bei der paramilitärischen Ausbildung im Paradeschritt glücklich voranmarschiert war, und obwohl sie schwanger war, noch dazu in fortgeschrittenem Stadium, bewegte sie sich mit ihrem großen Bauch zackig und meldete in Habtachtstellung den geforderten Blödsinn. Auch jetzt drang ihr deren gellendes Organ in die Ohren.

Auf Gestank reagierte Lona empfindlich, anschaulich beschrieb sie den Geruch der Mitglieder ihres Lernaktivs. Auf dem Regal unter dem Spiegel reihten sich verblüffend viele Kosmetika, Lona zu nachmittäglicher Stunde zu lieben war für einen verheirateten Mann lebensgefährlich, Dusche hin, Seife her, der von Bauch zu Bauch übergewechselte Parfümduft erwies sich für die legitime Ehefrau als hämische Botschaft.

Lonas kompakte Formen und aus der Kehle kommendes Quäken bestätigten immer und immer wieder ihre lange sich hinziehende und durch Pausen in einzelne Abschnitte sich gliedernde Freundschaft. Weiches Wasser, ein See der Offenheit im lachenden Tal, wie ein Bleßhuhn, so begibst du dich hinein und fliegst darüber hinweg. Im Bett oder im Tango Espresso, wo er mit Lona selten um eine Ausweiskontrolle herumkam, stellte sich ein solches Bad ein.

Wie auf dem Klavier, so spielst du auf mir, sagt 1956 Lona, eine Kantianerin und Historikerin, die von der ungarischen Reformzeit alles weiß, also auch von den wechselseitigen Ehebrüchen der romantischen und frühpopulistischen Redakteure, von der Samisdattätigkeit des Grafen Széchenyi aus einer Wiener Nervenheilanstalt heraus; von dieser Welt redet sie wie von ihrer eigenen Familie. Sie hat es ausgesprochen gern, wenn sie denen auf die Schliche kommt, sie erlaubt sich, nur an dieser einen Periode Interesse zu bekunden, in der Gegenwart ist sie kaum anwesend, angesichts ihres Wissens ist es erstaunlich, daß sie keine Brille trägt. Ausflüge unternimmt sie in die französische und russische Romantik.

Ihrem Vater wurde die Auswanderung angeboten. Im internationalen Bankwesen war er eine Autorität, sein Wissen wäre auch anderswo verwertbar gewesen, doch er hatte keine Lust, sein drei mal drei Meter großes Bett, das ihm auch als Lesesofa gute Dienste leistete, zu verlassen. Seine Abberufung von der Spitze der Nationalbank verhalf ihm dazu, sich seinen Hobbys zu widmen. Alles, was mit Musik zusammenhing, übersetzte er, die Memoiren von Komponisten und deren Biographien. Die Werke des jeweiligen Tonsetzers hörte er sich an, und jeden Vormittag übersetzte er fünf Seiten. Meist aber lag er bequem auf dem überdimensionalen Bett.

Einen Teil der Wohnung bauten sie um, um sich von dem Mitmieter zu befreien, selbst innerhalb der Wohnung ließ er Wände ziehen, damit seine Tochter und er sich nicht gegenseitig störten. Bevor er herüberkam und feststellte, daß die Tochter im allgemeinen und abweichend von ihm, der für gewöhnlich auf dem Bett herumhing, auf der obersten Stufe der verschiebbaren Bibliotheksleiter vor einem hohen Regal der auf zwei Zimmer verteilten Bibliothek saß, meldete er sich über das eigens zu diesem Zweck installierte Zimmertelefon an. Lona hatte Immobilien geerbt, die sie in Privatbibliotheken und Antiquariaten in Werke aus dem vergangenen Jahrhundert umsetzte. Die Bibliothek der Großeltern war ihr ebenfalls vermacht worden, sie hatte also genügend Möglichkeiten, zwischen den Büchern umherzuflattern. An Dragoman zu denken verbot sie sich. Um auf jenen Treppenrädern zu rollen, hatte sie die Lösung mit einer Fahrradkette entwickelt. Einem großen Vogel gleich glitt Lona von einem Bücherregal zum anderen. Manchmal nahm sie auch die Rumflasche mit hinauf. Und wenn sie sich an den Schreibtisch begab, plazierte sie während des Lernens in Kopfnähe zwei Kerzen, damit die Flammen den Zigarettenrauch verzehrten. Munkás paffte sie, ein ziemlich starkes und widerliches Kraut, und das war beim Küssen spürbar.

Wenn es schneite, zog es Dragoman morgens oft ans Donauufer, wo er Mundharmonika spielte. Lona sah zum Fenster hinaus und bat ihn heraufzukommen, wenn ihr Mann nicht zu Hause war, ein ruhiger Mensch, ein Architekt, der eines schönen Tags mit einer Tasche bei ihr eingezogen war, als sie sich sehr allein fühlte. Still und bescheiden schlummerte er in dem einen Zimmer auf dem Kanapee ein, irgendwie war er einfach dageblieben, und Lona wollte ihm nicht den Laufpaß geben, weil er sich um alles kümmerte, er kaufte ein, machte sauber, kochte und entband sie von allen praktischen Arbeiten. Sie konnte sich der Fotografie hingeben, ihrer anderen Leidenschaft. Höfe und Fassadendetails fotografierte sie, der Architekt entwickelte Lonas Bilder.

»Du betrügst mich, auf dich ist kein Verlaß! Warum wartest du auf mich, warum sitzt du unten auf der Bank im Schnee? Hier liegt mein Mann im Bett, und du sitzt da unter meinem Fenster, quälst mich mit deiner Anwesenheit. Schlafen sollst du mit mir, an deiner Seite will ich aufwachen! Aber nein! Ein verheirateter Mann bist du, versuchst den Schein zu wahren. Du verlogener Mistkerl, nicht nur mich führst du hinters Licht, sondern auch Laura, und zwingst mich, meine beste Freundin zu bedauern oder zu hassen.« Ich will dich nie mehr wiedersehen, sagt Dragoman und rennt, hysterisch geworden, weg. Von den Frauen hat er genug! Ein Freund von ihm mußte sterben, weil es ihm die Liebste seines Kumpels angetan hatte. Der nahm ihn mit in den Tod, als Armeechauffeur beendete er den Konflikt an einem Baum.

Auch Laura setzte ihm den Stuhl vor die Tür, irgendwie war sie hinter seine Treulosigkeit gekommen, eine Notiz war ihr in die Hände gefallen, Dragoman müßte gehen, mit Lona hat er ein Rendezvous, länger als zwanzig Minuten wird die Verrückte nicht warten, das weiß er. »Nimm deine Klamotten und scher dich zum Teufel!« sagt Laura, vor sich hin starrend, ohne ihn eines Blickes zu würdigen, mit verhaltenem Zorn. »Ich will deine Visage nicht mehr sehen!« Es war gut, daß Dragoman bei Laura wohnte, denn auf diese Weise konnte sie ihn hinauswerfen. Nachdem er um Verzeihung gebeten und sich wieder am gewohnten Platz eingenistet hatte, an Lauras Seite, der Plattform, von der aus seine Streifzüge ihren Anfang nahmen und wohin er stets zurückkehrte, war auf diese Weise dennoch irgendeine ausgleichende Gerechtigkeit hergestellt worden.

Lona, das ist anzumerken, hatte kräftigere und muskulösere Schenkel als Laura und Dragomans sonstige bevorzugte Beziehungen. Im Sommer am Strand trug sie nur ein winziges Höschen, viele konnten den Hof ihrer leuchtendrosa Brustwarzen bewundern, der sich üppig ausbreitete. Und ihre wulstige Oberlippe bebte vielversprechend, während sie mit Dragoman ein wissendes Lächeln wechselte. Große Augen, großer Mund, große Nase, bläulich strahlende Kleidung, braune Schultern, zuckende Lippen, von der Satire plötzlich in Elegie übergehend. Ihr heiseres Röcheln kann Dragoman nicht vergessen, auch nicht jenes besondere Gemisch von Schoßgeruch und Parfüm, dessen Namen er nie in Erfahrung gebracht hat. Lona besaß eine außergewöhnliche Fähigkeit, anderen zuzulachen, ihr urwüchsiger und zugleich feinsinniger Humor verlieh der Studentin der Philosophischen Fakultät eine geradezu überwältigende Macht. Was gelernt werden mußte, das lernte sie, und sie erreichte, wenn sie es denn erreichen wollte, sich noch am selben Tag zu treffen, obschon Dragoman ihr lediglich zu sagen beabsichtigte, daß Schluß, alles vorbei sei, daß er mit ihr brechen und nie mehr an sie denken wolle.

Lona ließ Dragoman geloben, zwei Nächte nicht in Lauras Armen zu liegen, und das kontrollierte sie: Mit ihrem besonderen Rouge bestrich sie die Spitze von Dragomans Geschlechtsorgan, und zweimal sogar erklärte sie nachdrücklich, wenn die Röte morgen abend nicht mehr vorhanden sei, werde sie ihn wortlos hinauswerfen. Und er solle es nicht mit einem anderen Lippenstift versuchen. »Auch duschen darf ich mich nicht?« fragte Dragoman. »Dusch dich bei mir!« riet Lona ihm, keinen Widerspruch duldend.

Unglaublich. Ein solch besitzergreifender Wahn gewann im allgemeinen über Lonas nüchternen Verstand nicht die

Oberhand. Lona brauchte a limine Lauras Liebsten. Schon in der Grundschule konnte sie alles von ihr gebrauchen, die Federtasche, die Zopfschleife und selbst ihre Schlankheit, denn Lona war etwas stämmiger und gewichtiger. Und sie brauchte Lauras Klugheit und Fähigkeit, sich glasklar auszudrücken.

Mit einem grenzenlosen sprachlichen Erinnerungsvermögen hielt Laura ihre Umgebung in Atem, und was sie gehört oder gelesen hatte, war ihr jederzeit gegenwärtig.

»János, warum bist du heute abend nicht ein Luftakrobat oder ein Wahrsager? Was kannst du überhaupt, wenn du nicht einmal fähig bist, ein anständiges Wortgefecht auszutragen? Dich hat dieser Klotz von Kobra fertiggemacht, wenn mich nicht alles täuscht. Seine Aufschläge hast du zurückgeschmettert, doch er hat sie pariert, dir auf die Weise eine Überraschung nach der anderen geliefert. Mal ironisch, das andere Mal sardonisch, das zu behaupten möchte ich riskieren.«

Derartiges sagte Laura zu Dragoman, Lona dagegen schwieg, sah hierher und dorthin, sträubte ihr sinnliches Gefieder, und im geeigneten Moment setzte sie ihre Hüften in Bewegung. Lonas Geist behandelte die Menschheit freundlicher, sie hätte eine Oberschwester sein können, eine Hebamme, eine Wahrsagerin, eine Kartenlegerin, die Frau eines Zirkusdirektors oder etwas anderes, statt dessen studierte sie Französisch und Ungarisch, neigte als Wissenschaftlerin zum Positivismus, hatte für Lebensläufe großes Verständnis.

Spaziergang am Seeufer, Lona ohne Handschuhe, zu der Zeit wagte sie bereits, sich gegen ihren Vater aufzulehnen: Sie trug keine Handschuhe. Ihr Vater sah sie in der Haustür von oben bis unten an: »Hast du zu Hause nicht etwas vergessen?« Sie kamen von der Universität, Regen setzte ein, es war windig, und sie stellten sich unter die schützende Kuppel des Denkmals der Königin Elisabeth, der Sturm blies Wasser von der Seite herein, doch sie tanzten immer um die Königin herum, so daß sie ein wenig geschützt waren. Von der Stirn flossen ihnen Rinnsale ins Hemd.

Einmal unterhielten sie sich darüber, weshalb sich die Juden, bevor sie ins Massengrab geschossen wurden, ausgezogen haben mochten. Und wenn die in der zweiten Reihe Stehenden sahen, daß die in der ersten mit Maschinengewehren niedergemäht wurden, nachdem sie die Kleider abgelegt hatten, warum zogen auch jene sich dann aus? Weshalb empfanden sie es als ihre Pflicht, dem Hinrichtungskommando die Sache zu erleichtern? Warum sind sie nicht über ihre Bewacher hergefallen? Sie hätten sie entwaffnen können, sie waren ihnen zahlenmäßig weit überlegen, ein Teil hätte davonkommen können. Daß der, der als erster etwas getan hätte, ein Kind des Todes gewesen wäre, ist keineswegs sicher. Was war dieses Gelähmtsein? Resignation? Wenn sie unseren Tod wollen, sei es drum, dann sterben wir eben. Wer für die Rolle des Opfers ausgewählt worden ist, der spielt seine Rolle.

Plötzlich waren Lona und Dragoman von einer ganzen Studentengruppe umringt, beide erschraken sie mehr, als nötig gewesen wäre. Dragoman war verheiratet, Lona ebenso, allerdings jeder mit einem anderen Partner. Zu der Zeit verteidigten die Studentenführer die Institution der Ehe noch gnadenlos. Der Regen hatte aufgehört, sie gingen ins Kino, und in der Seitenloge griff Dragoman nach Lonas Schenkeln, ähnlich wie an der Universität, wo der unverschämte Kerl sich mit dem linken Nachbarn unterhielt, während seine rechte Hand Lona tätschelte, nicht allzu stürmisch, sondern progressiv in winzigen Schritten, von unten, intrigant, so drang dann das Scheusal auch zu jener Zone vor, die sich zwischen dem oberen Strumpfrand und dem Schlüpfer hinzog, was zur Belohnung Gänsehaut hervorrief. Als es zum Küssen kam, machte Lona die Erfahrung, daß sich der Geck noch ungelenk verhielt, jedenfalls ließ sie sich von Dragoman zum Kosmetiksalon begleiten.

Geld hatten sie selten, sie aßen in einer Schnellgaststätte, an einem Stahlrohrpult löffelten sie im Stehen Bohnensuppe, worin nicht allzu viele Bohnen schwammen und die es glücklichenfalls bis auf den letzten Tropfen zu verzehren gelang. Wenn sie allerdings weniger Glück hatten, pflanzte sich vor ihnen ein Ungeheuer auf und schmatzte im Takt zu ihren Kaubewegungen, grinste herausfordernd und ließ den einzigen Zahn, den er noch besaß, blitzen. »Das bißchen enteigne ich im Namen des proletarischen Internationalismus«, kündigte er an, wenn zwei Drittel der Portion bereits alle waren, um sich wenigstens ein Viertel zu sichern. Dragoman gab vorher auf, legte den Löffel hin und verzichtete auf die Suppe samt Brot. Der Repräsentant des proletarischen Internationalismus ekelte sich keineswegs, die Reste der anderen zu essen, und es ließe sich nicht einmal behaupten, daß er mager gewesen wäre. Dort in der Schnellgaststätte schlich er munter zwischen den Tischen umher und trieb sein Unwesen, solange ihn die Putzfrauen und die von der Essensausgabe nicht mit vereinten Kräften hinauswarfen. Doch dieweil er nichts zu verlieren hatte, tauchte er alsbald wieder auf, das Personal fand sich mit diesem Sachverhalt ab, und der lästige Esser mit nur einem Zahn im Mund durfte wegputzen, was übriggelassen worden war. Manch einer zeigte Ausdauer, schluckte und schluckte, lief rot an, wütete, doch selbst die standhaftesten Kämpfer kapitulierten kurz vor den letzten Bissen. Auch sie schmatzte der Zahnlose um ihr vielleicht ein bißchen saure Sahne und Gehacktes enthaltendes Zipserkraut.

Am Tag nach dem Ausbruch der Revolution machte Dragoman nichts von Interesse. Er saß zu Hause und suchte im Radio nach verschiedenen Sendern, die Nachrichten waren widersprüchlich. Er versuchte, sich über den vorangegangenen Tag Rechenschaft zu geben, kaufte Brot, zog auch ein kleines Stück Fleisch an Land, für das Kind legten sie eine Milchpulverreserve an, er suchte den Schriftstellerklub auf, zu dem er aufgrund einiger seiner mit einem Stipendium belohnten Kritiken Zugang hatte und wo Konserven verteilt wurden. In einem Redaktionszimmer klammerten sich vier Männer an die vier Ecken eines Tisches, einst hatten sie alle daran gesessen, ein jeder von ihnen war aus politischen Gründen entlassen worden, ein jeder besaß einen Rechtsanspruch auf diesen Schreibtisch.

In den folgenden Tagen ging er ins Rathaus, im Amtsraum des Vorsitzenden saß sein Chef, der einfach den hohen Ledersessel hinter dem Schreibtisch des Bürgermeisters eingenommen und das höchste Amt der lokalen Macht übernommen hatte. Sein Freund ließ, eine ernste Miene aufsetzend, die um Genehmigungen Nachsuchenden vor. Der Chefredakteur hatte den Stuhl getauscht, der Ratsvorsitzende war zu Hause geblieben. In einem Telefongespräch riet ihm der Nachfolger, besser daheim zu bleiben, es werde ihm nichts passieren. Zu seinem Schutz werde er ihm einen mit einer Maschinenpistole bewaffneten Nationalgardisten schicken.

Einer unergründlichen, rätselhaften und respektablen Logik gemäß gab der hervorragende Ethnologe den Weg zum Chefredakteur frei, der Sekretärinnen Anweisungen erteilte und das Siegel in die Hand nahm, als wäre er im Rathaus tatsächlich das Oberhaupt. Das nahm jeder zur Kenntnis, im Vorzimmer wimmelte es von Antragstellern, sie warteten auf eine abgestempelte Genehmigung, um Autos, Gebäude und Büros beschlagnahmen zu können. Stets wollten sie Geld haben für den anfänglichen Aufwand. Dragoman wunderte sich, weshalb sie auf so ein Papier erpicht waren. Jeder wollte etwas für sich selbst.

Auch Dragoman betrat das Vorzimmer des Ratsvorsitzenden und erwartete sich vom Chefredakteur die Übergabe der Zeitschrift. Du mach deinen Weg nach oben, werde Bürgermeister, das Blatt aber sollte uns gehören, den jungen Schriftstellern, eure Vormundschaft brauchen wir nicht mehr. Als Korrespondent des *Experiments* stellte er den Parteigründern, unter denen sich auch ein Militär und ein Bischof befanden, Fragen.

Gesehen hat er, daß sich die Macher an die Spitze setzen, die mit dem größten Mundwerk, daß sich die pfiffigen Sentimentalen auf das Podium drängen, die neuen Schelme und die alten Schelme. Als von oben der Kugelhagel einsetzte und viele Verwundungen davontrugen, überquerte er gerade den Platz. Mit einer Trage in der Hand eilte er zum Ort des Geschehens. Er besaß einen Presseausweis, doch den brauchte er nicht, denn sie hatten ihn überall gesehen, seine Leica und auch der lange rote Schal verliehen seinem Reporterstatus Glaubwürdigkeit.

Zum Kriegsberichterstatter ließ er sich machen, bat um Aufnahme in den Wagen wichtiger Delegationen, morgens in der Frühe begab er sich zu den Schauplätzen der Revolution, als wäre die sein Arbeitsplatz. Flinke Männer sah er unter weiblicher Assistenz eine Leiche, deren Hosengürtel am Fußknöchel befestigt war, am Ast eines Baumes aufhängen. Ein altes Herrlein bespuckte unter affektierten Reden den Leichnam: »Pö, pö! Du bist gewest auch ein Kumpan von die Russen!« Ein Junge in Kniehosen, vorspringende Backenknochen, wankender Gang, ging zu der Leiche und ritzte mit Hilfe eines Taschenmessers einen fünfzackigen Stern in den Rücken. Manch einer stand dabei und sah nur zu. Eine alte Frau: »Auch den hat eine Mutter geboren.« – »Dann soll sie ihn auch beweinen!« sagte ein Mann von unscheinbarem Äußeren und trat dem hängenden Wesen ins Gesicht. Es kamen ein skandinavischer Korrespondent und sein ungarischer Begleiter. »Vous savez, les passions révolutionnaires sont démesurées«, sagte der Begleiter, und schon zog er jenen von dem baumelnden Körper weg, der Skandinavier aber blickte zurück. »Jetzt beruhigt euch allmählich, die Parteizentrale habt ihr doch besetzt!« ließ sich jemand mit einer Werkzeugkiste vernehmen, vermutlich ein Installateur. Mit zitterndem Kinn mischte sich ein stotternder Mitbürger ein: »Mindestens hundert noch müssen neben dem aufgeknüpft werden, damit Ruhe in der Stadt einkehrt!«

In den Tagen der Revolution hatte Lona Zeit und begleitete Dragoman verschiedentlich; ihr Freund, das wußte sie, würde sie dorthin führen, wo sich der Strudel am ungestümsten gebärdete, und sie akzeptierte, daß Dragoman seine ganze Existenz eine Reportage nannte, das Umhergaffen und auch die Clownerien auf dem Klavier. Sie saßen im Tango, warteten auf Kobra, der auch jetzt eine Viertelstunde zu spät kam, eine Maschinenpistole trug und irgendeine Armbinde mit den Nationalfarben, er hatte es eilig. Rosamunde brachte Kaffee und herrschte ihn an: »Regenschirme, Spazierstöcke und Maschinengewehre sind an der Garderobe abzugeben. Tante Gizi wirft ein wachsames Auge darauf.« – »Was soll das?« fragte Dragoman. »Schießen wirst du damit sowieso nicht.« – »Für alle Fälle«, sagte Kobra und ging.

Aus der Zeit der ersten Kampfhandlungen klang Dragoman noch Gebrüll in den Ohren: »Jüdische Mörder!« Er ging nach Hause, stand neben Laura auf dem Balkon, sie hörten entferntes Dröhnen von Schüssen, es verstummte, flammte aber wieder auf. Eine Leuchtrakete war am Himmel zu sehen. Das, stellte Dragoman fest, sei nicht sein Krieg.

Als vor dem Tango ein Mann an einem Laternenpfahl aufgehängt worden war, verhielt er sich still und spielte Klavier. »Ich wagte nicht, mich in die Ereignisse einzumischen«, erklärte er Lona. Der Erhängte war ein Offizier des Staatssicherheitsdienstes. Warum aber muß man einen Menschen, nur weil er Staatssicherheitsdienstler ist, aufhängen? Diese Frage, in einen Text der *Sentimental Journey* eingeflochten, stellte er auf englisch. Ein junger Mann, eine Maschinenpistole in der Hand, sprach ihn an: »Und wer bist du?« Dragoman hob den Zeigefinger: »Schieß nicht auf den Pianisten!«

Das übliche Stammpublikum hatte sich bereits eingefunden, der amerikanische Farmer in seinem rot gefütterten Pepitasakko, der gegen Mitternacht die gesamte Tanzfläche okkupierte und vielleicht deshalb hier in Kandor hängengeblieben war, um dies Nacht für Nacht wiederholen zu können; der Sohn des finnischen Botschafters, der, wenn er genügend getankt hatte, die Gläser fallen ließ; und auch die eingeführten Freudenmädchen saßen an der Theke.

Döme Dragoman, der Vater unseres Helden, Kaffeehaus- oder Barpianist, erzählte eine Geschichte aus der Zeit des Arbeitsdienstes im Steinbruch, wo die Juden Sisyphus spielen und vom frühen Morgen bis in die tiefe Nacht, bei eisigem Wind, ihre Kräfte übersteigend, schwere Steinbrokken den Berg hinaufrollen mußten, was sich auf die Hände eines Klavierspielers verheerend auswirkte und weshalb Dragoman d. Ä. zu flüchten gezwungen war, was ebensowenig zu einem Barmusiker paßt wie das Steinerollen. Geschichte aber bedeutet, daß nichts so ist, wie es bisher gewesen ist, es kommen irgendwelche überspannten und schikanösen Spinner, die da sagen, von nun an werde nichts mehr so sein wie bisher und Döme Dragomans Platz sei nicht im Tango, sondern in einem Steinbruch auf dem Balkan. Was hatte er auf dem Balkan zu suchen? Einige wenige Tage genügten, um die musikalische Brillanz des Gerölls zu studieren, alles weitere war Zeitverschwendung.

Weiterhin waren im Tango der populäre Sportreporter und der brasilianische Militärattaché mit einer schlanken Platinblondine anzutreffen, ein stellvertretender Chef der Spionageabwehr, ein Tierarzt vom Land, ein Olympiasieger in der Leichtgewichtsklasse des Faustkampfes und die Baronin Rosamunde hinter der Theke. Und ihnen allen stand Kamilla vor, die Ehefrau des Hoteldirektors. Ihr Mann, ein berühmter Fechtmeister, hatte als Anerkennung für seine Verdienste um das Vaterland den Direktionsposten im Hotel zur Krone und im dazugehörigen Tango Espresso erhalten, doch damals, im Herbst neunzehnhundertsechsundfünfzig, trainierte er seine Mannschaft im Ausland und überließ seiner Frau, die mit einem ausgeprägten Geschäftssinn gesegnet war, die Betriebsleitung.

Wie eine Fürstin, so schwebte Kamilla herein, unter der hochgezogenen Bluse auf dem Bauch trommelnd. Schon Ende April kam sie gebräunt vom Nacktsonnenbad, ihrem Schöpfer zeigte sie einen makellosen Körper, der Preis dafür: Gymnastik und Massage, weiterhin täglich tausend bis zweitausend Meter Schwimmen und abwechselnd heiße und kalte Dusche.

Kamilla war, wenn es um einen Lendenbraten oder eine Nußcreme ging, ebenso in ihrem Element wie im roten Scheinwerferlicht, wenn sie in funkelndem Abendkleid, das Mikrophon in der Hand, die nächste Nummer ansagte oder ein zu Tränen rührendes Chanson vortrug. Alles um sie her war eindrucksvoll und praktisch, sogar ihr Liebesleben, könnte man sagen. Die Stimme, die Bewegungen temperamentvoll erfinderisch, große Ohrgehänge und Siegelringe.

Wenn ein Hintern ein Hintern ist, dann sollte er ein richtiger Hintern sein! Und was sonst wäre er gewesen? Kamillas Hintern war ein Hintern, wie ein Hintern ein Hintern zu sein hat.

Um elf saß Kamilla immer auf der Bank im Schwimmbad, rieb sich die braunen Schenkel ein, und stets standen um sie herum der Philosoph und der Erzähler, der Scheidungsanwalt und der Jockey, deren Blicke auf und ab huschten, den Bewegungen des Einreibens folgend. Sie hörten sich ihre in Klatschgeschichten, Schwärmereien und in schnell wirkendes Gift getauchten Blödeleien an; *mes pauvres sottises*, wie sie sagte. Zu ihrem Hof zählte sicher auch jener Journalist, der statt Zeitungsartikeln lieber Berichte für die Geheimpolizei schrieb, weil er sich darin keiner von der Zensur auferlegten Disziplin unterwerfen mußte, ganz nach Lust und Laune konnte er sich geistreich geben, alles beim Namen nennen, die Firma wünschte Klarheit. Sie alle gehörten zu Kamillas Gefolge, und eifersüchtig hätten sie von den Informationen über die Beziehung zwischen der Chefin und dem anarchistischen Studenten Gebrauch machen können. Vielleicht forcierten sie die Angelegenheit deshalb nicht über Gebühr, weil sie sich dort im Hotel um Kamilla scharen durften, wo diese herrschte, wenn auch nicht über jeden.

Über ihre Tochter zum Beispiel nicht, denn Dragoman hatte nicht nur mit dem Unterleib der älteren, sondern auch der jüngeren Kamilla Bekanntschaft gemacht, wovon der Journalist vermutlich Kenntnis erhalten hatte, zumal er unter dem Personal herumhorchte. Dragoman zog sich in die eine Mansarde zum Arbeiten zurück, auch damals schon hatte er Zutritt zur Dachterrasse, auch damals schon gab es hier Sonnenpritschen, und die Gäste, wenn sie im Garten des Hotels ein Bad genommen hatten, begaben sich hierher und genossen den Blick auf den Platz der Auferstehung. 1956 geschah es, daß die langen Beine der jüngeren Kamilla, jene denkwürdig schlanken Schenkel, sich aus dem weißen Leinenkleid lösend, zum Fenster hereinwogten.

Ein wichtiges Ereignis war dies in jenem Sommer, dem Sommer der Verderbtheit. Alles sei erlaubt, sagte Dragoman, erlaubt sei selbst das Verbotene. Alles Gewesene sei Blödsinn. Blödsinn sei der Faschismus. Blödsinn sei der Kommunismus. Abhaken könnten wir alles, was sich bisher sittlich als wichtig erwiesen habe.

Man dürfe eine Frau, die neben einem sitze, anfassen, man dürfe von ihr Besitz ergreifen, wollen, was auch sie wolle, turteln mit ihr, harmonieren, ihren Duft genießen und glauben, sie sei die erste in deinem Leben. Belüge dich selbst, belüge sie. Habe das Gefühl, dieser heutige Nachmittag, an dem sie sich zu dir ins Zimmer geschlichen hat, als sie durch das Fenster kam, dieser heutige Nachmittag sei in deinem Leben ein Höhepunkt.

Es funktioniert die Berg-und-Tal-Bahn der Lüste, rauf und runter, rein und raus, sie kreischen, das Herz schlägt bis zum Halse, sie sind erleichtert, und immer wieder das Wieder und immer noch und noch! Denn worin unterscheidet sich dieser Nachmittag von den anderen Nachmittagen? Nicht minder die Straßenbahnfahrt nach Hause in den Kreis derer, die auf ihn warten, denen er von dieser nachmittäglichen Orgie nichts erzählen wird. Illuminationen, wenn alles mit einem anderen Menschen erlaubt ist, er klettert zu dir in den Turm hinauf, klammert sich an das Fenster, dann verduftet Dragoman, macht sich auf und davon, bevor ihn die Hexe auf dem Brotschieber in den Backofen steckt. Besser ist es, am Flußufer eine Melodie zu pfeifen, denn die letzte Wahrheit besteht im Kneifen. Und wo die Luft schon sehr dick ist, macht er sich aus dem Staub. Bei großer Innerlichkeit sehnt er sich nach Äußerlichkeit. Wo leere Worte herrschen, schließt er die Tür hinter sich.

Dragoman saß im Tango am Klavier, ein Mann, gewölbte Stirn, grüne Bohnen mit Gehacktem wurden ihm serviert, schlug von Zeit zu Zeit mit der Faust auf den Tisch: »Hier wird es internationalistische Moral nicht mehr geben, hier wird es eine ungarische Moral geben, sonst nichts!«

Draußen auf der Straße patrouillierten Bewaffnete in Zivil, in eine Decke eingewickelt, schleppte ein Zigeunerjunge eine Trommel und schickte kurze MP-Salven in die Luft. Das Kind auf der Schulter, ging Dragoman nach Hause, Laura an seiner Seite, es nieselte, geschossen wurde nicht, die Straße war leer. Mit hoher Geschwindigkeit näherte sich ein Auto, Bremsen quietschten, plötzlich machte es kehrt und raste davon. Große Krähenschwärme ließen sich in den Parkanlagen nieder, Nebel lag über den Friedhöfen, in Zirkuszelten schliefen die sowjetischen Soldaten.

Die Straßenbahn fuhr, wenn auch nicht alle Linien, die Elektrizitäts-, Wasser- und Gaswerke sowie die Telefongesellschaft taten das Ihre. Doktor Bíró aus der Nachbarschaft eilte ins Krankenhaus, manchmal von Haustür zu Haustür springend, im weißen Kittel, die Tasche schwenkend, denn es war nicht klar, wer auf wen schoß, doch eines war sicher, daß es dort einen Verwundeten gab, und der wartete auf einen Arzt. Dann richtete er sich im Krankenhaus ein.

Die Kinder hatten schulfrei, die Frauen blieben zu Hause, auch die Männer gingen nur zu Beratungen in die Büros und Fabriken. Den Betrieb aufrechterhalten war leichter gesagt als getan, doch es wurde auch gestreikt, und voller Hoffnung blickte man auf die Intelligenteren, die ebenso ratlos waren wie die weniger Klugen. Die Sanitäter und die Bäcker vollbrachten Heldentaten und auch die Frauen, die der hungernden Stadt von der landwirtschaftlichen Produktionsgenossenschaft einen Lastwagen voll geschlachteter Bratgänse brachten.

Auf dem Flur wurden Informationen ausgetauscht, ein

Offizier meldete sich zum Dienstantritt, der Vorsitzende des aus den Revolutionskomitees konstituierten obersten revolutionären Ausschusses, markante Backenknochen, Ledermantel, fuhr im Geländewagen durch die Gegend, ingenieurhaft diszipliniert erteilte er seine Anweisungen. »Die Stadt lebt, gründet Komitees, Vereine, Gesellschaften, Kammern, Kollektive!«

Dragoman d. Ä. spielte Lieder ohne Texte. Der Autor historischer Romane stand gerade beim prunkvollen Defilee der venezianischen Fregatten. Jemand hatte unbesehen einen größeren Posten argentinische Rinderzungenkonserven in Aspik gekauft und weitergegeben. Einige Mitglieder des Touristenverbands organisierten in einer kampffreien Waldzone einen Herbstausflug. Die Kinder sammelten Kupferhülsen und rannten mit Helm umher. Ein kleiner Lastwagen transportierte Särge. An den im Bau befindlichen Einfamilienhäusern wurden das Verputzen und die Dachdeckerarbeiten fortgesetzt. In den Wohnzimmern spielten die Kinder Mikado und Domino. Im Radio waren die Stimmen der bekannten Schauspieler zu hören, ein Humorist schickte die sowjetischen Truppen nach Hause. Ungezwungen statteten sich die Nachbarn Besuche ab, sie freuten sich, daß die Gespräche jetzt viel vertraulicher waren als vorher. Die Kinder gingen mit ihren Müttern, vier bis fünf Frauen und ein Dutzend Kinder fühlten sich zusammen ziemlich wohl. An die Schaufensterscheiben oder die Liftfaßsäulen wurden Plakate und Gedichte geklebt. Ein kleiner Junge brachte einen Zettel mit Hilfe von Mehlkleister an: »Nach jeder Unterrichtsstunde eine lange Pause!« und »Kakao in der Schule für jedes Kind!« Schnellen Schrittes suchte ein Gymnasiast seinen Freund auf, um gemeinsam mit ihm Dantes *Hölle* zu lesen.

Dragoman las Tolstoi, um seine Vorurteile gegen die Russen abzubauen. Im Freundeskreis sannen sie über Verfassungsformeln nach. Wie könnte man die Institutionen einer parlamentarischen und einer revolutionären Basisdemokratie miteinander vereinen? Darüber unterhielten sie sich am Eingang der Universität, wo sich Philosophen und Sinologen zwischen den Säulen versammelt hatten. In den Schaukästen sahen sie sich die neuesten Anschaffungen der Bibliothek an. Auf den Bänken und in den Arkaden überall Zeitungen, Flugblätter und Ankündigungen.

Es war nicht lange her, daß an der ersten Säule des Vestibüls sein Name an der Schandtafel prangte, jenes blöde Abiturbild, auf dem ihm die Haare zu Berge standen und er ein so törichtes Gesicht machte, obwohl dies doch die Zeit gewesen ist, in der er am wenigsten zerstreut war und alle Prüfungen mit Auszeichnung bestand. Sogar Mathematik, obwohl er im Semester zuvor durchgefallen war, jetzt aber hatte er alles begriffen, war bereit, alles aufzunehmen. Warum nur wirkte er in jener Periode des Durchblicks so töricht?

Der eine Posten wußte sich vor Übermut nicht zu lassen, er rauchte Zigarren und mußte sich, weil er Lungenzüge gemacht hatte, übergeben. Der andere Posten sagte, von seiner Tante wisse er zuverlässig, daß es in der Sowjetunion enorm viele Lager gebe, auch seine Tante sei in so einem Lager gewesen, entlassen worden sei sie nur deshalb, weil ihre jüngere Schwester mit einem NKWD-Obersten geschlafen und der sie irgendwie herausgeholt habe. Sie habe erzählt, daß sich die Lager über das ganze Land verteilten. Dragoman blödelte herum, am einfachsten sei es, die Städte mit Stacheldraht einzuzäunen und alles zum KZ zu erklären. Kandor sei umzingelt, sagte ein dicker Journalist, der immer gut informiert war. Der Chef des obersten revolutionären Ausschusses lasse bereits ein leichtes Kriegsschiff flottmachen, um sich zurückzuziehen. Auch die Höhlenexperten befänden sich in Alarmbereitschaft, um die revolutionäre Führung der Stadt durch unterirdische Gänge vor den Russen zu retten. Eine Schauspielerin habe Tatjanas Brief an Onegin hervorgekramt. Eine schöne und alle befriedigende Geste, die Russen würden dies als Höflichkeit betrachten, darin jedoch auch die Würde erkennen, und nicht einmal die Landsleute hielten dies für Anbiederung. Letztlich sei Puschkin ein Klassiker, voriges Jahrhundert.

Graue Flecken beschwöre ich herauf, entferne den Plastiküberzug. Grabungen in meinem Gehirn, ein Bild liefert das andere. Was fand nach der Revolution statt, in den Jahren der Vergeltung, wie man zu sagen pflegte? Die Angelegenheiten des öffentlichen Lebens unterlagen den brutalen äußeren Kräften, in solchen Zeiten liest der Mensch dicke Bücher und meditiert mit seinen Freunden elegisch beim Licht der Stehlampen. Der Politik kehrt er den Rücken, zu schmähen und zu verspotten gibt es reichlich, und mit vertrauenswürdigen Freunden werden Nachrichten ausgetauscht. Die Insassen der Gefängnisse bereiten ihm ein schlechtes Gewissen: Warum er und warum nicht ich? Doch wenn er einen Spaziergang ans Donauufer unternimmt und auf der untersten Stufe der Steintreppe am Kai sitzt, verspürt er keine Sehnsucht danach, hinter der braunen Ziegelmauer des Gefängnisses im bleichmachenden elektrischen Licht zu sein, denn vor Anstaltshaushalten, vor Militär und Internaten, graut es ihn. Um sein Schuldbewußtsein wie ein Papierschiff die Donau abwärts schwimmen zu lassen, neigt er zu der Annahme, die Hyperaktiven hätten dafür etwas getan, ins Gefängnis zu kommen, oder dafür, außer Landes in die Emigration zu geraten. Er schämt sich dieses Gedankens, spinnt ihn aber weiter. Die Langsameren, die lange andauernde Versammlungen nicht ertragen, die undisziplinierten Träumer, die Müßiggänger, die sich selbst genug sind, die gern schweigenden Individuen lenken nicht den maßlosen Zorn der Behörden auf sich, strapazieren nur die Nerven der geistigen Polizei. Der Langsame unterliegt der Beobachtung, immer werden sie darüber nachdenken, ob sie ihn einbuchten oder nicht, vielleicht aber werden sie ihn doch nicht einsperren.

Unfall

»Das mußt du jetzt übernehmen!« sagten seine Freunde in den vergangenen Monaten, in den frühen neunziger Jahren. Einen Disput über zahlreiche interessante Themen mit zahlreichen interessanten Teilnehmern solle er moderieren. Ihren Terminkalender hätten seine Kollegen gleichfalls voll. Für sich selbst und andere erkennen sie Pflichten, beteiligen sich an nützlichen Initiativen, nehmen Stellung zu Angelegenheiten des öffentlichen Lebens oder begründen gewunden, weshalb sie das nicht tun. Sie nehmen sich zu Herzen, daß ihr Institut, ihre Firma, ihre Universität, ihre Partei in einem erbärmlichen Zustand sind, und während sie sich nachts schlaflos im Bett wälzen, sinnieren sie über die Möglichkeit einer neuen Blüte.

Im Literarischen Café, das gerade an diesem Abend eröffnet wird, reagiert er auf die Fragen der Zuschauer. Das gleiche tut er im Jugendheim, im Haus der Künste, im Klub der unabhängigen Intellektuellen, in der Stadtbücherei, im Prunksaal des Rathauses, in der altehrwürdigen Konditorei, im Konzertsaal, in der Ausstellungshalle, im großen Vorlesungssaal der Universität, im Schloßhof und auf dem Hauptplatz. Von Zeit zu Zeit meldet er sich krank, lügt, ist unerreichbar, möchte seine Tochter und seinen Enkel nicht allein lassen, es genügen ihm eine Fahrradtour zur Mole und ein Fußmarsch zur Bergspitze.

Doch läßt es sich leugnen, daß er auch B sagen muß, wenn er A gesagt hat, und muß er sich nicht für Y einsetzen, wenn er sich für X eingesetzt hat? Der Mensch ist der Akademie verpflichtet, wenn er nun einmal deren Mitglied ist, der Bankier steht in der Schuld der Bank, der Priester in der der Kirche. Gäbe es nicht diese Verstrickung, könnte er das Gefühl haben, nicht zu existieren.

Die Ratlosigkeit der Studenten ist irreführend, sie suchen nach einem Orakel, vergessen die eine Religion und stürzen sich in eine andere, naschhaft sind sie und wankelmütig. Sie suchen einen Lehrer, um ihn schließlich zu vergessen. Wenn allmählich auch sie vergessen werden, fällt ihnen der Professor wieder ein. Gekommen ist die Zeit der schweigsamen Ratlosigkeit.

Im Vestibül versuchte er, sich an den Kollegen vorbeizumogeln. Es gab Stunden, in denen Dragomans Instinkt, Dinge abzuwehren, hysterisch auflebte. Draußen in der Natur versteht er nicht, was er im Auditorium zu suchen hat, wo er sich auf das Podium setzen, sich mit den erwartungsvollen Gesichern konfrontieren und ergeben hinnehmen muß, wenn Fotografen mit ihren blitzenden Maschinen um ihn herumspringen, Unruhe verbreiten und so das sich in Worten äußernde Nachdenken stören.

Zum Faulenzen hat in Balatonófalu und auf dem Alten Berg niemand Zeit, vor der Weinlese haben die Frauen Angst, sie werden sich viel bücken müssen; besonders nach den alten Weinstöcken, nach dem Spalier weniger. Alles, was gediehen ist, muß eingeweckt, Gurken und Sauerkraut müssen geschnitten werden, für die Schweine der Kürbis, die Pflaumen warten darauf, zu Mus, und die Birnen darauf, zu Kompott verarbeitet zu werden, der Wein ist für die Lese schon reif, bei manchen hat er neunzehn Grad, wer die Reben anfaßt, dessen Hände kleben, Wespen fliegen.

An den nassen Zweigen hängen schwere Birnen. Noch nie zuvor hatte er einen so phantastischen Regenschirm gehabt. Mit seiner Tochter Olga, die einen schwarzen knautschigen Hut trägt, den ihr Vater für gefällig und amüsant zugleich hält und worin sie wie eine verfrorene Geigenschülerin aussieht, haben beide darunter bequem Platz.

Letzte Woche harrte Olga unter dem Regenschirm, zusammen mit zweitausend anderen, im Stadtpark aus. Zum

Glück hatte sie den Hut dabei. Von der Bühne aus gesehen waren die bunten Regenschirme und die aufmerksamen Gesichter im Scheinwerferlicht schön. Stundenlang hörten sie sich Gedichte, Lieder und Reflexionen an. Vor der Zuhörerschaft, die dem Regenschauer keine Beachtung schenkte, sich nicht vom Fleck rührte, obwohl sie vollkommen durchgeweicht war, hatte er große Hochachtung. Wenn dein Hemd wie ein Prießnitzumschlag ist, dann kannst du dich auch daran gewöhnen, daß deine Schuhe ein Schwimmbecken sind.

Beim Laufen und Schwimmen belegte Habakuk im Kindergarten den ersten Platz, im Kino wollte er sich unbedingt die blutrünstigen und den Rachen weit aufsperrenden Fabelwesen ansehen, doch als ein computergesteuertes Plastikungeheuer irgendeine schwarze, giftige, klebrige Masse spie, verging ihm die Lust. Habakuk zitterte und wimmerte und beschloß, daß es für ihn mit den Horrorfilmen vorbei sei, es wäre besser gewesen, in Mamas Gesellschaft zu bleiben und ihr beim Plätzchenbacken zu helfen.

Eine Freundin ist jetzt aus Novi Sad gekommen, sie sagt, die Alten hätten aufgegeben, sie stellten sich nicht mehr im Morgengrauen nach Brot an, schlimmstenfalls äßen sie eben nichts und stürben lieber unbemerkt. Das Fernsehen zeigt eine verstümmelte Kinderleiche, die Verstümmler und Mörder, die andere bei lebendigem Leibe verbrennen, die Vergewaltiger und die, die ihre Opfer anschließend durch Genickschuß erledigen, tun all dies zur Verteidigung ihrer Heimat.

Hier im Dorf herrscht goldene Friedenszeit. Jenseits des Flusses sind die Wildschweine unruhig, die Jäger liegen auf der Lauer. Der Wind zerreißt die Wolkendecke, zaghafte Sonnenstrahlen über den nassen Dächern, nachts regnet es, morgens nicht, es nahen die Wochen feuchten Wetters, ständiges Sprühen, Nieseln, Tröpfeln, gelegentlich ein Schauer. In einer trockenen halben Stunde geht Dragoman hinaus auf die Wiese, die Schafe kuscheln sich aneinander, die Ziegen stoßen sich mit den Hörnern, ein widerliches Viehzeug, sagt der Schäfer kopfschüttelnd von letzteren.

Seinen Verstand fordert er in keiner Weise, mag das Wasser rinnen, sich ein Bachbett graben, mag die Farbe zwischen den Falten des zerdrückten Stoffs fließen, mögen sich die winzigen Blutströme über das Gesicht ergießen, mag sich begeben, was geschieht. Die Zeit steht still, nur er zieht auf der Uhr seine Kreise, und stets begegnet er dort Mittag und Mitternacht, dem Zenit und dem Untergang.

In Olgas Gesellschaft sucht er die Nachbarsfrau auf, Mutter zweier Söhne und einer Tochter, um ihr zum Namenstag ein kleines Geschenk zu bringen. Alle drei sind sie verheiratet und haben Kinder, vierzehn sind sie, wenn sie zu Familienfeiern zusammenkommen. Die Kinder wohnen sämtlich im nahe gelegenen Kandor, und anläßlich größerer Feste wie diesem versammeln sie sich bei der Großmutter, es gibt Gulasch und panierte Schnitzel, Hörnchen, mit Nußcreme und Marmelade gefüllt, die Frauen betätigen sich in der Küche, die Männer hocken vor dem Fernseher, prosten sich zu, Dragoman trinkt Schnaps, Olga ein Glas Wein, wovon sie vergnügt und sehr angenehm wird. Schnaps, Kuchen, die jungen Leute sitzen in einer Ecke, nachmittags gehen sie noch zur Kirche.

Der junge Nachbar würde diese Gegend um nichts auf der Welt verlassen, auch wenn die Arbeit nicht abreißen will, schon vormittags überlegt er, ob er jetzt in den Weinberg gehen oder Kartoffeln hacken oder vorher den defekten Wasserhahn reparieren soll. Darüber, daß es unter dem See Öl gibt, freut er sich, doch von der Wissenschaft jenes Fischbiologen, der dem zugestimmt hat, das Gewässer mit dem Amur und dem Buscha zu bespannen, hat er seine eigene Meinung, nagen die doch die jungen Triebe des Schilfs ab, und das Wasser verschlammt. Wenn es nach ihm ginge, würde der Fußballplatz eine Flutlichtanlage bekommen, damit auch abends Spiele stattfinden können.

Habakuk schließt sich den Kirchgängern an, seit neuestem beschäftigt er sich viel mit Gott, Olga erlaubt sich einige Sticheleien. Von Gut und Böse macht sich Habakuk einen ebensolchen Begriff wie die Urahnen, mit tiefem Ernst in der Stimme erklärt er: »Mama, so darfst du nicht sprechen, denn Gott weiß, was du denkst, du aber weißt nicht, was Gott denkt.«

Olga liest auf der Veranda; wenn Habakuk mit den Nachbarskindern zur Messe geht, hat sie ein bißchen Zeit. Beim Mittag nickt er gelehrt, Jesus sei Gottes Sohn gewesen, und man habe ihn ermordet. Was aber habe Gott verbrochen, welche Sünde habe er begangen, daß man seinen Sohn getötet hat? Olga sagt, das sei eine Erzählung und hinter jeder Religion verberge sich eine andere Geschichte.

Dann kommt Jom Kippur zur Sprache, Habakuk fängt damit an, weißt du, wovon du im Auto gesprochen hast, daß man nachdenken, daß man über die Toten und die Sünden nachdenken muß. Habakuk hat recht, sie hat davon gesprochen, doch der Großvater möchte jetzt nicht über Tote und Sünden nachdenken, sondern lieber über Familientreffen, und er lobt die Nachbarn, daß sie sich so treu sind und aus der Umgebung hier einfinden. Seine Familie hat es in verschiedene Länder und Erdteile verschlagen, vor allem auf einen Kontinent, der auch die andere Welt genannt wird.

Unter der Mondsichel sieht er die Baumkronen und um sie her die Sterne der nördlichen Halbkugel. Morgens bringt er Habakuk in den Kindergarten, nimmt den Finken und den Hamster in Augenschein, grüßt zahllose Mütter und hört sich Olga im Radio an. Seine Tochter rückt diesmal die Dinge über den Äther zurecht, in der Familie gibt es harte und halsstarrige Figuren. Am Abend des Jom Kippur geht er in die Synagoge, und er wird seine weltlichen Verfehlungen, deren Wiederholung zu erwarten ist, sühnen.

Olga ist für zwei Tage nach Budapest gefahren, auch Bella ist weg, Dragoman ist mit Habakuk allein, jetzt ist alles lockerer, doch die wichtigsten Dinge hat die Mama dem Jungen unauslöschlich ins Gedächtnis geschrieben: die Zeremonien des Zähneputzens, Badens, Märchens, Pipimachens, Wassertrinkens. Alles erklimmt Habakuk, er klettert auf Bäume und Mauern, wie der Wind so schnell radelt er, auf dem Fahrrad hängt er den Großvater ab, er versteht sich darauf, den Franzosen zu benutzen, gerade hat er gesehen, wie ein Schwein kastriert wird, er überlegt, ob eine im Sand ausgehobene Grube, mit Reisig abgedeckt, eine tödliche Falle sei oder nur zu einem Beinbruch führe.

Dragoman kocht Käsenudeln, spielt Domino, auch eine Radtour unternehmen sie, und das Abendessen wird im Garten serviert. An die Vaterrolle gewöhnt er sich wie ein kleiner Hund ans Bellen. Sie haben einen Gast empfangen, auf dem Küchentisch ist kein einziger Krümel zu sehen, Teller und Gläser befinden sich an ihrem Platz, vor Stolz wissen sie sich kaum zu nehmen. Morgen aber wird Olga zurückkommen und einige Bemerkungen anbringen, die den Glauben der Herren an die eigene Vollkommenheit ins Wanken bringen könnten. Jetzt allerdings trotzen sie noch und verdrängen ihre Angst vor der Mama, zuerst kommt der Kuchen an die Reihe und dann das Paprikahuhn.

Wie ein Held aussehe, fragt Habakuk. So wie du. Warum? Er steht lieber auf, als daß er sich hinlegt. Du magst den Helden? Wenn ich liege und er kommt und hat schrecklich viele Ideen, dann seufze ich, Herr mein Gott, rette mich vor den Helden. Soll ich dich allein lassen? Jetzt liege ich nicht, bleib ruhig. Ist die Mama eine Heldin? Ja, das ist die Mama immer, einem jeden gegenüber ist sie eine Heldin. Und was ist ein Heldentoter? fragt Habakuk. Den sie ermordet haben. Jeder, der ermordet worden ist, ist ein Heldentoter? Manche sagen, ein Heldentoter sei nur der, der vorher andere ermordet habe. Also das ist ein ziemlicher Blödsinn, so Habakuk. Damit ist er nicht einverstanden. Habakuk zufolge ist jeder ein Held, der stirbt. Und nach einigem Kopfkratzen: Aber du weißt ja, Papa Jani, sterben kann nur, wer schon gelebt hat, sagen wir, ein Held ist jeder, der lebt, und dann bin auch ich ein Held, weil ich jeden Tag aufstehe. Sag, Papa Jani, kann auch ein kleiner Junge ein Held sein? Ja, das glaube ich. Doch er muß kein Held sein? Wenn du es vermeiden kannst, dann vermeide es. Manchmal geht das nicht, dann mußt du ein Held sein. Leider.

Wieder in der Stadt, steht Dragoman auf der Rolltreppe, betrachtet die ihm entgegenströmenden Gesichter, auch sie sehen ihn an. Spärlich brennende Blicke huschen über den anderen hinweg. Mit wem würde er sich gern unterhalten? Auf wessen Gesicht leuchtet ein inneres Lächeln? Wer ist ein potentieller Mörder? Wer ein Spitzel? Der da mit der Mütze auf dem Kopf würde Dragoman vielleicht selbst dann nicht aufgeben, wenn es die Interessenlage wünschenswert erscheinen ließe. Der da mit der Tasche in der Hand würde ihn verraten, ausrauben und bespucken. Der könnte ein Geheimnis bewahren, jener schnattert wie eine Ente. Die sieben hier sind wie das Federvieh, sie würden dulden, daß jemand aus ihren Reihen herausgeholt wird, sie würden mich nicht verstecken, mir nicht zur Flucht verhelfen, sie würden die Behörden informieren. Grobe Gesichter, für Süßigkeiten ließe sich mit ihnen keine Reklame machen. In der Hektik des Nachmittags kannst du den Kandorianer beobachten: Er ist anständig gekleidet, unauffällig, redet nicht viel, verhaltenes Lächeln. Diskret, zurückgenommen gierig mustern sie die merkwürdigen Fahrgäste, auf den grauen Alten verweilt der Blick selten. Es gibt sensible junge Leute, die den einen oder anderen alten Menschen lange ermutigend ansehen. Neben Dragoman unterhalten sich zwei Mädchen über die Ereignisse auf dem Handballplatz, kräftige Beinmuskeln verleihen ihnen Stabilität, beide wissen sie, daß sie einen Mann, ein Zuhause und Kinder bekommen werden, nichts macht ihnen angst. Dragoman setzt sich, schließt die Augen, die anderen sind ihm nahe, auch in langsamen Personenzügen döst er gern vor sich hin. Er hätte nichts dagegen, wenn diese Untergrundbahn hinaus ins Freie raste und durch die Vorstädte hindurch. Allmählich käme das Gespräch in Fluß: »Wohin reisen Sie?« Der Zug hält an, dröhnend öffnen sich die Türen, Dragoman ist wieder in der Menge, wallt auf die Rolltreppe, und jetzt sind es die Abwärtsgleitenden, die seine Aufmerksamkeit fesseln. Er blickt zurück auf den Schacht. Aus was für einer Tiefe steigt er auf! So lange schon kriecht die Rolltreppe aufwärts, und dennoch will sie nicht ankommen, es hat sogar den Anschein, als entfernte sie sich von der Helligkeit da oben.

Im Tango die brutalen Klänge der Bör-Gruppe, bei einem Capuccino geben der schöne Márton und Dragoman ihrer Überzeugung Ausdruck, daß der libanesische Rote von neulich bisher der beste Stoff gewesen sei, er läßt seine Funken aufwärts sprühen und eröffnet Perspektiven. Aus der Musiktruhe kreischt eine Sirene, und Trommeln dröhnen, dann folgt Maschinengewehrknattern. Ein blonder Junge mit hochgeschorenem Haar kauert auf dem Barhokker und tunkt traurig das Hörnchen in den Milchkaffee. Das Saxophon stößt schrille Töne aus, der Schlund ist ihm zugestopft, und jetzt dringt daraus echtes Ziegenmeckern hervor. Das Grunzen eines betagten Mannes verschmilzt mit dem Heavy Metal, der graue Schnurrbart und der Haarzopf wippen im Takt. Eine Frau in roter Hose, Lederjacke und Texasstiefeln macht sich in einem kleinen Heft Notizen. Auf ihren Schultern spaziert eine Ratte umher, in den Schreibpausen nachdenkliches Lutschen an dem rosa Rattenschwanz.

Dragoman geht nach Hause in die Krone, der Portier begrüßt ihn freundlich, im Zimmer erwartet ihn die neueste Post. Der Platz der Auferstehung und der Hotelpark sind von der Dachterrasse aus so beglückend schön, daß Dragoman nicht versteht, weshalb er nicht schon immer hier gewesen ist. Ein junger Mann klingelt an der Vorzimmertür, er stellt sich vor, seinen Namen merkt sich Dragoman nicht, der Ankömmling behauptet, Dragomans Essay über die Ästhetik und die Erotik des Feuers gelesen zu haben. Besser wäre es gewesen, wenn er selbst diesen brillanten Text geschrieben hätte, dann wäre die Sehnsucht nach dem Feuer überzeugender und faßlicher gewesen. Es sei spürbar, daß Dragoman nicht wirklich ein Feueranbeter sei. Denn als jener das eine Kandorer Orpheum in Brand gesteckt habe, da hätte er, aus den Benzinflammen flüchtend, einen Rausch empfunden, der ihm durch Mark und Bein gedrungen sei. Viel Zeit bleibe ihm nicht, es könne sein, daß man ihm schon auf den Fersen sei, als er hochgekommen sei, habe er sein Gesicht nicht verdeckt. Er habe das Gefühl gehabt, in dieser außergewöhnlichen Stunde den Autor kennenlernen zu müssen. Woher er Dragomans Zimmernummer kenne, das sei sein Geheimnis. Er sage es rundheraus, wissen wolle er, ob er sich Hoffnungen machen dürfe. Der Meister möge ihn sich ansehen, wie er sich so im Kreis drehe, von vorn und hinten, er, der Besucher, wäre jener männliche Liebhaber, der auf alle Kapricen des Professors eingehen würde. Sehr freundlich, aber er danke schön, nein, sagt Dragoman. Er bietet dem jungen Mann Tee an. »Mit viel Zucker bitte!« sagt der Knabe, und während Dragoman in die Kochnische geht, um Zucker zu holen, schwingt sich der Gast über das Geländer der Dachterrasse, und vom sechsten Stock stürzt er auf den blaugefliesten Beckenrand des Schwimmbassins, Menschen laufen zu dem reglosen Körper. »Er ist tot!« ruft einer dem anderen zu. Dragoman setzt sich in den Schaukelstuhl und harrt der Dinge, die da kommen müssen.

Eine Viertelstunde später klingelt die Polizei. Es sei nicht auszuschließen, das der Junge mit Gewalt in die Tiefe befördert wurde. Also er wäre derjenige gewesen, der das Theater angezündet habe? Und warum ist er ausgerechnet zu Ihnen gekommen? Ist er ein alter Freund oder ein Schüler von Ihnen gewesen? Nein? Sie haben ihn vorher nicht einmal gekannt? Überhaupt nicht? Er hat den Herrn Professor gekannt? Geistig, meinen Sie? Die Erotik des Feuers? Vielleicht besteht irgendein Zusammenhang zwischen Ihrem Buch und dem Theaterbrand? Dem jungen Polizeioffizier, der nur seine Pflicht erfüllt, erscheint Dragoman immer verdächtiger. Den Herrn Professor nicht festzunehmen ist er nur dann bereit, wenn ihm der Bürgermeister sein Ehrenwort gibt, daß dessen Freund die Stadt Kandor nicht verlassen wird.

»Du darfst von hier nicht weggehen?« sagte Tombor, nachdem er mit seinem Wagen am Haupteingang des Polizeipräsidiums vorgefahren, die Stufen zu Dragomans Empfang hinaufgeeilt war und sich bei ihm untergehakt hatte. »In dieser verrückten Stadt bleibe ich keine einzige Minute mehr, das Ehrenwort ist deine Sache«, erwiderte Dragoman. Tombor ließ den Kopf hängen. »Ich habe nur Blödsinn gemacht, natürlich bleibe ich. Den Handschellen kann man sich leichter entwinden als deiner Bürgermeisterehre. Ein Wahnsinniger stürzt zu mir ins Zimmer, stürzt sich aus dem Fenster, und plötzlich hält mich ein übereifriger Ermittler wegen meiner Schriften für einen Mittäter bei der Brandstiftung im Kandorer Orpheum und bei sonstigen Idiotien. Kann deiner Meinung nach ein Autor für die Taten seiner überspannten Leser zur Verantwortung gezogen werden? Es kann jedem passieren, daß jemand aus deinem Fenster springt.«

Der Zwischenfall dort unten am Beckenrand hat mehrere Gäste geschockt und mit Entsetzen erfüllt, merkwürdig starrten sie Dragoman an, und im Fahrstuhl baten sie ihn um eine Erklärung. »Noch nie in meinem Leben habe ich jemanden defenestriert. Warum also sollte ich gerade diesen jungen Mann zum Fenster hinausgeworfen haben?« Eine Dame mit silbergrau gefärbtem Haar sah geheimnisvoll in den Spiegel, ich denke, von der *action gratuite* hat sie schon gehört. Lust zu verspüren, jemanden aus dem Fenster zu werfen, das kann einem Menschen widerfahren. »Euch ist das schon widerfahren?« fragte Dragoman. »Vielleicht eher Euch«, entgegnete die silbergraue Frau.

Scheinattentäter im langen Mantel

Am vierten November 1956 im Morgengrauen, als Budapest durch Kanonendonner aus dem Schlaf geschreckt wurde, lag ich neben Laura auf dem schmalen Bett in dem kleinen, von der Küche ausgehenden Zimmer, der früheren Mädchenkammer. Gegen drei mochte es gewesen sein, als Laura aus dem großen gemeinsamen Zimmer herausgekommen war, vielleicht weil sie fror und sich nicht vorstellen konnte, wo ich bliebe. Die Nacht zuvor hatte ich etwas geschrieben, worin ich meiner Verwunderung Ausdruck verlieh, warum es so viele Jahre lang unnatürlich zu sein schien, was jetzt als natürlich empfunden wurde, das Mehrparteiensystem. Sollte die Vorstellungskraft zu armselig sein? Weil wir nur das Mögliche für natürlich halten? Mit starkem Tee hielt ich mich wach, auch mir war kalt, ich schmiegte mich an Lauras Körper und versuchte zu schlafen. Am dritten November ergriff eine zuversichtliche Stimmung Besitz von mir, eine neutrale Demokratie mit einem Mehrparteiensystem waren wir geworden, jetzt lag es an uns, was wir daraus machen würden. Zusammen mit anderen jungen Leuten gab ich die Zeitschrift *Experiment* heraus. Mit umgehängter Maschinenpistole suchte ich den Direktor des Zentralen Zeitungsverlags auf, und der erklärte sich mit allen Wünschen einverstanden, jawohl, in sechzigtausend Exemplaren sollte das Blatt erscheinen. Die Dinge waren nun schon so, wie sie waren. Die Maschinenpistole, die ich im Bettkasten verstaute, werde ich nicht mehr brauchen. Dennoch beruhigt mich ihr Vorhandensein. Einstweilen habe ich nicht vor, sie zurückzugeben. Sollten sie kommen, werde ich schießen. Solchen Phantasien jage ich nach, während ich den Kopf an Lauras Hals drücke. Jene Bilder, die sich ein Dreizehnjähriger ausmalen mochte, dürften mir, einem Dreiundzwanzigjährigen, keineswegs fremd sein. Das alte Sofa hatte eine Kuhle, die uns einander besonders nahebrachte.

Auch der Moment des Aufschreckens war identisch. Frauen und Männer richteten sich gleichermaßen im Bett auf, die Männer gaben sich sachkundig, jawohl, Kanonen, T 54er, dann stürzten sie alle ans Radio und hörten, was Jahrzehnte später in allen Zeitungsartikeln zitiert wurde, die sowjetische Armee war im Vormarsch, offensichtlich verfolgte sie die Absicht, die rechtmäßige Regierung zu stürzen, unsere Truppen nahmen den Kampf auf. Was ich nicht wußte, war, daß sich die legitime ungarische Regierung, noch bevor ich aufstand, bereits in der jugoslawischen Botschaft aufhielt. In der Mädchenkammer dämmerte es, wir kuschelten uns aneinander, war sich Laura doch schon im klaren darüber, daß ich mich mit der Sache nicht so einfach abfinden, daß ich dem Ruf des Vaterlands, dem kategorischen Imperativ, der Stimme des HERRN folgen würde, weshalb in solchen Momenten ein letztes Sich-Umarmen angebracht war, es stand uns zu, draußen wurde geschossen, wenn auch nicht in unmittelbarer Nähe. Klügere Leute blieben in solchen Zeiten einfach im Bett, es sei denn, daß die Neugier sie trieb, sich ins unbekannte Abenteuer zu stürzen.

Anständige Menschen nehmen ein Bad, ziehen saubere Unterwäsche an, essen ein weichgekochtes Ei und trinken Tee, bevor sie in die Schlacht ziehen. Ich machte mich mit der Maschinenpistole über der Schulter auf den Weg, im Treppenhaus ließ sich niemand blicken. Hinter einigen Wohnungstüren waren Geräusche zu vernehmen, weiter unten hörte ich das leichte Quietschen der Guckfenster, das sie beim Öffnen und Schließen verursachten. Als ich links einbog, sah ich die über den Ring rollende Panzerkolonne. Unübersehbar rückte sie von Pest nach Buda vor, von Ost nach West. Ich zog mich unter die Arkaden zurück, doch schließlich ging ich in Richtung Ring weiter. Vor einem Haus zerrte mich ein Mann in eine Toreinfahrt: »Wenn sie dich mit der Maschinenpistole erwischen, schießen sie dich über den Haufen.« Wozu eigentlich sollte ich die Waffe spazierentragen? Auf dem Universitätsgelände gab es kistenweise Maschinenpistolen. Erst einmal mußte ich dorthin gelangen. Wozu, das würde man später sehen. Die Maschinenpistole brachte ich nach Hause, verstaute sie im Bettkasten, bekam noch einen heißen Tee, steckte Maurice Merleau-Pontys *Les aventures de la dialectique* in die Umhängetasche und brach erneut auf. Auf dem Ring gab es zwischen zwei Panzerkolonnen einen größeren Abstand, einige Passanten überquerten wagemutig den Fahrdamm. Die Soldaten auf dem Dach des Panzerspähwagens, die Maschinenpistolen im Anschlag, blickten gleichgültig drein. Ich verschwinde, ziehe mich in schmalere Straßen zurück, vor den Haustüren stehen Leute herum, andere sehen zum Fenster hinaus. Auf einem Grundstück werden von einem Lastwagen aus Waffen verteilt, Nachrichten vom erfolgreichen Widerstand.

Ankunft: Die Torwachen erkennen mich, ich gehe zum Revolutionskomitee, zum Dekanat, wo sich einige aufhalten. Dort treffe ich auch Lona, die mir, in dunkelblauer Skihose und blaugelbem Pullover, diskret und würdevoll die Hand reicht. Was wir machen? Nun, wir sind eben hier, mit Waffen und Schinkenkonserven reichlich versorgt drucken wir Flugblätter, konferieren und telefonieren pausenlos, lassen die Kontakte zu anderen Widerstandsgruppen nicht abreißen. Noch hatten die Russen die Universität nicht angegriffen, und umgekehrt hatten auch die Studenten nicht auf sie geschossen. Die öffentlichen Gebäude hatte der Aggressor bereits in seine Gewalt gebracht, die Universität aber gehörte den Studenten. Ich rufe Laura an, um ihr mitzuteilen, daß ich wohlbehalten eingetroffen sei und daß vorläufig nicht gekämpft werde. Bohnensuppe mit Nockerln wolle sie kochen, sagt sie, ein bißchen geräuchertes Fleisch sei noch übriggeblieben.

Hier schwirrten und irrten diejenigen von den Studenten umher, die verrückter waren und sich wichtiger machten als die anderen, aus verschiedenen Gründen bildeten sie sich ein, ohne sie könne die Geschichte nicht vonstatten gehen, und zu ihnen gehörte auch ich. Schrecklich arrogant war ich, ein Blick oder mehrere Blicke, so meinte ich, ruhten auf mir, ich war nicht allein, meine Entscheidungen und Handlungen besaßen moralische Bedeutung.

Nach Ungarn war der Existentialismus erst Mitte der fünfziger Jahre vorgedrungen, zumindest war ich erst damals mit ihm, der sich für mich mit der Erfahrung der Kriegsgeneration zu verbinden schien, in Berührung gekommen. Im Krieg geschehen die Dinge unvorhergesehen, einfach nur so, der Mensch tut dies und jenes, um satt zu werden, um mit heiler Haut davonzukommen, und gelegentlich gelingt es ihm auch. Vielleicht gerade auf Kosten des Gefährten und durch die Ermordung einiger unliebsamer Personen. Im nachhinein verlieh diese Generation allem, was sie hinter sich gebracht hatte und woran sie sich erinnern mußte, auch wenn es unangenehm war, eine moralische Bedeutung.

Lona sprach über Camus, den *Fremden* hatte ich ebenfalls gelesen, und ich vertrat die Auffassung, daß eine Erzählung mit erbarmungsloser Vollkommenheit nicht anfangen könne. Lona war schon weiter vorangeschritten, sie hatte schon die *Noces* gelesen und ein Kapitel aus *Le mythe de Sisyphe* übersetzt. Sie nickte zu der Bemerkung, daß dieses Werk wahrhaftig, scharfsichtig, finster und schon bei seiner Entstehung klassisch gewesen sei. Von wem Lona Gutes sagte, den akzeptierte auch ich. Gegen Eifersucht, so hatte ich bei Goethe gelesen, könne man sich nur mit Liebe wehren. Diese Methode versuchte ich anzuwenden, indem ich mich bemühte, Camus nicht zu verabscheuen. Denn auf das Lob hätte ich auch mit Mißachtung der Existentialisten reagieren können. Und wenn ich in meinen Argumenten gut genug wäre, dann würde Lona aufmerksam und ein bißchen verunsichert auf den nächsten Angriff warten. Ich aber bemühte mich, auf allzu viele Meinungsäußerungen zu verzichten, und wenn mir etwas neu vorkam, dann ließ ich es erst einmal zur Geltung kommen, selbst wenn es meine Sympathien nicht zu wecken vermochte. Großes Aufgebot von großen Namen; von Surrealisten war die Rede, von Dichtern und Malern. Genauigkeit und Besonnenheit, keine hektischen Bewegungen, gesetzt und ruhig ließ Lona ihre tiefe Stimme ertönen. Ich zeigte ihr, wie eine Maschinenpistole funktionierte. Möglicherweise nahm sie *Chanel 5* und um den Hals einen Seidenschal. Um einen wahren Maler ging es, das Wort *authentisch* wurde benutzt.

Lona sah sich als wahre Geliebte, daran gab es keinen Zweifel, und Emil, ihr Mann, der sich hier die Beine in den Bauch stand und seine Frau überallhin begleitete, jener ansehnliche und passive Mensch in Leinenhose und Tweedsakko, war nur eine Begleitung, er lauschte den interessanten Gesprächen, doch die interessantesten Worte kamen nicht aus seinem Mund. Redaktionskollegen waren wir, ich bemerkte, daß er die Zügel ziemlich locker ließ, daß sie sich für längere Zeit von Emil absondern und in der Dunkelheit am Fenster an meiner Seite stehen konnte. Während wir die Straße beobachteten, mein Gesicht das Ohr des Mädchens berührte, war Kettengerassel zu vernehmen, und plötzlich wurden wir vom Kanonenrohr eines kehrtmachenden Panzers angestarrt, das uns beide fast ins Visier genommen hatte. Von einer Wandnische aus verfolgte ich, was die Kanone anstellen würde. Nichts stellte sie an, dennoch verursachte sie in ihrem Umkreis eine aufkommende Stimmung von Ungewöhnlichkeit, die ein längeres Einatmen von Lonas Haarduft zulässig erscheinen ließ.

Die Zeit des Wacheschiebens ging ihrem Ende entgegen, die Paare zogen sich zurück, die neuen Liebespärchen suchten mit Decken und Matratzen aus der Turnhalle Seminarräume auf, Lona kehrte zu Emil zurück, auch sie verschwanden, wohin, wollte ich gar nicht wissen, ich wandte den Blick ab, suchte den Saal auf, in dem die Flugblätter hergestellt wurden, dort befand sich die intellektuelle Sektion, auf russisch sollten die Besatzungssoldaten von ihrem unrechtmäßigen Vorgehen abgebracht werden, verblüfft sollten sie sein und sich der Marxschen Wahrheit besinnen, daß ein Volk, das andere Völker unterdrücke, nicht frei sein könne. Ein bißchen kompliziert waren die russischen Sätze in meiner Fassung geraten, mehr Traktat als Flugblatt war der Text. In gemeinsamer Anstrengung wurde er gekürzt und vereinfacht. Ich erteilte höflich meine Einwilligung. Weitere Flugblätter verfaßte ich damals, dort im Universitätsgebäude, nicht. Seit Tagen hatte ich außer einigen wenigen Sätzen nichts geschrieben, eine unproduktive Zeit.

Die Nacht verging, in der Ferne Aufschreien und Keuchen. Wo ich selbst geschlafen habe, daran kann ich mich nicht mehr erinnern, vielleicht habe auch ich auf einer Matratze Platz gefunden oder in dem Raum, wo sich Armeeuniformen und Wattejacken türmten. Die Universität allerdings erlebte in jenen Tagen ihre Blütezeit. Auf dem Hof standen Lastwagen, alle zur Verfügung der revolutionären Studenten, vollgeladen mit Kartons, in denen sich Maschinenpistolen befanden, eingewickelt noch in Ölpapier, Schinkenkonserven und Pfirsichkompott, eine Spende für die heldenmütige ungarische Jugend von Otto von Habsburg, Kisten über Kisten, die wertvolleren Sendungen waren in eine schützende Schicht Sägespäne eingehüllt. Ich dachte damals, das Leben sei ein ständiges Kino und die menschlichen Phänomene, wie beispielsweise die Russen und die Studenten, diese schnaufenden und schnarchenden Figuren, kommen nur herein und gehen hinaus, während ich mir als Passant einen Film ansehe, ich tue es um der Dinge willen und damit es jemanden gibt, der sich an das, was erst im nachhinein einen Sinn erhält, erinnert. Nachts begab es sich, daß jemand beim Waffenreinigen die Pistole abfeuerte, und obwohl der Raum voll war, wurde niemand verletzt.

Ich schlief ein paar Stunden, und die Frage, was zum Teufel ich hier zu suchen hätte, konnte ich nicht loswerden. »Humanisten mit Maschinenpistolen?«, so einer meiner Professoren, mit dem ich mich manchmal unterhielt. Die Jungen aus der Provinz waren nicht hier, mit Ausnahme vielleicht von einigen Bergleuten. Mehrere aus Arbeiterfamilien stammende Assistenten des Lehrstuhls für Marxismus-Leninismus waren mit von der Partie, ebenso, versteht sich, mehrere Juden, Dichter, Essayisten und begeisterte Skeptiker, mit einem Wort, diejenigen, die zum Radikalismus neigten. Die überwiegende Mehrheit des Studienjahrgangs war der Überzeugung, daß Zurückhaltung in Anbetracht der aktuellen Ereignisse vernünftig und geraten sei, wie es ja auch nicht notwendig sei, sich in tätliche Auseinandersetzungen auf der Straße einzumischen. Ich, das ist ein Fakt, habe mich eingemischt. An einem frühen Sonntagnachmittag in der Universitätsstraße wurde eine Gruppe von einer großen Menschenmenge umringt, zu zweit schlugen sie auf einen dritten ein, streckten ihn nieder, der stand auf. Ich, von meinem edlen Freund Kobra mißmutig gefolgt, trat näher. Würde man sich jetzt gar schlagen müssen? Schon möglich, aber wozu? »Warum«, so Kobra, »weiß dieser Dragoman mit seinen Kräften nicht, wohin?« Warum will er unbedingt für Gerechtigkeit sorgen? Doch glücklicherweise erübrigt sich die Schlägerei, weil ich mich verbal einmische: »Laßt doch den Jungen in Ruhe! Schämt ihr euch gar nicht? Zwei gegen einen?« Etwas in der Art sage ich, was mir noch aus meiner Kindheit in den Ohren klang. Statt meine Visage gehörig zu polieren, ließen sie mit einer Geste des Bedauerns von ihrem Opfer ab, pferchten das Hemd zurück in die Hose, kämmten sich, und die Schaulustigen in der Universitätsstraße mußten sich nach anderen Sensationen umsehen. Die sowjetische Einmischung in die lokalen Angelegenheiten ist unfair, also mische ich mich ebenfalls bewaffnet ein. Soweit ist die Sache in Ordnung. Dann aber stellt sich die eigentliche Frage: Auf wen soll geschossen werden?

Die Studenten saßen beisammen, manche von ihnen hatten schon getötet, die meisten allerdings noch nicht. Am frühen Morgen war eine Beratung über die Frage entbrannt, gegen wen sich nun eigentlich unser bewaffneter Kampf richten solle. Von verschiedenen Universitäten waren wir zusammengetrommelt worden, denn gekommen waren auch die Freunde und Freundinnen. Sollen wir die Universität verteidigen? Sollen sie sie doch angreifen und unter Beschuß nehmen, bis zur letzten Patrone, bis zum letzten Blutstropfen werden wir Widerstand leisten, von Zimmer zu Zimmer werden wir zurückweichen, wir werden es hinnehmen, daß Panzerkanonen und Minenwerfer von der Anhöhe des Gellért-Bergs das Gebäude beschießen und wir alle zwischen den Holzkisten umkommen. Ob uns die Nachwelt zu Konterrevolutionären oder Heldentoten erklärt, ist bereits ihre Sache. Auch einen solchen Vorschlag hat es gegeben. Von einem unnachgiebigen Jungen kam er, der aus einer armen Bauernfamilie stammte, sein Gesicht war gezeichnet von halsstarrigem Grimm. Fuß sollten wir hier fassen und eine Insel des Widerstands sein. Mit Hilfe weiterer solcher Inseln würden wir das Feuer des Widerstands so lange schüren, bis die Russen durch die Empörung der internationalen Öffentlichkeit an den Verhandlungstisch gezwungen würden und die neutrale Souveränität der Ungarn allmählich anerkennen müßten.

Eine Grenze mußte gezogen werden. Denn bis zu welchem Punkt sollte tatsächlich Widerstand geleistet werden? Bis zur letzten Patrone? Bis zum letzten Blutstropfen? An der Philosophischen Fakultät vertraten die Studenten die Meinung, daß die wehrpflichtigen Sowjetsoldaten keine Schuld trügen. In den letzten Tagen hatte es mit ihnen gute Gespräche gegeben. Auch ich nahm an einem gemeinsamen Essen in einer Feldküche teil, wo auch wir Nationalgardisten uns niederlassen durften, sofern wir die Waffen abgelegt hatten. Es wurde gegessen und geplaudert, die Russen sagten das gleiche wie die ungarischen Polizisten, nämlich daß sie nichts damit zu tun haben wollten, gern wären sie zu Hause bei der Mutter oder gar schon bei ihrer Ehefrau, leider aber sei das nicht möglich. Befehl ist Befehl, Brüderchen, es bricht mir das Herz, Brüderchen, aber ich bin gezwungen, Brüderchen, eine Ladung auf dein Wohnhaus abzuballern. Die Nationalgardisten bedankten sich für die fleischhaltige Kohlsuppe, hängten sich das Gewehr um die Schulter und gingen ihrer Wege. Manch einer blieb im Frühnebel mit seinen Zweifeln allein.

Nach anfänglichem Zögern zerriß der starke Nebelschleier plötzlich, und greller Sonnenschein fiel zum Fenster ein. Auch ich rückte mit meinem Vorschlag heraus. Eine große Chance rechnete ich mir nicht aus, daß wir uns länger als ein paar Tage würden halten können, noch gebe es Widerstandsnester, doch damit werde es schnell vorbei sein. Man müsse sich auf eine engmaschige Untergrundbewegung vorbereiten, deren Aufgabe vorläufig darin bestünde, die Einsetzung einer kollaborierenden Regierung unmöglich zu machen. Die Unterhändler müßten eliminiert werden. Ich ließ mich von dem Versuch hinreißen, meine strategischen Überlegungen zu rechtfertigen. Mit der Last der Verantwortung waren wir jetzt allein geblieben. Eine höhere Instanz, die uns hätte sagen können, was wir tun sollen, existierte nicht mehr. Sollte das Land weiter streiken? Wie lange? Auf jemanden schießen, von hinten, als Guerilla, als Heckenschütze aus einer Höhle oder einem Dachfenster? Mit blinder Entschlossenheit schießen? Aber auf wen? Die Sowjets seien viele, die Kollaborateure wenige. Die sowjetischen Soldaten erfüllten ihre Pflicht, während die kooperierenden Ungarn Verräter seien. Gegen sie müsse Terror ausgeübt werden. Wahllos müßten die Leute der Machtorgane erschossen werden. Attentate müßten gegen die Regierung Kádár organisiert werden, um schwankende Opportunisten abzuschrecken, um ihnen die Lust an der Macht von sowjetischen Gnaden zu nehmen. Die Okkupanten müßten isoliert, ein Ring von unüberwindlicher innerer Abwehr müßte um sie her gebildet werden, um ihr Alleinsein sichtbar zu machen. Und konstituieren müsse sich eine Untergrundregierung, die tatsächliche revolutionäre Regierung, die ihre Arbeit dort fortsetze, wo sie am dritten November aufgehört habe, das Leben müsse wieder in geordnete Bahnen gelenkt, die Versorgung der Bevölkerung gesichert werden. Geschaffen werden müsse die unsichtbare Selbstverwaltung des Landes. Eine Idee jugendlichen Überschwangs, und es war nicht ganz klar, wie sich der Geist der Selbstverwaltung mit dem des Terrors verknüpfen würde. Mein Vorschlag fand durchaus Befürworter, die reiferen Gruppenmitglieder wiegten bedächtig den Kopf, während der älteste von ihnen mir den Rat gab, eine Pistole zu nehmen, auf die Straße zu gehen, mich umzusehen und mir einen Eindruck von der Lage in der Stadt zu verschaffen, und sollte ich zu der Überzeugung gelangen, einen Vertreter der neuen Macht erschießen zu müssen, dann solle ich mich bei der Ausführung geschickt anstellen, mit einem Wort, ich solle herausfinden, ob ich für Terroraktionen geeignet sei, und noch vor Einbruch der Dunkelheit zurückkehren, um den anderen von meinen Erfahrungen zu berichten.

»Paß auf dich auf!« sagt die Torwache, die mit einer Maschinenpistole bewaffnet ist, und läßt mich auf die Straße hinaus: »Geh da lang, jetzt wird nicht geschossen!« Zum Tor des Universitätsgebäudes hinaus tritt ein langhaariger Typ in dunkelblauem Mantel, um einen Spaziergang durch die Stadt zu unternehmen. Pistole, Federmesser, Apfel, Füllfederhalter, Notizbuch, er tastet die Manteltasche ab, alles, was er braucht, ist vorhanden. Jetzt preß dich an die Wand, drück dich an den verschmutzten gelben Putz im Roten Elefanten. Nach der Gehalts- und Stipendienzahlung traf sich alles im Elefanten, Professoren und Studenten gleichermaßen, in Porzellanschüsseln wurde das Schlemmermahl, bestehend aus verschiedenen Fleischsorten, serviert. Ich hatte mich unlängst auf einem Schlachthof umgesehen, seither vermeide ich Fleischgenuß und fange an, den Geruch von Fleischfressern zu spüren.

Vor einer Maschinengewehrsalve werde ich in die Gaststätte hineingezogen. »Wie ich sehe, haben Sie eine Pistole in der Tasche«, sagt der Kellner, »Sie umklammern sie so krampfhaft. Entspannen Sie sich!« – »Ich bin Vilma«, sagt die Köchin. »Sie erkennen mich doch?« Und sie drückt mir ein Schnitzel und eine Scheibe Brot in die Hand. »Was haben Sie vor?« fragt Dezső, der Kellner. »Von der Universität komme ich und will nach Hause, unterwegs werde ich mich in der Stadt umsehen.« – »Schießen hat keinen Zweck mehr«, sagt Dezső, »sie sind zu viele.« Sie seien nur hergekommen, um den Roten Elefanten vor plünderndem Gesindel zu schützen, und bei der Gelegenheit haben sie ihr Zweitfrühstück eingenommen. »Wir sind ihnen zahlenmäßig überlegen«, sage ich. »Von hier aus, wenn ich Sie höflich bitten darf, sollten Sie freundlicherweise nicht ballern«, sagt Dezsö. »Ich denke nicht im Traum daran zu ballern«, erwidere ich. »Mein Junge, eine Mutter kann man nicht betrügen«, so Vilma. »Verstauen Sie noch das Butterbrot in der Tasche, und wenn Sie darin nach etwas suchen, dann bitte danach!« Wie sie mich hereingezogen hatten, so schoben sie mich wieder hinaus.

Menschen treiben sich zwischen den Panzern umher, die Soldaten rauchen. In den Backstuben wird gearbeitet, im Geschäft wird eine Brotlieferung versprochen. Draußen auf der Straße hat sich eine lange Schlange gebildet, manchmal ist das Rattern von Maschinengewehren zu hören, alle drücken sich an die Wand, doch zum Glück ist nicht hier, sondern in der Nachbarstraße geschossen worden. Auf einem Lastwagen trifft das Brot ein, der Chauffeur erntet anerkennende Blicke. Wem es gelingt, einen ganzen Laib noch warmen Brotes zu ergattern, der ist berauscht angesichts seines kleinen militärischen Erfolgs. Ich treffe Johanna, meine ehemalige Französischlehrerin. Silbergraues Haar, lesbisch. Wohin des Wegs? Zu einer Schülerin, die im Rollstuhl sitzt und für die der Französischunterricht sehr wichtig ist. Vor allem die Verlaine-Gedichte: *»Les sanglots longues des violons de l'automne blessent mon cœur d'une longueur monotone.«* Die Erwähnung Verlaines hatte auch den Beigeschmack einer um Verzeihung heischenden Trotzhaltung, hatte ich sie doch anno dazumal gedrängt, mit mir Gedichte von Michaux zu lesen und Kassák ins Französische zu übersetzen. »Aber es wird geschossen!« – »Der Mensch hat seine Pflicht zu erfüllen, irgendwann muß er schließlich sterben«, entgegnete Johanna.

Ich treffe Herrn Diósi, den Nachbarn, der einen prall gefüllten Rucksack trägt: »Wo kommen Sie her, Herr Nachbar?« Aus dem Lokal Baku kommt er, wo er ein paar Flaschen anständigen geistigen Getränks im Rucksack verschwinden ließ. In der Rákóczistraße ist die Plünderung schon in vollem Gang, die Russen haben die Geschäfte geöffnet, und der Pöbel folgt ihnen auf dem Fuße. Wo es etwas zu stehlen gibt, dort findet sich immer ein Dieb. Das ist klar. Was dagegen merkwürdig ist, ist, daß während der Revolution auch der Pöbel nicht geplündert hat und daß andererseits Herr Diósi, der als Angestellter einer Handelsfirma einen guten Ruf genießt, nunmehr keinerlei Hemmungen kennt und in der Baku-Bar Rum und Kognak einsackt, hierbei vielleicht sogar einer patriotischen Gesinnung folgend, um so über die Hauptstadt der Teilrepublik die Sowjetunion zu bestrafen. Jeder noch so kleine Schluck Kognak wird also eine kleine Strafe sein. Dieses Bild hatte ich schon einmal gesehen, zwölf Jahre alt war ich, 1945, als ukrainische Soldaten eine Drogerie aufbrachen, routiniert griffen sie nach den Literflaschen Kölnisch Wasser, die der Drogist in kleineren Abfüllungen verkauft, und ließen sie in mitgebrachten Rucksäcken verschwinden. Sie wußten genau, was ihnen entsprach, vor allem an Chat Noir waren sie interessiert, zum Trinken war die Sorte am geeignetsten. Kameradschaftlich umschlungen mischten sich gallige Düfte in ihr Rülpsen. Die ortsansässige Bevölkerung dagegen nahm mit, was sie dann noch vorfand.

Am 6. November 1956 schien sich die Stadt trotz der Panzer zu beleben. Zwar war der Generalstreik ausgerufen worden, aber die Kinder brauchten Milch und Brot. Die Menschen waren nicht zur Arbeit gegangen, den ganzen Tag hatten sie nun Freizeit, sie gingen hinunter auf die Straße, lungerten herum. Mitten unter ihnen die Vertreter der neuen Staatsgewalt in blaugrauen Wattejakken. Dieselben Straßenecken und dieselben Gesichter. Den Panzern mußte man ausweichen, kaum jemand war versucht, mit den Soldaten ein Gespräch anzuknüpfen, die Menschen glaubten nicht mehr daran, daß die neuen Truppen zum Abzug zu überreden sein würden. Die monströsen Kettenfahrzeuge wurden als ein Verkehrshindernis betrachtet.

Lodenmäntel, Windjacken, es gibt auch vornehmere alte Kleidungsstücke, ich trage einen besonders langen und ziemlich kratzigen, kaum wärmenden, dafür aber um so schwereren Mantel, worin eine extrem große Tasche eingenäht ist, in der ich die Pistole verstaut habe. Damit muß ich jetzt jemanden abknallen, wen, weiß ich noch nicht. Wenn ich es schaffe, meinen Vorschlag auszuführen, werde ich ihn dadurch auch bekräftigt haben. Die Händlertasche bietet genügend Platz, um darin Hefte und Bücher unterzubringen. Novembersandwich: zwischen zwei Gedichtbänden ein Revolver.

Vor mir unter einer zerfetzten Fahne geht ein Mann in grauem Mantel und grauer Mütze, es wird auf ihn geschossen, getroffen aber wird er nicht. Staub, Schlamm, Müll, Glasspitter, abgerissene Stromleitungen, umgestürzte Autos, Funktionsstörungen, Unordnung. Ich betrete eine Telefonzelle, der Apparat funktioniert, und rufe Laura an: »Ich bin auf der Straße, habe noch zu tun, will mich umsehen, anschließend komme ich nach Hause. Nein, ich kann nicht bleiben, ich muß noch zurück.« – »Was heißt, du mußt? Wer hat dir so was zu sagen?« fragt Laura. »Ich werde schon kommen«, sage ich und verlasse die Telefonzelle, deren Scheibe durch Risse, strahlenförmig um ein plötzlich entstandenes Loch sich ausbreitend, signalisiert, daß es höchste Zeit gewesen ist, das Gespräch zu beenden.

Die Frage lautet nach wie vor: Auf wen soll ich schießen? Darf ich zwischen meinen Büchern im Sessel sitzen, wenn die Gerechtigkeit mit Waffengewalt verteidigt werden muß? Zu Recht trage ich eine Pistole bei mir, auch offiziell bin ich ein Revolutionär, ein Nationalgardist. Sogar ein Waffenschein wurde mir für die Maschinenpistole auf dem Polizeipräsidium ausgestellt, wohin wir, dem Geschrei eines hochgewachsenen Englischstudenten folgend, gegangen waren: »Jungs! Wer will eine Maschinenpistole?« Ich neige also dazu, zu meiner Aufgabe zu stehen und jener

Tatsache Nachdruck zu verleihen, daß ich mit Worten nicht spiele, sondern sie ernst nehme: Jemanden werde ich mit dem Browning, den ich gnadenvollerweise in einer Ecke auf einem großen Haufen Revolver entdeckt habe, ins Jenseits befördern. Zarte Bande knüpfen mich an den Browning, auch mein Vater besaß einen solchen, er wurde in der Schublade jenes sonderbaren Toilettentisches verwahrt, der den forschenden Blick hin zu dem Spiegel lenkt, von den entblößten weißen Engeln des Maria-Theresien-Schlafzimmers gehalten, den Blick des Neugierigen, der sich weniger für die mittlere Schublade interessiert als für die obere linke, worein mein Vater die Pistole gelegt hatte. Ist ein Einbrecher im Haus, verteidigt ein Mann die Seinen, er steht vom Bett auf und begibt sich, in der einen Hand die Taschenlampe, in der anderen die Pistole, zur Geräuschquelle. Später konnte ich an Geschichten, in denen zur Selbstverteidigung entschlossene Bürger die Ehefrau, die mit einem Glas Wasser aus der Küche zurückkam, als Einbrecher erschossen, gar nichts Lustiges finden. Worin sich meine wechselnde Stimmung in Verbindung mit der Pistole abzeichnet.

Ein Opfer wollte ich finden, deshalb streifte ich durch die Stadt, für alle Fälle behielt ich mir das Recht vor, es mit meinem Taschenmesser niederzustechen. Unvorstellbar, daß ich niemanden finden sollte, der ein Mann der neuen Machthaber war, ein Verräter, gegen den ich also beispielhaft vorgehen muß, ein Vertreter der Staatsgewalt, oder besser noch eine wichtigere Persönlichkeit. Wenn die ganze Geschichte nicht wie eine Seifenblase zerplatzen soll, muß ich es bis zum Abend schaffen, mich als Mörder zu beweisen. Wozu sonst wäre ich durch die Stadt gezogen? Denn finde ich niemanden, den es zu erschießen gilt, dann sind Pistole und Messer überflüssig, dann war alles nur ein pubertäres Spiel auf dem Flur der Universität. Ich stelle mich den Dingen in den Weg, woraus aber noch nicht folgt, daß ich einen Landsmann, der sich auf die Seite der Sowjets geschlagen hat, einfach nur so erschießen muß. Obwohl er es verdient hätte. Mein künftiges Opfer verhindert mit Waffengewalt den Willen der Mehrheit. Angefangen hat der andere. Allein die Tatsache, daß er mit fremden Truppen kommt, beweist schon, daß er sich gegen die Bevölkerung richtet. Er ist es, der zur Waffe gegriffen hat, also wird er auch durch die Waffe umkommen.

Bisher hatte ich nicht an der Seite der bewaffneten Aufständischen gekämpft, es wollte nicht so richtig zu mir passen, mich in eine Truppe einordnen zu lassen. Mochte ihre Uniform noch so bunt sein, paramilitärische Verbände zogen mich nicht sonderlich an. Viel eher schon paßte es zu mir, im langen Mantel herumzulungern und auf mein Opfer zu warten, es zu begleiten, zu beobachten und dann, Auge in Auge, zu erschießen. Nicht gleich, nicht sofort, nicht auf den ersten Blick, nicht lediglich aufgrund äußerer Anzeichen, wie beispielsweise einer Armbinde. Dieser Tod wird nicht unpersönlich sein. Ein Tod wird es sein, der dem Opfer zukommt. Es muß sich seinen Tod verdienen. Ich muß es also kennenlernen.

Freilich könnte ich auch nach Hause gehen und mich mit Laura über all das auf ein ernsthaftes Gespräch einlassen, das mit der Aufforderung enden würde, mich an den Schreibtisch zu setzen und mit diesem unwirschen Blödsinn aufzuhören, oder, wenn ich nicht auf meinen vier Buchstaben sitzen bleiben könne, solle ich den Rucksack umschnallen und einkaufen gehen, denn zu Hause gebe es kaum noch Vorräte, doch es sei auch nicht schlimm, wenn ich hierbliebe, ich solle einen zeitbeständigen Text lesen, auf dem schäbigen Perserteppich liegen, mit dem das Sofa zugedeckt sei, und mir darüber Gedanken machen, daß mein Körper verwundbar, diese Panzer dagegen viele seien, die Wirklichkeit, ich dagegen mit meinem Manteltaschenarsenal lediglich eine Illusion.

Widerstand leisten, sagt eine andere Stimme in mir, das sei unsere Pflicht, selbst wenn wir nicht siegen könnten. Gegen das heimische System sei die Revolution siegreich. Die Russen müßten zu Verhandlungen mit einer Untergrundregierung gezwungen werden. Auch im Westen bedürfte es einer Regierung, die das legitime, das revolutionäre Ungarn vor den Vereinten Nationen vertreten würde. Wenn die Okkupanten keine Kollaborateure fänden, könnten sie sich früher oder später, wenn die ungarische Sache nicht aus dem öffentlichen Bewußtsein verschwände, einem Ausgleich nicht verschließen. Auf gar keinen Fall dürfe sie von der Tagesordnung gestrichen werden. Und auch eine nicht allzu große Guerillabewegung könnte signalisieren, daß es noch nicht gelungen sei, das Land zu pazifizieren. Wenn die Welt sehe, daß Ungarn Widerstand leiste, dann würde vielleicht durch Vermittlung der UNO irgendein Abkommen zwischen einer ungarischen Untergrund- und Exilregierung sowie den Russen zustande kommen. Natürlich könnten wir auch dann lediglich über eine Linderung der Niederlage verhandeln: Niemand sollte ins Gefängnis gesteckt, die politischen Gefangenen sollten freigelassen werden, wir könnten es mit einem aufgeklärten und sich selbst reformierenden Kommunismus versuchen, und im Tausch dafür würden wir eine gelockerte Form der Zugehörigkeit zum Sowjetblock akzeptieren.

Unter den Zivilisten entdecke ich Andor Késmárki, meinen früheren Kommilitonen, den Philister, den philosophischen Säuberer, der aus seinem Wahnsinn eine phantastische Theorie zu schmieden imstande ist, den seine Paranoia zur Erkenntnis tatsächlicher Beziehungen befähigt. Hier nun ist der unerwartete Besucher der vergangenen Jahre, der plötzlich auftaucht, um mir präzise und verdichtet von seiner neuen Lektüre, vom Gedankengang feindlicher Philosophen zu berichten. Es interessierte ihn außerordentlich, was mir zu alldem einfallen würde. Groß und stattlich steht Késmárki hier, das Kinn rasiert, bläulich schimmernd, wie ein Filmschauspieler, von Kopf bis Fuß in Marxismus-Leninismus gehüllt, Wattejacke und Maschinenpistole. Warum mir das Schicksal gerade diesen Idioten zugeführt hat?! Obwohl er doch diese Abrechnung verdient hätte, schon allein deshalb, weil er mich mit Irénke verheiraten wollte, deren ausschlaggebendes und unbestreitbares Attribut ihre unverfälschte proletarische Herkunft gewesen ist. Also sollen wir jetzt Késmárki kaltmachen? Fortwährend versuche ich, mir Mut zu machen, nur an den nächsten Schritt zu denken, mich auf die richtige Wahl des gerade auszusprechenden Wortes oder der auszuführenden Tat zu konzentrieren. Ihn anschreien: »Késmárki!« Und schießen! Auf seinem Gesicht eine zweifache Überraschung: seinen Studienkollegen zu erkennen, und von diesem einen Bauchschuß verpaßt bekommen zu haben. Was werde ich dann tun? Weglaufen? Oder dort bleiben und den anderen makellosen Patrioten erklären, daß der ein Vaterlandsverräter gewesen sei, woran kein Zweifel bestünde. Da er sich der neuen Gewalt zugesellt habe, was die Mehrheit vermutlich mißbilligen würde, allerdings sei keineswegs sicher, ob sie auch der Hinrichtung dieses anderen jungen Mannes, Andor Késmárkis, zustimmen würde.

Viel mehr Zeit bleibt mir nicht, darüber nachzudenken, denn Késmárki grüßt mich: »Guten Tag. Ihren Personalausweis bitte!« In seinen Augen entdecke ich irgendein boshaftes Interesse. Vor ein paar Tagen war er am Eingang der Juristischen Fakultät erschienen, als ich gerade mit umgehängter Maschinenpistole Wache stand, um das Revolutionäre Komitee der Akademiker zu schützen. »Läßt du mich rein?« fragte Késmárki. »Nicht gern«, sagte ich. »Willst du spionieren?« – »Ich sehe mich um, höre mich um, vielleicht kann ich ja etwas lernen.« Es ist klar, Késmárki war ein Agent, und seine Philosophie war die Philosophie eines Agenten. Ich fasse in die Hosentasche, suche und hole meinen Personalausweis hervor. Es ist spürbar, daß die öffentliche Gewalt die Suche nach dem Dokument für unzulässig lange hält. Er schlägt den Personalausweis auf, worin sich auch Lauras Ausweisbild befindet, damit es nicht zerknittert. Als ich von der Universität suspendiert worden bin, hat sich Késmárki sofort ins Zeug gelegt. Gern hätte er mir Laura abspenstig gemacht, ihr Vertrauen in jemanden erschüttert, der nicht ohne Grund von der Universität geworfen worden war.

»Im Personalausweis dürfen keinerlei sonstige Papiere stecken. Dieses Paßbild muß ich beschlagnahmen. Noch wäre es verfrüht, dich in Gewahrsam zu nehmen. Ich könnte auch eine Leibesvisitation vornehmen. Geh nach Hause zu deiner Frau. Du solltest dich nicht allzuviel in der Stadt sehen lassen und tunlichst Aktivitäten in feindlichen Organisationen vermeiden. Du mußt dir keine Sorgen machen, wenn eine Verhaftung ansteht, kommen wir sowieso ins Haus.«

Késmárki salutiert und wendet sich ab. Jetzt könnte ich ihn von hinten erschießen.

Laura hat mein Zimmer eingerichtet, aus der Tiefe der Schränke sind ein Wandteppich und eine Bettdecke zum Vorschein gekommen, der Tisch war mit grünem Samt bezogen, Laura stellte darauf auch eine chinesische Porzellanvase, eine Buddha-Abbildung. Sie nimmt meinen Mantel in die Hand und ist erschrocken, wie schwer er ist, sie hat den Revolver entdeckt. »Damit läufst du herum? Wozu brauchst du den?« »Für alle Fälle«, erwidere ich. »Für welchen Fall?« »Man kann nie wissen«, sage ich und wage nicht zuzugeben, daß ich mich jetzt einer Probe unterziehe, daß ich noch heute einen Skalp zu liefern habe. Statt Késmárkis Vorschlag nachzukommen und mich nach Hause zu Laura zu begeben, hätte ich mich an seine Fersen heften und ihn irgendwo meuchlings kaltmachen müssen. Laßt uns von der stillen Entschlossenheit der Meuchelmörder lernen! Sowohl für die Bohnensuppe als auch für die Verschönerung des Zimmers finde ich Worte höchsten Lobs. Ich ziehe den schweren Mantel an, Laura sitzt auf dem Stuhl und bietet mir reserviert die Stirn zum Kuß. Ich lege Merleau-Pontys Buch *Les aventures de la dialectique* auf den Tisch. Im Treppenhaus bellt der Dackel des Frauenarztes.

An der Straßenecke verhaltene Schritte, Flugblätter des sowjetischen Stadtkommandanten: Widerstand zieht strenge Vergeltungsmaßnahmen nach sich. In der Universität grüßen die Wachen. »Was gibts?« – »Ratlosigkeit.« Ich sage, daß ich nichts erreicht habe, und damit verderbe ich die öffentliche Moral. Die Pistole gebe ich dem Chef des Revolutionären Komitees zurück, im Dekanat erklärt die Mehrheit, die Okkupanten könnten von den Kollaboranten nicht isoliert werden, denn sie hätten alle Mittel in der Hand. Was bleibt, das ist punktuelle Unruhestiftung. Die Mehrheit wird sich den Besatzern fügen. Wenn wir den bewaffneten Kampf fortsetzen, werden wir fanatische und nihilistische Attentäter. Wenn wir jedoch die Waffen strekken, dann haben wir sie gestreckt. Dann richten wir uns auf einen Modus vivendi ein, dann verstecken wir uns, dann wählen wir eine vorsichtige, langfristige, historische Strategie. Mehreren erzähle ich von Késmárki. Es gibt keine heftige Diskussion, wenn sie uns angreifen, verteidigen wir uns, noch aber haben sie uns nicht angegriffen. Kurz darauf kommt die Nachricht, daß im Hof der Hochschule für bildende Kunst einige aufständische Studenten erschossen worden sind und daß auch andere, die sie beim systematischen Durchkämmen der Keller in der Nachbarschaft antreffen, dorthin geschleppt und erledigt werden.

Und es kommt ein exaltierter Student, der uns auffordert, mit ihm in eine Kaserne am Stadtrand zu kommen, er habe zwei Lastwagen besorgt, dort sei was los. Ich frage ihn, warum wir hinfahren sollten.

»Weil sie beschossen werden.« »Von wo?« »Mit Minenwerfern von der Bergkuppe.« »Aber von der Kaserne aus können wir mit Maschinenpistolen nichts ausrichten.« »Stimmt, ausrichten können wir tatsächlich nichts.« »Und warum sollen wir dann hinfahren?« »Kapierst du nicht? Damit wir zusammen verrecken!« »Nichts kapiere ich.« Lona will diesen Studenten begleiten, das lasse ich nicht zu, als sie auf den Laster klettern will, halte ich sie an der Hand fest.

Ein sowjetischer Offizier kommt mit einer weißen Fahne und übergibt einen Zettel, darauf eine kurze russische Nachricht: Wenn wir die Stellung nicht räumten, würden Panzer morgen die Universität in Grund und Boden schießen. Schonen sollten wir sie und nach Hause gehen. Mit einigen Akten unter dem Arm schleichen wir uns einzeln davon, Waffen, Lastwagen, Schinkenkonserven, alles lassen wir zurück.

Einige Tage später schiebe ich im Eingang unseres Wohnhauses Wache, hinter der geschlossenen Tür postieren und diskutieren je zwei Männer aus dem Haus. Die Maschinenpistole habe ich oben gelassen, sie ruht im Bettkasten. Ich stehe an der Seite des berühmten Konzertmeisters, eines zurückhaltend grüßenden und zerstreuten Menschen, der mit Schwiegermutter, Ehefrau und Kindern, alle so breit wie hoch, gesegnet ist. Schnaufende, rundliche Wesen, den Kopf schräg haltend, umgeben diesen noch länglichen Menschen, dem nichts anderes übrigbleibt, als die Dauer der zum Fenster hinausdringenden Geigentöne zu mindern und sich der familiären Leibesfülle allmählich anzugleichen. Von der Entwicklung der Geschichte hat der Konzertmeister etwas Besseres nicht erwartet. »Am Ende wird der Mensch im Stich gelassen. Solange es nicht tatsächlich passiert, wollen wir es einfach nicht glauben. Wir Ungarn haben stets für die Gutgläubigkeit unserer Führer bezahlt. Die haben den Deutschen vertraut. Was ist daraus geworden? Die haben den Russen vertraut. Was ist daraus geworden? Jetzt haben wir den Amerikanern vertraut, daß sie uns helfen, daß die Russen geschwächt und nicht wagen würden einzumarschieren, weil die Weltöffentlichkeit mächtig sei.«

Damals hatte ich das Gefühl, die Welt würde mich mit ihrem phantastischen Reichtum überschütten. Es würde sich ein Stoff anbieten, über den zu schreiben sich lohne, gegeben sei die Vergeltung, der Widerstand, die Illegalität, die große Vielfalt der Verhaltensmuster. Der Asphalt bringt Verräter und Helden hervor. »Auch uns selbst werden wir aufgeben«, sagt der Konzertmeister. »Wenn Sie standhaft bleiben, werden Sie bemerken, daß Ihre Freunde noch hier sind, jedoch bereits anders reden. Junger Mann, seien Sie mißtrauisch. Vor allem dann, wenn die Hoffnung winkt. Die Hoffnung führt einen in die Grube. Vielleicht sogar ins Massengrab, wenn Sie so wollen. Ich habe hier die Musik, ich klammere mich an die Geige, dadurch existiere ich. Sie, wenn ich richtig ahne, haben sich der Literatur verschrieben. Entwickeln Sie eine Geheimschrift.«

Alsbald werden die Geschäfte wieder geöffnet, die Versorgung kommt in Gang. Im Haus der Schriftsteller und Künstler werden eßbare Güter verteilt. Auch der junge redaktionelle Mitarbeiter der neuen Literaturzeitschrift bekommt seinen Anteil. Die Alten konferieren. Die Kämpfe hat die Stadt bereits hinter sich, als in der Straße des Buchs plötzlich Kugeln pfeifen. Ein Schriftsteller wirft sich zu Boden und verflucht sich auf französisch, weshalb er von

Paris unbedingt nach Ungarn zurückkommen und in eine so idiotische Lage geraten mußte. Kugeln schlagen in der Hauswand ein, doch die als Warnung gedachten Maschinengewehrsalven des Panzers fegen lediglich über den Fahrdamm hinweg. Wir löschen das Licht und beobachten hinter schweren Vorhängen zwei mit MPs bewaffnete Halbwüchsige, die auf der gegenüberliegenden Straßenseite rennen und über eine niedrige Gartenpforte springen, doch die vom Vorgarten ins Haus führende Tür ist offensichtlich verschlossen. Sie kommen heraus, sehen sich ratlos um, sämtliche Haustüren sind zugesperrt, und keine einzige öffnet sich ihnen.

»Man müßte sie hereinholen.« – »Bist du verrückt geworden? Damit sie von hier aus ballern? Und Panzer anrollen und das Haus der Schriftsteller niedermähen?« Hier kommt niemand herein. Wir sind erleichtert, als die beiden Jungen um die Ecke verschwinden. Ringsum in den Regalen viel Papier, Erklärungen, gehobene Diktion, Würde. Noch kommen die Menschen hierher, auch von der russischen Stadtkommandantur kommt eine Gruppe, die geistigen Führer werden zu Verhandlungen eingeladen. Widerstand leisten oder verhandeln? Diskussionen von Hitzköpfen und Realpolitikern. Die Kraft ist aus der Sache gewichen, die Reden sind wildes Gestikulieren. Noch können wir uns nicht wirklich vorstellen, daß unsereins aus diesem Haus, aus sämtlichen Universitäten und Redaktionen ausgebootet werden könnte. Die Verlierer gehen auseinander und beharren nicht länger auf der bisherigen Gesellschaft.

Der Fall

Den Nachrichten zufolge bereitet sich Tombor intensiv auf diesen Tag vor, seine Teufelsjungs, seine Gehilfen tummeln sich alle dort im Garten. Zufällige Dialoge sind jetzt Geschichte. Inszenieren will er eine Anhäufung von Sternen. Die Gäste bittet er, näher zu treten, Zuschauer und Akteure gleichermaßen, eine viele hundert Stunden dauernde Aufnahme von einer einzigen Nacht will er machen, von der Stunde der Wahrheit.

All das wird dort in der Bucht stattfinden, für diese Gelegenheit hat er sämtliche Hotelzimmer in der Umgebung gebucht, Polizisten werden den zum Fest führenden Weg sichern, viele eilen herbei, eine große Fläche am Seeufer hat er extra einzäunen lassen, schon beim Einparken schlägt dir der Geruch des am Spieß bratenden Ochsen in die Nase, und noch bevor du dich unter die Gesellschaft mischst, drückt dir der Koch, die weiße Mütze auf dem Kopf, ein Stück Fleisch mit Brot und Wein in die Hand.

Der Regisseur hält Distanz zur Szene, freut sich, wenn jeder etwas anderes sagt und jeder recht hat; kapriziös führt er Figuren zusammen. Er kontrolliert die Vorbereitung, die an den Ästen montierten Kameras und Mikrophone, das eigenartige Licht der Lampions, die farbigen Lichtbündel der auf hohen Ständern befestigten Scheinwerfer und den am Ufer vor Anker liegenden Schleppkahn, auf dem sich ein großes Tanzparkett anbietet. Er geht in die Steuerungszentrale und betrachtet seine Frau aus verschiedenen Blickwinkeln, während sie im Garten und zwischen den Mauern der Kirchenruine umherstreicht. Tombor, der Filmer und Bürgermeister, hat es geschafft, das Fest hier auf dem Berghügel an der Kirchenruine und an der heiligen Quelle, an der Kapelle der Wallfahrer, stattfinden zu lassen, wo auch die Zigeuner eine im ganzen Land Zuspruch findende Kirmes veranstalten. Es macht auch nichts, wenn sich unerwartete Ereignisse einstellen.

Eingeladen hat er seine Klassenkameraden und die politischen Freunde, die Künstlerkollegen und die Trinkkumpane. Extremes muß zusammengebracht werden, wichtig ist die Zugehörigkeit zu einer gemeinsamen Gesellschaft. Eingeladen hat er auch die neuen Maulhelden, allen neuen Scheusalen bietet er einen Platz an, schlimmstenfalls kann er ihn nicht behaupten. Tatsächlich sind es nicht Menschen, die herrschen, sondern ein Sittenkodex, ein *comme il faut*, und Tombor hat für den Stil dieses *comme il faut* ein Gespür entwickelt. Er ahnt, was seine Umgebung braucht, und dem entspricht er. Selbst nichts zu tun, auch dazu ist er imstande. Er unternimmt einen Waldlauf, seine Fußsohlen übernehmen die Flexibilität des Bodens, er setzt sich auf einen Baumstumpf, betrachtet das Moos, preßt einen Kienapfel in der Hand, Läßt den Blick an den Baumstämmen bis zu den Wolken emporgleiten, das Auge streift die Struktur der Felsen, und ihm entgehen nicht die am Bachufer in der Talmulde stelzenden Fasane.

An der Seite des Bürgermeisters steht Kuno Aba, Rektor der Universität und Vizebürgermeister der Stadt Kandor. Kuno Aba ging bereits in die Quarta, als Dragoman gerade in die Sexta gekommen war, doch entgegen den Gesetzen der Natur freundeten sie sich dennoch auf dem Schulhof an. Mit Motorrädern fuhren sie aufeinander zu, wetteiferten im Armdrücken, wer die Faust des anderen über den Tisch zieht, wer die meisten Aprikosenklöße essen, wer wieviel Lateinvokabeln innerhalb einer Stunde lernen, wer, im Sand am Seeufer mit geschlossenen Augen auf dem Rükken liegend, nachdem sie aus dem im Schoß des erdgeschichtlichen Basaltplateaus befindlichen weichen Wasser gekommen waren, witzigere Dadasonette dichten kann.

Die Siege waren ausgeglichen, und eine stabile Überlegenheit ergab sich selbst auf den Schulbällen nicht, denn einmal hatte der eine, ein andermal der andere früher zu vermelden, daß er in einer Fensternische des Flurs mit seiner Tanzpartnerin einen Kuß getauscht hatte.

Deshalb waren sie zu dem Schluß gelangt, daß es besser sei, die Stadt Kandor und alle in Betracht kommenden Interessensphären unter sich aufzuteilen. Der blonde Fürst und der schwarze Fürst kamen darin überein, daß Kuno der klassische Machiavellist, also der Mann des Möglichen sei, der zynisch-romantische Dragoman dagegen sei angesichts der Tatsache, daß etwas wirklich sei oder gar der Wirklichkeit entspreche, davon noch keineswegs überzeugt, erkühne sich sogar, von moralischem Zorn über das Geschehen erfüllt zu sein, denn wenn man einfach nur so mit allem, was geschehen ist, einverstanden sei, dann werde das Denken flach wie eine Kröte, von einem Lastwagenrad auf den Asphalt gepreßt.

Im vierten Studienjahr leitete Kuno Aba bereits ein Geschichtsseminar und brachte den Kommilitonen alles bei, was verlangt wurde, doch auch andere Themen behandelte er, weshalb Dragoman Kuno Abas Lernaktiv besuchte. An der Spitze einer Höhlenforschergruppe konnte er in Kuno Aba auch einen Expeditionsleiter verehren. Dragoman war Anglist, Kuno Aba Germanist. Dragoman hatte von seiner Großmutter Englisch gelernt, während er sie zum Tennisplatz begleitete, wo sie jede Woche mit einer anderen alten Frau ihre Kräfte maß. Kuno Aba hatte Deutsch von der Mutter gelernt, der Großvater war ein Berliner Juraprofessor. Extravagante Ausdrücke und Kenntnisse hatten es den beiden Studenten angetan, auf dem Katheder waren sie Schauspieler, Stilübungen lagen Kuno Aba mehr, er erwies sich als fähig, alle möglichen Festansprachen zu halten, ohne daß ihm ein inneres Lachen anzumerken gewesen wäre. Er konnte jemanden auf eine Weise zum Narren halten, daß der nichts davon merkte und von Kuno Abas Freundlichkeit begeistert war. Dragoman gab sich überzogen und selbstironisch harmlos, es war ihm anzusehen, wenn er sich amüsierte, und daraus leiteten sich einige peinliche Affären ab.

Am 10. November 1956 gelangten die Okkupanten zu der Überzeugung, daß es besser sei, wenn sie das Waldgebiet durchkämmten, die aufständischen Studenten irgendwie von den Bergen herunterlockten. Der Stadtkommandant begab sich persönlich zu ihnen, und über Lautsprecher war folgendes zu hören: »Wir siegen, ihr verlieren. Wir viel, ihr wenig. Widerstand dumm. Kommen runter, Waffen geben her. Gehen lernen Bibliotjeka. Müssen dienen Weltfrieden und ewig sowjetisch-ungarisches Freundschaft.« Den Berg hinauf schlängelte sich eine Serpentine, auf der sich der Wagenkonvoi des Stadtkommandanten voranbewegte.

Von einem Höhlenschlund aus nahm Dragoman ihn ins Visier, fragte nicht, dachte nicht, schoß und traf. Waffen interessierten Dragoman schon immer, auf dem Rummelplatz gewann er am Schießstand stets einen Plüschaffen oder ein Kaleidoskop. Seit neunzehnhundertvierundvierzig meinte er, wenn auf einen Menschen Jagd gemacht werde, sei es besser zurückzuschießen. Der Jäger würde es sich zweimal überlegen, auf einen Hasen zu schießen, wenn auch der eine Flinte hat. An jenem Tag war Dragoman besonders mißmutig, er wollte fotografieren, doch ein verspielter Meisterschütze hatte ihm die Leica aus der Hand geschossen, noch dazu war Dragoman dabei kein Haar gekrümmt worden. Dessenungeachtet hatte er einen Mord auf dem Gewissen. Selbst dann, wenn er berücksichtigte, daß der Brustschuß im Falle eines Obersten als Berufsrisiko anzusehen war. Dennoch gibt es genügend Anlaß für einen Heckenschützen zu erschaudern.

Es mußten zirka dreißig Jahre vergehen, bis er wieder ein Gewehr in die Hand nahm, um zu schießen und zu treffen. Er beteiligte sich an einer israelischen Exkursion, begleitete seinen Freund, einen Professor. Der andere Professor war erkrankt, und sie hatten ihn gebeten, als bewaffneter Begleiter mit von der Partie zu sein. Die schwere Maschinenpistole umgehängt, kam es ihm nicht in den Sinn, daß er sie etwa benutzen würde, als aber jemand unerwartet das Feuer auf sie eröffnete, riß er die Maschinenpistole schneller von der Schulter als sein Freund, und wie im Kino sich zu Boden werfend, drückte er ab. Noch lange blieben sie reglos liegen, den Kindern bedeutete er zurückzurobben. Seine Vermutung erwies sich als richtig, weitere Schüsse schlugen neben ihm ein, doch ein Traktorist auf der Anhöhe, der den anderen hinter einer Ruine auf dem Bauch liegenden Araber entdeckt hatte, kam ihm zuvor. Er befand sich in einer besseren Position, und vermutlich war er auch ein besserer Schütze als Dragoman, dem es auf diese Weise lediglich zweimal gelungen war, zum Mörder zu werden.

Beide Male hatte er einen Grund zu schießen, sowohl der Oberst als auch der Guerillakämpfer starben mit der Waffe in der Hand. Um einen sportlichen Wettkampf ging es; sie bereiteten sich darauf vor, gelegentlich zu töten, darauf waren sie trainiert, darauf waren sie abgerichtet worden. Dragoman sagt, daß er nur schneller gewesen sei. Auch die anderen hätten die Chance gehabt, ihn zu erledigen und nicht nur zu verwunden. In bewaffnete Scharmützel verwickelt worden zu sein, dafür war er allerdings verantwortlich. Wäre es ihm nicht gelungen, jenen Obersten zu treffen, dann wären möglicherweise auch die prosowjetischen Kräfte gegen die mit Maschinenpistolen bewaffneten Studenten, als sie aus dem schützenden Wald heraustraten, nicht so schonungslos vorgegangen. Und er hatte zugestimmt, als der Freund mitteilte, daß er an dem Ausflug nur als bewaffneter Begleiter teilnehmen dürfe.

Von Berlin kommend, machte Dragoman auf dem Kandorer Flughafen eine skandinavische Studentin darauf aufmerksam, daß die Taxis weiter hinten billiger seien. Vorn stünden die Mercedeshyänen, die einen zwei- bis dreifachen Preis kassierten. Ein Fahrer wird wütend, Dragoman sagt nichts, geht lediglich an das Ende der Schlange, zu den anständigen Taxis. Hinter ihm die Hyäne: »Ich poliere dir die Fresse! Hast du Angst, dich umzudrehen? Ich befördere dich ins Jenseits! Wir treffen uns im Ghetto!« Dragoman dreht sich plötzlich um, blitzschnell und unerwartet verpaßt er dem Kerl einen Tritt in den Bauch. Es kommt Verstärkung, dann rollt ein Taxi heran, drinnen ein Gewichtheber, mit dem sich die Hyänen nicht anlegen wollen. Dragoman steigt ein, der Taxichauffeur lobt den jugendlichen Schwung der Attacke.

Im Auto erläutert Dragoman, die gangbaren Wege des Menschen seien nicht gut, die guten nicht gangbar. Gute Nationen gebe es nicht. Die Güte der Reichen? Diese vielen schönen Dinge stammten alle aus dem Waffenhandel. Bürgerliche Welt? Eine massenhafte Ausnahme von der Herrschaft der Stereotypie existiere nicht. Die Masse könne sich selbst verhätscheln, könne raffgierig, knausrig und eigensüchtig sein. Auch kollektivistisch und selbstlos. Besser, sie wäre spießbürgerlich statt revolutionär. Die Bewegung als Passion sei beängstigend, der Konsum weniger. Dragoman ertrage weder den Vorsichtigen noch den Militanten. Der Individualist sei materialistisch, der Kollektivist dagegen fanatisch. Da es nicht möglich sei, den Menschen vom Tod zu befreien, habe es keinen Sinn, von einer Utopie zu sprechen. »Was sagen Sie zu alldem, mein Herr?« – »Jedes Ihrer Worte, Meister, ist reines Gold wert«, so der Taxichauffeur rätselhaft.

Auch Kuno Aba besitzt ein Haus am Seeufer, mit Sandra, seiner neuen Frau, verbringt er dort das Wochenende, die

Vorgängerin hat Selbstmord begangen. Im Garten gibt Kuno Aba eine umgebaute Geschichte zum besten, zusammen mit den Studenten habe er gekämpft, sechs seien gestorben, er, nur verwundet, habe sich nach Hause geschleppt. Unter dieser Belastung habe Agnes, Kuno Abas Frau, mehr gelitten als er.

Kuno Aba weckte in einem Spezialkolleg, das er unentgeltlich in seiner Wohnung veranstaltete, die Sehnsucht nach der Rückkehr zu einer Glanzzeit, urtümlicher und erhabener als alles andere, wovon er sichere Informationen besitze, doch da die Zeit für die Erfüllung dieses Verlangens noch nicht gekommen sei und er unter vier Augen von Masse und Demokratie, von dem seit Jahrtausenden dauernden Niedergang, gemessen an der Ära der heiligen und unendlich mächtigen Halbgötter und weisen Heroen, zu deren überkommenen Spuren am ehesten er einen Schlüssel in der Hand habe, ohnehin nur voller Verachtung sprach, deshalb sei es, was die Praxis betreffe, an uns, auszuharren, zu erhalten, zu bewahren und Zeugnis abzulegen.

Der Professor sei für seine Studenten verantwortlich, keine erhabenere Bindung gebe es als die Beziehung zwischen Meister und Schüler. Kuno Aba schlug ständig Mimikry und Vergleich vor, und unter Anerkennung der bestehenden Kräfteverhältnisse als Realität hielt er es für seine Pflicht, einen Dienst an der Erhaltung der Werte, zu der sozusagen allzeitigen Elite zu gehören. Lernen wir, den Seelenverkäufer gut über die Zeitströmungen zu steuern, die uns im seltensten Fall gewogen sind. Im Interesse der euch anvertrauten Institution müßt ihr mit der jeweiligen Führung funktionierende Kontakte knüpfen. Zugunsten unserer Stadt bei dem Oberhaupt der aktuellen Macht um eine Audienz nachzusuchen ist moralisch vertretbar.

Audienz, nicht aber Unterwerfung. Laß dir den Willen des zuständigen Potentaten nicht aufzwingen. Du bist hier, und er ist dort. Auf der anderen Seite des Schreibtisches.

Du sprichst von der Spielfeldhälfte des Wissens her, derart fundiert, daß du dich sogar bescheiden geben kannst. Versuche, den Herrscher milde zu stimmen, der seinem Wesen nach eitel ist und ein Snob, den Hüter des Wissens jedoch gern an seinem Hof wüßte. Nie darfst du zu einem Höfling werden, zu einem seltenen und vornehmen Gast bei Hofe aber durchaus. Vermittelt den Rittern der Zeit ein Gespür für die beständigen Aufgaben, für die Tradition, damit sie den Versuch unternehmen, sich mit all denen, die hier auf dieser Erde gelebt haben, solidarisch zu fühlen.

Kuno Aba war 1990, im Jahr der Wende, zum Rektor der Kandorer Universität berufen worden und zugleich zum Vizebürgermeister, verantwortlich für die kulturellen Angelegenheiten der Stadt. Schäkernd erzählt er Melinda von ihren einstigen Differenzen: »Damals habe ich geheiratet, und es gelang mir, vor Herrn Professor Dragoman die Identität meines Gesponses geheimzuhalten, denn es wäre leicht möglich gewesen, daß er mir die Braut vor der Nase weggeschnappt und noch dazu durch irgendeinen alles billigenden personalistischen Mystizismus nicht nur den eigenen Kopf, auch den meiner späteren armen Frau verwirrt hätte. Dank dem Besuch zweier schneeweißer Tauben und einer ihrer Ankunft prompt folgenden Erleuchtung huldigte ich damals der Idee einer Beherrschung der Sinne.«

Kuno Aba, der Dragoman von Zeit zu Zeit siezte, hielt diesem vor: »Ihr beliebiger Freiheitsbegriff führt zu der Folgerung, daß man jede Nacht mit einer anderen schlafen darf.« Dragoman nickte schuldbewußt. »Der Wanderer bettet sein Haupt jeden Abend anderswo zur Ruhe. Dies hier ist eine rauhe Erde, gelegentlich kann es vorkommen, daß der Mensch getötet wird. Du befindest dich in Gefahr, verkriechst dich in ein nicht existierendes Mauseloch oder aber feierst Tag für Tag dein letztes Beilager.«

Dragoman hat geschrieben, gelesen, ist gereist, hat schon genug Menschen kennengelernt. Nach einer gewissen Zeit ist jedes weitere Herumvagabundieren so, als träte man auf der Stelle. Er propagiert nichts, die verschiedenen Versionen der großen kollektiven Gaunerei waren ihm nicht verborgen geblieben, statt dem Schlechten verspricht er nichts Gutes. Das Ganze ist ein Wahnsinn. Heute so und morgen so. Du mußt es auf deine Weise ertragen. *Have a nice day!*

Dem Stadtsoziologen schmeichelte jenes Einladungsschreiben von Bürgermeister Tombor, der ihn darum bat, als dessen Berater zu fungieren. Dann stellte sich heraus, daß Tombor Dragoman als Pressesprecher, Redenschreiber und Sonderbotschafter vorgesehen hatte. »*Man, are you crazy?* Wenn der liebe Gott einen Redenschreiber brauchte, würde ich ein bis zwei verfassen, ebenso wie für die Nachbarsfrau, aus Gefälligkeit, doch damit hätte es sich auch. Du willst mich in irgendeinen Dienst einspannen. Mensch, *wir*, das bin ich mit niemandem. Schon gut, sehen wir, was wir für Kandor tun können. Wenn schon mein Enkel hier lebt.«

Niemand wußte, daß Dragoman den Stadtkommandanten erschossen hatte. Für seine Rolle im Revolutionskomitee der Universität hatten sie ihn zu anderthalb Jahren verurteilt. Diese Zeit verbrachte er in einem Haftarbeitslager, im Frühjahr neunundfünfzig kam er frei. Nach dem Tod des Stadtkommandanten hatten die Sowjets den Wald mit anhaltendem Maschinengewehrfeuer belegt, Dragoman war verwundet worden, konnte aber noch laufen.

Es wurde jemand gebraucht, dem die Studenten vertrauten. Einen gab es, Kuno Aba, den unabhängigen Geist der Universität. Der junge Geschichtsprofessor forderte die Jungs auf, die Berge zu verlassen. Vom neuen Stadtkommandanten war ihm freier Abzug zugesichert worden. Auch er rief in den Lautsprecher, sie sollten herunterkommen, das Blutvergießen sollte beendet werden, das Leben solle wieder beginnen, wir sollten die Übermacht zur Kenntnis nehmen und in diesem Bewußtsein handeln. Die Studenten ließen sich auf die Stimme der nüchternen Kooperation und würdigen Realpolitik ein.

Dragoman riet heftig davon ab, er ahnte eine Falle, doch seine Argumente zeigten keine Wirkung. Lieber wolle er hier ins Gras beißen, im Schlund dieses Felsenbunkers, von wo aus phantastische Schüsse möglich seien. Obwohl er wegen seiner verletzten linken Schulter immer bleicher wurde, ließ er sich nicht mitschleifen, sondern blieb in seinem Schlupfwinkel. »Haltet noch ein paar Stunden still, und verratet mich nicht«, bat er die anderen sechs, die Dragomans Tat und Verwundung entsetzte.

Von der Anhöhe aus sah er, wie die Kommilitonen auf der Schonung des Tals der Gnade eintrafen, der Reihe nach die Waffen vor dem Professor zur Erde fallen ließen, sie standen in einer Gruppe beisammen, dann plötzlich entfernten sich die Posten, und Bewaffnete in Steppjacken, die aus dem Wald auftauchten, schossen sie über den Haufen, jene sechs Studenten, mit denen sich Dragoman einen Tag zuvor in einer Freischärlertruppe der Philosophischen Fakultät zusammengetan hatte, der sie den Namen *»Arrière-garde révolutionnaire«* gegeben hatten, da sie vor allem zu den Romanisten gehörten.

Sie hatten nicht geschossen, sie waren niedergeschossen worden. Dragoman hatte getötet, er aber war nur verwundet worden. Er hatte den Stadtkommandanten tödlich getroffen, und in einer Vergeltungsaktion wurden die Studenten hingerichtet.

Kuno Aba tobte wie rasend, davon sei nicht die Rede gewesen, sie hätten versprochen, niemanden zu behelligen, sie hätten ihn betrogen, mit dem Schaft der Maschinenpistole zogen sie ihm eins über den Schädel, fluchend stand er vor den sechs Studenten, blutete aus Mund und Nase, und die Drillichmänner warfen die Leichen auf einen Lastwagen, bestiegen ein anderes Auto und donnerten auf dem Gebirgspfad davon.

Da ertönte von oben Dragomans Stimme: »Kuno Aba, ich habe dich gesehen!« Taumelnd und auf einen Knüppel gestützt stolperte er abwärts. »Beide«, sagte er, »haben wir den Tod verdient. Einer von uns muß für die sechs zahlen. Entweder du oder ich.« Eine seiner zwei Pistolen reichte er Kuno. »Wenigstens einer verdient die Kugel«, sagte Dragoman, der die Fassung verloren hatte. Steiniges Tal, lokkere Aufstellung zum Duell, sie schießen aufeinander, verletzen sich gegenseitig. Der eine hinkt in diese, der andere in jene Richtung davon. Keiner dreht sich nach dem anderen um, erst als sie sich weit genug entfernt haben, blicken sie zurück.

Dragoman schleppte sich zu Jeremias' Haus, der Alte versteckte ihn, besorgte einen Arzt und pflegte ihn gesund, die siebenjährige Melinda zeichnete und erzählte ihm viel, sogar Pogatschen buk sie. Auch Kuno Aba schaffte es irgendwie bis zu seiner älteren Schwester, der er erzählte, die Streitkräfte hätten auch auf ihn geschossen, doch er sei nur zu Boden gesunken, und als die Luft rein gewesen sei, habe er sich, auf allen vieren kriechend, in Sicherheit bringen können. Und die anderen? Die lägen noch dort. Mehrere gingen hinaus, um die Toten wegzuholen, die Leichen waren nirgendwo, nur die Blutspuren im Gras. »Anscheinend sind sie noch einmal gekommen und haben sie abtransportiert«, sagte Kuno Aba.

Dragoman sitzt im Garten und hört sich Kuno Abas umgebaute Geschichte an. In der Gesellschaft auf der Terrasse sitzt Sandra, die junge Frau des Vizebürgermeisters und Rektors, und atmet die Einzelheiten der Heldengeschichte in sich ein. Kuno Aba sieht zu Dragoman hin und erwartet eine Bestätigung, Dragoman nickt, niemand weiß, daß er der siebte gewesen ist. Kuno Aba bringt immer wieder neue Fetzen aus jener Geschichte zu Gehör, die für seine Person zusehends günstige Wendungen nimmt. In Kandor ist er der große Überlebende, fast schon ein Märtyrer, auferstanden aus einem Massengrab, Kandors Wappen.

Plötzlich setzt Dragoman das Schnapsglas ab und sagt: »Kuno Aba, ich habe dich gesehen.« Der Rektor ist aufgestanden. »Was willst du damit sagen?« Auch Dragoman ist aufgestanden. »Ich habe dich gesehen.« Dragoman hat eine Münze aus der Tasche genommen. »Kopf oder Zahl? Jemanden von uns trügt die Erinnerung. Glaubst du wirklich, was du hier erzählst? Und wenn nicht, warum erzählst du es dann? Die Gebeine steigen aus dem Grab.«

An die Nacht der Dreharbeiten und des Unglücks in Tombors Garten wird sich die auserlesene Gesellschaft noch lange erinnern. Alles findet wegen des Films statt, Tombor ist erregt, er zittert wie ein Jagdhund, erhofft sich für den Streifen Ereignisse und Action. Überall schwirren seine Unterteufel umher, die Kameramänner, bei jedem Straffall, bei jeder Verhandlung, bei jedem Skandal sind sie zugegen. Der Vizebürgermeister hat den Bürgermeister im Verdacht, daß diese Szene direkt für den Film ausgeheckt worden sei, für das Freilichttheater, die Produktion, den Bildschirm, den Regisseur, nicht aber für die Stadt.

Die Kameras weichen nicht von Kuno Aba, eine spürbar alte Geschichte zwischen ihm und Dragoman gewinnt an Dramatik. Mit einem Sektglas in der Hand ist auch Herr Barnag anwesend, Polizeipräsident der Stadt, der schon lange zur Firma gehört und dessen Aufgabe früher darin bestand, vor allem aus Tombors Kreisen möglichst alles in Erfahrung zu bringen. Allmählich aber begann jenes Gift zu wirken, gegen das er als Abteilungsleiter in den Kampf geschickt worden war, Ausdrücke aus der verbotenen und der beschlagnahmten Literatur, die er von Amts wegen kennen mußte, sickerten in seine Rede ein, er machte sich verdächtig, seine Karriere erhielt einen Knick. Als die Wende kam, nahm Herrn Barnags Laufbahn einen Aufschwung, plötzlich stolperte er in der Hierarchie zwei Dienstgrade nach oben, wurde zum Polizeihauptmann befördert, und nun bekannte er sich offen als Anhänger von Tombor und dessen Freunden, was Kuno Aba zum Hochziehen der linken Augenbraue veranlaßte, Herrn Barnag jedoch zu überlegterem Verhalten.

Auf einer Bank im Garten sitzt Kuno Aba, um ihn herum die Aufnahmegeräte. Es kommt Dragoman, um ihn herum die Aufnahmegeräte. Beide alkoholisiert, hinter den Kameras dic Augenzeugen, der Chor. Kuno Aba erhebt sich und tritt an Dragoman heran. »Die Geschichte stimmt so, wie ich sie erzählt habe, und so soll sie in den Geschichtsbüchern bleiben. Sie waren zu sechst, und ich war der siebente.«

»Der siebente war ich, Kuno Aba, und das weißt du sehr wohl. Du hast die Jungs heruntergelockt. Ich habe sie angefleht, nicht zu gehen. Dir haben sie vertraut, das Ergebnis: MP-Feuer. Du hast dich geirrt, das hast du nicht gewollt, ein Felsbrocken ist das auf deiner Seele. Was aber soll dieses Heldengetue? Buße genügt dir nicht? Einen Moment der Katharsis brauchst auch du, wenn dir das Blut in den Schläfen hämmert, wenn dein Herzschlag stockt, wenn dir die Knie zittern, wenn du begreifst, daß du vor der Mauer stehst, wenn du dich gegen das Hinrichtungskommando wendest, und dann sagst du, na ja, wenn du dich mit Händen in den Hosentaschen von ihnen entfernst, wenn du dich frühmorgens von deiner Schuld erhebst und dich abends neben sie legst, dann ist etwas Gutes mit dir geschehen. Es hat der Hochmut seine Zeit, und ihre Zeit hat die Erniedrigung. Sag doch, Kuno, soll ich dich nicht zum Bischof der Religion des fehlbaren Menschen salben?«

»Kategorisch frage ich Sie, Professor Dragoman, Ehrendoktor unserer Universität, was wollen Sie mit Ihren Rebussen sagen? Wollen Sie mich mit Ihren Insinuationen vor meinen Mitbürgern, deren Vertrauen ich verdient habe, beschämen? Sie, Kollege Dragoman, sind weggegangen, ich, eingeschlossen in den Korpus unserer Stadt, bin geblieben. Glauben Sie, Sie können mich elegant mit Dreck bewerfen? Das ist Ihre Methode. Den anderen mit einer zynischen Bemerkung niedermachen. Ich bin Dragoman, der internationale Drogoman, ich inhaliere und sage, was ich will, was mir gefällt, morgen setze ich mich ohnehin ins Flugzeug, und weg bin ich. Was behauptet Professor Dragoman, daß der Rektor der Universität lüge?«

Jemand sprang zu Dragoman und bekam ihn mit starker Hand am Jackett zu packen. »Und du, wer bist du? Weißt du, zu wem du unverschämt bist? Wir folgen ihm, wie der Schmetterling dem Licht.« Kuno Abas Frau herrschte den breitschultrigen, untersetzten Mann an: »Béla, nicht doch!« Jemand anders trat an Béla heran und zog ihn weg. »Laß das, siehst du nicht an der Visage, mit wem du's zu tun hast?«

Dragoman richtete sich auf. »Kollege Aba, auf deine Frage antworte ich: Ja, du lügst.«

Der Rektor verpaßte Dragoman eine Ohrfeige. Dragoman machte keine Anstalten, die Hand zu heben. Kuno Aba versuchte noch einmal zuzuschlagen. Die Reaktion darauf ein leichtes Schubsen. Kuno Aba taumelte und fiel auf den Rücken, stieß sich den Kopf an der Bank, von der er soeben erst aufgesprungen war. Stand noch auf, aber es wurde ihm schwindlig, und er ging zu Boden.

Dragoman kniete sich neben ihn, der erlöschende Blick des Rektors suchte Dragomans Augen. Dragoman erhob sich. »Man müßte die Sanitäter rufen, nur damit sie sich selbst überzeugen können.« Er sah Sandra an, die Witwe, wie sie da über ihren Mann gebeugt stand. Alles, sagt sie, solle so bleiben, wie es ist. Jemand will sie von dort wegziehen. Sie schlägt um sich. Dragoman lehnt sich an einen Baum. Jemand sagt, man müsse die Polizei rufen.

Herr Barnag trat vor. »Überflüssig, hier bin ich, ich habe alles gesehen. Mein aufrichtiges Beileid, Herr Professor Dragoman. Ihre Lage ist klar. Sie sind es, der die Ohrfeige bekommen hat. Sie haben den Herrn Rektor nur geschubst. Auch wenn Sie, bevor Sie ihn geschubst hätten, ihn am Arm gepackt und mit einem Judogriff gezogen haben. Zuerst ziehen und dann schubsen, so ist es wirkungsvoller. Ziehen im doppelten Wortsinn, erst den Betreffenden aufziehen und dann, als Verteidigung getarnt, ihm den Todesstoß versetzen. Denn allzusehr mußten Sie nicht schubsen, dort ist die Akazienbank, es genügt, den Schädel zur Kante zu lenken, wozu es natürlich einer beachtlichen Muskelkraft und konzentrierter Zielgenauigkeit bedarf, die ein derartiger weltanschaulicher Streit, wie er hier zwischen Ihnen im verborgenen lauerte, auch geistig vorbereitet, ja sogar motiviert. Des weiteren kennen wir die verständlichen Antipathien der Außenstehenden, wenn Sie so wollen, der Entwurzelten, gegenüber den unmittelbar Eingeweihten. Alles in allem habe ich als Leiter der Untersuchungskommission heute noch den Eindruck, daß wir auf der sich von Null bis Hundert erstreckenden Skala zwischen fahrlässiger und vorsätzlicher Tötung eines Menschen der fahrlässigen Null näher stehen. Ob die kaum verheimlichte Drogenadduktion als mildernder oder erschwerender Umstand zu werten sei, hat das Gericht zu entscheiden.«

Auch unter den Versammelten fanden sich mehrere, die darüber diskutierten, ob sich hinter der Geschichte nicht eine gewisse politische Absicht verberge.

Die Witwe kniete nieder und nahm Kuno Abas Kopf in ihre Hände.

»Was ist hier passiert? Was hat er mit dir gemacht? Warum hat er dich mir weggenommen?« Sie sah auf. »Sagen Sie, was habe ich Ihnen angetan? Er hat jene großherzige Laudatio auf Sie gehalten, und so haben Sie es ihm heimgezahlt. Er hat Sie angenommen, gepriesen, und Sie haben ihn totgeschlagen.«

»Für vorsätzlichen Totschlag gibt es mindestens zehn Jahre«, sagte jemand. Herr Barnag tritt dazwischen und verleiht dem Ereignis eine gebührende Form: »Herr Dragoman, eigentlich müßte ich Sie bitten, mir zu folgen, doch wenn Sie mir Ihr Ehrenwort geben, die Stadt nicht zu verlassen, und der Herr Bürgermeister für Sie bürgt, dann werden Sie bis zum Schluß die Möglichkeit haben, sich auf freiem Fuße zu verteidigen. Es ist durchaus vorstellbar, daß Sie die Feldstudien aus Ihrer Jugendzeit in unseren geschlossenen Haftanstalten keineswegs wiederholen müssen. Die Haftarbeitslager, in denen Sie weilten, existieren auch heute noch, dort werden die Fahrlässigen und die Randalierer untergebracht, inzwischen gibt es sogar eine Druckereiabteilung, wo in Lohnarbeit Textverarbeitung übernommen wird. Ich weiß gar nicht, warum ich das alles sage, nur weil davon die Rede war, denke ich, sicher sind Sie neugierig, von den alten Orten zu hören.«

Dragoman: »Davon, mein Herr, war nicht die Rede.«

»Hast du auch das inszeniert?« fragt Dragoman Tombor.

Er hat Kuno Aba weggeschubst und dadurch getötet, das können alle bezeugen. Viele hatten den Streit beobachtet, der immer persönlicher wurde und von hoher Philosophie in dieses Duell übergegangen war. Auch die Videokameras waren eingeschaltet, die Szene ist gefilmt worden. Das ziehende Schubsen wird von einigen für einen Beweis der Vorsätzlichkeit, von anderen lediglich für einen Verteidigungsreflex gehalten. Als erschwerender Umstand ist die Tatsache anzusehen, daß Dragoman von der Hyäne, die er in den Bauch getreten hat, angezeigt worden ist. Ohne Vorankündigung einfach treten? Ein bißchen brutal das. Oder? Und dann war da noch jener junge Mann mit der Erotik des Feuers. Eine Serie ominöser Zufälle. Die werden ihm noch einen Mord anhängen und ihn für ein paar Jahre einbuchten. Tombor wird sagen, Platon sei sein Freund, Aristoteles sei sein Freund, doch eine noch größere Freundschaft verbinde ihn mit der Gerechtigkeit.

»Aus den Augen, aus dem Sinn«, sagt Swetosar, der eine Narbe am Mund, einen Vogelbauer im Arm hat und eine Katze an der Leine spazierenführt. Er ist nicht außer Sichtweite, und gelegentlich, wenn es nötig ist, hilft er.

»Sie brauchen nur ein einziges Wort zu sagen, mein Herr, und schon machen wir uns auf den Weg. Wenn Sie mir eine Bemerkung gestatten, Sie neigen dazu, in verworrene Situationen zu schlittern und immer tiefer in die fleischfressende Pflanze einzudringen.«

Bewegungen eines Verdächtigen

Herr Barnag, der Polizeipräsident der Stadt, bot Dragoman an, ihn nach Hause zu bringen, wohin es ihm beliebe, nur nicht außerhalb der Landesgrenzen, nicht außerhalb eines Umkreises von dreißig Kilometern, die vorübergehende Anschrift des Herrn Professors, das Kandorer Hotel zur Krone, als Mittelpunkt des Kreises betrachtend. Als ein kleines Land also könne der Professor Dragoman den zugestandenen Freiraum auffassen, zahlreiche Dörfer gehörten dazu, Balatonófalu und auch der Alte Berg; wenn Dragoman innerhalb dieses Bereichs zu lebenslänglicher Haft verurteilt würde, könnte er sein Gefängnis nicht eingehend kennenlernen, doch selbst wenn der Professor diese Allusionen auf das Gefängnis für einen unangebrachten Scherz hielte, zumal die berechtigte Hoffnung bestünde, in Ermangelung einer strafbaren Handlung freigesprochen zu werden, dann sollte er wenigstens anzuerkennen die Güte haben, daß die Einschränkungen der Bewegungsfreiheit seitens der städtischen Behörde sehr großzügig gehandhabt wären.

All das sagte Herr Barnag noch im Garten und berührte Dragomans Ellenbogen dezent, daß andere wähnten, es könne ungebührlich sein, sich ihnen zu nähern. Mehr hätten auf dem Magnolienweg im Garten auch gar nicht Platz gehabt, also, da Dragoman den Blick auf den von Schnekken übersäten Kiesweg heftete, entging es auch der allgemeinen Aufmerksamkeit, daß Herr Barnag die Augenbrauen hochzog, als ihn sein Gegenüber fragte, weshalb er dächte, so ohne weiteres bestimmen zu können, wohin ein ausländischer Staatsbürger gehen dürfe und wohin nicht.

»Nehmen Sie zur Kenntnis, Professor, daß ich das Recht hätte, Sie zu verhaften. Ich habe Ihnen einen fünfzehntausendmal größeren Aktionsradius abgesteckt, als er Ihnen in einer Zelle zur Verfügung stünde, und innerhalb dieses Reviers dürfen Sie sich frei bewegen. Diese von Ihnen gewiß als Scherz gemeinte Bemerkung habe ich nicht verdient.«

»Die Rechtmäßigkeit Ihres Vorgehens, Herr Polizeipräsident, leuchtet heller als die Sonne.«

»Wohin also wünschen Sie gebracht zu werden? In die Mausefalle, in die Krone, ins Tango? Um nur Betriebseinheiten des Gaststättengewerbes zu erwähnen. Es ist besser, wenn Sie sich an mich halten, Herr Dragoman, wenn wir uns jetzt trennen, würde man Sie umzingeln und überfallen, die Stimmung scheint ziemlich angeheizt zu sein. Der Rektor war der Leuchtturm unserer Stadt.«

Ein breitschultriger junger Mann ging hinter ihnen her, außerhalb der Gartenpforte gelangte er an Dragomans rechte Seite, und als sie so zu dritt zum Wagen des Polizeipräsidenten gingen, wo der junge Mann neben dem Chauffeur Platz nahm, Herr Barnag neben Professor Dragoman, entstand bei den erregten Gästen der Eindruck, daß Dragoman auf die feine Art verhaftet worden sei, und jemand flüsterte: »Der Täter.«

»Bringen Sie mich zu Herrn Kobra«, bat Dragoman, und diese Antwort überraschte Herrn Barnag, den Polizeipräsidenten der Stadt Kandor, nicht, der vor der Wende von 1989 einen schönen Posten bei der politischen Polizei bekleidet hatte, meist mit der Beobachtung derselben Objekte befaßt, in deren Gesellschaft er sich nun unter legalisierten Verhältnissen umsehen konnte. Er besaß, wenn er intensiv in seinem Archiv forschte, aber auch dann, wenn er, statt auf Akten zurückzugreifen, lediglich die Augen schloß und die Erinnerung befragte, genügend Informationen über diesen Herrn; so auch über die neben ihm sitzende gelehrte Person, Herrn Professor János Dragoman, und selbst über den weiteren Freund, wenn auch Antal Tombor das Büro jener ranghöchsten Persönlichkeiten unbefangen betreten durfte, jener Personen, die Herrn Barnag übrigens beauftragt hatten, einen wachsamen Blick auf Tombor zu werfen und insbesondere unter Einsatz geheimdienstlicher Mittel dessen Treffen mit Kobra festzuhalten, durch winzige, in der Decke über den Zimmern angebrachte Abhörvorrichtungen, da sie den Schaubildern Glauben geschenkt hatten, in denen Herr Barnag die kandorianische Intelligenz in Kreisen dargestellt und die Brücken zwischen diesen als Insel bezeichneten Kreisen markiert hatte. Unter dem Einfluß des Herrn Solschenizyn brachte er eine kleine ironische Spitze an, benutzte den Begriff der Archipelgruppe und sprach von der Gruppierung einer regimefeindlichen Subkultur. Und er machte auf jene Personen, die sowohl hier wie dort verkehrten, die als gefährlich eingestuft werden mußten, weil sie an mehreren Orten gerngesehene Gäste waren, durch eine besonders tiefblaue Farbe aufmerksam; es ließ sich denken, daß Kobra, als umherwandelnder Infektionsherd, zu denen gehört hatte.

Bevor Herr Barnag zum Geheimdienst geraten war, hatte er an der Philosophischen Fakultät der Kandorer Universität Geschichte und Archivwissenschaft studiert. Da er aber eine Kollegin geschwängert hatte und sich gezwungen sah, sie zu heiraten, erklärte der Stipendiat Silvester Barnag, dem ein kleiner Sprachfehler eigen war und der sein Studium mit einem hervorragenden Ergebnis abgeschlossen hatte, in Ermangelung einer Wohnung und sonstiger Bequemlichkeiten einem herzlichen und rundlichen Menschen, in Begleitung eines düsteren hageren, seine Kooperationsbereitschaft, nachdem jener ihm eine Lösung der Wohnungssorgen und ein schönes Gehalt nebst verschiedenen Zuwendungen in Aussicht gestellt hatte, wenn er sich innerhalb seines Berufes als Angestellter der Staatssicherheit mit Sozialforschung beschäftige. Beschatten, vernehmen und anwerben müsse er niemanden, dafür gebe es andere Leute, er habe zu analysieren und zu verstehen, was hinter den Kulissen vor sich gehe, die freilich, sagten seine Dienstherren mit bittersüßem Lächeln, sie selbst errichtet hätten.

So sauber allerdings konnten Herrn Barnags Hände nicht bleiben, für eine Zeit beriefen sie ihn an die Spitze der Abteilung für weniger saubere Angelegenheiten, schon allein deshalb, um seine Loyalität auf die Probe zu stellen. Bis zu dem Zeitpunkt hatte Herr Barnag sich in jedem Konzert und zu jeder Theaterpremiere, bei jeder Ausstellungseröffnung sehen lassen, er konzentrierte sich auf die Musik, das Stück, das Bild, nie jedoch sprach er mit jemandem. Auch wenn sich niemand sein Gesicht einprägen würde, so war doch vorstellbar, daß man sich in der Kandorer Archipelgruppe gegebenenfalls an ihn erinnern könnte. Bescheiden blieb er stehen, betrachtete die Plakate und nippte an einem Saft. Bekleidet mit einem makellosen grauen Anzug, das Haar gescheitelt, dünn, mittelgroß, die Backenknochen ein bißchen vorstehend, die Koteletten ein wenig länger als gewohnt, der Blick aufmerksamer, als daß er durchschnittlich hätte genannt werden können. Herrn Barnags Aufgabe war erschwert worden. Von nun an konnte er nicht mehr den geheimnisvollen Kulturinteressierten spielen, der jeden Abend bei irgendeinem kulturellen Ereignis zugegen ist, dem man jedoch in einer privaten Gesellschaft nie begegnet. Nachmittags trat er aus einer Villa im Grünen, im allgemeinen mit einer Aktentasche in der Hand, und bestieg im dunkelblauen Übergangsmantel den Bus, um nach Hause zu fahren. Er trug einen silbergrauen Seidenschlips, zu Fliegen allerdings verstieg er sich nie. Die ständigen Busbenutzer der Gartenstadt hätten höchstens einen schwachen Punkt des korrekten Mannes bemerken können, den Schlips, denn der tägliche Wechsel seiner Krawatten ließ eine außerordentlich große Auswahl vermuten.

Ungewohnt allerdings war es, einem solchen Herrn auf dem eigenen Balkon zu begegnen, während wir, wie es normal ist, vom Korridor aus gerade unser Zimmer betreten und diesen unbekannten, makellos gekleideten Herrn, den wir sozusagen unbewußt mit dem Publikum kultureller Ereignisse der Stadt in Verbindung bringen. Es war überraschend, ihn dort anzutreffen, auf dem Balkongeländer reitend, sichtlich zögernd, ob er jetzt springen solle, denn das wäre seine dienstliche Pflicht gewesen, galt es doch als schwerwiegender Fehler, gewissermaßen in flagranti ertappt zu werden, die Posten waren entweder blind oder aber sabotierten die Aktion. Er hatte sich nur umsehen wollen, was an neuesten Aufzeichnungen vorhanden war, hatte nur auffällig die Ersatzteile für einen Vervielfältigungsapparat mitnehmen wollen, um dem Herrn Schriftsteller zu signalisieren, schreiben darf er, am Manuskript vergreifen wir uns nicht, Zubehör aber für einen Vervielfältigungsapparat zu lagern ist einer Privatperson ohne Sondergenehmigung nicht gestattet, Herrn Kobra sollte das eine Warnung sein, auf dem Weg, der ihm und auch der Sicherheit des Staates schadet, innezuhalten, doch angesichts der Tatsache, daß Kobra Herrn Barnag auf dem Balkongeländer reitend erblickte, nahm dieses dezente Zeichen eine Wende zum Komischen:

»Treten Sie ein, mein Herr, was verschafft mir das Vergnügen? Sind Sie Kaskadeur? Wir sind im zweiten Stock.«

»Herr Kobra, ich bedauere sehr, daß wir uns in einer derart unbequemen Lage treffen. Für das allzu offensichtliche Rätsel meines Hierseins kann ich Ihnen keinerlei Erklärung geben. Gestatten Sie mir, mich durch die Wohnungstür zu entfernen, und stellen Sie keine Fragen. Ich habe nicht die Absicht, von hier etwas mitzunehmen. Glauben Sie mir, Meister, vor Ihnen steht ein Mensch, der Ihre Schriften sehr verehrt. Alle. Ich betone, alle. Was in meiner Position eine verblüffende Äußerung sein mag.«

»Was für eine Position haben Sie?«

»Herr Kobra, Sie benutzen oft das Wort Klarblick. Denken Sie nicht, ich dächte, Sie wüßten nicht längst, wer ich bin.«

»Was, das ahne ich, doch wer, das nicht.«

»Silvester Barnag mein Name.«

»Ist das so etwas wie das Pseudonym eines Schriftstellers?«

»Dieser Name steht in meiner Geburtsurkunde. Ich nehme nicht an, daß Sie mir die Hand reichen wollen, ich habe geahnt, daß Sie mein Vorstellen mit einem leichten Kopfnicken quittieren werden. Sie freilich müssen Ihren Namen nicht nennen, der Ort unserer Begegnung macht das überflüssig. Ich rate Ihnen nicht zuzuschlagen. Ich sehe Ihnen an, daß Sie zuschlagen wollen. Ich bin nie ohne meine Pistole unterwegs. Nehmen Sie sich in acht, Herr Kobra!«

In den zur Straße gehenden Fenstern von Kobras Haus brannte Licht, eine schwarze Gestalt schlich zwischen den Tischen umher. »Er weiß nicht, wohin er sich setzen soll«, sagte Dragoman zu Herrn Barnag und klopfte an das Fenster, er wollte nicht klingeln, um die Familie nicht (durch den sich im ganzen Haus ausbreitenden Schall) zu wecken. Kobra öffnete das Fenster, und Dragomans Anblick verdutzte ihn keineswegs, die Begleitung allerdings kam ihm eigenartig vor. Daß beide gemeinsam ihn besuchen wollten, schien ihm unwahrscheinlich. Und wer war dieser junge Mann mit dem durchtrainierten Oberkörper? Dragoman sah weder betrunken noch krank aus, und auch das spitzbübische Lächeln wollte nicht über sein Gesicht huschen.

»Wir gehen schon«, sagte Herr Barnag und verneigte sich, den Staubmantel vorn zusammenraffend.

»Führt das Fenster hier den Herrn Polizeipräsidenten nicht in Versuchung?« fragte Kobra.

»Ich habe die Möglichkeit, im Buchladen an der Ecke Herrn Kobras intime Gedanken zu erstehen, Sie sind aus dem Blickfeld geraten, das Fernglas hat sich von Ihnen abgewendet. Dank Professor Dragoman, so hoffe ich, könnte unsere bisher leider sehr einseitige Bekanntschaft reaktiviert werden.«

Vom Rücksitz hob Herr Barnag die linke Hand zum Gruß, Dragoman seinerseits schickte dem Wagen eine ungebührliche Handbewegung hinterher. Er bat um einen Kaffee und erzählte, was passiert war.

Hätte er ihn nicht geschubst, wäre er nicht gestorben. Höchstens hätte Dragoman noch eine Ohrfeige bekommen. Das wäre wirklich nicht so schlimm gewesen. Kuno Aba ist ohnehin ein Mensch gewesen, der andere gern zurechtwies, die ganze Sache hätte man als die Lektion eines Lehrmeisters betrachten können, und es wäre besser gewesen, die Erniedrigung nicht zur Kenntnis zu nehmen. Um so schlimmer für den Ärmsten, daß er sich in seiner Schwäche gezwungen fühlte, Dragoman anzugreifen.

Wäre die Frau nicht gewesen, Sandra, dann hätte Dragoman vielleicht die Hände auf dem Rücken verschränkt. Letztlich hat Kuno nur seine Ehre verteidigt. Er, das sittliche Idol, war in aller Öffentlichkeit der Lüge geziehen worden. Demütigend genug, daß er Dragoman eigenhändig ohrfeigen mußte, statt daß ihm ein Schüler die Arbeit abgenommen hätte. Doch weil Sandra zugegen war, hob Dragoman die Hände, um sich zu wehren. In den Augen jener Frau wäre es töricht gewesen, sich nicht zu verteidigen.

Natürlich wollte Sandra nicht den Tod des Rektors, das Spiel schon, den Kampf alter Hähne; sollten sie doch zeigen, daß sie Männer sind, doch dieses scheußliche Resultat war ein Mißbrauch, darum hatte Sandra nicht gebeten, das hatte sie nicht bestellt, das war Hexerei. Dragoman hatte mit irgendwelchen Strahlen geschossen, wie die Superhelden in Zeichentrickfilmen, gewußt, wohin er schlagen mußte, erst bringt er den anderen in Rage, dann schwächt und erledigt er ihn. Für Sandra sieht die Sache so aus, ganz bestimmt.

Dragoman will ihr sagen, daß er Kuno gemocht hat. Dreimal waren sie zusammen in das Tal der Gnade gegangen, sie hatten voreinander kein Geheimnis mehr. Das war irgendein Spiel der Kräfte, Dragoman in eine Lüge einzubeziehen, in eine umgeschriebene Geschichte, sich durch ihn eine neue Rolle bestätigen zu lassen, worin er amüsiert eine Gaukelei entdeckte, die auch den Eindruck erwecken konnte, daß Kuno auf die Weise die Narren an der Nase herumführen wollte. Er besaß die Frechheit, dem Kleinstadtpublikum auch das noch zu verkaufen! Aber nein, in der Story schwang etwas anderes mit, etwas Angestrengtes, und sie paßte schon besser zum Porträt des stellvertretenden, vielleicht des künftigen Bürgermeisters.

Der Held mußte heilig werden, und der Heilige mußte den berufenen Führer auf den Schild heben, denjenigen, in dem sich Kunos Lehre verkörperte: Sandra, die er aufgrund nicht vollkommen absurder genealogischer Zeugnisse in den folgenden zehn Jahren als Königin einer neuen mitteleuropäischen Monarchie hätte wählen lassen wollen, denn für ihn wäre es ein Kinderspiel, den Beweis anzutreten, daß Sandra die Urenkelin unseres Königs Franz Joseph des Ersten sei. Wenn auch nicht im legitimen Zweig, doch immerhin floß in der Tochter einer ungarischen Provinzstadt kaiserliches Blut. Keineswegs in der Tochter irgendeiner Stadt, denn Kuno Aba machte zahlreiche Argumente geltend, weshalb gerade Kandor, diese Krönungsstadt, symbolische Residenzstadt einer Mitteleuropäischen Konföderation sein müßte, womit ein nicht mehr zu vernachlässigender Teil der kandorianischen Elite von ganzem Herzen einverstanden war.

Dragoman hatte nichts dagegen einzuwenden, daß sich in dieser Vorstellung sowohl Wahnsinn als auch System manifestierten, eine erotisch-ästhetische Begeisterung für die Ehefrau und den Zögling, die Vereinigung von Tradition und Medienbombe, Sandra sollte Musterbeamtin, jawohl, Kabinettchefin werden, eine dezent und charmant jedes ihrer Worte abwägende Pressesprecherin, jemand, der selten plaudert, Schönheit, Macht und Zurückhaltung gepaart mit einiger Schonungslosigkeit, das sollte das Vorbild für die künftige Königin sein, und daß Sandra diesen Plan ernst nahm, ließ sich auch daraus ableiten, daß sie sich in allem Kuno fügte. Sie hatte begriffen, worin ihre Aufgabe bestand. Zu tun, was Kuno ihr aufgab. Aber was gab er ihr jetzt auf?

»Sollten wir vielleicht zu dem Toten gehen?« fragte Kobra.

»Zurück?«

»Wer unangenehm werden könnte, der ist schon weggegangen.«

Telefonisch erfuhr er von Melinda, daß sowohl der Tote als auch die Witwe dort seien. Einige Stunden sollte noch Totenwache gehalten werden, sie sollten ruhig kommen, auch der Abt sei da.

Auf einem langen Tisch in der Veranda lag aufgebahrt Kuno Abas Leichnam. Das Kinn hatten sie mit einem weißen Taschentuch hochgebunden, das Haar war gekämmt, das weiße Hemd zugeknöpft, einen Schlips trug er nicht. Vor dem Haus stand ein Polizist. Die Pressesprecherin erklärte den Journalisten und der interessierten Öffentlichkeit, jetzt wollten die Familie und der enge Freundeskreis einige Stunden lang Totenwache halten, um von dem Verblichenen Abschied zu nehmen. Ja, auch Herr Dragoman sei da. In Gesellschaft von Herrn Kobra sei er ins Haus des Herrn Bürgermeisters gekommen. Nein, für die Leiche sei keine Obduktion angeordnet worden. Auch die Frau des Rektors sei anwesend. Sie säßen alle beisammen.

Solche Informationen gab die junge Referentin der Öffentlichkeit. Auch in polizeilichen Angelegenheiten spielte sie eine Vermittlerrolle zwischen dem Bürgermeister und dem Polizeihauptmann. Mariska bat einen jeden, sich zu entfernen. Nachmittags könnten sie sich an das Büro des Bürgermeisters wenden, die Wochenendbereitschaft werde die erforderlichen Informationen geben. Ein Polizeiauto tauchte auf, dann noch eins, im Schrittempo fuhren sie durch die Oleanderstraße.

Sandra saß zur Linken des Toten, Dragoman hatte rechts von ihm auf einem hohen Korbstuhl Platz genommen. Kuno Abas Lippen waren schon bleich geworden, Dragomans ebenso, die Witwe hatte seine Ankunft gerade nur zur Kenntnis genommen. Niemand sagte ein Wort. Nach einer Weile sah Sandra Dragoman an. »Wollen Sie etwas sagen?«

»Er war mein Freund und Gegner zugleich, nie mein Feind«, hob Dragoman an. »Zwei Phantasten können nicht vom selben träumen. Zwei Schauspieler können nicht den gleichen Hut tragen. Er verlangte von mir, Zeugnis für ihn abzulegen, die Glaubwürdigkeit seiner Erzählung zu bekräftigen. Warum mußte er mit dieser Geschichte anfangen? Er hat alles bekommen. Was wollte er noch? Warum will der Wissenschaftler auch noch ein Held sein? Warum will der Sünder ein Heiliger sein? Ich wollte dir nur sagen, Kuno, wir haben beide Grund zur Sühne. Ich befinde mich schon seit langem auf einer Pilgerreise. Täglich vier bis fünf Stunden laufe ich, was als Spaziergang, der Gesundheit dienend, aber auch als Sühne aufgefaßt werden könnte. Das werde ich tun, solange mich nicht jemand anders wegschubst, absichtlich oder unwillentlich, wer weiß, wie es dir jetzt mit mir ergangen ist. Du hast angehalten, auf meinem

Rücken werde ich dich weitertragen. Woraufhin du mir sagst, tauschen wir. Und da es dafür keine Gelegenheit gibt, sitzt du mir im Nacken und würgst mich. Ich möchte dich um Entschuldigung bitten, wenn das möglich wäre, ich möchte deine Rache vermeiden, noch möchte ich dir nicht folgen, deinen Kindern, hättest du denn welche, würde ich alles geben, deiner Witwe würde ich dienen, sofern sie darauf Anspruch erhöbe, und für eine schwache Hoffnung der Absolution würde ich deinen schriftlichen Nachlaß betreuen.«

»Schweigen Sie!«, so Sandra. »Bringen Sie mir aus Melindas Zimmer für meinen Rücken ein Plaid, ich friere.«

Melinda brachte eine leichte Decke und hüllte Sandra darin ein.

Kuno Aba lag da, als hörte er alles und als trüge er die Schleife lediglich wegen der Zahnschmerzen um den Kopf. Nun wird auch dieser Mensch in Melindas Wohnzimmer spuken und herumlungern, auch dieser Schemen wird hier über den Kiesweg schleichen, mit gestrecktem Kreuz auf dem Klavierstuhl sitzen. Diese Totenwache haltende Tischgesellschaft war Kuno Abas Publikum, als er seinen Vogel freigelassen und seine historisch-politischen Visionen ausgebreitet hatte.

Fluvialismus, sagte er, und mit einer Handbewegung deutete er die Strömung des Flußwassers an. Die Wasseradern fließen zusammen, die Ideen fließen zusammen, Auseinanderstreben und Zusammenfließen. Weder das mächtige Festland noch der unendliche Ozean vermitteln uns die entsprechende Lehre, sondern nur die großen Flüsse, unsere Geschwister, die Lehrer des Ineinanderströmens, des Sammelns, mit denen wir, wie mit unserem begeisterten Gefährten, dem Pferd, zusammenleben. Davon leitete Kuno Aba die Untauglichkeit sowohl des Behemoth- als auch des Leviathan-Ideals ab sowie die Feststellung, daß die mitteleuropäische Monarchie mit Sitz in Kandor wiederherzustellen sei. Melinda versteht nicht nur, sondern billigt auch, daß der Rektor diese Vorstellungen nie und nirgendwo zu Papier gebracht hat, sondern lediglich hier, im geräumigen Wohnzimmer an den Kachelofen gelehnt, seine Raketen hat steigen lassen, in Satzgebilden, zu deren Anfang es hieß: »Warum nicht?«

Wenn er sich jetzt aufsetzte, wenn er jetzt aufstünde, wenn er jetzt an den Kachelofen die Stirn preßte, der auf ihr einen Abdruck zurückließe, würde er einen Gedanken entwickeln, der mit all dem, was am Tisch verklungen war, nur in einen sehr entfernten Zusammenhang zu bringen wäre. Irgendwie hatte ihn eine innere Unruhe erfaßt, unseren Nachen wollte er aus dem Röhricht der Überflüssigkeit endlich auf die offene See hinausmanövrieren, in die Hauptströmung, die Kuno so genau gespürt hatte, als wäre er ein Aal. Anzeichen genügten ihm, Strömungen zu ahnen, und auf seine keineswegs vorbehaltlose Art war er bereit, darauf zu schwimmen, abtreiben aber ließ er sich nie. Er schwamm mit ihnen, paßte sich an, sagte, was er meinte sagen zu müssen, und erprobte die Belastbarkeit seiner Worte. Der Rektorensessel war die unabhängige Variable, oder das Präsidentenamt der Akademie, oder die kulturelle Aufgabe als Vizebürgermeister, außerdem natürlich der Lehrstuhl für Geschichte, das Institut und die Gesellschaft für Geschichtswissenschaft, diese miteinander verflochtenen und teils austauschbaren Rollen. Kuno glaubte unerschütterlich, daß sich Vortrefflichkeit und Funktion *grosso modo* treffen müssen. Daran gemessen wäre die Auswahl des entsprechenden Wörterbuchs ein untergeordnetes, ein technisches Problem. Daß Kuno Rektor zu sein hatte, das war die Prämisse. Was er sagen mußte, um das zu erreichen? Das war die abhängige Variable. Was war hier die Frage? Wenn jemand Rektor war, dann sollte er sich auch entsprechend verhalten. Wenn er einmal damit angefangen hatte, mußte er es fortsetzen. Für Kuno Aba war die Rektorenrolle so etwas wie ein Königsthron, zu dem ihn die Offenbarung berechtigte. Der Rektor hatte sich als ein Gesalbter zu betrachten. Er ist der geistige Hirte der Stadt, der Themen in die Öffentlichkeit trägt, vor allem durch Hinweise, oder vom Tisch fegt in den Korb der Tabus.

Ich würde sitzen bleiben, wenn er im Tausch dafür aufstehen könnte, doch weil er das nicht kann, stehe lieber ich auf. Wenn sie mich das Gartentor passieren lassen, bedeutet dies, daß ich noch nicht verhaftet bin, Kandor lediglich nicht verlassen darf, solange die Untersuchung andauert. Ich habe jemanden weggestoßen, der mir eine Ohrfeige gegeben hat. Ich habe das Gefühl, meine Freunde, ihr wollt mich im Gefängnis verschwinden lassen. Mich dem zu entziehen wäre unschicklich und unserer Kreise unwürdig. Ein Ehrenmann hebt den Handschuh auf. Ein Ehrenmann duelliert sich. Ein Ehrenmann kann nicht sagen, von Narren könne man nur Narrheiten erwarten, sonst nichts. Ein Ehrenmann geht in den Knast, weil ein alter Bekannter etwas übertrieben hat. »Meine Dame«, so wandte er sich an Sandra, »was kann ich für Sie tun?«

»Ich gebe Ihnen den Zündschlüssel, ich fühle mich schwach, bringen Sie mich nach Hause. Kuno bleibt hier bei Melinda. Wann wird er abgeholt? Herr Bürgermeister, am Montag werde ich zum Arbeitsbeginn im Büro sein und die Beerdigungsfeierlichkeiten für Kuno erledigen. Jetzt bin ich dazu noch nicht in der Lage. Mein seliger Mann, ich werde mich mit diesem Ausdruck anfreunden. Haben Sie keine Angst, ich werde mir nichts antun. Dieser Mensch hätte nicht sterben müssen.«

Dragoman, wie ein Lakai mit zu Stein erstarrter Miene, öffnete Sandra die Wagentür, ließ die Frau im Auto Platz nehmen und startete selbstsicher, er wußte, wo er abzubiegen hatte, und spürte, wo Einbahnstraßen zu umgehen waren. Kobra, der sich selbst im eigenen Haus verirrte, konnte darüber gar nicht genug staunen, vor seiner Haustür hielten sie an. Sandra begab sich vom Wagenfond auf den Vordersitz, Kobra stand lange am Straßenrand und sah hinter ihnen her. Was fangen diese beiden Menschen jetzt miteinander an? Nur eine Frage stellte Dragoman im Auto, sonst aber schwieg er. Auch Sandra sprach kein einziges Wort. Nachdem sie angekommen waren, lehnte sich Sandra mit dem Rücken an den Torpfosten, blickte vom Berghang aus in jene Richtung hinunter, wo der tote Ehemann lag.

»Hätte ich dortbleiben müssen? Ich schämte mich für die Neugier in mir, die wissen will, wie aus meinem Mann eine Leiche wird. Der Bürgermeister könnte mir die Liebe antun, sich um den Leichnam zu kümmern. Unter uns gesagt, Herr Professor, Sie haben meinen Gemahl getötet. Das ist Fakt. Sie sind die Ursache, die die Wirkung ausgelöst hat, den Tod. Wer weiß, was sich in ihm angebahnt hat. Vielleicht hat ihm das Schicksal die Würde gegönnt, im Kampf zu verscheiden. Und dann wäre er ein Heldentoter, gestorben im Gefecht mit dem Feind. Kommen Sie rein? Haben Sie keine Angst vor einer verrückten Witwe?«

»Doch, habe ich«, bekannte Dragoman. »Für mich sind Sie ein ungestümes und unberechenbares Weib. Ihren Ziehvater und späteren Ehemann sind Sie jetzt durch mich losgeworden. Mit dem Götzendienst ist es vorbei. Das Bürgermeisteramt haben Sie ohnehin schon besetzt, diese vielen Reden waren Ihnen im Weg. Wenn Sie von nun an nicht arbeiten wollen, komme ich für Ihren Unterhalt auf. Ich habe eine Tochter und einen Enkel bekommen, wenn Sie wollen, adoptiere ich auch Sie. Aber für eine Weile, wenn Ihnen das lieber ist, werde ich in Ihrem Haus Gärtner, Chauffeur und Kammerdiener sein. Wenn Sie wollen, mache ich mit entsprechenden verbindenden Texten aus

Kuno Aba einen Bestseller. Wenn Sie wollen, koche ich den Tee.«

»Ich hasse Sie, damit Sie klarsehen, doch ich möchte nicht allein bleiben. Zu Ihrer Entlastung haben Sie nichts vorzubringen. Nicht Sie sind es, der ausgestreckt auf dem Tisch liegt. Sie dürften überhaupt nicht existieren. Sie sind auf der Welt eine Abnormität. Sie auf dem elektrischen Stuhl, da würde ich nicken. Kommen Sie rein?«

»Das war die Einladung?«

»Richtig. Ich bin nicht daran gewöhnt, nachts allein zu sein. Wenn er im Ausland zu tun hatte, habe ich ihn immer begleitet. Daß er ein Seher gewesen sei, habe ich mehrfach gehört, doch wahnsinnig, das hat nie jemand behauptet. Und Sie meinen das?«

»Das sind wir doch alle. Und was machen die vielen Wahnsinnigen? Wahnsinn. Auch dieser Tag ist der Tag des Wahnsinns, der großen Zielgenauigkeit.«

Sie betraten das Wohnzimmer, große gelbe Fußbodenfläche, Tische und Sessel mit Rollen unter den Beinen, gelb auch die Wände. Von dieser Leere ging ein geräumiges Zimmer ab, vollgestopft mit größeren oder kleineren Kunstgegenständen. Durch das äußere Wohnzimmer wird der Gast nicht bestürmt, was von dem inneren nicht gesagt werden kann.

»Haben Sie den Mut, sich in seinen Sessel zu setzen? Tatsächlich? Und sich eine Pfeife anzustecken? In Ordnung. Hören wir. In Reichweite ein Glas Wein, das habe ich bei Melinda gesehen. Die Aussicht ist wichtig, zwischen dem Laub der Bäume der Himmel. Meine Zeugenaussage, das müssen Sie wissen, könnte ausschlaggebend sein. Ich kann bezeugen, daß Sie sich überworfen hatten oder aber Freunde waren. Ich kann dem tragischen Unfall den Schein der Vorsätzlichkeit nehmen. Für eine Zeit sind Sie gebunden, einigermaßen abhängig von mir. Auch der Rektor war von mir abhängig, meine Objektivität fürchtete er. Seine

Tiraden hielt ich für repetitiv. Wer sich auf Tiraden einläßt, der hat mit nichts anderem zu rechnen. Ich bewunderte seine Spannkraft, die ihm keine Ruhe gönnte und ihn beflügelte, das Sakrale mit der Politik zu verbinden, diese im Zeichen eines großherzigen und permissiven katholischen Staats zu einem Priesterdienst zu machen. Den profanen Gläubigen bürdete Kuno immer mehr Pflichten auf. In Ihrer geistigen Welt, mein Vater, denn so pflegte ich ihn bei solchen Gelegenheiten zu nennen, sind die Befehle und das Salutieren allzu präsent, und jeder kennt seinen Platz, weil die Plätze gekennzeichnet sind.

Nach der Welt meines Gemahls verspürte ich keine Sehnsucht. Das sollte Sie nicht dazu verführen, in mir eine geheime Anarchistin zu vermuten. Wir beide, mein Herr, sind keine Komplizen. Sie kommen und gehen. Er aber hat für diese Stadt gelebt. Er war ein ernster, Sie sind ein unernster Mensch. Ein Reisender führt große Worte im Munde. Bevor es sich herausstellt, ob an dem, was er sagt, etwas sei, ist er schon weg. So ganz nebenbei bringt er unterwegs einen um, dann verführt er die Witwe, um schließlich sich die Lefzen zu lecken, davonzuschleichen. Das ist Ihr Plan, das weiß ich, deshalb sind Sie hereingekommen. Aber auch ich habe Vorstellungen.

Als Zeichen dafür, daß Sie es wirklich ernst meinen, als Wiedergutmachung in meine Dienste zu treten, legen Sie sich bitte rücklings auf den Fußboden. So, jetzt gehe ich um Sie herum, bleiben Sie reglos liegen, wie ein Toter. Schließen Sie die Augen. Sie dürfen sie auf keinen Fall öffnen. Auf keinerlei Lärm können Sie sich zur Entschuldigung berufen.

Sie müssen es ertragen, wenn ich Sie von links und rechts nicht ganz ohne Schonung mit den Füßen traktiere. Die Schuhe ziehe ich aus, legen Sie sich auf den Bauch, und jetzt werde ich Sie durchwalken. Es macht absolut nichts, wenn es weh tut. Halten Sie sich nicht zurück, stöhnen Sie, jammern Sie. Denn ich will Ihnen Schmerzen zufügen. Sie, mein Herr, brauchen nichts anderes, als erniedrigt zu werden. Ich walke und walke.

Sie haben mir den Mann genommen. Den Ratgeber, den Vater. Was sollte ich mit Ihren Ratschlägen anfangen? Kuno muß heiliggesprochen werden. Sie müssen mir dabei helfen, daß er heiliggesprochen wird! Ihre Kreise können vielleicht Einfluß darauf nehmen. Sein Grab wird ein Ort der Gnade werden. Sie werden Sekretär der Kuno-Aba-Gesellschaft. Zum Andenken an unseren Namensgeber werden Sie Gebete zelebrieren. Ich werde die Verkörperung seiner Ideen sein.

Natürlich wachsen wir über unsere Idole hinaus. Das verrate ich nur Ihnen: Ich bin Sandristin. Das wußte ich, daß mein Anfang mit seinem Ende gekommen sein wird. Wie ein Ritter, der seine Ehre verteidigt, so bist du gestorben, mein Goldstück. Ja, mein Gemahl, einzig bist du und unersetzlich. Herr Dragoman, stehen Sie auf, und machen Sie mir einen Tee.«

Viele Wege führen vom Tee zum Bett, Dragomans Weg führte nicht dorthin. Er brachte den Tee, wünschte eine gute Nacht und trat mit einem Handkuß sowie dem Anflug eines Kusses auf den Mund zur Gartenpforte hinaus. Die Aufpasser konnten von draußen durch ein Fernglas kontrollieren, daß sich die beiden Gestalten im beleuchteten Wohnzimmer bewegten und nicht in den inneren Regionen der Wohnung verschwanden. Dann, als Dragoman von der Terrasse aus über den Kiesweg zum Ausgang trottete, ging auch das Licht im Wohnzimmer aus, die Alarmanlage aber, die von der Hauskatze gelegentlich ausgelöst wurde, schaltete sich ein.

Dragoman indes steckte die Hände mit der ihm eigenen Arroganz in die Hosentaschen, drehte sich vor der Pforte im Kreis, ob er den Schatten entdecken könnte, und begab sich abwärts, machte alle Hunde der am Berghang befindlichen Gärten nervös, so daß ihn nicht abreißendes Bellen begleitete, ihm sogar vorauseilte, ihn einhüllte, als hätten die Hunde etwas Schreckliches gewittert, bis schließlich, als Dragoman etwas murmelte, der ganze Zauber verstummte.

In der ersten Nacht Claudius spielen, das wäre schön gewesen, aber übertrieben, also nicht notwendig. Mißbrauch treiben mit der Schockwirkung. Sie soll sich ausschlafen.

Warum habe ich Kuno Aba nicht lügen lassen? Vielleicht wegen einer übermäßigen Verehrung. Doch wenn er Unwahrheiten behauptet, verdient er dem gemäße Achtung. Und dann kannst du ihn gewähren lassen. Mußt du dich immer einmischen, wenn jemand aufschneidet? Er hat übertrieben, weil er Anerkennung erwartet hat. Davon konnte er nicht genug bekommen. Und du hast gesagt: »Kuno Aba, ich habe dich gesehen.« Das sagst du schon zum zweiten Mal. Was soll dieser Zwang, enthüllen zu wollen? Und wenn du ihn gesehen hast! Das ist nicht deine Sache. Du hast dich wieder in den Lauf der Dinge eingemischt, alles wäre so in Ordnung gewesen, wie es ohne dich vonstatten geht. Warum willst du immer hinter die Dinge gucken?

Wer sonst sollte gucken, wenn nicht ein Korrespondent? Sie haben mich eingeladen! Äußeren Schein haben sie mir geboten, Gastfreundschaft geheuchelt. Was wollten sie von mir? Ich bin ohne sie zurechtgekommen. Auch ohne Melinda. Es war kühler, aber erträglich. Gott bewahre mich vor einer Intrusion! Ich bin keine mongolische Reiterhorde, ich bin kein Cowboyanführer mit schwarzem Hut, der ein friedlich schlummerndes Städtchen in Unruhe versetzt. Zu wüten, das fällt mir nicht im Traum ein, am liebsten möchte ich nichts berühren, zwischen den Dingen davonhuschen. Doch ich bin hierhergekommen, habe die Toga angelegt und den eckigen Hut aufgesetzt. Präsidiert habe ich auf dem Weltkongreß und mich verfangen im

Knäuel abstrakter Worte. Ich hatte schon die Hoffnung, mich dem zu entwinden, als Olga, Habakuk und Melinda zur Tür meines Hotelzimmers eintraten. Begonnen hat es mit dem Weinfest, mit dem Riesling am Steintisch, dem Kinderlärm, schönen Frauen auf den Gartenstühlen und den Filmaufnahmen, dem Beobachtetwerden, der Fete, schwerfällig geworden durch die Vielzahl der Kameras und sich in plötzlicher Anspannung befindend. »Kuno Aba, ich habe dich gesehen!« Mit diesem Ausruf gab er den Erwartungen der Beobachter nach.

Wenn schon Theater, dann sollte auch etwas geschehen. Anstandsregeln einer altmodischen Dramaturgie. Erfüllung einer Pflicht. Herr, mein Gott, könnte ich doch eine klare Trennlinie zwischen Pflicht und Eitelkeit ziehen! Natürlich kann ich es nicht. Wenn du aus dem Menschen die Eitelkeit herauspreßt, wie aus einer reifen Zitrone, bleibt nichts mehr übrig. Wenn ich beobachtet werde, gebe ich eine Vorstellung. Na, und es tat mir leid um das viele vergeudete Rohmaterial, ich bin ein Kind alter Zeiten, in denen noch Mangel herrschte. Auf Leinen, Filmrollen oder Videokassetten will etwas Sehenswertes gelangen. Genau das war es. Der Zwang, das Zeitvakuum auszufüllen.

Doch auch Sandra war anwesend. Frauenraub. Sich vor einer Frau, die wir im Auge haben, in die Brust werfen. Beiden Hähnen, beiden Widdern galt ihr Mitgefühl, und vielleicht deshalb machte sie keine Anstalten einzuschreiten, sondern sah nur zu, objektiv. Für den Fachmann war sogleich zu erkennen, diese Frau ist für Eleganz empfänglich, an pathetischen Übertreibungen leidet sie zu Hause keinen Mangel, und, was damit unvermeidlich einhergeht, auch an ständiger Kleinigkeitskrämerei nicht. Also wenig Worte, wenig Bewegungen! Stehenbleiben in der Tür der Schenke. Diesmal können wir uns an einen Nußbaum lehnen und aus einem Winkel der Bühne die Provokation einwerfen.

Kobra würde so etwas nicht tun: er geht einfach weiter, er verschläft die Gelegenheit, und Anstoß erweckt er nur dann, wenn er es nicht vermeiden kann, wenn er die Zielscheibe ist. Wenn mir ein Ball zugeworfen wird, strecke ich instinktiv die Hand aus, um ihn aufzufangen. Kobra weicht ihm instinktiv aus. Mich treibt die Narretei in die Arena, ich reiße so lange Witze, bis ich mich dem wütend gemachten Stier gegenübersehe.

Der Kreis hat sich geschlossen: vorgestern jener verrückte junge Mann, der vom Balkon gesprungen ist, und gestern Kuno Aba. Dragoman neigt allmählich dazu, die lokale Führung, die ihn auf freiem Fuß läßt, für großherzig zu halten. Die Untersuchung muß er abwarten, nach einer erfolgreichen Flucht würden ihn die meisten Länder ausliefern. Wäre seine Beziehung zu Kuno Abas Witwe allzu eng, würde man in der Stadt zu tuscheln beginnen, daß diese beiden paktiert und den Rektor aus dem Weg geräumt hätten.

Um das Hotel kann er seine Runden drehen, er kann sich in sein Zimmer zurückziehen, er müßte den amerikanischen Konsul informieren, einen Rechtsanwalt nehmen, die Freunde um Rat bitten. Tombor würde sagen, Dragoman sei sein Freund, auch Kuno Aba sei sein Freund gewesen, doch eine noch größere Freundschaft verbinde ihn mit der Gerechtigkeit. Mit einer Handbewegung zieht er einen Schlußstrich; der Bürgermeister muß seines Amtes walten, was ihm vor dem Einschlafen durch den Kopf geht, das ist seine Sache. Meistens geht ihm nichts mehr durch den Kopf, wie einen Sack, so läßt er sich fallen und schläft bis zum Morgen, bis ihn der Harndrang weckt, und dann bleibt er schon auf. Sein Geld ist er wert, er hat Dragoman eingeladen, dessen Stirn mit dem Lorbeerkranz geschmückt, ihn in die Kampfarena geschickt, ihm Kuno vor die Nase gesetzt, mit dem er vermutlich aneinandergeraten würde, und dann gehen die beiden stupiden Gladiatoren aufeinander los, Tombor schneidet eine bedauernde Miene und lacht sich eins ins Fäustchen. Zwei Schauspieler werden im Kampf und in der Liebe gegeneinander gehetzt, sie machen sich gegenseitig fertig, der Regisseur zieht den Vorhang zu, das nächste Mal wird er sich andere holen, und die, obwohl sie ahnen, wie das Spiel ausgeht, kommen, sie vertrauen sich Tombors Händen an, und der behandelt sie wie Marionetten. Sollte tatsächlich er der Drahtzieher sein und nicht Kobra, der in Tombors Gesellschaft in den blauen Dunst hinein Ideen produziert? Einige davon bunkert Tombor.

Kobra ließ Kuno Aba in Frieden. Irgendwann in den siebziger Jahren, als Kobra mit Verbot belegt und Zielscheibe einer gelenkten öffentlichen Empörung war, fand Kuno Aba sogar zwei Gelegenheiten, jenen nicht zu bemerken. Und dieses Bild, jenes besorgte und starr geradeausblickende Weiterschreiten, ging Kobra nicht aus dem Kopf, so daß er Kuno Abas großangelegte Gedankenentwürfe seither leidenschaftslos und desinteressiert zur Kenntnis genommen hat. Sie beide würden sich für eine Auseinandersetzung nicht instrumentalisieren lassen.

Doch warum sollten Kuno Aba, der politische Rivale, und Dragoman, der Rivale in Sachen Liebe, nicht übereinander herfallen? Dragoman war schon zu dem Schluß gekommen, daß Tombor ihn in eine Falle gelockt hatte. Man konnte nie wissen, was für Beziehungen ein Bürgermeister zu den Behörden haben mochte. Durfte er zu Melinda, der Frau des großen Spielers, Vertrauen haben? Durfte er zu der Witwe Vertrauen haben, die zugab, ihn zu hassen? Meine Kenntnis des Genius loci ist intensiver als die unseres illustren Gastes, sagte Rektor und Vizebürgermeister Kuno Aba. Der Geist des Ortes hat Dragoman umgarnt und eingewickelt.

Niemand sonst bleibt ihm, nur Swetosar mit der Narbe am Mund und dem Vogelbauer, der Agent der Firma Darnok. Dragoman hätte nichts dagegen einzuwenden, im Purpurmantel oder im Burnus eines arabischen Scheichs seine Pracht zu entfalten und zu verschwinden. Auch eine dunkelblaue Pilotenuniform würde ihm gut stehen, doch auch die Mönchskutte eines Franziskaners wäre nicht schlecht, oder aber er könnte sich als chassidischen Juden verkleiden, Swetosar würde sich um einen falschen Bart und auch um falsche Peies kümmern, und um einen Rolls-Royce, um die Karikatur glaubwürdig und möglichst perfekt zu machen. Schade, daß die Ungarn ihre Husarenuniformen schon abgelegt haben, in einer anständigen postmodernen Innenstadt gibt es so viele Ulanen, Dudelsackpfeifer und Kuttenträger, daß du sie nicht einmal bemerkst.

Aber es wäre auch nicht schlecht, vielleicht sogar am wirkungsvollsten, wenn er unter Obdachlose geriete. Der Straßendreck von ein paar Tagen, Vernachlässigtsein, zwei Tage nicht rasieren, sich rötendes Gesicht vom Schlaf im Freien, sämtliche Klamotten in einer Plastiktüte, das reicht, damit sich die Blicke von ihm abwenden, denn wenn du ihn lange ansiehst, verlangt er Geld.

Den internationalen Präsidenten, der er bei seiner Ankunft gewesen ist, wird er zurücklassen, über die Sessellehne legen. Dragoman möchte aus der Haut des Verdächtigten schlüpfen, wie das Mark aus dem Knochen, hinaus aus jener zweifelhaften Gestalt, die in allen möglichen lokalen Wirrwarr verwickelt worden ist, den er auch hätte vermeiden können, wäre er nicht hierher, wäre er nicht nach Hause gekommen. Zu Hause ist ein Mensch dort, wo er sich in die verschiedensten emotionalen Dinge hineinziehen läßt.

Die beiden Zimmer im sechsten Stock, die er bis gestern bewohnt hat, sind jetzt plötzlich unwohnlich geworden.

Zwangseinweisung. Bis zum Abschluß der Untersuchungen ist er hierher abgeschoben worden. Der Hotelportier erstattet dem Polizeipräsidenten Meldung, der seinerseits das Zusammensein möglichst lange ausdehnen wird, da er ein großer Anhänger geistreicher Unterhaltungen ist. Für Dragomans Bequemlichkeit wird er alles tun, ihn aber aus Kandor vorläufig nicht entlassen.

Weshalb sollten wir die Klaustrophobie auf uns nehmen? Huldigen wir lieber, so rät Dragoman sich selbst, dem klaustromanen Rausch der Maulwurfexistenz, dem intensiven Abtasten der Höhle. Jeder Rat ist zukunftsorientiert. Wenn sich Dragoman jetzt zur Wand dreht, auf dem Bett, das ihn irgendwie schadenfroh aufnimmt, dann ist es am besten, in das Nichts zu stürzen.

Die Vergangenheit ist jenes Schubsen, als Kuno dem schwatzhaft Zwietracht Säenden erst mit der Linken eine verpaßte, um die Rechte folgen zu lassen, von links, von rechts, peng, bumm, und das wäre dann nicht nur eine Ohrfeige, sondern ein Ohrfeigen gewesen.

So ist er, nett, kann keiner Fliege was zuleide tun, und dann wirft er plötzlich einen Satz hin, der donnert wie ein rollender Felsbrocken, daß er Kuno gesehen habe.

Der habe ihn mit beiden Händen geohrfeigt, keine Scham empfunden, sich an Dragoman zu vergreifen, mit beiden Händen habe er ihn gewürgt! Zurück in Kandor macht der Ehrengast alles zunichte, was Kuno Aba aufgebaut hat. Dragoman verspottet das düstere Pathos, das jemandem, der von weit her kommt, ein bißchen starr zu sein scheint, dem Nachbarn gegenüber jedoch notwendig. Auch eine Ehefrau beachtet jemanden, den sie unbekleidet sieht, anders, als die Masse, die ihn nur bis zum Hals zugeknöpft zu Gesicht bekommt.

Der gebügelte Hemdkragen, die konzentrierte und objektive Redeweise sowie die Entlassungsformel, die mit *also dann* begann, errichteten zwischen Kuno Aba und seinen Nächsten eine derartige Trennwand, daß sie seine Autorität in höheren Gefilden ansiedelten. Und obwohl er sich fast jedem gegenüber herzlich gab, hatten die Menschen dennoch Angst vor ihm und wagten nicht, ihm ihre schwachen Seiten zu offenbaren. Sie spürten, was Kuno Aba von ihnen erwartete, und boten ihm ein Rollenspiel, bestärkten ihn in seinem Weltverständnis, das einem jeden seinen Platz zuwies, entsprechend einer abgestuften Rangordnung.

Das Werk war bereits fertig, das Aba-Porträt, das sich tief in die Erinnerung der Kandorianer eingraben sollte. Die Schar der Anhänger innerhalb und außerhalb der Stadt vermehrte sich, unter den Quantitätsmenschen leuchteten seine Auserwählten, die Qualitätskandorianer, geistige Macht und Administration hatten sich wiedergefunden, die Fabrikanten gaben zu Ehren des Rektors ein großes Abendessen. Die Mehrheit der an Kuno Abas Worten interessierten Journalisten wurde vom Sekretär abgewiesen, doch unter raffinierten Erwägungen gab er einigen Termine. Die Kulturwoche der Stadt wurde von Kuno Aba eröffnet, und es war natürlich, daß er die Laudatio auf die Preisträger der Stadt hielt, und dann bekam dieser großherzige Mensch von jenem Rüpel einen Tiefschlag versetzt, na ja, nicht mit der Faust, sondern mit Worten. Verdient so jemand etwa nicht eine Ohrfeige?

Dragoman kann den Gedanken nicht loswerden, daß er sich nicht hätte wehren dürfen, daß er auch die andere Wange hätte hinhalten müssen. Hätte sich Kuno mit der einen Ohrfeige zufriedengegeben, würde Dragoman vielleicht gar nicht reagiert haben, doch als jener sich zur zweiten anschickte, bekam dieser ihn am Handgelenk zu packen und zerrte ihn tatsächlich ein bißchen, um ihn zu sich heranzuziehen, damit eine Schlägerei beginnen könne, dann aber verscheuchte er diesen Gedanken und stieß Kuno von sich, nur um dieser Ohrfeigennähe ein Ende zu bereiten, um zwischen den Körpern den gebührenden Abstand herzustellen.

Ein purer Zufall, daß Kuno Aba das Gleichgewicht verlor, was bei einem so durchtrainierten Körper einer besonderen Erklärung bedarf, und hinfiel, und zwar ausgerechnet in Richtung der Bank, so daß er sich den Schädel an einer ungünstigen Stelle verletzte, an der Ecke eines gespaltenen Akazienbalkens, und daran unerwartet verschied. Hatte ihn etwa ein Herzschlag dahingerafft? Doch selbst dann hätte Dragoman daran seinen Anteil. Kuno befand sich in einer empfindlichen Lage, wer große Dinge sagt, ist leicht verwundbar.

Dragoman wurde einer überraschenden Erregung bei Kuno gewahr, die vielleicht auf die Kameras zurückzuführen war. Wie er gesehen wurde, das galt diesem Menschen außerordentlich viel, doch nur deshalb, um sein Werk beenden zu können. Selbst das Schminken im Fernsehen war für Kuno Aba ein Dienst. Entenbraten aß Kuno Aba deshalb, um Kraft dafür zu haben, seinen Plan für eine Restauration der mitteleuropäischen Monarchie unter Dach und Fach zu bringen. Der arme Kerl, Entenbraten wird er nie mehr essen.

An der Seite seiner jungen Frau könnte er sich in der Mittelloge der allgemeinen Verehrung sonnen, das Publikum würde sich von den Sitzen erheben und applaudieren. In ganz Kandor würde es nicht einmal ein Straßenkind geben, das ihn nicht kennte.

Vergebens spottest du, er ist hingeschlagen und wird sich nie mehr erheben. Auge um Auge? Und du stehst einfach nur so auf? Nur um etwas zu trinken? Und das soll eine Rechtfertigung sein? Neben ihn müßtest du dich legen. Selbst wenn es tatsächlich ein Zufall gewesen sein sollte, so ist es dennoch dein Zufall. Ob es Kuno beruhigen würde, wenn mich jemand anderer aufs Kreuz legte?

Vielleicht seine Frau, vielleicht im Ehebett. Aus seinen

Lenden steigt auf das vergnügte Sakrileg, in seinen Armen spürt er die Rückenmuskeln der Witwe, und seine Finger wollen auf ihrem Bauch patrouillieren. Der unreife alte Herr, das Gesicht im Kissen verbergend, grübelt darüber nach, ob auch ihre Unterwäsche Trauerfarbe trage. Vieles kann er sich vorstellen, genug aber nicht. Abstoßend das Begehren, das ihm die Nasenflügel weitet. Warum beschäftigen ihn eher der Schenkelansatz und das Steißbein, wenn er doch eigentlich trauern müßte? Du mußt dich selbst bestrafen. Überlaß das nicht Herrn Barnag. Bitte deine Freunde nicht um Rat. Du fällst das Urteil. Leben oder Tod? Blitzschlag, Scheintod, Erneuerung.

Verlangsamte Flucht

Was würdest du tun nach zwei überstandenen Morden? Hinuntergehen auf den Platz, einen Spaziergang unternehmen, in einer Kneipe auftauchen, und alles vielleicht zum letzten Mal sehen, weil dich an der Hotelrezeption eine Nachricht von Herrn Barnag erwartet, der es in die Hand genommen hat, die zusammengehörenden Fäden zu entwirren, und der die Untersuchung gegen dich persönlich führt. In einem akribisch formulierten Telefax bittet er dich, ihn nachmittags um drei, heute, am Sonnabend, in seinem Büro aufzusuchen. Gerade jetzt, da du deine Tochter, deinen Enkel und deine Freunde auf dem Alten Berg besuchen wolltest, da heute im Tal der Gnade das Winzerfest stattfindet und weiter oben, auf dem bewaldeten Bagóhügel, die Zigeunerkirmes.

In der Talsenke, im Amphitheater, vierundzwanzig Stunden währende Predigten, Heerschau wechselnder Pfarrer aus der Region. Es hat den Anschein, daß es dort interessanter sein könnte als bei Herrn Barnag. Du hast einen Menschen von dir gestoßen, der dich zuvor geohrfeigt hat. Das hätte sich niemand gefallen lassen. Daß er daraufhin stirbt, ist schon seine Sache. Seinen Tod hast du nicht gewollt. Unterhalten wolltest du dich mit ihm. Es trifft zwar zu, daß du beobachtet hast, wie er aus sich ein Symbol macht. Denn Kuno war schon nicht ganz er selbst, sondern etwas mehr als ein Politiker. Er, der an der Macht befindliche Seher, der, während er dir zuzwinkert, sich selbst verspottet und im nächsten Moment wieder befehlender Visionär ist, der auch darauf achtet, daß ihm der ganze Troß folgt und dazu auch durchtrainierte junge Leute gehören. »Auf das Reich!« sagen sie und stoßen mit den Gläsern an. Und was klein ist, soll groß werden.

Ist es tatsächlich so schlecht, klein zu sein? Wie viele winzige Erdenbürger hast du geherzt! Vor wem man keine Angst hat, den liebt man. Wenn jemand lernen will, was Souveränität bedeutet, dann soll er zu Habakuk in die Schule gehen. Nun ja, was Kuno Aba sagte, hat auch dir gefallen, zumindest war er nicht kleinlich, ein Schmock war er, aber ein generöser. In keiner Periode seines Lebens duldete er Mitarbeiter um sich, die Söckchen trugen und im Sommer Sandalen. Wenn jemand nicht ordentlich sitzen, essen, in Fremdsprachen antworten kann, der darf sich keine Hoffnung auf Einlaß in Kuno Abas Schule machen. Nicht als würden Söckchenlänge und Generosität unmittelbar zusammenhängen.

Oftmals kam in seinem Wörterbuch und in seiner Umgebung das Etikett des kreativen Neokonservativismus vor. Den Begriff der geistigen Gentry liebte er. Man muß nicht dazu geboren werden, muß aber wissen, daß wir, von etwas Kleinem kommend, Großes vertreten. Wir kommen aus unseren kleinen Gegenden, repräsentieren aber das Reich, dessen Adler und Drachen mehrköpfig sind. Statt engstirniger Streitigkeiten stellen wir durch Erneuerung eines großangelegten Experiments wieder her, was jahrhundertelang funktioniert hat. Wir schaffen und rekonstruieren einen weltweit bedeutenden Originalzustand, der über eine lange historische Periode hinweg unser normaler Existenzrahmen gewesen ist. Und mit Kandor als provisorischer Hauptstadt, dieser einstigen Krönungsstadt, hielt Kuno Aba vorerst die geistige und dann schließlich auch die institutionelle Monarchie, einstweilen mit einem leeren Thron, für wiederherstellbar. Für einige repräsentative Veranstaltungen hatte er Geld besorgt.

Kuno Abas Größenwahn hätte in Kandor weitere Spektakel nach sich ziehen können. Der Schurke Tombor wußte sehr wohl, wozu er Kuno Aba brauchte, denn der brachte ihm die alten namhaften Familien und zu den Kandorer

Festspielen natürlich auch das Zusammenströmen der Snobs. Tombor, die Stadt, kann jeden gebrauchen, der einen Troß nach sich zieht.

Gerade diese *Balance* gefiel Dragoman, dieses präsidiale Spiel der rechten und der linken Hand Tombors von der Mitte aus, denn die Mitte ist es, die sich in alle Richtungen ausbreiten muß, selbstverständlich unter Berücksichtigung der Qualität. Zumindest im qualitativen Sinn erklärte Kuno Aba die Monarchie für wiederhergestellt. Die quantitative Restauration würde später kommen. Für die qualitative genügte es, wenn er mit sich selbst einverstanden war und vielleicht auch Sandra, die abends nach elf bereits immer seltener und verschwommener Zustimmung verlauten ließ, während Kuno Aba auf und ab ging und redete. Manchmal sprang er auch auf einen Stuhl, doch meist durchmaß er ausdrucksvoll gestikulierend das Zimmer. Scheußliche und unglaubliche Töne stieß er aus, wenn er von Leuten sprach, die er nicht leiden mochte.

Auf dem Pfad, der den Berg hinaufführt, nicht weit von ihrem Zimmer entfernt, konntest du von alldem Zeuge sein. Von hier drangen bedeutende Gedanken nach draußen, ein ununterbrochener Redefluß, daß beim Vorübergehenden der Eindruck entstehen konnte, eine große Gesellschaft habe sich versammelt, um dem Rektor zuzuhören. Der tatsächliche Sachverhalt allerdings gefiel Dragoman besser, daß nämlich diese mit verschwenderischer Schläue in juristische Details gehende Phantasmagorie, die durchaus der Realität entsprechen könnte, nur tat sie dies eben nicht und würde es auch nicht tun, daß all dies lediglich ein Werben um Sandra war, die den ganzen Tag neben dem Bürgermeister hart gearbeitet hatte und glücklich war, endlich unter der Bettdecke zu liegen, den einen Fuß am anderen zu reiben, sich auszustrecken, die Glieder spreizen und sich schließlich zusammenrollen zu können.

Kuno Abas Bariton hörte sich allmählich an wie das

Summen im Bienenkorb, und wenn er davon sprach, das Reich zu erbauen, dann war das zum Verwechseln ähnlich mit dem Begriff Vertrauen. Sandra tat es wohl, wem alles Kuno im Reich eine würdige Behandlung garantierte, doch jetzt sollte er erst einmal kommen, weil er sie sonst wecken würde, wenn er sich unter der großen gemeinsamen Bettdecke, die seinem entschiedenen Wunsch gemäß genäht worden war, vielleicht als Kompensation dafür, daß er so viele Jahre lang im Alkoven neben seinem Arbeitszimmer allein geschlafen hatte, an sie schmiegte.

Jetzt könnte er in jener Kneipe einkehren, in der einmal mitten im Raum ein Mensch kniete und mit der Faust auf den Boden schlug, während er ausrief: »Ich bin schuldig, ich bin schuldig!« Das war lange her, jener Mensch trug an seinem Körper das SS-Zeichen. »Herr, mein Gott, ich bin schuldig! Wenn du mir jetzt jemanden schickst, der mich niederschlagen will, werde ich mich nicht wehren.«

Dragoman geht am Schaufenster eines Süßwarengeschäfts vorbei, bleibt stehen und betrachtet die Hörnchen und Herzchen, schließlich fesselt die Auslage eines Ladens seine Aufmerksamkeit, in der Weinflaschen und Käse zu sehen sind. Für einen Moment setzt er sich auf eine Bank am Spielplatz und steckt sich eine Pfeife an; hier führte ihm im allgemeinen Habakuk vor, wie er die eine Stange hinaufklettern und die andere hinunterrutschen kann, wie er in den verschiedensten Körperhaltungen schaukeln und wie er lauter Dinge tun kann, die bei seinem Großvater ständiges Erstaunen auslösen.

Dragoman kann nicht widerstehen, das Schaufenster, in dem Jagdausrüstungen ausgestellt sind, sorgfältig zu inspizieren. Es könnte ihm auch in den Sinn kommen, daß er jetzt schon zu Herrn Barnag gehen müßte, um sich eingehend vernehmen zu lassen, damit eventuelle Mißverständnisse beseitigt werden und er den ganzen Unsinn hinter sich bringt, das wäre das einzig vernünftige Verhalten, hingehen, alles genau so erzählen, wie es gewesen ist, seine Unschuld ist eindeutig, was sonst hätte er sich schließlich von einem Rechtsstaat zu erhoffen, als daß die Einleitung eines Strafprozesses gegen ihn ein Ding der Unmöglichkeit ist. Er betrachtet jene kleine Feldflasche, die seit Tagen seine Phantasie beschäftigt, wenn er darein, sagen wir, in Kneipen eine erträgliche Alkoholmarke einfüllen ließe, dann hätte das einen Sinn.

Was Dragoman dem HERRN beichtet, geht die Behörden nichts an. Die Geschichte, die Kuno mit großer Sorgfalt erdichtet hatte, war brüchig, ein Unfall, daß sie an Dragoman zerbrochen ist, was sich auch so formulieren ließe, daß Dragoman sie gebrochen hat. Wenn es dafür eine passende kultische Stimmung gibt, dann wäre Kuno Aba ein Christus und Dragoman ein Antichrist. Eine gutgekleidete ältere Dame, an der Seite ihres Mannes schreitend, erschaudert, als sie Dragoman erblickt, und sagt: »Pfui!« Ihm gegenüber bleibt ein alter Mann in Kniehosen stehen und erkundigt sich: »Schämen Sie sich nicht?« Dragoman weicht ihm aus und geht weiter.

Er setzt sich ins Tango, Petra grüßt ihn zurückhaltender als gewohnt, Debora sieht ihn und errötet. Er bekommt den Kaffee, den Kognak und das Mineralwasser, dann stellt Petra oder Debora den Fernseher an und dreht ihn zu den Gästen, außer Dragoman sitzen jetzt nur ein Sprachlehrer mit seinem Schüler und ein kahlköpfiger junger Mann, der auf den Tasten seines tragbaren Computers klimpert, in dem Raum.

Im Fernsehen werden Nahaufnahmen von den Begleitumständen gezeigt, unter denen der Rektor zu Tode gekommen ist. Dank einem Kameramann war es den Fernsehleuten gelungen, an die Videoaufnahmen der im Garten des Bürgermeisters veranstalteten Party heranzukommen, und so hat es sich ergeben, daß auch jene Szene, in der die tätliche Auseinandersetzung zwischen dem Rektor Kuno Aba und Professor János Dragoman festgehalten wird, aus mehreren Blickwinkeln abgespult werden könnte.

Da ist zweifellos die Ohrfeige, Dragomans Gesicht nimmt harte Züge an, ist reglos, Kuno Aba könnte die Sache für unerledigt halten, letztendlich geht es um seine Ehre, vielleicht will er den Schlag wiederholen, und da bekommt ihn Professor Dragoman am Handgelenk zu pakken, mit einer Schnelligkeit, die einen geübten Schläger verrät, er tritt ein wenig zurück und zerrt den Arm mit, vielleicht weicht er zurück, weil gerade das seine Absicht gewesen ist oder aber weil er das Gleichgewicht verloren hat, und den Arm des Rektors streckend, stößt er ihn plötzlich mit derartiger Kraft von sich, daß Kuno Aba rückwärts taumelt und schließlich nach einigen Schritten stürzt und sich im Fall an der Akazienbank den Schädel einschlägt.

Es zeuge von theatralischer Begabung und Selbstdisziplin, so der Moderator salbungsvoll, daß der Professor sich als erster neben den Korpus, und hier überschlägt sich die Stimme leicht, er wolle sagen, neben den Rektor auf die Erde kniee und mit beiden Händen dessen Gesicht anfasse, seinen Vornamen rufe, ihm dann den Puls fühle und mit dem Kopf auf dessen Brust zu hören versuche, ob das Herz noch schlage.

Zu dem Zeitpunkt kniete auch Sandra schon neben ihm. Es ist zu vernehmen, daß Dragoman Sandra auffordert, ihrem Mann die Augen zu schließen. Und wie zu sehen ist, kommt Sandra dem nach.

So müsse man das machen, sagt der Moderator bitter und schmerzerfüllt, und im Anschluß daran setzt er seinen Bericht trocken fort, die Untersuchung sowie die Analyse des Bildmaterials und der Zeugenaussagen dauerten noch an.

»Was haben Sie schon wieder angestellt, Herr Professor!« entfährt es Petra. »Sie wissen nicht, mit wem Sie sich angelegt haben. Sie dürfen nicht hier bleiben, die machen Sie fertig. Um Himmels willen, Herr Professor, verlassen Sie Kandor, gehen Sie möglichst weit weg, ich werde auskundschaften, wie es um die Stimmung gegen Sie bestellt ist, und wenn die Luft wieder rein ist, informiere ich Sie, doch jetzt will man Sie dingfest machen. Sie sind allzu sehr erhoben worden, nun werden Sie niedergemacht, Sie haben etwas bekommen, jetzt wird es Ihnen genommen. Die bringen die Sache auf ihre Weise in Ordnung. Der Gorilla hat Sie nicht gefunden? Den ganzen Vormittag hat er hier mit süßsaurer Miene gesessen, sicher hat er auf den Herrn Professor gewartet. Wissen Sie, was Sie denen zeigen sollten, Meister, genau, den Bürzel.«

Daß sie ihn nach Kandor eingeladen haben, ist sozusagen ein Zufall, daß Dragoman Vater und Großvater geworden ist, ist sozusagen ein Zufall, daß ein verrückter junger Mann vom Balkon springt, ist sozusagen ein Zufall, und daß ein Wort dem anderen folgte und Kuno Aba dabei zu Tode gekommen ist, auch das ist sozusagen ein Zufall.

Auf seine ungarische Staatsbürgerschaft hatte Dragoman nicht verzichten wollen; so ist ein ungarisches Gericht zuständig, denn der Fall ist hier passiert. Die Bürgschaft des Bürgermeisters hatte genügt, um eine Verhaftung zu vermeiden, doch der Vorgang wird untersucht. Herr Barnag hat den Bereich festgelegt, in dem Dragoman sich aufhalten darf, dank dem Polizeipräsidenten gehören Balatonófalu und der Alte Berg dazu. Die Kirmes im Tal der Gnade jedoch liegt außerhalb. Auf dem Flur sitzt ständig einer von Herrn Barnags Leuten, der ihn beobachtet, fotografiert und über Funktelefon von allem Meldung erstattet. Vorläufig fällt Dragoman nichts Besseres ein, als im Hotel zu bleiben; hier wird er beschützt, zugleich aber kann er zwecks Verhör eines Besuches gewärtig sein. Der ihm entgegenkommende Swetosar erklärt brummend, so leise er kann: »Kratzen wir die Kurve, Meister!«

Dragoman indes will den Kelch des Sonnabends bis zum letzten Tropfen leeren. Herr Barnag steht an der Rezeption und fragt an, ob er hinaufkommen dürfe. Eine gute Weile glaubt Dragoman, es handle sich um eine pure Formalität, denn was könnte Herr Barnag von ihm wollen? Unangenehmere Vorstellungen weist er von sich, doch dann steigt in ihm eine Ahnung auf, daß verschiedene Kräfte daran interessiert sein könnten, ihn einzubuchten, wodurch er freilich vor professionellen Killern geschützt wäre.

Zuerst hieß es, ob der Herr Professor Dragoman nicht den Herrn Polizeipräsidenten Barnag in seiner Suite empfangen könne. Herr Barnag bat Dragoman, der nur auf einige Fragen geantwortet und sich nicht zu aufschlußreichen Erklärungen bereit gefunden hatte, nachmittags um drei in sein Büro zu kommen, dort könne er seine Erklärung einer ausgezeichneten Stenotypistin diktieren, Herr Barnag vermied absichtlich das Wort Aussage.

Wenn er den Beschuldigten so recht betrachtet, setzt sich auch in Herrn Barnags Herzen ein tiefer Argwohn gegen Dragoman fest. Im übrigen ist er sich dessen sicher, daß sich der Freund des Bürgermeisters, der Ehrendoktor der Universität, nicht wie ein kleiner Verbrecher aus dem Staub machen wird, er will sich reinwaschen. Professor Dragoman ist die Geisel der Ehre, was Herrn Barnag mit einiger Genugtuung erfüllt.

Dragoman seinerseits verspürt keinerlei Lust, Herrn Barnag nachmittags um drei aufzusuchen, der ihn unter Umständen in Polizeigewahrsam nehmen könnte. Lieber würde er eine Mönchskutte oder eine Pilotenuniform anziehen und sich von einem Taxi zur Kirmes fahren lassen, sich dort unter die Leute mischen und durch die hintere Gartenpforte zu Kobra schleichen, der unweit vom Tal der Gnade wohnt.

Es werden viele da sein, alles, was Beine hat, wird von Budapest und vom Ausland dort auftauchen, von der heiligen Quelle erwartet man Wunder, das Wasser der Fruchtbarkeit fließt unterhalb der Steinuhr, von hier schwärmen die Pärchen zu den Lichtungen aus, in die Waldhütten, und hier lebt der Eremit, der sterile Frauen mit Hilfe des heiligen Wassers befruchtet hat. In Gedanken verirrt sich Dragoman in eine Gasse, wird von unzähligen Katzen umringt, Bettler bestürmen ihn, Zigeunerkinder zerren an seiner Jacke.

Nur keine Paranoia, analysieren wir die Lage mit möglichst kühlem Kopf, und überlassen wir uns der Kontemplation, zu diesem Behufe wäre ein Spaziergang geboten. Der Mensch des Ostens sitzt, um zu meditieren, laut Dragoman geht der Europäer umher, geht spazieren, flaniert, bummelt, unternimmt Ausflüge, benutzt seinen Körper, wenn er meditiert, setzt sich vielerlei Visionen aus, und auf Veränderungen veränderlich reagierend, bewahrt er sein ständiges Selbst. Das Auto freilich kann kein Ersatz für die Füße sein, selbst das Fahrrad nicht, und auch der Dauerlauf kann nicht zur Kategorie des Gehens gerechnet werden. Bei alldem liegt die Betonung auf dem Fahrzeug, auch wenn während des Dauerlaufs das Vehikel unser eigener Körper ist.

Da ist schon eher der Reisende fähig zu meditieren, er ist mit dem, was technisch mit der Erreichung des Ziels verbunden ist, nicht befaßt. Wo könnte Dragoman ungenierter dösen als im Zug oder Flugzeug? Schon allein deshalb, weil ihn das Fahrzeug zu nichts verpflichtet, sobald er es verläßt, hat er damit nichts mehr zu tun. Auch jetzt könnte er Kandor verlassen, das Land, ohne viel Aufhebens, mit einer gültigen Kreditkarte und jener schwarzen Ledertasche, die ihn immer begleitet und in der sich neben Dingen, die mit Lettern zusammenhängen, zwei Garnituren Unterwäsche und Waschzeug befinden.

Schön und gut, daß ihm der Mann der Firma Darnok auf den Fersen ist, die Firma ist ihm gleichgültig, doch Swetosar müßte er irgendwie verständigen. Ins Hotel geht Dragoman nicht zurück, um ihm an der Rezeption eine Nachricht zu hinterlassen, doch vermutlich wird er ins Tango gehen, und dann soll ihm Petra ausrichten, daß er ihn bei Herrn Kobra suchen solle. Das solle er wegstecken, sagt Petra, ihre Adresse und private Telefonnummer, falls er sich irgendwann einmal in der Stadt Kandor obdachlos fühle.

Am vernünftigsten ist es in einem solchen Moment, sich durch nichts stören zu lassen und die sonstigen Gewohnheiten nicht aufzugeben. Drehen wir also eine Runde auf dem Platz der Auferstehung, bieten uns dem Publikum als Zielscheibe dar, und nehmen wir schlendernd wahr, was um uns her vor sich geht. Worte nehmen wir nicht zur Kenntnis, auf Schläge werden Schläge die Antwort sein. Es wäre zu untersuchen, ob sich die Atmosphäre des Platzes, auf dem er noch gestern vormittag von vielen freundlich gegrüßt und nur von wenigen böse angeguckt worden ist, verändert hat. Dragoman ist ein Anhänger der partizipierenden Observation, so sind auch seine Reportagen entstanden, ohne das provokative Element werden die Zusammenhänge nicht sichtbar. Auf dem Platz und in den umliegenden Straßen, am Seeufer und auf dem Markt setzt er ein Bein vors andere, geht in mehrere Kneipen, und wenn er diesen Rundgang tapfer hinter sich gebracht, wenn er alle glauben gemacht haben wird, daß ein solcher Spaziergang das natürlichste der Welt sei, heute ebenso wie gestern, dann kann er einen Autobus besteigen, um zu Kobra, dem Kamel, dem Pferd, dem Büffel, zu fahren, denn ohne eine Abschiedsparty mit der Familie und den Freunden kann er Kandor nicht verlassen.

Doch verheimlichen wir nicht, daß Dragoman auch andere Ideen hat, die den vorangegangenen gewissermaßen diametral entgegengesetzt sind und der früheren stoischen Formel gleichkommen. Unterwegs kommt er an einem Kostümverleih vorbei. Haben sie eine Pilotenuniform? Er leiht sich eine aus, zahlt eine gehörige Summe als Pfand, legt die Uniform nicht mehr ab, stopft die Zivilsachen in die zu ihm gehörende schwarze Tasche. Letztendlich besitzt er einen Pilotenschein, den Steuerknüppel eines Flugzeugs hat er schon betätigt, im Tiefflug und nachts, als er für zweifelhafte afrikanische und nahöstliche Firmen gearbeitet hat. Dem Piloten salutiert man, Schirmmütze und Sonnenbrille sind eine leidliche Verkleidung. Ein Instinkt suggeriert Dragoman, um jeden Preis von hier zu verschwinden, selbst wenn eine internationale Fahndung gegen ihn ausgeschrieben werden sollte! Aus den Verflechtungen dieser von Freundschaften und Leidenschaften geprägten Stadt will er sich befreien, es würde ihn beruhigen, wenn in seiner Sache, wenn es denn überhaupt eine Sache gibt, transkandorianische Foren entschieden.

In der Pilotenuniform wird er morgen früh in Gesellschaft Swetosars die Grenze überschreiten, sagen wir in Richtung Graz und Venedig; sein Weg würde ihn auf einem Schiff nach Zypern führen; oder er würde in Venedig bleiben, zum Fenster hinaussehen, das zum Canale Grande geht, und draußen würden die Meereswellen in einer Höhe mit dem Fußbodenniveau seines Zimmers plätschern, in dem ein riesengroßer Schrank eine Tür zu einem anderen Raum verberge, wo ihm ein hübscher kleiner Damenschreibtisch zur Verfügung stünde. In der Gaststätte an der Ecke und in dem Café würde er die besten Erfahrungen machen, was ihm also das Hotel zur Krone bietet, das könnte er auch dort finden.

Immer, wenn Dragoman Wurzeln schlagen will, macht

ihn dies ganz krank. Auch als Pilot hatte er sich deshalb verdingt, weil es ihm ein Gefühl der Süße und Leichtigkeit vermittelte, in einer einmotorigen Maschine im Tiefflug die Grenzen zu überfliegen. Anno dazumal, 1967, war er bei Triest vom Sozialismus zum Kapitalismus hinübergeschwommen. Das Land hatte er damals nicht deshalb verlassen, weil er Amerikaner oder Schwede, Franzose oder Israeli sein wollte. Neugier und Treue liefern sich in seiner Seele unaufhörlich Duelle. Die Frage danach, wer und was er sei, zeugt von Trägheit und Selbstgefälligkeit. Selbstverständlich ist er die Summe dessen, was er gelernt hat, Dragoman ist identisch mit seinem ganzen Erinnerungsballast, mit all jenen Menschen, mit denen er zu tun gehabt hat, mit jenen Maulwurfgängen, in denen ihm der Augenblick als Ewigkeit erschien.

Plötzlich taucht neben ihm ein Taxi auf, der Chauffeur lehnt sich zum Fenster heraus: »Taxi?« Ja, Dragoman könnte einen Wagen gebrauchen, das um so mehr, als der Chauffeur niemand anderer ist als Swetosar, der die hintere rechte Tür öffnet, weil es ihm nicht einmal im Traum einfallen würde, daß der Fahrgast vorn, neben ihm, Platz nehmen könnte. »Die Pilotenuniform steht Ihnen gut. Ich habe verschiedene Priestergewänder mitgebracht, doch auch einen Burnus, der eines Scheichs würdig wäre, und natürlich Schminktöpfe und Bartkrepp. Wenn Professor Dragoman den Wunsch haben sollte, kann er sich in jeder Toilette am Wegesrand einer Wandlung unterziehen. Sorgen um Sie, mein Herr, mache ich mir nicht, Ihr Benehmen wird der Kleidung angemessen sein. Im übrigen, wenn ich mich erdreisten darf, Ihnen einen Rat zu geben, lassen Sie sich von nichts hinreißen. Gefahrenzone: die energische Witwe. Wohin also soll die Fahrt vorerst gehen?«

»Zu Herrn Kobra, seien Sie so nett. Und ich würde mich freuen, wenn Sie meine Tochter Olga und meinen Enkel

Habakuk dorthin bringen könnten, des weiteren Melinda und ihren Mann, den Herrn Bürgermeister. Wie Sie das bewerkstelligen, überlasse ich Ihnen. Habakuk hält Sie ohnehin für einen Dschinn, er hat mich schon gefragt, ob Sie auch fliegen können.«

»Herr Habakuk wird noch mit mir fliegen.«

»Das ist eine hübsche kleine Gaststätte«, sagt Swetosar an einer Ecke. »Die Chefin spielt Gusla.«

»Haben Sie von zu Hause Nachrichten bekommen, Swetosar?«

»Die sind alle verrückt. Sie lassen einige Dummheiten vom Stapel, es ist immer wieder dasselbe, und spielen mit ihren Flinten.«

»Ćevapčići haben Sie in dieser hübschen kleinen Gaststätte gegessen, Swetosar?«

»Rasglednići, mein Herr.«

»Ich hoffe, Sie haben kandorianischen Rotwein dazu getrunken.«

»Ihre Hoffnung, mein Herr, hat sich erfüllt.«

»Und das, Swetosar, wäre alles gewesen?«

»Mein Herr, Sie haben an meine schwache Seite gerührt. Am Nachbartisch wurde gegrillter Zander serviert, Kopf und Schwanz kringelten sich so lieblich, daß auch ich, obschon mich gegen die richtige Reihenfolge versündigend, einen solchen bestellte.«

»Das Leben ist schwer, Swetosar.«

»Nur die Wampe, nur die Wampe ist schwer, mein Herr, wenn wir zuviel gegessen haben. Das Sein ist unerträglich leicht, wie jener slawische Bruder, jener Milan, sagt.«

Es ist kühl geworden, über Kobras Kopf stampften Kinderfüße, patsch-patsch, ruft derjenige, der die anderen nicht *gesucht*, sondern in dieser Gegend *ausbaldowert* hat. Auch Döme übernahm innerhalb von drei Tagen jenen frechen bäuerlich-zigeunerischen Sprachgebrauch, dessen er sich im Umgang mit den hiesigen Kindern befleißigt. Plötzlich stieß etwas ans Fenster, und in voller Lebensgröße erschien János Dragoman mit einer blauen Schirmmütze auf dem Kopf.

»Na, was ist los, bist du Schaffner geworden?«

»Was Neues?« fragt Dragoman, weil er neben dem Drucker irgendeinen neuen Stapel entdeckt.

»Sachen aus der Kindheit.«

»Es ist nicht auszuschließen, daß ich in Ihnen, Kobra, den stoffligen Dörfler für etwas Besonderes gehalten habe. Ihren niedrigen Puls, die Frequenz, die geringe Geschwindigkeit in allem. Daß Sie im Vergleich zu mir, einem vibrierenden Kandorianer, so gemütlich sind. Eines ist sicher, wenn wir im Kindergarten, ein Leinenbeutelchen Bohnen auf dem Kopf, um einen Stuhl herum einen Wettlauf hätten austragen müssen, wären Sie, Kobra, von mir kichernd und haushoch geschlagen worden, sicher ist aber auch, daß die Bohnen von Ihrem Kopf nicht heruntergefallen wären, ob ich sie unbeanstandet ins Ziel gebracht haben würde, ist allerdings nicht so sicher. Nachdem der Gravitation eine entsprechende Bahn eröffnet worden ist, bitte ich dich, mir auf zwei Fragen deine Antwort zu erläutern. Die erste: Bin ich schuldig? Die zweite: Soll ich abhauen? Es sei hinzugefügt, daß mir der Flüchtige meist sympathisch ist, selbst wenn es rechtschaffene Verfolger gibt.«

Swetosar winkte draußen am Fenster und gab zu verstehen, daß er noch Gäste bringen und Dragoman um Mitternacht abholen würde. Kobra nahm das zur Kenntnis, Swetosar verschwand.

»Jedenfalls wirst du mit uns zu Abend essen.« In Kobras Zimmer setzte sich Dragoman in den größeren Korbsessel, zu dem seine langen Beine besser passen als die gedrungene Gestalt des Hausherrn. Gelegentlich wendete er sich nach rechts und betrachtete die Frottage des Meisters György Jovánovics, eine Stadt in der Draufsicht oder ein Männerprofil, glühende Stirn, hinter Gitter. Dann faßte er die gegenüberliegende Zimmerecke ins Auge und sagte, daß sie wenigstens zehn Meter von ihm entfernt sei, daß Kobra mit anderen Worten nach Lust und Laune in diesem großen Zimmer umherspazieren könne, in dem sich einst eine Kneipe befunden habe, und jetzt trinke er dort den Wein und den Schnaps der Nachbarn. Das könne schon als Raumusurpation bezeichnet werden. Und außerdem sei dort der Garten, in dem er sich frei und fern von neugierigen Blicken bewegen könne, hinter einem Zaun, in sozusagen ungestörtem Alleinsein, doch der Berg und die Wiese jenseits des Grundstücks seien nun wirklich schon ein unzulässiges Privileg. Dragoman meint, das Maß sei voll! Kobra solle ihm das Haus abtreten, zu lange sei er der Nutznießer gewesen, jetzt komme Dragoman an die Reihe. Wenn das Zimmer ihm gehörte, würde vielleicht auch er auf einem Fleck sitzen bleiben und als Herr auf einem Landsitz Wörter aneinanderreihen oder Erbsen auslösen. Jetzt, lieber Kobra, seien Sie doch so nett, sich morgen mit einem Koffer in der Hand zu entfernen. Dragoman werde im Namen der göttlichen Gerechtigkeit einziehen. Es verstünde sich von selbst, daß er Regina, die verehrte Gemahlin, sowie die Söhne Zsiga und Döme zurücklassen müsse, weiterhin auch die erwachsenen Kinder, denn die gehörten ebenfalls zum Haus, alle und alles solle er gefälligst ihm anvertrauen, er brauche die ganze Mischpoche, sogar auf Kobras alte Mutter und sämtliche Freunde erhebe Dragoman Anspruch. Dragoman will sich an den Schreibtisch des Hausherrn setzen, und er möchte die Füllfederhalter ausprobieren, die verschiedenen Papiersorten, die Dosen öffnen, die Götzen betasten, die Pfeifen schmauchen und mit dem Filzstift auf dem Briefpapier einer finnischen Bank schön geschwungene Buchstaben formen. So ein unverschämter Kerl, er braucht alles! Nimm Dragoman auf, und er vertreibt dich aus dem Haus. Kobras Schnaps gefällt ihm, doch mit seinem Wein ist er nie zufrieden, immer sagt er etwas fachlich Vernichtendes. Also, ob er schuldig sei?

»Du hättest ihn schlagen lassen können.«

»Das hättest du getan?«

»Nein.«

»Trotzdem bin ich schuldig?«

»Ja.«

»Weil die Schuld ein Unfall wäre?«

»In den meisten Fällen. Sie stürzt sich auf dich wie ein Baum am Straßenrand.«

»Warum aber diese Serie?«

»Nun ja, das ist die Frage. Eine Warnung. Wenn du heute nacht aus dem Land verschwindest, wirst du morgen Glück haben.«

»Kann ich zurückkommen?«

»Das würde ich nicht empfehlen. Du und Kandor, ihr seid miteinander nicht zu vereinbaren. Du haßt Therapeutenmanieren. Im übrigen verstehe ich nicht, wie dich deine New Yorker Studenten ertragen, ich habe sie ziemlich positiv in Erinnerung.«

»Ich bin positiver als sie alle, denn für den Wandel, für die Launen des Schicksals danke ich dem HERRN ebenso wie für die Beständigkeit. In Amerika besaß ich zusammen mit Laura ein altes Holzhaus, am anderen Ende des Gartens floß ein Bach, in einem Kahn konnte ich mich aus dem Staub machen, wenn ein langweiliger Gast eintraf. Durch ein Fernglas beobachtete ich die Vögel, und natürlich hatte ich eine Federsammlung und ein kleines Vogelstimmenschallarchiv. Verbrannt auch das. Ein Unfall. Auch der Selbstmord meiner Mutter und Lauras. Und nachdem mir ein Enkel geschenkt worden ist, muß ich verschwinden. Zu viel des zu erwartenden Unerwarteten. Sie, Kobra, halten Sie es nicht für unerträglich, derart berechenbar zu sein?« Die meisten Beleidigungen, die blutig vergolten werden, entstehen aus einer Flut von Worten. Um weniger Probleme auf der Erde zu haben, würde es genügen, den Mund nicht aufzumachen, nicht eitel zu sein, nicht geistreich zu tun, nicht zu lärmen, nicht durch Worte die Oberhand zu gewinnen, statt dessen mehr Zeit stummem Nichtstun und der eigenen Zurücknahme zu widmen sowie einer Sensibilisierung dafür, wann es der Worte bedarf und wann nicht.

Für Dragoman besteht die Welt aus lauter verlockenden oder herausfordernden Rätseln. Den lieben langen Tag sitzt er in der Geisterbahn. Er trägt ein Gesicht in sich, und dem geht er nach. Dragoman ist imstande, wegen einer Geliebten, wegen eines Feindes auf die andere Seite der Erdkugel zu reisen, einzig, um eine Verletzung heimzuzahlen, um auf einer Konferenz eine Konstruktion zu Fall zu bringen, doch auch, um mit einem Freund wieder lachen zu können wie vor dreißig, vor vierzig, vor fünfzig Jahren. Er besucht seine Klassenkameraden, und die Erkenntnis, daß X. ein ebenso freundlicher Idiot sei wie ehedem oder daß seine dritte Frau, wie auch die zweite, eine nette Person sei, befriedigt ihn.

Viel liest er von einer Stadt, einem Abgrund, einer Ausstellung, einer Konstellation, einem Rauschmittel, einer Hautfarbe, einem Gewürz, einer Art des Liebeslebens oder der Höflichkeit, eine geraume Zeit hatte sich Dragoman damit beschäftigt, um die Welt, von der ihm absolut nichts gehört, insgesamt zu seiner eigenen zu machen. Ein Besitzertyp ist er nicht, Dragoman will kein solides Haus haben, keinen sicheren Unterstand, er ist lieber Mieter, in Amerika ist sein Haus abgebrannt, ein neues wird er nicht bauen, er zieht sich in die Winkel alter Gemäuer zurück. In vielen hundert, vielleicht sogar mehreren tausend Zimmern hat er geschlafen, und nach deren Verlassen genießt er, daß sie sich körperlich von ihm lösen. Er kennt seinen Platz im Bett und den seiner Schlafgenossin, die Hände finden schon blind Lichtschalter und Fenstergriffe, er hat gelernt, wohin er greifen muß, um die physische Existenz aufrechtzuerhalten, um zu sehen und zu atmen, und wohin er sich zu Boden werfen müßte, wenn von draußen geschossen werden sollte, wie er mit wenigen Sätzen die Klinke und über den Flur den Fahrstuhl erreichen kann, wenn er aus dem Hotel verschwinden muß, weil ihm telefonisch mitgeteilt worden ist, daß er verhaftet werden soll.

Für gewöhnlich begibt sich Dragoman an Orte, denen er fluchtartig den Rücken kehren muß, und deshalb verläßt er die Zimmer mit einem doppelten Vergnügen, wie es auch angenehm ist, mit der erschlaffenden Lunte aus der Scheide zu gleiten, wie es auch angenehm ist, in seinem Arbeitszimmer in der Universität das Licht zu löschen und die Tür hinter sich zu schließen. Viele Länder gibt es auf der Welt, wo in Kabinen Grenzbeamte mysteriös herumhantieren und bereits alles aufgeschrieben, kontrolliert und konstatiert haben. Denn Dragoman wird auf verschiedenen Listen geführt, weil ihn die Neugier zu etwas verleitet hat, weil er in etwas hineingezogen worden ist, also muß er jetzt zur Seite treten, noch haben sie den Paß in der Hand, denn als sein Name auf dem Bildschirm oder im großen schwarzen Buch dem Grenzposten in die Augen sticht, zuckt dessen Gesicht krampfhaft, jetzt hat er einen Einsatz, jetzt ist jene Situation gekommen, auf die er mit halbgeschlossenen Augenlidern gewartet hat, jetzt muß er sein Können unter Beweis stellen, der Fisch hat angebissen, Rascheln im Gestrüpp, das Wildschwein oder der Hirsch sind unterhalb des Hochsitzes auf der Lichtung aufgetaucht, das Wild mit den beiden Umhängetaschen, dem Staubmantel und dem riesigen Regenschirm ist in Sichtweite, jener sich ans Geländer lehnende Dragoman.

Auf Flughäfen mit schmutzigen Toiletten, verrosteten Rohrleitungen und Wänden, von denen der Putz abgeblättert ist, vermischen sich die Gerüche von Schweiß und billigen Waschmitteln mit dem nach Knoblauch riechenden Atem des fettiges und zottiges Haar zur Schau tragenden Flughafenpersonals, auf Flughäfen also, wo die Waffenträger nicht zu übersehen sind, wo Schlendrian und allzu große Ängstlichkeit herrschen, da wird Dragoman zur Seite gewinkt. Bei der Paßkontrolle läßt man ihn warten, das Gepäck wird unter die Lupe genommen, jeder Hemdkragen wird umgedreht, doch letztendlich erhält er vom Chef des Geheimdienstes die Genehmigung, sich zu entfernen. Es scheint nicht geraten, Herrn Dragoman zurückzuhalten, andernfalls könnten sich Verwicklungen ergeben, die teuer zu stehen kämen.

Was er wollte, was ihm wichtig war, Texte in verschiedenen Entstehungsstadien, in geringen Mengen vielleicht auch Rauschmittel zur persönlichen Verwendung, brachte er heil über die Grenze. Angebissen haben sie, der ausgelegte Köder hat seinen Zweck erreicht, doch das Wesentliche ist ihnen entgangen.

Dragoman nimmt sich die Freiheit, einige Menschen leidenschaftlich zu verabscheuen; wen er als Zehn-, Zwanzig- oder Dreißigjähriger mit Verachtung gestraft hat, dem vermag er auch als Sechzigjähriger mit jugendlichem Elan die gleichen Gefühle entgegenzubringen, allerdings enthält er sich geflissentlich jeglichen Tadelns. Was wahr ist, ist wahr, dennoch wirst du in seinen Texten kein einziges verurteilendes Attribut finden. Nie schreibt er etwas, was Anlaß zu einem Verleumdungsprozeß geben könnte, selten war der Justitiar seiner Zeitung gezwungen, wegen Dragoman tätig zu werden, um Fehlleistungen auszubügeln. Die leichten und billigen Erfolge sind seine Sache nicht: Er wartet ab, und erst dann schlägt er zu. Haß ist ihm fremd, trotzdem schlägt er zu.

»Sie, Kobra, wollen jegliche Schuld vermeiden. Bei Ihnen wird jeder der Auferstehung teilhaftig, bei Ihnen wird über niemanden das moralische Todesurteil verhängt. Diese nachsichtige Freundlichkeit birgt ein süßliches Element in sich, es steigt dir der Geruch von Feigheit in die Nase. Lassen wir uns gegenseitig in Ruhe, signalisiert dein Verhalten.«

»Und du, machst du nicht das gleiche? Ständig verabschiedest du dich von einem jeden, du kommst, als würdest du gehen, im vorhinein sagst du, wie lange du bleiben kannst, weil du zu tun hast, du mußt gehen, weil du weiterfliegen mußt, weil du im Hotel erwartet wirst, oder du leidest an Schlafmangel, das ist ein ewiges Thema, weil du nie den Vergnügungen nach Mitternacht widerstehen kannst, der Schlaf macht dir angst, wie in deiner Kindheit, denn du versicherst jedem, ihn nicht lange aufzuhalten, denn bestimmt triffst du nicht mit dem Zug ein, mit dem du deine Ankunft versprochen hast, um dich also abzuholen, muß man zweimal zum Bahnhof gehen, doch selbst darin bist du nicht zuverlässig, denn wenn ich erst zum nächsten Zug käme, würdest du rechtzeitig mit dem ersten eintreffen, und beim nächsten Mal wird es wieder anders sein. Hier bist du zwar kaum, dennoch wirbelst du gehörig Staub auf, um dich her entstehen Turbulenzen; wenn du ein Flugzeug besteigst, schlägt der Blitz ein; wo du auftauchst, brechen alte Feindschaften auf, und sogar die Revolutionen sind bemüht, ihren Zeitplan derart zu koordinieren, daß du im Hotel ausgeschlafen, gefrühstückt hast, durch die Drehtür nach draußen gegangen bist, wo die Sonne scheint, du hast einen angenehmen Vormittagsspaziergang unternommen, am Hafen oder an einem Ort, der sich in einer vergänglichen Zeit in Szene zu setzen versteht, wo dich schöne Knaben und Mädchen bereitwillig anlächeln. Revolution, du wäschst dir das Gesicht, möglicherweise werden besessene Kerle die Marmorstufen hinaufstürmen und die Türen aufreißen. In solchen Momenten ist es von Nutzen, die Lage schnell zu überblicken, sich vielleicht unter die Menge zu mischen oder ein Verschwinden durch den Hinterausgang in Betracht zu ziehen. Die Füße sind die beste Waffe. Und die hundsföttische Visage, die sogar grobschlächtige und grimmig dreinblickende Bewaffnete in eine komplizenhafte Stimmung versetzt: Kumpel, sagen sie, halt dich in die Richtung, dort kannst du dich verkrümeln, kriech hier herein, oder kriech da hinaus, ich habe nichts gesehen. Bei all diesen Zauberkunststücken schleichen sich gelegentlich auch Kunstfehler ein, dann verrottet der Mensch vorübergehend hinter Gittern und verteidigt sein Leben gegen niederträchtiges Gesindel. Wohin du deine Schritte lenkst, dort brechen Revolutionen und politische Wirren aus. Es wundert mich, mein Lieber, daß es erst zwei Todesfälle zu beklagen gibt, seit du hier bist. Dabei weilst du schon einige Tage unter uns. Willst du uns nicht prophezeien, was für einen Unfall du uns zugedacht hast? An einer Revolution wäre ich jetzt wahrhaftig nicht interessiert, an einer Feuersbrunst, einem Erdbeben und einem Familienkrieg ebensowenig. Nach dem Unheil muß man nicht suchen, das normale Unheil genügt: die zunehmende Verdummung, die kleinen körperlichen Beschwerden, die gebrochene Hand meiner achtundachtzigjährigen Mutter, ihr Schwindelgefühl, der tödliche Autounfall eines kleinen Cousins, das Sterben von Bekannten, die Armut der Armen, die Operation meines dreiundneunzigjährigen weitläufigen Onkels, das dürfte für heute reichen. Den Alten plazieren sie im Flur auf dem Fußboden, zwei Tage bleibt er dort, bewußtlos ruft er nach meiner Mutter. Der Herr Nachbar röchelt, den steilen Weg zur Kirche schafft er nicht mehr, der Nachbarsfrau geht es jetzt besser, für ihre Enkelkinder kocht sie Nudeln und Klöße.«

»Dein Vater war Kaufmann, meiner Barpianist. Den Eintretenden warf er zur Begrüßung einen Blick zu, über den einen oder anderen Gast machte er in seinen Liedern witzige Bemerkungen, auf ihn konzentrierte sich die Aufmerksamkeit. Doch der Besitzer und die Mixerin sowie die lange verweilenden Gäste waren allesamt Machtzentren. Mein Vater mußte lernen, daß er nur einer unter vielen war, seine Sache war es, die Dinge, die hier ohnehin passierten, mit einem ironischen und unter die Haut gehenden Kommentar zu versehen. Und überhaupt, ständiges Singen und Plaudern war das Ressort des neben dem Pianisten sitzenden Schlagzeugers. Mit einem Wort, mein Vater konnte das Personal nicht wie deiner mittels Codeworten und hochgezogener Augenbrauen dirigieren. Ich könnte noch einige Unterschiede anführen, doch der Fatalismus ist ihnen gemein, dort zu bleiben, wo sie waren, im Geschäft und in der Bar, denn Wahnsinnige, die den Mund zu voll nehmen, gebe es viele, doch nichts werde so heiß gegessen, wie es gekocht wird, nur die Zündschnur glühe, Dynamit aber fehle am Ende. Und was gibt Gott? Dynamit war doch vorhanden und ist explodiert. Sie haben sogar noch heißer gegessen, als gekocht worden war, denn zwischendurch wurde das Feuer ständig geschürt, kann doch das im Menschen wohnende Ungeheuer von seinen Streichen nie genug bekommen. So viele du in Stücke zerlegst, so produktiv die Menschenschlachtbank auch sein mag, wirklich glücklich ist das Ungeheuer nicht, jene gewisse Wollust, von der es gelesen hat, kann es nicht spüren. Und da es in solchen Dingen einen Weg zurück nicht mehr gibt, ist nur eine Steigerung vorstellbar, immer mehr und mehr vom selben, nicht auf die Knie fallen und beichten, sondern ersinnen, wie auch jene noch erledigt werden können. Unsere optimistischen Väter also dachten, das Schlechte werde nicht kommen. Und das dachten sie deshalb, weil sie gute Menschen gewesen sind, und ein guter Mensch vermag einen bösen Menschen nur zu unterschätzen. Das ist vielleicht deshalb so, weil sich in der Nähe des guten Menschen auch der schlechte duckt, bis er schließlich die Grenze verletzt, auf den Geschmack kommt, daß er den guten Menschen einfach nur so, aus Passion, ohrfeigen kann. Danach ist es gleichgültig, was für ein Mensch derjenige ist, der geschlagen werden kann, individuell mag er ebenso gut sein wie ein Karpfen unter dem niedersausenden Holzhammer, wenn der Fischhändler dem Käufer frischen Fisch anbietet. Sobald es einen Text gibt, in dessen Namen der andere zum Feind erklärt werden kann, ist es nicht mehr interessant, was für ein Mensch er selbst ist, sein Schädel darf mit Stiefelabsätzen traktiert werden. Unsere Väter begriffen nicht, daß der Kunde und der Gast, die beide stets freundlich grüßen, der Nachbar, der zuvorkommend den Hut zieht, mit einem Mal, wenn ihn das politische Fieber erwischt, der Stammeszorn, selbst seinen Bruder zerfetzt, der lachende Vandale kommt plötzlich zum Vorschein, der jetzt eben den braven Bruder zerstükkeln möchte. Gib dem Ungeheuer nur einen Text an die Hand, es zerreißt seine Ketten, johlt und tobt. Die Familie wird auf die Heldentaten des Jungen stolz sein, wovon die eine oder andere auch für zu Hause abfällt. Unsere Väter haben nicht begriffen, daß in dieser Stadt, in dieser Gegend unter der Oberfläche Vulkane tätig sind, daß die Zivilisationskruste hierzulande dünn ist. Dadurch sind Landschaft und Seele nicht langweilig, sie ist weniger berechenbar, sucht sich selbst, huldigt der Routine nicht so abgeklärt wie in den alten Demokratien. Was letztendlich beunruhigend ist, weißt du doch nicht, wem du vertrauen darfst. Wenn du dich entscheiden kannst, wählst du, aus Sicherheitsgründen, lieber langweilige Ehrlichkeit und Vernünftigkeit, die auf die Herausforderung *A* immer wieder die Antwort *B* gibt, was dir Mut verleiht. Das wird deiner Körperhaltung anzusehen sein. Dann mußt du nicht danach Ausschau halten, wenn du einen Raum betrittst, in welcher Richtung du gegebenenfalls die Flucht ergreifen könntest. Unsere Väter sind geblieben, der eine in seinem Geschäft, der andere in seiner Bar, auch wenn ein Barpianist gewiß eine verträumtere Seele ist als ein Eisenwarenhändler. Jener sieht die Leute nachts, nicht wenn sie die Sense an dem zehn Kilo schweren Stahlblock singen lassen, ob sie rein tönt und ob ihr Schwingen flexibel genug ist, nicht wenn sie Drahtzäune oder emaillierte Suppenkellen kaufen, sondern wenn sie sich schön wähnen und sich gegenseitig als aufregend wahrnehmen, wenn man sich anfangs in die Brust wirft, den Bauch einzieht, und dann umgekehrt, wenn es tagt, wenn sich die Monologe über die täglichen Ängste erheben. Mein Vater entzog sich den Situationen, oftmals sah er nur vor sich hin oder sah nirgendwohin, schloß die Augen, wußte, daß er beobachtet wird, denn wenn der Gast nicht weiß, worüber er sich mit seiner Partnerin unterhalten soll, wandern die Augen zu dem Pianisten, und bei solchen Gelegenheiten schenkte mein Vater allen rundum ermunternde Blicke. Wohl fühlen soll er sich, der verehrte Gast, die neben ihm Sitzende umarmen, gerade das ist jetzt angebracht, denn der Kodex der Nacht unterscheidet sich von dem des Tags. Mein Vater entzog sich den Situationen, oft ins Nichts, ins Dudeln, in wiegende Bewegungen des Oberkörpers. Sich zum Fenster hinauslehnend, die Ellenbogen auf einem weichen Kissen, war er imstande, stundenlang das Fußball- und Korbballspiel auf dem Platz zu beobachten sowie die rücklings oder bäuchlings die Rutschbahn bevölkernden Kinder. In New York hatte ich eine Wohnung, von deren Fenster aus ich das gleiche sah, mit einem Wort, worin wir uns unterschieden, dazu wüßte ich nichts Kluges zu sagen. Vielleicht darin, daß du jetzt hier an deinem Platz bist, ich aber auf der Flucht. Warst du überhaupt schon einmal auf der Flucht?«

Abendmahl

Swetosar brachte die gewünschten Gäste. Das Gespräch zwischen Dragoman und Kobra wurde unterbrochen, und alle nahmen am runden Eßtisch Platz, rechts und links von Regina deren Söhne, dann Habakuk und Olga, Kobra und Dragoman, Melinda und Tombor, insgesamt neun saßen am Tisch.

»Dieses Abendmahl unterscheidet sich von den anderen dadurch, daß wir einen traurigen Anlaß feiern, wir verabschieden János Dragoman. Er geht weg, im Ausland wartet er die Regelung seiner Affäre ab«, sagte Regina und erhob das Weinglas. »Es wäre schön gewesen, wenn wir ihn noch lange Zeit hier an diesem Tisch hätten sehen können. Habakuk, Zsigmond und Döme sind Freunde geworden. Ich hatte das Gefühl, auch dir hat es hier gefallen. Und dann kamen diese beiden Schläge. Sie hätten nicht sein müssen. Wir werden dich nicht vergessen. Der Platz, auf dem du jetzt sitzt, gehört für alle Zeiten dir, wo du auch sein magst.«

Die drei Kinder tauchten unter den mit einer weißen Damastdecke gedeckten Eßtisch, und an nicht erwarteten Stellen kamen sie mit schrecklichen Masken vor dem Gesicht wieder zum Vorschein. Habakuk biß Dragoman in die Hand.

»Ein erwachsener Mensch stiehlt sich nicht einfach davon«, merkte Melinda trocken an. »Ihr billigt das?« Und sie sah die beiden anderen Männer an.

»Mir schadet er damit, aber ich billige es«, sagte Tombor, der Bürgermeister. »Bevor sie ihn quälen, sollten sie erst einmal Zeugen und Beweise beibringen. Ihn nehmen sie ins Visier, und mich wollen sie treffen. Kuno wird heiliggesprochen, János ist der Teufel, und ich bin sein Spießgeselle. Ich weiß schon, denn dies ist die Dramaturgie der Dinge, wer der neue Bürgermeister sein wird, wenn sie mich erst mal zur Strecke gebracht haben. Soll ich es sagen? Die Witwe und geistige Erbin des Blutzeugen. Und welch ein Wunder, hier ist sie, Swetosar hat auch sie hier angeschleppt.

Sandra, meine junge Beraterin, Redenschreiberin und rechte Hand, setzen Sie sich rechts an meine Seite. Sie müssen wissen, wir verabschieden Herrn Dragoman. Trinken wir alle auf János Dragomans friedlichen Abgang. Und trinken wir alle zum Gedenken an unseren Freund Kuno Aba, und wünschen wir seiner Seele, in einen Stahlbogen eingespannt, die ewige Ruhe.«

»Du hast ein Zimmer, ein Revier, in dem du dich frei bewegen kannst, das du selbst dann nicht erkunden könntest, wenn du von morgens bis abends zu Fuß unterwegs wärest, wochenlang, ein solches Unternehmen müßtest du aufgeben. Du hast ein Bett und einen Tisch. Was fehlt dir?« wurde Dragoman von Melinda gefragt.

Es klingelte, doch da die Gartenpforte nicht geschlossen war, trat Herr Barnag über die Küche ins Eßzimmer ein. Für einen Augenblick ging das Licht aus, der Vollmond lugte zum Dachfenster herein. Unter großem Kichern kamen die drei Jungen, auf ihrem Kopf leuchtete eine Kerze in einem ausgehöhlten Kürbis.

»Wenn der Berg nicht zum Propheten kommen will...« Herr Barnag verneigte sich liebenswürdig vor Dragoman.

»Mein Herr, das ist ein Abendessen im geschlossenen Kreis, wozu Sie nicht eingeladen gewesen sind. Sie haben nicht angerufen, daß es Ihnen beliebe, uns mit Ihrer Gegenwart beehren zu wollen«, sagte Kobra dem Polizeipräsidenten.

»Bevor es Herrn Kobra einfallen sollte, mich hinauszuwerfen, mache ich ihn darauf aufmerksam, daß ich auch befugt bin, eine Hausdurchsuchung vorzunehmen, da sich der auf der Flucht befindliche Professor Dragoman in Ihrem Haus aufhält.«

Regina stellte Herrn Barnag einen Teller hin und fragte ihn, ob er zuerst nur die Fleischbrühe mit Möhren und Kraut haben wolle oder auch schon die gekochte Keule und ob er durchwachsenes Fleisch mag.

Tombor zu Dragoman: »Hast du den Knaben hinausgeworfen?«

Dragoman: »Kein Haar habe ich ihm gekrümmt.«

Tombor: »Habt ihr euch gestritten?«

Dragoman: »Ich sagte, daß ich ihm einen Tee kochen wolle.«

Tombor: »Die Auseinandersetzung mit Kuno Aba haben wir alle gesehen. Es ist klar, daß der Rektor Professor Dragoman geschlagen hat und daß jene unglückliche Schädelverletzung des Rektors, die sich aus einem zufälligen Stürzen ergeben hat, als ein tragischer Unfall zu betrachten ist. Sagen Sie, Herr Barnag, haben Sie einen ausreichenden Grund dafür, am Wahrheitsgehalt von Herrn Dragomans Schilderung zu zweifeln?«

Barnag: »Die Tatsache, daß der Professor nicht ins Präsidium gekommen ist beziehungsweise nicht wünschte, eine protokollarisch festzuhaltende Erklärung abzugeben, veranlaßt mich, meine Zusicherung einer gewissen Bewegungsfreiheit zurückzuziehen. Warum, Herr Professor, haben Sie mich zum vereinbarten Termin nicht aufgesucht?«

Dragoman: »Mir stand nicht der Sinn danach, Sie zu sehen.«

Barnag: »Mich würde jener Essay über Ästhetik und Erotik des Feuers interessieren.«

Dragoman: »Und mich würde interessieren, was Sie von mir wollen.«

Barnag: »Ihre Gesellschaft genießen. Dauerhaft und mit Vorrechten ausgestattet.«

Melinda: »Siehst du, alle wollen sie dich zurückhalten.«

Kobra: »Mein Herr, wenn Sie nun schon mal hier sind, trinken wir auf Kuno Abas Andenken. Wer war er für Sie?«

Barnag: »Ein richtungweisender Denker von großem Format, Herr Kobra. Er hatte den Mut, für andere Verantwortung zu übernehmen. Für Kandor. Übermütige Destruktion war nicht sein Amt. Er wußte, daß der Staat ein sensibles Gebäude ist und einer ebensolchen Schonung bedarf wie ein Baum.«

Regina: »Ein bißchen Knoblauchsauce? Wissen Sie, Herr Hauptmann, ein Kunsthistoriker hat Herrn Dragomans Essays einmal mit Knoblauch verglichen. Sie senken hohen Blutdruck, bei niedrigem beleben sie, und mit Ängsten und Prahlereien verbundene Illusionen verscheuchen sie. Nehmen Sie sich ein bißchen Meerrettich.«

Tombor: »Ich würde vorschlagen, Sandra und Herr Barnag sollten sich mit ihrem Kaffee zu einem kleinen Gedankenaustausch in die Ecke zurückziehen.«

Barnag: »All meine Verehrung gehört Frau Sandra, die Prozedur aber erhebt darauf keinen Anspruch. Nichts ist wünschenswerter in unserem Beruf, als daß wir uns ein Gefühl für Proportionen und Maße bewahren. Ich möchte das Abendessen nicht länger stören, meine Dame; die mir angebotene Fleischbrühe wäre der Feder großer Schriftsteller würdig, und mir wird sie dauerhaft in Erinnerung bleiben. Sie aber, Herr Professor Dragoman, sollten mich morgen früh um neun in meinem Büro aufsuchen, in dem einen Fall werde ich Sie als Zeugen vernehmen, im anderen als Verdächtigen. Jetzt ist es abends neun. Sie sind gehalten, um Mitternacht im Hotel zu sein, meine Leute werden das kontrollieren. Sie müssen verstehen, Herr Professor, daß Sie nach diesen beiden tödlichen Mißgeschicken nicht mehr derselbe Mensch sind wie zuvor.« Ehrerbietig verneigte sich Herr Barnag und verschwand.

Betretenes Schweigen, das von Sandra gebrochen wird: »Kuno sagte, diese finstere Type besitze Menschenkenntnis und er sei ein leidenschaftlicher Sammler, von jedem speichere er unbekannte Anekdoten. Meist ist eingetroffen, was er dazu gesagt hat, wie jemand auf Kunos Gedanken reagieren wird.«

»Ein vielseitiger Mensch«, sagte Kobra, mehr jedoch nicht.

»Er«, fragte Dragoman, »wäre jener verhinderte Fassadenkletterer gewesen?«

Kobra nickte. »Ein durch und durch loyaler Mensch, beim britischen Geheimdienst beispielsweise würde er hervorragend seinen Mann stehen. Hier hat der Ärmste seine Probleme damit, daß die Autoritäten über ihm Akzentverschiebungen ausgesetzt sind. Wem sollte er jetzt dienen? Er war klug beraten, Kuno als langfristige akademische Autorität der Stadt seiner Loyalität zu versichern, Kuno seinerseits, könnte ich mir denken, amüsierte sich über all das, was er auf diese Weise zu hören bekam. Wie heißt jener kleine Vogel, der auf dem Rücken des Krokodils lebt?«

»Kuno ein Krokodil?« wunderte sich Sandra. »Wohin bin ich geraten? Wo sind meine Freunde geblieben?«

»Auch wir, Sandra, sind deine Freunde, zusammen mit unseren blöden Witzen. Wenn wir das Wort nicht so schrecklich ernst nehmen. Ich weiß, auch Kuno hat so gedacht: Die Politik ist die Wissenschaft von der Frage, wer dein Freund und wer dein Feind sei. Und dieses Aperçu von Carl Schmitt hatte von Kunos Verstand Besitz ergriffen«, sagte Kobra.

»Wenn der Mensch etwas erreichen will, hat er Feinde«, entgegnete Sandra. »Nicht nur Widersacher, sondern Feinde, die durch entsprechende Beleidigungen ungenießbar gemacht werden. Letztlich gehe es immer darum, wer der Idiot ist, hat Kuno gesagt. Eines ist sicher, er war kein Idiot. Dienende Präsenz war eine seiner Losungen, sein

Denken sollte die kandorianischen Institutionen durchdringen, er wollte der Meisterdenker von Kandor sein. Seine Rivalen, wie beispielsweise die anwesenden Herren Kobra und Dragoman, betrachtete er als Feinde. Herr Dragoman war in seinen Augen ein Verführer und ein Windhund, Herr Kobra dagegen Material für die Freizeitbeschäftigung. Für die Arbeitszeit, für die Erhaltung und den Ausbau der Stadt hielt Kuno Aba ihn, Antal Tombor, für den richtigen Mann, wenn der ihn als Vizebürgermeister und geistigen Chefberater akzeptierte, zu diesem Zweck stellte er mich dem Herrn Bürgermeister an die Seite, mit der Aufgabe, beiden gegenüber loyal zu sein, wie, das sollte mir überlassen bleiben. Und das war ich. Mein Mann hielt es für ein Zeichen von Generosität, daß sich der Herr Bürgermeister derart auslieferte und nichts dagegen einzuwenden hatte, durchschaubar zu sein. Ich glaube, die Männer spielen, um andere als ihre Spieler einsetzen zu können. So angelt man sich Herzen, mit begreiflichen und unbegreiflichen Mitteln. Darum geht es auch bei der Jagd nach Ruhm, als könnte die Begeisterung der anderen das Leben verlängern. Daran gemessen, daß mein Mann nicht mehr lebt, ist es gleichgültig, wie viele ihn bewundert haben. In den letzten Jahren ordnete sich auch Kuno seinem Renommee unter. Stets war er überall anzutreffen, in Wahrheit also nirgendwo. Ich sollte das ebenfalls lernen, denn das sei eine Distanz zu uns selbst, was für das Rollenverhalten in einer Institution wichtig sei. Ein notwendiger seelischer Sport, Flexibilitätstraining der Persönlichkeit, und gerade diese Vielseitigkeit erwartete er, der Mensch solle auch ein vorzüglicher Beamter sein können, abends jedoch mit seinen Freunden Cello spielen. Eine geistige Kontinuität – in uns sollten wir seine Stimme hören, selbst wenn er nicht mehr lebte – war für ihn von erstrangiger Wichtigkeit. Seine Stimme zu hören, wenn ich Entscheidungen zu treffen habe, darauf habe ich mich in meinem Leben vorbereitet, erst als seine Ziehtochter und dann als seine Frau. Wenn ich je einen Mann studiert habe, dann ihn. Der Jünger ist die Verkörperung des Meisters. Statt Bücher zu schreiben, gab er sich mit Schülern ab. Ich widersetzte mich dem, Kuno fertigte mich kurz ab, es sei die Pflicht eines Lehrers, sich um seine Schüler zu kümmern. Es darf erwartet werden, daß wir das Fach und nicht unsere Ideen unterrichten, doch diesem Anspruch kann man nicht restlos gerecht werden. Sagen Sie, Herr Dragoman, haben Sie schon versucht, sich darüber Rechenschaft abzulegen, wem Sie ins Jenseits verholfen haben?«

Dragoman: »Ich hoffe einem Menschen, der an das Jenseits glaubt und dementsprechend auch dort ist. Ich glaube an das Nichts nach dem Tod, Kuno an eine andere Gesellschaft da drüben, beide bekommen wir, was uns zusteht. Einen Menschen habe ich in ihm gesehen, der für eine Kontinuität des irdischen Geistes – in christlicher Interpretation – die unaufhörliche Grundstrahlung des himmlischen Geistes braucht. Jesu Blut reinigt uns von unseren Sünden. Der Gekreuzigte – durch die Kirche und die Könige zum König werdend – verleiht der komplexen europäischen Autorität die erforderliche moralische Rechtfertigung und den metaphysischen Glanz. Ich bedaure, daß sich zwischen Kuno und dem Papst kein wirklicher Kontakt herausgebildet hat. Ich weiß, meine Dame, wen wir verloren haben. Selbst als hohen Geistlichen könnte ich mir Kuno Aba vorstellen. Wenn ich Ihnen zuhöre und Sie mir ansehe, tut es mir nicht darum leid, daß Kuno die Priesterlaufbahn gemieden hat. Wahrscheinlich ist es Ihnen nicht entgangen, daß meinem Geschmack die weltliche Republik entspricht, denn wo sich die Theologie in die Politik einmischt, entsteht Wirrwarr. Freilich ist es durchaus vorstellbar, daß das Durcheinander in unserer Stadt ein praktischer Wert sein könnte, weshalb es auch die Pflicht eines jeden ist, tagtäglich dem Götzen des Wirrwarrs einen Obolus zu entrichten, der eine grob, der andere überschwenglich, richtig wäre also, was verworren ist. Dieses Eindrucks konnte ich mich bei der Lektüre von Kunos Arbeiten nie erwehren. Jeder Ort besitzt sein eigenes intimes Durcheinander, was für den Touristen und den Ethnologen interessant ist, doch schon die Umgebung weiß damit nicht viel anzufangen. Von dem nur hier gültigen Wortgemenge hat Kuno dem ansonsten mehr oder weniger genießbaren Brei mehr beigegeben, als es meinem Geschmack entspricht.«

Sandra: »Kuno sagte, wenn wir keinen autochthonen Traum von uns selbst hätten, würden wir mit dem ins Bett steigen, der gerade vorbeikommt. Die Nation könne es sich nur in der Monarchie bequem machen. Das Königtum sei die legitime Regierung, noch dazu eine allmählich seit einem halben Jahrtausend bestehende Verbindung mit dem Haus Habsburg, denn sie könne der Vielfalt der Region einen Rahmen geben. Es könne sein, daß die Sache niemanden mehr interessierte, sagte er, es könne sein, daß sein gedanklich einzig rechtmäßiger monarchistischer Konservativismus nicht begriffen werde. Doch was zum Teufel wolle ein Konservativer für bewahrenswert halten, wenn nicht jene Struktur, die von besonnenen Kräften des Landes 1867 angenommen worden sei, wofür die Krone ein Symbol sei, das tausendjährige Königtum. Was am Ende des Ersten Weltkriegs über uns gekommen sei, das sei alles Auflösung, Durcheinander und Banausentum gewesen. Die symbolische Zusammengehörigkeit unter der Krone hat Kuno für eine rechtliche Logik gehalten. Diese Rekonstruktion könnte eine Initiative der Ungarn sein, dies wäre jene Ausdehnung, die ihren Interessen entspräche. Der Praktizierung einer erweiterten Souveränität hat er einen religiösen Sinn gegeben. Christlicher Toleranz bietet seine mitteleuropäische Assoziation im fraglichen Raum einen traditionellen politischen Entwurf. Die zukünftige Monarchie braucht eine Königin, um sich durch sie mit sich selbst zu versöhnen. Das war der Wille meines Mannes. Dazu brauchte er die Stadt, die Universität, einfach alles, dazu brauchte er auch mich. Ohne eine große Idee könne man nicht leben, weil die Menschen anderenfalls verrohen. Ohne über uns hinausweisende Ideen wären wir Stoffpuppen, sagte Kuno, und die große neue Idee bestehe darin, daß sich die große Welt hier befindet. In Kandor. Eine kleine große Welt entwerfen. Aus dem Garten Mitteleuropas wachse die Monarchie als eine alte neue Assoziation heran, nur dürfe sie nicht vernichtet werden. Zu einem echten Konservativismus, sagte Kuno, bedürfe es der Demokratie.«

Dragoman: »Sagte Kuno – so wird es nun immerzu heißen?«

Sandra: »Wenn der Schüler den Meister zitiere, verdiene er, in reiferem Alter selbst Meister zu werden, und dann werde man auch ihn zitieren, sagte Kuno. Den selbstgefälligen Pseudomeistern, die man auch Scharlatane oder Hochstapler nennen könne, sei anzumerken, daß sie sich in der Jugend nicht in der Demut der Kontinuität geübt hätten. Über dreißig dürften wir schon Unterschiede feststellen, jedoch ohne ihnen Bedeutung beizumessen. All das sagte Kuno. Sie Ihrerseits, wenn ich mich nicht täusche, haben sich der Demut einer Kontinuität nie unterworfen. Eine leere Nußschale sind Sie, überaus geistreich und ewig gestrig, ein Luftballon, aufgeblasen vom Gas der Eitelkeit, ein Sandkorn im Getriebe, wildwachsender Hanf, der Hustenreiz verursacht und die Augen tränen läßt. Wer hat Sie eingeladen? Ich. Genauer gesagt der Herr Bürgermeister, noch genauer gesagt, wieder nur ich. Aus Neugier habe ich ihm die Sache beigebracht, und als er einen Entschluß gefaßt hatte, konzipierte ich den Brief, den ich ihm zur Unterschrift vorlegte. Einen Mörder habe ich eingeladen, der nicht weiß, daß er einer ist, lediglich ausgezeichnete Reflexe besitzt und seine Mitmenschen, wenn sie ihm bereits lästig geworden sind, präzise von sich stößt. Oder erschießt. Kuno war ein Redner, er versuchte den Ausgleich, Sie dagegen erschießen den russischen Stadtkommandanten, einfach nur so, als knipsten Sie das Licht aus. Und deshalb mußten die Jungen sterben. Und damit haben Sie auch Kuno verkrüppelt, der damals noch nicht wußte, daß er sich auf etwas Unmögliches eingelassen hatte. Sie haben ihn für seine Gutgläubigkeit gedemütigt und sich damit keineswegs zufriedengegeben. Sie haben ihn wegen seines Verwurzeltseins beneidet, wegen seiner Fruchtbarkeit, und mit einer Kung-Fu-Bewegung haben Sie ihn aus dem Weg geräumt. Der Hüter von Kandors Seelenhygiene weilt nicht mehr unter uns, jetzt kommt Professor Dragoman, der Drache, er kommt, um die Stadt zu zerstören.«

Dragoman: »Vergessen Sie nicht die Jungfrauen und die schwachen Witwen. Ich schnappe sie mir und trenne sie, mich in die Taille verbeißend, in zwei Hälften. Ein Biß der Unterleib, ein Biß der Oberkörper, das genügt, Hände, Kopf und Füße bleiben. Den unschuldigen Wissensdurstigen schlürfe ich zu meinem Schlund herein und mache aus ihm einen siebenköpfigen Drachen. Und was diese sieben Köpfe für ein Spektakel machen, das sollte sich der Schüler getrost anhören, wenn er die Wahrheit kennenlernen wollte, die, ebenso wie ein vielflächiger Diamant, ihr Feuer dem Schleifen zu verdanken hat. In Provinzstädten und an Provinzuniversitäten wird sarkastischem Predigen in der Analyse Raum gegeben. Kleinstädtische Propheten glauben dadurch erzieherisch zu wirken, wenn sie die Analyse mit verschiedenen Alpträumen und Wunschträumen beschmutzen.«

Sandra: »Schon steht er draußen vor der Tür und drängt sich herein, ein provinzieller Wissenschaftler ist Kuno für ihn, selbst seine Bedeutung hat er ihm genommen! Daß Sie Freunde waren, davon werde ich vor Gericht nichts verlauten lassen. Sagen werde ich, daß Sie Ihren Neid hinter spöttischen Wortspielen verstecken. Ihr könnt bezeugen, was er von den Provinzstädten gesagt hat. Meinen Mann hat Herr Dragoman erniedrigt und getötet. Jawohl. Herrn Dragoman werde ich demütigen. Ich wußte bisher nicht, was das ist, Rachgier. Jetzt weiß ich es: Sie beflügelt.« Und Sandra flog tatsächlich zur Tür hinaus.

Olga: »Papa, mußtest du dich unbedingt mit dieser Schabracke anlegen? Sie wird das Lasso nach dir werfen, und der Strick des Schuldbewußtseins wird sich um deinen Hals zuziehen. Dieser alten Schachtel hättest du eigentlich auch eins auf die Nase geben können. Der Rektor war ein Parapluie, und die ist eine Natter. Dem Bürgermeister hat sie auch schon den Nasenring verpaßt, Melindas jüngere Schwester und Schülerin ist sie geworden, Regina betört sie mit ihren Kenntnissen, wo die billigsten Klamotten zu haben sind, und David Kobra kann sich sagen, verdammt, nicht schlecht die Formen, die sie anzubieten hat, wenn sie nur ein bißchen weniger plappern und krakeelen wollte. Nachdem die Umgebung geimpft worden ist, kann sie plündern. Ein männlicher Plünderer ist sie, jedes ihrer Worte ein Befehl, die großen puppenhaften Augenbrauen und selbst das einem General Ehre machende Wangenbein führen sie von Sieg zu Sieg. Die braucht einen Impresario, und wenn Sie, mein lieber Vater, nicht aufpassen, werden Sie angeheuert und sich schön brav in Ihr Schicksal fügen. Sie selbst ist die Inkarnation permanenter Rache. Ständig gewinnt sie beim Kartenspiel, und all ihre Erfolge sind eine bittere Antwort auf eine unbekannte Verletzung. Papa, du darfst diese Frau nicht treffen! Melinda, du mußt dich zwischen sie stellen! Entschuldigung, Herr Bürgermeister. Du mußt verreisen, ich weiß nicht, was dieser Spürhund zu schnüffeln hat, aber daß dieses Weibsbild Unglück bringt, das weiß ich, in ihrer Nähe bekomme ich Gänsehaut. Ich werde jetzt mit Habakuk nach Hause gehen, du aber solltest dich ins Auto setzen und noch heute nacht die Grenze hinter dir lassen. Auch dieser balkanesischen Mixtur solltest du dich nicht anvertrauen, du darfst dich nicht deiner Bequemlichkeit ausliefern und wer weiß, wem noch. Fahr allein, und ruf mich morgen früh von jenseits der Grenze an! Gott mit dir, Wanderpapa!«

Dragoman: »Eine Frau weniger, ein Befehl weniger: Beweg dich endlich, los geht's! Ein Grund mehr, die Pfeife zu stopfen und um noch ein Glas von diesem mehr oder weniger ehrlichen italienischen Riesling zu bitten. Wenn sich die Gegenwart verdichtet, ist es gut, das ist mir aufgefallen, in vergangene Zeiten hinüberzusegeln, denn in der Zwischenzeit kehrt in der Gegenwart irgendwie Ruhe ein. Stellen indes auch wir uns hin und mischen mit, nimmt das Tohuwabohu nur zu, und das Mordsspektakel, die Masse, fängt zu brodeln an.

Gehen wir weit weg von hier, hoch hinauf, auf ein Felsplateau, das einer auf die Kante gestellten Muschel ähnelt. Dort hatte ich zwei Kollegen, zwei schmucke alte Herren, Philosoph der eine, Fred, und Historiker der andere, Martin. Während wir uns dort an den Felsen anpflockten, phantasierten wir vom reinen Tod. Mehrere Möglichkeiten kamen zur Sprache. Beispielsweise eine Selbstverbrennung in einer Waldhütte, die zuvor mit Öl übergossen wird. Dagegen sprach, daß sich das Feuer ausbreiten könnte, und natürlich wäre es schade um die Hütte gewesen. Naiv zu einer Fabrikbesichtigung gehen und in den glühenden Stahlbrei springen. Vor zwanzig Jahren wäre das hier in Kandor noch gut gewesen, doch im Garten der Götter oder auf dem Weg zum Pike's Peak sagte das nicht viel. Ein Tod durch Ertrinken zog niemanden von uns an, gegen Gift sträubten wir uns, eine Selbsterhängung wäre häßlich. Schließlich legten wir uns darauf fest, daß ein Aufschneiden der Pulsadern anzuraten sei, für das Opfer bedürfe es eines Messers. Statt des Lammes oder statt des Sohnes sei der Mensch selbst hier, sein Handgelenk. Doch was würde dann geschehen, was sollte mit der verderblichen Haut passieren? Wie könnte sie entfernt werden, ohne anderen Ungelegenheiten zu bereiten? Auch hätten wir keine Lust gehabt, unseren alternden Körper fremden Händen auszuliefern. Eine Höhle wäre vielleicht der richtige Ort, um am Ufer zugefrorener Seen durch Einwirkung unterirdischer Gase in einen ewigen Schlaf zu sinken, sagte ich in Gedanken an die kandorianische Höhle, die Herren schüttelten den Kopf. Alle Ideen schienen etwas Affektiertes an sich zu haben.

Hohe, rote Felswände und Steilhänge standen vor uns, der Gipfel hätte von der anderen Seite her auch über einen grünen Pfad erklommen werden können, doch wir tasteten uns Zentimeter für Zentimeter die steile Felswand hinauf und spürten, daß wir drei – Fred, Martin und John alias János Dragoman zuverlässige Männer – voneinander abhingen und auf das Leben des anderen zu achten hatten. Wäre einer von uns abgestürzt, hätte er auch den anderen mit sich reißen können. Und wir stiegen höher und höher, dorthin, wohin unsere Partnerinnen auf der anderen Seite bereits hinaufspaziert waren, jedoch wegen des Schwindelgefühls nicht hinunterzublicken wagten.

Auf dem Gipfel angelangt, sahen wir uns triumphierend um, dann schlenderten wir auf der anderen Seite abwärts zur Kneipe namens Runaway, in der zumeist Leute mit breitkrempigen, steifen Hüten saßen, die von irgendwo weggelaufen waren, hinaus in die offene Wüste oder hinauf zu den rotbraunen Felskathedralen, weil sie von der Enge genug hatten. Wir tranken Starkbier mit Wildputenwhiskey, dazu aßen wir geröstete Zwiebelringe und gepfefferte Hähnchenkeule, wir stellten fest, daß das Leben an der Universität ruhig und flach sei, doch Sommer für Sommer nach Europa hinüberzurutschen versetze einen auch nicht in allzu große Aufregung.

Einmal allerdings wurde in unserer kleinen Gesellschaft Unruhe gestiftet, zur Theaterwissenschaft gesellte sich eine Frau, eine Bühnen- und Kostümbildnerin, Magda, sagte Fred, aus deiner Stadt, eine Frau, die großen Eindruck macht, groß, sportlich, der schön geformte Schädel von kurzem, lockigem, grauem Haar bedeckt, charakteristische, jedoch regelmäßige Gesichtszüge, breites, ein wenig fleischiges Kinn, überdurchschnittlich große Augen. Auch Martin hatte Magda schon gesehen und bestätigte Freds günstige Beschreibung.

Fred redete ausgesprochen schnell, bewegte sich jungenhaft, beim Autofahren legte er New Yorker Stil an den Tag, gemessen an der ruhigen und defensiven Weise, die hier üblich war, ein bißchen verrückt. Magda brachte die Verhältnisse durcheinander. Für beide, sozusagen für alle hatte sie irgendeine persönlich-bissige Botschaft, Blitzschläge gelegentlich, sie machte die verdeckten Schwächen der Kollegen sichtbar. Mit lang ausgestrecktem Arm belastete Magda Fred und Martin mit allzu großen geistigen und sittlichen Forderungen, zur allgemeinen Beschämung ließ sie verlauten, daß sie von Wittgenstein oder der Modeschneiderei des Ancien régime ebensoviel Ahnung habe wie Fred und Martin, die beiden *distinguished* Professoren, obwohl sie selbst nur eine Designerin sei.

Es stellte sich heraus, daß Magda eine leidenschaftliche Bergsteigerin war, und nun brachte ich auch ihren Namen in Erfahrung: Gottfried. Mein Gott! Wenn sie käme, dann würde ich gehen. Lange genug hatte ich mich in ihrem Atelier gesuhlt; an der Wand jagten sich rote und schwarze Greifvögel, oft klingelte das Telefon, Magda nahm den Hörer nicht ab. ›Warum ziehst du das Telefon nicht raus?‹ fragte ich. ›Den Hörer nicht abzunehmen verschafft mir mehr Genuß‹, sagte sie. In der Ecke reihten sich in verschiedenen Formationen Magdas handgefertigte Schuhe, alle eigenartig und grotesk anzusehen.«

Ihr Vater, Emmanuel Gottfried, war ein namhafter Zahnarzt und Universitätsprofessor, dank familiärer Verbindungen arbeitete er mit den modernsten Instrumenten. In seiner Praxis begegneten sich Diplomaten und führende Politiker. Doktor Gottfrieds Hand war zuverlässig, und niemand fühlte ihm wegen seiner politischen Anschauungen auf den Zahn, es wäre auch nicht leicht gewesen, ihrer habhaft zu werden.

Im Vergleich zu ihren Zeitgenossen war Magda gut informiert, in der Praxis und im Wartezimmer schnappte sie verträumt das eine und andere von den Unterhaltungen auf. »Ich bin nur eine dumme Kunstgewerblerin«, sagte sie, und das glaubten ihr einige. Auch an der Hochschule spielte sie dieses Spiel, daß sie alles vergißt und durcheinanderbringt, vieles wurde ihr nachgesehen, und sie hörte den Prüfern, die ihr erklärten, daß sie sich total irre, mit größter Arglosigkeit zu. »Ich bin nur ein naives verliebtes Mädchen«, gab sie an entsprechenden Stellen zum besten und ließ einen Kollegen aus dem Gefängnis holen.

Der Vater teilte ihr mit, wer von den Politikern sich gerade eine phantastische Brücke aus Weißgold anfertigen lassen wollte, Magda assistierte bei solchen Gelegenheiten. Fest hielten geschickte braune Hände den Kopf des Patienten, ihre Gegenwart wirkte sich stimulierend aus. Wenn er ein Mann sei, solle er auch ein Mann sein, sagte sich das sich etwas belemmert fühlende Opfer. Bereitwillig reichte ihm Magda das Wasser, um den Mund auszuspülen, und sie beobachtete ihn derart lange, und ihr Blick hatte etwas so Ermutigendes, daß der Minister die Augen lieber nicht schloß, auch wenn es ein bißchen weh tat, was in seinem Mund vor sich ging. »Sie haben sich gut gehalten, Sie sind ein wackerer Geselle!« sagte sie, wenn sich der Betreffende vom Behandlungsstuhl erhob. In diesem Satz schwang eine solche Autorität mit, als hätte Magda das Recht, zu loben oder zu tadeln. Bei diesem ruhigen Mädchen genügte eine Bewegung der Augenbrauen, um etwas zu billigen oder abzulehnen.

Eine Wurzelbehandlung reichte Magda, um jedermann von sich abhängig zu machen, und wenn sie mit jemandem ein bestimmtes Ziel verfolgte, ließ sie ihn noch für eine Viertelstunde, um sich nach der Erschütterung ein bißchen zu erholen, im Salon neben dem Behandlungsraum und dem Wartezimmer Platz nehmen, zeigte ihm ein unlängst geschenktes Album mit der Bemerkung, daß ihn dies sicher interessieren werde, sehr wohl wissend, daß dieser Mensch, der jetzt mit der Zunge die Zähne befühlt, an der in den Schoß gelegten Kunst absolut kein Interesse hat.

Mit Magdas klarem Blick ließ es sich vereinbaren, entsprechend der Weisheit ihres Vaters Verbindungen wie Briefmarken zu sammeln. Von Anfang an hatte sie einen Schneider und eine Näherin, einen Metzger, einen Gemüsehändler und eine Milchfrau, sie führte den Haushalt ihres früh verwitweten Vaters, und schon im Gymnasium las sie unter der Bank Kochbücher.

Gern unterhielt sich Dr. Emmanuel Gottfried nur noch mit Magda, und mit äußerster Diskretion vermied er, ihr Zimmer zu betreten, um sich ja nicht in einer unbequemen Situation wiederzufinden, Magdas Nähe entgalt er mit Distanz. Um der Einfachheit willen teilte er die Menschheit in zwei Kategorien ein, in der einen befanden sich die Esel, in der anderen die Halunken. Dieses Schema hatte sich bewährt, unabhängig davon, wer an der Macht war. Entweder sei jemand ein Schuft oder aber ein Idiot.

Ansonsten war das Land hoffnungslos, jedoch angenehm, ja sogar sympathisch, viel Unsinn, Gaunereien und Gemüt gab es dort, in den Dorfschenken, die er gelegentlich seiner Wochenendausflüge aufsuchte, war das Essen anständig, und in den Konzertpausen in der Musikakademie entdeckte er noch immer unbekannte Frauen, von denen er den Blick nicht wenden konnte.

In die kommunistische Partei trat er nicht ein, eine seiner Geliebten wurde verhaftet und nach ihm befragt, wie ihm ein Staatssicherheitsoberst hinterbrachte, der sich seine vereiterte Zahnfleischentzündung in Ordnung bringen ließ. Er solle auf den Sonntagnachmittagskaffee mit Silber und Porzellan für seine Freunde verzichten, vielleicht sogar für gestrige Fabrikanten, die jetzt als Lagerarbeiter bei ihrer ehemaligen Firma arbeiteten und mit lüsternem Masochismus vernahmen, welch wahnwitzige Vergeudung seit der Verstaatlichung in der Fabrik vonstatten ging.

Ein Idiot war Emmanuel nicht, der Nachmittagskaffee unterblieb, und in seiner Freizeit unternahm er Waldspaziergänge oder angelte am See, und auf seinen Ausflügen und beim Angeln behauptete er seinen Freunden gegenüber, unter denen sich auch ehemalige Fabrikanten befanden, wer es nicht schaffe, die Unbilden zu überleben, wessen Arbeit nicht jedes Regime brauche, der sei geistig vermutlich minderbemittelt.

Natürlich gibt es auch unglückliche Übertreibungen, wie beispielsweise die Kalamität des armen Bódog, dessen Arbeit von den zuständigen Stellen für derart notwendig gehalten wurde, daß man sie, isoliert von der Welt und den Möglichkeiten, geschwätzig zu sein, in einer Gefängniswerkstatt zu nutzen wünschte. Als Meister des Tiefbaus leitete Bódog von dort den geheimen Bunkerbau und die Anordnung der Betonfestungen an der Landesgrenze. Wegen seiner Familie mußte er sich keine Sorgen machen, am Ersten eines jeden Monats tauchte bei seiner Frau ein Hauptmann des Staatssicherheitsdienstes auf, der das Gehalt ihres Mannes brachte und als Aufmerksamkeit in einem großen Korb die damals seltenen Südfrüchte. Emmanuel freute sich, daß seine Begabung nicht so hochgeschätzt wurde wie die des armen Bódog.

Minister und Staatssekretäre des vorangegangenen Regimes suchten seine Praxis ebenfalls auf, auch der Sohn des Reichsverwesers. Der Reichsverweser selbst schenkte sein Vertrauen eher Emmanuels Vater, der noch dazu auf den Namen Nathan hörte. Den Grafen, Offizieren des Generalstabs und Chefberatern der Regierung konnte es nicht verborgen geblieben sein, welcher Konfession ihr Zahnarzt angehörte, doch sogar die hartgesottensten Antisemiten nahmen kindliche Züge an, wenn sie Doktor Gottfrieds Handbewegungen verfolgten. Emmanuel hatte graublaue Augen, seinen konzentrierten Blick lenkte er, ohne zu blinzeln, strahlenförmig in den Mund des Patienten.

Es kam vor, daß sich Magda bei einem Winzerfest, zu dem ihr Vater eingeladen worden war, in einen Bauernjungen verliebte, sie blieb im Elternhaus des Jungen sitzen und zeichnete jeden, das Porträt händigte sie dem Modell aus. Gern hätte sich das ganze Dorf von der Künstlerin porträtieren lassen, sie standen hinter ihr, beobachteten sie, rahmten die Zeichnungen ein, bewirteten und hofierten sie. Magda nahm sich aus der Schüssel noch ein Stück Nußkuchen, stützte sich mit den Ellenbogen auf den Tisch und ließ auch ihre beträchtliche Büste darauf ruhen. Der Knabe betrachtete mit weit geöffneten Augen den Gast, der sich mit der Großmutter unterhielt und das ganze Haus mit einer angenehmen Atmosphäre erfüllte.

Magda hatte vor sehr wenigen Dingen Angst, am wenigsten davor, daß ihr jemand von den Freunden die Streifzüge verübeln könnte. Eifersucht, sagte sie, sei eine Regression wie nächtliches Bettnässen. Heiraten werde sie nie, erklärte sie, doch wo immer sie auftauchte, selbst wenn sie nur zu Besuch war, wurde Magda in wenigen Augenblicken die Hausherrin, an der Seite wechselnder Hausherren. Der Bräutigam sollte kommen, eine Flasche Wein mitbringen und um Mitternacht verschwinden, da Magda morgens um sieben aufsteht und sich nach sieben Stunden Schlaf sowie einem ausgiebigen Frühstück an die Arbeit macht. Wenn sie jemandem gestattet, nachts bei ihr zu bleiben, so geschieht das nicht aus Mitleid.

»Du kannst mir zugeneigt sein, mir Freundesdienste leisten, vielleicht erwidere ich sie, vielleicht nicht. Verpflichtet bin ich zu nichts. Entscheidend ist, ob ich Lust dazu habe. Mein Vater, das ist etwas anderes, ihn versorge ich jeden Tag, wenn ich ein Kind hätte, würde ich es auch versorgen, doch mein Sohn bist du nicht.«

Es ist auch nicht auszuschließen, daß sie auf einer schlammigen Dorfstraße in der Tiefebene an der Seite eines Lastwagenfahrers in Gummistiefeln flaniert. Dragoman ärgerte sich, weshalb er so leichtgläubig war und sich von Kobra hatte einreden lassen, daß die Tiefebene mystisch sei, der Mensch alles zu schätzen wisse, was sich erhebe, den Turm der reformierten Kirche, den Schornstein der Mühle und die Pappeln. Von diesem Ausflug in die Tiefebene brachte Magda eine ganze Mappe voller Zeichnungen mit nach Hause. Sie trug ein Männerhemd, das sie im Gemischtwarenladen des Dorfes gefunden hatte und in dem sie sich überall zeigte, etwas anderes hatte sie nicht an.

»Mit einem Wort«, so Dragoman, »als ich erfuhr, wer da unlängst angekommen war, doch schon einen Ausflug auf den Gipfel des viertausendsechshundert Meter hohen Pike's unternehmen wollte, sagte ich mir, aha, ein leichter Fall wird das nicht, mich allerdings wird jene aufwühlend ruhige Dame nicht hinters Licht führen. Ich wußte, daß Fred oder Martin oder beide auf dem Feld der Rivalitäten fallen würden, in ihrer Ehe Verwirrung entstehen würde und die verzauberten Großväter selbst von den Enkeln noch düstere moralische Mißbilligung würden hinnehmen müssen. Als Bergsteigerin zeigte Magda größeren Eifer als praktische Erfahrung, erst nur gelegentlich, dann schließlich ganz überließ ich ihr die Rolle des Dritten im Bunde.

Wir beide gingen uns aus dem Weg und grenzten die

Territorien gegeneinander ab wie Raubtiere. Wir kannten uns allzu gut, wir wollten unsere Betrachtungen anstellen und uns amüsieren. Ob sie ihre Beute für ewig oder nur für kurze Zeit zu machen trachtete, wollte ich nicht unbedingt wissen. Im Zweifelsfall, das wußte sie, konnte sie mit mir rechnen, ansonsten aber, wie die Deutschen zu sagen pflegen, drei Schritt vom Leib.

Magda überredete Fred und Martin im Sommer zu einer Bootspartie. Mit dem Paddelboot stürzten sie über kleinere Wasserfälle in die Tiefe, auf breiten Flüssen ließen sie sich in Ruderbooten abwärts treiben. Jung war keiner mehr, Magda war die jüngste; nicht die Hautfalten waren es, die es ihnen angetan hatten, sondern eher der Glanz der Augen. Die zwei Herren staunten über Magdas verwegene Ideen, über ihre heftigen und kollektiven Vorwürfe, die sie den trägen und teilnahmslosen Westlern machte, im Namen eines alles zusammenfassenden, substantiell und eher vielversprechend edleren Ostens. Wie gesagt, sie war jünger als Fred und Martin, und beim Vergleich der phantastischen Ruhe ihres Körpers mit den unerwarteten und rhapsodischen Strophen ihrer Monologe zwinkerten sich die Männer des öfteren zu, und allein geblieben bekannten sie, daß Magda nach ihrem Gefühl eine außerordentlich interessante Persönlichkeit sei.

Seit neuestem zogen sich ihre Forschungen nach dem Abendessen in der Universitätsbibliothek lange hin, und anschließend setzten sie sich noch ins Runaway, gegen Mitternacht, was sie früher nie getan hatten. Die Kneipe hatte geöffnet, solange die Gäste es wünschten; der Besitzer füllte die Gläser schnell, seine Bewegungen wirkten angenehm, und auf einer glänzenden und heißen Stahlplatte briet er Eier mit Schinken. Er las gern, das ständige Raunen der Gäste störte ihn nicht, mit einem Buch in der Hand setzte er sich an den Kamin unter die Stehlampe. Eine lange Latte war er, und stets trug er ein Lächeln auf den Lippen.

Einmal setzte sich Fred allein an einen Tisch, weder Magda noch Martin waren dort. Dann einmal setzte sich Martin an einen Tisch, weder Magda noch Fred waren dort, weder in der Bibliothek noch in der Kneipe. Freds Frau indes, die das Telefon abnahm, wußte ihn dort, sie ermunterte Martin, dort vorbeizusehen, und der verriet nicht, daß er von dort anrief.

Die Ausflüge wurden stiller, Magda begleitete sie nicht mehr jedesmal, zu zweit gingen sie auf Kanutour und vermieden, Persönliches oder intimere Dinge anzusprechen. Dann eines Tages kehrte Fred vom Bergsteigen allein nach Hause zurück. Martin sei abgestürzt, er habe sich das Genick gebrochen. Sie beerdigten ihn. Fred schluchzte, doch die Abschiedsrede hielt nicht er.

Monate später begab es sich, daß Martins Frau die Wanderjacke ihres verstorbenen Mannes in die Hand nahm, in die Tasche langte, jedoch darin die Fahrkarte der Schmalspurbahn nicht fand. Zum Andenken an den letzten Ausflug hatte sie das Billett aufheben wollen. Sie ging zu Fred und bat dessen Frau darum, da gewiß er die Karten gelöst hatte, die bei ihm geblieben sein mochten. Auch Freds Jacke war unberührt geblieben, da er seither keinen Ausflug unternommen hatte.

Die Ehefrau holte die zwei Fahrkarten aus Freds Jacke hervor und übergab sie der Witwe. Martins Frau betrachtete die beiden Billetts lange, und dann sagte sie: ›Merkwürdig.‹ Nur eine Rückfahrkarte und eine Hinfahrt. Wer hat die Fahrkarte gekauft? Martin? Hat er sich auf etwas vorbereitet? Warum aber war die Fahrkarte dann in Freds Jackentasche? Wenn jedoch Fred den Kauf getätigt hat, woher wußte er dann, daß Martin nicht zurückkehren würde? ›Darüber muß ich nachdenken‹, sagte Martins Frau und versäumte, Freds Frau zum Abschied zu umarmen.

Noch am selben Abend, bevor sich Freds Frau in ihr Zimmer zurückgezogen hätte, sagte sie nur dieses: ›Ein ehebrecherischer Mann sollte nicht knausrig sein. Ein Mörder noch weniger.‹

Fred hatte seinen Skianzug angezogen, die Langlaufbretter angeschnallt und sich in den Wald begeben. Als er an jene Lichtung gelangte, den ersten Rastplatz auf dem Ausflug, wo sie für gewöhnlich mit Martin und den Ehefrauen einen Schluck Kaffee aus der Thermosflasche getrunken hatten, nahm er die Mütze ab, zog die Steppjacke aus, schnallte die Bretter ab, schlüpfte aus den Schuhen und dem Pullover, um sich schließlich, nur mit Hose und Hemd bekleidet, in den Schnee zu legen. Am nächsten Tag machte sich bereits das Wild des Waldes an Freds gefrorenem Leichnam zu schaffen.

Nun ja, er wurde gefunden, gewaschen, angezogen, vom Gesicht fehlten bereits Teile. Es ist schwer, uns jeder Manipulation der Mitmenschen zu entziehen. Als Rührmichnichtan würden wir wünschen, von niemandem angetastet, seziert und in die Molle gelegt zu werden, weil dieses übliche Verfahren unsere Menschenwürde verletzt.

Ich weiß gar nicht, warum ich euch diese Geschichte erzähle, vielleicht deshalb, damit nicht von mir die Rede ist. Ihr könnt von mir erwarten, daß ich mir überlege, was ich tun werde. Das ethische Dilemma kann ich nicht erkennen. Ich bin in Situationen hineingeschlittert, hineingetrieben, für die ich rechtlich nicht zur Verantwortung gezogen werden kann. Einen Menschen, der mir eine gewischt hat, habe ich unvorsichtig von mir gestoßen. Ich hätte auch geschickter sein und ihm den Arm umdrehen können, doch nach einem so lange andauernden körperlichen Kontakt mit dem Rektor stand mir nicht der Sinn. Eine Backpfeife wäre ja noch angegangen, doch er forcierte diese physische Berührung weiter, ich meinerseits wollte diesen kandorianischen Vertraulichkeiten ein Ende bereiten.

Getrieben zu werden ist kein Dilemma. Als ich eintraf,

dem Impuls einer nostalgischen Eitelkeit folgend, warnte mich eine Stimme: Falle. Aufgestellt worden ist sie nicht, sie besteht. Sollte sich Herr Barnag vom Geist einer korrekten Justiz leiten lassen? Gott weiß, wovon er sich leiten läßt. Hier geht es bei allem um etwas anderes. Der Rektor ist zugleich auch ein geistlicher Würdenträger. Der Ehrendoktor ist nebenbei auch ein schwarzer Magier und böser Zauberer. Nach und nach nimmt jeder die eigene Rolle an und spielt sie, unabhängig davon, ob sie ihm gefällt oder nicht. Meinen Unfug müßte ich so lange hier treiben, bis mich die guten Kandorianer mit dem ruhigsten Gewissen der Welt steinigen könnten. Diese Stimmung im Hintergrund würde ein Gerichtsverfahren verdächtig machen, bei der Beurteilung der Fakten würde auch die Politik mitmischen.

Bin ich nicht dennoch schuldig, auch wenn ich unschuldig bin? Und ihr, erwartet ihr nicht von mir eine Sühne? Doch wenn die Behörde obskur ist, gibt es dann nicht eine andere Behörde? Gibt es eine maßgebliche Instanz, die meine Taten beurteilen und das Urteil vollstrecken kann? Außer meinem eigenen Verstand kenne ich eine solche nicht. Für ein bis zwei Jahre könnte ich mich einsperren. Eine Strafe in dieser Höhe etwa könnte ich bekommen, wenn ich wegen fahrlässiger Tötung verurteilt werden sollte. Dankbar könnte ich die Beschränkung meines Bewegungsspielraums hinnehmen und die Tatsache, daß aus dem Hotel, in dem ich wohne, mein Zwangsaufenthaltsort geworden wäre. Wieder hat das glückliche Geschöpf die Umstände überlistet. Meinem Hedonismus könnte ich übrigens in der Bibliothek und auf der Kegelbahn der gedankenlosen Sünder hinter Gitter und unter bewaffneter Bewachung freien Lauf lassen, würde ich sagen. Okay, Kuno, wir haben gegeben, bekommen, ich habe gelitten an dir, ich habe dich überlebt, Gott mit dir. Du warst mir nur eine überflüssige Last.

In der Kunst der Selbstisolation seid ihr alle große Lehrer. Ein Leben außerhalb Kandors gibt es nicht, und wenn dennoch, dann nicht ein solches. Das ist nicht zu leugnen. Eingesperrt zu sein, das kann ich nicht ertragen. Ich werde mich nicht zum Komplizen derer machen, die mich einsperren, ich bin nicht der Liebhaber meines Gefängnisaufsehers. Warum sollte es richtig sein, ausgerechnet mich einzulochen, um mich schließlich nach einer längeren Untersuchungshaft auf freien Fuß zu setzen?

Vergebens, so hörte ich, wolle ich die Stadt Kandor verstehen, das werde mir nicht gelingen, weil meine Gefühle fremd seien und ich unzulässig viel für die Besichtigung der weiten Welt geopfert hätte. Einige richtig denkende Mitbürger sagen, den Besten unter ihnen, das, was in ihnen das Beste sei, hätte ich von mir gestoßen. Sie hätte ich von mir gestoßen. Das werden sie sagen.

Dessenungeachtet haben sie mich als Zielscheibe eingeladen, um mich zu beschießen, mit Fingern auf mich zu zeigen, um mich als Bestandteil aus sich heraus zu exorzieren. Es trifft zu, daß ich freiwillig hergekommen bin, daß unser Kongreß hier stattgefunden hat. Die metropolitanen Magier umgeben sich mit Sirenen, deren Gelächter ihnen selbst gilt. Die bloße Existenz pazifistischer Anarchisten ist eine Herausforderung. Mit einem Wort, mein Geld bin ich wert, vor euch muß ich meine Unschuld nicht beteuern, denn schuldig bin ich aus eurer Sicht selbst dann, wenn ihr mich liebt. Allzusehr haben wir uns in diesem Haus von der Außenwelt abgeschirmt, interessante Laute dringen von draußen zu uns herein, wir sollten uns, meine Lieben, in den Kirmestrubel stürzen. Ich hoffe, wir werden uns nicht aus den Augen verlieren, doch wenn es uns dennoch voneinander wegtreiben sollte, Gott befohlen! Für all eure Güte danke ich euch.«

Verhör

Auf der Straße lautes Trommeln und Beckenschlagen, ein schlankes Mädchen wiegt sich im Rhythmus, und auf seiner Schulter schaukelt eine kragenartige Holzkonstruktion mit dem Kopf eines Ungeheuers. Ein Schauspieler in Stiefeln läßt seine in Stiefeln steckenden Hände und Arme aneinanderklatschen. Er ist zu einem Vierbeiner geworden, beziehungsweise er löst sich in zwei Figuren auf, die sich schlagen, auf dem Rücken die maskierten Rümpfe und Schädel, die blutig sind oder weiß gepudert, und die Augen treten aus den Höhlen hervor.

Die Augen des Holzschweins leuchten, in seinem Maul ist auf einem Bildschirm die Schlachtung eines Schweins in umgekehrter Reihenfolge zu beobachten, von der Knackwurst bis zum lebenden Tier, höchst ausführlich, es ist zu sehen, wie das Blut umgerührt wird, die Augen aufgeschlitzt werden, vergrößert können die Einzelheiten der Zerlegung begriffen werden, zu hören ist das Quieken des abgestochenen Schweins. Die Szene erweckt den Anschein, als würden wir uns selbst essen, als würden wir wechselseitig unser Blut in eine Schüssel rinnen lassen, um Blutwurst daraus herzustellen oder es dampfend frisch mit gerösteten Zwiebeln zu braten.

Und als Puppe wäre da noch der Kasper, der die Gespenster vertrimmt, doch nachdem er viele Hiebe verteilt und auch abbekommen hat, Stock und Bratpfanne reichlich in Aktion getreten sind, geht der nieselnde Regen in einen Platzregen über, und die Vorstellung wird abgebrochen. In Kirchen und Scheunen lassen sich Sehenswürdigkeiten bewundern. In der Kneipe Tableaus und Glockenspiel, auf Wagenbühnen hüpfen grimassierende Komödianten umher, sie kreischen und stampfen mit den Füßen auf. Kinder suchen ihre Mütter, Bälle rollen, Luftballons entschweben. Die Autofahrer seufzen. Bier, Wein, Schnaps fließen in Strömen. Ein robuster Mann hält die Autos an, man solle sein Bier kosten, das er auf einem Feuerwehrwagen herangeschafft hat.

Nur ein Sommernikolaus zieht traurig den Schlitten hinter sich her, der Watteschnurrbart hängt herab, als wolle er schmelzen. Ein Nikolaus, der sich aus dem Winter in den Sommer verirrt hat. Diese Welt ist nicht seine Welt. Er zieht den leeren Schlitten über das Pflaster, macht sich auf die Suche nach einer besseren Welt, untröstliche Traurigkeit geht von ihm aus. Mit seiner Zipfelmütze taucht er im dichtesten Verkehr auf, und verdrossen tappt er nach einigen Worten weiter. Die Hoffnung, eine gute Schneewelt zu finden, gibt er nicht auf.

Dragoman kraxelt den Berg hinauf, begibt sich vom Eichen- in den Tannenwald, von einer Höhle zu einem Felsen, und in Schuhen aus Rohleder über die Spitze eines Regenbogens hinwegsteigend, gelangt er zur Steinuhr. Auf dem von Efeu bewachsenen Felsplateau sind zwölf Basaltsäulen im Halbkreis angeordnet, so daß der Sonnenstrahl als Uhrzeiger fungiert, als wäre die stehengebliebene und vorstellbare, die versteinerte, zu Mineral erstarrte Zeit die Perspektive.

Der Himmel ist bedrohlich rot, Westwind, der Wasserspiegel liegt flach. Wenn Dragoman sich an die Sträucher klammert, wird er auf diesem Pfad zum Höhleneingang finden, von wo aus er jenen verhängnisvollen Schuß abgefeuert hat. Einerlei, ob das Ziel richtig ist oder nicht, ein Schuß folgt dem anderen oder gar eine ganze Salve. Der Pfad ist steil, Steine geraten unter den Sohlen ins Rollen, es röten sich die Hagebutten, schwarz werden die Maulbeeren und der Himmel.

Auf der anderen Seite des Berges irren Fackellichter umher, und in der großen Mulde im Tal der Gnade sitzen die Gläubigen auf Bänken, stündlich lösen sich die Priester ab, über die Lautsprecher dringen ihre Ermunterungen herauf: »Gib dich IHM hin, ER wird für dich einstehen, und du wirst durch IHN leben.« Starke Scheinwerferstrahlen streifen die Felswand, den Bühnenhorizont, Dragoman sitzt auf einem breiten und bemoosten Steinsessel hoch über der Szene, die Luft ist von kräftigem Wohlgeruch erfüllt, der Basalt gibt die tagsüber aufgenommene Wärme ab. Auf dem Sitz neben ihm verharrt eine Eidechse, bleib doch, möchte Dragoman ihr sagen; die Eidechse: das meinst du nicht ehrlich. Aus Bussen steigen Gläubige mit ihren Kirchenfahnen, voran der Priester, in seinem Gefolge alte Frauen, sie alle streben der Felsmulde zu, wo sie die ganze Nacht ihren Priestern zuhören werden, auch die sind gespannt auf die Ausführungen ihrer Konfratres und spinnen deren Gedanken weiter. Die Gemeindeglieder gehen auf die Knie, jawohl, sie werden einander helfen, jawohl, sie werden den ersten Schritt tun, natürlich werden sie verzeihen. Nein, dessen enthalten sie sich, nein, die Sünde des Hochmuts verwerfen sie, und den Kopf tragen sie nicht hoch; vor dem Angesicht des Engels ergreifen sie nicht die Flucht, wenn er denn erscheint und sie im Namen des HERRN fragt.

In der reglosen Zeit der Steinuhr schrumpfen meine Bewegungen zu einem einzigen Schemen zusammen und auch dieser zu einem Punkt. Um zu verschwinden. Die Reduktion der Perspektive habe ich immer in der Hand, doch selten nur gelingt es mir, die Zukunftsidee aus den Gedanken zu verdrängen, die es übernimmt, das Mißglückte in Ordnung zu bringen, in der ich von meinen Übeln genesen kann und die es möglich macht, das Versäumte nachzuholen. Wenn es eine Zukunft nicht gibt und eine Korrektur nicht möglich ist, wenn alles so bleibt, wie es ist, wie es gewesen ist, wenn das Geschehen des späteren Augenblicks an dem des vorangegangenen nichts ändert, dann ist jeder Augenblick vollkommen.

Auch heute bist du nicht besser, als du gestern warst. Eine Schachfigur bist du, in eine Position hast du sie gebracht, und dort ist sie geblieben. Wenn du gelogen hast, hast du gelogen, wenn getötet, dann getötet, und eine Rechtfertigung dafür gibt es nicht. Obwohl der Mensch etwas nicht will, tut er es, er wird hineingezogen. Wenige entscheiden sich für ein Verbrechen, es kommt zu dir ins Haus, versperrt dir den Weg, wie ein Räuber, vor deiner Schwelle lauert die Bestie und wacht jeden Morgen erquickt wieder auf.

Natürlich verteidigst du dich nur, natürlich ist es nur die Situation, der du dich beugst, der Kommandeur, der Affekt oder der Haß, nicht der Mittelpunkt des Ichs, sondern etwas Peripheres, das sich als Äußerlichkeit tarnt, nicht das Selbstbewußtsein, sondern die Stimme, das Flüstern, das du vernimmst.

Ich eigne mich dazu, daß mir die unschuldigen Feiglinge die Einflüsterungen eigener Ruchlosigkeit unterstellen. Wen aber kann ich verantwortlich machen? Zwischen den Basaltzeigern der Steinuhr kann ich mich nirgendwohin wenden, obwohl ich mich im Kreise drehen könnte. Ein fehlbarer Mensch, den es zu verschwinden gelüstet und der seine ungewollten Mißgriffe und Beteiligungen am liebsten hinter sich lassen würde, wie der Hund seinen Haufen. Unruhe erfaßt ihn, doch er weiß, daß er sich nicht aus dem Staub machen kann, denn gebunden ist er durch das Recht, die Moral und die Erinnerung.

Mit den beiden letzteren käme ich ganz gut zurecht, so flüstert auch mir eine Stimme zu, eine mediterrane, eine balkanesische, die sich anhört wie Swetosars Englisch. Bis sich die Wogen geglättet haben, könnte ich mich in Richtung Heimat durchschlagen und mich der Justiz der Vereinigten Staaten anvertrauen, deren Unabhängigkeit mehr Patina angesetzt hat, also vertrauenswürdiger ist als die kandorianische, sofern wir Herrn Barnag nicht als ein atypisches Phänomen betrachten, denn irgendwie steht die Sache mit dem Polizeipräsidenten so, daß ich schuldig bin, wenn Kunos Freunde oben sind, und daß ich unschuldig bin, wenn Tombors Freunde das Sagen haben.

Doch selbst meine Freunde halten den Zufall nicht tatsächlich für einen Zufall, sie sind der Überzeugung, daß es einen Zufall nicht gibt, daß die Ereignisse, die sich um mich her abspielen, von mir zu verantworten sind. Auch ich bin der Meinung, daß das, was sich in unmittelbarer Nähe ihres Hauses ereignet, sie betrifft. Wenn sie nicht in größter Eile davonlaufen, haben sie sich daran gewöhnt, sie haben gelernt, damit umzugehen. Mein Freundeskreis ist durchdrungen von den russischen Klassikern, und Raskolnikows Verbannung würden sie für etwas Schönes halten, wobei sie vergessen, daß das Zuchthausschicksal des Autors nicht freiwillige Wahl war, er wurde verbracht mit einem Eisenklotz an den Füßen, weil er in Gesellschaft über Ideen diskutierte, weil er sich bemüht hatte, das Falsche vom Wahren zu unterscheiden, wie ein jeder danach strebt, in dessen Kopf nicht nur Stroh steckt.

Mit einem Wort, erinnern kann ich mich an das Geschehene überall auf der Welt, auch auf dem Chicagoer Flughafen, wenn sich der Start um noch eine halbe Stunde verzögert. Oder in der Bar des Grammercy Park Hotels, wo ich den Pianisten aus reiner Freundlichkeit vertrete, rücke ich mit dem phantastischen Thema des schlechten Gewissens heraus. Ich liefere Hintergrundmusik, verträumte Weisen, gedehnt, manchmal verdichtet. Die Damen setzen sich zu mir, sie haben schon Falten unter den Augen, vielleicht auch auf dem Bauch, wie auch ich nicht mehr aus der Schachtel des Puppenkaufhauses komme. Alte Freundinnen, neue Geschäftspartner, Redakteure, Nachbarn, Schauspielerinnen, Dealer, undefinierbare Existenzen. Friseusen, die sich als Tänzerinnen ausgeben und manchmal tatsächlich tanzen; Garderobieren, die sich als Zauberkünstlerinnen vorstellen und in der Tat in einem fort zaubern. Mittels entsprechender Veranschaulichung einiger Gewissensbisse könnte ich mir einen hübschen Glorienschein ums Haupt winden, und sie alle würden sich an meinen kandorianischen Geschichten berauschen.

Wenn, beispielsweise, sein Enkel eine Fortsetzung dieser kandorianischen Geschichte einfordert, ist es nicht auszuschließen, daß Dragoman sich morgens um neun auf dem Polizeipräsidium der Stadt meldet. Der Reisepaß wird ihm abgenommen, er erhält dafür eine numerierte Aluminiummarke, ebenso wie im Schwimmbad, wenn er in der Kabine alles zurückgelassen hat. Solange sich sein Paß in fremden Händen befindet, ist Dragoman im bürokratischen Sinne nackt. Der Vernehmer vermag auf neue Fragen Dragoman keine neuen Antworten zu entlocken. Nein, jenen jungen Mann hat er nicht gekannt. Ja, er hat sich auf einen alten, in Ungarn nicht erschienenen Artikel berufen. Doch das fragliche Ereignis, daß er sich vom sechsten Stock, von der Dachterrasse des Hotels, auf den blaugekachelten Beckenrand des Schwimmbassins gestürzt hat, steht weder mit der Person Dragomans noch mit der Verantwortung als Autor in irgendeinem rationalen und kausalen Zusammenhang.

»Hat dieser junge Mann nicht etwas gewollt von Ihnen? Hat er keine Bitten oder Fragen an Sie herangetragen?«

»Er hat sich mir als Liebhaber angeboten, woraufhin ich ihm erklärte, daß ich keinen Bedarf hätte.«

»Natürlich können Sie nicht dazu verpflichtet werden, derartigen Wünschen nachzukommen. Manchmal allerdings kann auch eine beschämende Enttäuschung genügen, um jemanden die Hand gegen sich erheben zu lassen.«

»Selbstmord ist eine Geste des freien Willens, definitionsgemäß gibt es keinen anderen Täter als den Toten selbst, die Sache ist also entweder eine kurze Nachricht oder Literatur. Hier auf der Polizei gibt es darüber nichts zu reden.«

»Eine Geste des freien Willens, so sagten Sie, was aus dem Syntagma Ihrer Jugendzeit stammen mag, nicht wahr, es war schick, ein Linker zu sein und von der offiziellen Linie in Richtung Existentialismus abzuweichen. Nun, das gehört wirklich nicht hierher. Ich habe mich der Mühe unterzogen, mich in einem Computerdatenbank kundig zu machen, vor Jahren haben Sie einen Essay über die Rolle des Selbstmords für die Dramaturgie einer Biographie geschrieben. Daß Zeitpunkt und Ort nicht gleichgültig sind, begreife ich; sie besitzen einen Artikulationswert. Denn, nicht wahr, wenn das Leben in der Zeit eine Form ist, muß es auch irgendwie aufhören. Beispielsweise vor einem steilen Niedergang. Jeder hat eine Vorstellung davon, daß es einen Höhepunkt gibt, ebenso wie in dieser Gegend der Steinuhrgipfel. Dorthin geht der Mensch, wenn er über etwas nachdenken oder sich ins Tal der Gnade stürzen will. Auch jener junge Mann hat sich auf diesen Moment vorbereitet. Entweder – oder. Und wenn es nicht so, sondern so passiert, muß die entsprechende Konsequenz gezogen werden. Dann salutiert der Mensch, die rechte Hand an der Schirmmütze, mit der linken den Degengriff haltend, macht kehrt und verläßt den Raum mit entschiedenen Schritten, schwingt sich aufs Pferd und galoppiert davon.«

Mit besorgter Miene beobachtete Dragoman den vor Erregung rot gewordenen jungen Mann. Sollte sich da ein epileptischer Anfall ankündigen? Zur Hintertür trat Herr Barnag ein, und ihm auf den Fersen folgte ein humorvoller Mensch von stattlichem Wuchs, er wackelte mit den Ohren, umarmte den jungen Vernehmer und führte ihn hinaus.

Barnag: »*Persona intacta*, wir könnten auch sagen *pudica*, nicht einmal in weißen Handschuhen fassen wir an, was nicht zu berühren ist. Es gibt Zonen, die für einen Kriminalautor nicht verboten sind, für einen Polizisten hingegen schon. Wer aber wüßte nicht, daß in jedem Polizisten ein Kriminalautor steckt, im Auto, auf langen Reisen kommen die unbearbeiteten Geschichten zum Vorschein. Ich bedaure, Herr Professor, mein junger Kollege ist über das Ziel hinausgeschossen. Er ist ein Meteoropath, er besitzt feinsten Spürsinn, ohne jedoch eine Bulldogge zu sein. Kommen wir lieber zur Sache des Herrn Rektors. Den Todessprung des abgewiesenen Verehrers sollten wir als einen abgeschlossenen Fall betrachten. Sagen Sie, Herr Professor, haben Sie sich irgendwann mit asiatischem Kampfsport beschäftigt, mit Karate, Kung-Fu et cetera?«

»Etwa ein Jahr lang habe ich derartiges in Kalifornien trainiert.«

»Herr Professor, Sie sind ein alter Bekannter von Dr. Kuno Aba gewesen, man könnte sagen, Sie waren Rivalen und in kollegialer Freundschaft miteinander verbunden. Bestanden zwischen Ihnen aktuelle Spannungen? Vielleicht in Zusammenhang mit einer Neuinterpretation und einer Verfälschung historischer Ereignisse? In diesem Raum wollte ich Ihnen mitteilen, daß Sie, Professor Dragoman, nicht als einziger Kenntnisse darüber besitzen, was im Tal der Gnade passiert ist. Nebenbei bemerkt waren auch die russischen Kollegen informiert. Jener Oberst war ein bißchen unvorsichtig. Irgendein Lasar Moisejewitsch. ›Sollen sie sich doch gegenseitig umbringen‹, sagte der Verbindungsoffizier, als er von Ihrer Herkunft erfuhr.

Daß Sie ihn erschossen haben, das konnten wir erst im Frühjahr 1963 feststellen, zu Ihrem Glück zu spät. Damals hatten wir die Vögel schon aus dem Käfig gelassen. Auch Sie waren schon eine Zeitlang bei uns in Gewahrsam. Anderthalb Jahre? Politisch wäre es nicht mehr opportun gewesen, Sie nochmals hinter Gitter zu bringen. Auf jeden Fall hätten Sie spüren müssen, daß wir Sie nicht aus den Augen verloren haben. Sie werden entschuldigen, aber die Stereotypien Ihrer Liebesabenteuer haben uns tatsächlich oft erheitert! Auf Fotos haben wir Sie unter demselben Kastanienbaum in einer Nische an der Brüstung der Burgmauer sich küssen gesehen, immer mit einer anderen, jedoch am selben Ort.«

»Und ich habe gehört, Sie seien der kandorianische Fouché. Sie waren der Leiter jener Abteilung, die mit der Klärung schmutziger Angelegenheiten betraut worden ist. Als eingefleischter konservativer Realist haben Sie Kuno Ihre Dienste angeboten. Das habe ich von ihm gehört. Doch wenn Sie meinen, sich in mir verbeißen zu können, dann irren Sie sich, an mir werden Sie sich die Zähne ausbeißen. Und jetzt werden Sie mir meinen Paß zurückgeben.«

»Herr Professor, ich will Sie nicht beleidigen, aber mein Bild von Ihnen ist differenzierter als Ihres von mir. Nun ja, große Geister können sich solche kleinen Nachlässigkeiten erlauben, für die es bei mittelmäßigen Köpfen wie unsereinem kein Nachsehen gibt. Ich kann Ihnen versichern, meine Vertraulichkeiten haben Ihre Persönlichkeitsrechte nie verletzt.

Ich weiß, der Herr Konsul greift schnell zum Telefon, wenn wir amerikanische Staatsbürger belästigen, freilich verschweigen wir ihm, daß wir bei Ihnen auch Haschisch gefunden haben, der Herr Konsul würde so etwas mit größerer Strenge betrachten als wir, wir sehen großzügig darüber hinweg, wissen wir doch, wo viel Licht ist, gibt es viel Schatten.

Unsere Spezialisten haben das reichlich vorhandene, ich könnte sagen erschöpfende Bildmaterial Ihres traurig endenden Duells untersucht und festgestellt, daß Sie keinerlei physische Verantwortung belastet. Ihr Verhalten war ausweichend und abwehrend, nicht aber initiativ und aggressiv. Offensichtlich stand der Rektor unter größerem Alkoholeinfluß. Und es machte auf jeden von uns einen großen Eindruck, daß Sie nach der ersten Ohrfeige dem Rektor lediglich einen verwunderten Blick zuwarfen. Doch daß Sie sich gegen die zweite verteidigten, noch dazu durch ein professionelles Umdrehen seines Arms, kann als instinktive Notwehr interpretiert werden. Ein besonderes Mißgeschick ist darin zu sehen, daß der Aufprall an der linken Ecke der Akazienbank den Schädel an einem verhängnisvollen Punkt traf, doch hätte der Rektor nicht unter Alkohol gestanden, hätte er nicht derart den Halt verloren. Seine Aggressivität und sein Gleichgewichtsverlust sprechen zu Ihren Gunsten.

Ich habe darauf angespielt, daß auch ich jene Version von den Geschehnissen im Tal der Gnade, die Dr. Kuno Aba seit neuestem verbreitet hatte, widerlegen könnte, doch ich hätte nicht nur deshalb darauf verzichtet zu rufen: ›Kuno Aba, ich habe dich gesehen!‹, weil ich Kuno Aba nicht gesehen habe, außerdem duzen wir uns gar nicht, sondern deshalb nicht, weil er meinetwegen sagen soll, was ihm beliebt, eine Lüge ist schließlich keine strafbare Handlung.

Der Herr Professor kann sich vermutlich nicht vorstellen, wie viele Lügen in der kandorianischen Elite mir bekannt sind. Es ist, als würden sich meiner Käfersammlung neue Exemplare hinzugesellen. Genüßlich schnaufe ich, wenn ich die etwas fetteren auf eine Stecknadel spieße. Es heißt, Schriftsteller hätten einen Einblick in die finstersten Winkel des Lebens, das Inventar der Sünde kennten sie aus eigener Anschauung. Nun, dem habe ich lediglich hinzuzufügen, daß diese Herren verblüfft wären und für die Dilemmata eines Strafverfolgers mehr Verständnis aufbrächten, wenn sie so viele Gemeinheiten sähen, davon hörten und läsen, unter deren Last mein Schreibtisch fast zusammenbricht.

Wenn einer viel weiß, schweigt er. Wenn einer etwas in Abrede stellt, weiß er nicht genug, Professor Dragoman. In Ihrer Sache übrigens kann ich Ihnen größte Hoffnungen machen, zwar habe ich den Bericht der Expertenkommission noch nicht erhalten, eines aber darf ich schon jetzt verraten, daß persönliche Äußerungen einiger Kommissionsmitglieder im Hinblick auf Sie günstig gewesen sind. Des weiteren muß ich Sie bitten, meine Vorschriften bezüglich der Bewegungsfreiheit und des zugewiesenen Aufenthaltorts dennoch einzuhalten. Noch immer befinden Sie sich nur bedingt auf freiem Fuß. Ansonsten, mein Herr, sind Sie frei, innerhalb dieser weitgesteckten Grenzen gehen Sie, wohin Sie wollen, und tun, wonach Ihnen der Sinn steht. Entdecken Sie die Schönheiten und die Schwächen unserer Stadt, Herr Professor, leben Sie, wie es Ihnen behagt, schreiben Sie Meisterwerke, und erfreuen Sie sich an Ihrem Enkel. Wie es beliebt, hier ist Ihr Reisepaß, wenn nicht anderswo, dann treffen wir uns zur Beerdigung des Rektors. In der ersten Reihe hinter dem Sarg wird der Herr Bürgermeister die Witwe stützen, und Sie werden in der zweiten Reihe zur Linken der Frau Bürgermeister schreiten.«

Endspiel

Dragoman war gerade in der Krone angekommen und hatte im Spiegel des Fahrstuhls sein unrasiertes Gesicht betrachtet, noch ein paar solcher Tage, und er würde es als Beruhigung empfinden, auf der Zellenpritsche mit geschlossenen Augen in seinen Gedanken das Nichts an sich vorüberziehen zu lassen, und schon hätte sich sein Gesicht der Sträflingskluft angepaßt. Manch einen trifft die Möglichkeit derartigen Umdisponierens nie, das Privathemd plötzlich ablegen und ein staatliches anziehen zu müssen, das der Anstalt, deren Ordnung er befolgen und deren Kost er essen wird, wenn er sich nicht noch Schlechteres einhandelt. Auch das kann er bekommen, denn die Bereitschaft, andere zu quälen, ist gewaltiger als Duldsamkeit. Enthalten wir uns des Hemdwechsels, halten wir fest an unseren Rasurgewohnheiten. Keiner Menschenseele geben wir das Recht, uns nach Belieben durch den Spion zu beobachten.

Kaum daß er sich rasiert und geduscht, die Sachen gewechselt und sich den aufs Zimmer bestellten Kaffee eingeschenkt hatte, als schon das Telefon klingelte, Oberst Barnag, sorgenvoll. Die Lage sei leider nicht so glänzend, wie dies beide gehofft hätten, daß sie sich dramatisch verschlechtert habe, wolle er nicht behaupten, doch stelle sie sich um einen Grad ungünstiger dar. Neue Umstände, Überlegungen und Verknüpfungen hätten sich ergeben, die insgesamt einer eingehenden Klärung bedürften, eine aufdeckende, gemeinsame Arbeit erforderten, und die sollte am besten möglichst schnell bewerkstelligt werden. Deshalb müsse er Herrn Dragoman bitten, wenn es seine Zeit zulasse, sich noch vor dem Mittagessen zu ihm, ins Büro von Oberst Barnag, zu bemühen. Es werde einen leichten

Imbiß geben, um die Arbeit nicht durch die Mittagspause unterbrechen zu müssen.

Dragoman hatte den Inhalt seiner Umhängetasche erneuert und reisefertig gemacht, das Appartement für zwei Wochen im voraus bezahlt, den Fahrplan studiert, und bereits auf dem Weg nach draußen stieß er mit der durch die Drehtür eintretenden Sandra zusammen, die Dragoman durch den Portier eine Extraeinladung zur Beerdigung übergeben wollte. Das Kuvert enthielt auch einen Sonderdruck von Kuno: *Pariavolk? Weltvolk? – Strategievorschlag für Juden.*

Sie gingen zusammen hinaus auf den Platz, tauchten ein in das goldgelbe Herbstlicht, sogleich postierte sich hinter ihnen ein Clown, der sich anschickte, sie nachzuahmen, locker nahm er das Luftpendant von Dragomans robustem Regenschirm in die linke Hand, und mit der rechten tat er das, was Dragoman nicht tat, er umarmte eine imaginäre Dame und bestürmte sie mit spöttischen und unersättlichen Küssen, wobei er anfangs eine sich süß sträubende, dann schließlich beißende Dame spielte. Sandra und Dragoman drehten sich um, versuchten, ihr Lachen zurückzuhalten, dem sie sich erst nach einigen Schritten überließen, dann allerdings lauthals.

Am Taxistand war kein einziger Wagen zu sehen, doch ein älteres Paar und eine junge Frau mit ihrem Kind warteten bereits. Dragoman fragte Sandra, ob sie bereit sei, ihn zum Bahnhof zu bringen, die Witwe erwiderte, Zeit habe sie. »Wohin fahren Sie?« »Nach Venedig«, antwortete Dragoman. »Einfach so?« »Einfach so.« »Haben Sie dort zu tun?« »Ich habe immer zu tun«, erwiderte Dragoman ausweichend.

»Kam, sah, siegte und geht? Sie haben mich zur Witwe gemacht und lassen mich zurück? Sie kommen nicht einmal zur Beerdigung? Das würde einen komischen Eindruck machen, die Leute könnten denken, Sie hätten Angst. Doch wenn Sie hinter mir einherschritten, an Melindas linker Seite, hinter dem Sarg, und wenn Sie, am Rand des ausgehobenen Grabs, einem jeden in die Augen sähen, dann wäre die Schlacht für Sie gewonnen, dann würde diese Visage Trauer ausstrahlen, die Affäre wäre abgeschlossen, und Professor Dragoman würde ritterlich alles tun, um den Nachlaß des Rektors Kuno Aba, meines verschiedenen Mannes, aufzuarbeiten und sich um Publikationen im Inland wie im Ausland sowie um deren Rezeption zu kümmern. Dazu würde es das eine oder andere Interview im lokalen Fernsehen geben, der Brückenschlag zwischen den beiden Lagern könnte gewürdigt werden, und an der kandorianischen Akademie würde Professor Dragoman am Kuno-Aba-Gedenktag eine Rede halten, sagen wir unter dem Titel: *Kuno Abas Untersuchungen zur Wirkungsdynamik der multidimensionalen Interdependenz innerhalb regionaler Eliten beziehungsweise zwischen ihnen.* Darüber müßten wir uns noch unterhalten.«

Dragoman könnte auch den übernächsten Zug nehmen. Jedenfalls ist es ziemlich unwahrscheinlich, daß der Flüchtige bei der Geschädigten, bei der Witwe des Opfers, seine Zelte aufschlägt. Daran wird Herr Barnag nicht denken, und selbst wenn er daran denkt, unterdrückt er diesen Gedanken. Es gehört sich so, daß zwischen dem Polizisten und der Frau Rektor ein Informationsaustausch stattfindet, allerdings nur ein selektiver. Das ältere Paar ist bereits weggegangen, ein Taxi nähert sich, die junge Mutter zerrt ihren Sohn. Sandra bietet ihr Auto an, das sie in einer nahe gelegenen kleinen Straße abgestellt hat. Wohin könnten sie gehen? Die öffentlichen Plätze sind jetzt nicht gut. Das kandorianische Publikum hat Dragomans Gesicht in den letzten Tagen oft zu sehen bekommen. Auch Sandra im Trauerkleid würden die Menschen erkennen, viele würden sich entsetzen, jetzt sollten sie zusammen lieber nicht gesehen werden. Am vernünftigsten wäre es, wenn sie sich auf den Berg zurückzögen, in Kuno Abas und Sandras Haus, von dessen breiter Terrasse sich ein Blick auf den See bietet. Wenn Dragoman auch weiterhin verreisen will, wird ihn Sandra später zum Bahnhof bringen.

In Sandras Auto sah sich Dragoman selbstvergessen um, auch zum hundertsten Mal konnte er eine Straßenkreuzung in sich aufnehmen. Um eine alte, ebenerdige Kneipe mit Trapezgrundriß gabelt sich eine kopfsteingepflasterte Straße und steigt steil den Berghang hinauf. Zur Linken wohnen Kobra und Melinda, zur Rechten steht Kuno Abas Haus. Scharfes Bremsen, Abbiegen nach rechts. Das Steuer in den Händen der Frau. Wenn uns die Ahnung nicht trügt, neigen die Lippen der Fahrerin zu einem Lächeln. Ausgerechnet ihr das Geheimnis anvertrauen? Oder sich ausgerechnet von ihr über die Grenze bringen lassen? Sich mit dem Gegner zu verbünden führt entweder zu Verrat oder zu außergewöhnlichem Erfolg. In solchen Situationen hält Dragoman seine große Nase in den Wind des Schicksals und entscheidet nach den Gerüchen; wie ein Hund.

Das Parfüm der Fahrerin prophezeit, was kommen wird. Verblüffend diese kräftigen Wangenknochen, durch die sich die Augenschlitze verlängern, aufgeworfene, feste, herzförmige Lippen lassen eine nächste Überraschung ahnen. Wie immer diese Visite enden mag, die Idee der Rache keimt insgeheim. Allerdings kann sie vielerlei Gestalt annehmen. Das Ziel besteht darin, jemanden unterzukriegen, der die Oberhand über uns gewonnen hat. In einer solchen unentschiedenen Lage legt der alte Dragoman seine Hand auf den Schenkel der Fahrerin, um derart sein Kaufinteresse zu bekunden, woraufhin sie die Hand dezent entfernen will, doch Dragomans Gespür warnt ihn rechtzeitig. Er zieht die Hand von selbst zurück und schweift ab in irgendeine stadthistorische Betrachtung.

Auf dem Floriansplatz kann er sein Lachen nicht unterdrücken: Dort, wo einst der Fischerhof gestanden hat und sich jetzt an der Ecke Víg utca ein China-Restaurant befindet, schlendern wie ehedem dieselben zwei reifen, übertrieben geschminkten Frauenzimmer auf und ab und senden mit den Lippen ermunternde Signale aus. Gern hörte er sich anno dazumal die Prahlereien der Männer im Fischerhof an. Alle empfanden sie eine diebische Freude darüber, daß sie sich von zu Hause hatten davonstehlen können, wer erlaubterweise in die kleine Gaststätte gekommen war, trug die Nase hoch und berichtete, wie es ihm gelungen war, von seinem Verdienst ein bißchen Geld für die Fischsuppe, die Topfenfleckerln und den Liter Riesling abzuzwacken, von dem er auch dem Kumpel anbot, doch am Ende verständigten sie sich darauf, daß seine Frau, obwohl die Fischsuppe gut sei und nichts dagegen gesagt werden könne, noch besser koche, von Topfenfleckerln gar nicht zu reden, weil seine Frau den Teig selber knete, obwohl eine Hand gebrochen sei, weil sie auf dem Tisch fabrikmäßig hergestellte Nudeln nicht dulde. Das, sagen wir, ist dreißig Jahre her, Sandra hat damals noch nicht gelebt.

»Hier bin ich zur Tanzstunde gegangen«, sagt Dragoman. »Ich auch«, entgegnet Sandra. »Hier war das Espresso Narziß«, sagt Dragoman. »Das ist auch jetzt noch hier«, entgegnet Sandra. »Auf diesem kleinen Platz, unter der großen Platane, habe ich mich von Kobra verabschiedet, dort wurde ich von einem Wagen abgeholt, danach tat mir das Genick weh, so hatte ich mir den Hals verrenkt, um den Zurückbleibenden möglichst lange zu sehen«, sagt Dragoman. »Hier war ich neulich auf der Veranda eines pensionierten Offiziers, er verkauft trockenen Muskateller und Knackwurst, seine Kaiserbirnen entfalten zwischen den Zähnen ein tausendfaches Aroma, seine krebskranke Frau ist ans Bett gefesselt, in einem dicken Heft entwirft sie Buntstiftzeichnungen, solange sie die Kräfte nicht verlassen«, sagt Sandra.

Die Schwalben haben die Gegend verlassen, auch die Störche, nachmittags wird es schon kühl, im Sakko ist es angenehm, gern würde Dragoman in Sandras Gesellschaft auf jene Veranda gehen, von wo aus das Umherziehen von Rehrudeln und der Schatten der Wolken auf dem See zu sehen sind. Kuno hatte vom Aprikosen- und Pflaumenschnaps des pensionierten Offiziers eine ausgesprochen gute Meinung, selbst ein Fingerhut davon läßt einem warm werden ums Herz, und er brennt über die ganze Bahn, die er nimmt. Von weitem war die Steinmauer zu sehen, das Stahltor konnte vom Wagen aus per Knopfdruck geöffnet werden, Sandra fröstelte es, sie gingen hinein ins Zimmer, tranken Tee mit Rum, nach einer Weile stand Sandra auf und führte Dragoman im Haus herum, dann zeigte sie ihm das Gästezimmer, wo auch der enge Raum seinen Anteil daran hatte, daß sich ihre Körper nahe kamen, wortlos, man könnte sagen einvernehmlich, hastiges Entkleiden und Herumdrehen des Schlüssels im Schloß. Als Dragoman sein Gesicht an die linke Hüfte der ausgestreckt liegenden Frau schmiegte, die Linien der Brust, der Schenkel und des Bauches beobachtete, konnte er sich einer Bemerkung nicht enthalten: »Du könntest ruhig ein bißchen unvollkommener sein.« An dem, was dann geschah, besaß Sandra einen Löwenanteil. Dragoman schwindelte, Sandras Frage, ob er jetzt glücklich sei, bejahte er, ohne jedoch Eifer an den Tag zu legen, den Sturm neu zu entfachen. Während seine Gefährtin immer lebhafter wurde, schlief Dragoman ein.

Als er aufwachte, war es bereits dunkel, Sandra, auf die Ellenbogen gestützt, befand sich an seiner Seite. Um den Zug zu erreichen, hätte er sich sehr beeilen müssen. »Wenn Sie wollen, bringe ich Sie zum Bahnhof«, erbot sich Sandra mit mehrdeutigem Lächeln. Dragoman tat, was seine Hände tun wollten. Er umarmte die Frau und streichelte vom Kopf bis zu den Fußsohlen alles, was zu erreichen war. Sie balgen sich. Dann schläft er ein.

Sandra telefoniert, es klingelt. Dragoman vergräbt sich kopfüber in den Bauch der Frau, nistet sich ein in ihrem linken Ohrring. Er hält Sandras Hand fest, als sie wählen will, es stellt sich heraus, daß sie eine solche Absicht gar nicht hat. Es zeigt sich, daß sie an Dragoman nichts auszusetzen hat. Im Gegenteil, mit ihm ist die Welt unbeschwert und töricht.

Kunos Gewichtigkeit wog schwer. Ein Vater war er, der sich zu seiner Ziehtochter ins Bett gelegt und ihr seinen Geist auferlegt hatte. Hinein in den Brunnen, herunter vom Felsen, vor der abschüssigen Wölbung hinunterstoßen von der Steinuhr, aus dreißig Meter Höhe hinunter in die Arena des Tals der Gnade, hinunter den Meister, vom Körper, vom Regal, weg von der Magnetplatte der Erinnerung! Eines nach dem anderen, immer der Reihe nach! Ihr Alten, im Laufschritt zum Trampolin und von dort ein Sprung ins göttliche Nichts!

Zuerst diese Frau beim Duschen, Sich-Abtrocknen und Kämmen betrachten, wie sie vor dem Spiegel sitzt und mit sich im Widerstreit ist. Das mußte hinter sich gebracht werden, das mußte passiert sein, dieses Sakrileg wirkt beruhigend. Der zweite Abend bestätigt den ersten, der dritte die beiden vorangegangenen. Und bedarf es tatsächlich mehr als dreier Tage von dem, was ein Ding der Unmöglichkeit ist, was nicht sein darf, was skandalös ist, weil sie jetzt allein bleiben, sich die Haare kürzer schneiden und nach hinten kämmen, eine Totenmesse lesen lassen muß für ihren seligen Mann, auf dem Friedhof Blumen pflegen, den Nachlaß publizieren, statt mit der Fingerkuppe ihres Daumens das rauhe Kinn des Mörders zu streicheln? Das Bett des Gästezimmers ist nicht sehr breit, ein Kennenlernen auf engem Raum, gegenseitig entwaffnen sie einander, und heimtückisch bewaffnen sie sich wieder.

Von dem Zeitpunkt an, da sie ihrer Kleidung verlustig gegangen waren, bis zu dem Zeitpunkt, da sie wieder gebührlich bekleidet in dem ein wenig überfüllten Wohnzimmer saßen, in dem sich Kunstschätze an Kunstschätze reihten und in dem sich im Laufe der Jahre auch die Originalausgaben der klassischen Geschichtsschreiber in Kunstobjekte verwandelt hatten, machte die Dame des Hauses dem Gast den Vorschlag, bei ihr zu bleiben. Niemand würde Verdacht schöpfen, daß er hier sein könnte, das am wenigsten, denn in der Tat, mit nüchternem Verstand und Gefühl für Anstand, welchen Grund könnte sie haben, Dragoman bei sich aufzunehmen und vor den Behörden zu verstecken.

Gemäß einer traditionellen Dramaturgie müßte sie den Herrn Professor niederstechen: »Meinen Sie nicht, lieber János, daß ich Sie kraft meines Amts im Schlaf mit Hilfe eines Kastrationsmessers entmannen müßte?«

»Schon die Frage hört sich derart verlockend an, daß sie mich zum Bleiben sozusagen beflügelt. Dann sollten wir uns jetzt lieber wach halten, solange wir in den Augen nicht ausfindig gemacht haben, womit wir rechnen können«, sagt Dragoman.

»Da Selbstjustiz vom Gesetz unter Strafe gestellt wird und da Sie im weiteren zwar ein zynischer, jedoch nicht unmoralischer Frater sind, wäre auch eine dahingehende Lösung vorstellbar, daß ich, als eigentliche Geschädigte, die Strafe festlege. Sie haben mir jenen Menschen genommen, der mir Ziehvater und Ehemann gewesen ist. Auch wenn seine Anwesenheit in meinem Leben übertrieben war, so war er dennoch da, dieses Haus hat er gebaut, die Raumeinteilung ist streng, nach seinem Willen sollten die Basteien aus Feldstein errichtet werden, ein Gefängnis hat er um meine Mutter herum aufgeschichtet, dann um mich, doch ich habe ihn besiegt und ihn zu meinem Burgvogt gemacht.

Ich habe Kraft genug, um den Willen anderer mir dienstbar zu machen, noch dazu auf eine Weise, daß auch sie Freude daran empfinden. In der Arena der Politik bin ich zum Kampf angetreten, einstweilen will ich nur Magistratsnotarin werden, der Beruf steht an erster Stelle, dann kommt die Politik, doch beide müssen einander abwechseln. Mit einem Wort, mit vierunddreißig Jahren will ich Bürgermeisterin dieser Stadt sein. Mit vierzig will ich Ministerpräsidentin dieses Landes sein. Diesen Job werde ich bis zu meinem achtundvierzigsten Lebensjahr ausüben, danach kommt die Wahl zur Präsidentin der Republik, dann folgen die Europäische Union oder die Vereinten Nationen.

Für einen solchen Plan habe ich von zu Hause einen guten Start bekommen, den rhetorischen Schaum blasen wir einfach weg, und es bleibt der konzeptionelle Realismus. Was, mein lieber Dragoman, haben Sie mit alldem zu tun? Wenn ich will, daß Sie verurteilt werden, dann kann ich die Behörden und die Presse entsprechend beeinflussen, so daß Sie wegen fahrlässiger Tötung schuldig gesprochen werden. Dazu müßte die Öffentlichkeit gegen Sie motiviert werden.

Für mich birgt es unter Berücksichtigung meiner politischen Ambitionen gewisse Risiken in sich, dennoch erkenne ich darin bessere Perspektiven, Sie mir zum Sklaven zu machen. Sie würden zwei Jahre bekommen. Geben Sie mir zwei Jahre Ihres Lebens. Verzichten Sie freiwillig auf Ihre Freiheit für zwei Jahre, und ordnen Sie sich aus freien Stücken, aus Anstand meinem Willen unter. Infolge Ihrer Wichtigtuerei ist in meinem Leben ein schmerzlicher Mangel entstanden, versuchen Sie, dem abzuhelfen.

Für ein bis zwei Monate verstecken Sie sich hier bei mir, die Disziplin wird ziemlich streng sein, in der Zwischenzeit schicken wir Briefe mit Ihrer Handschrift aus dem Ausland hierher, immer von einem anderen Ort, ich werde derweil bezeugen, daß Kuno und Sie Freunde gewesen seien und dieser Vorfall zwischen Freunden auf keinerlei Absicht begründet sein könne, daß ein Unfall, sonst nichts, passiert sei. Sie schreiben einen Brief, den ich gern konzipieren werde, daß Sie sich zur Klärung des Geschehenen den kandorianischen Behörden bereitwilligst zur Verfügung stellen, wogegen Sie auch bisher nichts einzuwenden gehabt hätten, der schmerzliche Vorfall aber habe Ihren psychischen und physischen Zustand geschwächt, und Sie bedürften einiger Wochen Rekonvaleszenz im Ausland, Sie würden sich alsbald melden. Während dieser Wochen werden Sie hier mein Gefangener, mein Haustier sein.«

»Madame! Ich könnte meiner Herrin in ihren politischen Plänen nicht behilflich sein, eher würde ich Sie zu Müßiggang verleiten, wir würden uns gegenseitig nur auf die Nerven gehen. Es beliebte Ihnen soeben schon, sich im Bett zu schlagen, wir mußten Ihre Hand festhalten. In Ihnen rumoren Vulkane. Sie stampfen mit den Füßen auf, lassen die Peitsche an Ihren Stiefeln knallen und schießen jenen umherstreunenden Hund einfach ab. Ihr kaltes Feuer und Ihre dressierte Maßlosigkeit lassen mir das Herz ins Bodenlose sinken«, sagte Dragoman.

»Gehen Sie nicht weg«, bittet Sandra, »ich habe Blödsinn geredet, ich habe Angst vor dem Alleinsein. Machen Sie, was Sie wollen, aber gehen Sie nicht weg! Hier im Gästezimmer können Sie sich einrichten, am anderen Ende des Gartens steht eine Steinhütte, ziehen Sie sich dorthin zurück, seien Sie nur für eine Weile mein gefangener Vogel. Wärmen Sie mich, wenn ich friere, fragen Sie, ob ich noch Kopf- oder Bauchschmerzen habe, beugen Sie sich über mich, wenn ich im Schlaf schreie.

Kochen Sie mir morgens einen Kaffee, bevor ich zur Arbeit gehe, und geben Sie mir einen Rat, welches Parfüm ich nehmen soll. Machen Sie mich auf die interessanteren Artikel in der Morgenzeitung aufmerksam, machen Sie mir das Frühstücksbrot, belegt mit Salami und Paprika. Und wenn ich gegangen bin, legen Sie sich zurück ins Bett, um Kraft zu sammeln, dann ein ausgiebiges Bad, ein Spaziergang im Garten, hier werden Sie von niemandem gesehen. Schreiben Sie in der Steinhütte Ihre Memoiren, was geschehen, ist vergangen, hinüber, zu Ende.«

Dragoman: »Die Neugier läßt mir keine Ruhe, und ich frage mich, wie ich mich in der Gefangenschaft fühlen würde. Würden wir in einem Bett schlafen?« »Wenn Sie sich gut benehmen.« »Würde ich auch Ohrfeigen bekommen?« »Wenn Sie eine verdient hätten, bestimmt.« »Dürfte ich zurückschlagen?« »Was bilden Sie sich ein?!« »Das Gartentor dürfte ich verlassen?« »Verboten.« »Schreiben und Lesen?« »In meiner Abwesenheit.«

»Ich brauche einen Sklaven und nicht einen normalen Mann, denn der geht mir durch, und sei's an seinen Schreibtisch, und er nimmt sich das Recht, sich einzuschließen. Also bleiben wir dabei: Sie werden mein Sklave sein.«

»Meine Hingabe, das ist zu befürchten, würden Sie nie für ausreichend halten. Täusche ich mich?«

»Sie täuschen sich nicht. Doch vollkommen müssen Sie deshalb nicht sein, hier und da würde ich Ihnen Ihre Schwächen nachsehen. Mit einem Wort, ich verspreche Ihnen ein Paradies.

Der Himmel hat Ihnen ein bis zwei Monate, ein bis zwei Jahre Freiheit beschert, Sie müssen nirgendwohin gehen, jeder weiß Sie an einem anderen Ort, Sie sind im Ausland, in der Illegalität, und niemand denkt, daß Sie bei mir sein könnten, vor der Sie eher Grund hätten, Angst zu haben. Und der existiert auch, mein armer Freund, und wird existieren, solange Sie leben.«

Dragoman: »Ich sehe mich schon in Kunos kaum umgeräumtem Zimmer, zwischen seinen Büchern und Arbeiten. Jenes Holzgeländer werde ich streicheln, das er so oft angefaßt hat, wenn er vom Erdgeschoß hinaufgegangen ist. In seinem Lesesessel lehne ich den Kopf dort an, wohin auch er sich zurücksinken ließ, wenn er die Augen schloß, um ein wenig zu ruhen, und einschlief. Die Brille und das Glas plaziere ich an der gleichen Stelle wie Kuno. Auch Kunos Anzüge würden mir passen, wir sind von ähnlicher Statur. Und wenn ich, dunkel gekleidet, auf dem Treppenabsatz im Stadttheater deinen Ellenbogen berühre, natürlich erst nach Ablauf des Trauerjahres, würdest du mich irrtümlicherweise Kuno nennen, mich allerdings würde dieser Lapsus nicht sonderlich stören. Kuno ist aus dem Lebensrahmen hinausgetreten und hat sich an einen unbekannten Ort entfernt. Ich nehme seinen Platz ein, und manchmal fühle ich mich bereits eins mit ihm. Wir leben hier zu dritt. Und er, Kuno, wird nur insofern von hier verdrängt, als er sich schon in mir niedergelassen hat. Mich selbst fortzusetzen ist möglicherweise nicht mehr zeitgemäß. Dir jedoch beim Aufwachen Gesellschaft zu leisten, das Badewasser einzulassen und einen Kaffee zu machen, sogleich das Radio auszustellen, sobald du schön angezogen die Küche betrittst, dich in der richtigen Stimmung zu begrüßen, zu versorgen und wie ein Schulmädchen aus dem Haus zu schicken, ja, das könnte zeitgemäß sein. Es wäre mehr als weise, meine Kräfte auf die vergänglichen Küchenarbeiten zu konzentrieren. Du kaufst ein, ich koche und setze keinen Fuß vor das Haus. Ein betagter Haushund zu deinen fröstelnden Füßen werde ich sein. Ich lüge das Blaue vom Himmel herunter, als Untermalung zu deinen Prahlereien lasse ich Baßgeigentöne vernehmen. Für dein labiles Selbstbewußtsein werde ich ein professioneller Masseur und Trainer sein, damit deine gute Laune wenigstens so lange anhält, bis du abends das Auto im Garten parkst. Wenn du dich frühmorgens ans Steuer setzt und mir zuwinkst, sehe ich eine Weile hinter dir her und schließe dann das Gartentor. Auch die Ehe wäre eine mögliche Geschichte, doch die gegensätzlichen Neigungen unserer Herzen erlauben nicht, daß diese Idylle geschieht. Wenn ich in Versuchung gerate, zum geschlossenen Tor hinauszugelangen, werde ich die Chance beim Schopf ergreifen. Wo du verschwinden kannst, dort solltest du verschwinden, sagte neulich Habakuk, mein Enkel. Weg! Weg! So sagten wir wütend zum Kriegsende, und auch seither raune ich mir das zu. Zu türmen, das mochten auch meine Ahnen vor einigen tausend Jahren versucht haben, weil sie spürten, daß ihnen der Boden unter den Füßen unheilverkündend heiß geworden war. Eine genießbare Gefangenschaft ist am gefährlichsten.«

»Sie gehen von hier nirgendwohin. In Kunos Schreibtischschublade ist eine Pistole. Soll ich sie hervorholen? Sie Ihnen ins Kreuz drücken, Sie in Ihr Zimmer begleiten und die Tür von außen zuschließen? Soll ich Sie zum Bahnhof bringen? Soll ich Ihnen den Mund zuhalten und geschehen lassen, was geschehen kann?«

Das Telefon klingelt. Sandra nimmt den Hörer ab, hält ihn eine Weile ans Ohr und legt auf.

Es mochte ein junger Mann gewesen sein, eine rassenschänderische Metze nannte er sie. Er forderte sie auf, innezuhalten auf dem Weg der Sünde, wenn sie nicht wolle, daß man auf ihrem nackten Hintern mit einer Lederpeitsche Muster anbringe, solange sie nicht um Vergebung der Sünde flehe. Dragoman lasse er ausrichten, daß er den freien Fall üben werde.

Das Telefon klingelt. Swetosar möchte den Professor sprechen. Er sitze hier in der Nähe, in der Gaststätte Steinuhr, habe schon Steinpilze, in Knoblauchbutter leicht gebraten, bestellt, eine geräucherte Garnele und eine Flasche kandorianischen Rosé, über alles Weitere denke er noch nach, doch er halte dafür, daß sie mit diesem leichten und edlen Rosé für eine gewisse Zeit von der Stadt Kandor Abschied nehmen könnten, weil sowohl der Kaffeesatz als auch die Karten dazu rieten, von hier zu verschwinden. Er habe soeben im Wald Schemen gesehen, die sich bewegten und vom Baumstamm lösten, zwei Köpfe habe er gesehen, in üblicher schwarzer Strumpfmaske, mit Prügeln bewaffnet, Anhänger des Rektors mochten es gewesen sein, denn sie hätten seinen Namen geflüstert. Vergebens habe der Herr Professor unter Anleitung von Meistern die Kunst des Tretens erlernt, das sei lange her, und er, Swetosar, halte nicht einmal für ausgeschlossen, daß sie ihn vom Felsen der Steinuhr hinab ins Tal der Gnade, auf die Arena des Basalttheaters, stoßen wollten, warum, das wüßte der Herr Professor schon. »Wie ich die katzenähnliche Geschicklichkeit des Herrn Professors kenne, gebe ich ihnen eine geringe Chance, auch wenn Sie mit dem Treten nicht zurechtkommen, daß Sie sich an einen Strauch klammern werden, der aus den Felsspalten hervorwächst und unter dem Sie nach entsprechendem Fall einen anderen Busch erwischen, wodurch die Höhe gedrittelt wird, und bei glücklicher Anwendung einer geübten Sprungtechnik kann der Herr Professor mit Händen in den Hosentaschen und pfeifend auf der Terrasse der Gaststätte Steinuhr erscheinen, wo Salonmusik zu hören ist. Weil jedoch in all diesen Varianten das Risiko zu hoch ist, werde ich jetzt essen, was mir aufgetischt wird. Auf das Hasengulasch verzichte ich. Ich komme, und nach Möglichkeit sollten Sie exakt nach dreißig Minuten das Tor öffnen, weil ich dann mit dem frisierten alten Jaguar eintreffen werde. Ich besitze einen Waffenschein und bei einem Angriff zwecks Selbstverteidigung eine große Freiheit zu entscheiden, ob ich die Magnum benutze oder nicht. Sollte dies jetzt jemand in der Umgebung der Telefonzelle hören, um so besser. Also, meine Herren, dort hinten zwischen den Baumstümpfen, lassen wir die Dummheiten, reizen wir uns nicht gegenseitig, denn im Affekt tue ich manchmal etwas, was nicht ungeschehen zu machen ist. Zu Ihrer Beruhigung, Herr Professor, teile ich Ihnen mit, daß ich hier für Reiseproviant und einige Flaschen Bier gesorgt habe, so daß Sie auf dem Rücksitz einduseln können. Ich habe einen Burnus bei mir, einen falschen Bart und einen Diplomatenpaß aus Abu Dhabi, wenn sich das Tor hinter uns schließt, sollten Sie nur noch englisch und arabisch können, ungarisch nicht ein einziges Wort, und, Herr Professor, Sie sollten sich der Würde eines Fürsten gemäß benehmen und alles dem Chauffeur überlassen.«

Dragoman entgegnet darauf lediglich, daß er nicht reisen werde, er werde hier in der Stadt bleiben, nach Hause ins Kronenhotel gehen und sich den Folgen stellen, sich einen Anwalt nehmen, Kontakt zur amerikanischen Botschaft aufnehmen, die entsprechend seiner Staatsbürgerschaft für ihn zuständig sei, und die Grenzen des ihm zugewiesenen Aufenthaltsbereichs werde er nicht überschreiten, mehr allerdings habe er Herrn Barnag nicht mitzuteilen. Das sage er hier am Telefon. Falls noch jemand mithören sollte, möge man diese Information entsprechend weiterleiten. Das sei auch für Sandra bestimmt und für all diejenigen, die es etwas angehe. Als nächstes werde er anläßlich einer öffentlichen Verhandlung vor Gericht reden, sollte gegen ihn Anklage erhoben werden. Sollte man ihn etwa in Gewahrsam nehmen, weil er nicht wünsche, Herrn Barnag in dessen Büro aufzusuchen, und auch im weiteren nicht die Absicht habe, ihn eines Wortes zu würdigen, müßten sie gewärtig sein, daß er sich in Unfreiheit in Schweigen hüllen werde. Diese Erklärung werde er über seinen Anwalt den Behörden und der Öffentlichkeit zukommen lassen. Seine Tochter werde bald entbinden, er werde zwei Enkel haben und sie nicht im Stich lassen.

»Herr Professor, in dreißig Minuten bin ich bei Ihnen, machen Sie das Tor auf!« sagt Swetosar markig.

Durch Swetosars plötzliches Bremsen fährt Dragoman aus dem Schlaf, ein Wagen hat sie überholt, der jetzt vor ihnen ein Schneckentempo diktiert, denn wenn Swetosar ein Überholmanöver startet, tritt der andere aufs Gas und schießt wie eine Rakete davon. Swetosar ist gezwungen, sich hinter ihm einzureihen, weil ein Lastwagen entgegenkommt. Der andere setzt die Fahrt wieder mit wütend machender Langsamkeit fort. Hinter Swetosar toben andere, Swetosar überholt, prallt frontal mit einem hinter einer Bergkuppe auftauchenden Lastwagen zusammen und ist sofort tot. Dragomans Gesicht blutet, doch er steigt zur hinteren Tür aus, stellt sich auf die Füße, und als er sieht, daß Swetosar tot ist, macht er sich davon. Zwei Gestalten setzen ihm nach, können ihn aber in der Dunkelheit nicht finden.

Zwischen zwei Hügeln rennt er über Felder auf einen Wald zu, er läuft in die Richtung, in der er die Grenze ahnt, wo er sie sich nach dem Stand der Gestirne vorstellt, bis er an eine aus Weidengeflecht zusammengezimmerte Hütte gelangt. Er steckt sich eine Zigarette an. Die Flamme des Feuerzeugs indes lockt zwei berittene Soldaten an, sie sind schneller als Dragoman zu Fuß, auf einem Feldweg nähert sich das Hufgetrappel, zaudernd kommen die Pferde neben Dragoman zum Stehen. Für sein Alter könne er ganz schön rennen, sagen die Soldaten und legen ihm Handschellen an.

Verstört von der Erschütterung, abgehetzt vom Marsch, dessen Tempo die Pferde vorgegeben haben, vermag Dragoman auf die Fragen des Offiziers nicht zu antworten, er hört und versteht sie, doch aus seiner Kehle kommt kein einziger Laut hervor, ihm fällt sogar auf, daß seine tonbildenden Organe unbeweglich bleiben, sich nicht veranlaßt fühlen, seinen Namen zu nennen oder anderswie zu reagieren, sollen sie doch mit ihm machen, was sie wollen, er ist jetzt nicht vorhanden, wenn sie wollen, sollen sie ihn ins Gefängnis stecken, er wird auch dort nicht sein, soll doch dieser wildfremde, übrigens anständige und interessierte junge Mann entscheiden, wie es weitergehen soll und wer dieser verschwiegene Grenzverletzer ist.

Angenehm, sich im Bett dort in der Ecke auszustrecken, in Gesellschaft von vier schlafenden Männern, er bewegt die Fußzehen, sieht Swetosar auf dem Bett neben ihm düster sitzen und dann langsam durch das Fenster entschwinden, vom Flur her, von grünen Glühbirnen beleuchtet, hört er Stimmen, der eine Zimmerkamerad stöhnt, der andere ist wach, dreht sich jedoch auf den Bauch und vergräbt das Gesicht im Kopfkissen.

Dragoman, als glitte er in Wasser, gleitet hinüber in die Stille des Aufgebens. Ein gefügiges Tier ist er, nicht mobiler als ein Meerschweinchen und auch nicht klüger. Wenn ihm etwas vorgesetzt wird, ißt er. Den ganzen Tag steht er hinter der Glaskassettentür am Eingang der Glashalle des Schlosses herum. Viel spricht er auch dort nicht, manchmal geht er hinaus zur Toreinfahrt des klassizistischen Schlosses und beobachtet den Berg, der den Wein der Könige liefert, oder er hockt sich nieder und sieht sich um.

Es kommen die Freunde, sie erkundigen sich, ob er beleidigt sei und weshalb er auch sie keines einzigen Wortes würdige. Wenn er sühnen wolle, solle er berücksichtigen, daß er nicht nur sich selbst, sondern auch sie bestrafe. Das Verlöschen solle er nicht beschleunigen, dies, sagt Kobra, sei das Jahr der Prüfung. Wenn Dragoman irgendeine Reaktion zeigte, wenn er seinem Freund in das Labyrinth der Worte folgte, würde Kobra wie üblich recht haben, und er selbst hätte keinen Grund mehr, an der Ecke des Schlosses, in dem die Nervenheilanstalt untergebracht ist, oder hinter der Eingangstür zu stehen.

Der Betrieb läuft an ihm vorbei, es kommen und gehen die Patienten und das Personal, sie haben sich daran gewöhnt, ihn zu grüßen, und daran, daß er den Gruß nicht erwidert. Tombor hat den Chefarzt darum gebeten, keine

Schocktherapie anzuwenden und nur Placebos zu verabreichen. Sein Freund werde weder für andere noch für sich selbst eine Gefahr bedeuten. Wenn er beschlossen habe, jetzt hier zu stehen, solle man ihm dieses Verlangen nicht verwehren und ihn getrost stehen lassen. Der finanzielle Teil werde später geregelt werden. Wenn ihm ein Paket gebracht wird, öffnet er es nicht, stellt es auf das Nachbarbett, die anderen teilen den Inhalt unter sich auf, er ißt nur die Krankenhauskost. Er hört jedem zu, eine Ärztin gesellt sich allabendlich zu ihm und redet auf ihn ein, sie hat das Gefühl, von Dragoman verstanden zu werden, Zustimmung ströme von ihm aus. Wer an ihm vorbeigeht, der fühlt sich für einen Moment wohl. Er ist wie ein alter Grabstein mit fremdländischer Inschrift, er lädt zum Niederlassen ein, doch die meisten Menschen, gesunde wie kranke, haben etwas zu tun, was sie von Dragoman wegruft.

Eines Tages schließlich, als Olga und Habakuk bei ihm auftauchten und Olga wieder schlank geworden war, denn ihre Tochter war nicht nur zur Welt gekommen, sondern konnte auch schon lachen, vor allem wenn ihr ein knallender und schmatzender Kuß auf den Bauch gedrückt wurde, redeten Olga von der einen Seite und Habakuk von der anderen, irgendwann Anfang Mai, auf Dragoman ein, er solle nicht mehr hier herumstehen, ein halbes Jahr sei vergangen, geschwiegen habe er genug, er solle endlich nach Hause kommen, und sie erwarteten nicht einmal eine Entgegnung von ihm, nahmen ihn an der Hand, führten ihn in den Schlafsaal, breiteten seine Zivilsachen vor ihm aus und forderten ihn auf, sich anzuziehen.

Zehn Minuten später war Dragoman in seinem kleinkarierten Sakko, im weißen Hemd und Schlips wieder jener respektable Herr, für den ihn Olga hielt. Ansonsten war er eine Marionette, bereitwillig reichte er Habakuk die Hand, doch wenn das Kind für einen Moment von ihm weglief, blieb Dragoman stehen und blickte in die Ferne.

Olga hatte ihn nach Hause geholt, einige Male nahm Sandra ihn zu sich, doch anscheinend kam sie mit ihm nicht zurecht und brachte ihn zu Olga und seinen Enkeln zurück, wo er es gut hatte. Tagsüber stand er unter Bellas Aufsicht in der Kneipe herum, im Winter wärmte er sich am Ofen, im Sommer suchte er den kühlen Schatten des Nußbaumes, er saß auf der Bank, hörte den Unterhaltungen zu, ließ den Kopf hängen, brummte Zustimmung, als verstünde er. Natürlich verstand er. Wenn er doch nicht verstünde.

Olga brachte ihn oft zu Kobra, wo er auf dem Platz saß, den Regina ihm ein für allemal zugedacht hatte, er schüttelte den Kopf, heuchelte Interesse, verfolgte Kobras komplizierte Erörterungen, nickte sogar und signalisierte so, daß der Gedankengang weitergehen könne und ob er Weiß- oder Rotwein haben wolle.

Wenn mehrere am Tisch saßen, fühlte er sich sichtlich wohl, er aß und trank wenig, abgemagert fröstelte es ihn, und seine Augen waren so groß geworden, daß man sich darin verlieren konnte. Seine Aufmerksamkeit hatte Höhe- und Tiefpunkte, den Bewegungen von Melindas Stricknadeln vermochte er stundenlang zuzusehen, und er war schon an einem Punkt angelangt, daß er beim Tischdecken und -abräumen half, seine stummen Dienste fielen nicht einmal auf.

Gern spielte er mit Habakuk Fußball, kegelte mit den Gästen in der Kneipe, mit dem Kupferpfeil zielte er nach der Korkscheibe, doch die krachmachenden Spielautomaten konnte er nicht ausstehen. Es kam vor, daß er unanständig nach Bellas Unterleib oder dem anderer weiblicher Gäste langte, sie lachten nur und sagten erhobenen Zeigefingers, das dürfe er nicht tun, doch bei nächster Gelegenheit gingen sie wieder an ihm vorbei, wohl wissend, daß sie wieder Grund haben würden, Dragoman zu ermahnen. Der eine oder andere unanständige Witz entlockte ihm ein lange anhaltendes Lachen, und da seine Hände zitterten, stieß er mit dem Finger in das in Würfel geschnittene Butterbrot.

An einem Nachmittag, als sich ein Sturm anbahnte und der Himmel majestätisch wetterte, entzog Dragoman seiner Tochter die Hand und setzte sich zurück auf die Bank. Kommst du nicht mit zu Kobra? Dragoman senkte den Kopf und ging hinunter ans Seeufer. Gern ließ er sich auf einen bemoosten Felsen nieder, es machte ihm nichts aus, wenn seine Hose von den Spritzern der Wellen naß wurde.

Er verschwand, und lange kam keine Nachricht von ihm, bis Kobra ihm eines Tages auf dem Frankfurter Flughafen begegnete, sie standen auf den zwei parallelen, jedoch in entgegengesetzten Richtungen sich bewegenden Laufbändern, winkten sich heftig erfreut zu.

»Nach Sankt Petersburg«, sagte Dragoman, all seine Habe transportierte er als Handgepäck, die Umhängetasche und den großen Regenschirm, den er lange schwang. »Ich telefoniere!« rief er ihm noch zu. Es kann sein, daß er tatsächlich anrufen wird und plötzlich neben seinem Freund auf der Bank in der Steinhütte auftaucht, als hätte er immer schon dort gesessen.

Inhaltsverzeichnis

Die Bücher von György Konrád im Suhrkamp Verlag:

Die Intelligenz auf dem Weg zur Klassenmacht
(György Konrád und Ivan Szelényi). 1978
suhrkamp taschenbuch 726 (1981)

Der Besucher
Roman. 1978
suhrkamp taschenbuch 492

Der Komplize
Roman. 1980
Sonderausgabe (1984)
suhrkamp taschenbuch 1220 (1991)

Der Stadtgründer
Roman. 1980
suhrkamp taschenbuch 633

Antipolitik. Mitteleuropäische Meditation 1985
edition suhrkamp 1293

Geisterfest
Roman. 1986
suhrkamp taschenbuch 1646 (1989)

Stimmungsbericht
1988. *edition suhrkamp 1394*

Melinda und Dragoman
Roman. 1991
suhrkamp taschenbuch 2257 (1993)

Die Melancholie der Wiedergeburt
1992. *edition suhrkamp 1720*

Heimkehr
1995

Identität und Hysterie
1995. *edition suhrkamp 1921*

Steinuhr
Roman. 1996